젊은 사자들

젊은 사자들 상
The Young Lions

어윈 쇼 장편소설 정영문 옮김

THE YOUNG LIONS
by IRWIN SHAW (1948)

Copyright (C) IRWIN SHAW 1948
All rights reserved.
Korean Translation Copyright (C) The Open Books Co., 2006
Korean translation right arranged with The Marsh Agency
through Eric Yang Agency.

이 책은 실로 꿰매어 제본하는 정통적인 사철 방식으로 만들어졌습니다.
사철 방식으로 제본된 책은 오랫동안 보관해도 손상되지 않습니다.

내 아내에게

젊은 사자들 상

11

수사자가 사냥해 온 것을 새끼들에게 주고
암사자에게 찢어 주더니,
바위굴은 사냥해 온 고기로 그득하고
그 굴에는 늘 먹이가 차 있더니.
「나 이제 너를 치리라.」
만군의 야훼께서 하시는 말씀이시다.
「네 병거를 연기가 되어 사라지게 하고
너의 백성을 칼로 쳐 죽여 다시는 세상에서
약탈하지 못하게 하리니, 네 사절들이
떠드는 소리를 다시는 들을 수 없으리라.」

―「나훔」 2장 13~14절

1

 눈이 내린 마을은 황혼녘이 되면서 크리스마스 장식을 한 창문처럼 빛났다. 티롤 지방의 조용한 언덕 중 한 곳의, 하얀 비탈 아래쪽 전철 철로에는 축제 분위기를 돋우는 작은 불빛이 비치고 있었다. 밝은 색상의 옷을 입은, 스키를 타러 온 사람들과 그 지방 토박이 모두가 눈으로 뒤덮인 거리를 지나가면서 서로를 보며 환하게 미소를 지었다. 창문과, 하얀색과 갈색의 문에는 화환이 놓여 있었는데, 바로 그날이 희망찬 1938년 새해 전야였기 때문이다.

 마거릿 프리맨틀은 언덕을 걸어 올라가면서 자신이 신은 스키 부츠가 단단히 굳은 눈을 밟으며 내는 소리를 들었다. 그녀는 순수한 황혼과 아래쪽 마을 어딘가에서 노래하고 있는 아이들의 소리에 미소를 지었다. 그녀가 빈을 떠난 아침에는 비가 오고 있었고, 비가 내려 우울해진 사람들은 서둘러 거리를 지나가고 있었다. 높이 솟아 있는 언덕과, 맑은 하늘과, 멋진 눈과, 활기가 넘치면서도 편안하고 즐거워 보이는 마을은 그녀를 위한 선물 같았다. 그도 그럴 것이 젊고 예쁜 그녀는 휴가 중이었기 때문이다.

눈 위로 발을 끌며 걸으면서 그녀는 다리의 긴장이 풀려 기분 좋은 피로를 느꼈다. 오후에 스키를 탄 후 마신 체리브랜디 두 잔은 목구멍을 따뜻하게 해주었고, 그녀는 온기가 스웨터 아래 어깨와 팔로 퍼져 나가는 것을 느낄 수 있었다.

「저기 높은 산에.」 아이들이 독일어로 노래했다. 「폭풍우가 치네.」 산소가 희박한 공기 속에서 그들의 목소리는 맑게 울려 퍼졌다.

〈그곳에 성모가 앉아 있네.〉 마거릿은 마음속으로 독일어로 부드럽게 노래했다. 〈성스러운 그녀의 아이와 함께.〉 그녀의 독일어 실력은 그저 그랬다. 하지만 노래를 부르면서 그녀는 그 노래의 멜로디와 섬세함뿐만 아니라 독일어로 노래하는 자신의 대담함에 기분이 좋았다.

그녀는 키가 크고 호리호리했으며, 얼굴이 갸름했다. 눈은 초록색이고, 콧잔등에는 조제프가 미국인의 주근깨라고 부르는 것이 박혀 있었다. 조제프는 이튿날 아침 이른 시각에 기차로 올 예정이다. 그를 생각하자 미소가 지어졌다.

호텔 문 앞에서 걸음을 멈춘 그녀는 웅장하게 솟아 있는 산과 깜박이는 불빛을 마지막으로 한 번 보았다. 그녀는 황혼 무렵의 공기를 깊이 들이켰다. 그런 다음 문을 열고 안으로 들어갔다.

작은 호텔의 중앙 홀은 서양호랑가시나무와 다른 나무들의 초록색의 잎으로 화사했고, 감미로운 빵 굽는 향기가 났다. 육중한 떡갈나무와 가죽으로 만든 가구로 단순하게 장식되어 있는 홀은 무척 깨끗했는데, 그것은 오스트리아의 산악 마을에서는 흔히 볼 수 있는 모습이었다. 그 깨끗함은 호텔 홀의 한 특징이기도 했으며, 테이블이나 의자만큼이나 실용적인 것이었다.

랑거만 부인이 생각에 잠겨 체리빛의 둥근 얼굴을 찌푸린 채로 커다란 펀치용 컷글라스 컵을 조심스럽게 들고 홀을 가로질러 걸어가고 있었다. 마거릿을 본 그녀는 걸음을 멈추고 환한 표정을 지으며 컵을 테이블에 내려놓았다.

「안녕하세요?」 그녀가 부드러운 독일어로 말했다. 「스키 타는 건 어땠어요?」

「멋졌어요.」 마거릿이 말했다.

「너무 지치지 않았기를 바라요.」 랑거만 부인은 짓궂게 눈웃음을 쳤다. 「오늘 밤 여기서 작은 파티가 있을 거예요. 무도회도 있을 거고요. 젊은 남자들이 많이 온답니다. 지루하지 않을 거예요.」

마거릿은 웃음을 터트렸다. 「그들이 가르쳐 준다면 춤출 수 있을 거예요.」

「오!」 랑거만 부인은 나무라듯 손을 내저었다. 「아무 문제 없을 거예요. 그들은 못 추는 춤이 없어요. 당신과 함께 추게 되면 무척 좋아할 거예요.」 그녀는 나무라는 듯한 표정으로 마거릿을 바라보았다. 「물론 당신은 좀 마른 편이에요. 하지만 요즘 젊은이들은 마른 여자들을 좋아하는 것 같아요. 미국 영화 때문이겠지요. 이러다가는 결국 결핵을 앓는 여자들만 인기가 있게 될 거예요.」 그녀는 미소를 지으며 펀치용 컵을 다시 들었다. 활활 타오르는 불처럼 유쾌하고 다정한, 붉은 얼굴의 그녀는 부엌으로 향했다. 「내 아들 프레데릭을 조심해요.」 그녀가 말했다. 「그는 여자들을 좋아해요!」 그녀는 깔깔 웃으며 부엌으로 들어갔다.

마거릿은 갑자기 부엌에서 풍기는 향신료와 버터의 강한 향기에 코를 킁킁거렸다. 그녀는 콧노래를 부르며 계단을 올라가 자신의 방으로 향했다.

파티는 아주 차분하게 시작되었다. 조금 나이 든 사람들은 구석에 다소 뻣뻣하게 앉아 있었으며, 화려한 파티 의상을 입은 젊은 사람들은 모르는 사람들과 불편하게 어울리며 심각한 얼굴로 강한 향신료 향기가 나는 펀치를 찔끔찔끔 마시고 있었다. 아코디언 연주자가 한 명 있었지만 두 곡을 연주하는 동안 아무도 춤을 추지 않자 펀치를 앞에 둔 채 시무룩하게 서서 미국 노래가 실린 레코드판을 듣고 있었다.

손님 대부분은 마을 주민과 농부, 상인, 랑거만 부부의 친척들이었는데, 모두 산에 비치는 강한 햇빛 때문에 살갗이 진한 적갈색으로 타서 옷차림은 어색했지만 단단해 보였고, 어쩐지 결코 죽지 않을 사람들처럼 보였다. 산악 지방에 사는 그 단단한 육체 속에는 질병이나 부패의 씨앗은 존재할 수 없는 것처럼 보였다. 그리고 빛나는 살갗 아래로는 그 어떤 죽음의 전조도 허락될 수 없을 것 같았다. 랑거만 부부의 여인숙에 있는 몇 개 되지 않는 방에 묵고 있던 도시 사람들 대부분은 펀치를 한 잔 마신 후 더 큰 호텔에서 열리는 좀 더 즐거운 파티로 가버렸고, 결국 마을 사람이 아닌 사람 가운데 그 자리에 남은 이는 마거릿뿐이었다. 그녀는 술을 별로 마시지 않았고 일찍 잠자리에 들어 곤히 잘 작정이었다. 조제프의 열차가 아침 8시 반에 도착할 예정이었기 때문이다. 그녀는 편히 쉰 뒤에 기분 좋은 상태로 그를 만나고 싶었다. 하지만 밤이 무르익으면서 파티는 더 흥겨워졌다. 마거릿은 젊은이들 대부분과 왈츠와 미국식 폭스트롯을 췄다. 11시쯤 되어 실내가 후끈 달아오르고 소란스러워지며, 펀치가 세 번째 나오고, 손님들의 얼굴에서 수줍은 기색이 사라지게 되면서 멍청하고 단순하면서도 건강한 사람들의 모습이 환해졌을 때 그녀는 프레데릭에게 룸바를 가르쳐 주기 시작했다. 다른 사람들은 그들 주위에 서서 춤을 추는 것을 지켜보다가 그녀가 춤을 끝내자 박수를 쳤다. 그리고 랑거만 노인은 그녀에게 자신과도 춤을 춰야 한다고 고집을 부렸다. 그는 분홍색 대머리가 드러난 땅딸막한 노인으로 얼굴이 둥글었다. 그녀가 웃음을 터트리며 서툰 독일어로 카리브해에서 생겨난 그 춤의 엇박자와 미묘한 리듬의 신비를 설명하는 동안 그는 땀을 비 오듯 흘렸다.

「오, 맙소사.」 음악이 끝나자 노인이 말했다. 「이 산속에서 인생을 허비했군.」 마거릿은 웃으며 몸을 기울여 그에게 입을 맞췄다. 그들 주위를 둥글게 둘러싸며 광택 나는 바닥에 서 있던 손님들이 요란하게 박수를 쳤고, 프레데릭은 미소를 지으며 앞으로 나와 팔을 벌렸다. 「선생님.」 그가 말했다. 「한 곡 더 추실까요?」

사람들은 다시 레코드판을 올려놓으며 마거릿에게 펀치를 한 잔 더 권한 후 춤을 추게 했다. 프레데릭은 무거운 발동작으로 서투르게 춤을 췄지만, 그녀를 안고 있는 그의 팔은 기분 좋게 단단했고 부드러운 음악에 맞춰 몸을 돌릴 때면 안전하게 느껴졌다.

노래가 끝나자 펀치를 열두 잔이나 마신 아코디언 연주자가 연주를 시작했다. 그는 연주를 하면서 노래를 했고, 난로 불빛에 얼굴이 환해진 채 그의 주위에 모여 있던 다른 사람들 역시 한 사람씩 그의 노래에 가세했다. 아코디언이 높은 음을 내자 그들의 풍부한 목소리가 높아지며 환한 방에 울려 퍼졌다. 얼굴이 붉어진 마거릿은 자신에게 팔을 두르고 있는 프레데릭과 함께 서서 속으로 노래하는 것처럼 부드럽고 조용하게 노래를 부르며 그 사람들이 무척 친절하고 따뜻하며 친구 같으면서도 아이 같다는 생각을 하고 있었다. 새해가 가까운 시각에 감미로운 음악에 맞춰 노래하고 있는, 얼굴이 거친 그 사람들은 이방인에게 너무도 잘해 주었다.

〈들장미, 들장미, 붉은 들장미, 들에 핀 장미꽃〉 하고 사람들이 독일어로 합창을 하자 생긴 것은 황소 같으면서도 목소리는 우스꽝스러울 정도로 구슬픈 랑거만 노인의 목소리가 높아졌다. 마거릿은 그들과 함께 노래하며 난로 건너편에서 노래하고 있는 수십 명의 사람들을 바라보았다. 실내에 있던 사람들 가운데 한 사람만 조용히 있었다.

크리스티안 디스틀은 키가 크고 호리호리한 젊은이로, 생각에 잠긴 얼굴은 근엄했으며 머리는 짧았다. 햇볕에 피부가 검게 탄 그는 눈이 연한 색이었는데 동물의 눈에서나 볼 수 있는 노란 반점으로 인해 거의 황금색으로 보였다. 마거릿은 그가 슬로프에서 초보자에게 스키 타는 법을 근엄하게 가르치는 것을 본 적이 있다. 그리고 그가 눈 위를 멋지게 질주하는 것을 보며 잠시나마 부러워했다. 이제 그는 검은 피부와는 대조를 이루는, 밝은 색의 앞이 트인 하얀 셔츠를 입은 채, 노래를 하고 있는 사람들과는 동떨어져 약간 뒤쪽에 서서 전혀 취하지 않은 듯 술잔을 들고 생각에 잠긴 듯한 멍한 시선으로 사람들을 쳐다보고 있었다.

마거릿은 그가 자신을 바라보는 것을 보았다. 그녀는 그를 향해 미소를 지었다.「노래를 해요.」그녀가 말했다.

그는 진지한 모습으로 미소를 지으며 잔을 들었다. 그녀는 다른 사람들의 목소리 때문에 그가 어떻게 노래하는지는 들을 수 없었지만 그녀의 말을 듣고 노래하기 시작하는 것을 알 수 있었다.

분위기가 무르익고, 펀치에 취하고, 새해가 임박해지면서 파티에 참석한 사람들은 거침없이 행동하게 되었다. 실내의 어두운 구석에서는 남녀가 키스를 하며 애무를 했고, 목소리는 더 커지고 단호해졌다. 마거릿은 속어가 섞여 있고 이중적인 의미를 담은 노래를 따라 하고 이해하는 것이 갈수록 어려웠다. 나이 든 여자들은 깔깔댔고, 남자들은 요란하게 웃음을 터트렸다.

그런데 자정이 되기 직전에 랑거만 노인이 의자에서 일어나 조용히 해달라고 한 후 아코디언 연주자에게 신호를 보내며 약간 술에 취해 웅변을 하는 듯한 목소리로〈1915년과 1918년 사이 서부 전선에서 세 번 부상을 당한 퇴역 군인으로서 여러분 모두 나와 함께 노래하기를 바랍니다〉라고 말했다. 그가 아코디언 연주자에게 손짓을 하자 연주자는 독일 국가인「도이칠란트 위버 알레스」의 앞부분을 연주하기 시작했다. 마거릿은 그 노래를 오스트리아에서는 처음 들었지만 다섯 살 때 독일인 하녀에게 배운 적이 있다. 가사를 기억하고 있던 그녀는 사람들과 함께 그 노래를 불렀다. 취기가 돌긴 했지만 정신은 말짱한 그녀는 자신이 무척 국제적인 사람처럼 여겨졌다. 그녀가 그 노래를 알고 있다는 것을 알게 된 프레데릭은 그녀를 좀 더 꽉 껴안으며 이마에 키스를 했다. 랑거만 노인은 의자에 앉은 채로 잔을 들며 건배를 했다. 「미국과, 미국의 젊은 아가씨들을 위해 건배!」 술을 마저 비운 마거릿은 고개를 숙여 절을 했다. 「미국의 젊은 아가씨들의 이름으로 무척 즐겁다는 점을 언급하게 해주십시오.」 그녀가 공식적인 말투로 말했다.

프레데릭이 다시 그녀의 목에 키스를 했다. 그녀가 어떻게 할지 마음을 정하기도 전에 아코디언 연주자가 다시 한번 거칠게 연주를 시작하자 사람들이 모두 의기양양한 목소리로 노래를 하기 시작했다. 잠시 마거릿은 그 노래가 무슨 노래인지 몰랐다. 그녀는 빈에서 그 노래의 몇 소절을 한두 번 들은 적이 있는데, 술에 취한 남자들의 높은 목소리 때문에 뒤엉킨 독일어 단어들은 더 이해하기가 힘들었다.

프레데릭은 그녀를 안은 채로 그녀 옆에 뻣뻣이 서 있었다. 그녀는 노래의 열기가 더해지면서 그의 근육에 좀 더 힘이 실리는 것을 느낄 수 있었다. 그의 목소리에 집중한 그녀는 그것이 무슨 노래인지 알 수 있었다.

「깃발을 높이 들라! 대열을 바싹 좁혀라.」 그는 독일어로 목청껏 노래를 했다. 「나치 돌격대가 태연자약하게 확고한 걸음으로 행진한다. 공산주의자와 반동분자를 쏜 동지들의 넋이.」

마거릿은 굳은 얼굴로 그 노래를 들었다. 힘이 빠진 그녀는 눈을 감은 채 그 요란한 노래가 자신의 목을 조른다고 느끼며 프레데릭에게서 몸을 빼내려 했다. 하지만 그의 팔이 그녀를 단단히 붙들고 있어 그녀는 그 자리에 서서 노래를 듣는 수밖에 없었다. 눈을 뜬 그녀는 스키 강사를 바라보았다. 그는 노래는 하지 않고서 어쩐지 걱정스러워 보이는 눈으로 이해한다는 듯 그녀를 바라보고 있었다.

나치당의 당가인「호르스트 베셀」의 끝부분에 이르면서 목소리는 더욱 커졌고, 무척 위협적으로 느껴졌다. 남자들은 눈을 번득이며 똑바로 서 있었는데 자부심에 찬 그들의 모습은 위험하게 보였다. 그리고 합창을 하고 있는 여자들은 오페라의 신 앞에서 가극을 노래하는 수녀들처럼 보였다. 〈우리의 대열 속에서 함께 행진한다〉라는 가사가 실내에 울려 퍼지는 동안에는 마거릿과 눈에 노란 반점이 있는, 검은 피부의 남자만이 조용히 있었다.

마을 교회의 종소리가 겨울밤의 어둠에 쌓인 언덕에 희미하게 메아리가 치는 동안 프레데릭의 팔에 꼼짝없이 안긴 마거릿은 조용히 있는 자신을 저주하며 남몰래 흐느끼기 시작했다.

랑거만 노인은 이제 얼굴이 홍당무처럼 변해 있었다. 그의 둥근 대머리에서는 땀이 흘러내리고 있었고, 눈은 그가 1915년 서부 전선에 처음 도착했을 때처럼 반짝이고 있었다. 그가 잔을 들었다. 「지도자를 위해.」 그가 깊고 경건한 목소리로, 독일어로 말했다.

「지도자를 위해.」 난로의 불빛에 잔이 반짝였고, 술을 마시는 사람들의 입은 간절하면서도 경건해 보였다.

「해피 뉴 이어! 해피 뉴 이어! 하느님이 올해를 축복하시길!」 애국심을 고취하는 주문이 풀리며 손님들은 웃으며 악수를 하고 서로의 등을 두드리며 키스를 했다. 다시 편안하고, 친밀하며, 전쟁과는 거리가 먼 분위기가 되었다.

프레데릭은 마거릿의 몸을 돌려 그녀에게 키스를 하려 했지만 그녀는 고개를 돌렸다. 이제 눈물은 흐느낌으로 바뀌었고, 그녀는 자리를 떴다. 그녀는 계단을 뛰어 올라가 위층에 있는 자신의 방으로 갔다.

「미국 여자들은.」 프레데릭이 웃으며 하는 말이 들렸다. 「술을 마실 줄 아는 척한다니까.」

눈물은 금방 멈추지 않았다. 마거릿은 기운이 없고, 자신이 어리석게 느껴졌다. 그녀는 꼼꼼하게 이를 닦고 머리를 올린 후 붉게 충혈된 눈에 차가운 물을 적시며 사람들에 대해서는 더 이상 생각지 않으려 했다. 아침이 되어 조제프가 왔을 때에는 가능한 한 생기가 넘치고 예쁜 모습을 보여 줘야 했다.

그녀는 회칠을 한, 반짝이는 깨끗한 방 안에서 옷을 벗었다. 침대 위에 있는 십자가에는 갈색 나무로 조각한, 생각에 잠긴 예수가 매달려 있었다. 그녀는 불을 끄고 창문을 연 다음 커다란 침대로 들어갔다. 멀리 눈이 쌓여 환한 산 위로 달빛이 비치고 바람이 불고 있었다. 그녀는 차가운 시트 속에서 한두 번 몸을 떨었지만 깃털로 채운 이불은 곧 따뜻해졌다. 리넨 이불에서는 그녀가 아이였을 때 할머니 집에서 맡은, 새로 세탁한 빨래 향기가 났다. 빳빳한 하얀 커튼이 창틀에 부딪치며 소리가 났다. 이제 아래층에서는 아코디언 연주자가 사랑과 이별을 주제로 한 슬픈 곡조의 가을 노래를 부드럽게 연주하고 있었는데, 여러 겹의 문을 통해 희미하게 들려오는 그 노래는 애처로웠다. 잠시 후 잠이 든 그녀의 얼굴은 심각하면서도 평화로웠고 아이 같았지만 침대 커버 위쪽의 차가운 공기에 무방비로 노출되어 있었다.

가끔 그녀는 그런 꿈을 꾸었다. 어떤 손이 자신의 살을 부드럽게 만진다. 자신의 몸 옆에 누군지 구별이 가지 않는 몸이 있고, 알 수 없는 사람의 입김이 자신의 뺨에 닿으며, 튼튼한 팔이 자신을 짓누른다.

그 순간 마거릿은 잠에서 깼다.

「조용히 해요.」 남자가 독일어로 말했다. 「해치지 않을게요.」

마거릿은 이 사람이 브랜디를 마셨을 것이라고 생각했다. 그의 숨에서 그 냄새를 맡을 수 있었다.

그녀는 잠시 가만히 누워 남자의 눈을 들여다보았다. 그의 안구의 어두운 곳에서 빛이 희미하게 반짝였다. 그의 손이 그녀의 배를 능숙한 솜씨로 부드럽게 만지며 다리 쪽으로 내려왔다. 그녀는 그의 다리가 자신의 다리를 누르는 것을 느낄 수 있었다. 그는 옷을 입고 있었는데 거칠고 무거운 옷감이 그녀의 살을 할퀴었다. 그녀는 불쑥 몸을 빼내 침대의 반대쪽으로 몸을 날려 앉았다. 하지만 그는 무척 민첩하고 힘이 셌다. 그는 다시 그녀를 눕힌 후 손으로 입을 막았다. 그는 껄껄 웃었다.

「작은 동물 같아!」 그가 말했다. 「재빠른 작은 다람쥐 같아.」

그녀는 이제 그 목소리를 알아차렸다. 「나밖에 없어.」 프레데릭이 말했다. 「그냥 잠시 들른 것뿐이야. 무서워할 거 없어.」 그는 그녀의 입에서 손을 살짝 뗐다. 「소리 지르지 마.」 아이를 어르듯이 그는 웃음기를 띤 목소리로 속삭였다. 「비명을 질러도 소용없어. 다들 취했으니까. 그리고 당신이 나를 초대한 후 마음을 바꾼 것이라고 다들 생각할 테니까. 사람들은 내 말을 믿을 거야. 내가 여자들에게 인기가 있다는 것을 다 아니까. 그리고 당신은 외국인이야……」

「제발 그냥 가.」 마거릿이 속삭였다. 「부탁이야. 아무에게도 말하지 않을게.」

프레데릭이 껄껄 웃었다. 그는 약간 취하긴 했지만 생각보다 많이 취해 있지는 않았다. 「당신은 우아하고 사랑스러운 여자야. 올겨울에 이곳에 온 여자 중 가장 예뻐.」

「왜 나를 원하는 거지?」 마거릿은 자포자기 심정으로 그 이유를 알고 싶었다. 동시에 그녀는 몸을 긴장시켜 돌처럼 만들어 그의 집요한 손에 차갑고 적대적인 살갗만이 닿기를 바랐다. 「얼마든지 몸을 맡길 사람들이 많이 있잖아.」

「나는 당신을 원해.」 누구도 그 정도면 저항할 수 없을 것이라고 생각하는 듯 프레데릭은 무척 부드럽게 그녀의 목에 키스를 했다. 「당신을 무척 좋아해.」

「나는 너를 원치 않아.」 마거릿이 말했다. 정신 나간 일이었지만, 한밤중에 어두운 침대에서 거구의 거친 몸과 나란히 있으면서 그녀는 자신이 독일어 어휘와 구조와 숙어를 잊어버려 독일어를 제대로 말하지 못하고 있는 것에 대해 걱정을 하고 있는 것처럼 느꼈다. 「너를 원치 않아.」

「여자들이 처음에는 원치 않는 것처럼 말할 때면 더 기분이 좋아.」 프레데릭이 말했다. 「더 숙녀답고, 더 세련되어 보이니까.」 그녀는 그가 자신감에 차 자기를 놀리고 있는 것처럼 느꼈다. 「그런 여자들이 많이 있지.」

「네 어머니에게 말할 거야.」 마거릿이 말했다. 「정말이야.」

프레데릭은 부드럽게 웃었고, 그의 웃음소리는 조용한 방 안에서 확신에 차 있으면서도 수월하게 들렸다. 「어머니한테 말해.」 프레데릭이 말했다. 「어머니가 늘 아래에 창고가 있는 이 방을 예쁘고 젊은 여자에게 주는 이유가 뭔 줄 알아? 창문으로 쉽게 들여다볼 수 있는 이 방을 말이야.」

마거릿은 방마다 십자가를 걸어 놓고, 깨끗하고 근면하며, 교회에 나가는, 작고 둥근 체리 색 얼굴을 한 환한 모습의 여자가 그런 짓을 할 리는 없다고 생각했다. 그런데 문득 아래층에서 노래가 고조되었을 때 그 조악한 음악에 관능적인 얼굴에서 땀이 흐르고, 사납고 집요한 눈빛을 보이던 랑거만 부인의 모습이 떠올랐다. 마거릿은 그런 일이 가능할 수도 있다는 생각이 들었다. 이 멍청한, 열여덟 살 된 소년이 그런 이야기를 지어 낼 수는 없었다.

「몇 번이나.」 그녀는 재빨리 말하며, 가능한 한 마지막 순간을 지연시키며 물었다. 「이곳에 올라온 적이 몇 번이나 되는 거지?」

그는 짓궂은 미소를 지었고, 그녀는 그의 치아가 반짝이는 것을 볼 수 있었다. 잠시 기분이 좋아진 그가 대답을 하는 사이 그의 손은 가만히 있었다. 「꽤 되지.」 그가 말했다. 「특별히 이야기해 주자면, 사실 올라오는 게 쉽지는 않아. 창고 위에 쌓인 눈 때문에 미끄럽거든. 그리고 아주 예쁜 여자들만 상대하지.」

그의 부드러운 손이 능숙하면서도 집요하게 움직였다. 그녀의 손은 그의 팔에 눌려 꼼짝도 할 수 없었다. 그녀는 분노가 치밀었지만 무기력한 상태였다. 유린당해서 자신의 몸이 마치 해체된 것처럼 여겨졌다. 그녀는 머리와 어깨를 젖히며 다리를 움직이려 했지만 소용이 없었다. 프레데릭은 오히려 그를 감질나게 만드는 그녀의 미약한 저항에 기분이 좋아져 미소를 지으며 그녀를 꽉 쥐고 있었다.

「당신은 정말 예뻐.」 프레데릭이 속삭였다. 「몸이 정말 균형 잡혀 있어.」

「경고하는데 비명을 지를 거야.」

「그러면 당신에게 더 좋지 않을걸.」 프레데릭이 말했다. 「끔찍한 일이 일어날 거야. 내 어머니는 다른 손님들 앞에서 당신에게 온갖 욕설을 퍼부으며 당장 집에서 나가라고 하겠지. 열여덟 살 된 어린 아들을 자기 방으로 끌어들여 곤란하게 만들었다고. 그리고 당신의 신사 친구가 내일 이곳에 오게 되면 마을 사람 전체가 그 이야기를 할 거야.」 흥겨운 듯한 프레데릭의 목소리는 비밀을 털어놓는 사람의 그것처럼 들렸다. 「정말이지 비명을 지르지 않는 게 좋을걸.」

마거릿은 눈을 감은 채로 꼼짝 않고 누워 있었다. 잠시 그녀는 그날 저녁 파티에 참가한 사람들의 얼굴들을 떠올렸다. 미소를 짓고 있는 심술궂은 공모자들은 산악 지방 사람 특유의 건강하고 깨끗한 모습으로 위장한 채 자신들의 눈 덮인 요새에서 그녀를 상대로 음모를 꾸미고 있었다.

갑자기 프레데릭이 몸을 굴려 그녀의 몸 위로 올라왔다. 그의 옷은 풀어져 있었고, 그녀는 자신에게 밀착한 그의 가슴의 부드럽고 따스한 살갗을 느낄 수 있었다. 그는 거구였다. 그녀는 그의 밑에서 숨이 막힐 것 같고, 정신을 잃을 것만 같았다. 그녀는 눈물이 고이는 것을 느꼈지만 간신히 억눌렀다.

천천히, 그리고 주도면밀하게 그가 그녀의 다리를 벌렸다. 이제 그녀의 손은 자유롭게 되었고, 그녀는 손으로 그의 눈을 할퀴었다. 그녀는 살갗이 벗겨지는 것을 느낄 수 있었다. 귀에 거슬리는 추한 소리가 들렸다. 그가 그녀의 손을 잡기 전에 다시 그리고 또다시 재빨리 그의 얼굴을 할퀴었다.

「암캐 같으니라고!」 프레데릭이 그녀의 손을 잡아 꼼짝 못하게 한 후 커다란 손으로 손목을 비틀었다. 그러면서 다른 손을 휘둘러 그녀의 입을 강타했다. 그녀는 피가 흐르는 것을 느낄 수 있었다. 「싸구려 미국 창녀 같으니라고!」 그는 그녀의 몸 위에 걸터앉아 있었다. 그녀는 피를 흘리면서도 의기양양해져, 경멸을 담은 시선으로 그를 올려다보며 꼼짝 않고 있었다. 차분한 달빛이 방 안을 평화로운 은색빛으로 비추고 있었다.

그가 다시 손등으로 그녀를 쳤다. 주먹 관절이 그녀를 때리며 입에 뼈가 닿는 느낌이 났다. 그녀는 순간적으로 그가 일하는 부엌의 냄새를 맡았다.

「이곳을 떠나지 않으면.」 그녀가 분명하게 말했다. 물론 그녀는 머리가 욱신거리며 빙빙 돌았다. 「내일 너를 죽일 거야. 내 친구와 내가 너를 죽이고 말 거야. 약속하지.」

그는 한 손으로 그녀의 두 손을 잡은 채로 그녀 위에 앉아 있었다. 찢어진 피부에서는 피가 흘러내렸다. 긴 금발이 가리고 있었지만 그의 눈은 그녀를 노려보고 있었고, 숨은 매우 가빴다. 그는 그녀를 노려본 채 잠시 아무 말도 하지 않았다. 그런 다음 그의 눈에 우유부단한 빛이 감돌았다. 「그래?」 그가 말했다. 「나는 나를 원치 않는 여자에게는 관심이 없어. 그런 여자에게 관심을 줄 필요가 없지.」

그는 그녀의 손을 놓아 준 후 잔인할 정도로 세게 손등으로 밀며 침대에서 일어나 옆으로 가면서 일부러 무릎으로 그녀를 쳤다. 그는 창가에 서서 옷매무새를 가다듬으며 찢어진 입술을 빨았다. 조용한 달빛 속에서 그는 소년 같으면서도 약간 병적으로 보였다. 그리고 단추를 잠그고 있는 그는 어색해 보였고, 실망스러운 기색이 역력했다.

그는 무거운 걸음으로 방을 가로질러 나갔다. 「문으로 나갈 거야.」 그가 말했다. 「어쨌든 내게는 그럴 권리가 있으니까.」

마거릿은 여전히 꼼짝 않고 누워 천장을 올려다보고 있었다.

프레데릭은 어떤 승리감도 맛보지 못하고 가는 것이 싫은 듯 문 앞에 서 있었다. 마거릿은 시골 청년인 그가 떠나기 전 뭔가 치명적인 이야기를 하려고 고심을 하고 있는 것을 느낄 수 있었다. 「그래, 빈의 유대인들에게 돌아가.」 그가 말했다.

그는 문을 활짝 연 후 닫지도 않고 가버렸다. 마거릿은 자리에서 일어나 조용히 문을 닫았다. 그녀는 부엌을 향해 계단을 내려가는 무거운 발자국 소리를 들었다. 그 소리는 겨울밤 잠든 집의 낡은 나무 벽 사이로 메아리쳤다.

바람이 잦아들면서 방은 고요하고 추웠다. 구겨진 잠옷 차림인 마거릿은 갑자기 몸을 떨었다. 그녀는 창가로 가 창문을 닫았다. 달이 지자 밤은 어슴푸레했다. 회색빛 공기 속의 하늘과 산은 쥐 죽은 듯이 고요했고 신비스러워 보였다.

마거릿은 침대를 바라보았다. 시트가 찢겨 있었고, 베개에는 검고 이상한 모양의 핏자국이 있었다. 이불 역시 구겨져 있었다. 그녀는 몸을 떨며 옷을 입었다. 그녀의 몸은 다쳐서 기운이 남아 있지 않았다. 추위 때문에 손목뼈가 쓰라렸다. 그녀는 가장 따뜻한 스키복을 입고 모직 양말 두 켤레를 신고 코트를 걸쳤다. 그렇게 입어도 별로 따뜻하지 않았고, 몸은 계속 떨렸다. 그녀는 창가에 있는 작은 흔들의자에 앉아 정상에 새벽의 희미한 초록빛이 비치고 있는 언덕들을 내다보았다.

초록빛은 장밋빛으로 바뀌었다. 아침이 되면서 빛이 점차 내려오며 세상이 환해졌고, 슬로프의 눈이 반짝였다. 마거릿은 자리에서 일어나 침대는 보지도 않고 방을 나섰다. 밤의 마지막 그늘이 아직 남아 있는 동안 그녀는 조용한 집 안을 살며시 지나갔다. 아래층 로비에는 지난밤의 파티 냄새가 여전히 남아 있었다. 그녀는 육중한 문을 열고 아직 잠들어 있는, 하얀색과 쪽빛의 새해 아침으로 나아갔다.

거리는 텅 비어 있었다. 그녀는 양쪽으로 눈이 쌓여 있는 보도를 따라 정처 없이 걸었다. 엷은 새벽 공기가 폐부를 섬세하면서도 부드럽게 감쌌다. 문 하나가 열리며 수건을 두르고 앞치마를 한, 얼굴이 둥근 작은 여자가 나왔다. 그녀는 뺨이 붉었고, 유쾌한 인상이었다. 「안녕하세요, 아가씨?」 그녀가 말했다. 「아름다운 아침이죠?」

마거릿은 그녀를 흘낏 쳐다본 후 걸음을 빨리했다. 여자는 당황한 얼굴로 쳐다보다 화가 났는지 그녀를 노려본 후 문을 세게 닫았다.

마거릿은 모퉁이를 돌아 언덕으로 향하는 길로 들어섰다. 그녀는 발을 내려다보며 기계적으로 걸음을 뗐다. 그녀는 새벽빛에 반짝이는, 텅 빈 넓은 슬로프를 천천히 오르기 시작했다. 마거릿은 길을 벗어나 눈이 덮인 곳을 가로질러 동화에나 나올 법한, 스키 타는 사람들이 이용하는 예쁜 오두막으로 갔다. 육중한 대들보가 있는 그곳은 지붕이 낮고 뾰족했는데 지붕 위에는 눈이 두껍게 쌓여 있었다.

오두막 앞에는 벤치가 하나 있었고, 갑자기 힘이 빠져 더 이상 아무것도 할 수 없게 된 마거릿은 그 위에 풀썩 주저앉았다. 그녀는 높은 곳까지 완만한 경사를 이루고 있는 슬로프를 올려다보았다. 정상의 바위는 이제 파란 하늘을 배경으로 자줏빛을 띠고 있었고, 날카로운 느낌을 주었다.

그 일에 대해서는 생각하지 않겠다고 그녀는 혼잣말로 다짐했다. 「더 이상 생각하지 않을 거야.」 그녀는 높이 솟아 있는 산을 묵묵히 바라보면서 슬로프에서 완벽한 활강을 위해 제어 회전을 하는 상상을 하려고 의식적으로 노력했다. 「그 일에 대해서는 생각하지 말아야지.」 그녀는 혀로 찢어진 입술 위의 굳은 피를 핥았다. 「나중에 지금처럼 혼란스럽지 않을 때, 차분해졌을 때 그 일에 대해서 생각을 할 수도 있겠지……」 골짜기 오른쪽 가장자리에는 눈구덩이가 있어 위험했다. 스키 타는 사람이 작은 언덕 위에서 시야가 가려져 튀어나와 있는 바위를 피하려고 넓게 회전을 하다가 당황하게 될 수도 있기 때문이다.

「안녕하세요, 프리맨틀 양.」 그녀 뒤에서 어떤 목소리가 들렸다.

그녀는 재빨리 고개를 돌렸다. 파티장에서 아코디언 연주자가 연주를 할 때 그녀가 미소를 지으며 노래를 하라고 했던, 몸이 호리호리하고 피부가 검은, 젊은 스키 강사였다. 그녀는 아무 생각 없이 자리에서 일어나 다른 곳으로 가기 시작했다.

디스틀이 그녀를 따라 한 걸음을 내디뎠다. 「뭐가 잘못됐나요?」 그가 물었다. 그녀 뒤쪽으로 들리는 그의 목소리는 정중하고 부드러우면서도 깊었다. 그녀는 전날 밤 사람들이 시끄럽게 소리를 지르고, 프레데릭이 그녀의 몸에 팔을 감은 채로 목청껏 노래를 하는 동안 스키 강사만이 조용히 있었다는 것을 기억하고는 걸음을 멈췄다. 그리고 그녀는 자신이 속으로 흐느낄 때 그가 그녀를 바라보던 모습을 떠올렸다. 그는 그 순간 그렇게 느끼고 있는 것이 그녀만이 아니라는 것을 보여 주려는 듯 수줍어하면서도 당황스러운 모습으로 동정하는 듯한 표정을 지었다.

그녀는 그를 향해 몸을 돌렸다. 「미안해요.」 그녀는 미소까지 지었다. 「생각에 빠져 있었는데 당신 때문에 놀랐나 봐요.」

「정말 괜찮은 거예요?」 그가 물었다. 그는 머리에 아무것도 쓰지 않은 채로 서 있었다. 그는 파티장에서 봤을 때보다 더 소년 같았고, 수줍어하는 것처럼 보였다.

「그래요.」 마거릿은 자리에 앉았다. 「산세에 감탄하며 앉아 있었어요.」

「그냥 혼자 있고 싶은가요?」 그는 머뭇거리며 물러서려고까지 했다.

「아뇨.」 마거릿이 말했다. 「그렇지 않아요.」 그녀는 문득 자신에게 일어난 일을 누군가에게 이야기해서 그 의미를 마음속으로 결정해야 한다는 것을 깨달았다. 조제프에게 그 이야기를 하는 것은 불가능했다. 하지만 스키 강사에게는 어쩐지 사정을 털어놓아도 좋을 것만 같았다. 얼굴이 검고 지적이며 진지해 보이는 그는 약간 조제프와 비슷해 보이기도 했다. 「그냥 있어요.」 그녀가 말했다.

그는 다리를 약간 벌리고 그녀 앞에 서 있었다. 마치 바람이 불지도, 추위가 느껴지지도 않는 것처럼 그는 옷깃을 열고 장갑도 끼지 않은 채 서 있었다. 아름답게 재단이 된 스키복을 입은 그는 우아했고, 체구도 단단해 보였다. 햇빛에 그을린 살갗은 본래 올리브색인 것처럼 보였다. 그리고 뺨에는 산호의 붉은색과 같은 혈색이 돌았다.

스키 강사는 담뱃갑을 꺼내 그녀에게 한 대 권했다. 그녀는 담배를 받았고, 그는 능숙하게 성냥을 그어 손을 포개 바람을 막아 불을 붙여 주었다. 그녀 쪽으로 몸을 숙이는 그의 손은 선이 분명하고 단단해 보였다. 그 손 역시 얼굴처럼 올리브색이었고, 남성적으로 보였다.

「고마워요.」 그녀가 말했다. 그는 고개를 까닥한 후 자기도 담뱃불을 붙인 후 그녀 옆에 앉았다. 그들은 벤치 등받이에 등을 기댄 채 머리를 약간 뒤쪽으로 젖히고 반쯤 감은 눈으로 자신 앞에 있는 웅장한 산을 바라보고 있었다. 그들 위로 연기가 비스듬히 솟아올랐다. 식전에 피우는 담배 맛이 무척 감미로웠다.

「정말 멋져요!」 그녀가 말했다.

「뭐가요?」

「언덕이요.」

그는 어깨를 으쓱했다. 「적이죠.」 그가 말했다.

「뭐라고요?」 그녀가 물었다.

「적이라고요.」

그녀는 그를 바라보았다. 그는 눈을 가느다랗게 뜨고 있었고, 입매 또한 엄해 보였다. 그녀는 다시 산을 바라보았다.

「저 산이 적과 무슨 관계가 있죠?」 그녀가 물었다.

「감옥이죠.」 그가 말했다. 그는 끈과 버클이 달려 있는 멋진 부츠를 신은 발을 움직였다. 「나의 감옥이죠.」

「왜 그런 말을 하죠?」 마거릿이 놀라며 물었다.

「남자가 여기서 인생을 보내는 것이 멍청하다고 생각하지 않아요?」 그는 쓴웃음을 지었다. 「세상은 붕괴하고 있고, 인류는 살아남으려고 애를 쓰고 있는데 나는 살찐 어린 여자들에게 언덕을 내려가면서 얼굴을 처박고 넘어지지 않는 법을 가르치느라 아무것도 하지 못하고 있어요.」 마거릿은 기분이 좋았다. 그 나라가 대단한 나라처럼 여겨졌기 때문이다. 그곳에서는 운동선수 역시도 염세적인 세계관을 갖고 있었다.

「진심으로 심각하게 그리 생각한다면,」 그녀가 말했다. 「왜 해결하려고 하지 않는 거죠?」

그는 소리 나지 않게 웃었다. 물론 기분이 좋아서는 아니었다.

「노력했죠.」 그가 말했다. 「몇 달간 빈에서 노력했죠. 이곳에서 더 이상 견딜 수 없어 빈으로 갔죠. 그 때문에 설사 죽게 되더라도 지각 있고 유용한 어떤 일을 하려고 했죠. 하지만 한 가지 충고하자면 요즘 빈에서 유용한 일을 찾으려 해서는 안 된다는 거죠. 결국 일자리를 얻긴 했죠. 한 레스토랑에서 웨이터 조수로 일했어요. 관광객들을 위해 접시를 날랐죠. 하지만 결국 이곳으로 돌아왔어요. 최소한 이곳에서는 존경받는 일을 할 수 있으니까요. 오스트리아는 그런 곳이에요. 오히려 터무니없는 일을 하면 보수를 많이 받죠.」 그는 고개를 저었다. 「나를 용서해 줘요.」 그가 말했다.

「뭘요?」

「이런 말을 하는 것을요. 당신에게 불평하는 것을요. 나는 내 자신이 부끄러워요.」 그는 담배꽁초를 던지고 손을 호주머니에 넣은 다음 약간 창피해하며 어깨를 웅크렸다. 「왜 이런 이야기를 했는지 모르겠어요. 어쩌면 너무 이른 아침이고, 이곳에 깨어 있는 사람은 우리뿐이어서 그랬는지도 모르겠어요. 모르겠어요, 어쩐지…… 당신은 잘 이해할 것 같았어요. 이곳 사람들은……」 그는 어깨를 으쓱했다. 「황소나 다름없죠. 먹고 마시고 돈을 벌죠. 어젯밤에 당신과 얘기를 하고 싶었어요.」

「그러지 못해 유감이에요.」 마거릿이 말했다. 부드럽고 깊은 음성으로 정확한 독일어를 구사하는 그의 옆에 앉아 있으니, 어쩐지 상처가 아물며 기운이 나고 다시 차분해지는 것 같았다. 그는 그녀를 위해 아주 천천히, 그리고 분명하게 말했다.

「당신은 너무 갑자기 떠났어요.」그가 말했다. 「당신은 울고 있었어요.」

「멍청했죠.」그녀가 평탄한 목소리로 말했다. 「아직 어른이 되지 못했다는 것을 말해 주는 것이죠.」

「사람은 어른이 되어서도 울 수 있어요. 자주 심하게 북받쳐 울 수도 있죠.」마거릿은 그가 자신 역시 가끔 운다는 것을 알아 줬으면 하는 것을 느낄 수 있었다. 「몇 살이죠?」그가 불쑥 물었다.

「스물하나요.」마거릿이 말했다.

마치 그것이 어떤 중요한 사실인 듯, 그리고 그들이 앞으로 만나는 데 있어서 그것을 기억해야 한다는 듯 그는 고개를 끄덕였다. 「오스트리아에서 뭘 하고 있죠?」그가 물었다.

「모르겠어요.」마거릿은 머뭇거렸다. 「아버지가 돌아가시면서 돈을 조금 남겼죠. 많은 돈은 아니에요. 정착을 하기 전에 세상을 조금 보고 싶었어요.」

「왜 하필 오스트리아를 선택했죠?」

「모르겠어요. 뉴욕에서 무대 디자인 공부를 하고 있었는데, 빈에 있던 누군가가 그곳에 괜찮은 학교가 있고 빈 역시 다른 어떤 곳보다도 괜찮다는 이야기를 했어요. 어쨌든 그곳은 미국과는 달랐죠. 그래서 여기에 오게 되었어요.」

「빈에 있는 학교를 다니고 있나요?」

「네.」

「학교는 좋은가요?」

「아뇨.」그녀는 웃음을 터트렸다. 「학교는 항상 똑같아요.

학교는 다른 사람들에게는 도움이 되는 것처럼 보이지만 정작 자신에게는 도움이 안 되죠.」

「그렇지만……」 그는 고개를 돌려 진지한 얼굴로 그녀를 바라보며 말했다. 「학교는 마음에 드는군요?」

「아주 마음에 들어요. 빈도, 오스트리아도 마찬가지고요.」

「어젯밤, 당신은 오스트리아를 별로 좋아하지 않았어요.」 그가 말했다.

「맞아요.」 그런 다음 그녀는 솔직하게 「하지만 내가 싫어하는 건 오스트리아가 아니라 오스트리아 사람들이에요. 나는 오스트리아 사람들은 별로예요.」

「그 노래요.」 그가 말했다. 「호르스트 베셀.」

마거릿은 머뭇거렸다. 「그래요.」 그녀가 말했다. 「그 노래를 들을 준비가 되어 있지 않았어요. 모든 것에서 너무도 먼, 이런 아름다운 곳에서 그런 노래를 들으리라고는…….」

「우리는 그렇게 먼 곳에 있지 않아요.」 그가 말했다. 「절대 그렇게 멀지 않죠. 당신은 유대인인가요?」

「아뇨.」 마거릿은 문득 그것이 유럽을 양분하고 있는 질문이라는 생각을 했다.

「물론 아니겠죠.」 그가 말했다. 「당신이 유대인이 아니라는 것을 알고 있었어요.」 그는 당황스러운 기색으로 뭔가를 알고 싶은 듯 얼굴을 찌푸리며 생각에 잠겨 입술을 내민 채로 맞은편 슬로프를 바라보았다. 「당신 친구요.」 그가 말했다.

「뭐요?」

「오늘 아침에 오는 신사분 말이에요.」

「그건 어떻게 알았죠?」

「물어보았죠.」 그가 말했다.

잠시 그는 아무 말이 없었다. 마거릿은 대담하면서도 수줍음이 많고 유머 감각이라곤 없이 무거우면서도 때때로 섬세하고 지각이 있는 그를 흥미로운 사람이라고 생각했다.

　「그는 유대인이죠?」 진중하면서도 정중한 그의 목소리에는 어떤 판단이나 적대감의 흔적은 없었다.

　「글쎄요.」 마거릿은 그에게 분명하게 이야기하고 싶었다. 「당신들이 사람을 판단하는 방식에 따르자면 그는 유대인인 것 같아요. 물론 그는 가톨릭이지만 그의 어머니가 유대인이죠. 그래서 내 생각에는……」

　「그는 어떤 사람이죠?」

　마거릿은 천천히 말했다. 「의사예요. 물론 나보다 나이가 많죠. 아주 잘생겼고요. 당신과 닮았어요. 무척 재미있죠. 늘 옆에 있는 사람을 웃기죠. 하지만 무척 진지해요. 그는 마르크스의 아파트에서 벌어진 싸움에서 군인들에 대항해 싸웠죠. 그는 마지막에 탈출한 사람 중 하나예요.」 갑자기 그녀는 말을 멈췄다. 「방금 한 말은 모두 취소할게요. 그런 이야기를 하며 돌아다니는 건 웃기는 일이죠. 그리고 아주 곤란한 상황에 빠질 수도 있고요.」

　「그래요.」 스키 강사가 말했다. 「더 이상 말하지 마요. 그렇지만 그는 아주 괜찮은 사람인 것처럼 들리는군요. 그와 결혼할 건가요?」

　마거릿은 어깨를 으쓱했다. 「우리는 그런 얘기를 했지만 아직 아무런 결정도 내리지 않았죠. 두고 보려고 해요.」

　「어젯밤 일에 대해 그에게 얘기를 할 건가요?」

　「네.」

　「입술이 어떻게 해서 찢어졌는지에 대해서도요?」

마거릿의 손이 자신도 모르는 사이에 멍든 곳으로 갔다. 그녀는 스키 강사를 비스듬히 쳐다보았다. 그는 근엄한 얼굴로 언덕을 바라보고 있었다. 「프레데릭이 어젯밤 당신을 찾아갔죠?」 그가 말했다.

「그래요.」 마거릿이 조용히 말했다. 「프레데릭에 대해 알고 있어요?」

「모두가 그에 대해 알고 있죠.」 스키 강사가 거친 목소리로 말했다. 「예전에도 상처를 입은 채로 그 방에서 내려온 여자들이 있었죠.」

「그에게 어떤 조치를 취하거나 하지는 않았어요?」

스키 강사는 쓴웃음을 지었다. 「그는 매력적이고 원기가 왕성한 젊은이죠. 소문에 따르면 대부분의 여자들은 그의 그러한 점을 좋아한다고 해요. 심지어 다소 저항을 한 여자들도요. 그는 랑거만 부인의 호텔에 약간 별난 개성 같은 것을 부여하고 있죠. 그리고 그것은 별것 없는 이 마을의 한 특성이기도 하죠. 눈이 5미터나 쌓이는 이곳에서는 스키를 타다 떨어진 사람을 구하기 위해 다섯 사람이나 필요하죠. 이곳에서 강간은 별일이 아니에요. 그리고 그는 너무 심하게 굴지는 않았을 거예요. 어쨌든 여자가 완강하게 저항할 경우에 그는 그만두죠. 그냥 그만두지 않던가요?」

「그랬어요.」 마거릿이 말했다.

「어쨌든 좋지 않은 밤을 보냈죠? 행복하고 고전적인 오스트리아에서 기쁘게 새해를 맞지는 못했죠?」

「그런 것 같아요.」 마거릿이 말했다. 「그 모든 것이 그랬어요.」

「무슨 말이죠?」

「호르스트 베셀, 나치, 당신들이 방에 침입해 여자를 때린

일 등.」

「말도 안 돼요!」 화가 난 디스틀의 목소리가 커졌다. 「그런 식으로 말하지 말아요.」

「내가 뭐라고 했죠?」 마거릿은 약간 불편하고 무서웠다.

「프레데릭이 당신 방에 올라간 것은 그가 나치이기 때문은 아니에요.」 다시 스키 강사는 초보자 반의 아이들에게 설명하듯이 평소대로 참을성 있고 차분하게 말했다. 「프레데릭이 그렇게 한 것은 그가 돼지 같은 자이기 때문이에요. 그는 몹쓸 인간이죠. 그가 나치인 건 그에게 우연일 뿐이에요. 어쨌든 그는 때가 되면 아주 나쁜 나치가 될 거예요.」

「당신은 어떻죠?」 마거릿은 자신의 발을 내려다보며 꼼짝 않고 앉아 있었다.

「물론.」 스키 강사가 말했다. 「물론 나는 나치예요. 그렇게 충격을 받은 얼굴은 하지 말아요. 당신은 그 말도 안 되는 미국 신문을 읽었을 거예요. 우리가 아이들을 잡아먹고, 교회를 불태우고, 수녀들이 알몸으로 거리를 행진하게 하고, 립스틱과 인간의 피로 등에 지저분한 그림을 그리게 하고, 인간을 번식시키기 위한 농장을 운영하고 있다는 이야기가 실린…… 그 얘기가 그토록 진지하지 않았다면 웃음이 났을 거예요.」

그는 잠시 아무 말이 없었다. 마거릿은 자리를 뜨고 싶었지만 기운이 없었다. 그녀는 지금 당장 일어나면 바로 쓰러질 것 같았다. 그녀는 며칠 동안 잠을 못 잔 것처럼 눈이 깔깔하며 따가웠고, 무릎이 후들거렸다. 그녀는 눈을 깜박이며, 이제 빛이 강해지면서 멀어져서 덜 극적으로 보이는 조용한 하얀 언덕을 바라보았다.

그녀는 떠오르는 태양의 빛 속에 있는 웅장하고 평화로운 언덕이 얼마나 거짓된 것인지를 생각했다.

「당신이 이해했으면 좋겠어요.」 그의 목소리는 부드러우면서도 슬픔에 잠겨 있는 것처럼 들렸다. 심지어는 간청하는 듯이 느껴졌다. 「미국에서는 모든 것을 비난하는 것이 너무도 쉽죠. 당신들은 너무도 부유하고, 많은 사치를 누릴 수 있어요. 관용과, 당신들이 민주주의라고 부르는 것, 그리고 도덕적 입장 등을 말이죠. 하지만 이곳 오스트리아에서는 도덕적 입장 같은 것을 누릴 수가 없어요.」 그는 그녀가 따지고 들기를 기다리는 듯 잠시 가만히 있었다. 하지만 그녀는 아무 말도 하지 않았다. 그는 아무런 음색이 없는 낮은 목소리로 말을 이었다. 이해하기 어려운 그의 말은 곧 너무도 공허하게 들렸다. 「물론.」 스키 강사가 말했다. 「당신은 특별한 관념을 갖고 있어요. 당신을 탓하는 건 아니에요. 당신의 젊은 친구는 유대인이고, 당신은 그를 걱정하고 있죠. 그래서 당신은 더 큰 문제는 보지 못하고 있어요. 더 큰 문제는⋯⋯.」 마치 그 말이 확신과 기분 좋은 효과를 주기라도 하는 것처럼 그는 그 말을 반복했다. 「더 큰 문제는 오스트리아죠. 그리고 독일인이 그렇죠. 우리가 독일 사람이 아닌 척하는 건 우스꽝스러운 일이에요. 8천 킬로미터나 떨어져 있는 미국인들에게 우리가 독일인이 아닌 척하는 건 쉽죠. 하지만 우리는 그렇지 않아요. 미국인의 입장에서 보면 우리나라는 거지의 나라예요. 7백만 명의 사람들이 갈 곳도, 미래도 없이 살아가고 있어요. 누군가의 자비를 바라며, 관광객과 외국인의 팁을 받으며 호텔 종업원처럼 살고 있죠. 미국인들은 이해를 못해요. 사람들이 영원히 치욕 속에서 살 수는 없어요. 사람들은 자존심을 다시 찾기 위해서라면 무엇이든 할 거예요. 오스트리아는 나치가 됨으로써, 보다 위대한 독일의 일부가 됨으로써 자존심을 회복할 수 있어요.」 이제 그의 목소리는 좀 더 생기 있는 음색으로 변했다.

「그것이 유일한 방법은 아니에요.」 마거릿은 마지못해 말했다. 그는 너무도 지각이 있고, 유쾌하며, 이성적인 것처럼 보였다. 「거짓말과 살인과 속임수 외에 다른 방법이 분명 있을 거예요.」

「내 말을 들어 봐요.」 스키 강사는 슬픈 얼굴로 참을성 있게 고개를 저었다. 「유럽에서 10년을 살아 본 후에 내게 와 그렇게 말해 봐요. 그때도 그렇게 믿는다면. 말해 줄 게 있어요. 작년까지만 해도 나는 공산주의자였어요. 세계의 노동자들, 모두를 위한 평화, 자신의 필요에 따라 사는 삶, 이성의 승리, 형제애 등······.」 그는 웃음을 터트렸다. 「다 말도 안 되는 이야기예요! 나는 미국에 대해 모르지만 유럽에 대해서는 알아요. 유럽에서는 그 무엇도 이성에 의해 이루어지지 않을 거예요. 형제애라는 건, 길모퉁이에서 하는 싸구려 농담이죠. 그것은 전쟁 사이의 평화로운 때에 하찮은 정치가나 할 수 있는 말이죠. 그리고 그런 점은 미국 역시 그렇게 다르지 않은 것 같아요. 당신들은 그것을 거짓말과 살인과 속임수라고 부르죠. 어쩌면 맞을 수도 있어요. 하지만 유럽에서 그것은 필요한 과정이에요. 그런 것들만 효과가 있죠. 나도 그런 식으로 말하고 싶지는 않아요. 하지만 그것은 사실이고, 바보만이 다른 식으로 생각할 거예요. 그리고 마지막으로, 모든 것이 제대로 되면 우리는 당신들이 〈거짓말과 살인〉이라고 부르는 것을 멈출 수 있을 거예요. 사람들에게 먹을 것이 충분하고, 일자리가 있고, 오늘 자신이 갖고 있는 돈이 내일도 그 10분의 1이 아니라 똑같은 가치를 갖게 된다는 것을 알게 되고, 정부가 다른 누군가의 변덕에 의해 다른 누군가를 위하는 것이 아니라 자신들의 것이라는 사실을 알게 되고, 더 이상 패배하지 않게 된다면 말이에요. 약해져서는 아무것도 얻을 수가 없어요. 그리고 유대인 문제는……」 그는 어깨를 으쓱했다. 「그것은 불행한 우연이죠. 누군가가 어쩌다 그것이 힘을 가질 수 있는 유일한 방법이라는 것을 알게 되었죠. 그 방법이 마음에 든다는 얘기는 아니에요. 나 또한 어떤 종족을 공격하는 것이 우스꽝스러운 일이라는 것을 알고 있어요. 프레데릭 같은 유대인도 있고, 나 같은 유대인도 있다는 것을 알고 있어요. 하지만 유대인을 없앰으로써 질서 있고 괜찮은 유럽을 만들 수 있다면 그렇게 해야 해요. 그것은 커다란 정의를 위한 작은 불의죠. 그것이야말로 공산주의 동지들이 유럽에 가르친 유일한 것이죠. 목적은 수단을 정당화하죠. 그것은 배우기 어려운 것이지만, 결국에는 미국인들 역시 그것을 배우게 될 것 같아요.」

「그건 끔찍한 생각이에요.」 마거릿이 말했다.

「친애하는 아가씨.」 스키 강사는 몸을 돌려 그녀의 손을 잡고 간절하고도 솔직하게 이야기했다. 그의 얼굴은 홍조를 띠었고, 생기가 넘쳤다. 「나는 지금 추상적으로 설명하고 있어요. 그래서 더 나쁘게 들릴 수도 있어요. 당신은 나를 용서해야 해요. 한 가지 약속을 하죠. 당신 친구는 괜찮을 거예요. 당신 친구에게도 얘기를 해도 돼요. 1~2년 동안 그는 약간 마음 상해할 거예요. 그는 자신이 하는 일을 포기해야 할 수도 있어요. 그리고 자신의 집에서 나가야 할 수도 있어요. 하지만 일단 일이 완수되고, 그 술책이 의도한 것을 이루게 되면 그는 옛날로 다시 돌아갈 수 있을 거예요. 유대인은 목적이 아닌 수단이에요. 다른 모든 것이 완성되면 그는 그에게 어울리는 자리로 돌아갈 수 있을 거예요. 확실히 보장하죠. 그리고 미국 신문은 믿지 말아요. 작년에 내가 독일에 있었기 때문에 아는데, 베를린 거리보다는 언론인의 마음속이 훨씬 더 나빠요.」

「나는 독일도 싫고 독일인도 싫어요.」 마거릿이 말했다.

스키 강사는 그녀의 눈을 들여다본 후 슬프면서도 지친 듯 어깨를 으쓱하며 천천히 몸을 돌렸다. 그는 생각에 잠겨 산을 바라보았다. 「미안해요.」 그가 말했다. 「당신은 너무도 이성적이고 지적으로 보여요. 그래서 고향에 돌아가게 되면 좋은 말을 하게 될 미국인이 이곳에 한 사람 있다고 생각했죠. 뭔가를 이해하게 될 미국인이 말이에요.」 그는 자리에서 일어났다. 「아, 그런데 너무 많은 것을 요구한 것 같군요.」 그는 그녀에게로 몸을 돌리며 미소를 지었다. 그의 가늘고 다정한 얼굴은 부드럽고 애처로웠다. 「내가 당신에게 제안할 수 있게 해줘요. 미국으로 돌아가요. 유럽은 당신을 무척 불행하게 만들 거예요.」 그는 부츠로 눈을 문질렀다. 「오늘은 약간 추울 거예요.」 그는 사무적인 목소리로 말했다. 「당신과 당신 친구가 스키를 타겠다면 내가 직접 서쪽 슬로프로 데리고 가죠. 오늘은 거기가 최고일 거예요. 하지만 둘이 가는 건 별로 권하고 싶지 않군요.」

「고마워요.」 마거릿 역시 자리에서 일어났다. 「하지만 우리는 이곳에 머물지 않을 거예요.」

「그는 아침 기차로 오죠?」

「네.」

스키 강사는 고개를 끄덕였다. 「적어도 오늘 오후 3시까지는 기다려야 할 거예요. 다른 기차가 없거든요.」 그는 양끝이 하얀, 무성한 눈썹을 찌푸리며 그녀를 쳐다보았다. 「휴가를 이곳에서 보내고 싶지 않나요?」

「네.」 마거릿이 말했다.

「어젯밤 일 때문에요?」

「네.」

「이해해요. 여기요.」 그는 호주머니에서 종이와 연필을 꺼내 잠시 메모를 했다. 「당신이 이용할 만한 숙소가 있어요. 여기서 30킬로미터밖에 안 되는 곳에 있어요. 3시 기차가 그곳에 서죠. 괜찮은 작은 여인숙인데, 아주 괜찮은 슬로프가 있죠. 최신 슬로프죠. 사람들도 아주 괜찮아요. 전혀 정치적이지 않죠.」 그는 미소를 지었다. 「우리처럼 끔찍하지 않죠. 그곳에는 프레데릭 같은 사람이 없어요. 그들은 당신을 매우 환영할 거예요. 당신 친구도요.」

마거릿은 종이를 받아 호주머니에 넣었다. 「고마워요.」 그녀가 말했다. 그녀는 그 모든 것에도 불구하고 그가 무척 점잖고 좋은 사람이라는 생각을 하지 않을 수 없었다. 「아마도 그곳으로 갈 것 같아요.」

「좋아요. 즐거운 휴가를 보내도록 해요. 그리고 휴가를 보낸 다음에는……」 그는 그녀를 향해 미소를 지으며 손을 내밀었다. 「그런 다음에는 미국으로 돌아가요.」

그녀는 악수를 했다. 그런 다음 몸을 돌려 마을을 향해 내려가기 시작했다. 언덕 밑에 이른 그녀는 뒤를 돌아보았다. 그의 첫 수업이 시작되었고, 그는 스키를 신은 채로 몸을 구부려 눈 위에 넘어진, 빨간색 모직 모자를 쓴 일곱 살짜리 여자아이를 참을성 있게 들어 올리며 웃고 있었다.

조제프는 기쁜 나머지 약간 흥분한 상태로 열차에서 내렸다. 그는 그녀에게 키스를 하며 줄곧 빈에서부터 가져온 과자 상자와, 사지 않고는 못 배기게 만든 연한 파란색 스키 모자를 건네주었다. 「행복한 새해를 맞길 바라, 내 사랑. 당신 주근깨를 봐. 사랑해, 사랑해. 당신은 세상에서 가장 아름다운 미국인이야. 배가 고파 죽겠어. 아침 식사는 어디서 하지?」 그는 그녀에게 다시 키스를 하며 쉬지 않고 말을 한 다음 숨을 깊이 들이쉬었다. 그러고는 자부심에 차 주위를 에워싸고 있는 산을 바라보며 그녀의 몸에 팔을 두르고 말했다. 「저길 봐! 저길! 미국에 이런 곳이 있다는 말은 하지 마!」 하지만 그녀가 참지 못하고 울기 시작하자 그는 심각해지며 그녀를 안고는 흐르는 눈물에 키스를 하며 낮은 목소리로 말했다. 「무슨 일이야? 왜 그래, 내 사랑?」

플랫폼에 있는 사람들을 피해, 작은 역의 구석에서 서로 가까이 서서 그녀가 천천히 말했다. 그녀는 프레데릭에 대해서는 말하지 않고 전날 밤 노래를 부른 일과 나치를 위해 건배한 일에 대해 이야기했다. 그녀는 무슨 일이 있어도 여기서 하루를 더 보내고 싶지 않다고 했다. 조제프는 무심히 그녀의 이마에 키스를 하며 뺨을 쓰다듬었다. 그는 기차에서 내렸을 때와는 달리 더 이상 신이 난 표정이 아니었다. 살갗 아래로 섬세한 그의 얼굴뼈와 턱이 갑자기 굳어졌고, 이야기를 하는 그의 눈빛 역시 심각해졌다. 「이곳도 마찬가지야. 실내와 실외가, 도시와 시골이 있지.」 그가 말했다. 그는 고개를 저었다. 「마거릿, 내 사랑.」 그가 부드럽게 말했다. 「당신은 유럽을 떠나는 게 나을 것 같아. 고향으로 돌아가. 미국으로 돌아가.」

「아냐.」 그녀는 아무 생각 없이 말을 내뱉었다. 「이곳에 머물고 싶어. 당신과 결혼해 이곳에 머물고 싶어.」

조제프는 짧고 부드러운 머리카락을 날리며 고개를 저었다. 약간 세고 있는 그의 머리카락에 눈이 떨어져 반짝였다. 「나는 미국에 가봐야 해.」 그가 부드럽게 말했다. 「당신과 같은 여자를 낳은 나라를 방문해 봐야 해.」

「당신과 결혼하고 싶다고 했어.」 마거릿은 그의 팔을 꼭 쥐었다.

「차후에 그렇게 해.」 조제프가 나지막하게 말했다. 「그 문제는 나중에 얘기하자.」

하지만 그들은 결코 그렇게 하지 못했다.

그들은 랑거만 부부의 여인숙으로 가 햇빛이 반짝이는 창가에 조용히 앉아 웅장한 알프스를 배경으로 베이컨과 계란, 감자, 팬케이크, 크림을 얹은 빈 스타일의 커피를 곁들인 아침을 배불리 먹었다. 프레데릭은 신중하면서도 정중하게 그들의 시중을 들었다. 그는 마거릿이 의자에 앉을 때 의자를 뒤로 빼주었으며 조제프의 잔이 비자 재빨리 커피를 채워 주었다.

아침 식사 후 마거릿은 짐을 싼 후 랑거만 부인에게 자신과 친구는 떠날 거라고 했다. 「안타까운 일이군요!」 랑거만 부인은 껄껄 웃으며 계산서를 건네주었다.

계산서에는 9실링으로 표시된 항목이 하나 있었다.

「이건 이해가 안 되는군요.」 마거릿이 말했다. 그녀는 로비의 반짝이는 참나무 책상 앞에 서서 만년필로 깔끔하게 쓴 계산서를 가리켰다. 랑거만 부인은 책상 뒤에서 거북해하며 고개를 들고 근시인 눈으로 종잇장을 바라보았다.

「오.」 그녀가 고개를 들고 무표정하게 마거릿을 쳐다보았다. 「오, 그건 찢어진 시트 값이죠. 사랑스러운 아가씨.」

마거릿은 돈을 지불했다. 프레데릭은 그녀의 가방을 들어주었다. 그녀는 그에게 팁을 줬다. 「즐겁게 여행하시길 바랍니다.」 그는 그녀가 택시에 타는 것을 도우며 인사를 했다.

마거릿과 조제프는 역에서 가방을 맡긴 후 기차 시간이 될 때까지 주위를 돌아다니고 상점을 구경했다.

기차가 출발할 때 그녀는 플랫폼 끝에서 얼굴이 검지만 멋진 모습을 한 디스틀을 본 것 같았다. 그녀는 손을 흔들었지만 상대방은 손을 흔들지 않았다. 하지만 어쩐지 그가 역에 와서 그녀가 조제프와 함께 떠나는 것을 본 것만 같았다.

디스틀이 추천한 여인숙은 작고 예뻤으며 사람들도 매력적이었다. 사흘 밤 중 이틀 밤 동안 눈이 내렸고, 아침이 되자 길에는 새로 눈이 쌓여 있었다. 조제프는 그 어느때보다 더 즐거워했다. 마거릿은 신혼여행을 온 사람들을 위한 것으로 보이는 커다란 깃털 침대에서 밤새 그의 팔에 안겨 안전하고도 따뜻하게 잠을 잤다. 그들은 심각한 얘기는 하지 않았고, 결혼에 대해서도 다시는 말하지 않았다. 매일매일 하루 종일 산봉우리 위 맑은 하늘에는 해가 비쳤으며 포도주 향기처럼 감미로운 공기는 사람을 취하게 하는 것 같았다. 조제프는 밤에 난로 앞에서 다른 손님들을 위해 슈베르트의 가곡을 불렀다. 그의 목소리는 감미로우면서도 애절했다. 여인숙에는 늘 계피 향기가 났다. 그들의 얼굴은 진한 갈색으로 탔고, 마거릿은 그 어느때보다도 주근깨가 많이 생겼다. 나흘째, 빈으로 가기 위해 역으로 내려갈 때 마거릿은 하마터면 울 뻔했다. 휴가가 끝났다.

2

 뉴욕에서도 사람들은 1938년 새해를 반기고 있었다. 젖은 거리에는 택시가 늘어서 있었다. 검은 돌과 콘크리트 우리 안에 가둬 둔 것처럼 보이는, 철과 유리로 만든 새로운 종의 동물 같은 택시들은 요란하게 경적을 울렸다. 시내 한복판에는 탈출 순간에 간수가 비추는 불빛에 노출된 죄수처럼 광고 간판의 불빛에 둘러싸인 백만 명에 이르는 사람들이 무리를 지어 천천히 정처 없이 움직이며 환호하고 있었다. 『더 타임스』 건물 주변에서 반짝이는 뉴스 전광판은 축제 분위기에 싸인 사람들에게 중서부에서 폭풍으로 일곱 명이 사망했으며, 한 해가 저무는 순간 마드리드가 열두 번 폭격을 당했다는 소식을 알려 주었다. 『더 타임스』 독자들은 그 사실을 미리 알 수 있었는데, 뉴욕이 마드리드보다 새해가 몇 시간 늦게 시작되었기 때문이다.

 경찰에게 뉴욕은 도둑질과 강간, 교통사고 등이 더 많이 일어나고, 여름에는 덥고 겨울에는 폭설이 내리며, 길모퉁이에서 사람들이 사기를 치는 곳일 뿐이다. 축하하는 사람들을 광장 한쪽으로 내모는 그들의 눈은 냉소적이면서도 지쳐 있었다.

 축하객들은 젖은 종잇장이 널려 있는 곳을 용암처럼 무리 지어 지나가면서 서로에게 뉴욕 거리의 수백만 가지 세균이 묻어 있는 색종이 조각을 던지며, 자신들은 행복하며 아무것도 두렵지 않다는 것을 세상에 알리기 위해 나팔을 불었고, 반나절도 가지 않을 선한 마음으로 거칠게 인사를 했다. 이를 위해 사람들은 영국의 안개와 아일랜드의 초록색 연무, 시리아와 이라크의 모래 언덕, 유대인이 집단 학살을 당한 폴란드와 러시아의 유대인 거주지, 이탈리아의 포도밭과 노르웨이의 차가운 둑, 그리고 지구상의 다른 모든 섬과 도시와 대륙에서 왔다. 그 후 사람들은 브루클린과 브롱크스, 이스트 세인트루이스와 텍사르카나, 비미지와 제프리 그리고 스피릿이라고 불리는 마을에서 왔다. 사람들 모두 한 번도 햇빛을 충분히 받지 못했거나 잠을 자지 못한 것처럼 보였다. 그리고 그들의 옷은 본래 다른 사람을 위해 산 것처럼 보였으며, 자신이 아니라 다른 누군가의 휴일을 위해 이 차가운 아스팔트 우리 속에 던져진 것처럼 보였다. 그들은 겨울이 영원히 지속되리라는 것을 뼛속 깊이 인식하고 있는 것처럼 보였다. 그리고 나팔 소리와 웃음소리와 경건한 행진에도 불구하고 1938년이 그 전 해보다 더 좋지 않으리라는 점을 알고 있는 것처럼 보였다.

소매치기와 창녀, 도박꾼, 포주, 사기꾼, 택시 운전사, 바텐더와 호텔 소유주들은 연극 제작자와 샴페인 판매업자, 거지와 나이트클럽의 문지기만큼이나 성공했다. 여기저기서 잔이 깨지는 소리가 들렸다. 호텔 창문 밖으로 위스키 병이 날아가 좁은 통로에 떨어졌다. 2달러 하는 호텔 방이, 일시적인 기쁨 속에 한 해가 가고 있는 오늘 밤에는 5달러였다. 50번가에서 한 여자의 목이 잘리면서, 구급차의 경적 소리가 축하객들의 환호 소리에 더해졌다. 조금 조용한 거리에서는 살짝 열려 있는 밝은 노란빛의 창문에서 여자들의 높은 웃음소리와, 토요일과 휴일 저녁에 들리는 도시의 소음이 흘러나왔다. 그런데 지나치게 즐거워하는 것 같은, 귀에 거슬리는 그 소리는 어쩐 일인지 기온이 더 내려가는 아침에, 어둠 속에서만 들을 수 있는 것 같았다.

새해 아침이 되면 사람들은 교외로 가는 지하철의 축축하고 어둡운 공간에서 더러워진 눈을 감고 잠이 든 채 조용히 흔들리며 사라져 갈 것이다. 집으로 향하는 그들에게서는 길모퉁이의 치자나무와 마늘, 양파, 땀, 구두 광택제, 향수와 노동의 냄새가 날 것이다. 하지만 지금 그들은 밝은 거리를 오가면서 나팔과 딸랑이와 주석으로 만든 호루라기로 시끄러운 소리를 내며 축하하고 있었다. 새해가 되면서 그들은 어쨌든 자신들이 지난해에 살아남았으며, 이듬해에도 살아 있다는 사실을 확인할 것이다.

마이클 휘테이크는 군중 속을 헤치고 나아갔다. 그는 자신을 밀치고 지나가는 사람들을 향해 자신이 기계적이면서도 위선적으로 미소를 짓고 있음을 느꼈다. 마이클은 약속 시간에 늦은 상태였지만 택시를 잡을 수가 없었다. 분장실에서 그는 술을 몇 잔 하지 않을 수가 없었다. 서둘러 술을 마신 탓에 그는 머리가 빙빙 돌았고, 배가 뒤틀렸다.

극장은 혼란스러웠다. 관객들은 아무런 반응도 보이지 않고 시끄러운 소리만 냈다. 패트리시아 페리가 술을 너무 많이 마셔서 무대에 설 수 없어 할머니 역할을 대역이 해내야 했다. 마이클은 사태를 수습하느라 힘든 밤을 보냈다. 그는 「늦봄」의 무대감독이다. 그 연극에는 늘 감기에 걸리는 아이 세 명을 포함해 서른일곱 명이 출연했다. 그리고 그는 20초 안에 무대를 다섯 번 바꿔야 했다. 이런 식으로 밤을 보내고 나면 그는 집에 가 잠을 자고 싶은 생각밖에 없었다. 하지만 67번가에서 그 망할 놈의 파티가 있고, 로라가 그곳에 있었다. 어쨌든 새해 전야에는 아무도 그냥 자러 가지는 않았다.

그는 끔찍한 군중들을 헤치고 재빨리 5번가로 가서 북쪽으로 향했다. 5번가는 덜 붐볐고, 공원에서 불어오는 바람 덕분에 공기도 더 상쾌했다. 솟아 있는 건물 위로 하늘은 어두웠고, 그는 길 위로 좁게 보이는 하늘에서 희미하고 작은 별들을 볼 수 있었다.

그는 빠르게 걸으며 시골에 집을 얻어야겠다고 생각했다. 그의 신발이 시멘트 바닥에 닿으며 부드러운 소리가 났다. 〈뉴욕에서 멀지 않은 곳에 있는 비싸지 않은 작은 집을 구할 수 있을 거야. 6천~7천 정도 하는. 대출을 받을 수 있을지도 몰라. 그곳에서 며칠씩 머물 수도 있겠지. 조용한 그곳에서는 밤에 별을 모두 볼 수 있고, 마음만 먹으면 8시에 잠자리에 들 수도 있을 거야. 꼭 그렇게 해야 해, 그냥 생각만 해서는 안 돼〉라고 그는 생각했다.

그는 희미하게 불이 켜진 상점 유리창에 비친 자신의 모습을 흘깃 보았다. 반사된 그의 모습은 그림자처럼 비현실적으로 보였지만 여느 때처럼 그는 자신의 모습에 짜증이 났다. 그는 의식적으로 어깨를 폈다. 〈몸을 구부정하게 해서는 안 돼, 그리고 7킬로그램을 빼야 해〉라고 그는 생각했다. 〈나는 살찐 식료품점 주인처럼 보여.〉

그는 자신이 모퉁이를 건너는 순간 멈춰 선 택시를 타지 않았다. 그는 운동을 해야 하며, 최소한 한 달 동안은 술을 마시지 말아야 한다고 생각했다. 술이 문제였다. 맥주와 마티니를 섞어 마시고 나면 아침에 머리가 아팠다. 정오가 될 때까지 아무것도 할 수가 없었지만 점심시간이 되면 또다시 한잔을 했다. 하지만 지금은 새해가 시작되고 있고, 술에 취하기에는 지금만 한 때가 없다. 그럼에도 오늘 밤 파티는 인격을 시험하는 무대가 될 것이다. 술에 취해서는 안 된다. 그리고 과하게 행동하지 말아야 한다. 〈시골에 있는 집에는 술은 한 병도 두지 말아야지.〉 이제 그는 결심이 서 힘이 생기며 기분이 더 좋아졌다. 하지만 67번가로 향하면서 고급스러운 가게의 창문을 지나가는 동안 그의 바지는 여전히 불편하게 꽉 죄었다.

그가 사람들로 북적거리는 방에 들어섰을 때에는 12시 직후였다. 사람들은 노래를 부르며 서로를 껴안고 있었고 파티에서 늘 술에 취하는 그녀는 또다시 술에 취한 채 구석에 있었다. 휘테이크는 사람들 속에서 키가 작은 남자에게 키스하고 있는 아내를 보았다. 누군가가 그의 손에 술잔을 쥐여 주었고, 키가 큰 한 여자가 그의 어깨에 감자 샐러드를 쏟으며 훌륭한 샐러드라고 말했다. 그녀는 거의 4센티미터에 가까운 선홍색 손톱이 있는 길고 섬세한 손으로 그의 양복 옷깃을 스쳤다. 미풍이 부는 가운데 가슴이 무척 풍만한 캐서린이 다가왔다. 「마이크, 내 사랑.」 그녀는 그의 귀 뒤쪽에 키스를 했다. 「오늘은 무엇을 했어요?」 마이클은 「내 아내가 어제 태평양 연안 지방에서 돌아왔어요」 하고 말했다. 그러자 캐서린은 「맙소사! 미안해요. 행복한 새해를 맞이하길 바라요」 하고 말하며 다른 곳으로 가 머리를 짧게 자르고 하얀 넥타이를 맨, 하버드 대학 3학년 학생 세 명을 풍만한 가슴으로 유혹했다. 여주인과 아는 사이인 학생들은 휴일을 맞아 시내에 머물고 있었다.

마이클은 잔을 들어 반을 비웠다. 레몬 소다를 넣은 스카치 같았다. 그는 아침이 되면 술 때문에 머리가 아플 것이라고 생각했다. 어쨌든 그는 이미 세 잔을 마신 상태였고, 술에 취하지 않겠다는 자신과의 약속은 저버린 후였다. 마이클은 아내가 키 작은 대머리 남자와의 키스를 끝내기를 기다렸다. 남자는 러시아의 사나운 기병대원처럼 수염을 기르고 있었다.

마이클은 방을 가로질러 아내 뒤쪽으로 갔다. 그녀는 키가 작은 남자의 손을 잡고 「아무에게도 말하지 말아요, 해리. 하지만 대본은 형편없어요」라고 말하고 있었다.

「나를 알잖아요, 로라.」 대머리 남자가 말했다. 「내가 누구에게 얘기한 적이 있소?」

「행복한 새해를 맞이하길 바라, 여보.」 마이클은 로라의 뺨에 키스했다.

로라는 대머리 남자의 손을 잡은 채 고개를 돌렸다. 그녀는 미소를 지었다. 축하의 말이 난무하고 주위가 소란스럽고 술에 취해 있긴 했지만 그녀는 사람을 녹일 만큼 부드러운 모습을 보였다. 그녀의 사랑스러운 모습은 수도 없이 보아 왔지만 늘 마이클을 놀라게 했다. 그녀는 팔을 뻗어 마이클을 가까이 끌어당긴 다음 키스를 했다. 그녀가 키스하기 전, 그가 그녀의 향기를 맡는 순간, 그들의 뺨이 아주 가까이 있을 때 잠시 그는 주춤했다. 그는 키스를 하면서도 자신이 둔감해지고 무뚝뚝해졌다는 것을 느꼈다. 〈그녀는 늘 이런 식이야〉라고 그는 생각했다. 새해든 지난해든 그녀에게는 아무런 차이가 없었다.

「극장을 나서기 전에 향수를 뿌렸어.」 그녀에게서 떨어져 똑바로 서며 그가 말했다. 「샤넬 넘버 5 두 병을 끼얹었지.」

그는 상처받은 로라의 눈꺼풀이 바르르 떨리는 것을 보았다. 「내게 비열하게 굴지 말아요.」 그녀가 말했다. 「1938년에는요. 왜 이렇게 늦었죠?」

「중간에 두어 잔 했어.」

「누구와?」그에게 캐물을 때면 늘 떠오르는 의심스러워하는 표정이 섬세하고 솔직한 그녀의 모습을 망쳐 놓았다.

「사내들 몇 명하고.」그가 말했다.

「그게 다예요?」남편에게 캐묻고 있는 그녀의 목소리는 가벼우면서도 장난스러웠다.

「아니.」마이클이 말했다.「말하지 않은 게 있는데, 배꼽에 호두를 달고 춤을 춘 폴리네시아 여자 여섯 명이 있었어. 하지만 우리는 그들을 스토크에 남겨 두고 떠났어.」

「이 사람 재미있지 않아요?」로라가 대머리에게 말했다. 「정말로 재미있죠?」

「부부 싸움이 시작되려나 보군.」대머리가 말했다.「이제 나는 가야 할 것 같소. 부부 싸움이 시작되려고 하는 것 같으니까.」그는 휘테이크 부부를 향해 손을 흔들었다.「사랑해요, 로라, 내 사랑.」그렇게 말하며 그는 사람들 속으로 갔다.

「멋진 생각이 있어요.」로라가 말했다.「오늘 밤에는 아내에게 비열하게 굴지 말아요.」

마이클은 잔을 비운 후 내려놓았다.「수염을 기른 저 사내는 누구야?」그가 물었다.

「오, 해리 말이에요?」

「당신이 키스를 하고 있던 사내 말이야.」

「해리예요. 그를 안 지 몇 년 됐어요. 그는 파티가 있는 곳이면 늘 나타나죠.」로라는 자신의 머리카락을 부드럽게 만졌다.「이곳에도 나타났고요. 그가 뭘 하는지는 모르겠어요. 아마 에이전트일 거예요. 그가 내 마지막 영화에서 내가 뇌쇄적이었다고 말했어요.」

「정말로 뇌쇄적이었다고 했어?」

「그래요.」

「요즘 할리우드에서는 그렇게 표현해?」

「그런 것 같아요.」 그녀는 그를 향해 미소를 지으면서 이곳저곳을 둘러보았다. 집에 있을 때를 제외하고 그녀는 늘 그런 식이었다. 「내 마지막 영화에서 내가 어땠다고 생각해요?」

「뇌쇄적이었어.」 마이클이 말했다. 「술이나 한잔하지.」

로라는 자리에서 일어나 그의 팔을 잡고 뺨을 어깨에 부드럽게 문지르며 말했다. 「내가 이곳에 있어서 기뻐요?」 마이클은 미소를 지으며 「뇌쇄적이야」라고 말했다. 그들은 방 한가운데 있는 사람들을 지나 바를 향해 나란히 가며 웃음을 터트렸다.

바는 옆방에 있었는데 벽에는 평행사변형 위에 앉아 있는, 자홍색 젖가슴이 세 개 달린 여자를 그린 것처럼 보이는 추상화가 걸려 있었다.

그곳에는 월러스 아니가 있었다. 머리가 센 그는 우쭐해하는 모습으로 손에 찻잔을 들고 있었다. 그의 옆에는 연이어 겨울을 열 번 넘긴 것처럼 보이는, 파란색 능직 양복을 입은, 땅딸막하지만 튼튼한 남자가 앉아 있었다. 그리고 얼굴이 예쁘고, 모델처럼 엉덩이가 작은 여자 둘이 위스키를 스트레이트로 마시고 있었다.

「그가 네게 수작을 걸었어?」 마이클은 한 여자가 말하는 것을 들었다.

「아니.」 윤기가 흐르는 금발 머리를 흔들며 다른 여자가 말했다.

「왜?」

「당시 그는 요기였거든.」 금발이 말했다.

두 여자는 생각에 잠겨 각자의 잔을 바라보다가 잔을 비운 후 정글 속의 표범처럼 당당하고도 우아하게 다른 곳으로 갔다.

「저들이 하는 얘기를 들었어?」 마이클이 물었다.

「응.」 로라는 웃고 있었다.

마이클은 바 뒤에 있는 남자에게 스카치 두 잔을 주문한 후 「늦봄」의 작가인 아니를 향해 미소를 지었다. 아니는 계속 그의 앞쪽을 바라보며 아무 말도 하지 않고, 이따금 우아하면서도 떨리는 동작으로 찻잔을 들어 올리기만 했다.

「일으켜 세워야 해.」 파란색 양복을 입은 남자가 말했다. 「일으켜 세워. 심판은 저 친구가 또 다른 벌칙을 받지 않도록 싸움을 중단시켜야 해.」

아니는 미소를 지으며 주위를 둘러보고는 찻잔과 받침을 바 뒤쪽에 있는 남자에게 내밀었다. 「차를 더 줘요.」 그가 말했다.

바텐더가 호밀 차를 채워 주었고, 아니는 찻잔을 받기 전에 주위를 다시 한번 둘러보았다. 「안녕, 휘테이크.」 그가 말했다. 「휘테이크 부인. 펠리스에게 이야기하지 않을 거지?」

「네, 월러스.」 마이클이 말했다. 「말하지 않을게요.」

「고마워.」 아니가 말했다. 「펠리스는 소화가 안 돼 한 시간째 화장실에 있어. 그녀는 맥주도 못 마시게 할 거야.」 위스키를 마신 그의 목소리는 자신에 대한 연민으로 떨리고 있었다. 「맥주도 못 마셔. 상상이 돼? 그래서 차를 마시고 있어. 1미터 거리에서 보면 누가 그 차이를 알겠어?」 그는 차를 한 모금 마시며 경멸을 담은 목소리로 말했다. 「나는 어른이야. 그녀는 내가 또 다른 희곡을 쓰길 바라.」 이제 그는 고통스러워하고 있었다. 「내 아내라는 이유만으로 내 손에서 술잔을 뺏을 수 있는 권리가 있다고 생각하고 있어. 모욕적이야. 내 나이의 남자는 그런 식으로 모욕을 당해서는 안 돼.」 그는 파란색 양복을 입은 남자에게 고개를 돌렸다. 「여기 있는 패리시 씨는 고래처럼 술을 마시지만 아무도 그에게 창피를 주지 않아. 모두들 〈펠리스가 술주정뱅이 월러스 아니에게 무척 헌신적인 게 감동적이지는 않아〉라고 말하지. 나로서는 하나도 감동적이지 않아. 그녀가 왜 그러는지 패리시 씨와 나는 알고 있지. 그렇지 않나요, 패리시 씨?」

「물론 그래요, 친구.」 파란 양복을 입은 남자가 말했다.

「경제적인 문제 때문이야. 다른 모든 것들과 마찬가지로.」 아니는 갑자기 잔을 흔들어 마이클의 옷소매에 차를 쏟았다. 「패리시 씨는 공산주의자인데, 인간의 모든 행동의 근본을 알고 있지. 탐욕. 순수한 탐욕. 내게서 또 다른 희곡 한 편이 나오게 할 수 없다는 생각이 들면 내가 술독에 빠져 살아도 상관하지 않을 거야. 내가 데킬라와 압생트에 빠져 살아도 그들은 〈엿이나 먹어, 월러스 아니〉라고 말할 거야. 이런 말을 해서 미안해요, 휘테이크 부인.」

「괜찮아요.」 로라가 말했다.

「자네 부인은 무척 예뻐.」 아니가 말했다. 「정말이지 무척 예뻐. 오늘 밤 이곳에서 사람들이 자네 부인 예찬하는 소리를 들었어.」 그는 마이클을 향해 곁눈질을 했다. 「멋진 말을 했지. 이곳 손님들 가운데 자네 부인의 친구들이 몇 명 있어. 그렇지 않나요, 휘테이크 부인?」

「맞아요.」 로라가 말했다.

「모두들 이곳 손님들 가운데 친구가 몇 명씩 있지.」 아니가 말했다. 「요즘 파티는 그런 식이야. 겨울잠을 자는 뱀의 둥지처럼 모두들 다른 누군가에 둘러싸여 있지. 어쩌면 그것이 다음 희곡의 주제가 될지도 몰라. 물론 나는 쓰지 않겠지만.」 그는 차를 가득 들이켰다. 「맛있는 차야. 펠리스에게는 이야기하지 마.」 마이클은 로라의 팔을 잡고 다른 곳으로 가려고 했다. 「가지 마, 휘테이크.」 아니가 말했다. 「내가 자네를 지루하게 만들고 있다는 것은 알지만 가지 마. 자네에게 이야기하고 싶어. 무슨 이야기를 하고 싶나? 예술에 대해 이야기하고 싶나?」

「다음에 하죠.」 마이클이 말했다.

「자네가 무척 진지한 젊은이라는 것을 알아.」 아니가 끈질기게 말했다. 「예술에 대해 얘기를 하지. 오늘 밤 내 연극은 어땠나?」

「괜찮았어요.」 마이클이 말했다.

「아냐.」 아니가 말했다. 「내 연극에 대해서는 이야기하지 않을 거야. 나는 예술이라고 말했어. 한데 자네가 내 연극에 대해 어떻게 생각하고 있는지 알아. 자네가 내 연극에 대해 어떻게 생각하고 있는지는 뉴욕 전체가 알고 있어. 자네는 너무 많은 말을 떠벌리고 있어. 그럴 수만 있다면 자네를 해고하고 싶어. 나는 자네에게 잘 대해 주고 있어. 하지만 자네를 해고하고 말 거야.」

「취했네요, 월러스.」 마이클이 말했다.

「나는 자네가 보기에는 충분히 심오하지 않을 거야.」 연한 파란색 눈에 눈물이 고이며 아니가 말했다. 말을 하고 있는 그의 두툼한, 젖은 아랫입술은 떨리고 있었다. 「내 나이가 되어서, 휘테이크, 심오해져 보게.」

「마이클은 당신 희곡을 무척 좋아해요.」 로라가 분명한 목소리로 달래듯이 말했다.

「당신은 무척 예뻐요, 휘테이크 부인..」 아니가 말했다. 「그리고 당신은 친구들이 많죠. 하지만 지금은 그냥 입을 다물고 있어요.」

「어디 가서 좀 눕죠.」 마이클이 말했다.

「딴 얘기 하지 마.」 아니가 호전적인 모습으로 마이클을 향해 고개를 돌렸다. 「자네가 이곳에서 무슨 말을 하고 다니는지 알아. 〈아니는 한물간 멍청한 늙은이죠. 아니는 1929년에 사라진 사람들에 대해 1829년 스타일로 글을 쓰죠.〉 그런 말은 하나도 웃기지 않아. 내 곁에는 비평가들이 많이 있어. 왜 내가 그들에게 내 돈을 지불해야 하지? 나는 자네 같은 건방진 젊은이들을 좋아하지 않아, 휘테이크. 자네는 그토록 건방져도 괜찮을 만큼 젊지도 않아.」

「이봐요, 친구.」 파란색 양복을 입은 남자가 말했다.

「당신이 이 친구에게 말해 봐요.」 아니가 패리시에게 말했다. 「이 친구 역시 공산주의자야. 바로 그 때문에 나는 이 친구가 보기에 충분히 심오하지 않은 거지. 요즘에는 심오해지려면 일주일에 15센트를 주고 『뉴 매시스』를 사보기만 하면 돼.」 그는 다정하게 패리시의 어깨에 팔을 둘렀다. 「내가 좋아하는 공산주의자는 패리시 같은 사람이야. 햇볕에 그을린 패리시. 이 사람은 햇빛이 강렬한 스페인에서 피부가 탔지. 스페인에 갔다가 마드리드에서 총에 맞았어. 그런데도 다시 스페인으로 가서 그곳에서 죽으려고 하지. 그렇지 않나요, 패리시 씨?」

「그래요, 친구.」 패리시가 말했다.

「내가 좋아하는 공산주의자는 이런 유형이야.」 아니가 큰 소리로 말했다. 「여기 있는 패리시 씨는 돈을 조금 모으고, 지원자를 확보한 후 태양이 강렬한 스페인에 가서 총에 맞으려 하고 있지. 뉴욕의 이런 동화 같은 파티에서 심오한 이야기를 하는 대신에. 휘테이크, 패리시 씨와 함께 스페인에 가 심오해지는 게 어떤가?」

「조용히 하지 않으면」하고 마이클이 말하는 순간 머리가 하얗고, 까무잡잡한 얼굴이 당당해 보이는 키가 큰 여자가 그와 아니 사이를 조용히 지나가며 아무 말 없이 아니가 들고 있는 찻잔을 쳤다. 도기 잔은 바닥에 떨어지며 부서졌다. 아니는 화가 나서 잠시 그녀를 쳐다보다가 수줍게 미소를 지으며 바닥을 내려다보았다. 「안녕, 펠리스.」 그가 말했다.

「바에 있지 말아요.」 펠리스가 말했다.

「그냥 차를 조금 마시고 있었어.」 아니가 말했다. 나이가 들고 살이 찐 그는 넓은 이마에 땀을 흘리며 몸을 돌려 다른 곳으로 갔다.

「아니 씨에게는 술을 주지 마요.」 펠리스가 바텐더에게 말했다.

「네, 부인.」 바텐더가 말했다.

「맙소사.」 펠리스가 마이클에게 말했다. 「나는 그를 죽일 수도 있어요. 그는 나를 미치게 만들고 있어요. 하지만 그는 천성은 무척 좋은 사람이에요.」

「사랑스러운 사람이죠.」 마이클이 말했다.

「그가 끔찍하게 굴었나요?」 펠리스가 걱정스러운 듯 물었다.

「아뇨.」 마이클이 말했다.

「더 이상 그 누구도 그를 초대하지 않을 거예요. 모두가 그를 피하고 있어요.」 펠리스가 말했다.

「이유를 모르겠네요.」 마이클이 말했다.

「어쨌든 그에게는 끔찍한 일이에요.」펠리스가 슬픈 목소리로 말했다.「그는 생각에 잠겨 자신의 방에 앉아 자기 말에 귀를 기울이는 모두에게 자신은 한물갔다고 말하죠. 나는 이번 파티가 그에게 좋을 수도 있다고 생각했어요. 그래서 계속 그를 지켜보고 있었죠.」그녀는 물러가고 있는 아니의 구부정한 모습을 보며 어깨를 으쓱했다.「첫잔을 마신 후에 손목을 잘라 버려야 하는 사람들이 있죠.」그녀는 옛날식으로 정중하게 명주 치마를 올려 인사한 후 극작가를 쫓아갔다.

「한 잔은 괜찮을 것 같은데.」마이클이 말했다.

「내 생각에도요.」로라가 말했다.

「친구.」패리시가 말했다.

그들은 바 앞에 조용히 서서 바텐더가 잔을 채우는 것을 바라보았다.

「알코올의 남용은,」하고 패리시가 잔을 들며 목사처럼 근엄한 목소리로 말했다.「인간을 동물보다 우월한 존재로 만드는 것 중 하나요.」

그들은 웃음을 터트렸고, 마이클은 패리시를 향해 잔을 든 후 술을 마셨다.

「마드리드를 위해.」패리시가 대수롭지 않게 말했다.「마드리드를 위해.」로라가 숨 가쁜 듯한 목소리로 말했다. 마이클은 오래전부터 감지해 온 불편함을 느꼈고, 그래서 잠시 망설였지만 그럼에도「마드리드를 위해」라고 말했다.

그들은 술을 마셨다.

「언제 돌아왔죠?」마이클이 물었다. 그는 그 이야기를 하는 것이 불편하게 느껴졌다.

「나흘 전에요.」패리시가 말했다. 그는 잔을 다시 입술 가까이로 들었다.「이 나라에는 아주 훌륭한 술이 있어요.」미소를 지으며 그가 말했다. 그는 5분마다 잔을 다시 채우며 꾸준하게 술을 마셨다. 갈수록 그의 얼굴이 빨개졌지만 다른 이상은 없는 것 같았다.

「언제 스페인을 떠났죠?」마이클이 물었다.

「2주 전에요.」

마이클은 2주 전 비행기가 머리 위로 날아다니고, 새로운 무덤이 계속 생기고 있는 얼어붙은 도로 위에서 대충 만든 군복을 입은 채 차가운 소총을 들고 있는 패리시의 모습을 상상해 보았다. 한데 이제 그는 결혼식을 앞둔 트럭 운전사같이 파란색 양복을 입은 채 그곳에 서서 술잔에 든 얼음 조각을 흔들고 있었다. 그리고 그의 주위로 사람들은 자신들이 만든 마지막 영화와, 비평가들이 한 이야기, 그리고 아기가 잘 때 눈을 손으로 비비는 습관에 대한 의사의 견해 등을 이야기하고 있었다. 긴 창문 사이로 센트럴 파크가 보이는 안전한 건물의 11층에 있는, 바 위쪽에 젖가슴이 세 개 달린 자홍색 여자 그림이 있는, 무거운 카펫이 깔린, 사람들로 북적이는 호사스러운 아파트의 방 한쪽 구석에서 한 남자가 남쪽 지방의 발라드를 부르며 기타를 치고 있었다. 그리고 패리시는 금방이라도 창문으로 보이는 강둑으로 내려가 배를 타고 다시 스페인으로 갈 수도 있었다. 약간 어색하게 처신하지만 마음씨가 좋아 보이는 그에게는, 그가 무슨 일을 겪었는지, 그리고 그의 앞에 어떤 일이 기다리고 있는지를 알려 주는 단서가 하나도 없었다.

마이클은 인간이 무척이나 유연하다고 생각했다. 패리시는 마이클보다 훨씬 나이가 많았고, 훨씬 더 힘든 삶을 살아

온 것이 분명했다. 그는 유혈이 낭자한 땅에서 오랫동안 행진을 했을 것이다. 그는 사람을 죽였고, 목숨을 잃을 뻔했으며, 또다시 전쟁터로 나갈 것이다. 거친 손을 가진 패리시가 얼굴이 붉어진 채로 그 파티장에서 자신의 양심을 일깨워 주고 있다는 생각이 들면서 마이클은 자신이 경멸스러웠고, 그래서 고개를 저었다.

「돈은 중요한 것이죠.」 패리시는 로라를 향해 말했다. 「정치적 압력도 마찬가지죠. 우리는 싸우고자 하는 사내들을 많이 모을 수 있어요. 하지만 영국 정부는 국왕을 지지하는 사람들을 모두 런던에 가둬 놓고 있고, 워싱턴은 사실상 프랑코를 돕고 있죠. 우리는 우리 편 친구들을 몰래 잠입시켜야 하는데 거기에는 뇌물과 통행세 같은 것이 들죠. 어느 날 우리는 유니버시티 시티 바깥에 줄을 서 있었죠. 무척 추웠죠. 아마 그런 날씨에는 고래의 젖꼭지도 얼어붙어 배에서 떨어졌을 거예요. 사람들이 내게 와 말했죠. 〈패리시 씨, 당신은 이곳에서 탄약을 낭비하고 있을 뿐이에요. 우리는 당신이 파시스트를 죽이는 것을 아직 못 봤어요.〉 그래서 우리는 그들에게 〈당신들은 능숙하게 거짓말을 하는 개자식이야, 미국으로 돌아가 파시스트에 대항해 최전선에서 싸우고 있는 불멸의 국제 여단의 영웅에 대한 과장된, 가슴 아픈 이야기를 들려줘〉라고 말했죠. 〈그리고 호주머니를 두둑이 한 다음 이곳으로 돌아와〉라는 말도 했죠. 나는 그 모임을 계획하면서 자유로운 상상을 했어요. 돈을 쓰며 여자들과 즐길 수도 있지만 자유를 위해 투쟁하면서 나의 진정한 직업을 찾을 수도 있다고 생각했어요.」 그는 의치를 드러내며 행복한 듯 미소를 지으며 빈 잔을 바텐더에게 내밀었다. 「고문당하고 있는 스페인에서 벌어진, 자유를 위한 싸움에 관한 끔찍한 이야기를 듣고 싶은가요?」

「아니요.」 마이클이 말했다. 「최소한 그런 식으로 서두를 꺼내지는 말아요.」

「사실은」 하고 패리시가 갑자기 미소를 거두며 진지한 목소리로 말했다. 「사실은 사람들이 생각하는 것과는 다르죠.」 그는 몸을 돌려 방 안을 둘러보았다. 마이클은 처음으로 차갑고 거칠며, 계산적인 그의 눈 속에서 그가 겪은 무언가를 감지할 수 있었다. 「8천 킬로미터나 떨어진 곳에서 온 젊은이들은 자기가 갑자기 배에 총탄을 맞아 바로 그곳에서 정말로 죽을 수도 있다는 것을 깨닫고 놀라죠. 프랑스인들은 뇌물을 받아, 피를 흘리고 있는 사람들이 한겨울에 피레네 산맥을 지나가게 허락하죠. 어디에나 사기꾼과 허풍쟁이와 간사한 자들이 있어요. 부두에도 사무실에도, 대대에도 소대에도, 최전선에도. 선량한 사내들은 친구들이 못된 짓을 하는 것을 보고는 〈내가 실수한 게 틀림없어. 이건 다트머스에서 상상한 것과는 달라〉라고 말하죠.」

여학생처럼 분홍색 드레스를 입은, 마흔쯤 된, 약간 살이 찐 여자가 다가와 로라의 팔을 잡았다. 「로라」 하고 그녀가 말했다. 「당신을 찾고 있었어요. 당신 차례예요.」

「오!」 로라가 금발 여자에게로 고개를 돌리며 말했다. 「기다리게 해서 미안해요. 패리시 씨 이야기가 너무 재미있어서요.」 로라가 「재미있어서요」라고 말하는 순간 마이클이 약간 얼굴을 찌푸렸다. 패리시는 두 여자를 바라보며 미소를 짓기만 했다.

「잠시 후에 돌아올게요.」 로라가 마이클에게 말했다. 「신시아가 운명을 봐주는데 이제 내 차례가 되었어요.」

「당신의 미래 속에 의치를 한, 마흔 살 된 아일랜드인이 있는지 봐요.」 패리시가 큰 소리로 말했다.

「물어보죠.」 로라는 웃으며 점쟁이와 팔짱을 끼고 갔다. 마이클은 등이 곧은 그녀가 우아하면서도 관능적인 모습으로 방을 가로질러 가는 것과 두 남자가 그녀를 바라보는 것을 보았다. 그중 키가 크고 얼굴이 유쾌해 보이는 이가 도널드 웨이드이고, 다른 한 명은 탤봇이다. 로라는 그들을 〈옛날 애인〉이라고 말했다. 그들은 항상 휘테이크 부부가 초대받은 파티에 함께 초대받은 것처럼 보였다. 마이클은 가끔 옛날 애인이라는 말이 불편하게 여겨졌다. 물론 로라는 전에 그들과 사귄 적이 있지만 더 이상 그들과 아무런 관계가 아니라는 점을 강조하고 싶어 했다. 그는 문득 이 모든 상황에 화가 났다. 하지만 그 순간 아무리 생각해도 자신이 할 수 있는 건 거의 없어 보였다.

「모든 남자들이 미국 여자들과 자고 싶어 하죠.」 패리시가 말했다.

패리시가 반백의 머리를 끄덕이며 이해한다는 표정을 지었을 때 마이클은 웃지 않을 수 없었다.

「한잔하죠.」 마이클이 말했다.

「친구.」 패리시가 말했다.

그들은 잔을 바텐더에게 내밀었다.

「언제 돌아가죠?」 마이클이 물었다.

패리시는 우스꽝스러울 정도로 엉큼한 표정을 지으며 주위를 둘러보았다. 「말하기는 어려워요, 친구.」 그가 속삭였다. 「그런 것을 말하는 건 현명하지 못해요. 국무성에는…… 파시스트 첩자가 수두룩하죠. 나는 외국의 군대에 입대하면서 미국 시민권을 박탈당했어요. 이 사실은 당신만 알고 있어요. 하지만 한 달 혹은 한 달 반쯤이면……」

「혼자 돌아갈 건가요?」

「그렇지는 않을 거요. 괜찮은 젊은이들을 데리고 갈 거요.」 패리시는 자비로운 미소를 지었다. 「국제 여단은 점차 걱정거리가 되어 가고 있어요.」 패리시는 생각에 잠겨 마이클을 바라보았다. 마이클은 그 아일랜드인이 자신을 시험하고 있는 것처럼 느꼈다. 패리시는 멋진 아파트에서 멋진 양복을 입은 채로 마이클에게 그곳에서 무엇을 하고 있는지, 그리고 술잔 대신 기관총을 드는 게 어떠냐고 묻고 있는 것 같았다.

「나를 보고 있는 건가요?」 마이클이 물었다.

「아니요, 친구.」 패리시는 뺨을 닦았다.

「내 돈을 원하나요?」 마이클이 거칠게 물었다.

「나는 교황 비오의 성스러운 손에서 돈을 뺏을 거요.」 패리시는 미소를 지었다.

마이클은 지갑을 꺼냈다. 그는 조금 전 돈을 받은 상태였다. 보너스 중에서 남은 돈이 아직 있었다. 그는 그 돈 전부를 패리시의 손에 쥐어 주었다. 모두 75달러였다.

「택시비는 남겨 놓아요, 친구.」 패리시는 돈을 호주머니에 아무렇게나 쑤셔 넣은 후 마이클의 어깨를 두드렸다. 「당신을 위해 망할 놈의 자식들 두어 명을 죽여 주겠소.」

「고마워요.」 마이클은 지갑을 넣었다. 그는 더 이상 패리시와 이야기하고 싶지 않았다. 「바에 있을 건가요?」

「이 건물 안에 괜찮은 매춘굴이라도 있나요?」 패리시가 물었다.

「아뇨.」

「그렇다면 여기 있겠어요.」

「나중에 봐요.」 마이클이 말했다. 「나는 한 바퀴 둘러볼게요.」

「그래요, 친구.」 패리시가 그를 향해 차갑게 고개를 끄덕였다. 「돈을 줘서 고마워요.」

「잘 챙겨요, 친구.」 마이클이 말했다.

「그래요, 친구.」 패리시는 술잔이 있는 곳으로 몸을 돌렸다.

마이클은 천천히 방을 가로질러 구석에 모여 있는 사람들에게 갔다. 처음 도착했을 때 그는 루이즈가 자신을 바라보며 미소 짓고 있는 것을 보았다. 루이즈는 로라처럼 표현하자면 그의 〈옛날 애인〉이라고 불릴 여자이다. 하지만 실제로 그들 관계는 끝난 적이 없다. 지금은 루이즈 역시 결혼했지만 가끔 그들은 짧게 또는 길게 연인으로 만났다. 마이클은 언젠가는 그 문제에 대해 도덕적인 판단을 내려야 한다고 생각하고 있었다. 하지만 루이즈는 뉴욕에서 가장 예쁜 여자 중 하나였다. 키가 작고 얼굴이 검지만 똑똑해 보이는 그녀는 마음이 따뜻하고 이해심이 많았다. 어떤 점에서 그녀는 그의 아내보다도 그와 더 친했다. 임대 아파트에서 겨울 오후에 서로 나란히 누워 있을 때면 루이즈는 가끔 천장을 바라보며 한숨을 쉬고 「아름답지 않아요? 하지만 언젠가는 포기를 해야겠죠?」 하고 말했다. 하지만 그녀도 마이클도 그 상태를 심각하게 받아들이지는 않았다.

그녀는 이제 도널드 웨이드 옆에 서 있었다. 한순간 마이클은 삶이 복잡하다는 생각을 했지만 그녀에게 키스를 하며 「행복한 새해를 맞이하길 바라」라고 말하는 순간 그 생각을 떨쳐 버렸다.

그는 여느 때처럼 왜 남자들은 자기 아내의 옛 애인에게 그토록 다정하게 굴어야 하는지 궁금해하며 웨이드와 악수를 했다.

「안녕.」 루이즈가 말했다. 「오랫동안 못 봤네요. 양복이 잘 어울려요. 휘테이크 부인은 어디 있죠?」

「운세를 보러 갔어.」 마이클이 말했다. 「과거가 그다지 나쁘지 않았는데도 그녀는 미래에 대해서 걱정을 하고 있어. 당신 남편은 어디 있어?」

「모르겠어요.」 루이즈는 모호하게 손짓을 하며 은밀한 표정으로 미소를 지었다. 「여기 어디 있겠죠.」

웨이드는 고개를 까닥한 후 다른 곳으로 갔다. 루이즈는 그를 바라보았다. 「저 사람이 로라와 만나지 않았던가요?」 그녀가 물었다.

「심술을 부리는 거야?」 마이클이 말했다.

「그냥 알고 싶어서요.」

「이 방에는 로라와 사귄 남자들이 수두룩해.」 그는 갑자기 실망감을 느끼며 손님들을 훑어보았다. 웨이드와 텔봇. 그리고 이제 또 한 명이 들어왔다. 로라와 영화에 함께 출연한, 모랜이라는 이름의 호리호리한 배우이다. 할리우드에서는 그들의 이름이 나란히 거론되었고, 로라는 이른 아침 뉴욕으로 전화를 해 마이클에게 자신들이 스튜디오에서 연 공시적인 파티에 참석했을 뿐이라는 등의 설명을 한 적이 있었다.

「그리고 이 방에는 당신과 사귄 여자들이 수두룩하군요. 어쩌면 〈사귄〉이라는 말이 적절하지 않을 수도 있겠네요.」

「요즘 파티에는 사람들이 너무 북적여. 나는 더 이상 파티에 가고 싶지 않아. 조용히 앉아서 위로받을 만한 곳이 없을까?」

「한번 찾아보죠.」 루이즈는 그의 팔을 잡고 손님들을 지나 복도를 따라 아파트 뒤쪽으로 갔다. 루이즈는 어떤 문을 열고 안을 들여다보았다. 방은 어두웠고, 루이즈는 마이클에게 따라오라고 손짓을 했다. 그들은 조용히 들어가 조심스럽게 문을 닫은 후 작은 소파에 앉았다. 환한 방에 있었던 마이클은 잠시 아무것도 볼 수가 없었다. 그는 눈을 감았고, 루이즈가 그에게 다가가 몸을 기울여 뺨에 키스하는 것을 느꼈다.

「이제 좀 낫지 않아요?」 그녀가 말했다.

방 건너편 침대에서 삐걱이는 소리가 났다. 희미한 불빛에 적응이 된 마이클은 한 사람이 트윈 베드 중 한 침대 위에서 어색하게 일어나 침대 사이에 있는 탁자로 손을 뻗는 것을 볼 수 있었다. 잔이 받침에 부딪치는 소리가 났고, 그 사람은 잔에 든 것을 마셨다.

「창피한 일이야.」 그 사람이 두 번에 걸쳐 천천히 마시는 동안 말했다. 마이클은 아니를 알아보았다. 아니는 침대 옆쪽에 다리를 걸친 채로 앉아 있었다. 아니는 몸을 숙여 다른 침대를 바라보았다. 「토미.」 아니가 말했다. 「토미, 일어났어?」

「네, 아니 씨.」 열 살 된 아이의 졸린 듯한 목소리가 들렸다. 그는 집주인인 존슨 부부의 아들이다.

「행복한 새해를 맞이하길 바라, 토미.」

「행복한 새해를 맞이하길 바라요, 아니 씨.」

「내가 너를 방해한 게 아니면 좋겠구나, 토미. 어른들 모임에 싫증이 나서 여기에서 새로운 세대에게 행복한 새해를 빌어 주고 싶었던 것뿐이야.」

「고마워요, 아니 씨.」

「토미.」

「네, 아니 씨.」 잠에서 깬 토미는 조금 더 생기가 돌았다. 마이클은 옆에 있는 루이즈가 웃음을 참는 것을 느낄 수 있었다. 그는 기분이 좋으면서도, 어둡고 조용한 장소에 누군가가 있는 것에 대해 화가 나기도 했다.

「토미.」 아니가 말했다. 「이야기 하나 해줄까?」

「저는 이야기를 좋아해요.」 토미가 말했다.

「어디 보자…….」 아니는 잔이 부딪치는 요란한 소리를 내며 잔에 든 것을 한 모금 더 들이켰다. 「어디 보자. 아이들에게 들려줄 만한 이야기는 모르겠는걸.」

「저는 모든 얘기를 다 좋아해요.」 토미가 말했다. 「지난주에는 『여윈 남자』를 읽었어요.」

「좋아.」 아니가 당당하게 말했다. 「아이들에게 적합하지 않은 이야기를 하나 들려주지, 토미. 내 인생에 관한 이야기를.」

「45구경 권총의 개머리에 맞은 적 있어요?」 토미가 물었다.

「재촉하지 마, 토미.」 짜증을 내며 극작가가 말했다. 「내가 45구경 권총의 개머리에 맞은 적 있다면 적절한 순간에 그런 내용이 나오게 될 거야.」

「미안해요, 아니 씨.」 토미의 목소리는 공손했지만 상처를 입은 것처럼 들렸다.

「스물여덟이 될 때까지」 하고 아니가 얘기를 시작했다. 「나는 전도양양한 젊은이였지…….」

마이클은 그런 멍청한 이야기를 듣고 있는 것이 창피한 동시에 바보같이 느껴져 불편한 마음에 몸을 뒤틀었지만 루이즈는 경고를 하듯 그의 손을 꽉 쥐었다. 그래서 그는 가만히 앉아 있었다.

「나는 훌륭한 학교에서 교육을 받았지. 소설 속에서처럼 말이야, 토미. 나는 열심히 공부했고, 모든 영국 시의 인용문을 알아맞힐 수 있지. 한 모금 마시겠니, 토미?」

「아뇨, 괜찮아요.」 이제 완전히 잠에서 깬 토미는 기대에 들떠 자리에 앉았다.

「너는 너무 어려서 내 첫 희곡에 대한 비평을 기억하지 못할 거야, 토미. 〈키가 큰 사람과 작은 사람〉이라는 작품이지. 몇 살이지, 토미?」

「열 살이요.」

「너무 어리군.」 다시 잔이 받침에 부딪치는 소리가 났다. 「그 비평 중 몇 가지를 인용할 수도 있지만 지루할 거야. 하지만 내가 스트린드베리와 오닐에 비교되었다는 건 과장이 아냐. 스트린드베리에 대해 들어 본 적이 있니, 토미?」

「아뇨.」

「도대체 요즘 학교에서는 뭘 가르치는 거지?」 아니의 목소리는 짜증이 난 듯 날카로웠다. 그는 다시 잔에 든 것을 한 모금 마셨다. 「내 인생에 관한 이야기야, 토미.」 그는 조금 마음이 가라앉은 듯 이야기를 계속했다. 「나는 상류층 집안의 초대를 받았지. 그리고 뉴욕에 있는 가장 비싼 무허가 술집 네 곳에서 수표에 서명을 하기도 했어. 나는 옛날 친구들과는 더 이상 이야기하지 않았어. 그건 다행스러운 일이었지. 그리고 할리우드로 가서 한동안 일주일에 3천5백 달러를 벌었지. 세금을 제하지 않은 액수로 말이야. 그리고 술을 알게 되었고, 프랑스의 앙티브에 집이 한 채, 그리고 밀워키에 양조장이 하나 있는 여자와 결혼을 했지. 1931년에 나는 그녀의 제일 친한 친구와 관계를 가졌는데 그건 실수였어. 그녀는 너무도 앙상했거든.」

그는 요란한 소리를 내며 잔에 든 것을 마셨다. 마이클은 아니가 그를 발견하지 못하도록 어둠 속에 앉아 있어야 한다는 것을 알고 있었다.

「사람들이 말하기를」하고 아니가 말을 이었다. 이제 향수에 잠긴 듯한 그의 목소리는 부드럽고, 거의 음악처럼 들렸다.「내가 내 재능을 할리우드에 두고 떠났대, 토미. 그건 틀림없는 사실이야. 만약 재능을 어딘가에 두고 떠나야 한다면 할리우드에 두고 떠나야 하지. 하지만 나는 사람들이 하는 말은 믿지 않아, 토미. 나는 그들의 말은 믿지 않아. 사람들은 한물간 사람이라며 나를 피하지. 나는 의사를 찾아가지 않는데, 의사가 여섯 달 안에 죽게 될 거라고 말할 게 틀림없기 때문이지. 나는 내가 마지막으로 쓴 희곡을 통제가 심한 무대에 올리지 못하게 할 거야. 하지만 통제를 한 것은 할리우드가 아니야. 나는 허약하고 지적인 사람이야, 토미. 그런데 우리가 사는 시대는 허약하고 지적인 사람에게는 어울리지 않아. 내가 하는 충고를 새겨들어, 토미. 멍청해지도록 해. 강하지만 멍청해지도록 해.」

아니는 힘겹게 몸을 움직여 침대에서 일어났다. 창문으로 들어오는 희미한 불빛에 그의 몸이 떨리는 것이 보였다.

「내가 불평을 한다고는 생각하지 마, 토미.」아니가 호전적인 목소리로 크게 말했다.「나는 늙은 주정뱅이야. 모두가 나를 조롱하지. 나는 내가 아는 모두를 실망시켰어. 하지만 불평하는 건 아냐. 다시 기회가 주어진다 해도 과거와 똑같이 할 거야.」그는 팔을 흔들었고, 잔과 받침이 카펫 위로 떨어지며 깨졌다. 하지만 아니는 그 사실을 인식하지 못한 것처럼 보였다.「한 가지밖에 없어, 토미.」그는 엄숙하게 말했다.

「내가 다르게 해야 하는 게 하나 있지.」 그는 생각에 잠겨 말을 멈췄다. 그런 다음 「나는……」 하고 말했다. 그는 다시 말을 멈췄다. 「아니야, 토미, 너는 너무 어려.」

그는 깨진 잔 받침 위로 걸음을 내디디며 문 쪽으로 가기 시작했다. 토미는 조용히 누워 있었다. 아니는 루이즈와 마이클 앞을 지나가 문을 열었다. 빛이 쏟아져 들어왔고, 아니는 그들이 앉아 있는 것을 보았다. 그는 천사처럼 미소를 지었다. 「휘테이크.」 그가 말했다. 「휘테이크, 내 부탁 하나 들어주지 않겠나? 부엌에 가 잔과 받침을 이곳으로 가져와 주게. 어떤 개자식이 내 잔을 깨트렸어.」

「그러죠.」 마이클이 말했다. 그는 자리에서 일어났다. 루이즈 역시 일어났다. 그들이 나가는 순간 「토미」 하고 아니가 말했다. 「자도록 해.」

「네.」 토미가 졸리면서도 혼란스러운 목소리로 말했다.

마이클은 한숨을 쉬며 문을 닫고 잔과 받침을 가지러 갔다.

마이클은 그날 밤 나머지 일은 기억이 나지 않았다. 그 후 그가 화요일 오후에 데이트를 하기로 루이즈와 약속했는지, 그리고 로라가 점쟁이가 그들이 이혼을 할 거라고 이야기했는지가 기억나지 않았다. 하지만 방의 다른 쪽 끝에서 아니가 미소를 지으며 나타나는 것을 본 기억이 났다. 그의 입에서는 위스키가 흘러내리고 있었다. 목이 뻣뻣한 듯 고개를 한쪽으로 약간 기울이고 있는 그는 그곳에 서 있는 다른 사람들은 무시하고 마이클 옆으로 왔다. 그는 커다란 프랑스식 창문 앞에서 잠시 몸을 떨며 서 있더니 창문을 열고 바깥으로 걸음을 내디디려고 했다. 그런데 그의 코트가 램프에 걸렸다. 그는 걸린 옷을 푼 후 다시 바깥으로 걸음을 내디디려고 했다. 그를 지켜보고 있던 마이클은 몸을 날려 그를 잡아야 한다는 것을 알았다. 하지만 그는 자신의 몸이 나른하게 움직이는 것을 느꼈다. 팔과 다리는 꿈에서처럼 가볍게 느껴졌다. 물론 그는 자신이 더 빨리 움직여 극작가를 잡지 못할 경우 그가 창문 밖, 11층 아래로 떨어지리라는 것을 알고 있었다.

마이클은 그의 뒤쪽으로 재빨리 달려오는 누군가의 발자국 소리를 들었다. 한 남자가 달려가 극작가를 팔로 안았다. 두 사람은 창 가장자리에서 위태롭게 흔들렸다. 구름에 뉴욕의 진한 붉은색 네온 불빛이 비치고 있었다. 누군가가 창문을 닫았고, 두 사람은 안전한 상태가 되었다. 그 순간 마이클은 아니를 구한 사람이 패리시라는 것을 알 수 있었다. 그는 방 건너편 바에 있다가 뛰어와 극작가를 구한 것이다.

로라는 마이클의 팔에 안겨 울고 있었다. 그는 그런 순간에 그녀가 너무도 쓸모없고 까다로운 것에 화가 났다. 하지만 그녀에게 화가 난 사실에 기분이 좋았다. 그로 인해 자신이 아니를 구하지 못했다는 생각을 하지 않을 수 있었기 때문이다. 물론 그는 나중에 그에 대한 생각을 하지 않을 수 없으리라는 것을 알고 있었다.

그들은 곧 그곳을 떠났다. 다들 아니가 친구들에게 장난을 친 것으로 받아들이며 무척 즐거워했다. 아니는 바닥에 누워 자고 있었다. 그는 침대가 있는 방으로 들어가려 하지 않았고, 누군가가 그를 소파에 누일 때마다 아래로 굴러 떨어졌다. 패리시는 다시 바에 앉아 기분이 좋은 듯 미소를 짓고 있었다. 그는 바텐더에게 어느 조합 소속인지 묻고 있었다.

마이클은 집에 가고 싶었지만 로라는 배가 고프다고 했다.

그래서 그들은 사람들이 모여 있는 곳으로 가게 되었다. 누군가에게 차가 있었다. 모두 다른 사람의 무릎에 앉았다. 그들이 매디슨 애비뉴에 있는 크고 화려한 레스토랑에 이르러 차에서 내리게 되자 그는 안도감을 느꼈다.

그들은 무슨 이유에서인지 사방 벽에 인디언 그림이 있는 강렬한 오렌지색 방에 자리를 잡았다. 여전히 축하를 하고 있는, 소란스러운 사람들 사이로 미숙한 웨이터들이 급히 주문을 받으면서 분주히 다니고 있었다. 마이클은 술을 마시고 싶었다. 그는 눈꺼풀이 무거웠다. 그는 말을 하려고 했지만 자기가 더듬는 것처럼 느껴졌고, 그래서 말을 하지 않았다. 그는 모두를 조롱하는 듯 입술을 깨문 채 주위를 둘러보았다. 그는 문득 루이즈가 남편과 함께 테이블에 앉아 있다는 것을 알아차렸다. 그리고 캐서린과 하버드 대학 3학년생 세 명도 있었다. 그리고 웨이드가 로라 옆에 앉아 그녀의 손을 잡고 있는 것이 보였다. 마이클은 머리가 지끈거리는 동시에 맑아졌다. 그는 햄버거와 맥주 한 병을 시켰다.

그는 흐리멍덩한 상태에서 이 모든 것이 보기 좋지 않다는 생각을 했다. 옛날 여자친구와 옛날 남자친구. 아무것도 아닌 옛것들. 루이즈를 만나기로 한 것은 화요일 오후인가 수요일 오후인가? 그리고 웨이드는 무슨 요일 오후에 로라를 만나기로 한 것인가? 〈겨울잠을 자는 뱀들의 둥지〉라고 아니는 말했다. 아니는 망가진 멍청한 작자였지만 그 점에 대해서는 옳았다. 이 삶에는 어떤 영광도 예절도 없다. 마티니와 맥주와 브랜디, 그리고 스카치. 또 한 잔을 하자 점잖음과 충실함과 용기, 그리고 결심이 모두 알코올의 흐릿한 기운 속에서 사라져버렸다. 패리시는 위험을 감지하고 거의 무의식적으로 방을 가로질러 달려왔다. 마이클은 바로 창가에 있었다. 그는 거의 몸을 움직일 수가 없었다. 그는 조금 몸을 움직였을 뿐이다. 지나치게 살이 찐 그는 술을 너무 많이 마셨다. 그리고 그에게는 애착의 대상이 너무 많이 있었다. 사실상 낯선 사람이나 다름없는 아내 역시 그에게 애착의 대상 중 하나였다. 그녀는 할리우드에 한 번 갈 때마다 일주일씩 지내다 왔다. 그녀에 대한 소문이 무성했다. 그녀가 향기로운 오렌지 향기가 나는 캘리포니아에서 저녁에 다른 남자들과 뭘 하는지는 알 수 없었다. 그 동안 그는 극장에서 쉬운 일을 하면서 약간의 돈을 버는 것에 만족하며, 대담한 시도는 전혀 하지 않으면서 젊은 시절을 낭비하고 있었다. 그는 서른이고, 이제 1938년이 되었다. 아니처럼 창밖으로 몸을 날리고 싶지 않다면 뭔가에 뿌리를 내려야 했다.

그는 자리에서 일어나며 실례하겠다고 중얼거렸다. 그런 다음 사람들이 북적이는 레스토랑을 가로질러 화장실로 향했다. 뿌리를 내려야 해, 하고 그는 혼잣말을 했다. 「뿌리를 내려야 해. 로라와 이혼을 하고, 불과 10년 전 스무 살 때처럼 엄격하면서도 금욕적인 삶을 살아야 해.」 당시에는 모든 것이 분명했고, 명예로웠으며, 새해를 맞았을 때에는 지난 한 해가 후회스러워 자신이 역겹게 느껴지거나 하지는 않았다.

그는 계단을 내려가 화장실로 갔다. 바로 그곳에서 시작할 것이다. 그는 10분 동안 머리를 얼음처럼 차가운 물에 담글 것이다. 그는 땀을 씻어 낼 것이다. 그의 뺨에서 홍조가 사라지고, 머리카락이 차가워지고, 제정신으로 돌아오면 더 맑은 눈으로 새해를 맞은 모든 것을 보게 될 것이다.

그는 화장실 문을 열고 세면대가 있는 곳으로 가 거울에 비친 자신을 역겨운 심정으로 바라보았다. 얼굴은 축 처져 있었고, 눈은 흐릿했으며, 입은 자신 없는 모습이었다. 그는 자신이 스무 살 때 어떤 모습이었는지를 떠올렸다. 야위었지만 강했고 생기가 넘쳤으며 타협적이지 않았다. 그는 그 얼굴이 거울 속에 비친 불쾌한 얼굴 아래에 아직도 묻혀 있다고 느꼈다. 그는 그새 눈에 보이지 않게 쌓인 더께를 걷어 내고 옛날 얼굴을 찾을 것이다.

그는 머리를 숙여 차가운 물을 눈꺼풀과 뺨에 끼얹었다. 그러고는 얼굴을 닦았다. 살갗이 기분 좋게 따끔거렸다. 다시 기운을 차린 그는 맑은 정신으로 계단을 올라가 시끄러운 방 한가운데 커다란 테이블에 앉아 있는 다른 사람들에게 갔다.

3

미국 서쪽 끝, 샌타모니카 해변 마을의 넓게 펼쳐져 있는 평평한 거리와 종려나무 위에서도 한 해가 끝나 가고 있었다. 끈적끈적한 수면 과, 젖은 해변에 부딪치는 파도와, 겨울에는 문을 닫는 핫도그 가판대와, 영화배우들의 집과, 멕시코와 오리건으로 이어지는 해안 도로 위로 부드러운 회색 안개가 껴 있었다.

안개에 싸인 시내는 텅 비어 있었다. 마치 새해가 재앙이라도 되기에 거주자들이 위험이 사라질 때까지 현명하게 집에서 머물고 있는 것처럼 보였다. 안개 속 이곳저곳에서 빛이 비치고 있었고, 어떤 거리에서는 안개가, 미국의 밤 시간의 색이라고 할 수 있는 야한 붉은 네온 빛을 흡수하고 있었다.

깜박이는 붉은 튜브가 레스토랑과 아이스크림 가게, 영화관, 호텔 등을 광고하고 있었지만 실제로 그들은 아무 소리도 나지 않는 슬픈 밤에 비극을 예고하고 있는 것처럼 보였다. 마치 겹쳐 있는 회색 커튼 사이로 핏빛 동굴 같은, 인간의 마지막 세계가 보이는 것 같았다.

아주 맑은 날에도 바다 위에 있는 사람은 볼 수 없는 시 뷰 호텔의 네온 간판은 노아가 머물고 있는 방의 창문으로 들어오고 있는 엷은 안개에 불길하고 구슬픈 분위기를 더해 주고 있었다. 어두운 방 안으로 들어온 빛은 축축한 석고 벽과 침대 위에 있는 요세미티 폭포를 그린 석판화를 비추고 있었다. 붉은 빛이 베개를 베고 자고 있는 노아 아버지의 얼굴 윤곽과, 크고 넓은 데다 굽어 있어 사나워 보이는 코와, 엄격해 보이는 깊은 안구와, 높고 인상적인 눈썹과 헝클어진 하얀 머리와, 입 주위의 고상한 수염과, 끝이 뾰족한 턱수염 위로 비치고 있었다. 유대인인 그와 어울리지 않는 좁은 방 안에서 그는 우스꽝스러운 모습으로 죽어 가고 있었다.

방에 앉아 있는 노아는 다른 때 같았으면 책을 읽고 싶어 했을 수도 있다. 하지만 그는 불을 켜 아버지를 깨우고 싶지 않았다. 그는 단 하나밖에 없는, 딱딱한 가죽을 댄 의자에 앉아 잠을 이루려고 했지만 그의 아버지가 깊은 숨을, 고르지 않고 요란하게 쉬는 바람에 잠을 이룰 수가 없었다. 의사는 노아에게 제이컵이 죽어 가고 있다고 말했다. 그의 아버지가 크리스마스이브에 그에게 연락하게 한 여자 또한 그렇게 말했다. 그 과부의 이름은 모턴이다. 노아는 그들의 말을 믿지 않았다. 그의 아버지는 모턴 부인을 시켜 시카고에 있는 그에게 전보를 보내 즉시 자기를 찾아오게 했다. 노아는 코트와 타자기와 낡은 트렁크를 팔아 버스비를 지불했다. 집에서 뛰쳐나간 그는 가는 길 내내 자지 않고 있었고, 샌타모니카에 도착했을 때에는 지쳐 있었지만 머리는 맑았다. 제때 도착한 그는 대단한 광경을 목격했다.

제이컵은 머리와 수염을 빗은 채 하느님과 다투고 있는 욥처럼 침대에 앉아 있었다. 그는 50이 넘은 모턴 부인에게 키스를 한 후 그녀를 나가게 하면서 배우처럼 혀를 굴리며 「나는 내 아들의 품 안에서 죽고 싶어. 그리고 유대인이 함께하는 가운데 죽고 싶어. 이제 작별 인사를 하지」라고 말했다.

노아가 모턴 부인이 유대인이 아니라는 이야기를 들은 것은 그때가 처음이었다. 그녀는 흐느꼈고, 그 모든 광경은 뉴욕의 2번가에서 공연되는 유대인 연극의 2막에 나오는 장면처럼 보였다. 하지만 제이컵은 단호했고, 모턴 부인은 떠났다. 결혼한 그녀의 딸은 고집을 부리며 흐느끼는 과부를 샌프란시스코에 있는 집으로 데려갔다. 그리하여 노아는 겨울 바다에서 1킬로미터 정도 떨어진 뒷골목에 있는, 싱글 침대 하나밖에 없는 작은 방에 아버지와 단 둘이 남게 되었다.

아침마다 의사가 잠시 들렀다. 그를 제외하고는 노아는 아무도 보지 못했다. 그는 시내에 있는 어떤 사람도 알지 못했다. 그의 아버지는 그를 밤낮 옆에 있게 했고, 노아는 창문 가까이 바닥에 깐, 호텔 매니저가 투덜거리며 빌려준 울퉁불퉁한 매트리스 위에서 잠을 잤다.

노아는 약품 냄새가 나는 방 안에서 비극적으로 들리는 가쁜 숨소리에 귀를 기울였다. 잠시 그는 자신의 아버지가 깨어 있으며, 일부러 그렇게 힘들고 거칠게 숨을 쉬고 있는 게 분명하다고 생각했다. 그리고 어쩔 수 없이 그렇게 숨 쉬는 것이 아니라 죽어 가고 있는 사람의 호흡은 자신이 죽어 가고 있다는 사실을 생생하게 드러내야 하기 때문에 그렇게 숨 쉬는 것이라고 생각했다. 노아는 희미하게 반짝이는 여러 가지 약병 옆 베개 위에 놓인, 가부장적인 느낌이 나면서도 잘생긴 아버지의 머리를 가까이서 들여다보았다. 다시 한번 노아는 아버지의 무성하고, 다듬지 않은 눈썹과, 곱슬에 극적이며 거친 머리카락을 보고 있자니 심기가 불편해졌다. 노아는 아버지가 머리를 남몰래 하얗게 표백한 게 틀림없다고 생각했다. 그리고 그것은 엄격해 보이는 야윈 턱에 난 인상적인 하얀 수염 역시 마찬가지였다. 노아는 아버지가 왜 캘리포니아에 사절로 온 히브리의 왕처럼 보이기를 고집하는지 궁금했다. 물론 만약 그가 그런 식으로 살았다면 이야기는 달라질 수도 있다. 하지만 오랫동안 숱한 여자들을 만나며 방종한 생활을 하고, 돈을 빌리고는 갚지 않아 오데사부터 호놀룰루까지 사방에서 빚을 진 아버지가, 손에 석판을 들고 시나이 반도에서 내려오는 모세처럼 보이는 것은 씁쓸한 농담처럼 생각되었다.

「서둘러……」 제이컵이 눈을 뜨며 말했다. 「하느님, 서둘러 저를 데려가십시오. 서둘러 저를 도와주십시오, 하느님.」

그것은 늘 노아를 분노하게 한 아버지의 또 다른 습관이다. 제이컵은 성경을 히브리어와 영어 모두로 외우고 있었지만 전혀 종교적이지 않았으며, 늘 성경 속의 길고 인상적인 말을 인용하곤 했다.

「오 하느님, 저를 사악한 자들과 부정하고 잔인한 자들로부터 벗어나게 해주십시오.」 제이컵은 머리를 벽 쪽으로 돌리고 다시 한번 눈을 감았다. 노아는 의자에서 일어나 침대로 가 담요를 아버지의 목구멍 위로 끌어올렸다. 하지만 제이컵은 그것을 알아차린 기색을 전혀 보이지 않았다. 노아는 잠시 그를 내려다보며 가쁜 숨소리를 들었다. 그런 다음 몸을 돌려 창가로 갔다. 그는 창문을 열고 바다 냄새가 강하게 나는 축축한 안개를 들이켰다. 늘어서 있는 종려나무 사이로 난 길을 따라 차 한 대가 위험하게 질주했고, 새해를 축하하며 울려 대는 경적 소리가 안개 속에서 사라졌다.

노아는 그곳이 새해 전야를 축하하기에는 얼마나 어울리지 않는 장소인지 생각했다. 그는 차가운 공기를 들이켜며 약간 몸을 떨었지만 창문은 열어 놓았다. 그는 시카고의 통신 판매 회사에서 문서를 정리하는 일을 하고 있었는데, 솔직히 아버지의 임종을 지키기 위한 것이었지만 캘리포니아로 올 구실을 댈 수 있었던 것에 무척 기뻤다. 그는 햇빛이 비치는 해안과 따뜻한 해변, 햇빛 속에서 잎사귀가 떨어지고 있는 과수원과 예쁜 여자들을 떠올렸다. 그는 자신의 주위를 둘러보며 쓴웃음을 지었다. 일주일 동안 비가 왔다. 그리고 그의 아버지는 곧 죽을 것처럼 보여 왔지만 죽지는 않았다. 노아는 수중에 7달러밖에 없었고, 채무자들이 아버지의 사진관을 담보로 잡고 있다는 사실을 알게 되었다. 가장 유리한 상황에서, 설사 모든 것이 높은 가격에 팔린다 해도 총 재산의 30퍼센트밖에 건지지 못할 것이다. 노아는 바다 근처에 있는 허름한 작은 사진관에 가 잠겨 있는, 판금과 유리로 만든 문 사이로 안을 들여다보았다. 그의 아버지는 무척 예술적이지만, 아주 끔찍한 방식으로 손질한 젊은 여자들의 인물 사진을 전문으로 다루었다. 놀라울 정도로 높은 조명을 비추며 촬영한, 검은색 벨벳 옷을 입은, 눈꺼풀을 진하게 화장한 그 일대의 미인들 1백 명가량이 나른한 눈으로, 먼지 낀 더러운 유리 사이로 그를 바라보고 있었다. 그의 아버지는 미국의 한쪽 끝에서부터 다른 쪽 끝에 이르기까지 수도 없이 그 일을 다시 시작하곤 했다. 그로 인해 노아의 어머니는 일찍 세상을 떠났다. 그의 아버지는 허름한 건물에서 한 계절 동안 일을 해 몇 달 동안 반짝 성공을 거두다가 결국에는 빚을 지고 말았으며, 분명치 않은 장부를 남겨 놓고는 다른 곳으로 떠났다. 낡은 사진과 간판은 결국 새 임차인이 들어오면서 뒷골목에서 불에 타 없어졌다.

한창때 제이컵은 공동묘지 터와 피임 기구, 부동산, 성찬식 때 마시는 포도주, 광고 지면, 중고 가구, 웨딩드레스 등을 팔기도 했으며, 한번은 메릴랜드의 볼티모어에 있는, 선박 관련 잡화점을 운영하기도 했다. 하지만 그 어느 것도 괜찮은 벌이가 되지 못했다. 그리고 얼굴이 잘생기고 인상이 강렬하며 생기가 넘치던 그는 그런 일을 겪으면서 수많은 빚을 지긴 했지만, 성서를 인용하면서 케케묵은 수사학을 구사하여 그럴 듯한 이야기를 할 줄 알았고 씀씀이도 인색하지 않아 자신의 노력으로 얻은 것과 현실의 경제적 상황 사이의 차이를 메워 줄 여자들을 늘 발견했다. 노아는 그의 외아들이었고 그의 삶은 방황과 무질서로 점철되어 있었다. 그의 아버지는 종종 그를 방치했고, 그는 잘 알지도 못하는 먼 친척의 집에서 오랫동안 지내곤 했다. 그리고 그는 허름한 군대식 사립 고등학교에서 구박을 받으며 외롭게 지냈다.

「사람들이 내 형 이스라엘을 천국의 화덕에서 태우고 있어.」

노아는 한숨을 쉬며 창문을 닫았다. 이제 제이컵은 경직된 모습으로 누워 눈을 크게 뜨고 천장을 바라보고 있었다. 노아는 분홍색 종이로 갓을 만들어 씌운 전등불을 켰다. 종이는 군데군데 약간 그을려 있었고, 그 때문에 불을 켜자 병실에서 나는 냄새에 탄내가 더해졌다.

「제가 해드릴 수 있는 게 있을까요, 아버지?」 노아가 물었다.

「불꽃이 보여.」 제이컵이 말했다. 「타고 있는 살의 냄새를 맡을 수 있어. 내 형의 뼈가 불길 속에서 바스라지고 있는 게 보여. 나는 그를 버렸고, 그는 오늘 밤 외국인들 사이에서 죽어 가고 있어.」

노아는 아버지 때문에 짜증이 났다. 제이컵은 그의 형을 35년 동안 보지 못했으며, 사실 미국으로 떠나면서 자신의 어머니와 아버지를 돌보도록 형을 러시아에 남겨 두었다. 노아가 들은 바에 따르면 제이컵은 형을 경멸했으며 그들은 원수처럼 헤어졌다. 하지만 어쩐 일인지 2년 전에 형의 편지가 함부르크에서 왔다. 그는 1919년에 그곳으로 간 상태였다. 간청하는 이야기로 가득한 편지는 애절했다. 노아 역시 제이컵이, 자신이 할 수 있는 일은 모두 했다는 사실을 인정하지 않을 수 없다. 제이컵은 이민국에 수많은 편지를 썼고, 워싱턴으로 가서 국무성의 복도를 수없이 들락거렸다. 그곳에서 스스로 계시를 받았다고 생각하는, 수염을 기르고 시대착오적인 모습을 한, 반은 랍비이고 반은 도박꾼이던 그는, 번쩍이는 책상에 앉아 경멸하는 듯한 표정으로 딴 생각에 잠겨 서류를 뒤적이는, 프린스턴 대학과 하버드 대학 출신의, 말은 부드럽게 하지만 냉담한 젊은이들 앞에서 사정을 했다. 하지만 아무런 소득이 없었고, 도움을 청하는 강렬한 호소가 한 번 있은 후에는 독일 당국에서 아무런 이야기가 없었다. 그래서 제이컵은 캘리포니아의 태양과 사진관, 그리고 샌타모니카에 사는 살찐 과부인 모턴 부인에게 다시 돌아갔고, 형 문제에 대해서는 더 이상 언급하지 않았다. 하지만 창밖으로 안개가 붉은 빛에 물들어 있고, 새해가 얼마 남지 않았으며, 의사의 말에 따르면 죽음을 맞이하는 게 시간문제인 그 순간, 유럽이라는 나락에 갇혀 있는, 자신이 버린 형이 그의 흐릿한 머릿속에서 사납게 울부짖고 있었다.

임종을 앞둔 제이컵이 여전히 울리는 듯한 깊은 목소리로 말했다. 「살 중의 살과 뼈 중의 뼈. 너는 내 육체의 죄와 영혼의 죄로 벌을 받고 있구나.」

노아는 아버지를 내려다보며 그가 늘 고대 유대의 언덕 위에서 비서에게 뭔가를 받아 적게 하고 있는 목자처럼 말하는 이유가 무엇인지 궁금했다. 제이컵은 무운시를 읽고 있는 것 같았다.

「웃지 마라.」 제이컵은 검고 수척한 얼굴이었지만 놀라울 정도로 맑은 눈으로 모든 것을 다 알고 있다는 듯 노아를 날카롭게 바라보았다. 「웃지 마라, 아들아. 너 때문에 내 형이 불에 타고 있다.」

「웃고 있지 않아요, 아버지.」 노아는 제이컵을 위로하며 이마를 만졌다. 거친 살갗은 뜨거웠고, 노아는 손가락 끝으로 약간 불쾌해하는 기색을 느꼈다.

경멸을 담은 제이컵의 얼굴은 배우의 얼굴처럼 일그러져 있었다. 「너는 싸구려 미국 옷을 입은 채로 그곳에 서서 〈그가 나와 무슨 상관이 있지? 그는 내게 낯선 사람이야. 나는 그를 본 적이 없고, 그가 유럽이라는 화덕 속에서 죽는다 하더라도 나와 무슨 상관이야? 세상 모든 곳에서 매순간 사람들이 죽고 있어〉라고 생각하고 있구나. 그는 네게 낯선 사람이 아니야. 그는 유대인이고, 세상이 그를 사냥하고 있어. 그리고 너도 유대인이고, 세상이 너를 사냥하고 있어.」

노아는 지친 나머지 눈을 감았다. 솔직히 그는 어느 정도 감동을 받았다. 어쨌든 죽어 가고 있는 그의 아버지는 가장 외로운 순간에 8천 킬로미터나 떨어진 곳에서 살해당한 형에 대한 생각에 사로잡혀 있었다. 제이컵은 온몸으로 유령의 존재를 느끼며 세상의 모든 유대인들의 운명에 대해 애도하고 있었다. 그의 그러한 모습은 감동적이면서도 비극적이었다. 물론 그것이 사실이긴 했지만 노아는 유럽에서 일어나고 있는 비극에 대해 개인적으로 절박한 마음을 느끼지는 못했다. 오히려 그는 지적이며 이성적인 방식으로 그 비극에 대해 생각할 수 있을 뿐이었다. 하지만 오랫동안 아버지의 과장된 수사학과 연극적인 몸짓을 보아 온 노아는 아버지를 보면서 아무런 감동도 받지 못했다. 마치 그럴 수 있는 능력을 전부 잃어버린 것처럼 보였다. 주름진 얼굴을 내려다보며, 가쁜 숨소리를 들으며 그가 생각할 수 있었던 것은 자신의 아버지가 끝까지 예의 모습을 잃지 않으리라는 것뿐이었다.

「그를 내버려 두고 떠났을 때」 하고 눈을 감은 채로 그의 아버지가 말했다. 「1903년 내가 오데사를 떠났을 때 이스라엘은 내게 18루블을 주며 〈너는 아무 쓸모도 없어. 축하해. 내가 충고를 하지. 여자들에게 매달려. 미국 역시 다른 세상과 그다지 다르지 않을 거야. 그곳 여자들 역시 바보들일 거야. 그들이 너를 먹여 살려 줄 거야〉라고 말했어. 우리는 악수도 하지 않았고, 나는 떠났어. 어찌 되었든 그는 악수는 했어야 하는데. 그렇지 않니, 노아?」 그의 아버지의 목소리가 갑자기 변했다. 아무런 음색이 없는 작은 목소리는 전혀 연극적으로 보이지 않았다.

「노아.」

「네, 아버지?」

「그가 악수는 했어야 한다고 생각하지 않니?」

「맞아요, 아버지.」

「노아.」

「네, 아버지.」

「나와 악수를 하자, 노아.」

잠시 후 노아는 몸을 숙여 아버지의 건조하고 넓은 손을 잡았다. 살갗이 벗겨져 있었고, 늘 다듬고 광택을 내 멋지게 관리한 손톱은 길게 자라 들쭉날쭉했고 손톱 밑에는 때가 껴 있었다. 둘은 악수를 했다. 노아는 아버지의 손가락에서 희미한 떨림을 느낄 수 있었다.

「좋아, 좋아.」 제이컵은 갑자기 투정을 부리듯 말했다. 그는 자신만의, 어떤 설명할 수 없는 계시를 받은 듯 손을 뺐다. 「좋아, 충분해.」 그는 천장을 올려다보며 한숨을 쉬었다.

「노아.」

「네?」

「연필하고 종이 좀 있니?」

「네.」

「이 말을 받아 적을래?」

노아는 탁자로 가 자리에 앉았다. 그는 연필을 들고, 시 뷰 호텔의 로고가 새겨진 얇은 하얀 종이를 한 장 꺼냈다. 멋진 잔디와 키가 큰 나무에 둘러싸인 커다란 로고는 완전히 비현실적으로 보였지만 그곳을 찾은 사람에게 자신이 휴가 중이라는 사실을 확인시켜 주는 것 같았다.

「이스라엘 애커먼에게.」 제이컵이 사무적인 목소리로 평탄하게 말했다. 「독일, 함부르크, 클로스터가 29번지.」

「그런데 아버지······.」 노아가 말했다.

「히브리어로 적어.」 제이컵이 말했다. 「독일어로 쓸 수 없다면 말이야. 그는 별로 교육을 받지 못했지만 이럭저럭 이해해 낼 거야.」

「네, 아버지.」 노아는 히브리어도 독일어도 쓸 수 없었지만 그런 말을 하는 것이 소용없다는 것은 알고 있었다.

「사랑하는 형에게, 적었니?」

「네, 아버지.」

「더 일찍 편지를 하지 못해 부끄러워.」 제이컵이 말했다. 「하지만 내가 얼마나 바빴는지는 능히 상상할 수 있을 거야. 미국으로 온 직후로······ 적었니, 노아?」

「네.」 노아는 종이 위에 되는 대로 긁적이며 말했다. 「적었어요.」

「미국으로 온 직후로······.」 축축한 방 안에 울리는 제이컵의 낮은 목소리는 안간힘을 쓰고 있었다. 「나는 커다란 회사에 들어갔어. 형은 믿지 못하겠지만 나는 열심히 일했고, 중요한 자리에서 또 다른 중요한 자리로 승진했지. 18개월 만에 그 회사에서 가장 소중한 사원이 되었지. 그리고 그 회사 사장의 동업자가 되었고 그의 딸과 결혼했지. 사장 폰 크레이머의 가족은 대대로 미국에서 살아왔지. 형은 우리가 나이 든 사람들에게 기쁨이자 자랑거리인 아들 다섯과 딸 둘을 갖게 되었다는 사실을 알게 되면 기쁘겠지? 그리고 우리는 은퇴를 한 후 늘 햇빛이 환한, 태평양 연안의 커다란 도시인 로스앤젤레스 교외의, 부자들만 사는 곳에 정착했지. 우리 집에는 방이 열네 개 있고, 나는 매일 아침 9시 반이 지나서야 일어나 오후가 되면 늘 클럽에서 골프를 치지. 지금 이 이야기를 들으면서 형이 흥미로워할 것임을 알고 있어…….」

노아는 목구멍에 감정이 북받치는 것을 느꼈다. 그는 자신이 입을 열게 되면 웃음이 터져 나오고, 터진 웃음을 멈추지 못하는 사이 아버지가 돌아가시게 될 것만 같았다.

「노아.」제이컵이 투덜거리듯 말했다.「적고 있는 거냐?」

「네, 아버지.」노아는 간신히 대답할 수 있었다.

「형이 우리 형제 가운데 가장 나이가 많은 건 사실이야.」제이컵은 차분한 목소리로 말을 이었다.「형은 늘 충고했지. 하지만 이제는 제일 나이가 많은 것과 제일 어린 것이 더 이상 문제가 되지 않지. 나는 여행을 무척 많이 했어. 그래서 어쩌면 내 충고를 듣고 형이 뭔가를 깨달을 수도 있을 거야. 유대인의 행동 방식을 잊지 않는 것이 중요해. 세상에는 많은 사람들이 있고, 인구는 점차 늘어나고 있어. 그리고 사람들은 질투심으로 가득 차 있어. 사람들은 유대인을 보며〈저 친구의 테이블 매너를 봐〉,〈저치의 아내가 하고 있는 다이아몬드는 사실은 모조품이야〉,〈저 친구가 극장에서 얼마나 시끄러운지 봐〉, 또는〈그는 저울을 조작해 놓았어. 그의 상점에서 물건을 사면 손해를 보게 돼〉라고 말하지. 갈수록 힘들어지고 있고, 그래서 유대인들은 세상의 다른 모든 유대인의 삶이 자신의 모든 행동에 달려 있는 것처럼 행동해야 해. 따라서 그는 나이프와 포크를 우아하게 사용하여 조용히 식사를 해야 하지. 그리고 아내가 다이아몬드로 치장하게 해서는 안 돼. 특히 가짜로 말이야. 저울도 자신이 사는 도시에서 가장 정확해야 하지. 위엄 있고, 자존심에 찬 모습으로 걸어야 하지. 아냐.」제이컵이 소리쳤다.「모두 지워. 그 말에 그는 화만

낼 거야.」

제이컵은 깊은 숨을 들이켜며 한참 동안 조용히 있었다. 그는 침대 위에서 전혀 움직이지 않았다. 노아는 그가 아직 살아 있는지 보기 위해 불편하게 그를 내려다보았다.

「사랑하는 형.」 마침내 제이컵이 알아듣기 어려운 거칠고 북받친 목소리로 말했다. 「내가 형한테 한 이야기는 모두 거짓말이야. 나는 비참한 인생을 살았고 모두를 속였으며 아내를 죽게 만들었어. 아들이 하나 있지만 그에게 아무런 희망도 걸고 있지 않아. 나는 파산했고, 형이 내게 말했던 모든 일들이 일어났어.」

그가 말을 멈췄다. 목이 멘 그는 다른 말을 하려다가 세상을 떠났다.

노아는 아버지의 가슴을 만지며 심장이 뛰는지 확인했다. 피부에는 주름이 가득했고, 가슴뼈는 들쭉날쭉하고 연약했다. 살갗이 벗겨진 메마른 몸 아래로 아무런 움직임이 없었다.

노아는 아버지의 손을 가슴 위에 올려놓고 노려보는 듯한 사나운 눈을 감겨 주었다. 그는 영화에서 그런 것을 본 적이 있었다. 제이컵은 마치 연설을 하려는 것처럼 입이 벌어져 있었다. 그 입은 사실적이었으며 살아 있는 듯한 느낌을 풍기고 있었다. 노아는 그 입을 어떻게 해야 좋을지 알 수 없었고, 그래서 그대로 두었다. 죽은 아버지의 얼굴을 내려다보면서 노아는 자신이 안도감을 느끼고 있다는 사실을 깨닫지 않을 수 없었다. 이제 끝났다. 아버지의 까다롭고 오만한 목소리는 사라지고 조용해졌다. 그리고 더 이상 아무런 몸짓도 없었다.

노아는 방 안을 돌아다니며 태연하게 값어치가 나가는 것들을 확인했다. 별로 없었다. 남루하지만 약간 번지르르한 양복 두 벌과 가죽 장정을 한 킹 제임스 성경 한 권, 일곱 살 때 셰틀랜드 조랑말 위에서 찍은, 은 액자에 넣은 노아의 사진 한 장, 커프스단추 한 쌍과 넥타이핀 하나가 든, 니켈과 유리로 만들어진 작은 상자, 입구에 줄이 묶여 있는, 구겨진 붉은색 마닐라 봉투 하나가 있었다. 노아는 봉투를 열고 서류를 꺼냈다. 1927년에 파산한 무전기 제조 회사의 주식 20주였다.

옷장 바닥에는 마분지 상자가 하나 있었다. 노아는 그것을 꺼내 열었다. 안에는 부드러운 플란넬로 조심스럽게 싼, 커다란 렌즈가 달린 커다란 구식 카메라가 한 대 있었다. 인물 사진을 찍는 용도였다. 그것은 그 방에서 유일하게 정성껏 간수되어 온 물건처럼 보였다. 노아는 아버지가 약삭빠르게도 채무자들에게서 그것을 숨긴 점에 고마워했다. 카메라를 팔면 장례식을 치를 수도 있을 것이다. 카메라의 낡은 가죽과 반짝이는 유리를 만지며 노아는 문득 아버지가 잘 간수한 그 카메라는 간직하는 게 좋을 것이라고 생각했지만, 그것이 그가 감당할 수 없는 사치품이라는 것을 알고 있었다. 그는 카메라를 다시 상자 속에 넣어 잘 포장한 다음 옷장 구석 낡은 옷을 쌓아 놓은 곳에 숨겼다.

그는 문 쪽으로 가 뒤를 돌아보았다. 램프의 희미한 불빛 속에서 침대에 누워 있는 그의 아버지는 쓸쓸해 보였고, 고통스러워하는 것처럼 보였다. 노아는 불을 끄고 밖으로 나갔다.

그는 천천히 길을 걸어갔다. 답답한 방 안에 있다가 바깥 공기를 쐬고 조금 운동을 하고 나자 기분이 좋아졌다. 그는 심호흡을 하며 폐가 공기로 가득 차는 것을 느꼈다. 그는 자신이 젊고 건강하다는 것을 느끼며 구두 굽이 반짝이는 보도에 조용히 닿는 소리를 들었다. 인적이 끊긴 밤, 바다 공기가 낯설면서도 깨끗하게 느껴졌다. 그는 해변 쪽으로 걸어갔다. 그가 바다가 굽어보이는 절벽으로 가까이 갈수록 짠내는 더욱 강해졌다.

어둠 속에서 음악 소리가 들려왔다. 그 소리는 주위로 울려 퍼졌다가 조용해졌다. 그러다가 갑자기 더 커졌다. 바람 때문인 것 같았다. 노아는 음악 소리가 들리는 쪽으로 갔다. 길모퉁이에 이른 그는 건너편 바에서 음악이 흘러나오고 있다는 것을 알 수 있었다. 〈휴일에는 추가로 돈을 받지 않음. 오 데이에서 새해를 맞이하시길〉이라는 간판 아래로 사람들이 들락거렸다.

안에 있는 주크박스의 음악이 바뀌며 여자의 낮은 목소리가 〈밤에도 낮에도, 해가 비쳐도 달이 비쳐도 당신밖에 없어요〉라고 노래하고 있었다. 그녀의 목소리는 강렬하지만 잘 조절되어 있는 열정으로 습하고 공허한 밤을 압도하고 있었다.

노아는 길을 건너 문을 열고 안으로 들어갔다. 수병 둘과 금발 여자 하나가, 바의 끝에서 마호가니 테이블 위에 머리를 올려놓고 있는 술에 취한 사람을 내려다보고 있었다. 노아가 들어가자 바텐더가 고개를 들었다.

「여기 전화가 있나요?」 노아가 물었다.

「저쪽에요.」 바텐더는 실내의 뒤쪽을 가리켰다. 노아는 전화박스가 있는 곳으로 걸어갔다.

「이봐요, 예의를 지켜요.」 노아가 지나가는 사이 금발 여자가 수병들에게 말했다. 「그의 목을 얼음으로 문질러 줘요.」

그녀는 노아를 향해 활짝 미소를 지었다. 그녀의 얼굴은 주크박스의 불빛 때문에 초록색으로 보였다. 노아는 그녀에게 고개를 까닥한 후 전화박스 안으로 들어갔다. 그는 의사가 준 명함을 꺼냈다. 거기에는 스물네 시간 영업을 하는 장의사의 전화번호가 적혀 있었다.

노아는 번호를 돌렸다. 그는 수화기를 귀에 댄 채 계속해서 가고 있는 신호음에 귀를 기울이며 새해 전날 밤 장의사 사무실에 켜져 있는 어두운 등불 아래, 검고 반짝이는 책상 위에 놓여 있는 전화기를 생각했다. 그가 전화를 끊으려는 순간 전화기 저편에서 어떤 목소리가 들려왔다.

「여보세요.」 목소리는 희미했고 멀게 느껴졌다. 「그래디 장의사입니다.」

「장례식에 대해 묻고 싶어요. 아버지가 방금 돌아가셨거든요.」 노아가 말했다.

「고인 성함이 어떻게 되죠?」

「제가 알고 싶은 건 가격입니다. 돈이 별로 없어서.」

「성함을 알아야 합니다.」 목소리는 무척 사무적이었다.

「애커먼이요.」

「저는 워터필드입니다.」 그의 목소리는 두껍게 들렸다. 「이름이 어떻게 되죠?」 그는 잠시 목소리를 낮춰 〈글래디스, 그만해! 글래디스!〉 하고 말했다. 그런 다음 다시 전화기에 대고 웃음을 참는 목소리로 「이름이 어떻게 되죠?」 하고 말했다.

「애커먼이요.」 노아가 말했다. 「애커먼.」

「이름인가요?」

「아뇨.」 노아가 말했다. 「그건 성이에요. 이름은 제이컵이에요.」

「더 분명하게 말해 주세요.」 그의 목소리는 약간 술에 취한 것처럼 들렸다.

「제가 알고 싶은 건.」 노아는 큰 소리로 말했다. 「화장하는 데 돈이 얼마나 드는지입니다.」

「화장이라고요? 좋아요.」 그가 말했다. 「화장을 원하는 분에게는 화장을 해드리죠.」

「가격은 어떻게 되죠?」 노아가 물었다.

「장의차는 몇 대나 사용할 건가요?」

「뭐라고요?」

「장례식 때 장의차는 몇 대나 사용할 건가요? 친척과 조문객은 몇 명이나 올 건가요?」

「한 명이요.」 노아가 말했다. 「한 명밖에 오지 않을 거예요.」

해가 바뀌고 있었고, 노아는 장의사가 하는 말을 들을 수 없었다.

「최대한 합리적으로 하고 싶어요.」 노아가 자포자기한 심정으로 말했다. 「돈이 별로 없거든요.」

「알겠어요, 알겠어요.」 장의사가 말했다. 「한 가지 질문이 있는데, 고인이 보험에 들어 있나요?」

「아니요.」 노아가 말했다.

「그렇다면 현금으로 지불해야 해요. 이해하시겠죠? 선불로요.」

「얼마죠?」 노아는 소리를 질렀다.

「유골을 일반 마분지 상자에 담기를 원하나요, 아니면 은도금을 한 항아리에 담기를 원하나요?」

「일반 마분지 상자요.」

「제일 싼 가격이, 친애하는 친구······」 갑자기 전화기 저편의 목소리가 커지며 분명하게 들렸다. 「76달러 50센트입니다.」

「5분에 5센트가 추가됩니다.」 전화 교환원의 목소리가 끼어들었다.

「좋아요.」 노아는 25센트짜리 동전 하나를 넣었다. 교환원이 〈고맙습니다〉라고 말했다. 「좋아요. 76달러 50센트요.」 그는 어쩐지 그 돈은 마련할 수 있을 것 같았다. 「모레 오후로 하죠.」 그렇게 하면 1월 2일에 시내에 나가 카메라와 다른 물건을 팔 수 있을 것 같았다. 「주소는 시 뷰 호텔입니다. 어디 있는지 아시죠?」

「그래요.」 술에 취한 목소리가 말했다. 「물론이죠. 시 뷰 호텔. 내일 사람을 보낼 테니까 계약서에 서명을 할 수 있을 겁니다.」

「좋아요.」 노아는 땀을 흘리며 통화를 끝내려고 했다.

「한 가지 더요.」 그가 말했다. 「한 가지 더 있어요. 마지막 의식이요.」

「마지막 의식이라뇨?」

「고인이 무슨 종교를 갖고 있었죠?」

제이컵은 종교를 갖고 있지 않았지만 노아는 그 사실을 이야기할 필요는 없다고 생각했다. 「그는 유대인이에요.」

「오.」 잠시 장의사는 아무 말이 없었다. 잠시 후 노아는 술에 취한 여자가 유쾌한 목소리로 〈빨리 와요, 조지. 한잔 더 해요〉라고 말하는 것을 들을 수 있었다.

「미안하지만……」 장의사가 말했다. 「우리는 히브리 사람들의 장례식을 치를 준비가 되어 있지 않아요.」

「무슨 차이가 있죠?」 노아가 소리쳤다. 「그는 종교가 없었어요. 그에게는 어떤 의식도 필요 없어요.」

「불가능해요.」 장의사는 굵은 목소리로 위엄 있게 말했다. 「우리는 히브리인들의 장례식은 치르지 않아요. 히브리인들의 장례식을 치르는 사람들이…… 아마도 많이 있을 거예요.」

「하지만 피시번 박사가 당신을 추천했어요.」 노아는 미친 사람처럼 소리를 질렀다. 그는 다른 장의사와 또다시 이런 이야기를 주고받을 수는 없을 것 같았다. 그는 당황스러웠고, 함정에 빠진 것처럼 느껴졌다. 「당신은 장의사죠, 그렇죠?」

「슬픔에 빠진 당신에게 심심한 위로를 전하는 바입니다.」 장의사가 말했다. 「하지만 우리로서는……」

노아는 전화 저편에서 누군가가 달려오는 소리와 여자가 〈내가 이야기할게요, 조지〉라고 말하는 것을 들었다. 그리고 그 여자가 전화를 받았다. 「이봐요.」 그녀는 큰 소리로 말했다. 그녀의 목소리는 귀에 거슬렸고, 위스키에 취한 것처럼 보였다. 「왜 그만 끊지 않는 거죠? 우리는 바빠요. 조지가 한 말을 들었죠? 유대인의 장례는 치르지 않아요. 행복한 새해를 맞길 바라요.」 그런 다음 그녀는 전화를 끊었다.

노아는 손이 떨렸고, 피부에서 땀이 배어 나오는 것을 느꼈다. 그는 힘겹게 수화기를 제자리에 걸었다. 그는 전화박스 문을 열고 로흐 로몬드의 재즈 버전을 연주하고 있는 주크박스와, 바에 있는 금발 여자와, 술에 취한 사람과 수병들을 지나 천천히 문 쪽으로 걸어갔다. 금발 여자가 그에게 미소를 지으며 「무슨 일이죠, 애인이 집에 없나요?」 하고 말했다.

노아는 그녀가 하는 말을 제대로 들을 수가 없었다. 그는 기운이 빠져 지친 상태로 문 근처에 있는 빈자리로 천천히 걸어가 의자에 앉았다.

「위스키.」 그가 말했다. 위스키가 나오자 그는 스트레이트로 마신 다음 한 잔을 더 주문했다. 두 잔을 마시고 나자 즉각적인 반응이 나타났다. 실내의 윤곽이 흐려지고, 음악과 바에 있는 다른 사람들의 존재가 더 모호해지며 조금 참을 만한 상태가 되었다. 몸에 꽉 끼는, 노란색 꽃무늬 드레스를 입고 빨간색 신발을 신고 자주색 베일이 달려 있는 작은 모자를 쓴 금발 여자가 그에게로 다가와 두툼한 입술을 과장되게 움직이며 말했을 때 그는 미소를 지었다.

「그래요, 바로 그거예요.」 그의 팔을 살며시 잡으며 그녀가 말했다. 「바로 그거예요. 훨씬 나아 보여요.」

「행복한 새해를 맞길.」 노아가 말했다.

「이봐요.」 금발 여자는 꽉 끼는 거들을 입은 엉덩이를 붉은색 모조 가죽 의자에 올려놓으며 그의 옆에 앉아 자신의 무릎을 그의 무릎에 문질렀다. 「이봐요, 나는 곤란한 상황에 처해 있어요. 바를 둘러보았는데 당신이 내가 의지할 수 있는 유일한 사람처럼 보이더군요. 오렌지 블로섬 한 잔.」 그녀는 바텐더에게 말했다. 「곤란할 때면······.」 그녀는 노아의 팔꿈치를 잡으며 말을 이었다. 그녀는 작은 자주색 베일 사이로 그를 간절한 눈빛으로 바라보았다. 마스카라를 한 그녀의 눈은 그를 반기는 듯하면서도 진지해 보였다. 「곤란할 때면 나는 이탈리아 남자들이 좋아요. 그들은 더 개성이 있죠. 그들은 흥분을 잘하지만 인정이 있어요. 그리고 사실을 말하자면 나는 흥분을 잘하는 남자를 좋아해요. 흥분하지 못하는 남자를 내게 데려오면 1년에 단 10분 동안도 여자를 행복하게 해주지 못하는 남자를 보여 줄게요. 내가 남자에게서 찾는 것은 두 가지예요. 인정 많은 성격과 두툼한 입술이죠.」

「뭐라고요?」 노아가 놀라며 물었다.

「두툼한 입술.」 금발 여자가 간절한 목소리로 말했다. 「내 이름은 조지아예요. 당신 이름은?」

「로널드 비버브룩.」노아가 말했다.「그런데 한 가지 이야기할 게 있는데, 나는 이탈리아인이 아니에요.」

「오.」그녀는 실망한 모습을 보이며 오렌지 블로섬을 한꺼번에 반 잔이나 들이켰다.「이탈리아인이 틀림없다고 생각했는데. 그럼 뭐죠, 로널드?」

「인디언이에요.」노아가 말했다.「수족 인디언이죠.」

「그래도.」여자가 말했다.「당신은 여자를 무척 행복하게 만들 줄 아는 게 분명해요.」

「한잔해요.」노아가 말했다.

「이봐요.」여자가 바텐더를 불렀다.「오렌지 블로섬 두 잔이요. 더블로.」그녀는 노아에게 고개를 돌렸다.「나는 인디언도 좋아해요.」그녀가 말했다.「내가 싫어하는 건 평범한 미국인뿐이죠. 그들은 여자를 제대로 다루는 법을 몰라요. 가끔 가다 만나 섹스를 하죠. 그리고 섹스를 끝내고는 침대에서 빠져나와 바지를 입고 아내가 있는 집으로 가죠.」그녀는 첫 잔을 비우며 말했다.「저기 파란색 옷을 입고 있는 두 사내에게 가 당신이 나를 집에 데려갈 거라고 말해 줘요. 맥주병을 가지고 가요. 그들이 시비 걸 경우를 대비해서.」

「저 친구들과 함께 왔나요?」노아가 물었다. 이제 그는 머리가 무척 맑았고, 외로웠지만 즐거웠다. 그는 이야기를 하며 그녀의 손을 가볍게 만졌고, 그녀의 눈을 들여다보며 미소를 지었다. 그녀는 손이 거칠었고, 손바닥에 못이 박여 있었다. 그녀는 그 사실을 창피해했다.

「세탁소에서 일을 해서 그래요.」그녀가 슬픈 목소리로 말했다.「절대로 세탁소에서는 일하지 말아요.」

「알았어요.」노아가 말했다.

「저 친구하고 같이 왔어요.」 그녀는 고개로 술에 취해 바에 엎드려 있는 사내를 가리켰다. 그녀의 베일이 주크박스의 초록색과 자주색 불빛 속에서 나풀거렸다. 「1차에서 완전히 취해 버렸죠. 하고 싶은 말이 있어요.」 그녀는 노아 가까이 몸을 기울이며 속삭였다. 그녀에게서 진과 양파 그리고 바이올렛 향수 냄새가 강하게 풍겼다. 「수병들이 그를 괴롭히려고 음모를 꾸미고 있어요. 저들은 자기 나라의 제복을 입고 있어요. 저들은 그의 돈을 훔치려 하고 있어요. 그리고 내 뒤를 따라와 어두운 골목에서 내 지갑을 훔치려 하고 있어요. 맥주병을 들고 가 저들에게 얘기해요.」

바텐더가 술을 가져오자 여자는 10달러 지폐를 한 장 꺼내 그에게 주었다. 「이건 내가 살게요.」 그녀가 말했다. 「새해 전야에 외롭게 있는 불쌍한 사내를 위해서예요.」

「내 술값을 내줄 필요는 없어요.」 노아가 말했다.

「우리를 위해 건배해요.」 그녀는 그의 얼굴 가까이 잔을 들고 애교를 부리며 미소를 지으면서 베일 사이로 잔을 바라보았다. 「돈이라는 게 왜 있겠어요? 친구를 위해 쓰라고 있는 거 아니에요?」

그들은 술을 마셨고, 여자는 손을 그의 다리에 올려놓고 무릎을 만졌다. 「당신은 무척 날카로워 보여요.」 그녀가 말했다. 「그 점 때문에 우리는 뭔가를 해야 해요. 여기서 나가요. 더 이상 이곳에 있고 싶지 않아요. 내 작은 아파트로 가요. 당신과 나를 위한 포 로지스 한 병이 있어요. 우리 둘이서 조촐하게 축하하는 거예요. 내게 키스해 줘요.」 그녀는 다시 몸을 기울이며 단호하게 눈을 감았다. 노아는 그녀에게 키스를 했다. 그녀의 입술은 부드러웠고, 립스틱에서는 양파와 진과 함께 라즈베리 맛이 났다. 「더 이상 못 기다리겠어요.」 그녀는 단호하게 자리에서 일어나 그의 팔을 잡았다. 그들은 잔을 들고 바 뒤쪽으로 갔다.

수병 두 명이 그들이 오는 것을 지켜보았다. 그들은 아주 어렸고, 얼굴에 당황하고 실망한 기색이 역력했다.

「내 친구를 조심해요.」 그녀가 그들에게 경고했다. 「그는 수족 인디언이에요.」 그녀는 노아의 귀 뒤쪽 목에 키스했다. 「곧 나올게요.」 그녀가 말했다. 「당신이 나를 사랑하도록 매무새를 고치고 싶어요.」 그녀는 깔깔거리며 잔을 쥔 채로 축축한 손으로 그의 손을 잡았다. 그리고 그녀는 과장되게 점잔을 빼며 화장실 안으로 걸어 들어갔다. 거들을 한 그녀의 엉덩이 위로 꽃들이 춤을 췄다.

「그녀가 당신에게 뭐라고 했죠?」 어린 수병이 물었다. 그는 모자를 쓰고 있지 않았다. 그리고 머리는 너무 짧아 아기의 머리털처럼 보였다.

「당신들이 그녀의 돈을 뺏으려 한다더군요.」 노아는 힘이 나는 것을 느끼면서 경계하며 말했다.

모자를 쓴 수병이 코웃음을 쳤다. 「우리가 돈을 뺏는다고요? 뻔뻔스러운 말이군요. 사실은 그 반대예요.」

「25달러요.」 어린 수병이 말했다. 「한 명당 25달러를 요구하더군요. 전에 한 번도 한 적이 없다면서요. 그리고 결혼을 했으며 자신이 감수하고 있는 위험에 대한 대가를 지불받아야 한다고 말했어요.」

「도대체 그녀는 자신을 누구라고 생각하는 거야?」 모자를 쓴 수병이 물었다. 「당신한테는 얼마를 요구했죠?」

「아무것도 요구하지 않았어요.」 노아가 말했다. 그는 터무니없는 자부심을 느꼈다. 「그리고 그녀는 포 로지스 한 병을 마시고 싶다고 했어요.」

「어떻게 생각해?」 나이 든 수병이 인상을 쓰며 친구에게 고개를 돌렸다.

「그녀와 함께 갈 건가요?」 어린 수병이 부러운 듯 물었다.

노아는 고개를 저었다. 「아니요.」

「왜죠?」 어린 수병이 물었다.

노아는 어깨를 으쓱했다. 「모르겠어요.」

「저런.」 어린 수병이 말했다. 「그녀는 당신에게 잘해 줄 거예요.」

「아.」 모자를 쓴 수병이 말했다. 「여길 떠나지. 샌타모니카를!」 그는 다른 수병을 나무라듯 바라보았다. 「기지에 머무는 것도 괜찮을 거야.」

「기지가 어디 있죠?」 노아가 물었다.

「샌디에이고에요. 하지만 이 친구가……」 나이 든 수병이 머리가 곱슬인 수병을 향해 조롱하는 듯한 몸짓을 했다. 「이 친구가 샌타모니카에 모든 것을 준비해 놓았다는군요. 어떤 집에서 과부 둘을 만날 수 있게 준비했댔죠. 이제 더 이상 자네에게 뭘 준비하게 하지 않을 거야.」

「그건 내 잘못이 아니야.」 어린 수병이 완강하게 말했다. 「그들이 장난을 치는지 어떻게 알았겠어? 그 주소가 가짜라는 걸 어떻게 알았겠느냐고?」

「우리는 세 시간 동안 이 망할 놈의 안개 속에서 배회했어요.」 나이 든 수병이 말했다. 「가짜 주소를 찾아서요. 새해 전야에! 일곱 살 때 오클라호마에서 새해를 맞은 게 훨씬 더 나았어. 이제 나는 갈 거야.」

「이 친구는 어떻게 하고요?」 노아는 마호가니 바 위에서 평화롭게 자고 있는 술 취한 사람을 슬쩍 건드렸다.

「그건 저 여자 몫이에요.」

어린 수병은 목적의식이 분명한 사람처럼 작은 하얀색 모자를 썼고, 두 사내는 밖으로 나갔다. 「25달러요!」 노아는 나이 든 수병이 문을 닫으면서 하는 말을 들었다.

노아는 잠시 기다리다가 잠이 든 사람을 친구처럼 토닥인 후 수병들을 따라 밖으로 나갔다. 그는 술집 밖에 서서 부드럽고 축축한 공기를 들이켰다. 붉게 상기된 얼굴에 밤공기가 차갑게 느껴졌다. 길가의 희미한 가로등 불빛 아래 선 채로 그는 파란색 옷을 입은 수병 둘이 안개 속으로 쓸쓸히 사라지는 것을 보았다. 그는 몸을 돌려 다른 방향으로 걷기 시작했다. 그가 마신 위스키가 관자놀이를 음악처럼 기분 좋게 두드렸다.

노아는 조심스럽게 조용히 문을 열고 어두운 방 안으로 들어갔다. 냄새는 그대로였다. 그는 그 냄새를 잠시 잊고 있었다. 알코올과 약품 냄새가 뒤섞인, 감미로우면서도 코를 쏘는 냄새였다. 그는 어둠 속에서 스위치를 더듬었다. 손의 신경이 긴장되었고, 스위치를 찾기 전에 의자에 부딪혔다.

그의 아버지는 침대 위에 굳은 채 누워 있었다. 손을 대면 부서질 것처럼 보였다. 입은 희미한 불빛 속에서 무슨 말을 할 것처럼 벌어져 있었다. 노아는 아버지를 내려다보며 약간 몸을 떨었다. 멋진 수염과 표백한 머리와 가죽 장정의 성경을 갖고 있는 멍청하고 교활한 늙은이.

「하느님, 서둘러 저를 데려가십시오…… 고인이 무슨 종교를 갖고 있었죠?」 노아는 약간 어지러웠다. 그는 생각을 하나로 정리할 수가 없었다. 서로 관련 없는 터무니없는 생각들이 연이어 스쳐 지나갔다. 두툼한 입술. 수병들에게는 25달러를 요구했지만, 그에게는 아무것도 요구하지 않았다. 그는 여자 운이 별로 없는데, 조금 전과 같은 경우에는 더욱 그랬다. 어쩌면 곤란한 상황이 남자를 매력적으로 보이게 만들었을 수도 있다. 그 여자는 그것을 감지한 것이다. 물론 그녀는 엄청나게 취해 있었다. 로널드 비버브룩. 그녀가 화장실로 갈 때 치마의 꽃들이 춤추던 모습. 만약 그 술집에 그대로 있었다면 지금쯤 그녀와 함께 침대 위, 따뜻한 이불 속에서 편하게 있으면서 살찐 부드러운 하얀 육체를 느끼며, 양파와 진과 라즈베리 냄새를 맡고 있었을 것이다. 그는 죽은 아버지가 있는 휑한 방에 서 있게 된 것이 순간적으로 몹시 후회가 되었다. 만약 입장이 바뀌어 그가 그곳에 누워 있고, 아버지가 돌아다니고 있었다면 아버지는 여자의 제안을 받아들였을 것이다. 제이컵은 지금쯤 금발 여자와 함께 침대에서 포 로지스를 마시고 있을 게 분명했다. 그는 그런 생각을 하고 있는 자신이 이상하게 느껴졌다. 그는 머리를 저었다. 그는 아버지에게서 태어난 자식이다. 그도 나이가 들면서 자신의 아버지처럼 말하게 될 것인가?

노아는 1분 정도 죽은 아버지의 얼굴에서 눈을 떼지 않았다. 그는 울려고 했다. 한 해의 마지막 날, 겨울밤에 그런 식으로 방치된 사람이라면 자신의 아들에게서 눈물을 기대하는 것도 당연했다.

노아는 아버지에 대해 조금이라도 진지하게 생각할 수 있을 정도로 나이가 든 후에는 정작 그에 대해 제대로 생각해

본 적이 한 번도 없었다. 그는 아버지에게 한이 맺혀 있었고, 그게 다였다. 그는 베개 위에 석상처럼 누워 있는 아버지의 창백하고 주름진 얼굴을 바라보았다. 제이컵은 늘 자신이 죽게 되면 고상하고 자부심에 찬 모습일 것이라고 생각했다. 노아는 아버지에 대한 생각을 하려고 의식적으로 노력했다. 태평양의 해변에 있는 이 좁은 방을 찾아내기 위해 제이컵은 얼마나 먼 길을 온 것인가? 그는 오데사의 더러운 거리에서 벗어나 러시아와 발트해를 지나 대양을 가로질러 소란스러운 뉴욕으로 왔다. 노아는 눈을 감은 채 재빠르고 유연한, 젊은 제이컵을 상상했다. 잘생긴 눈썹과 사나워 보이는 코. 제이컵은 과장된 표현을 쓰곤 했지만 재빨리 영어를 익혔고, 생기에 찬 눈으로 사람들로 북적이는 거리를 활보하고 다녔다. 그는 여자와 동업자를 보면 금방 대담한 미소를 지을 줄 알았고, 여행을 많이 했다. 무서움을 몰랐지만, 정직하지 않았던 제이컵은 미국 남부의 애틀랜타와 터스컬루사[1] 등을 두루 다녔다. 셈이 빨랐던 그는 사실 돈에는 관심이 없었다. 그가 관심 있었던 것은 돈을 벌기 위해 사기를 치는 것이었다. 그리고 마침내 돈을 모두 잃은 그는 미네소타와 몬태나까지 갔다. 살롱과 도박장에서 널리 알려졌던 그는 웃으며 검은 시가를 피웠으며 지저분한 농담을 했고 그 입으로 「이사야」를 인용하곤 했다. 시카고에서 노아의 어머니와 결혼한 그는 위엄 있는 시선을 갖고 있었다. 그는 결혼하고 하루 정도는 아내에게 책임을 다하며 부드럽고도 섬세하게 대했다. 그리고 어쩌면 중년이 되어 머리가 세면서 정착해 명예로운 시민이 되겠다고 결심했을 수도 있다. 제이컵은 풍부한 가성의 바리톤 목소리로

---

[1] 미국 앨라배마주 서부에 있는 도시.

노아에게 노래를 불러 주기도 했다. 그는 저녁 식사 후 멋진 가구가 있는 거실에서 〈즐겁고 즐거운 5월의 어느 날 나는 공원을 산책하고 있었네〉라는 노래를 부른 적도 있다.

노아는 고개를 저었다. 그의 마음속 먼 어딘가에서 젊고 강한 그의 아버지가 부르는 〈즐겁고 즐거운 5월의 어느 날……〉이라는 노래가 메아리쳤다. 그가 애를 써도 그 노래는 멈추지 않았다.

그리고 나이가 들면서 제이컵은 어쩔 수 없이 파탄에 이르렀다. 볼품없는 사업은 그를 볼품없게 만들었고, 그는 매력을 잃었다. 적은 더욱 늘었고 세상은 각박해졌으며 그는 더욱 힘들어졌다. 시카고에서의 실패, 시애틀에서의 실패, 볼티모어에서의 실패, 그리고 마지막으로 샌타모니카에서의 완전한, 초라한 실패. 〈나는 비참한 인생을 살았고 모두를 속였으며 아내를 죽게 만들었어. 아들이 하나 있지만 그에게 아무런 희망도 걸고 있지 않아. 나는 파산했고……〉 화덕 속에서 부스러지고 있는, 그에게 속은 형은 그 세월 내내 그를 따라다녔다. 그리고 결국 그는 바닷가에서 마지막 숨을 힘들게 거두었다.

노아는 건조한 눈으로 아버지를 바라보았다. 제이컵은 마치 살아 있는 사람처럼 입을 벌리고 있었다. 노아는 몸을 떨며 방을 가로질러 뛰어가 아버지의 입을 닫으려고 했다. 손에 닿은 아버지의 수염은 뻣뻣하고 거칠었으며 입이 닫히면서 이에서 고르지 못한 요란한 소리가 났다. 하지만 노아가 손을 뗐을 때에도 입술은 말을 하려는 것처럼 여전히 벌어져 있었다. 노아는 여러 번 더욱 힘껏 입을 닫았다. 턱뼈에서 날카로운 작은 소리가 났다. 턱은 완전히 닫히지 않고 느슨하게 연결된 듯이 느껴졌다. 노아가 손을 뗄 때마다 입이 다시 벌어지며 이가 누렇게 빛났다. 노아는 더 효과적으로 처리하기 위해 침대를 버팀대로 삼아 힘을 주었다. 하지만 자신의 부모와 선생과 형과 아내와 행운과 동업자와 여자와 아들에게, 그리고 자신의 삶 전체에 완강하게 반항했던 그를 이제 와서 바꿀 수는 없었다.

노아는 뒤로 물러났다. 회색 베개 위에 놓인 기만적인 머리의 우아한 곡면 아래로, 그리고 꼬불꼬불한 하얀 수염 아래로 애처롭고 창백한 입은 벌어져 있었다.

결국, 그리고 처음으로 노아는 흐느꼈다.

4

철모를 머리에 쓴 채로 지붕을 연 작은 정찰 차량 속에 앉아 있는 크리스티안은 자신이 사기꾼처럼 느껴졌다. 그들이 길가에 나무가 심어진 프랑스의 도로를 따라 신나게 속도를 높이는 사이 그는 가벼운 자동 경기관총을 무릎 위에 올려놓고 있었다. 그는 그들이 근처 과수원에서 딴 체리를 먹고 있었다. 파리는 앞쪽으로 줄지어 늘어서 있는 초록색 언덕 너머에 있었다. 그는 길을 따라 늘어서 있는, 돌로 지은 집의 여닫개 뒤에서 그를 바라보고 있던 프랑스인들에게 자신이 정복자이자 엄격한 군인이자 파괴자로 보일 거라는 사실을 알고 있었다. 그는 아직 총성을 듣지 못했으며 이곳에서 전쟁은 이미 끝나 있었다.

그는 고개를 돌려 뒷자리에 앉아 있는 브란트에게 이야기했다. 브란트는 선전 임무를 맡고 있는 회사 소속의 사진작가로, 크리스티안의 정찰 부대와는 메스[2]까지 동행하기로 했다. 그는 학자처럼 보이는 외모의 허약한 남자로, 전쟁 전에는 평범한 화가였다. 브란트가 봄에 스키를 타러 오스트리아에 왔을 때 크리스티안은 그와 친해졌다. 브란트의 얼굴은 밝은 붉은색으로 탔으며, 눈은 바람 때문에 깔깔해졌고, 철모를 쓴 모습은 집의 뒤뜰에서 병정놀이를 하는 어린 소년처럼 보였다. 크리스티안은 브란트를 향해 미소를 지었다. 브란트는 비좁은 작은 의자에 사진 장비와 슐레지엔 출신인 거구의 상병과 함께 답답하게 앉아 있었다. 상병은 브란트의 다리 위로 기분 좋게 다리를 걸치고 있었다.

「왜 웃는 거야, 병장?」 브란트가 물었다.

「당신 코 색깔 때문에요.」 크리스티안이 말했다.

브란트는 햇볕에 타 살갗이 벗겨진 코를 조심스럽게 만졌다. 「살갗이 일곱 겹이나 벗겨졌어.」 그가 말했다. 「자, 병장, 서둘러 나를 파리로 데려가 줘. 한잔해야겠어.」

「인내심을 가져요.」 크리스티안이 말했다. 「조금이라도. 전쟁 중이라는 걸 몰라요?」

슐레지엔 출신의 상병은 요란하게 웃음을 터뜨렸다. 그는 단순하고 멍청한 젊은이로, 생기가 넘쳤다. 고참의 비위를 맞추려고 초조해하는 것을 빼면 그는 프랑스 횡단 여행을 하는 동안 멋진 시간을 보내고 있었다. 전날 밤 그들이 길가 담요 위에 나란히 누워 있을 때 그는 무척 심각하게 전쟁이 금방 끝나지 않았으면 좋겠다고 말했다. 그는 최소한 프랑스인 한 명은 죽이고 싶어 했다. 그의 아버지는 1916년 베르됭에서 한쪽 다리를 잃었다. 이름이 크라우스인 이 상병은 일곱 살 때

---

[2] 프랑스 로렌주 모젤현의 주도.

크리스마스이브에 교회에 다녀온 후 다리가 하나밖에 없는 아버지 앞에 뻣뻣하게 서서 〈프랑스인을 한 명 죽이고 나면 행복하게 죽게 될 거야〉라고 말했던 것을 기억했다. 15년 전 일이다. 그럼에도 그는 여전히 새로운 마을에 들를 때마다 프랑스인을 죽일 만한 구실을 찾았다. 샹리에서 한 프랑스 중위가 총 한번 쏘지 않고 백기를 들고 카페 앞에 나타나 부대원 열여섯 명과 함께 항복했을 때 그는 프랑스인에 대한 반감이 치밀었다.

크리스티안은 브란트의, 햇볕에 타 우스꽝스러워 보이는 얼굴 너머로 75미터 간격을 두고 평평하고 곧은길을 따라 속도를 내고 있는 차량 두 대를 바라보았다. 중위는 나머지 부대원과 함께 나란히 놓인 다른 도로로 들어서며 이곳 차량 세 대는 크리스티안이 지휘하게 했다. 그들은 계속해서 파리로 갈 생각이었는데, 파리에서는 아무런 저항을 받지 않을 거라고 확신하고 있었다. 크리스티안은 소총과 반자동 기관단총 열 정과 기관총 한 대로 무장한, 차량 세 대에 탄 열한 명의 부대원을 처음으로 단독 지휘하게 된 것에 대해 약간 자부심을 느끼며 미소를 지었다.

그는 고개를 돌려 앞쪽의 길을 보았다. 그는 그곳 시골이 무척 아름다운 곳이라고 생각했다. 프랑스인들은 땅을 무척 근면하게 돌보았다. 깔끔한 들판 주변에는 포플러나무가 심어져 있었고, 규칙적으로 이랑이 파진 땅에는 이제 6월의 새싹이 돋아나고 있었다.

그는 졸린 가운데, 모든 것이 놀라울 정도로 완벽하다고 생각했다. 겨울 동안의 오랜 기다림 끝에 유럽 전역에 걸쳐 갑자기 제어할 수 없는 놀라운 힘이 솟구쳤다. 그리고 작은 소금 봉지와 살바르산[3] 튜브에 이르기까지 모든 것이 병사들에게 지급되었다. (병사들은 아헨에서 야전용 비상식량과 함께 살바르산 튜브를 세 개씩 받았는데 크리스티안은 독일의 보건부가 프랑스인이 얼마나 저항할지 예측한 것을 생각하며 미소를 지었다.) 그리고 모든 것이 정확했다. 임시 탄약 보관소와 물은 그들이 지시받은 곳에 있었으며 지도 역시 정확했다. 적의 화력과 저항의 정도 또한 예상한 대로였고, 도로 사정 역시 그들이 들은 대로였다. 그는 프랑스 전역으로 밀고 들어간 무장한 병사들을 떠올리며 독일인만이 그런 일을 할 수 있었을 것이라고 생각했다.

정찰 차량의 엔진에서 나는 소음 위로 비행기 소리가 들렸다. 크리스티안은 그의 뒤쪽을 쳐다보며 미소를 지었다. 1.5킬로미터 상공에서 스투카[4] 한 대가 그의 뒤쪽에서 길을 따라 천천히 날아오고 있었다. 아래쪽에 매의 발톱 같은 바퀴 두 개가 달린 비행기는 우아하면서도 정확해 보였다. 잠시 하늘을 배경으로 하고 있는 날개를 올려다보며 크리스티안은 공군에 들어가지 않은 것을 후회했다. 공군이 모든 군대와 조국에 있는 사람들이 가장 사랑하는 대상임에는 의심의 여지가 없었다. 그리고 그들의 생활 환경은 멋진 리조트 호텔의 일급 숙소처럼 무척 편안했다. 그리고 공군 병사들 역시 독일 최고의 젊은이들로, 다들 아무런 걱정이 없었고 자신감에 차 있었다. 크리스티안은 바에서 그들을 보았고 그들이 자기끼리만 모여 이야기하는 것을 들었다. 그들은 자신들만 알 수 있는 특이한 말을 했고, 돈을 아주 많이 썼다. 그들은 마드리드 상

---

3 매독 등의 특효약으로 쓰임.
4 제2차 세계 대전 때 사용된 독일의 급강하 폭격기.

공의 모습과 자신들이 바르샤바를 공습한 날과 바르셀로나의 여자들, 그리고 메서슈미트[5]에서 개발된 새 비행기에 대한 자신들의 생각을 이야기했다. 그들 모두는 죽음이나 패배에 대해서는 까마득히 잊고 있는 것처럼 보였다. 마치 그런 것들은 당장은 위험하지만, 귀족적이고 즐거운 세계에는 존재할 수 없는 것 같았다.

이제 스투카는 크리스티안 위쪽에 있었다. 비행기가 정찰 차량 위로 날아가는 순간 크리스티안은 조종사가 조종석 위로 얼굴을 내밀고 미소를 짓는 것을 볼 수 있었다. 크리스티안은 미소를 지으며 손을 흔들었고, 젊고 오만한 조종사는 날개를 몇 번 흔든 다음 파리로 향하는, 그들 앞에 뻗어 있는, 나무가 늘어선 도로를 따라 날아갔다.

크리스티안은 정찰 차량 앞자리에 편하게 앉은 채로 엔진 소리를 들으며 싱그러운 향기가 나는 바람을 느꼈다. 그러면서 휴가를 받아 베를린에 갔을 때 음악회장에서 들은 음악의 주제를 떠올렸다. 그 음악은 모차르트의 클라리넷 오중주였는데, 젊은 여자가 여름 오후 천천히 흐르는 강가에서 잃어버린 연인을 그리워하는 듯이 슬펐지만 호소력이 있었다. 크리스티안은 반쯤 눈을 감은 채로 차량에 틀어 놓은 음악에 귀를 기울였다. 그의 얼굴에서 주근깨가 이따금 반짝거렸다. 그는 클라리넷 연주자를 떠올렸다. 연주자는 키가 작았고, 머리가 벗겨져 슬퍼 보이는 얼굴을 하고 있었다. 푸석한 수염을 기른 그는 만화에 나오는, 아내에게 시달리는 남편처럼 보였다.

그는 장난스럽게 〈이런 때에는 바그너의 음악을 콧노래로 불러야 해〉라고 생각했다. 오늘날 지크프리트를 부르지 않는

[5] 독일의 항공기 제작 회사 및 제품명.

것은 보다 위대한 제3제국에 대한 일종의 반역일 수도 있다. 그는 바그너를 별로 좋아하지 않았지만 클라리넷 오중주를 마치고 나면 바그너에 대해 생각하리라고 다짐했다. 어쨌든 그렇게 하면 졸지 않고 깨어 있는 데 도움이 될 것이다. 하지만 곧 그는 고개를 가슴 위로 떨어뜨리며 잠이 들었고, 부드럽게 숨을 쉬며 살짝 미소까지 지었다. 운전을 하고 있던 병사가 그를 쳐다보고 미소를 지으면서, 뒷자리에 앉은 사진작가와 슐레지엔 출신의 상병을 바라보며 놀리듯이 크리스티안을 향해 엄지손가락을 들었다. 상병은 크리스티안이 그를 위해 명백히 숙련되고 즐거운 뭔가를 하기라도 한 것처럼 요란하게 웃음을 터트렸다.

차량 세 대는 사람들이 보이지 않는, 해가 비치는 조용한 길을 따라가며 속도를 냈다. 이따금 소와 닭과 오리만 보였다. 마치 사람들이 모두 휴일이 되어 근처 읍내에서 열리는 장에 간 것처럼 보였다.

최초의 총성은 음악의 한 부분 같았다. 하지만 곧 그 뒤를 이은 다섯 발의 총성과 브레이크 소리에 크리스티안은 잠에서 깼다. 차가 도로 옆에 있는 도랑 속으로 미끄러지며 심하게 흔들렸다. 크리스티안은 잠결에 차량 밖으로 뛰쳐나가 차 뒤에 엎드렸다. 다른 사람들은 그의 옆에 엎드려 숨을 헐떡이고 있었다. 그는 무슨 일이 일어나기를, 그리고 누군가가 어떻게 해야 되는지 말해 주기를 기다렸다. 하지만 그 순간 그는 다른 사람들이 초조하게 자신을 바라보고 있다는 것을 깨달았다. 부대를 책임지고 있는 하사관인 그가 즉시 상황을 파악해 간단하면서도 분명한 명령을 내려야 했다. 그는 언제든 모호한 태도를 보여서는 안 되었고, 자신감에 차 공격적으로 행동해야 했다.

「다친 사람 있어?」 그가 속삭였다.

「아니요.」 크라우스가 말했다. 그는 소총 방아쇠에 손가락을 댄 채 흥분한 얼굴로 차량 앞 타이어를 보고 있었다.

「맙소사.」 브란트가 초조하게 말했다. 「맙소사.」 그는 전에 권총을 한 번도 다뤄 본 적이 없는 것처럼 서툴게 안전장치를 만지고 있었다.

「그냥 놔둬요.」 크리스티안이 날카롭게 말했다. 「안전장치를 그대로 채워 둬요. 그러다가 누군가 죽이겠어요.」

「여기를 빠져나가야 해.」 브란트가 말했다. 철모가 벗겨진 그의 머리칼에는 먼지가 껴 있었다. 「모두 죽게 될 거야.」

「닥쳐요.」 크리스티안이 말했다.

또다시 총성이 들렸다. 총탄이 정찰 차량을 관통했고, 타이어 하나가 터졌다.

「맙소사.」 브란트가 중얼거렸다. 「맙소사.」

크리스티안은 운전을 하고 있던 병사의 몸 위를 넘어 차 뒤쪽으로 갔다. 그 과정에서 크리스티안은 운전병이 폴란드를 침공한 이후로 목욕을 하지 않았다는 사실을 떠올렸다.

「맙소사.」 그가 짜증스러운 듯 말했다. 「왜 목욕을 하지 않지?」

「죄송합니다, 병장님.」 운전병이 면목이 없다는 투로 말했다.

차량 뒷바퀴에 몸을 숨긴 채로 크리스티안은 머리를 들었다. 그의 앞쪽으로 데이지 몇 송이가 부드럽게 흔들리고 있었고, 가까운 곳에는 잡초가 무성한 숲이 있었다. 열기 속에서 끓어오르고 있는 것처럼 보이는 도로가 그의 앞쪽으로 멀리 펼쳐져 있었다.

6미터쯤 떨어진 곳에서 작은 새 한 마리가 땅에 앉아 날개를 파닥이면서 걸어가며, 주인이 없는 가게에 들어선 참을성 없는 손님처럼 이따금 이상한 소리를 질렀다.

90미터쯤 떨어진 곳에 도로가 봉쇄되어 있었다.

크리스티안은 그곳을 조심스럽게 살펴보았다. 땅 양쪽이 위로 가파르게 경사진 곳에 길이 봉쇄되어 있었는데 마치 개울에 쌓은 둑처럼 보였다. 그 뒤로 살아 있는 생명체의 흔적은 보이지 않았다. 바리케이드는 도로 양쪽으로 자라고 있는 나무의 짙은 그늘 속에 있었고, 나무는 바리케이드 위로 둥근 천장처럼 드리워져 있었다. 크리스티안은 뒤를 돌아보았다. 뒤쪽으로 도로가 굽어 있었는데 다른 두 차량은 보이지 않았다. 크리스티안은 그들이 총소리를 들은 순간 차를 멈춰 세웠다고 확신했다. 그는 지금 그들이 무엇을 하고 있는지 궁금해하며 잠이 들어 이런 상황에 빠지게 한 자신을 저주했다.

잎이 달려 있는 나무 두 그루로 급하게 만든 것처럼 보이는 바리케이드에는 스프링이 있는 매트리스와 뒤집어진 마차, 그리고 근처 담장에서 빼온 돌이 뒤엉켜 있었다. 어떻게 보면 그것은 적합한 위치에 제대로 놓여 있었다. 위쪽에 있는 나무가 하늘에서는 그것을 볼 수 없게 가려 주고 있었던 것이다. 그것은 그들처럼 도로를 지나가던 사람들만이 발견할 수 있었다.

프랑스인들이 일찍 총을 발사한 것은 다행스러운 일이었다. 크리스티안은 입에 먼지가 들어간 것 같았다. 그는 무척 목이 말랐다. 아까 먹은 체리 덕분에 담배를 피워 텁텁했던 혀가 문득 상쾌하게 느껴졌다.

그는 프랑스인이 똑똑하다면 이제 자신들 옆쪽으로 와 공격할 준비를 하고 있을 걸로 생각했다. 그는 1백 미터 떨어진 곳에 있는 그림자 속에 조용히 넘어져 있는 나무 두 그루를 바라보며 어떻게 잠이 들 수 있었는지 생각했다. 만약 적이 숲속 어딘가에 박격포나 기관총을 설치해 놓았다면 5초 이내에 상황은 모두 종결될 것이다. 하지만 앞에서는 어떤 소리도 들리지 않았다. 다만 조금 전 그 새만이 아스팔트에 핀 데이지 뒤쪽에서 뛰어다니며 날카로운 소리를 내고 있었다.

그의 뒤쪽에서 소리가 들렸고, 그는 몸을 돌렸다. 다른 차량에 타고 있던 마에셴이었다. 그는 덤불 사이를 기어 그들에게 다가왔다. 마에셴은 훈련소에서 배운 대로 소총을 팔에 얹고 정확하고 기계적으로 기어왔다.

「뒤쪽은 어때?」 크리스티안이 물었다. 「다친 사람은 없어?」

「네.」 마에셴이 숨을 헐떡이며 말했다. 「차는 샛길 비포장도로에 있습니다. 다들 괜찮습니다. 다들 괜찮은지 보라고 히믈러 병장님이 저를 보냈습니다.」

「우리는 다들 살아 있어.」 크리스티안이 엄한 목소리로 말했다.

「히믈러 병장님이 포병 본부에 연락해 우리가 적과 대치하고 있으며 탱크 두 대를 보내 달라고 요청하겠다고 했습니다.」 마에셴은 또다시 훈련소에서 장기간 고되게 배운 대로 정확하게 말했다.

크리스티안은 나무 사이의 초록색 그늘 아래 낮게 설치된 바리케이드를 바라보았다. 그는 그런 일이 일어날 수밖에 없었다고 생각했다. 만약 사람들이 내가 잠이 든 것을 알게 되면 군사 재판에 회부될 거야. 그는 책상 뒤에서 공식적인 서류를 뒤적이며 못마땅한 얼굴로 서 있는 사람들의 모습을 떠올렸다. 자신은 뻣뻣하게 선 채로 선고를 기다리며 서 있을 것이다.

그는 자신을 그곳에 내버려 두고 지원군을 요청하고 있는 히믈러가 원망스러웠다. 히믈러는 얼굴이 둥글고 목소리가 크며 유쾌한 친구로, 늘 웃고 있었는데 하인리히 히믈러[6]와 친척 사이냐는 질문을 받으면 이상한 표정을 지었다. 어떤 일인지 포병 부대 내에서는 그들이 친척 사이라는 말이 나돌았는데 삼촌과 조카 사이일 수도 있었다. 그래서 다들 히믈러 병장을 조심스럽게 대했다. 어쩌면 전쟁이 끝났을 때에는 그 비밀스러운 관계 덕분에 히믈러가 대령으로 진급할 수도 있다. 하지만 그는 전혀 두각을 나타내는 병사가 아니었고 혼자 힘으로는 그 계급까지 진급할 수 없을 것이다. 그렇기 때문에 그때가 되면 그들이 아무런 관계도 아니라는 사실이 밝혀질 수도 있다.

크리스티안은 고개를 저었다. 그는 목전의 일에 집중해야 했다. 문제를 해결하는 것이 무척 어렵다는 사실이 새삼스럽게 놀라웠다. 자신이 내리는 모든 조처에 목숨이 달려 있었다. 그런데도 계속 딴 생각이 들었다. 그는 히믈러와 자신의 부대원, 오래된 빨랫감에서 나는 것 같은 운전병의 악취, 도로 위를 뛰어다니던 작은 새, 브란트의 햇볕에 그을린 살갗 아래로 보이는 창백한 모습, 그리고 그가 땅 위로 엎드리던 모습 등을 떠올렸다. 브란트는 마치 이로 참호를 파듯 땅바닥에 얼굴을 파묻었다.

바리케이드 뒤쪽으로는 어떤 움직임도 없었다. 그것은 도로 위에 낮게 설치되어 있었고, 이제는 바람에 나뭇잎이 다시

---

[6] 나치스의 친위대장.

살랑거리고 있었다.

「몸을 숨기고 있어.」 크리스티안이 다른 사람들에게 속삭였다.

「그냥 있을까요?」 마에셴이 초조하게 물었다.

「그런 친절을 베푼다면.」 크리스티안이 말했다. 「4시에 차를 대접하지.」

마에셴은 당황해서 불편해하며 총의 개머리로 먼지를 일으켰다.

크리스티안은 기관단총을 데이지 덤불 사이로 밀어 바리케이드를 조준했다. 그는 심호흡을 했다. 전쟁이 일어난 후 그가 총을 쏘기는 처음이다. 그는 짧은 간격으로 두 발을 발사했다. 나무 아래로 총소리는 몹시 크고 비열하게 퍼졌고, 그의 눈앞에서 데이지가 마구 흔들렸다. 그의 뒤쪽 어딘가에서 누군가가 약간 우는 소리를 하며 투덜대는 게 들렸다. 종군 사진작가인 브란트인 것 같았다.

잠시 아무 일도 일어나지 않았다. 새는 이미 사라진 상태였고, 데이지도 더 이상 흔들리지 않았다. 총성의 메아리가 숲속에서 희미해졌다. 크리스티안은 물론 프랑스인이 그토록 멍청하지는 않을 거라고 생각했다. 그들은 바리케이드 뒤에 있지 않은 게 분명했다. 상황이 그토록 만만할 리가 없었다.

그런데 그 순간 바리케이드 위쪽 틈 사이로 소총들이 보였다. 총소리가 들리며 그의 머리 주위로 사악한 총탄이 날아가는 소리가 들렸다.

「안 돼, 오, 안 돼, 안 돼.」 브란트의 목소리가 들렸다. 풍경화를 그리는 중년의 사내에게서 무엇을 기대할 수 있겠는가?

크리스티안은 눈을 크게 뜨고 있었다. 그는 총성을 통해 소총의 숫자를 셌다. 여섯 혹은 일곱 정 정도 되는 것 같았다. 그게 전부였다. 갑자기 발사된 것처럼 갑자기 총성이 멈췄다.

무척 다행이라고 크리스티안은 생각했다. 적들 사이에 장교는 없는 게 분명했다. 어쩌면 버림받은 소년병 여섯 명 정도가 겁을 먹은 채 싸우려고 하는지도 몰랐다.

「마에셴!」

「네, 병장님.」

「히믈러 병장에게 가서 차를 이쪽 길로 가져오라고 해. 여기는 적에게 보이지 않기 때문에 그들이 와도 안전할 거야.」

「네, 병장님.」

「브란트!」 크리스티안은 뒤는 돌아보지 않았지만 목소리를 최대한 날카롭게 했다. 그리고 목소리에 경멸을 담았다. 「그만해요!」

「알았어.」 브란트가 말했다. 「그러지. 나는 신경 쓰지 마. 자네가 하라는 대로 할게. 내 말을 믿어. 진짜야.」

「마에셴!」 크리스티안이 말했다.

「네, 병장님.」

「히믈러에게 내가 숲을 지나 오른쪽으로 가 바리케이드 뒤쪽을 공격할 거라고 말해. 그리고 최소한 다섯 명을 데리고 도로를 가로질러 그의 편에서 나와 똑같이 공격하라고 해. 바리케이드 뒤에는 예닐곱 명밖에 없고 소총으로 무장한 것 같아. 그리고 장교는 없는 것 같아. 내가 한 말을 모두 기억할 수 있어?」

「네, 병장님.」

「15분 후에 적에게 발포할 거야.」 크리스티안이 말했다. 「그런 다음 항복하라고 할 거야. 자신들 뒤쪽에서 총을 쏘고 있다는 것을 알게 되면 크게 저항하지 않을 거야. 적이 저항할 경우 자네들은 자네들 쪽에서 그들을 막아. 적이 바리케이드를 넘어올 경우를 대비해 한 명을 이곳에 남겨 둘 거야. 알았지?」

「네, 병장님.」

「좋아. 가도록 해.」

「네, 병장님.」 마에셴은 포복하며 사라졌다. 그의 얼굴은 의무감과 결단력으로 이글거리고 있었다.

「디스틀.」 브란트가 말했다.

「예.」 크리스티안은 그를 보지도 않고 차갑게 말했다. 「마에셴과 돌아가고 싶으면 그렇게 해요. 내 명령을 따를 필요는 없으니까요.」

「자네와 함께 가고 싶네.」 브란트의 목소리는 이제 차분했다. 「이제 괜찮네. 잠시 혼란스러웠을 뿐이야.」 그는 살짝 미소를 지었다. 「총알이 날아오는 것에 익숙해져야 했을 뿐이야. 적에게 항복하라고 하겠다고 했지? 나를 데려가는 게 좋을 거야. 어떤 프랑스인도 자네가 하는 프랑스어를 이해하지 못할 걸세.」 크리스티안은 그를 보았고, 그들은 서로에게 미소를 지었다. 크리스티안은 마침내 그가 괜찮아졌다고 생각했다.

「함께 가요.」 그가 말했다. 「초대하죠.」

브란트는 라이카 카메라를 챙기며, 생각에 잠긴 채 다른 손에 들고 있던 권총의 안전장치를 바라보았다. 크라우스가 후위를 맡은 상태에서 그들은 양치류가 자라고 있는 곳을 기어 숲속으로 들어가 오른쪽으로 향했다. 양치류는 부드러웠고 축축한 냄새가 났다. 땅은 약간 습지 같았고, 그들의 군복은 곧 초록색으로 얼룩이 졌다. 30미터쯤 떨어진 곳에 약간 위쪽으로 경사진 곳이 있었다. 그곳까지 기어간 그들은 자리에서 일어나 몸을 숙인 채로 앞으로 나아갈 수 있었다.

숲속에서 계속 무슨 소리가 들렸다. 다람쥐 두 마리가 갑자기 한 나무에서 다른 나무로 뛰었다. 그들이 도로와 나란히 조심스럽게 나아가는 사이 가시덤불이 군화와 바지를 할퀴었다.

〈계획대로 되지 않을 거야〉라고 크리스티안은 생각했다. 〈끔찍한 실패가 될 거야. 적이 그토록 멍청할 리가 없어. 이건 완벽한 함정이고 나는 함정에 완전히 빠진 거야. 독일군이 파리까지 진격하겠지만 나는 결코 그것을 보지 못할 거야. 이곳에서 죽어 10년 동안 누워 있어도 올빼미와 다른 숲속 동물 외에는 아무도 우리를 발견하지 못할 거야.〉 그는 도로 위에서, 그리고 포복을 할 때에는 땀을 흘렸지만 이제 차가운 그늘 아래로 들어서자 땀은 흐르지 않고 살갗에 맺혀 있기만 했다. 그는 소리를 내지 않도록 이를 앙다물었다. 숲속에는 증오심으로 가득한, 자포자기 상태의 프랑스인이 수두룩할 수도 있다. 그들은 자신의 침실에 있는 가구처럼 환히 알고 있는 나무 뒤에서 옮겨 다니며, 완전히 패배하기 전에 독일군을 한 명이라도 더 죽이려고 하는지도 모른다. 평생을 도시의 포장도로 위에서만 산 브란트는 덤불숲을 서투르게 지나가는 소처럼 소리를 냈다.

〈도대체 왜 이런 식으로 일이 발생한 것일까?〉 하고 크리스티안은 생각했다. 그는 처음 전투를 치르게 되었다. 그런데 모든 책임이 그에게 있었다. 하필이면 지금 중위가 옆에 없다. 다른 때에는 늘 중위가 옆에 있으면서 긴 코를 들고 조롱하듯 내려다보며 〈병장, 그런 식으로 명령을 내리라고 배웠나?〉 또는 〈병장, 뭔가를 요청하는 문서를 이런 식으로 작성하는 게 옳다고 생각하나?〉 또는 〈병장, 4시에 이곳에 열 명을 데려오라고 한 건 4시 2분이나 10분 또는 15분이 아니라 4시를 말한 거네. 정각 4시 말이야, 병장. 알겠나?〉라고 말했다. 지금 중위는 장갑차에 탄 채 무척 안전한 길을 따라 행복하게 가고 있을 것이다. 그는 전술 교본과 클라우제비츠의 『전쟁론』을 갖고 부대원을 거느린 채 낯선 땅을 진격하고 있었다. 하지만 그에게 필요한 것은 미슐랭 도로 지도와 여분의 가솔린 몇 리터뿐이다. 반면에 사실 제복만 입었을 뿐 민간인과 다름없는 크리스티안은 이곳에서 한 번도 총을 쏘아 본 적이 없는 두 사람을 포함한, 임시로 구성된 정신 나간 정찰대를 이끌고 유리한 위치에 있는 적에 대항해 험한 숲속을 헤쳐 나가고 있다. 이건 미친 짓이다. 결코 성공할 수 없을 것이다. 그는 도로 위에서 했던 낙관적인 생각을 떠올리며 그렇게 생각한 자신이 놀라웠다. 「자살 행위야.」 그가 말했다. 「완벽한 자살 행위야.」

「뭐라고?」 브란트가 속삭였다. 그의 목소리는 식사를 알리는 종소리처럼 숲속에 울렸다. 「뭐라고 한 건가?」

「아무것도 아니에요.」 크리스티안이 말했다. 「조용히 해요.」

이제 그는 나뭇잎 하나하나와 풀잎 하나하나를 긴장해서 본 탓에 눈이 아팠다.

「조심해요!」 크라우스가 미친 듯이 소리쳤다. 「조심해요!」

크리스티안은 나무 뒤쪽으로 몸을 날렸다. 브란트도 그쪽으로 몸을 날렸다. 총탄이 그들의 머리 위 나무에 맞았다. 크리스티안은 주위를 둘러보았고, 브란트는 안경 너머로 눈을 깜박이며 권총의 안전장치를 풀려고 애를 썼다. 크라우스는 한쪽으로 몸을 날려 관목의 가지에 걸린 소총 멜빵을 빼내려고 했다. 또다시 총성이 들렸다. 크리스티안은 머리 옆쪽이 따끔거렸다. 그는 몸을 숙였다가 다시 일어났다. 그 순간 그는 바위 뒤쪽의 흔들리는 나뭇잎 사이에서 무릎을 꿇은 채로 총을 쏘고 있는 적을 보았다. 그는 자기가 쏜 총탄이 돌에 맞아 파편이 튀는 것을 보았다. 탄창을 바꿔야 했고, 그래서 그는 땅바닥에 앉아 새것이라 뻣뻣해서 잘 빠지지 않는 탄창을 빼내기 위해 개머리를 두드렸다. 그 순간 그의 왼쪽으로 총알이 날아갔고, 크라우스가 〈내가 맞혔어요, 내가 맞혔어요〉 하고, 처음으로 꿩을 사냥한 소년처럼 소리를 지르는 것이 들렸다. 그리고 그는 프랑스인 하나가 얼굴을 풀밭에 박으며 천천히 고꾸라지는 것을 보았다. 크라우스는 다른 사냥꾼이 자신이 잡은 것이라고 우길까 봐 두렵다는 듯이 프랑스인에게 달려가기 시작했다. 다시 총성이 두 번 더 들렸고, 크라우스는 덤불숲 속으로 쓰러져 기어가기 시작했다. 관목이 흔들리며 그의 엉덩이가 선명하게 보였다. 브란트는 권총의 안전장치를 풀어 덤불숲을 향해 마구 총을 쏘았다. 그의 팔꿈치가 흔들렸다. 그는 안경을 코에 비스듬히 걸친 채로 땅바닥에 앉아 입술을 하얗게 될 때까지 깨물며 균형을 잡기 위해 왼손으로 오른쪽 팔꿈치를 잡고 있었다. 탄창을 끼운 크리스티안 또한 덤불숲을 향해 총을 발사하기 시작했다. 갑자기 소총 하나가 나타나며 한 남자가 손을 공중에 든 채로 튀어나왔다. 크리스티안은 사격을 중지했다. 다시 숲은 조용해졌고, 크리스티안은 문득 코를 자극하는 매캐한 화약 냄새를 맡았다.

「이쪽으로 와.」 크리스티안이 프랑스어로 소리쳤다. 「이쪽으로 와.」 총을 쏘느라 머리가 멍멍하고 귀가 울렸지만 갑자기 프랑스인을 만나게 되자 그는 자부심을 느꼈다.

프랑스인은 손을 머리 위로 든 채 천천히 다가왔다. 그의 군복은 더러워져 있었고, 칼라 부분이 찢겨 있었다. 무성한 수염 아래 얼굴은 공포로 파랗게 질려 있었다. 그는 입을 벌려 혀로 입 언저리를 핥았다.

「브란트를 엄호해.」 크리스티안이 말했다. 브란트는 놀랍게도 다가오고 있는 프랑스인의 사진을 찍고 있었다.

브란트가 자리에서 일어나 권총을 위협적으로 내밀었다. 프랑스인이 걸음을 멈췄다. 그는 곧 쓰러질 것 같은 모습이었다. 크리스티안이 그를 크라우스가 쓰러져 있는 덤불숲으로 가게 하자 그는 무기력하게 간청하는 모습을 보였다. 덤불숲의 떨림이 멈췄고, 크라우스는 이제 완전히 죽은 것처럼 보였다. 크리스티안은 프랑스인을 땅바닥에 엎드리게 했다. 크라우스는 간절하면서도 놀란 듯한 표정을 짓고 있었다.

크리스티안은 비틀거리며 걸어갔다. 총탄이 스치고 지나가 그는 머리가 쑤셨고 귀에서는 피가 흘러내렸다. 그는 크라우스가 맞힌 프랑스인이 있는 곳으로 갔다. 그는 눈 사이에 총알이 박혀 얼굴을 땅바닥에 댄 채 엎드려 있었다. 그는 무척 젊었는데 크라우스의 나이쯤 되어 보였다. 총탄 때문에 그의 얼굴은 심하게 손상되어 있었다. 크리스티안은 서둘러 그를 다시 땅바닥에 내려놓았다. 〈이 아마추어들도 적에게 많은 피해를 입힐 수 있군〉 하고 그는 생각했다. 한 사람이 각자 네 발 정도를 쏘았을 뿐인데도 두 명이 죽은 것이다.

크리스티안은 관자놀이를 긁고 싶었다. 피는 이미 멈춘 상태였다. 그는 브란트에게, 포로에게 바리케이드로 가 사람들에게 포위되었으니 모두 죽고 싶지 않다면 항복하라고 말하라고 명령했다. 브란트가 통역을 하는 동안 그는 〈진짜로 전쟁을 치른 첫날이야. 그리고 나는 소장처럼 최후통첩을 했어〉라고 생각했다. 그는 미소를 지었다. 자신이 어떤 동작을 하고 있는지 확실치 않았지만 그는 머리가 가벼웠다. 문득 그는 웃어야 할지 울어야 할지 모르겠다고 생각했다.

프랑스인은 무척 단호하게 고개를 끄덕이며 브란트를 향해 재빨리 말했다. 너무 빨리 이야기를 해서 프랑스어 실력이 별로인 크리스티안은 이해할 수가 없었다.

「그렇게 하겠다는군.」 브란트가 말했다.

「그에게 말해요.」 크리스티안이 말했다. 「우리가 그를 뒤따라갈 거고, 조금이라도 허튼 짓을 하는 게 보이면 총을 쏘겠다고요.」

브란트가 이야기를 하는 동안 마치 세상에 그 이상으로 합리적인 말은 없는 것처럼 프랑스인은 연거푸 고개를 끄덕였다. 그들은 크라우스의 시체를 지나 숲속을 따라 도로 위에 바리케이드가 쳐져 있는 곳으로 가기 시작했다. 풀밭 위에 누워 있는 크라우스는 건강하고 편안해 보였다. 나뭇가지 사이로 비친 햇빛이 그의 철모를 엷은 금색으로 보이게 했다.

그들은 프랑스인을 열 발자국 앞서 가게 했다. 그는 도로보다 3미터 정도 높은 숲 가장자리에서 걸음을 멈췄다. 그곳에는 낮은 돌 울타리가 쳐져 있었다.

「에밀.」 프랑스인이 소리쳤다. 「에밀, 나야. 모렐.」 그는 울타리를 넘어가 시야에서 사라졌다. 크리스티안과 브란트는 조심스럽게 울타리로 다가가 그 뒤쪽에 무릎을 꿇고 앉았다. 바리케이드 뒤에서 그들의 포로가 선 채, 무릎을 꿇고 앉아 있거나 도로 위에 엎드려 있는 병사 일곱 명에게 재빨리 말을 하고 있었다. 이따금 그들 중 한 명이 초조하게 숲속을 바라보았다. 그들은 빠르게 말했고, 속삭이는 목소리는 떨렸다. 군복을 입고, 손에 총을 들고 있긴 했지만 그들은 지역의 어떤 중요한 문제를 논의하러 마을 회관에 모인 소작인들처럼 보였다. 크리스티안은 어떤 완고하고 절망적인 애국심 또는 개인적인 결정이 그들을 이러한 병적이고 쓸모없는 짓을 하게 만들었는지 궁금했다. 그들은 장교도 없이 방치된 채로 서투른 작전을 펼친 것이다. 그는 그들이 항복하기를 바랐다. 그는 구겨지고 남루한 옷을 입은, 서로 속삭이고 있는, 지쳐 보이는 이 사람들을 죽이고 싶은 마음은 없었다.

포로가 몸을 돌려 크리스티안에게 손짓했다.

「결정했소!」 그가 소리쳤다. 「항복하겠소.」

「결정했대, 항복하겠다는군.」 브란트가 말했다.

크리스티안은 자리에서 일어나 손짓을 해 무기를 내려놓게 했다. 하지만 그 순간 도로 반대쪽에서 총성 세 발이 울렸다. 협상을 했던 프랑스인이 쓰러졌고 다른 사람들은 총을 쏘며 길을 따라 도망치기 시작했고, 곧 한 명씩 숲속으로 사라졌다.

「히믈러!」 크리스티안은 울분을 터트리며 중얼거렸다. 너무도 정확히 잘못된 순간에 그가 나타났다. 막상 그가 필요했더라도 그는 제대로 일을 처리하지 못했을 것이다.

크리스티안은 울타리를 넘어 둑을 따라 바리케이드를 향해 갔다. 히믈러 일행은 아직도 반대쪽에서 총을 쏘고 있었지만 소용이 없었다. 프랑스인들은 사라져 버렸고, 히믈러와 그의 부대원들은 추격할 생각이 없는 것처럼 보였다.

크리스티안이 도로에 이르렀을 때 누워 있던 남자가 몸을 움직였다. 그는 자리에 앉아 크리스티안을 노려보았다. 프랑스인은 바리케이드의 밑에 뻣뻣하게 몸을 기대고 있었는데 그곳에는 수류탄이 든 상자가 하나 있었다. 그는 서툴게 상자에서 수류탄을 하나 꺼내 힘들게 핀을 뽑으려 하고 있었다. 크리스티안은 주위를 둘러보았다. 그를 바라보는 남자의 얼굴은 이글거리고 있었다. 그는 치아로 핀을 뽑고 있었다. 크리스티안은 그를 쏘았고, 남자는 뒤로 넘어졌다. 수류탄이 굴러 떨어졌다. 크리스티안은 몸을 날려 그것을 주워 숲속으로 던졌다. 그는 바리케이드 뒤에, 죽은 프랑스인 옆에서 몸을 웅크린 채로 수류탄이 폭발하기를 기다렸지만 폭발음은 들리지 않았다. 핀이 뽑히지 않은 것이다.

크리스티안은 자리에서 일어났다.「괜찮아.」그가 소리쳤다.「히믈러. 이쪽으로 나와.」

히믈러와 다른 사람들이 덤불숲에서 나오는 사이 그는 자신이 방금 죽인 남자를 내려다보았다. 브란트는 시체 사진을 찍었는데 죽은 프랑스인 사진은 아직 베를린에서는 드물었기 때문이다.

〈내가 사람을 죽였어〉라고 크리스티안은 생각했다.〈마침내.〉그는 특별한 어떤 감정을 느끼지는 않았다.

「기분이 어때?」히믈러가 유쾌하게 말했다.「그렇게 하는 거야. 틀림없이 철십자 훈장을 받을 거야.」

「오, 맙소사.」크리스티안이 말했다.「조용히 해.」

그는 죽은 남자를 들어 도로 옆쪽으로 끌고 갔다. 그런 다음 다른 사람들에게 바리케이드를 치우게 한 다음 브란트와 함께 크라우스가 누워 있는 숲으로 갔다.

그와 브란트가 크라우스를 다시 도로로 데려왔을 때 히믈러와 다른 사람들은 바리케이드를 거의 다 치운 상태였다. 크리스티안은 숲속에서 죽은 프랑스인을 그곳에 그대로 내버려 두었다. 이제 그는 무척 초조했고, 그곳을 벗어나고 싶었다. 죽어 있는 적에게는 다른 누군가가 영예로운 조처를 취할 수 있을 것이다.

그는 크라우스를 살며시 내려놓았다. 크라우스는 무척 젊고 건강해 보였다. 체리를 먹어 입술에 붉은 자국이 나 있는 그는 병에 든 잼을 먹은 후 죄를 지은 얼굴로 식료품 저장실에서 나오는 어린 소년 같았다. 크리스티안은 자신의 농담에 배꼽을 쥐며 웃던, 체구가 큰, 단순한 소년을 내려다보며, 〈그래, 네가 프랑스인을 죽였어〉라고 생각했다. 파리에 도착하면 그는 크라우스의 아버지에게 아들이 어떻게 죽었는지를 편지로 전할 것이다. 그는 그가 유쾌하고 공격적이며 두려움을 모르는 최고의 독일군 병사였다고 쓸 것이다. 그리고 자신은 그의 죽음을 애도하면서도 그를 자랑스러워하고 있다고 쓸 것이다. 크리스티안은 고개를 저었다. 아니, 그는 그 이상의 뭔가를 해야 했다. 그런 편지는 지난번 전쟁 때 병사들이 쓴 멍청한 편지들과 비슷했다. 그것은 부인할 수 없는 사실이다. 이제 그런 편지는 우스운 것이 되어 버렸다. 크라우스를 위해서는 더 독창적이며 사적인 뭔가가 필요했다. 〈우리는 입술에 체리 자국이 있는 그를 묻었으며, 그는 제 농담에 늘 웃었고, 지나치게 열의가 넘친 나머지 죽고 말았습니다.〉 하지만 그런 이야기 역시 할 수 없기는 마찬가지이다. 어쨌든 그는 뭔가를 써 보내야만 했다.

다른 차량 두 대가 도로 위로 조심스럽게 다가오는 동안 그는 죽은 소년에게서 고개를 돌렸다. 그는 사람들이 우월감에 흥분한 상태로 오는 것을 지켜보았다.

「빨리 와, 아가씨들.」 그가 소리쳤다. 「무서워할 건 아무것도 없어. 생쥐들은 방에서 사라졌어.」

차량이 속도를 내며 다가와 바리케이드 앞에서 멈췄다. 엔진을 켠 상태였다. 크리스티안의 운전병도 그들 사이에 있었다. 그는 탄환에 엔진이 벌집처럼 되고 타이어가 찢겨 차가 완전히 부서졌다고 말했다. 그 차는 사용할 수 없게 되어 버렸다. 운전병은 사격이 계속되는 동안 그냥 도랑 속에 엎드려 있었는데도 얼굴이 무척 빨갰다. 그는 숨을 쉬기 어려운 듯 헐떡이며 한 번에 두 단어씩 짧게 말했다. 크리스티안은 전투가 진행되는 동안 무척 차분했던 그가 전투가 끝난 지금 무척 겁에 질려 자제력을 잃었다는 것을 알아차렸다.

크리스티안은 명령을 내리며 자신의 목소리에 귀를 기울였다. 「마에센.」 그가 말했다. 「다음 부대가 이 도로로 올 때까지 타우프와 이곳에 있도록 해.」 그의 목소리는 흔들림이 없었고 크리스티안은 그것에 대해 자부심을 느꼈다. 그가 하는 말은 힘 있고 효과적으로 들렸다. 〈나는 이 모든 일을 괜찮게 해냈어. 나는 할 수 있어……〉 「마에센, 숲속으로 60미터쯤 들어가면 죽어 있는 프랑스인이 있을 거야. 시신을 끌고 와 나머지 두 명과 함께 두도록 해.」 그는 크라우스와 자신이 죽인, 키 작은 프랑스인을 가리켰다. 이제 그들은 도로를 따라 나란히 누워 있었다. 「사람들이 잘 묻어 줄 수 있도록 말이야.」 그는 다른 사람들에게로 고개를 돌렸다. 「이제 출발하지.」

그들은 차량 두 대에 올라탔다. 운전병이 기어를 넣었고, 그들은 바리케이드가 치워진 곳을 천천히 지나갔다. 도로 위에는 피와 매트리스 조각, 짓밟힌 나뭇잎 등이 널려 있었지만 모든 것이 초록색으로 평화로워 보였다. 도로를 따라 무성한 풀밭에 누워 있는 시체 두 구 역시 점심 식사 후 낮잠을 자고 있는 정원사 두 명처럼 보였다.

차량은 속도를 높이며 나무 그늘에서 재빨리 벗어났다. 새싹이 돋고 있는, 탁 트인 들판에는 더 이상 저격병이 총을 쏠 위험이 없었다. 따뜻하게 비치는 태양에 사람들은 약간 땀을 흘렸지만 시원한 숲을 벗어난 터라 무척 기분들이 좋았다. 〈나는 해냈어〉라고 크리스티안은 생각했다. 그는 입언저리에 생긴 자기만족의 미소에 약간 창피했다. 〈나는 해냈어. 작전을 지시했어. 본분을 다하고 있어〉라고 그는 생각했다.

그의 앞쪽으로, 3킬로미터쯤 떨어진 곳에 있는 비탈길 아래에 작은 마을이 하나 있었다. 돌로 지은 집으로 이루어진 그 마을에는 교회 첨탑 두 개가 우뚝 서 있었다. 중세 시대에 만들어진 섬세한 첨탑은 주위의 허름한 벽 위로 솟아 있었다. 마치 오랫동안 사람들이 조용히 살아 온 듯 그 마을은 아늑하고 안전해 보였다. 그들이 건물로 다가가는 동안 크리스티안의 운전병은 속도를 늦췄다. 그는 계속해서 초조하게 크리스티안을 쳐다보았다.

「괜찮아.」 크리스티안이 짜증을 내며 말했다. 「저기에는 아무도 없어.」

운전병은 그의 말에 속도를 높였다.

가까이서 보자 마을의 집은 들판에서 봤을 때만큼 예쁘지도 아늑해 보이지도 않았다. 벽의 페인트가 벗겨져 있는 집들은 더러웠고, 코를 쏘는 어떤 냄새가 났다. 크리스티안은 외국인들은 모두 더럽다고 생각했다.

구부러진 길을 지나자 마을 광장이 나왔다. 교회 계단에는 몇 사람이 서 있었고, 놀랍게도 아직 열려 있는 카페 앞에 사람들이 있었다. 크리스티안은 〈사냥꾼과 낚시꾼〉이라고 적힌 카페 간판을 읽었다. 테이블에는 대여섯 사람이 앉아 있었고, 웨이터가 그중 두 명에게 작은 받침에 마실 것을 갖다주고 있었다. 크리스티안은 미소를 지었다.「도대체 어떻게 된 거야?」

교회 계단에는 밝은 색 치마와 목선이 많이 파인 블라우스를 입은 젊은 여자 셋이 있었다.

「오.」운전병이 말했다.「오—, 랄라.」

「차를 세워.」크리스티안이 말했다.

「기꺼이 그렇게 해드리죠, 대령님.」운전병이 프랑스어로 말했다. 그의 뜻밖의 교양에 놀라면서도 기분이 좋아진 크리스티안은 그를 쳐다보았다.

운전병은 교회 앞에 차를 세우고 거리낌 없이 세 여자를 쳐다보았다. 피부가 검고, 몸매가 좋은 한 여자가 깔깔거렸다. 그녀는 손에 정원에서 딴 꽃 한 묶음을 들고 있었다. 다른 두 명도 깔깔거리며 솔직한 마음을 숨기지 않고 차량 두 대에 탄 병사들을 흥미로운 듯 바라보았다. 크리스티안은 차에서 내렸다.「이리 와요, 통역사님.」그가 브란트에게 말했다. 브란트는 카메라를 들고 그를 따라갔다.

크리스티안은 교회 계단에 있는 여자들에게 다가갔다.「안녕하세요, 아가씨들.」조심스럽게 철모를 벗고 민간인처럼 우아하게 인사를 하며 그가 말했다.

여자들이 다시 깔깔거렸고 몸매가 풍만한 여자가, 크리스티안이 이해할 수 있는 프랑스어로 말했다.「프랑스어를 아주 잘하는군요.」크리스티안은 칭찬을 받자 자신이 바보처럼 느껴졌지만 브란트의 프랑스어 실력을 빌리지 않고 계속 말을 이었다.

「이야기해 주겠어요, 아가씨들?」 프랑스어 단어를 고르며 그가 말했다. 「최근에 이곳을 지나간 당신네 병사들이 있나요?」

「아니요, 아저씨.」 마치 자신이 방금 한 말이 애교 어린 초대라도 되는 듯 몸매가 풍만한 여자가 미소를 지으며 말했다. 「우리는 완전히 버려졌어요. 우리를 해칠 건가요?」

「우리는 누구도 해칠 생각이 없어요.」 크리스티안이 말했다. 「특히 이토록 아름다운 숙녀 세 분의 경우에는요.」

「자.」 브란트가 독일어로 말했다. 「이제 이들이 하는 말을 듣게.」 크리스티안은 미소를 지었다. 아침 햇살 속에서 오래된 마을의 교회 앞에 서서 속이 비치는 블라우스를 입은, 피부가 검은 여자의 풍만한 젖가슴을 바라보며 낯선 언어로 그녀에게 수작을 걸고 있는 것에는 무척 유쾌한 무언가가 있었다. 그것은 전쟁을 시작한 후 생각지도 못했던 것 중에 하나였다.

살갗이 검은 여자가 그에게 미소를 지으며 말했다. 「한데, 당신 나라의 군사학교에서는 이런 것을 가르치나요?」

「전쟁은 끝났어요.」 크리스티안이 진지하게 말했다. 「그리고 당신들은 우리가 진정으로 프랑스의 친구라는 것을 알게 될 거예요.」

「오.」 살갗이 검은 여자가 말했다. 「멋지게 선전을 할 줄 아는 분이군요.」 그녀는 그를 초대하고 싶다는 듯 바라보았다. 잠시 크리스티안은 그 마을에 한 시간 정도 머물고 싶은 욕구를 느꼈다. 「당신 같은 사람이 많이 오고 있나요?」

「천만 명은 뒤따라오고 있죠.」 크리스티안이 말했다.

여자가 두 손을 벌리며 절망적인 흉내를 냈다. 「오, 맙소사.」 그녀가 말했다. 「그들 모두를 어떻게 하죠? 여기요」라고 말하며 그녀는 꽃을 그에게 내밀었다. 「당신이 처음이어서 주는 거예요.」

그는 놀라며 꽃을 본 후 그녀의 손에서 살며시 받아 쥐었다. 얼마나 부드럽고 인간적인 일인가! 얼마나 희망에 찬 일인가!

「아가씨.」 그의 프랑스어가 끊겼다. 「그걸 뭐라고 하는지 모르겠군요, 브란트!」

「병장이 말하고자 하는 건.」 브란트가 제대로 된 프랑스어를 유창하고도 재빨리 말했다. 「무척 고마우며 이것을 위대한 두 민족 사이의 유대의 징표로 받아들이겠다고 합니다.」

「그래요.」 브란트의 유창한 프랑스어 실력에 질투를 느끼며 크리스티안이 말했다. 「정확해요.」

「아.」 여자가 말했다. 「이분은 병장이군요, 장교군요.」 그녀는 그를 향해 더욱 활짝 미소를 지었고 흐뭇해진 크리스티안은 그들이 조국에 있는 여자들과 별로 다르지 않다는 생각을 했다.

그의 뒤쪽으로 포석 위를 걸어오는 발자국 소리가 분명하게 들렸다. 크리스티안은 손에 화환을 든 채로 몸을 돌렸다. 뭔가가 그의 손가락을 가볍지만 날카롭게 때리는 것이 느껴졌고, 그의 손에서 꽃이 떨어지며 발 아래 더러운 돌 위에 흩어졌다.

검은 양복을 입고 초록색 펠트 모자를 쓴 한 늙은 프랑스인이 손에 지팡이를 든 채로 서 있었다. 노인은 얼굴이 날카롭고 사나웠으며 양복 깃에 군대에서 받은 훈장을 달고 있었다. 그는 이글거리는 눈으로 크리스티안을 노려보았다.

「당신이 그랬나요?」 크리스티안이 노인에게 물었다.

「나는 독일인에게는 얘기하지 않아.」 노인이 말했다. 그가 서 있는 모습을 보자 권위적인 것에 익숙한, 퇴역한 늙은 병사처럼 여겨졌다. 주름지고 시들어 가죽 같아 보이는 얼굴이 그런 인상을 강화시켜 주었다. 노인은 여자들에게 몸을 돌렸다.

「창녀들 같으니라고!」 그가 말했다. 「왜 그냥 눕지 않는 거냐? 치마를 올리고 그 짓을 하지 그래!」

「아.」 살갗이 검은 여자가 퉁명스럽게 말했다. 「조용히 해요, 대장님. 이 전쟁은 당신의 전쟁이 아니에요.」

크리스티안은 그곳에 서 있는 것이 바보처럼 여겨졌지만 어떻게 처신해야 할지 알 수 없었다. 그것은 군사적인 상황이 아니었고, 일흔이 된 노인에게 폭력을 행사할 수는 없는 노릇이었다.

「프랑스 여자들은!」 노인이 소리쳤다. 「독일인을 위한 창녀들이야! 독일인들이 너희의 형제들을 죽이고 있는데도 너희는 그들에게 화환을 주고 있어!」

「이들은 그냥 병사들이에요.」 그녀가 말했다. 「그들은 고향에서 아주 멀리 와 있고, 군복을 입은 그들은 너무도 젊고 잘생겼어요.」 그녀는 이제 브란트와 크리스티안을 향해 뻔뻔스럽게 미소를 짓고 있었고, 크리스티안은 솔직한 그녀의 생각에 웃지 않을 수 없었다.

「좋아요.」 그가 말했다. 「노인장, 우리는 더 이상 꽃을 갖고 있지 않아요. 다시 가서 술이나 마시죠.」 그는 친구처럼 노인의 어깨에 팔을 올려놓았다. 노인은 사납게 그 팔을 뿌리쳤다.

「내게서 손 떼!」그가 소리쳤다.「이 독일놈아!」

노인은 광장을 가로질러 걸어갔다. 그의 구두 굽이 포석에 부딪치며 요란한 소리가 났다.「울랄라.」노인이 차 앞을 지나는 순간 크리스티안의 운전병이 나무라듯 고개를 저었다.

노인은 그에게는 관심을 보이지 않았다.「프랑스 남자들이여! 프랑스 여자들이여!」그가 카페로 걸어가며 마을을 향해 소리쳤다.「독일놈들이 이곳에 온 것도 전혀 놀라운 일이 아니야! 프랑스인들은 심장도 용기도 없어. 총성 한 방이면 프랑스 남자들은 토끼처럼 숲속으로 달아나지. 그리고 미소 한 번에 프랑스 여자들은 독일군 전체와 잠자리를 하지. 프랑스인들은 일을 하지도, 기도를 하지도, 싸움을 하지도 않아. 그들이 할 줄 아는 거라곤 항복하는 것뿐이야. 전선에서도 침실에서도 항복을 하지. 20년 동안 프랑스는 그것을 연습해 왔고, 이제 완벽하게 해냈어!」

「오 —, 랄라.」프랑스어를 이해하는 크리스티안의 운전병이 말했다. 그는 몸을 숙여 돌을 하나 집어 들더니 아무렇지 않게 광장 건너편에 있는 그 프랑스인을 향해 집어 던졌다. 돌은 빗나갔지만 그의 뒤쪽에 있는 카페의 유리창을 뚫고 지나갔다. 창문이 깨지는 날카로운 소리가 들린 다음 광장은 조용해졌다. 늙은 프랑스인은 고개를 돌려 깨진 창문을 쳐다보지도 않았다. 그는 지팡이 윗부분에 기댄 채로 조용히 자리에 앉았다. 그는 광장 건너편에 있는 독일인들을 사납게 노려보았다.

크리스티안은 운전병에게로 걸어갔다.「왜 그런 거야?」그는 조용히 물었다.

「저 노인네가 너무 시끄러워서요.」운전병이 말했다. 그는 베를린의 택시 운전사처럼 거구에다 못생기고 무례했다. 크리스티안은 그가 몹시 싫었다. 「독일 군대를 위해 저들에게 사람을 존중하는 법을 가르쳤죠.」

「다시는 그런 짓 하지 마.」 크리스티안이 거친 목소리로 말했다. 「알았어?」

운전병은 몸을 똑바로 했지만 대답을 하지 않았다. 그는 당당하지만 애매한 자세로 서서 약간 무례한 태도로 크리스티안의 눈을 들여다보았다.

크리스티안은 그에게서 몸을 돌렸다. 「좋아」 하고 그가 소리쳤다. 「출발하지.」

이제 약간 풀이 죽은 여자들은 차량이 광장을 지나 파리로 향하는 길로 들어섰을 때에도 손을 흔들거나 하지는 않았다.

조각으로 장식된 갈색의 생드니 문[7]에 이른 크리스티안은 다소 실망했다. 주변 광장에는 무장한 차량과 회색 군복을 입은 병사들로 넘쳤다. 사람들은 콘크리트 바닥을 어슬렁거리고 임시로 차린 식당에서 식사를 하고 있었다. 그 모든 것이 국경일에 퍼레이드를 준비하고 있는 독일 바이에른 지방의 군사 기지와 같았다. 크리스티안은 파리에 와본 적이 없었고, 그래서 군대를 이끌고 역사적인 길을 지나 적들의 오래된 수도에 처음 들어가는 것이 전쟁에서 겪은 일 가운데 최절정이 될 것으로 생각해 왔다.

그는 어슬렁거리는 병사들과 쌓아 놓은 소총을 지나 생드니 문 쪽으로 천천히 다가갔다. 그는 뒤쪽 차에 탄 히믈러에게 멈추라는 손짓을 했다. 그곳이 나머지 중대원을 기다리도

---

[7] 과거 파리로 들어가는 관문 중 하나.

록 지시받은 만남의 장소였다. 크리스티안은 철모를 벗고 앉은 채로 몸을 펴며 심호흡을 했다. 임무가 끝난 것이다.

브란트가 차에서 뛰어내려 생드니 문 아래에 기대 식사를 하고 있는 병사들의 사진을 찍어 댔다. 군복을 입고 허리에 검은색 가죽 권총집을 차고 있었지만 브란트는 여전히 가족 앨범에 넣을 사진을 찍는, 휴가를 나온 은행 직원처럼 보였다. 브란트는 사진에 대해 나름의 논리를 갖고 있었다. 그는 가장 젊고 가장 잘생긴 병사들을 선택했다. 그는 대체로 하사관이나 일병 혹은 이병과 같은, 계급이 낮은, 완전히 금발인 병사들을 골랐다. 언젠가 그는 크리스티안에게 〈내 임무는 조국에 있는 사람들에게 전쟁이 매력적인 것으로 보이게 하는 것이지〉라고 말한 적도 있다. 그는 자신의 논리대로라면 어느 정도 성공을 거두고 있는 것처럼 보였다. 그는 커미션을 받고 있었고, 베를린의 선전 본부에서는 계속해서 그의 작업에 대해 칭찬을 하고 있었다.

병사들 사이에서 작은 아이 둘이 수줍게 어슬렁거리고 있었다. 그들은 그날 오후 거리에서 파리의 민간인을 대표하는 유일한 프랑스인이었다. 브란트는 그들을, 크리스티안이 작은 정찰 차량 후드 위에서 총을 소제하고 있는 곳으로 데려왔다.

「자.」 브란트가 말했다. 「부탁이 있네. 이들 둘과 포즈를 취해 주게.」

「다른 사람에게 부탁해요.」 크리스티안은 거부했다. 「나는 배우가 아니에요.」

「자네를 유명하게 만들고 싶어.」 브란트가 말했다. 「몸을 숙이며 아이들에게 사탕을 주게.」

「사탕이 없는데요.」 크리스티안이 말했다. 다섯 살도 안 되어 보이는 남자아이와 여자아이는 차바퀴 옆에 서서 진한 검은색의 슬픈 눈으로 크리스티안을 심각하게 올려다보았다.

크리스티안은 한숨을 쉬며 분해한 기관단총의 총구를 내려놓았다. 그는 남루하지만 예쁜 두 아이에게 몸을 숙였다.

「탁월한 조합이야.」 몸을 쪼그리며 카메라를 눈에 대면서 브란트가 말했다. 「예쁘지만 영양실조에 걸려 있고, 슬프지만 믿음을 갖고 있는 프랑스의 아이들과, 선하고 진실되고 관대하며 체력이 좋고 친근하며 잘생기고 사진을 잘 받는 독일군 병장.」

「그만해요.」 크리스티안이 말했다.

「계속해서 미소를 지어.」 브란트는 여러 각도에서 사진을 찍느라 여념이 없었다. 「이야기를 할 때까지 사탕을 주지 말게. 그냥 들고서 아이들이 그것을 받으려고 손을 내밀게 해.」

「내가 여전히 당신 상관이라는 사실을 기억해 줬으면 좋겠어요.」 우울한 얼굴로 웃지 않고 있는 아이들을 내려다보며 크리스티안이 미소를 지으며 말했다.

「예술이야.」 브란트가 말했다. 「그 무엇보다도 뛰어나군. 자네가 금발이 아닌 게 아쉽군. 자네는 머리를 제외하고는 독일군의 훌륭한 모델이야. 머릿속에 어떤 생각을 갖고 있지만 그것이 무엇인지 알아내기 어려운, 그런 얼굴이야.」

「당신이 독일 군대의 명예에 해가 되는 존재라는 진술서를 제출해야 할 것 같아요.」 크리스티안이 말했다.

「예술가는 그러한 사소한 것들은 생각하지 않지.」 브란트가 말했다.

그는 무척 재빨리 사진을 찍었고 곧 작업을 끝냈다. 「좋아.」

크리스티안이 아이들에게 사탕을 주었지만 아이들은 아무

말도 하지 않았다. 그들은 그냥 심각한 표정으로 그를 올려다보며 사탕을 호주머니에 넣은 후 서로 손을 잡고 군화와 소총들 사이를 지나 다른 곳으로 갔다.

정찰 차량 세 대를 거느린 장갑차 한 대가 광장 안으로 들어와 크리스티안의 파견대 쪽으로 천천히 다가왔다. 크리스티안은 중위를 보며 약간 슬픔을 느꼈다. 그의 독자적인 지휘는 끝이 난 것이다. 그가 경례를 하자 중위가 경례를 받았다. 중위는 독일군 역사상 가장 멋지게 경례를 하는 사람 중 한 명이었다. 그가 팔을 들 때면 고대 그리스 시대의 아킬레우스와 아이아스의 전투에서 울려 퍼지는 칼과 박차 소리를 들을 수 있을 것만 같았다. 지금 역시, 독일에서 먼 길을 왔는데도 중위는 이제 막 슈판다우[8]에서 훈련을 모두 마치고 하얀 장갑을 낀 손에 졸업장을 든 채 졸업식을 하고 있는 사람처럼 나무랄 데 없이 반짝였다. 크리스티안은 중위가 마음에 들지 않았고, 그 엄격한 완벽함 앞에서 불편함을 느꼈다. 중위는 스물셋이나 넷 정도로 아주 젊었지만 그가 권위적이고 차가운 연한 회색 눈으로 쳐다볼 때면 서투르고 부정확한 민간인의 세계 전체가 그의 무자비한 시선 앞에 노출되는 것처럼 보였다. 크리스티안에게 자신이 비효율적이라고 느끼게 만드는 사람은 거의 없었는데 중위가 그런 사람 중 하나였다. 차려 자세로 서서 중위가 장갑차에서 활기차게 내리는 것을 보며 크리스티안은 재빨리 마음속으로 그에게 보고할 것을 정리하면서 다시 한번 자신이 군인으로서 적절치 못하다고 생각했다. 그리고 그는 숲을 지나 함정에 빠지게 될 때까지 걸으면서 느낀 죄책감과, 자신이 의무를 소홀히 했다는 자책감을

[8] 독일 베를린주의 행정구.

느꼈다.

「그래, 병장?」 중위는 예리하지만 싫증난 듯한 목소리로 말했다. 그런 목소리는 사관학교에 다니던 시절의 비스마르크에게서나 들을 수 있는 것이었다. 그는 주위를 둘러보지도 않았다. 그는 주위에 있는, 문이 닫힌 파리의 낡은 건물에는 아무런 관심이 없었다. 그에게는 1871년 이후 처음으로 외국 군대가 입성한 날에 프랑스의 수도 한복판에 있는 것이 쾨니히스베르크 외곽의 거대하고 헐벗은 훈련소에 있는 것이나 다를 바 없었다. 〈얼마나 대단하면서도 비참한 인물인가〉 하고 크리스티안은 생각했다. 그는 군대에서 가장 필요로 하는 사람이었다.

「10시에.」 크리스티안이 말했다. 「모와 파리 사이의 도로에서 적과 교전이 있었습니다. 적은 도로에 위장한 바리케이드를 설치해 놓고 아군의 선도 차량에 발포를 했습니다. 아군 아홉 명이 적과 교전을 했습니다. 적 두 명을 사살하고 다른 자들은 그곳에서 몰아내고 바리케이드를 철거했습니다.」 크리스티안은 잠시 머뭇거렸다.

「그리고, 병장?」 중위가 평탄한 목소리로 말했다.

「아군에는 한 명의 사상자가 있습니다.」 그렇게 말하며 크리스티안은 여기서부터 문제가 시작된다고 생각했다. 「크라우스 상병이 전사했습니다.」

「크라우스 상병이라고?」 중위가 말했다. 「그는 자신의 소임을 다했나?」

「네, 중위님.」 크리스티안은 흔들리는 나무 사이에서 〈내가 맞혔어요, 내가 맞혔어요〉 하고 흥분해 소리치던 덩치 큰 소년을 생각했다. 「그는 처음 쏜 몇 발로 적 한 명을 사살했습니다.」

「훌륭해.」중위가 말했다. 잠시 길고 각이 진 코가 뒤틀리며 그의 얼굴에 싸늘한 미소가 떠올랐다. 「훌륭해.」

크리스티안은 그가 기뻐하는 것에 속으로 놀라며 그를 바라보았다.

「확신하건대 크라우스 상병에게 훈장이 수여될 거야.」중위가 말했다.

「저는 그의 아버지에게 편지를 쓸까 합니다.」크리스티안이 말했다.

「아니야.」중위가 말했다. 「그건 자네 일이 아니네. 중대 사령관이 알아서 할 거야. 밀러 대위. 그에게 이 사실을 말해 주겠네. 그런 편지에는 미묘한 문제가 있어. 그리고 적절한 감정을 표현하는 것이 중요하지. 밀러 대위가 잘 알아서 할 거야.」

크리스티안은 사관학교에 〈일주일에 한 번 전사자의 가족에게 편지를 보내는 법〉을 가르치는 과정이 있을지도 모른다는 생각을 했다.

「병장.」중위가 말했다. 「자네와 자네의 지휘를 받은 부대원들이 한 행동에 대해 알게 되어 기분이 좋네.」

「감사합니다, 중위님.」크리스티안이 말했다. 그 역시 기분이 좋았지만 자신이 바보처럼 느껴졌다.

브란트가 다가와 경례를 했다. 중위는 경례를 차갑게 받았다. 그는 아무리 해도 군인처럼 보이지 않는 브란트를 싫어했다. 중위는 총 대신 카메라를 갖고 전쟁에 참가한 사람들에 대한 자신의 감정을 분명히 했다. 하지만 본부에서는 하급 부대에, 사진작가들에게 가능한 한 모든 지원을 하라는 분명한 지시를 내렸고, 그것을 거부할 수는 없었다.

「중위님.」브란트가 민간인 같은 부드러운 목소리로 말했다. 「가능한 한 빨리 필름을 갖고 오페라 좌에 가서 보고를 하라는 지시를 받았습니다. 그곳에서 필름을 수거해 베를린으로 보낼 겁니다. 그곳까지 태워 줄 차량을 구할 수 있을까요? 금방 돌아오겠습니다.」

「잠시 후에 알려 주겠소, 브란트.」 중위가 말했다. 그는 몸을 돌려 광장을 가로질러 뮐러 대위가 있는 곳으로 갔다. 뮐러 대위는 이제 막 도착해 수륙 양용 차에 앉아 있었다.

「저 중위는 나라면 질색을 하지.」 브란트가 말했다.

「차를 내줄 거예요.」 크리스티안이 말했다. 「기분이 아주 좋은 상태이니까요.」

「나도 저 자는 질색이야.」 브란트가 말했다. 「중위라면 모두 싫어.」 그는 광장 높이 솟아 있는, 매끄러운 돌로 외관을 장식한 건물을 바라보았다. 프랑스어 간판이 달려 있는, 문이 닫힌 카페 앞에는 철모와 회색 군복 차림의 무장한 군인들이 여럿 있었다. 그들은 낯설고 부자연스러워 보였다. 「내가 마지막으로 이곳에 온 건」 하고 브란트가 말했다. 「1년도 안 됐어. 파란색 재킷과 플란넬 바지를 입고 있었지. 다들 나를 영국인으로 알고는 잘 대해 주더군. 저쪽 모퉁이에 작지만 훌륭한 레스토랑이 있어. 나는 택시를 타고 왔지. 따스한 여름밤이었고, 나는 머리가 검은 아름다운 여자와 함께였지. 그날 오후 처음으로 그녀와 잤어.」 브란트는 꿈을 꾸듯 눈을 감은 채로 무장한 차량에 머리를 기댔다. 「그녀는, 여자는 성적으로 남자를 기쁘게 해주어야 한다고 생각했어. 그녀는 목소리가 무척 매혹적이었고, 그래서 한 구역 떨어진 곳에서도 그 목소리를 들으면 반할 수밖에 없었지. 그리고 다뉴브강의 이쪽 편에서는 가장 근사한 가슴을 갖고 있었지. 우리는 저녁식사 전에 샴페인을 마셨고, 그녀는 진한 파란색 드레스를 입고 있었어. 아주 품위 있으면서도 젊었지. 그녀를 보고 있자 한 시간 전에 잠자리를 같이했다는 게 믿어지지 않았어. 우리는 테이블에 앉아 손을 잡고 있었어. 그녀가 눈물을 흘렸던 것 같아. 그리고 우리는 맛있는 오믈렛과 샤블리 한 병을 들었지. 하르덴부르크 중위에 대해서는 들은 적이 없었어. 다만 한 시간 반 후면 다시 그녀와 잠자리에 들 거라는 것을 알고 있었지. 그토록 기분 좋은 일을 위해서라면 머리에 총을 쏠 수도 있었어.」

「그만해요.」 크리스티안이 말했다. 「사기가 떨어지니까.」

「옛날 일이지.」 여전히 눈을 감은 채로 브란트가 말했다. 「혐오스러운 민간인이었을 때. 군대에서 일하기 전, 옛날에.」

「눈을 떠요.」 크리스티안이 말했다. 「그리고 이제 침대에서 나오도록 해요. 저기 중위가 와요.」

중위가 오는 사이 그들은 차려 자세를 취했다. 「이야기가 됐소.」 중위가 브란트에게 말했다. 「차를 써도 좋소.」

「고맙습니다, 중위님.」 브란트가 말했다.

「나도 같이 갈 거요.」 중위가 말했다. 「그리고 히믈러와 디스틀도 데리고 갈 거요. 우리 부대가 그 부근에 숙소를 정한다는 얘기가 있어요. 대위가 그곳 상황을 알아보라고 했소.」 그는 스스로 생각하기에 따뜻하고 친밀한 방식으로 미소를 지었다. 「그리고 잠시 관광도 하는 거요. 가죠.」

그는 차량 한 대로 갔고 크리스티안과 브란트가 뒤를 따라갔다. 히믈러는 이미 운전석에 앉아 있었고, 크리스티안과 브란트는 뒷좌석에 앉았다. 중위는 파리의 대로에서 독일군을 대표하며 반짝이는 모습으로 경직되고 뻣뻣하게 앞좌석에 앉았다.

그들이 오페라 좌를 향해 출발하는 순간 브란트는 얼굴을 살짝 찌푸리며 어깨를 으쓱했다. 히믈러는 차를 확실하면서도 빠르게 몰았다. 그는 파리에서 몇 번 휴가를 보낸 적이 있었고, 문법에는 맞지 않지만 알아들을 만한 프랑스어를 구사했다. 그는 우스꽝스러운 관광 가이드처럼 자신이 단골로 다니던 카페와, 미국 출신의 흑인 여자가 나체로 춤을 추는 극장과, 세계 제일의 사창가가 있는 거리 등 흥미로운 곳들을 가리켰다. 히믈러는 어느 부대에나 있는, 중대의 코미디언이자 정치가였다. 장교들은 모두 그를 좋아했고, 그래서 그가 다른 사람이었다면 무자비한 벌을 받았을 난봉 부리기도 허용되었다. 중위는 히믈러 옆에 뻣뻣하게 앉아 황량한 거리를 굶주린 듯 구경했다. 그는 히믈러의 농담에 두 번이나 웃기까지 했다.

오페라 좌는 군인들로 가득 차 있었다. 하늘로 솟아 있는 기둥과 넓은 계단 앞의 인상적인 모습의 광장에는 너무도 많은 병사들이 있어 도시 한복판에 여자와 민간인들이 없다는 사실 또한 한동안 거의 알아차리기 어려웠다.

브란트는 카메라와 필름을 갖고 무척 중요한 일을 하듯 사무적인 태도로 건물 안으로 들어갔다. 크리스티안과 중위는 차에서 내려 돔이 있는 오페라 하우스를 올려다보았다.

「예전에 여기에 왔어야 하는데.」 중위가 부드러운 목소리로 말했다. 「평화 시에는 멋졌을 거야.」

크리스티안은 웃음을 지었다. 「저도 똑같은 생각을 하고 있었습니다, 중위님.」

중위는 친구처럼 따뜻하게 웃었다. 크리스티안은 그냥 단순한 소년 같은 그에게 늘 기가 죽는 이유가 궁금했다.

브란트가 뛰쳐나왔다. 「업무를 끝냈습니다.」 그가 말했다. 「내일 오후까지는 다시 보고할 필요가 없어요. 다들 기뻐하더군요. 내가 어떤 사진을 찍었는지 이야기하자 그 자리에서 나를 대령으로 만들어 주겠다고 하더군요.」

「부탁이 있는데」 하고 중위가 1935년 이후로 처음으로 머뭇거리며 말했다. 「오페라 하우스 앞에 선 내 사진을 찍어 줄 수 있겠소? 집에 있는 아내에게 보내 주게요.」

「기꺼이 그렇게 해드리죠.」 브란트가 말했다.

「히믈러.」 중위가 말했다. 「디스틀. 모두 함께 찍지.」

「중위님.」 크리스티안이 말했다. 「혼자 찍지 그러세요? 부인은 우리에게는 관심이 없을 텐데요.」 그들이 1년 전 서로 만난 이후로 그가 중위의 말에 토를 다는 처음이었다.

「오, 아냐.」 중위가 크리스티안의 어깨에 팔을 걸쳤다. 한 순간 크리스티안은 중위가 술을 마신 건 아닌가 하는 생각이 들었다. 「오, 아냐. 그녀에게 보낸 편지에 자네 이야기를 많이 했네. 그녀는 무척 흥미로워할 거야.」

브란트는 앵글을 제대로 맞추고, 오페라 하우스를 가능한 한 배경으로 많이 나오게 하느라 수선을 피웠다. 히믈러는 한쪽 끝에서 시골뜨기처럼 미소를 지었지만 크리스티안과 중위는 지금이 역사적인 순간이라도 되는 듯 심각한 얼굴로 렌즈를 들여다보았다.

브란트가 사진을 찍은 후 그들은 차에 타 생드니 문을 향해 출발했다. 늦은 오후였고, 차분한 햇살이 비치고 있는 거리는 따뜻하지만 외로워 보였는데 길게 뻗어 있는 길에 병사도 군 차량도 없어 더욱 그러했다. 파리에 도착한 후 처음으로 크리스티안은 약간 불편한 마음이 들기 시작했다.

「위대한 날이야.」 앞좌석에 앉은 중위가 생각에 잠겨 말했다. 「언제까지나 중요하게 기억될 날이지. 앞으로 몇 년 동안 우리는 이날을 되돌아보며 자신에게 〈우리는 새로운 시대가 열린 날 그곳에 있었어!〉라고 말하게 될 거야.」

크리스티안은 옆에 앉은 브란트가 쓴웃음을 슬쩍 짓는 것을 보았다. 프랑스에서 오래 산 브란트는 과장된 감정에 대해 냉소와 조롱을 내보이는 습관이 들었는지도 모른다.

「내 아버지는」 하고 중위가 말했다. 「1914년에 마른[9]까지 갔지. 마른까지. 아주 가까이. 그는 파리는 못 봤어. 한데 우리는 5분 만에 마른을 지나 왔어. 역사적인 날이야.」 중위는 날카로운 눈으로 뒷골목을 쳐다보았다. 뒷좌석에 앉아 있던 크리스티안은 자신도 모르게 고개를 돌렸다.

「히믈러.」 중위가 말했다. 「저기가 그 거리인가?」

「어떤 거리요, 중위님?」

「자네가 말한 그 유명한 거리 말이야?」

크리스티안은 중위의 머리가 비상하다는 생각을 했다. 모든 것이 그의 머릿속에 아로새겨졌다. 총의 위치, 군사 재판의 절차, 가스에 노출된 금속을 세척하는 적절한 방법, 두 시간 전에 대수롭지 않게 얘기한 프랑스 사창가의 위치 등.

히믈러가 아주 조금 속도를 늦추는 동안 중위가 조심스럽게 말했다. 「내가 보기에는 오늘 같은 날에는, 전투를 하고 축하를 해야 하는 날에는, 간단히 말해 긴장을 풀 필요가 있지. 여자를 취하지 않는 병사는 싸움도…… 브란트, 당신은 파리에 살았죠. 이곳에 대해 들어 봤나요?」

[9] 프랑스 북동부 샹파뉴아르덴주에 있는 현.

「네, 중위님.」 브란트가 말했다. 「평판이 대단하죠.」

「차를 돌리게, 병장.」 중위가 말했다.

「네, 중위님.」 히믈러는 미소를 지으며 차를 돌려 자신이 이야기한 거리로 갔다.

「다들 이 일에 대해서는 입을 닫을 수 있겠지?」 중위가 엄숙하게 말했다.

「네, 중위님.」 모두가 말했다.

「규율이 필요한 때가 있고, 동지애가 필요한 때가 있지. 이곳인가, 히믈러?」 중위가 말했다.

「네, 중위님.」 히믈러가 말했다. 「하지만 문을 닫은 것 같은데요.」

「나를 따라오게.」 중위는 차에서 내려 길을 건너 육중한 참나무 문이 있는 곳으로 갔다. 그의 부츠 굽이 포장도로에 부딪치자 좁은 길에 메아리가 울리면서 중대 전체가 행진을 하는 것 같았다. 그가 문을 두드리는 순간 브란트와 크리스티안은 서로를 쳐다보며 미소를 지었다. 브란트가 속삭였다. 「다음번에는 그가 우리한테 음란한 우편엽서를 팔 거야.」

「쉬.」 크리스티안이 말했다.

잠시 후 문이 열렸고, 중위와 히믈러는 막무가내로 거의 서로를 떠밀다시피 하며 안으로 들어갔다. 그들 뒤로 문이 닫혔고, 크리스티안과 브란트는 그늘이 진 텅 빈 거리에 둘만 남게 되었다. 이제 그들 위로 해가 막 저물고 있었다. 거리에서는 아무 소리도 들리지 않았고, 건물의 창문들은 모두 닫혀 있었다.

「중위가 우리를 파티에 초대한 느낌이야.」 브란트가 말했다.

「인내력을 가져요.」 크리스티안이 말했다. 「그가 알아서 하겠죠.」

「여자들 문제는 차라리 내 스스로 알아서 하고 싶네.」 브란트가 말했다.

「훌륭한 장교는 늘 자신이 여자와 자기 전에 부대원들이 먼저 잘 수 있도록 해주죠.」 크리스티안이 엄숙하게 말했다.

「위층에 가 중위에게 그 얘기를 해주게.」 브란트가 말했다.

건물 문이 열리며 히믈러가 손짓을 했다. 그들은 차에서 내려 안으로 들어갔다. 북아프리카 스타일의 램프에서 퍼져 나온 진한 자주색 빛이 계단과 벽을 따라 걸려 있는 태피스트리를 비추고 있었다.

「마담이 나를 알아봤어.」 앞장을 서 계단을 오르며 히믈러가 말했다. 「〈내 귀여운 아가〉 하며 키스를 퍼붓더군. 어때?」

브란트가 말했다. 「히믈러 병장은 5개국의 사창가에서 유명하지. 유럽 연방의 대의에 주는 독일의 선물이지.」

「어쨌든,」 히믈러가 미소를 지으며 말했다. 「나는 파리에서 시간을 낭비하지는 않았어. 여기, 바로 들어가지. 여자들은 아직 준비가 안 됐어. 먼저 술을 조금 마셔야 할 거야. 전쟁의 공포를 떨쳐 버리는 거야.」

그는 문을 밀고 들어갔고, 중위가 장갑과 철모를 벗은 채로 의자에 다리를 꼬고 앉아 우아하게 샴페인 뚜껑을 열고 있었다. 라벤더가 그려진 바는 무척 작았는데 초승달 모양의 창문과 술 장식이 달린 커튼이 있었다. 그 방과 어울리는, 머리가 곱슬곱슬하고 몸집이 큰 여자가 눈 화장을 짙게 하고 숄을 걸친 채로 있었다. 그녀는 바 뒤에서 프랑스어로 중위에게 뭐라 말하고 있었다. 중위는 그녀가 하는 말을 한 마디도 이해하지 못하면서도 진지한 얼굴로 고개를 끄덕이고 있었다.

「친구들이에요.」 히믈러가 브란트와 크리스티안의 어깨 위에 팔을 올려놓으며 말했다. 「용감한 병사들이죠.」

여자가 바에서 나와 악수를 한 후 그들을 반가이 맞으며 여자들이 늦게 나와 미안하다고 말했다. 그리고 여러분도 이해하겠지만 그날은 프랑스인들에게 우울한 날이라고 했다. 하지만 여자들이 곧 나올 테니 자리에 앉아 포도주를 한 잔씩 들라고 권했다. 그녀는 병사가 장교와 함께 즐겁게 술을 마시는 것은 민주적인 행동으로, 프랑스 군대에서는 생각도 할 수 없는 일이며, 그 때문에 독일군이 전쟁에서 승리했을 거라고 말했다.

그들이 술을 세 병 비웠는데도 여자들은 나타나지 않았다. 하지만 이미 그때는 시간이 별로 중요하지 않았다.

「나는 프랑스인들을 경멸해.」 경직된 자세로 똑바로 앉은 중위가 말했다. 이제 그의 눈은 선원들이 오랫동안 사용해 온 잔처럼 진한 초록색으로 불투명해 보였다. 「그들은 기꺼이 죽고자 하지 않아. 우리가 이곳에서 그들의 포도주를 마시며 그들의 여자를 취할 수 있는 이유도 거기에 있지. 그들은 기꺼이 죽고자 하지 않아. 희극적이야.」 그는 술에 취했지만 증오에 찬 모습으로 잔을 공중에서 흔들었다. 「이 샴페인은 희극적이고 우스꽝스러워. 나는 열여덟 살 때부터 전쟁에 대해 공부했어. 전술에 대해. 전쟁에 대해서라면 이제 훤히 알지. 군수, 연락, 사기, 지휘 본부를 위해 위장된 장소를 고르는 법, 자동화기에 대항해 공격하는 법, 충격 효과 등. 나는 군대를 이끌 수도 있어. 내 인생의 5년을 군대에서 보냈지. 이제 그 순간이 왔어.」 그는 신랄하게 웃었다. 「위대한 순간이. 군대가 전선으로 몰려가고 있어. 나는 어떻게 되는 거지?」 그는 마담을 쳐다보았다. 독일어를 전혀 이해하지 못하는 마담은 수긍한다는 듯 행복한 얼굴로 고개를 끄덕였다. 「나는 총성은 전혀 듣지 못했어. 나는 차 안에 앉아 640킬로미터를 달려와서 사창가에 도달했어. 비참한 프랑스 군대는 나를 관광객으로 만들었어! 관광객으로! 더 이상 전쟁은 없어. 5년을 낭비했어. 할 일이 없어. 쉰이 될 때까지 중위로 있게 될 거야. 나는 베를린에는 아는 사람이 아무도 없어. 영향력도, 친구도 없지. 진급도 안 될 거야. 시간을 허비했어. 내 아버지가 더 나았어. 그는 마른까지밖에 가지 못했지만 4년 동안 전투를 했고 스물여섯에 소령이 됐어. 그리고 다른 장교 모두가 처음 이틀 동안에 전사한 솜 전투에서 대대를 이끌었어. 히믈러!」

「네, 중위님.」 히믈러가 말했다. 술에 취하지 않은 그는 중위의 말을 들으며 교활하면서도 즐거워하는 표정을 지었다.

「히믈러! 히믈러 병장! 내 여자는 어디 있나? 나는 프랑스 여자를 원해.」

「마담 얘기로는 10분 후면 여자가 나올 거라고 합니다.」

「나는 프랑스인들을 경멸해.」 약간 얼이 빠진 듯 그는 샴페인을 한 모금 마시다 턱에 조금 흘렸다. 「나는 프랑스인들을 무척 경멸해.」

여자 둘이 방 안으로 들어왔다. 한 명은 몸집이 큰 금발로, 편안한 미소를 입 안 가득 머금고 있었다. 다른 한 명은 키가 작고 호리호리했으며 거의 아랍인처럼 얼굴이 검었고 생각에 잠긴 모습이었다. 그녀는 화장을 진하게 하고 밝은 붉은색 립스틱을 발라 금방 눈에 띄었다.

「여기 여자들이 왔어요.」 마담이 다정하게 말했다. 「여기 귀여운 신부가 있어요.」 그녀는 말을 거래하는 사람처럼 금발을 토닥였다. 「이쪽은 자네트예요. 당신들 타입이죠? 독일군이 파리에 있는 동안 무척 인기를 누릴 거예요.」

「저 여자로 하겠어.」 중위가 아주 똑바로 일어나 아랍인처럼 보이는 여자를 가리켰다. 그녀는 직업적인, 어두운 미소를 지으며 다가와 그의 팔짱을 꼈다.

히믈러 역시 그녀를 흥미롭게 바라보고 있었지만 곧 상관에게 양보했다. 그는 몸집이 큰 금발의 허리에 팔을 둘렀다. 「내 사랑.」 그가 프랑스어로 말했다. 「마음씨 좋고 건강한 독일 병사를 좋아해?」

「방이 어디 있지?」 중위가 독일어로 말했다. 「브란트, 통역해 줘.」

브란트가 통역을 해주자 피부가 검은 여자가 다른 사람들에게 미소를 지으며 무척 형식적이면서도 공손한 태도로 중위를 문 밖으로 데리고 나갔다.

히믈러가 금발을 꽉 껴안으며 말했다. 「이제 내 차례군. 당신들만 괜찮다면…….」

「괜찮아.」 크리스티안이 말했다. 「서두를 것 없어.」

히믈러는 미소를 지으며 귀에 거슬리는 프랑스어로 「내 사랑, 당신 가운이 마음에 들어」라고 말하며 금발과 함께 나갔다.

마담은 샴페인 한 병을 더 내놓은 후 실례하겠다며 나갔다. 크리스티안과 브란트는 오렌지색 불빛이 비치는 북아프리카풍의 바에 단둘이 남아 얼음을 넣은 통에 든 차가운 샴페인 병을 조용히 바라보고 있었다.

그들은 아무 말 없이 술을 마셨다. 크리스티안이 샴페인을 땄다. 코르크 마개가 요란한 소리를 내며 튀어 올랐고 거품이 이는 차가운 샴페인이 그의 손에 쏟아졌다.

「전에 이런 곳에 와본 적 있나?」 브란트가 마침내 침묵을 깨고 물었다.

「아니요.」

「전쟁은 인간의 삶에 많은 변화를 주지.」 브란트가 말했다.

「그래요.」 크리스티안이 말했다.

「여자를 원하나?」 브란트가 물었다.

「특별히 그렇지는 않아요.」

「자네가 어떤 여자를 원하는데.」 브란트가 말을 이었다. 「하르덴부르크 중위가 같은 여자를 원한다면 어떻게 할 것 같나?」

크리스티안은 진지한 얼굴로 술을 들이켰다. 「그 질문에는 대답하지 않겠어요.」

「나라도 마찬가지였을 걸세.」 브란트가 말했다. 그는 잔의 아랫부분을 만지작거렸다. 「기분은 어떤가?」 잠시 후 그가 말했다.

「모르겠어요.」 크리스티안이 말했다. 「이상해요. 약간 이상해요.」

「나는 슬퍼.」 브란트가 말했다. 「무척 슬퍼. 중위가 뭐라고 했더라?」

「오늘은 새로운 시대가 열린 날이라고 했죠.」

「새로운 시대가 열린 날에 나는 슬퍼.」 브란트는 술을 조금 따랐다. 「열 달 전 내가 하마터면 프랑스인이 될 뻔했다는 걸 아나?」

「아뇨.」 크리스티안이 말했다.

「10년 동안 프랑스에서 거의 살다시피 했지. 다음에 내가 여름에 갔던, 노르망디 해변에 있는 그곳에 데려가지. 나는 여름이면 하루 종일 그림을 그렸어. 서른 점 가까이. 때로는 마흔 점까지 그리기도 했지. 나는 프랑스에서 어느 정도 명성도 얻어 가고 있었어. 내 작품을 전시한 화랑에 가보도록 하지. 어쩌면 아직도 그림 몇 점이 보관되어 있을지도 몰라. 그림을 볼 수 있을 거야.」

「그러고 싶어요.」크리스티안이 말했다.

「독일에서는 내 그림을 전시할 수가 없었어. 추상화거든. 비구상화라고 부르지. 나치는 그런 그림이 퇴폐적이라고 하지.」브란트는 어깨를 으쓱했다.「내 생각에도 나는 약간 퇴폐적인 것 같아. 중위만큼 그렇지는 않지만 충분히 퇴폐적이지. 자네는 어떤가?」

「나는 퇴폐적인 스키어죠.」크리스티안이 말했다.

「모든 분야에 퇴폐적인 구석이 있긴 하지.」

문이 열리며 키가 작고 피부가 검은 여자가 들어왔다. 그녀는 깃털 장식이 있는 분홍색 숄을 두르고 있었다. 그녀는 살짝 미소를 짓고 있었다.「아까 그 사람은 어디 있죠?」그녀가 물었다.

「저 뒤쪽 어딘가에.」브란트가 애매하게 손짓을 했다.「도울 일이라도?」

「당신들 중위 말이에요.」그녀가 말했다.「통역이 필요해요. 그가 뭔가를 원하는데 정확히 뭔지 모르겠어요. 채찍질을 당하고 싶어 하는 것 같은데 확실히 알기 전에는 그렇게 하는 게 겁이 나요.」

「그렇게 해.」브란트가 말했다.「그게 바로 그가 원하는 거야. 그는 내 오랜 친구야.」

「확실해요?」그녀는 못 믿겠다는 눈초리로 두 사람을 쳐다보았다.

「확실해.」 브란트가 말했다.

「좋아요.」 여자가 어깨를 으쓱했다. 「시도해 볼게요.」 그녀는 문 쪽으로 몸을 돌렸다. 「약간 이상해요.」 그녀가 조롱을 담은 목소리로 말했다. 「승리한 군인이…… 승리한 날에…… 이상한 취향 아니에요?」

「우리는 이상한 사람들이야.」 브란트가 말했다. 「그 점을 알게 될 거야. 할 일이나 해.」

여자는 잠시 그를 화가 난 듯 바라보더니 다시 미소를 지으며 밖으로 나갔다.

「이해했나?」 브란트가 물었다.

「물론이죠.」

「한잔하세.」 브란트는 두 사람의 잔에 술을 따랐다. 「나는 조국의 부름에 대답을 했지.」 그가 말했다.

「뭐라고요?」 크리스티안은 놀란 얼굴로 그를 쳐다보았다.

「전쟁이 막 시작되려 할 무렵 나는 프랑스 시민이 되기를 기다리며 프랑스 해안에서 퇴폐적이며 추상적인 풍경화를 그리고 있었지.」 브란트는 눈을 반쯤 감은 채로 포도주 잔을 내려다보며 1939년 8월의 심란하고 불안한 날들을 떠올렸다. 프랑스인들은 세상에서 가장 대단한 사람들이야. 그들은 잘 먹고, 무척 독립적이지. 그들은 자신이 원하는 어떤 그림도 그릴 수 있어. 그렇게 해도 그에게 뭐라고 하는 사람은 없어. 그들에게는 과거에 세상을 정복한 영예로운 역사가 있지. 그래서 그런 일은 다시는 하지 않으리라는 것을 알고 있지. 그들은 합리적이면서도 인색해. 하지만 무엇보다도 프랑스는 예술을 하기에 분위기가 아주 좋아. 그런데 마지막 순간에 나는 브란트 병장이 되었지. 내 그림은 독일의 화랑에서는 전시를 할 수가 없었어. 피는…… 무엇보다 더 진하지? 그리고 나는 이곳 파리에서 창녀들의 환영을 받으며 있지. 내 말을 듣게. 크리스티안, 우리는 끝장날 걸세. 이 전쟁은 너무도 비도덕적이야. 엘베강의 야만인들이 샹젤리제에서 그들의 소시지를 먹고 있어.

「브란트.」크리스티안이 말했다.「브란트.」

「새로운 시대가 열린 날이라.」브란트가 말했다.「독일군을 위한 채찍질. 내일 나는 에투알 광장에 소시지를 갖고 갈 걸세.」

문이 열리며 히믈러가 들어왔다. 그의 재킷과 셔츠 깃이 열려 있었다. 그는 금발이 입고 있던 초록색 가운을 든 채로 미소를 짓고 있었다.

「다음 사람.」그가 말했다.「여자가 기다리고 있어.」

「히믈러 병장을 따라 침대에 들고 싶나?」브란트가 물었다.

「아니요.」크리스티안이 말했다.「됐어요.」

「기분 나쁘게 할 생각은 없네, 병장.」브란트가 말했다.「그냥 우리는 이 술병을 비울 거야.」

히믈러는 두 사람을 부루퉁한 얼굴로 쳐다보았다. 잠시 그의 얼굴에서 우스꽝스러우며 교활한 모습이 사라졌다.

「친구들을 기다리게 하고 싶지 않아 일부러 빨리 했어요.」그가 투덜댔다.

「사려 깊군.」브란트가 말했다.「무척 사려 깊어. 더구나 이런 때에.」

「그녀는 예뻐요.」히믈러가 말했다.「몸집이 크지만 부드럽죠. 하고 싶지 않아요?」

「그래.」 크리스티안이 말했다.

「좋아.」 히믈러가 말했다. 「나는 다시 가 한 번 더 하겠어요.」

「무슨 짓을 한 건가?」 브란트가 물었다. 「드레스를 찢어 버렸나?」

히믈러는 미소를 지었다. 「샀어요.」 그가 말했다. 「9백 프랑에. 그녀는 1천5백 프랑을 달라고 했지만. 내 아내에게 보내 줄 거예요. 비슷한 체구죠. 만져 봐.」 그는 드레스를 크리스티안 앞에 내밀었다. 「진짜 실크야.」

크리스티안은 묵묵히 천을 손가락으로 만져 보았다. 「진짜 실크군.」

「마지막 기회야.」 히믈러가 문 앞에 서서 뒤돌아보며 말했다.

「어쨌든 고마워.」 브란트가 말했다.

「좋아요.」 히믈러가 말했다. 「알아서 해요.」

「히믈러.」 크리스티안이 말했다. 「우리는 갈 거야. 자네는 중위를 기다리고 있다가 데려와. 우리는 걸어갈 테니까.」

「명령을 기다려야 할 것 같지 않아?」 히믈러가 물었다.

「지금은 전술적인 상황이 아닌 것 같은데.」 크리스티안이 말했다. 「우리는 걸어갈게.」

히믈러는 어깨를 으쓱했다. 「둘이서 가다가는 돌아가는 길에 총을 맞을 수도 있어.」

「오늘 밤은 괜찮을 거야.」 브란트가 말했다. 「나중에는 모르지만 오늘 밤은 괜찮을 거야.」 그가 일어났고, 크리스티안도 따라 일어났다. 그들은 밖으로 나갔다.

밖은 어두웠다. 불빛이라고는 보이지 않았다. 하지만 지붕 위로 달이 떠 있어 거리는 빛이 비치는 곳과 그늘진 곳으로 기하학적으로 나뉘어 있었다. 대기는 온화하고 정적이었으며 도시의 허공은 고요했다. 이따금 멀리서 지나가는 장갑차 소리가 들릴 뿐이었다. 갑작스럽게 거칠게 들리는 그 소리는 곧 다시 어두운 건물들 사이로 사라졌다.

브란트가 길을 안내했다. 그는 약간 비틀거렸지만 자신이 어디에 있는지 알고 있었고, 생드니 문으로 가는 길을 알고 있다고 확신하며 걸어갔다.

그들은 아무 말도 하지 않았다. 그들은 이따금 어깨가 닿으며 나란히 걸었다. 징을 박은 부츠가 포장도로에 부딪치며 딸깡거렸다. 어딘가 어둠 속에서 창문이 닫히는 소리가 들렸고, 크리스티안은 멀리서 아이 우는 소리가 희미하게 들리는 것 같았다. 그들은 텅 빈 넓은 대로로 들어서서 여닫개를 내린 창과, 문을 닫은 카페에 쌓아 놓은 테이블과 의자 옆을 지나갔다. 대로 저편으로 불빛이 보였다. 독일군은 프랑스의 한복판에서 오늘 저녁만큼은 어떤 공격도 받지 않을 것처럼 보였다. 크리스티안은 샴페인을 마셔 머리가 흐릿한 까닭에 불빛들이 아늑하고도 따뜻하게 보였다. 그는 브란트와 나란히 규칙적으로 걸음을 내디디며 독일군이 있는 곳으로 걸어가면서 꿈을 꾸듯 미소를 지었다.

술기운에 보이는, 일찍 뜬 달 아래에 있는 파리는 연약하고 우아해 보였다. 그는 파리가 마음에 들었다. 그는 해진 포장도로와 마치 다른 세기로 들어가는 입구처럼 대로에서 조금만 벗어나면 나타나는 굽은 좁은 골목길, 바와 사창가와 식료품점 사이에 있는 교회, 카페의 차양 아래, 그늘에 있는 테이블 위에 거꾸로 세워 놓은, 다리가 길고 가는 의자들이 마음에 들었다. 그리고 이제는 아래로 내린 블라인드 뒤에 숨어 있는 사람들이 마음에 들었다. 그는 자기가 아직 보지 못한,

시내를 관통하는 강과, 아직 식사를 해보지 못한 레스토랑, 그리고 아직 만나 보지는 못했지만 내일이면 간밤의 두려움이 사라져 아침 햇살 속으로 나와 하이힐과 대담한 옷차림을 하고 거리를 누비고 다닐 여자들이 마음에 들었다. 또한 파리라는 도시의 전설과, 그곳이 사람들의 마음속에 만든 전설에 따라 유지되어 온 세상에서 유일한 곳이라는 사실이 마음에 들었다. 그리고 자신이 그 도시로 오는 도로에서 전투를 했다는 사실이 마음에 들었고, 그곳에 이르기 위해 살인을 했지만 자신이 죽인 남루한 작은 프랑스인이 마음에 들었다. 그는 입술에 체리 자국이 묻은 채로, 죽은 프랑스인 옆에 누워 있던, 멀리 슐레지엔의 농장에서 온 크라우스 상병이 마음에 들었다. 그는 자신이 도로와 숲속에서 시험을 받았으며, 죽음이 그를 스쳐 지나갔다는 사실이 마음에 들었다. 그는 전쟁을 사랑했는데, 오직 전쟁을 통해서만 남자는 진정으로 시험받을 수 있기 때문이다. 그리고 전쟁은 곧 끝이 날 것이다. 그는 죽고 싶지 않았다. 그는 앞으로 올 날들이 좋았다. 평화롭고 풍요로운 날들이 올 것이다. 그가 기꺼이 목숨을 바쳐 싸우려고 하는 이념은 법제화되어 영원히 남을 것이다. 그리고 새로운 번영과 질서의 시대가 시작되고 있었다. 그는 나란히 걷고 있는 브란트를 사랑했다. 브란트는 처음 전투가 벌어졌을 때에는 두려움에 우는 소리를 했지만, 두려움을 이기고 자신의 편에 서서 자신을 죽였을 수도 있는 적을 향해 똑바로 총을 쏘기 위해 떨리는 팔꿈치를 손으로 받치고 싸웠다. 그리고 그는 조용한 어두운 달빛이 비치는 그 시간을 사랑했다. 그들이 나란히 텅 빈, 기분 좋은 거리를 걷는 동안만큼은 그들이 그 도시의 주인이었다. 그는 마침내 자신이 인생을 허비하지 않았으며, 아이들과 휴가를 온 사람들에게 스키를 가르치며 살기 위해 태어난 것이 아니라는 사실을 알게 되었다. 그는 쓸모 있는 존재이고, 그 전에도 그것은 마찬가지였다. 그리고 그는 자신의 인생에서 더 많은 것을 요구할 수는 없었다.

「저길 보게.」 브란트가 말했다. 그는 걸음을 멈추고 손가락을 가리켰다.

크리스티안 역시 걸음을 멈추고 브란트가 가리키는 곳을 보았다. 달빛을 등지고 있는, 돌로 지은 교회의 벽에 1918이라는 숫자가 분필로 커다랗게 적혀 있었다. 크리스티안은 눈을 깜박이며 고개를 저었다. 그는 그 숫자가 어떤 의미가 있다는 것은 알고 있었지만 잠시 그것이 어떤 의미인지는 알 수 없었다.

「1918년.」 브란트가 말했다. 「그들은 알고 있어. 프랑스인들은 알고 있어.」

크리스티안은 벽을 바라보았다. 그는 슬펐고, 문득 피로했다. 그는 새벽 4시부터 깨어 있었고, 그날은 힘든 하루였다. 그는 무거운 걸음으로 벽 쪽으로 가 팔을 들었다. 그는 분필로 쓴 커다란 숫자를 소매로 천천히, 차분하게 지우기 시작했다.

5

라디오가 모든 것을 지배했다. 바깥에는 해가 환했고, 펜실베이니아의 언덕은 맑은 6월의 날씨 속에서 온통 초록색으로 상쾌했다. 작은 라디오에서는 계속해서 똑같은 이야기를 하고 있었다. 하지만 마이클은 하루 종일 가는 다리가 달려 있는 식민지 시대풍의 가구가 있는, 벽지를 바른 거실에 앉아 있었다. 그가 앉아 있는 의자 주위에는 신문이 널려 있었다. 이따금 로라가 들어와 한숨을 쉬며 몸을 숙여 그를 일으키고 신문지를 정리했다. 하지만 마이클은 그녀에게는 거의 주의를 기울이지 않았다. 그는 라디오 위로 몸을 웅크리고 다이얼을 돌리며 계속해서 똑같은 이야기를 하고 있는 여러 목소리를 들었다. 그 목소리들은 감상적이기도 했고, 매력적이기도 했으며, 과장되기도 했다. 「불쾌한 체취를 막을 수 있도록 라이프보이를 사세요.」「아침 식사 전에 물 한 잔에 두 찻숟갈 분량을 넣어 마시면 건강한 몸을 유지할 수 있죠.」「파리가 방어되지 못할 것이라는 소문이 나돌고 있습니다. 독일의 최고 사령부는 무너지고 있는 프랑스의 저항에 대한 최전선의 입장을 밝히지 않고 말문을 닫고 있습니다.」

「토니와 약속했어요.」 로라가 문 앞에 서서 참을성을 갖고 말하고 있었다. 「오늘 오후에 배드민턴을 치기로 했다고요.」

마이클은 계속해서 라디오에 가까이 몸을 웅크리고 조용히 앉아 있었다.

「마이클!」 로라가 큰 소리로 말했다.

「응?」 그는 그녀를 쳐다보지도 않았다.

「배드민턴이요.」 로라가 말했다. 「토니요.」

「뭐가 어떻다고?」 그녀가 하는 말과 라디오 아나운서의 말을 동시에 들으려고 애를 쓰느라 이마를 찌푸리며 마이클이 물었다.

「네트를 설치하지 않았어요.」

「나중에 설치할게.」

「언제요?」

「맙소사, 로라!」 마이클이 소리쳤다. 「나중에 하겠다고 하잖아.」

「나는 지쳤어요.」 눈물을 흘리며 로라가 차갑게 말했다. 「뭐든 나중에 하겠다는 것에요.」

「그만 좀 하겠어?」

「내게 소리치지 마요.」 그녀의 뺨에서 눈물이 흘러내렸고 마이클은 무척 미안한 마음이 들었다. 그들은 이번에 시골에서 휴가를 보낼 계획을 세웠고, 서로 말은 하지 않았지만 결혼 이후로 혼란스러운 시간을 보내면서 잃어버린 우정과 애정을 다시 회복하리라는 마음을 갖고 있었다. 로라는 할리우드에서 더 이상 계약을 따내지 못했다. 사람들은 그녀의 조건을 받아들이지 않았고, 어떤 알 수 없는 이유로 그녀는 다른 일자리를 구하지 못했다. 그런데도 그녀는 그 사실을 잘 받아들였고, 오히려 즐거워하며 불평을 하지 않았다. 하지만 마이클은 그녀가 심한 패배감을 느끼고 있다는 것을 알고 있었고 그래서 친구가 빌려준, 시골에 있는 집에서 한 달을 보내며 그녀에게 잘 대해 주리라고 결심했다. 그들은 그곳에 일주일 동안 머물렀는데 그것은 끔찍한 한 주였다. 마이클은 하루 종일 자리에 앉아 라디오를 들었고, 밤에는 잠을 이루지 못했다. 그는 아래층을 서성이거나 앉아서 책을 읽거나 눈이 충혈된 채 지쳐서 우울한 얼굴로 돌아다녔다. 그는 면도하는 것도 잊었고 로라가 예쁘고 작은 집을 정리하는 일도 돕지 않았다.

그가 「용서해 줘, 여보」라고 말하며 그녀를 팔로 안고 키스를 했다. 그녀는 계속 눈물을 흘리고 있었지만 미소를 지었다.

「잔소리하기는 싫어요.」 로라가 말했다. 「하지만 무슨 조처를 취해야 해요.」

「물론이야.」 마이클이 말했다.

로라는 웃음을 터트렸다. 「이제 당신은 고상해졌어요. 당신이 고상할 때가 좋아요.」

마이클 역시 웃었지만 약간 짜증이 나는 것은 어쩔 수가 없었다.

「나한테 잘해 주기 위해서는 뭔가를 해야 해요.」 그의 턱 밑에서 로라가 말했다.

「뭘 해야 하지?」 마이클이 물었다.

「체념한 것처럼 이야기하지 말아요.」 로라가 말했다. 「당신이 체념한 것처럼 이야기하는 건 싫어요.」

마이클은 자제력을 발휘하며 자신이 정중하고 유쾌하게 말하는 것을 들었다. 「내가 어떻게 해줬으면 좋겠어?」

로라가 말했다. 「우선 저 망할 놈의 라디오부터 꺼요.」

마이클은 항변을 하려다 그만두었다. 아나운서는 〈상황은 여전히 혼란스럽지만 영국은 병력의 대부분을 안전하게 철수시킨 것으로 보이며, 프랑스 베강 장군의 반격이 곧 이루어질 것으로 예상되고 있습니다〉라고 말했다.

「마이클, 여보.」 로라가 경고를 하듯 말했다.

마이클이 라디오를 껐다.

「됐지?」 그가 말했다. 「당신을 위해서라면 뭐든 하지.」

「고마워요.」 로라가 말했다. 그녀의 눈은 눈물이 말랐고, 이제 밝게 웃고 있었다. 「이제 한 가지 더 있어요.」

「뭐지?」

「면도.」

마이클은 한숨을 쉬며 턱에 난 작은 수염을 손으로 만졌다. 「꼭 해야 해?」

「3번가의 값싼 여인숙에서 막 나온 사람 같아요.」

「그렇게까지 말하니까 어쩔 수가 없군.」

「기분이 나아질 거예요.」 그렇게 말하며 로라는 마이클이 앉아 있는 의자 주위의 신문지를 집었다.

「그래.」 마이클이 말했다. 거의 자동적으로 그는 라디오 쪽으로 몸을 기울이며 손을 다이얼 위에 올려놓았다.

「한 시간 동안은 안 돼요.」 손을 다이얼 위에 올려놓으며 로라가 간청했다. 「한 시간 동안은. 라디오 때문에 미칠 것 같아요. 계속해서 같은 이야기잖아요.」

「로라, 여보.」 마이클이 말했다. 「우리 인생에서 가장 중요한 한 주야.」

「그렇지만.」 그녀가 분명한 논리를 대며 말했다. 「우리 자신에 대해 생각해야 해요. 그리고 라디오를 듣는다고 프랑스인에게 도움이 되지도 않아요. 아래층에 내려오면 배드민턴 네트를 설치해요.」

마이클은 어깨를 으쓱했다. 「알았어.」 그가 말했다. 로라는 그의 뺨에 가볍게 키스를 한 다음 그의 머리를 손가락으로 만졌다. 그는 아래층으로 내려갔다.

수염을 깎으면서 그는 몇몇 손님이 도착하는 소리를 들었다. 정원에서 목소리가 들려왔는데 세면대에 흐르는 물소리 때문에 중간 중간 끊겼다. 여자들의 목소리였는데 거리가 있어 부드러운 음악처럼 들렸다. 로라는 그녀가 열네 살 때 다닌, 근처에 있는 여학교의 선생 둘을 초대했다. 그 두 프랑스인 선생은 그녀에게 프랑스어를 가르쳐 준 사람으로, 늘 친절하게 대해 주었다. 높아졌다가 낮아지는 목소리를 들으며 마이클은 그가 아는 미국 여자들에 비해 프랑스 여자들이 말하는 소리가 훨씬 듣기 좋다는 생각을 했다. 자신감에 찬 미국 여자들의 시끄러운 소리에 비해 귀에 훨씬 더 상냥하게 들리는 그들의 목소리 톤과 프랑스어 단어 사이에는 뭔가 품위 있고 예술적인 것이 있었다. 그는 미소를 지으면서 〈하지만 이 사실을 감히 누구에게도 말할 수 없을 거야〉라고 생각했다.

그는 살을 베였고, 턱 밑에서 계속해서 뿜어져 나오는 작은 핏방울을 보자 다시 짜증이 났다.

정원 끝에 있는 커다란 나무에서 까마귀 우는 소리가 들려왔다. 까마귀가 그 나무에 둥지를 틀어 이따금 시끄럽게 울며 시골의 좀 더 부드러운 다른 소리들은 묻혀 버리게 만들었다. 그는 아래층으로 내려가 조용히 거실로 들어가 다시 라디오를 작게 틀었다. 음악 소리만 들렸다. 한 방송국에서 어떤 여자의 목소리가 〈나는 아무것도 없어, 내게는 아무것도 없어〉라고 노래하고 있었다. 다른 방송국에서는 군악대가 「탄호이저」의 서곡을 연주하고 있었다. 전파가 잘 잡히지 않는 소형 라디오였고, 두 군데 방송만 들을 수 있었다. 마이클은 라디오를 끄고 손님을 맞으러 정원으로 나갔다.

존슨은 갈색 줄무늬가 있는 노란색 테니스 셔츠를 입고 있었다. 그는 얼굴이 진지하고 지적이며 키가 크고 예쁜 여자를 데려왔다. 마이클은 그녀와 악수를 하며 자동으로 존슨 부인이 그날 오후에 어디에 있을지가 궁금했다.

「마거릿 프리맨틀 양이에요.」 로라가 그녀를 소개했다. 프리맨틀은 천천히 미소를 지었고, 마이클은 도대체 존슨이 어떻게 이런 예쁜 여자를 데려올 수 있었는지 궁금했다.

마이클은 두 프랑스 여자와 악수를 했다. 그들은 자매로, 두 사람 다 몸이 허약해 보였다. 그들은 검은색 옷을 깔끔하게 입고 있었는데, 몇 년 전 무척 유행했던 것 같지만 정확히 그것이 언제였는지는 기억할 수 없었다. 50대인 그들은 헤어 스프레이를 뿌려 머리를 위쪽으로 올렸다. 얼굴은 부드럽고 창백했으며, 다리는 놀라울 정도로 날씬하고 모양도 멋졌다. 그들은 섬세하며 완벽한 태도를 보였다. 그들은 오랫동안 어린 소녀들을 가르치면서 세상을 견디는 법을 익힌 것 같았다. 그들은 늘 마이클에게 19세기에서 온 정중하고 초연하며 예의가 바른 방문객으로 보였지만 자신들을 존재하게 한 나라와 시대를 스스로는 받아들이지 못하는 것 같았다. 오늘 오후를 위해 립스틱을 바르고 눈 화장을 하는 등 준비한 흔적이 보이긴 했지만 얼굴에는 피로한 기색이 역력했고, 대화 중에도 계속해서 다른 데 신경을 쓰는 것 같았다.

마이클은 그들을 곁눈으로 바라보며, 독일군이 파리 근처까지 진격하고 파리 시민이 숨을 죽인 채로 총성이 가까워지는 것에 귀를 기울이고 있는 오늘과 같은 날에 프랑스인은 어떻게 느낄지가 문득 궁금해졌다. 라디오에서는 평소의 재즈 프로그램과 연속극을 중단하고 아나운서가 유럽에서 전해 오는 소식과, 두 프랑스 여자들에게는 너무도 친숙한 랭스, 수아송, 마른, 콩피에뉴 등의 지명을 미국식 발음으로 조심스럽게 말하고 있었다.

〈내가 좀 더 섬세하고, 좀 더 지각이 있고, 좀 덜 멍청한 황소 같은 자라면 그들을 한쪽으로 데리고 가 위안이 될 만한 이야기를 해줄 텐데〉 하고 마이클은 생각했다. 하지만 그는 자신이 노력할 경우 엉뚱한 이야기를 하는 바람에 분위기가 어색해져서 그들 모두를 당황시키고 이 상황을 더욱 나쁘게 만들고 말 거라는 사실을 알고 있었다. 그것은 아무도 그에게 가르쳐 주지 않은 것이다. 사람들은 그에게 사람을 다루는 기술과 인간성, 그리고 누군가를 치유하는 법을 빼고는 모든 것을 가르쳐 주었다.

「이런 말은 하고 싶지 않지만.」 존슨이 멋지고 지적이며 이성적인 목소리로 말했다. 「모든 것이 엄청난 거짓 같아요.」

「뭐라고요?」 마이클이 멍청하게 물었다. 존슨은 소년처럼 무릎을 끌어당긴 채로 잔디밭에 우아하게 앉아 프리맨틀에게 미소를 지으며 좋은 인상을 남기고 있었다. 마이클은 존슨이 프리맨틀 양에게 좋은 인상을 남기는 데 성공하는 것처럼 보여 기분이 상했다.

「음모예요.」 존슨이 말했다. 「세상에서 가장 강한 두 군대가 갑자기 그런 식으로 충돌한 것뿐이라고 말할 수는 없을 거예요. 그것은 사전에 조율된 것이죠.」

「파리를 독일인에게 일부러 넘겨주고 있다는 말인가요?」 마이클이 물었다.

「물론이죠.」 존슨이 말했다.

「최근 소식은 들었나요?」 더 젊은 프랑스 여자인 불라르 양이 나직한 목소리로 물었다. 「파리에 대해서요.」

「아뇨.」 최대한 부드럽게 마이클이 말했다. 「아직은 아무 뉴스도 듣지 못했어요.」

두 프랑스 여자는 고개를 끄덕이며 마치 방금 그가 그들에게 화환을 내밀기라도 한 듯 미소를 지었다.

「그건 몰락이죠.」 존슨이 말했다. 「내 말을 믿어요.」

마이클은 짜증이 났고, 도대체 그 남자가 왜 여기에 있는지 알 수가 없었다.

「계약이 이루어진 거죠.」 존슨이 말했다. 「이건 영국과 프랑스 국민을 위한 위장이에요. 독일군은 2주 안에 런던으로 들어가고, 한 달 후면 그들 모두가 소련을 공격할 거예요.」 그는 의기양양하게, 동시에 화를 내며 말했다.

「그 생각은 틀린 것 같은데요.」 마이클이 끈덕지게 물고 늘어졌다. 「그런 일은 일어나지 않을 것 같은데요. 어쩐지 다른 식으로 사태가 전개될 것 같아요.」

「어떻게요?」 존슨이 물었다.

「어떤 식으로일지는 모르겠어요.」 마이클은 프리맨틀의 눈에 자신이 멍청하게 보일 게 틀림없다고 생각했다. 그 생각을 하자 짜증이 났지만 생각을 굽히지 않았다. 「다른 어떤 식으로요.」

「하느님 아버지가 모든 것을 돌보실 거라는 신비적인 믿음이군요.」 존슨이 조롱하듯 말했다. 「악한 자는 천국에 들어갈 수 없다는.」

「제발.」 로라가 말했다. 「이런 이야기를 꼭 해야 하나요? 배드민턴을 치고 싶어 하지 않았나요? 프리맨틀 양, 배드민턴 칠 줄 아세요?」

「네.」 프리맨틀 양이 말했다. 마이클은 그녀의 목소리가 낮고 쉰 듯하다고 생각했다.

「사람들이 언제 정신을 차릴까요?」 존슨이 물었다. 「언제쯤이면 있는 그대로의 사실을 보게 될까요? 세상을 공격하기 위한 거래가 있어요. 에티오피아, 중국, 스페인, 오스트리아, 체코슬로바키아, 폴란드……」

마이클은 그 국가들의 이름이 우울하게 들린다고 생각했다. 그 국가명은 너무도 자주 언급되어 정서적인 의미가 거의 전부 고갈된 것 같았다.

「세계의 지배 계급은…….」 존슨이 말했다. 마이클은 그 말을 들으며 자신이 본 모든 팸플릿을 떠올렸다. 「자신들의 힘을 집결시키고 있어요. 세상을 공격하기 위해 그렇게 하기로 결정한 거죠. 대중을 기만하기 위해 총 두어 방을 쏘고 어떤 늙은 장군들이 애국적인 연설을 한 후 거래가 이루어지고 위에서 얘기한 나라들을 상대의 손에 넘기는 거죠.」

마이클은 그가 하는 말이 옳을 수도 있다고 생각했다. 어쩌면 그가 말하는 모든 것이 다소 사실일 수도 있다. 다만 누구도 스스로 강물 속에 투신하려고 하기 전까지는 그 사실을 믿을 수가 없을 뿐이었다. 계속해서 살고자 한다면 사람들이 하는 말에 어느 정도 속아 넘어가야 할 필요가 있다. 설사 그렇다 하더라도 존슨이, 연극 첫날의 무대와 훌륭한 레스토랑과 작은 파티장 등에서 흔히 듣게 되는, 열정적이며 교양 있고 차분한 목소리로 그런 이야기를 하는 것은 어쩐지 역겨웠다. 마이클은 새해 전야 파티에서 만난, 술에 취해 있던 아일랜드인 패리시가 어디에 있을지 궁금했다. 그라면 존슨이 하고 있는 이야기와 비슷한 말을 할 수도 있을 것이다. 어쨌든 지금 하고 있는 이야기 역시 파티장에서나 하는 말이다. 하지만 패리시라면 더 나은 이야기를 들려줄 수도 있을 것이다. 어쩌면 그는 지금쯤 죽어 에브로강[10] 근처 어딘가에서 미소를 머금고 있는지도 모른다. 마이클은 초콜릿 색 바지와 밝은 노란색 셔츠를 입은 존슨을 바라보며 무슨 일이 생기든 그는 승리하지 못할 거라는 악의적인 생각을 했다. 그것만큼은 분명했다.

「제발.」 로라가 말했다. 「나는 배드민턴을 치고 싶어요. 여보.」 그녀는 마이클의 팔을 잡았다. 「기둥과 네트와 다른 도

---

10 스페인에 있는 강 이름.

구들은 뒤쪽 현관에 있어요.」

마이클은 한숨을 쉬며 무겁게 몸을 일으켰다. 어쩌면 로라가 옳을 수도 있다. 이런 오후에는 대화를 하는 것보다는 배드민턴을 치는 것이 나을 수도 있다.

「내가 도와줄게요.」 프리맨틀이 자리에서 일어나 마이클을 뒤따르며 말했다.

「존슨.」 마이클은 마지막으로 한마디 쏘아붙이지 않을 수 없었다. 「존슨, 당신 생각이 틀릴 수도 있다는 생각은 들지 않나요?」

「물론 틀릴 수도 있죠.」 존슨이 위엄 있게 말했다. 「하지만 이번에는 틀리지 않을 거요.」

마이클이 말했다. 「어딘가에 희망이 남아 있을 거예요.」

존슨은 웃음을 터트렸다. 「요즘에는 희망을 어디에서 사죠?」 그가 물었다. 「다른 사람에게 나눠 줄 희망이 아직 남아 있나요?」

「그래요.」 마이클이 말했다.

「뭘 희망하죠?」

「내가 희망하는 건」 하고 마이클이 말했다. 「미국이 참전하는 거죠.」 그는 두 프랑스 여자가 그를 심각하게 바라보는 것을 보았다.

로라가 초조하게 말했다. 「라켓은 초록색 나무 상자 속에 있어요, 마이클.」

「당신은 이 사기극에서 미국인이 죽기를 바라는군요.」 존슨이 조롱하듯 말했다. 「그런 말이오?」

「필요하다면요.」 마이클이 말했다.

「이건 당신의 새로운 면모군요.」 존슨이 말했다. 「당신이 주전론자인지는 몰랐어요.」

「그런 생각을 한 건 처음이에요.」 존슨 위쪽에 서서 마이클이 차갑게 말했다. 「방금 생각해 냈죠.」

「알겠어요.」 존슨이 말했다. 「『뉴욕 타임스』 독자다운 생각이군요. 그 신문은 우리가 알고 있는 문명을 지키려고 혈안이죠.」

「그래요.」 마이클이 말했다. 「나는 우리가 알고 있는 문명을 지키려고 혈안이죠.」

「그만해요, 이제.」 로라가 사정했다. 「추해지지 말아요.」

「그토록 열성적이라면 영국으로 가 영국군에 들어가지 그래요? 뭘 기다리죠?」 존슨이 말했다.

「어쩌면 그렇게 할 수도 있어요.」 마이클이 말했다. 「어쩌면요.」

「오, 안 돼요.」 마이클은 놀라며 고개를 돌렸다. 그 말을 한 것은 프리맨틀이었다. 이제 그녀는 자신이 한 말에 놀란 듯 손으로 입을 가린 채 서 있었다.

「하고 싶은 말이 있나요?」 마이클이 물었다.

「나는…… 그런 말을 하지 말았어야 해요.」 그녀가 말했다. 「끼어들고 싶지 않았어요. 하지만…….」 그녀는 무척 간절하게 말했다. 「우리가 참전해야 한다는 말을 해서는 안 돼요.」 마이클은 〈여성 공산당원이군〉 하고 무겁게 생각했다. 존슨은 그녀를 당에서 만난 것이 분명했다. 하지만 그녀는 너무 예뻤고 그런 사실은 상상하기 어려웠다.

마이클이 말했다. 「내 생각에는 러시아가 참전하게 되면 생각이 바뀔 거예요.」

「오, 아니에요.」 프리맨틀이 말했다. 「차이가 없을 거예요.」 다시 〈잘못 생각했군, 이제 순간적인 판단은 하지 않을 거야〉

라고 마이클은 생각했다.

「아무런 소용이 없을 거예요.」 그녀가 주저하며 말을 이었다. 「결코. 그냥 젊은이들 모두가 전쟁터에 나가 살해되고 말 거예요. 친구들과 사촌들 전부가. 내가 이기적일 수도 있어요, 하지만…… 사람들이 당신처럼 말하는 것을 듣는 게 싫어요. 내가 유럽에 있었을 때 그곳 사람들이 그렇게 말했어요. 당시 내가 알았던, 함께 춤을 추고 스키장에 갔던 많은 젊은이들이 지금쯤 죽었을 거예요. 뭘 위해서죠? 그들은 계속해서 이야기하고 또 이야기했죠, 결국 살해되는 것 외에는 아무것도 할 수 없을 때까지. 이런 말을 해서 미안해요.」 그녀는 무척 진지하게 말했다. 「아는 척하며 떠들고 싶지는 않아요. 어쩌면 그건 멍청한 여자가 세상을 보는 방식일지도 몰라요.」

「불라르 양.」 마이클은 두 프랑스 여자에게 고개를 돌렸다. 「여자로서 당신들 입장은 어떻죠?」

「오, 마이클!」 로라는 무척 화가 나 있었다.

「우리 입장은.」 더 젊은 여자가 말했다. 그녀의 목소리는 부드럽고 차분하고 정중했다. 「우리에게는 선택의 여지가 없는 것 같아요.」

「마이클!」 로라가 말했다. 「제발, 라켓을 가져와요.」

「그래.」 마이클은 고개를 저으며 말했다.

「로이.」 로라가 존슨에게 말했다. 「당신도 입을 다물어요.」

「그래요, 부인.」 존슨이 미소를 지으며 말했다. 「최근에 들은 소문을 이야기해 줄까요?」

「그래요.」 정원에서 여는 파티에 어울리는, 아무런 근심이라곤 비치지 않는 무척 밝은 목소리로 로라가 말했다. 마이클과 프리맨틀은 집 뒤쪽으로 가기 시작했다.

「조세핀이 새 남자를 만났어요.」존슨이 말했다.「표정이 풍부한, 키가 큰 금발 남자를요. 모랜이라는 영화배우 말이에요.」그 이름을 듣는 순간 마이클은 걸음을 멈췄고, 프리맨틀은 하마터면 그와 부딪힐 뻔했다.「그녀 말에 따르면 어떤 화랑에서 그를 낚았다고 해요. 작년에 그와 함께 영화를 찍지 않았나요?」

「맞아요.」로라가 말했다. 마이클은 놀랍다는 듯 그녀를 쳐다보며, 그녀가 모랜에 대해 말하는 사이 얼굴 표정이 변하지 않는지를 살펴보았다. 표정에는 아무런 변화가 없었다.「그는 무척 장래가 유망한 배우죠.」그녀가 말했다.「조금 가볍기는 하지만 무척 지적이죠.」

마이클은 여자는 결코 알 수 없다는 생각을 했다. 그들은 천국에 가기 위해서라면 눈 한 번 깜박하지 않고 거짓말을 한다.

「그가 이곳으로 올 거예요.」존슨이 말했다.「모랜이. 여름 극장을 노린 영화의 첫 부분을 찍기 위해 이곳에 와 있죠. 그를 초대했는데 괜찮겠죠?」

「네.」로라가 말했다.「그럼요.」하지만 마이클이 그녀를 자세히 살펴보자 잠시 그녀의 얼굴이 떨리는 것이 보였다. 그녀는 고개를 돌렸고, 마이클은 더 이상은 알 수 없었다.

〈결혼 생활이란〉하고 그는 생각했다.

「존 모랜 씨.」젊은 불라르 양이 말했다. 그녀의 목소리는 흥분해 생기에 차 있었다.「오, 너무 흥분돼요! 그는 너무도 멋진 것 같아요. 너무도 남성적이죠. 그건 남자 배우에게는 무척 중요한 점이죠.」

「내가 듣기로 그는 동성애자예요.」마이클이 부루퉁하게 말했다.

〈여자들이란〉 하고 마이클은 생각했다. 한순간 조국이 역사상 가장 수치스러운 패배를 당하고 있다며 눈물을 흘릴 것처럼 하더니, 다음 순간에는 머리가 텅 빈, 잘생긴 영화배우 때문에 안절부절못하고 있었다. 너무도 남성적이라고 말이다!

「그가 동성애자일 리는 없어요.」 존슨이 말했다. 「그를 볼 때마다 다른 여자와 있었어요.」

「어쩌면 양성애자일 수도 있죠.」 마이클이 말했다. 「내 아내에게 물어봐요.」 그는 터무니없다는 생각을 하며 로라를 바라보았다. 하지만 그녀의 얼굴에서 눈을 뗄 수가 없었다. 「그와 함께 일했죠.」

「모르겠어요.」 로라는 아무런 감정을 내비치지 않으며 짧게 말했다. 「하버드 대학을 졸업했죠.」

「그가 오면 내가 물어보죠.」 마이클이 말했다. 「가죠, 프리맨 틀 양, 내 아내가 다시 잔소리를 하기 전에요. 준비를 합시다.」

그들은 나란히 집 뒤쪽으로 갔다. 상쾌한 향수를 뿌린, 활기 있게 걷는 그녀를 보며 마이클은 문득 그녀가 무척 젊다는 생각이 들었다.

「언제 유럽에 머물렀죠?」 그가 물었다. 그는 그 점이 꼭 알고 싶은 것은 아니지만 그녀가 말하는 것을 듣고 싶었다.

「1년 전에요.」 그녀가 말했다. 「정확히는 1년 조금 더 됐죠.」

「어땠어요?」

「아름다웠죠.」 그녀가 말했다. 「그리고 끔찍했어요. 우리는 결코 그들을 도울 수 없을 거예요. 우리가 어떻게 해도 도움이 되지 않을 거예요.」

「존슨과 생각이 같나요?」 마이클이 말했다. 「그런가요?」

「아뇨.」 그녀가 말했다. 「존슨은 사람들이 그에게 시키는 말을 반복하고 있을 뿐이에요. 그는 머릿속에 아무 생각이 없어요.」

마이클은 악의적인 웃음을 참을 수 없었다.

「그는 무척 친절하죠.」그는 그제야 약간 서둘러 사과를 하듯 말했다. 마이클은 그녀가 유럽에 있으면서 많이 달라졌을 것이라고 생각했다. 그녀는 대부분의 미국 여자들에 비해 훨씬 더 부드럽고 상냥하게 말했다. 「그는 무척 점잖고 관대하며 마음속 깊은 곳은 아주 선하죠. 하지만 그에게는 모든 것이 너무도 단순해요. 유럽을 조금만이라도 보았다면 그렇게 단순하지 않다는 것을 알게 될 거예요. 유럽은 두 가지 질병을 앓고 있는 사람과 비슷하죠. 그중 한 가지에 대한 치료법이 다른 쪽에는 독이 되는 식이죠.」그녀는 약간 주저하며 품위 있게 말했다. 「존슨은 신선한 공기와 공공 의료 기관, 그리고 강한 노동조합만 있으면 그 환자가 저절로 회복될 거라고 생각하고 있죠.」프리맨틀은 말을 이었다. 「그는 내가 혼란스러워하고 있다고 말해요.」

「공산주의자와 생각을 같이하지 않는 모든 사람들은」마이클이 말했다. 「혼란스러워하고 있죠. 그것이 공산주의자들의 가장 큰 힘이죠. 그들은 자신들에 대해 너무도 확신을 갖고 있어요. 그들은 늘 자신들이 무엇을 하려는지 알고 있죠. 자신들이 완전히 틀린 경우에도 행동으로 옮기죠.」

「나는 행동을 그다지 좋아하지 않아요.」프리맨틀이 말했다. 「오스트리아에서 그런 모습을 조금 보았죠.」

「당신은 잘못된 시절을 살고 있어요.」마이클이 말했다. 「당신도 나도.」이제 그들은 집 뒤쪽에 이르렀다. 프리맨틀은 네트와 라켓을 들었고 마이클은 기둥 두 개를 어깨에 멨다.

그들은 정원으로 돌아가기 시작했다. 그들은 걸음을 천천히 했다. 바람에 흔들리고 있는, 키가 큰 단풍나무에 의해 나머지 세상과는 차단되어 있는, 그 집의 옆쪽 그늘진 곳에 단둘이 있게 되자 마이클은 그녀에게 친밀감을 느꼈다.

「세상의 모든 질병을 고칠 수 있는 새로운 정당에 대한 아이디어가 있어요.」그가 말했다.

「말해 보세요.」프리맨틀이 진지한 표정으로 말했다.

「절대적인 진리 당이죠.」마이클이 말했다.「어떤 문제가 제기될 때마다…… 어떤 문제든 상관없어요, 뮌헨, 왼손잡이 아이들의 문제, 마다가스카르의 자유, 뉴욕의 극장 티켓 가격 등…… 당의 지도자들은 어떤 주제에 대해 자신이 생각하는 것을 정확히 말하죠. 사람들이 어떤 주제에 대해 자신의 입장을 결코 말하지 않는다는 것을 모두가 알고 있는 지금 상태 대신 말이에요.」

「당원은 얼마나 되죠?」

「한 명이죠.」마이클이 말했다.「나 혼자요.」

「두 명으로 만들어요.」

「가입할 건가요?」

「가능하면요.」마거릿은 그에게 미소를 지었다.

「좋아요.」마이클이 말했다.「그 당이 굴러갈 수 있을 것 같아요?」

「한순간도 굴러가지 못할 거예요.」

「나도 그렇게 생각해요.」마이클이 말했다.「아마 2~3년 기다려야 할 거예요.」

그들은 이제 거의 집 모퉁이에 이르렀다. 마이클은 문득 사람들이 있는 곳으로 가 그녀를, 정중한 대화를 하고 있는 손님과 집주인으로 이루어진, 너무도 멀게 느껴지는 세계에 넘기고 싶지 않았다.

「마거릿?」 그가 말했다.

「네?」 그녀가 걸음을 멈추고 그를 쳐다보았다.

마이클은 그녀가 자신이 무슨 말을 하려는지 알고 있는 것 같았다. 좋은 일이었다.

「마거릿.」 그가 말했다. 「뉴욕에서 당신을 볼 수 있을까요?」

그들은 잠시 아무 말 없이 서로를 쳐다보았다. 마이클은 그녀의 코에 주근깨가 있다는 생각을 했다.

「그래요.」 그녀가 말했다.

「다른 아무 말도 하지 않을게요.」 마이클이 부드럽게 말했다. 「지금은요.」

「전화번호부에 내 이름이 나와 있어요.」 그녀가 말했다.

그녀는 몸을 돌려 네트와 라켓을 든 채로 정확하고 곧고 우아한 걸음으로 집 모퉁이를 돌아 걸어갔다. 나부끼는 치마 아래로 보이는 그녀의 날씬한 다리는 갈색이었다. 마이클은 잠시 그 자리에 서서 자신의 얼굴이 평상시처럼 돌아온 것을 확인한 다음 그녀를 따라 정원으로 걸어갔다.

다른 손님들이 와 있었다. 토니와 모랜, 그리고 붉은색의 헐렁한 바지와 챙의 폭이 거의 60센티미터나 되는 밀짚모자 차림을 한 여자였다.

키가 크고 호리호리한 모랜은 진한 파란색 셔츠를 입고 있었는데 옷깃을 젖혀 놓고 있었다. 그는 햇빛에 갈색으로 반짝였고, 마이클과 악수를 하며 미소를 짓는 순간 그의 머리가 눈 위로 흘러내렸다. 소년 같아 보였다. 〈왜 나는 저런 식으로 보이지 못하는 거지?〉 남자답게 힘 있게 악수하며 마이클은 그런 생각을 했다. 〈배우들이란〉 하고 그는 생각했다.

「네.」 그는 자신이 말하는 것을 들었다. 「전에 만난 적이 있죠. 기억해요. 새해 전야에요. 아니가 창문 밖으로 몸을 날리려 했던 날 밤에요.」

토니는 이상해 보였다. 마이클이 그를 프리맨틀에게 소개하자 그는 간신히 미소를 지었다. 그는 고통스러운 듯 잔뜩 웅크리고 앉아 있었다. 고민이라도 있는 듯 안색 역시 창백했다. 길고 부드러운 검은 머리가 넓은 이마 위로 어색하게 내려와 있었다. 토니는 럿거스 대학에서 불문학을 가르친다. 그는 이탈리아인이지만 사람들이 생각하는 이탈리아인보다 더 창백하고 금욕적이었다. 마이클은 그와 함께 학교를 다녔고, 몇 년 사이에 점차 그를 좋아하게 되었다. 그는 도서관에서 누군가에게 속삭이는 것처럼 수줍어하며, 소리를 죽이고, 공붓벌레 같은 목소리로 우아하게 말을 했다. 그는 불라르 자매의 좋은 친구였는데 그들과는 일주일에 두세 번 공식적인 자리를 가지며 차를 마셨고, 그럴 때면 2개 국어로 대화했다. 하지만 오늘 그들은 서로를 쳐다보지도 않았다.

마이클은 기둥 하나를 세우기 시작했다. 그가 기둥을 잔디밭에 박고 있는 사이 붉은색의 헐렁한 바지를 입은 여자가 유행을 따르는 듯한, 높은 목소리로 「그 호텔은 도저히 못 봐주겠더군요. 한 층에 욕실이 하나밖에 없고, 침대는 배를 만드는 데 사용해도 될 만큼 딱딱하고, 벌레가 엄청나게 많았어요. 그리고 가격은 얼마나 비싼지!」라고 말했다.

마이클은 마거릿을 바라보며 조롱하듯 고개를 저었다. 마거릿은 잠시 그에게 미소를 지은 후 시선을 떨어뜨렸다. 마이클은 로라를 바라보았다. 그녀는 굳은 얼굴로 그를 노려보고 있었다. 〈그녀가 어떻게 알아차린 거지?〉 하고 마이클은 생각했다. 그녀는 결코 그 무엇도 놓치는 일이 없었다. 〈그 재능을 유용한 어떤 목적에 쓸 수만 있다면 얼마나 좋을까〉 하고 마이클은 생각했다.

「제대로 준비하지 않았네요.」 로라가 말했다. 「나무가 테니스 치는 데 장애물이 될 거예요.」

「제발.」 마이클이 말했다. 「준비하고 있잖아.」

「완전히 잘못하고 있어요.」 로라가 완강하게 말했다.

마이클은 그녀의 말을 무시하고 계속해서 기둥을 박았다.

갑자기 두 프랑스 여자가 자리에서 일어나며 똑같은 동작으로 장갑을 꼈다.

「멋진 시간을 보냈어요.」 더 젊은 여자가 말했다. 「고마워요. 아쉽지만 지금 가봐야 할 것 같아요.」

마이클은 깜짝 놀라며 손을 멈췄다. 「하지만 방금 왔잖아요.」 그가 말했다.

젊은 불라르 양이 활기 찬 모습으로 말했다. 「아쉽게도 언니가 심한 두통을 앓고 있어요.」

두 자매는 사람들과 일일이 악수를 나누었다. 하지만 토니와는 악수를 하지 않았다. 그들은 그가 그곳에 없는 듯 그의 앞을 지나가면서도 쳐다보지도 않았다. 토니는 어쩐지 발가벗겨진 것 같고 떨리는 것 같은, 이상하며 혼란스러운 시선으로 그들을 바라보았다.

「괜찮아요.」 정원에 갖고 온 구식의 밀짚모자를 집어 들며 토니가 말했다. 「괜찮아요. 당신들이 갈 필요는 없어요. 내가 갈게요.」

잠시 초조한 침묵이 흘렀고 사람들은 토니도 두 자매도 보지 않았다.

「당신을 만나 무척 즐거웠어요.」 젊은 불라르 양이 무척 침착하게 모랜에게 말했다. 「우리는 당신의 영화를 수도 없이 여러 번 칭찬했어요.」

「고마워요.」 소년처럼 매력적인 모습으로 모랜이 말했다. 「친절하게도.」

〈배우들이란〉 하고 마이클은 생각했다.

「그만해요!」 토니가 소리쳤다. 그의 얼굴은 하얬다. 「제발, 엘렌, 그런 식으로 행동하지 말아요!」

「우리를 정문까지 바래다줄 필요는 없어요.」 젊은 불라르 양이 말했다. 「길을 아니까요.」

「설명이 필요해요.」 떨리는 목소리로 토니가 말했다. 「우리는 친구들을 이런 식으로 대해서는 안 돼요.」 그는 배드민턴 기둥 옆에서 당황해하며 서 있는 마이클에게 고개를 돌렸다. 「이건 생각할 수 없는 일이야.」 토니가 말했다. 「내가 10년 동안 알아 온 두 여자가. 지각 있고, 지적인 두 여자가…….」 두 자매는 마침내 몸을 돌려 경멸과 증오로 눈과 입이 굳어진 채로 토니를 마주 보았다. 「이 망할 놈의 전쟁 때문이야.」 토니가 말했다. 「엘렌, 로셀. 제발. 이성을 찾아요. 내게 이러지 말아요. 나는 파리로 진격해 프랑스인을 죽이거나 하지 않아요. 나는 미국인이고 프랑스를 사랑하며 무솔리니를 증오해요. 나는 당신의 친구예요.」

「우리는 당신과 이야기하고 싶지 않아요.」 젊은 불라르 양이 말했다. 「어떤 이탈리아인과도 이야기하고 싶지 않아요.」 그녀는 언니의 손을 잡았다. 장갑을 끼고 정원용 모자를 쓰고 뻣뻣한 검은색 드레스를 입은 두 사람은 나머지 사람들에게 가볍게 인사한 후 우아한 모습으로 정원 끝에 있는 정문 쪽으로 걸어갔다.

40미터쯤 떨어진 커다란 나무에서 까마귀들이 시끄럽게, 귀에 거슬리는 소리를 내며 울고 있었다.

「그만하게, 토니.」 마이클이 말했다. 「술을 한 잔 갖다주지.」

토니는 아무 말 없이 부루퉁한 얼굴로 마이클을 따라 집 안으로 들어왔다. 그는 여전히 밝은 색 줄무늬 띠가 있는 밀짚모자를 들고 있었다.

마이클은 잔을 두 개 꺼내 위스키를 가득 따랐다. 그는 아무 말 없이 한 잔을 토니에게 주었다. 바깥에서는 까마귀 울음소리 사이로 다시 대화가 시작되고 있었다. 마이클은 모랜이 진지하게 「저 여자들 멋지지 않아요? 1925년에 만들어진 프랑스 영화에서 나온 사람들 같아요」 하고 말하는 것을 들었다.

토니는 공허하고 슬픈 눈으로 뻣뻣하고 구식인 밀짚모자를 든 채로 천천히 술을 마셨다. 마이클은 그에게로 가 토니의 형제들이 문제가 있을 때면 서로 그렇게 하듯 그를 껴안고 싶었지만 그럴 용기가 나지 않았다. 그는 라디오를 틀었고, 짜증스러운 소음이 들리며 점차 소리가 분명해지는 동안 위스키를 길게 한 모금 들이켰다.

〈당신 역시 사랑스러운 하얀 손을 가질 수 있습니다.〉 설득하는 듯한 부드러운 목소리가 말했다. 그런 다음 잡음이 들리더니 갑자기 아무 소리도 들리지 않았다. 하지만 곧 약간 거친 다른 목소리가 조금 떨며 말했다. 〈새로운 소식을 방금 입수했습니다〉 하고 그 목소리가 말했다. 〈독일군이 파리에 들어갔다는 소식이 있습니다. 저항은 전혀 없었고, 도시는 피해

를 입지는 않았다고 합니다. 이 방송에 주파수를 맞추면 더 많은 소식을 들을 수 있을 것입니다.〉

과장되고 비선율적인 오르간 음악이 흘러나왔다. 〈경음악〉이라고 불리는 것이었다.

토니는 자리에 앉아 잔을 테이블 위에 놓았다. 마이클은 라디오를 노려보았다. 그는 파리에 가본 적이 없다. 그는 지금껏 외국에 갈 시간도 돈도 없었지만 오르간 음악과 심란해하는 거친 목소리가 흘러나오는 그 작은 라디오를 보며 오늘 오후에 프랑스의 그 도시에 있는 것은 어떤 느낌일지를 마음속으로 그려 보았다. 세상 사람들에게 너무도 친숙한, 햇빛이 비치는 넓은 거리와, 지금은 비어 있을 것 같은 카페, 여름의 빛 속에서 반짝이는, 과거의 승리를 기념하는 건축물들, 닫힌 셔터 옆으로 요란한 부츠 소리를 내며 엄격한 대열을 이루고 행진하는 독일군. 〈어쩌면 이런 상상은 틀린 것일 수도 있어〉라고 그는 생각했다. 그러한 상상은 멍청한 것이다. 독일군이 두세 명씩 짝을 이뤄 지나가는 것은 상상할 수 없었다. 그들은 언제나 직사각형 모양의 밀집한 형태로 행진했다. 어쩌면 그들은 총을 쏠 준비를 한 채로 닫힌 창문을 들여다보며 소심하게 거리를 기웃거리면서 무슨 소리가 들릴 때마다 보도 쪽으로 몸을 숨기고 있을지도 모른다.

〈맙소사, 36년 여름이나 작년 봄에 기회가 있을 때 왜 그곳으로 가지 않은 거지?〉 생각하며 그는 자신을 탓했다. 〈계속 미루다가 이렇게 된 거야.〉 그는 파리에 대해 읽은 책들을 생각했다. 전쟁이 끝난 후 절망적이면서도 신이 났던 1920년대의 흥분된 분위기. 유명한 바에 있는, 유쾌하면서도 절망적이며 재치가 넘치는 추방자들, 예쁜 여자들, 한 손에는 페르노

한 병을 다른 손에는 아메리칸 익스프레스 수표를 들고 있는, 똑똑하고 냉소적인 젊은이들. 이제 그 모든 것들은 탱크 바퀴 아래에서 사라졌으며, 그는 그것을 보지 못했고 앞으로도 보지 못할 가능성이 컸다.

그는 토니를 쳐다보았다. 토니는 고개를 든 채로 앉아 울고 있었다. 토니는 파리에 2년 동안 머문 적이 있고 같이 그곳에서 휴가를 보내며 무엇을 할지에 대해 여러 번 이야기했다. 그들은 작은 레스토랑과, 마른에 있는 강변과, 표면이 닳은 나무 탁자에, 유리병에 담은 아주 가벼운 포도주를 내놓는 곳 등을 방문할 계획이었다.

마이클은 눈시울이 젖는 것을 느끼며 눈물을 참으려고 애를 썼다. 〈값싼 감상주의야〉 하고 그는 생각했다. 〈나는 그곳에 간 적이 없어. 그곳은 또 다른 도시에 지나지 않아.〉

「마이클.」 로라의 목소리가 들렸다. 「마이클!」 짜증이 섞인 그녀의 목소리는 집요했다. 「마이클!」

마이클은 술잔을 비웠다. 그는 토니를 보며 뭐라고 한마디 하려다가 그러지 않는 게 좋다는 생각을 하며 그를 그곳에 남겨 두고 천천히 정원으로 나갔다. 존슨과 모랜 그리고 모랜의 여자친구와 프리맨틀은 다들 부자연스럽게 앉아 있었고, 그들의 대화가 즐겁지 않다는 것을 그는 금방 눈치챌 수 있었다. 마이클은 그들이 집에 돌아가기를 바랐다.

「마이클, 여보.」 로라가 다가와 그에게 살짝 팔짱을 꼈다. 「올 여름에 배드민턴을 칠 거예요, 아니면 1950년까지 기다릴 거예요?」 그런 다음 그녀는 목소리를 낮추며 거칠게 「자, 문명인답게 굴어요. 손님들이 있어요. 나 혼자 모든 것을 알아서 하게 만들지 말아요」 하고 말했다.

마이클이 뭐라고 대답하기도 전에 그녀는 몸을 돌려 존슨을 향해 미소를 지었다.

마이클은 두 번째 기둥이 놓여 있는 곳으로 천천히 걸어갔다. 「관심 있는 분이 있는지 모르겠지만」 하고 그가 말했다. 「파리가 함락되었답니다.」

「안 돼!」 모랜이 말했다. 「믿을 수 없어!」

프리맨틀은 아무 말도 하지 않았다. 마이클은 그녀가 손을 포갠 채 고개를 숙이고 있는 것을 보았다.

「불가피한 일이었죠.」 존슨이 진지하게 말했다. 「누가 보아도 그런 일이 일어나리라는 것은 알 수 있었죠.」

마이클은 두 번째 기둥을 들고 뾰족한 끝을 땅에 박기 시작했다.

「엉뚱한 곳에 박고 있어요!」 짜증 섞인 로라의 목소리 톤이 높았다. 「그곳에 박으면 안 된다고 몇 번이나 말을 해야 하나요?」 그녀가 기둥을 들고 있는 마이클에게 달려와 그의 손에서 기둥을 낚아챘다. 그녀는 손에 라켓을 들고 있었고, 라켓이 그의 팔을 예리하게 때렸다. 그는 손을 계속해서 구부린 채로 내밀고 그녀를 멍청한 얼굴로 바라보았다. 그녀는 울고 있었다. 그는 놀라며 〈도대체 왜 우는 거야?〉 하고 생각했다.

「여기! 여기에 박아야 한단 말이에요!」 그녀는 이제 소리를 지르며 뾰족한 기둥 끝을 신경질적으로 땅에 박고 있었다.

마이클은 그녀가 서 있는 곳으로 가 기둥을 잡았다. 그는 자신이 왜 그런 일을 하고 있는지 알 수 없었다. 다만 자신의 아내가 미친 듯이 소리를 지르며 기둥을 땅에 박고 있는 광경만큼은 참을 수 없었다.

「내가 할게.」 그가 멍청하게 말했다. 「당신은 조용히 있어!」

로라가 그를 쳐다보았다. 그녀의 예쁘고 부드러운 얼굴은 증오로 들끓고 있었다. 그는 팔을 들어 배드민턴 라켓을 마이클의 머리 쪽으로 집어 던졌다. 마이클은 자신에게로 날아오는 라켓을 멍하니 바라보았다. 정원 끝에 있는 나무와 울타리를 배경으로 반짝이면서 둥글게 원을 그리며 그것이 날아오는 데는 많은 시간이 걸린 것처럼 여겨졌다. 그는 라켓이 자신의 오른쪽 눈을 맞힌 다음 둔탁한 소리를 내며 발 아래로 떨어지는 것을 보았다. 눈이 아프기 시작했고 이마에서 피가 흘러내려 눈썹이 끈적거리는 것을 느낄 수 있었다. 잠시 후 따뜻하고 불투명한 핏방울이 눈 위로 흘러내렸다. 로라는 그 자리에 서서 그를 노려보며 흐느끼고 있었다. 그녀의 얼굴은 사나웠고, 증오로 가득 차 있었다.

마이클은 조심스럽게 기둥을 잔디밭 위에 내려놓은 후 몸을 돌려 다른 곳으로 갔다. 집 안에서 나온 토니가 그의 옆을 지나갔지만 그들은 서로에게 아무 말도 하지 않았다.

마이클은 거실로 들어갔다. 라디오에서는 계속해서 멍청한 오르간 음악이 흘러나오고 있었다. 마이클은 벽난로에 몸을 기댄 채 금박을 입힌 육중한 틀 속에 들어 있는 작은 볼록거울에 비친 자신의 얼굴을 노려보았다. 거울이 그의 얼굴을 왜곡시켜서 그의 코는 무척 길고 이마와 턱은 뾰족하게 뒤로 물러나 있었다. 거울 속에 비친 눈 위의 붉은 자국은 작고 아주 멀게 보였다. 그는 문이 열리며 로라가 거실로 들어오는 소리를 들었다. 그녀는 라디오가 있는 곳으로 가 그것을 껐다.

「내가 오르간 음악은 참지 못한다는 것을 알고 있죠!」그녀가 말했다. 그녀의 목소리는 분노에 사무쳐 떨렸다.

그는 몸을 돌려 그녀를 마주 보았다. 그녀는 연한 오렌지색과 하얀색으로 이루어진, 무늬가 있는 밝은 면옷을 입은 채로 서 있었다. 치마와 홀터 사이로 드러난 몸통 부분은 매끄러웠다. 마치 『보그』에 나오는 여성복 같은, 유행하는 여름 운동복을 입고 있는 그녀는 무척 예쁘고 날씬하며 부드러워 보였다. 하지만 눈물이 흐르는, 원망이 가득한 굳은 얼굴은 그 차림과는 전혀 어울리지 않았고, 충격적이었다.

「됐어!」 마이클이 말했다. 「우리는 끝났어. 당신도 알고 있어.」

「좋아! 멋져! 이렇게 기분이 좋을 수가 없어요.」

「이야기가 나왔으니 말인데.」 마이클이 말했다. 「당신과 모랜 사이에 대해 내가 확신을 갖고 있다는 걸 얘기하지. 당신을 지켜보고 있었어.」

「잘됐네요.」 로라가 말했다. 「당신이 알게 되어 기뻐요. 당신 말이 맞아요. 잘 봤어요. 다른 할 말은 없나요?」

「없어.」 마이클이 말했다. 「나는 5시 열차를 탈 거야.」

「그따위로 경건한 척하지 마요!」 로라가 말했다. 「나도 당신에 대해 두어 가지 아는 게 있어요! 뉴욕에 내가 없어 몹시 외로웠다고 한 그 편지들! 당신은 전혀 외롭지 않았어요. 나는 이곳으로 다시 돌아와 여자들이 나를 동정하는 시선으로 바라보는 것을 참는 데도 이력이 났어요. 그리고 프리맨틀 양과는 언제 만나기로 했죠? 화요일에 점심 식사를 하기로 했어요? 내가 나가 그녀에게 당신 계획이 바뀌었다고 말해줄까요? 내일 만날 수도 있을 거라고요.」 그녀의 얼굴은 날카로워 보였고, 아이 같은 얼굴은 비참함과 분노로 일그러져 있었다.

「그만하면 됐어.」 무력감과 죄의식을 느끼며 마이클이 말했다. 「더 이상은 듣고 싶지 않아.」

「다른 질문은 없어요?」로라가 소리쳤다.「나와 관련된 다른 남자들에 대한 질문은 더 없어요? 다른 혐의자는 없어요? 당신을 위해 남자들 이름을 모두 써줄까요?」

갑자기 그녀가 기운 없이 소파에 주저앉았다. 〈마치 천진난만한 소녀 역을 해내고 있는 배우처럼 지나치게 우아하게 주저앉는군〉하고 마이클은 냉담하게 생각했다. 그녀는 머리를 베개에 묻고 흐느꼈다. 파티용 드레스를 입은 연약한 아이처럼 예쁜 머리칼을 머리 주위로 흩트린 채 소파 위에서 흐느끼는 그녀는, 지치고 술에 취한 것처럼 보였다. 마이클은 그녀에게로 가 그녀를 팔에 안고 〈여보, 여보〉하고 부드럽게 말하며 위로해 주고 싶은 강한 충동을 느꼈다.

하지만 그는 몸을 돌려 정원으로 나갔다. 손님들은 사려 깊게도 집에서 떨어진, 정원 반대쪽 끝에 가 있었다. 진한 초록색을 배경으로 반짝이는 밝은 옷을 입은 그들은 불편한 모습으로 뻣뻣하게 서 있었다. 마이클은 손등으로 눈 위의 상처를 닦으며 그들에게로 갔다.

「오늘은 배드민턴을 못 치겠네요.」그가 말했다.「그냥 돌아가는 게 좋을 것 같아요. 펜실베이니아의 여름에 연 정원 파티는 성공적이지 못했군요.」

「가려던 참이었소.」존슨이 무뚝뚝하게 말했다.

마이클은 그들 중 누구와도 악수를 하지 않았다. 그는 희미하게 보이는 사람들의 머리 너머를 바라보며 그 자리에 서 있었다. 프리맨틀이 그를 한 번 본 후 시선을 내리고 그의 앞을 지나갔다. 마이클은 그녀에게 아무 말도 하지 않았다. 그는 그들 뒤로 문이 닫히는 소리를 들었다.

그는 싱그러운 잔디밭 위에서 햇빛이 눈 위의 상처를 끈적끈적하게 만드는 것을 느끼며 그대로 서 있었다. 위쪽 나뭇가지 사이에서 까마귀들이 금속성의 소리를 내고 있었다. 그는 까마귀가 싫었다. 그는 벽 쪽으로 가 몸을 굽혀 매끄럽고 묵직한 돌 몇 개를 조심스럽게 골랐다. 그런 다음 몸을 일으키고 나무를 보며 나뭇잎 사이에 있는 까마귀를 찾았다. 그는 몸을 뒤로 젖혀 시끄럽게 울며 나뭇가지에 앉아 있는 까마귀 세 마리를 향해 돌을 하나 집어 던졌다. 팔은 유연했고 힘이 넘쳤다. 돌은 나뭇가지 사이로 날아갔다. 그는 힘껏, 그리고 재빨리 연거푸 돌을 던졌다. 나뭇가지에 앉아 있던 새들이 요란하게 울며 다른 곳으로 날아가기 시작했다. 마이클은 날아가는 새를 향해 돌을 던졌다. 새들은 숲속으로 사라졌다. 잠시 늦여름 오후의 햇빛이 환한, 나른한 정원에는 고요가 감돌았다.

6

노아는 초조했다. 그로서는 처음 여는 파티였고, 그는 자신이 본 영화와 책과 잡지 속의 파티가 어땠는지를 떠올리려고 애를 썼다. 그는 두 번이나 작은 부엌에 들어가 로저와 함께 상점에서 사온 마흔 개 가까이 되는 얼음 조각을 살펴보았다. 그는 로저가, 손님들이 도착하기 전에 여자친구와 함께 브루클린에서 돌아오기를 바라며 연거푸 시계를 봤다. 노아는 혼자서는 느긋하게 위엄 있는 모습을 보여야 하는 순간에 뭔가 서툴고 끔찍한 짓을 할 것이 틀림없다고 생각하고 있었다.

그는 뉴욕 컬럼비아 대학에서 멀지 않은, 리버사이드 드라이브 근처에 있는 방을 로저와 같이 썼다. 방은 크고, 벽난로도 있었지만 벽난로에는 불을 지필 수가 없었다. 욕실 창문에서는 몸을 약간만 내밀면 허드슨강이 보였다.

아버지가 돌아가신 후로 노아는 미국 이곳저곳을 떠돌아다녔다. 그는 예전에 늘 뉴욕을 보고 싶었다. 그가 달리 정착할 만한 마땅한 곳이 세상에 없었기에, 그는 뉴욕에 온 지 이틀 후 일자리를 구할 수 있었다. 그리고 그 후 5번가의 공공 도서관에서 로저를 만났다.

지금 와서 든 생각이지만 로저를 몰랐던 때가 있었다는 게 믿어지지 않았다. 로저를 만나기 전까지 그는 누군가에게 한마디도 하지 않고 며칠 동안 시내 거리를 배회했다. 그는 친구가 하나도 없었고, 어떤 여자도 그를 쳐다보지 않았다. 그리고 집도 없었다. 뉴욕에 왔지만 다른 곳에 있을 때만큼 즐겁지도 않았다.

그는 도서관 서가 앞에 꿈을 꾸듯 선 채로 줄지어 꽂혀 있는 우중충한 색상의 책들을 바라보고 있었다. 어떤 책을 한 권 뽑으려고 손을 뻗었으며, 기억하건대 그것은 예이츠가 쓴 책이었다. 그러다가 그는 옆에 있던 남자를 조금 밀치게 되었으며 그에게 〈죄송합니다〉라고 사과했다. 그들은 이야기를 나누기 시작했고 함께 비가 내리는 거리로 나갔으며 계속해서 이야기를 나눴다. 로저는 6번가에 있는 어떤 바에 그를 데리고 갔고 두 사람은 맥주를 마셨으며 헤어지기 전 이튿날 밤 함께 저녁 식사를 하기로 약속했다.

노아는 한 번도 진짜 친구가 있었던 적이 없었다. 어린 시절 내내 퉁명스럽고 무관심한 사람들 사이에서 몇 달씩 지내며 계속해서 옮겨 다녔던 그는 누군가와 다분히 피상적인 관계를 형성하는 것도 불가능했다. 그리고 자신이 사람들을 심심하게 하고 매력이라고는 없는 아이라고 믿으며 수줍은 태도를 보였던 것 또한 누군가와 만나는 것을 어렵게 만들었다. 로저는 노아보다 네다섯 살 많았는데 키가 크고 야위었으며, 머리는 짧게 깎았고 얼굴은 갸름하고 피부는 검었다. 그는 노아가 좀 더 나은 대학에 간 젊은이들을 늘 부러워한 것에 대해 별로 개의치 않는 태도를 보였다. 로저 자신은 대학에는 가지 않았지만 자신에 대한 확신으로 넘치는 천성 덕분에 어떤 일에도 충격을 받지 않는 사람처럼 보였다. 그는 약간 비뚤어지긴 했지만 유쾌한 태도로 세상을 바라보았으며, 노아는 이제 그의 그런 면모를 모방하려고 애를 쓰고 있었다.

노아는 그 이유를 알 수 없었지만 로저는 그가 마음에 들었던 모양이었다. 노아는 사실 로저가 그 도시에서 혼자인 그를 동정했을 거라고 생각했다. 남루한 양복을 입고 있던 그는 불안정하고 얼빠진 듯 보였고, 무척이나 수줍음이 많았다. 어쨌든 그들은 다시 두세 번 더 만났다. 그리고 로저가 좋아하는 것처럼 보이는 끔찍한 바에서 술을 마시고, 싸구려 이탈리아 식당에서 저녁을 먹었다. 그때 로저가 별로 대수롭지 않게, 조용한 목소리로 사는 곳이 마음에 드냐고 물었다.

「별로.」 노아는 솔직하게 말했다. 그는 28번가의 하숙집에 있는 끔찍한 방 하나를 쓰고 있었는데 벽은 축축하고, 벌레들이 들끓었으며, 위쪽으로 나 있는 화장실 파이프에서는 늘 요란한 소리가 났다.

「내 방은 넓어.」 로저가 말했다. 「소파도 두 개 있고. 한밤중에 내가 이따금 피아노를 치는 게 신경이 쓰이지 않는다면 내 집으로 와.」

그것이 어떤 종류의 것이건 우정을 소중하게 생각하는 누군가가 이 북적이고 분주한 도시에 한 사람이라도 있다는 사실이 노아는 고맙고 놀라웠다. 노아는 강 근처에 있는 커다랗고 허름한 방으로 이사를 왔다. 로저는 외로운 아이들이 인적이 끊긴 긴 밤에 지어낸 유령 친구와 상당히 비슷했다. 그는 대하기가 편하고, 상냥하며, 교양이 있었다. 그는 누구에게도 무엇을 요구하는 일이 없었고, 허세를 부리지 않으면서도 젊은 남자로 하여금 일종의 혹독한 교육을 거치게 하는 데서 즐거움을 누리는 것처럼 보였다. 그는 되는 대로, 캐묻듯이 책과 음악, 그림, 정치, 그리고 여자에 대해 이야기했다. 그는 프랑스와 이탈리아에 가본 적이 있었고, 오래된 도시와 매력적인 마을의 위대한 이름은 그의 느리고 다소 거친 뉴잉글랜드 사투리 속에서 친숙하고, 얼마든지 갈 수 있는 곳처럼 들렸다. 그는 대영제국과 미국의 민주주의, 현대의 시, 발레, 그리고 영화와 전쟁에 대해 건조하며 냉소적인 이론을 갖고 있었다. 그는 자신만의 야망은 전혀 없는 것처럼 보였다. 그는 상품들에 대해 여론조사를 하는 회사에서 일했는데, 가끔 일했고 별로 열심히 하지도 않았다. 그는 돈에는 별로 관심이 없었고, 약간 지루해하면서도 쾌활한 욕망을 드러내며 이 여자에게서 저 여자로 옮겨 가곤 했다. 어쨌든 신경을 쓰지 않는데도 옷차림이 꽤 우아하고, 미소를 잘 드러내지 않는 비뚤어진 듯한 그는 현대 미국이 만들어 낸 드문 존재였다.

그는 노아와 함께 강을 따라 또는 대학 캠퍼스에서 정처 없이 걷곤 했다. 로저는 친구들을 통해 노아에게 이스트사이드에 있는 사회 복지관의 놀이터 감독이라는 괜찮은 일자리를 구해 주었다. 노아는 일주일에 36달러를 받았는데, 그 전에는 그렇게 많은 돈을 받아 본 적이 없었다. 그들이 강 건너편으로는 저지Jersey의 절벽이 솟아 있고 아래쪽으로는 보트의 불빛이 깜박이고 있는 조용한 포장도로 위를 밤늦게 나란히 걸을 때면, 노아는 어떤 빛을 발하는 확실한 세상에서 발생하는 일을 도청하는 사람처럼 갈망하고 즐거워하며 로저의 말에 귀를 기울였고, 로저는「그리고 앙티브 근처에는 매일 오후 언덕 위의 카페에 앉아 스카치 4분의 1병을 마시며 보들레르를 번역하던, 성직을 박탈당한 목사가 있었지」라고 말했다. 또는 로저는 이렇게 말했다.「미국 여자들의 문제는 다들 팀의 주장이 되고자 한다는 거야. 그렇지 못할 경우 그들은 시합을 하지 않으려 하지. 그건 순결에 지나친 가치를 두는 데서 비롯되고 있어. 남자에게 충실한 척하는 여자는 자신이 남자를 부엌 스토브에 묶어 놓을 수 있는 권리를 얻었다고 생각하지. 그런 점에서는 유럽이 더 나아. 그들은 다른 이들 모두가 순결하지 않다는 것을 알고 있지. 그리고 그들은 더 정상적인 가치 체계를 갖고 있어. 부정은 이성간의 금본위제와 같은 거야. 일종의 고정 환율제 같은 것이 있지. 그래서 쇼핑을 할 때면 뭐가 얼마나 하는지 알 수 있지. 개인적으로 나는 순종적인 여자가 좋아. 내가 아는 모든 여자들은 내가 여자에 대해 중세 시대의 태도를 갖고 있다고 하지. 그들의 말이 옳을 수도 있어. 하지만 나는 여자들에게 복종하는 것보다 그들이 내게 복종하는 게 더 좋아. 또 다른 관계가 발생하게 되겠지. 하지만 서두르지는 않아. 결국에는 나와 어울리는 여자를 찾게 될 거야.」

그의 옆에서 걷고 있으면 노아는 자신의 삶이 지금보다 나아지는 일은 없을 것이라 생각되었다. 그는 젊고, 뉴욕 거리에 집이 있으며, 일주일에 36달러를 받는 괜찮은 일자리가 있고, 강이 내려다보이는, 책으로 가득한 방과, 생각이 깊고 도시적이며 이상한 것을 무척이나 많이 알고 있는 로저와 같은 친구가 있었다. 그에게 없는 것이라곤 여자뿐이었는데 그 역시 로저가 소개해 주기로 했다. 그들이 파티를 계획한 것도 그 때문이었다.

로저는 노아에게 어울리는 여자를 찾으며 낡은 주소록을 뒤지느라 하루 저녁을 다 보냈다. 그리고 오늘 밤 이제 로저가 데려오는 여자 외에도 여섯 명의 여자가 오고 있었다. 물론 다른 남자들도 몇 명 왔지만 로저는 경쟁이 너무 치열하지 않도록 그의 친구들 가운데서도 우스워 보이거나 머리 회전이 느린 이들을 일부러 골랐다. 노아는 램프를 켠 따뜻한 방을 둘러보았다. 꽃병에는 꽃이 꽂혀 있었고, 벽에는 브라크의 그림 한 점이 걸려 있었으며, 테이블에는 더 나은 세상을 약속해 주는 계시처럼 술병과 유리잔이 놓여 있었다. 그는 기분 좋은 확신을 통해 오늘 밤에 마침내 자신이 여자를 찾게 되리라는 것을 알고 있었다.

노아는 자물쇠가 돌아가는 소리에 미소를 지었다. 이제 먼저 온 손님들을 혼자서 맞이하는 고역을 치르지 않아도 될 것이기 때문이다. 문이 열리며 로저가 들어왔다. 로저는 여자친구와 함께였다. 노아는 그녀의 코트를 받아 옷걸이에 걸었다. 그 과정에서 문제가 발생하지도 않았고, 뭔가에 걸려 넘어지거나, 여자의 팔을 아프게 잡지도 않았다. 그는 옷장 안쪽에서 미소를 지었고, 그녀가 로저에게 「멋진 방이야. 1750년 이후로 이곳에 여자가 한 번도 온 적이 없는 것 같아」라고 말하는 소리를 들었다.

노아는 거실로 나갔다. 로저는 작은 부엌에서 얼음을 준비하고 있었고, 여자는 노아에게 등을 돌린 채로 벽에 있는 그림 앞에 서 있었다. 로저는 칸막이 뒤에서 얼음을 준비하며 조용히 노래를 하고 있었다. 그는 비음이 섞인 목소리로 반복해서 노래했다. 가사는 〈여유를 갖고 사랑을 멋진 것으로 만들어 봐. 당밀로 사탕을 만들듯이. 한데 돈은 벌고 있는 거야? 내가 알고 싶은 건 그것뿐이야〉로 이어졌다.

여자는 긴 치마와 자두색 드레스를 입고 있었다. 그녀는 벽난로 앞에서 등을 돌린 채로 편안해하면서도 무척 진지한 모습으로 서 있었다. 그녀는 예뻤고, 다리가 다소 굵었으며, 허리는 가늘고 우아했다. 그리고 머리는 영화 속의 예쁜 학교 선생처럼 여자답게 뒤로 넘겨 묶었다. 노아에게는 그녀의 모습과 얼음을 준비하는 소리, 그리고 칸막이 뒤에서 친구가 부르는 멍청하지만 명랑한 노랫소리가 그 방과, 그날 저녁과, 세상 모두를 가정적이며 사랑스럽지만 우수에 젖어 보이도록 만드는 것 같았다. 그때 여자가 몸을 돌렸다. 노아는 그녀가 처음 들어왔을 때에는 너무 바쁘고 흥분한 나머지 그녀를 제대로 보지 못했다. 그는 그녀의 이름조차 기억하지 못했다. 그제야 갑자기 초점이 맞은 렌즈를 통해 그녀를 보는 것 같았다.

그녀는 얼굴이 검고 갸름했으며 눈은 진지해 보였다. 그녀를 보면서 노아는 뭔가 단단한 것에 맞아 멍해진 것 같았다. 그는 이전에 그런 감정을 느껴 본 적이 없었다. 그는 죄책감과 열정을 동시에 느꼈다. 그리고 자신이 바보같이 여겨졌다.

그 후 그는 그녀의 이름이 호프 플로먼이며, 2년 전 버몬트의 작은 마을에서 왔다는 것을 알게 되었다. 이제 그녀는 숙모와 함께 브루클린에 살고 있었다. 향수를 전혀 뿌리지 않은 그녀는 직접적이면서도 진지하게 이야기했다. 그녀는 커낼가 근처의 작은 공장에서 인쇄기를 만드는 사람의 비서로 일하고 있었다. 노아는 그날 밤 그 모든 사실을 알게 되면서 자신이 약간 바보처럼 느껴졌고, 화가 나기도 했다. 그도 그럴 것이 브루클린에 살며, 재미없는 사무실에서 속기사로 일하는, 평범한 작은 마을 출신의 양키 여자에게 그토록 반한 자신이 단순하기 짝이 없으며 세상 물정을 모르는 사람처럼 여겨졌기 때문이다. 도서관에서 이성에 대한 관심을 키우고 로맨스가 코트 호주머니에 넣은 시집에서 꽃을 피운, 수줍은 성격의, 책만 읽은 다른 젊은이들과 마찬가지로 이졸데가 브라이턴 익스프레스를 타고, 베아트리체가 은행 창구에 서 있는 것을 상상하는 것은 불가능했다. 노아는 새로 온 손님들을 맞이하고 그들에게 술을 내주며 〈아냐, 그런 일이 일어나게 해서는 안 돼〉라고 생각했다. 무엇보다도 그녀는 로저의 여자 친구였고, 설사 그녀가 자신보다 뛰어나고 잘생긴 로저를 버리고 어색하고 우악스럽게 생긴 자신에게 오더라도 친구의 관대한 우정에서 나온 호의에 대해, 몰래 품은 욕망이라는 숨겨진 이중성으로 갚는 일은 상상도 할 수 없었다.

하지만 다른 손님들은 그의 눈에 들어오지 않았다. 그는 괴로워하며 그들 사이를 꿈을 꾸듯 돌아다니며 굶주린 듯 그녀를 쳐다보면서 그녀의 차분하고 통제된 움직임 하나하나를 머릿속에 각인시켰고, 감미로운 음악 같은 그녀의 모든 말을, 창피함과 희열을 동시에 느끼며 귀에 새겼다. 그는 자신이 첫 전투에서 포로가 된 병사처럼, 방금 백만 달러를 유산으로 물려받은 상속자처럼, 이제 막 파문당한 성직자처럼, 그리고 처음으로 메트로폴리탄 오페라 하우스에서 트리스탄을 노래한 테너 가수처럼 느껴졌다. 그리고 또한 방금 가장 친한 친구의 아내와 호텔 침실에서 발각된 사람처럼, 군대를 이끌고 함락한 도시에 진입하는 장군처럼, 노벨상을 받은 사람처럼, 교수대로 끌려가고 있는 저주받은 범죄자처럼, 모든 경쟁자를 때려눕힌 헤비급 챔피언처럼, 수영을 하다가 한밤중에 해변에서 50킬로미터쯤 떨어진 차가운 대양에서 물에 빠져 죽어 가는 사람처럼, 이제 막 인간을 불멸의 존재로 만들어 줄 혈청을 만들어 낸 과학자처럼 느껴졌다.

「플로먼 양.」 그가 말했다. 「술을 가져다줄까요?」

「아니요, 괜찮아요.」 그녀가 말했다. 「나는 술을 안 마셔요.」

그래서 그는 구석으로 가 자신이 잘했는지 못했는지, 가망이 있는지 없는지를 생각했다.

「플로먼 양.」 그가 얼마 후 말했다. 「로저를 안 지 오래됐나요?」

「오, 그래요. 거의 1년이 됐죠.」

〈거의 1년이라니!〉 아무런 희망이 없었다.

「그가 당신에 대해 많은 이야기를 했어요.」 그녀의 눈은 검고, 시선은 직접적이며 목소리는 분명하면서도 부드러웠다.

「그가 무슨 말을 했죠?」 얼마나 서투르고, 애타고, 절망적인 질문인가?

「당신을 무척 좋아한다고 했어요.」

배신, 배신……. 도서관 서가에서 집 없는 아이를 데려와 먹여 주고 재워 주고 사랑해 준 친구에 대한……. 이제 그 친구는 즐거워하고 있는 무리 한가운데에서 아무 생각 없이 웃으며, 피아노 건반을 손가락으로 가볍게 누르며 유쾌하고도 지적인 목소리로 〈여호수아는 여리고의 전투에 어울렸네, 여리고, 여리고……〉라고 노래하고 있었다.

다시 한번 수심이 가득하고, 위험스러워 보이는 목소리가 말했다. 「그는 당신이 마침내 깨어나게 되면 훌륭한 남자가 될 거라고 했어요.」

〈아, 이것은 더욱 나쁜 것이다. 친구의 보증으로 무장한 도둑, 자신을 신뢰하는 남자로부터, 그의 아내의 아파트 열쇠를 받은 간통하는 자.〉

노아는 피로를 느끼며 그녀를 멍하게 바라보았다. 이치에 맞지 않았지만 그는 그녀가 미웠다. 그날 밤 8시에 그는 친구와 집과 일자리가 있어 행복했고, 희망으로 가득 차 있었다. 불행한 과거는 옛 일이고, 미래는 밝아 보였다. 하지만 9시가 되었을 때 그는 짖어 대는 개가 뒤따라오는 상태에서 끝없는 늪으로 피를 흘리며 도망치는 자 같았다. 범죄를 저지른 그의 이름은 전국에 수배된 상태였다. 그리고 그가 범죄를 저지른 이유는 아무 짓도 하지 않았으며, 아무것도 알지 못하고 감지하지 못한 것처럼 얌전하게, 솔직한 척하고 그곳에 앉아 있는 그녀 때문이다. 바위가 있는 언덕 위의 농장 출신인, 키가 작고 얌전한 척하는 그녀는 어쩌면 커낼가 근처의 인쇄기 공장에서 사장의 무릎에 앉아 그가 말하는 것을 적은 적도 있을지 모른다.

「그리고 벽이 무너졌네…….」 로저의 목소리와 낡은 피아노의 강한 화음이 방 안을 가득 채웠다.

노아는 그녀에게서 눈을 뗐다. 방에는 여자들이 여섯 명 더 있었는데 다들 젊고 아름다우며 머리카락이 반짝였으며 살결도 부드럽고 목소리도 감미로웠다. 그들은 그가 그중에서 한 명을 고르도록 로저가 데려온 여자들이다. 그들은 친절하게 호감을 보이며 그에게 미소를 지었다. 하지만 이제 그들은 그에게 닫힌 가게 안에 있는 마네킹 여섯 개, 또는 어떤 페이지 위에 있는 숫자 여섯 개, 또는 문 손잡이 여섯 개나 마찬가지였다. 〈저들 중 누구에게 흥미가 생기면 좋으련만〉 하고 그는 생각했다. 그의 상황은 우스꽝스럽고, 기본적으로 비극적이었다.

〈그녀에 대한 생각은 버릴 거야〉 하고 그는 생각했다. 그 때문에 절망에 빠지고, 사는 동안 한 번도 여자에게 손을 대지 못하더라도 어쩔 수 없었다. 하지만 그는 그녀와 같은 방에 있는 것을 참을 수가 없었다. 그는 그의 옷이 로저의 옷과 나란히 걸려 있는 옷장으로 가 모자를 집어 들었다. 그는 바깥에 나가 집 안에서 파티가 끝나 사람들이 나가고, 피아노가 조용해지고, 그녀가 브루클린 다리 건너 숙모 집에 안전하게 도착할 때까지 걸어다닐 작정이었다. 그의 모자는 선반 위, 로저의 모자 옆에 있었다. 그는 죄책감을 느끼며 낡은 갈색 펠트 모자를 바라보았다. 다행히 손님 대부분은 피아노 주위에 모여 있었고, 그는 사람들 눈에 띄지 않고 문까지 갔다. 그는 로저에게 나중에 변명을 할 것이다. 하지만 그녀가 그를 보았다. 그녀는 자리에 앉은 채, 문을 마주 보고 다른 여자와 이야기하고 있었다. 그는 문 앞에 서서 마지막으로 절망적인 표정으로 그녀를 보았다. 노아를 본 그녀는 조용히 궁금하다는 표정을 지었다. 그녀는 자리에서 일어나 그에게로 왔다. 그녀의 드레스가 사각대는 소리가 그에게 대포 소리처럼 들렸다.

「어디 가는 거예요?」 그녀가 물었다.

「소다수가…… 더…… 필요해요.」그는 말을 더듬었고, 혀도 제대로 굴리지 못하는 자신이 미웠다. 「그래서 소다수를 좀 사 오려고요.」

「같이 가요.」그녀가 말했다.

〈아니요! 그냥 있어요! 꼼짝 말고요!〉하고 그는 소리치고 싶었다. 하지만 그는 아무 말도 하지 않고 그녀가 코트와, 평범하여 다소 어울리지 않는 모자를 가지러 가는 것을 지켜보았다. 그 모자를 보자 그는 가난하고 젊은 그녀에 대한 동정과 연민을 강렬하게 느꼈다. 그는 이제 모든 것이 알려지게 되고, 모든 것이 끝날 거라고 생각했다. 그가 밖으로 나가려는 순간 로저가 몸을 돌리며 그를 향해 미소를 지으며 한 손을 흔들었다. 그는 다른 손으로는 계속해서 피아노를 치고 있었다. 여자는 얌전하게 방을 가로질러 왔다.

「로저에게 말했어요.」그녀가 말했다.

〈로저에게 말했다고! 뭘 말했다는 것인가? 낯선 사람들을 조심하라고 말한 것인가? 아무에게도 동정심을 보이지 말고, 절대로 관대하게 굴지 말고, 정원의 잡초처럼 마음속의 사랑을 자르라고 말한 것인가?〉

「코트를 입는 게 나을 거예요.」그녀가 말했다. 「아까 올 때 비가 내리고 있었어요.」

노아는 조용히 뻣뻣한 자세로 코트를 가지러 갔다. 그녀는 문 앞에서 기다렸고, 그들은 문을 닫고 어두운 복도로 나갔다. 방 안의 노래와 웃음소리가 멀리까지 들렸다. 그들은 서로 가까이에서 천천히 계단을 내려가 젖은 거리로 나갔다.

「어느 쪽이죠?」그들이 닫힌 현관문 앞에서 잠시 머뭇거리며 서 있을 때 그녀가 물었다.

「어느 쪽이라니요?」당황하며 노아가 말했다.

「소다수요. 소다수를 살 수 있는 곳이요.」

「오.」노아는 반짝이는 포장도로를 멍하니 바라보았다.「오. 그건. 모르겠어요. 어쨌든 소다수는 필요 없거든요.」그가 말했다.

「아까 한 말은…….」

「구실이었어요. 파티에 싫증이 나고 있었거든요. 무척이나요. 나는 파티가 지겨워요.」그는 말을 하면서 자신의 목소리를 들었고, 시시한 일에 지루해하는 것 같은 자신의 목소리가 세련되게 들리는 것에 의기양양해졌다. 그는 그런 식으로 이 일을 처리하기로 마음을 먹었다. 침착하고 정중하며 세련되게, 그리고 약간 기분 좋게 그 작은 여자를 대하기로 한 것이다.

「아주 괜찮은 파티라고 생각했는데요.」여자가 진지하게 말했다.

「그랬나요?」노아가 대수롭지 않게 말했다.「나는 몰랐어요.」그런 식으로 공격하는 거야, 하고 그는 흐뭇하게 생각했다. 저녁에 술을 마신 영국의 남작처럼 초연하고, 약간 모호하며, 엄격하고 정중하게 대하는 거야. 그것은 두 가지 목적을 노린 것이다. 그렇게 함으로써 그는 자신의 친구를 배신하지 않을 수 있을 뿐만 아니라 그의 특별하고 우월한 자질을 통해 브루클린에 사는 그 단순한 비서에게 커다란 인상을 남길 수도 있었다. 그는 그 생각을 하며 기분 좋은 전율과 죄의식을 느꼈다.

「미안해요.」그가 말했다.「엉뚱한 구실을 대 당신을 비 내리는 이곳으로 내려오게 해서요.」

여자는 자신의 주위를 둘러보았다.「비는 내리지 않아요.」

그녀가 말했다. 실제로 비는 내리지 않고 있었다.

「아.」 노아는 처음으로 날씨를 확인했다. 「아, 그렇군요.」 그의 말은 당황스러웠지만 음색은 여전히 괜찮다고 그는 생각했다.

「뭘 할 거예요?」 그녀가 물었다.

그는 어깨를 으쓱했다. 그는 지금껏 한 번도 어깨를 으쓱한 적이 없었다. 「모르겠어요.」 그가 말했다. 「어슬렁거릴 거예요.」 그의 말은 문득 골즈위디[11]식의 표현처럼 들렸다. 「가끔 한밤중에 산책을 하죠. 인적이 끊긴 거리를 걸으면 무척 평화롭죠.」

「지금 11시밖에 안 되었어요.」 그녀가 말했다.

「그렇군요.」 그가 말했다. 그는 그 말은 다시 않게끔 조심해야 했다. 「다시 파티가 벌어지는 곳에 가고 싶다면……」

여자는 머뭇거렸다. 안개 낀 강 위에서 경적 소리가 들렸고 낮고 떨리는 듯한 그 소리는 노아의 뼈에 사무쳤다.

「아니요.」 그녀가 말했다. 「당신과 함께 걷겠어요.」

그들은 나무가 심어진, 강에서 높이 솟아 있는 대로를 나란히 걸어갔다. 봄의 향기와, 오후의 밀물 때 바닷물이 올라와 짠내가 나는 허드슨강이 안개 낀 강변 너머로 어둡게 흐르고 있었다. 멀리 북쪽으로, 저지로 이어지는 다리의 불빛이 보였다. 그리고 강 건너편의 팰리세이즈는 성채처럼 보였다. 그들 외에 산책하는 사람은 아무도 없었다. 이따금 타이어에서 소리를 내며 차가 질주했다. 그들은 놀랍고 신비스러워 보이는, 반짝이는 싹이 트고 있는 가지 아래를 천천히 걸어갔다.

그들은 흐르는 강물을 따라 조용히 걸어갔고, 그들의 발자

11 영국의 극작가이자 소설가로, 1932년에 노벨 문학상을 수상함.

국은 외롭지만 용감했다. 노아는 아무 말 없이 자신의 신발을 보며, 3분, 4분, 5분, 하고 생각했다. 그는 점차 자포자기 상태가 되었다. 그들의 침묵에는 죄를 범하는 자들의 친밀함이 있었고, 그들의 발자국에서 나는 소리와, 조용히 들이켜는 숨과, 고르지 못한 포장도로를 따라 아래쪽으로 내려가는 동안 서로 어깨나 팔꿈치나 손이 부딪치지 않게 조심하는 그들의 태도에는 거의 만질 수 있을 것 같은 갈망과 부드러움이 있었다. 하지만 침묵은 적과 배신자가 되었다. 그는 또다시 1분 동안 그런 생각을 했고, 그의 옆에서 수줍어하면서도 모든 것을 알겠다는 듯이 걷고 있는 말없는 여자는 모든 것을 이해하게 될 것이다. 마치 그는 거리와 강을 나누고 있는 난간에 올라가 사랑이라는 주제에 대해 한 시간 동안 강연을 한 것 같았다.

그가 거친 목소리로 말했다. 「뉴욕은 시골 출신의 여자에게는 무척 무서울 거예요.」

「아니요.」 그녀가 말했다. 「그렇지 않아요.」

「사실 그건 무척 과장된 생각이에요. 사람들은 세련된 세계주의자인 것처럼 굴지만 속으로는 불가피하게 지방 사람들이죠.」 그는 〈불가피하게〉라는 표현에 기분이 좋아져 미소를 지었다.

「나는 그렇게 생각지 않아요.」 그녀가 말했다.

「뭐라고요?」

「지방 사람들이라고 생각지 않는다고요. 어쨌든 버몬트에서 온 나는 그렇게 생각지 않아요.」

「오.」 그는 웃음을 터트렸다. 「버몬트.」

「당신은 어디에서 살았죠?」 그녀가 물었다.

「시카고.」 그가 답했다. 「로스앤젤레스, 샌프란시스코, 그리고 각지에요.」 그는 그곳을 잘 아는 것처럼 말했으며, 그것은 머릿속에 금방 떠오른 지명일 뿐이며 자신이 가본 곳을 모두 열거하면 파리와 부다페스트, 그리고 빈 등도 목록에 넣어야 할 거라는 듯 가볍게 손을 저었다.

그가 말을 이었다. 「하지만 뉴욕에는 아름다운 여자들이 많이 있다는 이야기를 해야 할 것 같아요. 약간 야하면서도 무척이나 매력적이죠.」 그는 그녀를 초조하게 바라보고 스스로 만족하며 적절한 태도를 취한 것이라고 생각했다. 「물론 미국 여자들은 젊을 때가 최고죠. 그 후에는……」 그는 다시 한번 어깨를 으쓱하려고 했고, 성공했다. 「나로서는 더 나이가 든 유럽 대륙 스타일의 여자가 더 좋아요. 미국 여자들은 엉덩이가 펑퍼짐해져 잔소리를 하며 브리지 게임을 할 때가 최고죠.」 그는 약간 초조해하며 그녀를 쳐다보았다. 하지만 그녀의 표정은 그대로였다. 그녀는 덤불에서 나뭇가지 하나를 꺾어 마치 그가 말한 것을 생각하고 있기라도 한 듯 무심히 돌 울타리를 따라 나뭇가지를 움직였다. 「그리고 그때가 되면 대륙 스타일의 여자 또한 남자 다루는 법을 알게 되죠.」 그는 자신이 알았던 외국 여자를 서둘러 떠올렸다. 아버지가 죽은 날 밤 바에 있던, 술에 취한 여자가 있었다. 그녀는 폴란드인일 가능성이 컸다. 폴란드는 그다지 낭만적인 곳은 아니지만 어쨌든 유럽 대륙이다.

「유럽 대륙의 여자들은 남자 다루는 법을 어떻게 배우죠?」 그녀가 물었다.

「순종하는 법을 배우죠.」 그가 말했다. 「나를 아는 여자들은 내가 중세적인 태도를 갖고 있다고 말해요.」 〈오, 피아노 앞에 앉아 있는 친구여, 오늘 밤 내가 너의 여자친구를 훔친

것을 용서해 주기를, 다음에 신세를 갚을게.〉

그 말을 하고 나자 나머지 이야기는 술술 나왔다. 「예술이요?」 그가 말했다. 「나는 예술이 신비스러우며, 예술가는 책임감이 없는 아이라는 현대적인 관념을 참을 수가 없어요.」

「결혼이요?」 그가 말했다. 「결혼은 남자와 여자가 서로 같은 세상에 사는 법을 알지 못한다는 사실을 절망적으로 인정하는 것이죠.」

〈연극은〉 하고 그가 말했다. 「미국의 연극은 생기가 있지만 유치한 측면이 있어요. 그것을 20세기의 예술 형태의 하나로 진지하게 받아들이는 것은······.」 그는 고상하게 웃었다. 「웃기는 일이죠.」

잠시 후 주위를 둘러본 그들은 자신들이 어두운 강을 따라 서른네 구역을 걸었으며, 다시 비가 오기 시작하고, 무척 늦은 시각이라는 것을 깨달았다. 그녀 가까이 서서 그는 시계를 보기 위해 성냥을 그어 바람에 꺼지지 않도록 손으로 불을 감쌌다. 강의 냄새와 섞인, 그녀의 머리에서 나는 희미한 향기를 맡으며 그는 문득 더 이상 말을 하지 않기로 마음을 먹었다. 말도 안 되는 말을 마구 하며, 예술을 사랑하며, 예술에 대해서 꽤 아는 척하는 일은 너무도 고통스러웠다.

「늦었군요.」 그가 불쑥 말했다. 「파티장으로 돌아가는 게 나을 것 같군요.」

그는 그들 옆을 천천히 지나가는 택시를 불렀다. 그가 뉴욕에서 택시를 잡은 것은 그때가 처음이었다. 그는 작고 낡은 좌석에 앉았지만 자신이 우아하게 느껴졌다. 그리고 그녀 옆에서 멀찍감치 앉아 있는 자신이 스스로와 사회생활 모두를 지배하고 있는 것처럼 느껴졌다. 그녀는 구석에 조용히 앉아 있었다. 노아는 자신이 그녀에게 깊은 인상을 남겼다는 것을 감지했고, 요금이 60센트밖에 되지 않았지만 운전사에게 25센트를 팁으로 주었다.

다시 한번 그들은 그가 사는 집의 문 앞에 섰다. 그들은 고개를 들었다. 불은 꺼져 있었고, 닫힌 창문 너머에서는 대화나 음악 또는 웃음소리가 들려오지 않았다.

「끝났군요.」 이제 로저가 그가 자기 여자를 뺏었다고 생각하고 있을 거라는 사실을 깨닫자 마음이 무거워졌다. 「아무도 없군요.」

「그래 보이죠?」 그녀가 차분하게 말했다.

「어떻게 하죠?」 노아는 덫에 걸린 것처럼 느껴졌다.

「나를 집에 데려다줘야 할 것 같아요.」 그녀가 말했다.

노아는 무거운 마음으로 〈브루클린〉 하고 생각했다. 그곳까지 갔다가 다시 돌아오면 친구에게 배신당한 로저는 동틀 무렵, 즐거운 파티가 열린 후 엉망이 된 방에서 무뚝뚝한 얼굴로 그를 더 이상 보고 싶지 않다는 표정으로 기다리고 있을 것이다. 그날 밤은 너무도 멋지게, 희망적으로 시작되었다. 그는 로저가 도착하기 전, 아파트에서 혼자 손님을 기다리고 있던 때를 떠올렸다. 그는 기대에 차 그 순간 너무도 친근하고 좋은 일이 있을 것만 같은, 남루하지만 서가가 있는 방을 점검하고 있었다.

「혼자서 집에 갈 수는 없을까요?」 그가 차갑게 물었다. 그는 약간 지루하지만 예쁜 그녀가 머리와 옷이 비에 젖은 채로 그곳에 서 있는 것이 싫었다.

「그런 식으로 말하지 말아요.」 그녀가 말했다. 명령을 내리는 것 같은 그녀의 목소리는 날카로웠다. 「나는 혼자서는 집에 가지 않겠어요. 같이 가요.」

노아는 한숨을 쉬었다. 이제 그녀는 무엇보다도 그에게 화가 나 있었다.

「그런 식으로 한숨을 쉬지 말아요.」 그녀가 쾌활한 목소리로 말했다. 「잔소리를 듣고 있는 남편처럼 말예요.」

노아는 멍하니 〈무슨 일이 있었던 거지? 어쩌다 이렇게까지 된 거지? 이 여자는 내게 이런 식으로 말할 권리가 있는 걸까?〉 하고 생각했다.

「가겠어요」 하고 말하며 그녀는 몸을 돌려 지하철 역 쪽으로 가기 시작했다. 그는 당황해서 잠시 그녀를 바라보다가 서둘러 뒤따라갔다.

열차는 축축했고 비를 맞은 사람들에게서 나는 냄새가 났다. 답답한 공기에서는 쇠 맛이 났고 치약과 하제와 브래지어를 선전하는 가슴이 풍만한 여자들은 먼지가 이는 불빛 속에서 멍청하면서도 비현실적으로 보였다. 알 수 없는 무슨 일인가를 하고, 약속을 끝내고 집으로 돌아가는, 얼룩이 묻은 노란 의자에 앉아 있는 승객들의 몸이 흔들리고 있었다.

그녀는 입술을 굳게 다물고 조용히 앉아 있었다. 그들이 열차를 갈아탈 때 그녀는 못마땅한 얼굴로 혼자 승강장으로 걸어갔고, 노아는 어색하게 그녀를 뒤따라가야 했다.

그들은 두 번 더 열차를 갈아탄 후 사람이 거의 없는 승강장에서 또다시 열차를 갈아타기 위해 기다렸다. 빗물과 수도관에서 샌 물이 터널의 낡아 빠진 타일과, 녹이 슨 쇠 아래로 흘러내리고 있었다. 노아는 그녀에게 약간 적대감을 느끼며 〈이 여자는 도시의 끝에서도 5백 미터를 더 간 곳에 있는, 쓰레기 더미와 공동묘지 사이에 사는 게 분명해〉 하고 생각했다. 사람들이 잠든 밤에 이스트강에서 그레이브젠드만까지, 그리고 그린포인트의 기름기가 떠 있는 물에서 캐나지의 쓰레기 운반용 배가 있는 곳까지 펼쳐져 있는 브루클린은 길이가 얼마나 될까? 브루클린은 베네치아처럼 바닷물 사이에 있었지만 그랜드 커낼 역은 지하철 4번가 지선에 있었다.

이제 막 만난 남자를, 버러의 애처롭고 슬프며 시끄러운 지하 터널을 따라 그 먼 곳까지 오랜 시간을 들여 끌고 온 그녀를 노려보며 노아는 그녀가 무척 까다롭고, 자신에 차 있다는 생각을 했다. 그는 매일 밤 그 음산한 승강장에서 밤늦게 열차를 이용하는 청소부 여자와, 도둑과, 술에 취한 상인들 사이에 서 있는 자신의 모습을 떠올려 보았다. 그곳에서 반경 50구역 내에는 백만 명의 여자들이 살고 있었다. 또한 그는 세상에서 가장 큰 도시의 반대쪽 끝에서 집으로 온, 성격이 날카롭고, 스스로를 굽힐 줄 모르는 그녀에게 충실한 자신의 모습을 떠올려 보았다.

그리스 신화에 나오는 레이안드로스는 또 다른 여자를 얻기 위해 헬레스폰투스 해협을 헤엄쳐 건너갔다. 하지만 그는 그 이후 저녁에 그녀를 집에 데려다줄 필요도, 디캘브 대로에서 침을 뱉는 일과 흡연을 금지한다는 표지판 사이에서 20분을 기다릴 필요도 없었다.

마침내 그들은 열차에서 내렸고, 여자는 위쪽 길로 나 있는 계단으로 그를 안내했다.

「드디어」하고 한 시간 만에 처음으로 말문을 열며 그가 말했다. 「여름이 시작된 것 같군요.」

그녀는 길모퉁이에서 걸음을 멈췄다. 그녀가 차갑게 말했다. 「이제 전차를 타야 해요.」

「오, 맙소사!」 노아가 말했다. 그런 다음 그는 웃기 시작했다. 미친 듯이 웃어 대는 그의 웃음소리가 허름한 가게와 지저분한 갈색 사암 벽 사이의 전차 선로 위로 공허하게 메아리쳤다.

「그렇게 기분이 안 좋다면 나를 여기 내버려 두고 가도 돼요.」 그녀가 말했다.

「여기까지 왔는데요.」 노아가 진지하게 말했다. 「끝까지 갈게요.」

그는 웃음을 멈췄다. 그는 가로등 아래, 그녀 옆에 서 있었다. 비바람이 그들을 마구 때렸다. 그것은 대서양 연안에서 프랑스어와, 오염된 항구와, 수백만 평의 연립 주택과, 플랫부시와 벤슨허스트의 벽돌과 목재 쓰레기와, 그곳보다 나은 잠자리를 발견하지 못한, 힘들게 살아가고 있는, 잠이 든 수백만 명의 사람들을 지나쳐 온 바람이었다.

15분 후 멀리서 눈에 불을 켠 전차가 그들을 향해 굴러왔다. 세 명밖에 되지 않는 다른 승객들은 나무 의자에 앉아 불행한 모습으로 졸고 있었다. 어두운 거리를 따라 요란한 소리를 내며 달리는, 불이 켜진 전차 안에서 그녀 옆에 딱딱한 모습으로 앉은 노아는 자신이 북쪽의 섬들 사이의 차가운 해류에서 난파당한 불쌍한 배의 뗏목 위에 낯선 사람들과 함께 있는 것처럼 느껴졌다. 그녀는 앞쪽을 똑바로 쳐다보며, 손을 무릎 위에 얹은 채로 새침데기처럼 앉아 있었고, 노아는 자신이 그녀를 전혀 모르는 것처럼 느껴졌고, 자신이 무슨 말을 하려고 하면 그녀가 경찰을 불러 보호해 달라고 소리칠 것만 같았다.

「다 왔어요.」 그녀가 말하며 자리에서 일어났다. 다시 한번 그는 그녀를 따라 문 쪽으로 갔다. 전차가 멈췄고 문이 열렸다. 그들은 젖은 포장도로로 내려섰다. 전차가 사람들이 잠든 거리를 따라 사라졌다. 노아와 그녀는 멀찍이 떨어져 걸어갔다. 비참해 보이는 거리 이곳저곳에 올해에도 봄이 왔다는 것을 증명하려는 듯이 새싹이 돋은 가로수가 있었다.

그녀는 높은 돌층계 아래에 있는, 콘크리트로 된 작은 안뜰로 들어섰다. 빗장이 있는 철문이 하나 있었다. 그녀는 자물쇠를 열고 문을 밀었다.

「이제 집에 왔어요.」 그녀가 차갑게 말했다. 그녀는 몸을 돌려 그와 마주 보았다.

노아는 모자를 벗었다. 어둠 속에서 그녀의 얼굴이 희미하게 빛났다. 그녀 역시 모자를 벗었다. 그녀의 머리가 상앗빛 뺨과 눈썹 위로 찰랑거렸다. 그녀가 사는 집의 그림자 속에서 그녀와 가까이 서 있던 노아는 자신이 소중하게 간직했던 모든 것을 잃어버린 것처럼 울고 싶었다.

「내가 하고 싶었던 말은……..」 그가 속삭였다. 「당신을 집에 바래다주게 되어 기쁘다는 거예요.」

「고마워요.」 그녀 역시 속삭이듯 말했지만 목소리는 단호했다.

「심경이 무척 복잡해요.」 그가 말했다. 그는 애매하게 손을 저었다. 「당신이 내 심경이 얼마나 복잡한지 알 수 있으면 좋겠어요. 나는 무척 기뻐요, 정말로……..」

너무도 불쌍하고, 젊고, 연약하며, 용감하고, 외롭고, 방치된 그녀는 너무도 가까이 있었다. 그는 무작정 손을 내밀어 그녀의 머리를 살며시 잡고 그녀에게 키스했다.

그녀의 입술은 부드럽지만 단단했고, 안개 때문에 약간 촉촉했다.

그 순간 그녀가 그의 뺨을 때렸다. 그 소리가 돌계단 아래로 울려 퍼졌다. 그는 뺨이 약간 얼얼했다. 〈연약해 보이는 여자가 무척 힘이 세군〉 하고 그는 멍하니 생각했다.

「어떻게 내게 키스해도 된다고 생각했죠?」 그녀가 차갑게 말했다.

「모르…… 모르겠어요.」 그는 손으로 얼얼해진 뺨을 어루만졌다. 하지만 곧 그런 순간에 그토록 약한 모습을 보이는 것이 창피해 손을 치웠다. 「그냥 그런 생각이 들었어요.」

「다른 여자들에게는 그래도 되지만 내게는 안 돼요.」 호프가 분명하게 말했다.

「다른 여자들에게는 그러지 않아요.」 노아가 비참한 목소리로 말했다.

「오.」 호프가 말했다. 「나한테만 그랬다는 건가요? 내가 그토록 호락호락해 보인다니 놀랍군요.」

「오, 그게 아니에요.」 거의 신음하듯이 노아가 말했다. 「그런 뜻이 아니에요.」 그는 자신이 느끼는 것을 설명할 수 있는 방법이 있다면 얼마나 좋을까, 하고 생각했다. 〈이제 이 여자는 나를 아무 여자나 낚는 호색한이라고 생각하고 있어.〉 그는 침을 삼켰다. 적절한 단어가 잘 생각나지 않았다.

「오.」 그가 힘없이 말했다. 「정말 미안해요.」

「당신은 자신이 너무도 매력적이고 똑똑하고 우월해 모든 여자가 금방 당신에게 자신을 허락할 거라고 생각하는 것 같아요.」

「오, 맙소사.」 그는 고통스러워하며 뒤로 물러섰고, 하마터면 안뜰로 이어지는 콘크리트 계단에 발이 걸려 넘어질 뻔했다.

「지금껏 나는 이토록 오만하고 편견이 심하고 자기만족적인 사람은 만난 적이 없어요.」 그녀가 말했다.

「그만해요.」 노아는 거의 신음을 하다시피 말했다. 「더 이상은 못 참겠어요.」

「이제 작별 인사를 하죠.」 그녀가 날카롭게 말했다. 「애커먼 씨.」

「오, 아니에요.」 그가 속삭였다. 「지금은 안 돼요. 그럴 수 없어요.」

그녀는 거부하는 듯한 태도로 망설이며 철문을 밀었고, 돌쩌귀에서 삐걱거리는 소리가 들렸다.

「제발.」 그는 간청했다. 「내 말을 들어 봐요.」

「잘 자요.」 한 걸음을 떼며 재빨리 그녀는 문 뒤로 갔다. 문이 요란한 소리를 내며 닫혔고, 잠겼다. 그녀는 뒤를 돌아보지도 않고 나무 문을 열고 안으로 들어갔다. 노아는 멍청하게 어두운 철제문과 나무 문을 바라보다가 천천히 몸을 돌려 상심한 채로 걸음을 옮기기 시작했다.

그는 30미터쯤 가다가 걸음을 멈췄다. 그는 무심히 모자를 손에 든 채, 비가 다시 내리기 시작했고 굵은 빗방울에 머리가 젖고 있다는 사실조차 깨닫지 못한 채 서 있었다. 그는 어색하게 주위를 둘러본 후 몸을 돌려 그녀의 집 쪽으로 다시 걸음을 옮겼다. 이제 거리와 같은 높이인, 그 집의 창살이 쳐진 창문 너머로 불이 켜져 있었다. 그리고 블라인드 사이로 그림자 하나가 움직이는 것이 보였다.

그는 창 쪽으로 가 심호흡을 한 후 창문을 두드렸다. 잠시 후 블라인드를 옆으로 젖히며 밖을 내다보는 호프의 모습이 보였다. 그는 얼굴을 최대한 창문 가까이 가져가 이야기를 하고 싶다는 몸짓을 모호하게 해보였다. 그녀는 짜증스럽게 고개를 저으며 가라고 손짓했다. 하지만 그는 입술을 창문 가까이 대고 아주 큰 소리로「문을 열어요. 이야기를 해야겠어요. 나는 길을 잃었어요. 길을 잃었단 말이에요!」라고 말했다.

그는 빗물이 흘러내리는 유리창 사이로 그녀가 의심스러운 얼굴로 그를 쳐다보는 것을 보았다. 그런 다음 그녀는 미소를 지으며 사라졌다. 잠시 후 그는 안쪽 문이 열리는 소리를 들었으며, 그녀가 정문 앞에 서 있었다. 그는 자신도 모르는 사이에 한숨을 쉬었다.

「아.」그가 말했다.「당신을 보게 되어 너무도 기뻐요.」

「돌아가는 길을 모르겠어요?」그녀가 물었다.

「길을 잃었어요. 아무도 다시는 나를 찾아내지 못할 거예요.」

그녀는 소리를 내어 웃었다.

「당신은 정말 바보예요.」그녀가 말했다.「그렇지 않아요?」

「맞아요.」그가 순순히 말했다.「끔찍한 바보죠.」

「좋아요.」그녀는 잠긴 대문 뒤에 서서 아주 심각한 목소리로 말했다.「왼쪽으로 두 구역 가서 왼쪽 편에서 오는 전차를 기다렸다가 그것을 타고 이스턴 파크웨이까지 간 다음…….」

보다 큰 세계로 나아가는 방향을 가르쳐 주는 그녀의 목소리는 삭은 음악처럼 들렸고, 노아는 신발을 벗은 채로 그곳에 서 있는 그녀가 자신이 생각했던 것보다 훨씬 작고, 더욱 우아하며 사랑스럽다는 것을 깨달았다.

「듣고 있어요?」그녀가 물었다.

「당신한테 할 말이 있어요.」그가 큰 소리로 말했다.「나는 오만한 사람도, 편견이 있는 사람도 아니에요.」

「쉬!」그녀가 말했다.「숙모가 주무시고 계세요.」

「나는 수줍음이 많아요.」그가 속삭였다.「그리고 세상에 대해 한 가지 생각만 갖고 있지 않아요. 왜 당신에게 키스했는지 모르겠어요. 하지만…… 어쩔 수가 없었어요.」

「그렇게 큰 소리로 말하지 마요.」그녀가 말했다.「숙모가 깨실지도 몰라요.」

「당신에게 좋은 인상을 심어 주고 싶었어요.」그가 속삭였다.「나는 유럽 대륙의 여자들을 몰라요. 그렇지만 당신에게 무척 똑똑하며 세련된 척하고 싶었어요. 당신이 나를 쳐다보지 않을까 두려웠어요. 무척 혼란스러운 밤이에요.」그는 상심해 속삭였다.「이토록 혼란을 겪은 적이 없어요. 내 뺨을 때린 건 무척 잘한 일이에요. 내게는 교훈이 되었어요.」그는 문에 몸을 기대며 말했다. 얼굴에 닿은 철문이 차가웠다. 그의 얼굴은 그녀의 얼굴에 아주 가까이 있었다.「아주 좋은 교훈이요. 그 순간에 당신에 대한 느낌이 어땠는지 말할 수 없어요. 어쩌면 다음에…… 하지만…….」그는 말을 멈췄다.「당신은 로저의 여자친구인가요?」그가 물었다.

「아니요.」그녀가 말했다.「나는 누구의 여자도 아니에요.」

그는 미친 듯이 요란하게 웃었다.

「숙모가 일어나실지 몰라요.」그녀가 주의를 주었다.

「좋아요.」그가 속삭였다.「전차로 이스턴 파크웨이까지 가라고요? 잘 자요. 고마워요. 잘 자요.」

하지만 그는 꼼짝도 않고 있었다. 그들은 비가 내리는 밤의, 가로등의 희미한 불빛 아래에서 서로를 응시했다.

「오, 맙소사.」그가 괴로운 표정을 지으며 나직하게 말했다.

「당신은 몰라요. 정말로 몰라요.」

그는 대문 자물쇠가 열리는 소리를 들었다. 대문이 열렸고, 그는 안쪽으로 한 걸음을 옮겼다. 그들은 키스를 했다. 이번 키스는 첫 번째 키스와는 달랐다. 그의 내부의 뭔가가 쿵쿵거렸고, 그는 키스를 하는 중간에 그녀가 뒤로 물러나며 그를 다시 때릴 거라고 생각했다.

그녀는 어두운 미소를 지으며 그를 바라보며 그에게서 천천히 떨어졌다.「길을 잃지 말아요.」그녀가 말했다.

「전차로 이스턴 파크웨이까지 가라고요? 사랑해요.」그가 말했다.「사랑해요.」

「잘 자요.」그녀가 말했다.「집에 바래다줘서 고마워요.」

그는 뒤로 물러났고, 그들 사이에 있는 문이 닫혔다. 그녀는 몸을 돌려 스타킹을 신은 발로 살며시 안으로 들어갔다. 그런 다음 문이 닫혔다. 거리는 텅 비어 있었다. 그는 전차 정류장을 향해 걷기 시작했다. 거의 두 시간 후 자신의 방 문 앞에 이른 후에야 그는 21년을 살아오면서 누군가에게〈사랑해요〉라고 말한 것이 처음이라는 사실을 깨달았다.

방은 어두웠지만 그는 잠이 든 로저가 고르게 숨 쉬는 소리를 들었다. 노아는 조용히, 그리고 재빨리 옷을 벗고 자신의 침대 속으로 들어갔다. 그는 누운 채로 천장을 바라보며 그녀와의 대문 앞에서의 키스, 그리고 로저와 그가 아침에 무슨 이야기를 할지를 생각하며 기쁨과 고통을 동시에 느꼈다.

자신의 이름을 들었을 때 그는 깜빡 잠들어 있었다.

「노아!」

그는 눈을 떴다.「안녕, 로저.」그가 말했다.

「괜찮아?」

「응.」

잠시 침묵이 흘렀다.

「그녀를 집에 바래다준 거야?」

「응.」

다시 어두운 방 안에 침묵이 흘렀다.

「로저.」

「응?」

「해명해야 할 것 같아. 그럴 의도는 아니었어. 정말이야. 그냥 혼자 나가려고 했는데 그때…… 자세히 기억이 나지 않아. 로저, 깨 있어?」

「응.」

「로저, 그녀가 내게 어떤 말을 했어.」

「뭐라고?」

「자신이 네 여자가 아니라고.」

「그랬어?」

「누구의 여자도 아니라고 했어. 하지만 그녀가 네 여자라면, 네가 그녀를 원한다면…… 그녀를 다시는 만나지 않겠어. 맹세할게, 로저, 깨 있어?」

「그래. 그녀는 내 여자가 아니야. 이따금 그녀를 내 여자로 만들겠다고 생각했다는 걸 부인하지는 않을게. 하지만 누가 일주일에 세 번씩 브루클린까지 갈 수 있겠어?」

노아는 어둠 속에서 이마의 땀을 닦았다. 「로저.」 그가 말했다.

「응.」

「너를 사랑해.」

「그만 잠이나 자.」 그들이 함께 쓰는 어두운 방 안에 그의 웃음소리가 울려 퍼졌다. 그런 다음 다시 조용해졌다.

 그 후 두 달 동안 노아와 호프는 서로에게 편지를 마흔두 통 썼다. 그들은 서로 가까운 곳에서 일했고, 매일 점심시간에 만났다. 그리고 거의 매일 밤 만나 저녁 식사를 같이 했다. 그들은 햇빛이 비치는 오후에 직장에서 몰래 빠져나와 부두를 따라 거닐며 항구에 드나드는 배를 구경했다. 두 달 동안 노아는 브루클린까지 서른일곱 번 갔다 왔지만 그들의 진짜 삶은 미국의 우편 제도를 통해 이루어졌다.

 아무리 어둡고 은밀한 곳에서도 그녀 옆에서 그는 〈당신은 너무도 예뻐〉 또는 〈당신이 미소 짓는 방식이 마음에 들어〉 또는 〈일요일 밤에 함께 영화 보러 갈래?〉라는 말밖에 할 수 없었다. 하지만 백지가 주는 완전한 자유와, 우편물이라는 객관적인 매체를 통해 그는 다음과 같이 쓸 수 있었다.「당신은 언제나 아름다워. 아침에 하늘을 내다볼 때면 더 맑아 보여. 그건 하늘이 또한 당신 위에도 드리우고 있다는 것을 알고 있기 때문이야. 다리에서 강을 바라볼 때면 다리가 더욱 튼튼하게 느껴져. 그건 그 다리를 우리가 함께 건넌 적이 있기 때문이야. 그리고 거울에 비친 내 얼굴을 들여다볼 때면 얼굴이 이전에 비해 더 좋아 보여. 그건 그날 밤 당신이 내게 키스했기 때문이야.」

 그리고 사랑에 빠진 사람치고는 다분히 사람을 경계하며 조심스러운 모습으로, 무미건조한 뉴잉글랜드 사람답게 엄격하게 화장을 하는 호프는 다음과 같이 썼다.「내 집을 방금 떠난 후 텅 빈 거리를 걸어가 봄의 어둠 속에서 전차를 기다린 후 열차를 타고 집으로 돌아가는 당신을 생각하고 있어.

오늘 밤 당신이 집에 돌아가는 동안 나는 당신과 함께 깨어 있을 거야. 그사이 나는 모두가 잠든 이 집에 앉아서 램프를 켜놓은 채 당신에 대해 믿고 있는 모든 것을 생각하고 있어. 당신은 착하고 훌륭하며 올바른 사람이라고 믿고 있어. 그리고 당신을 사랑한다고 믿고 있어. 그리고 당신의 눈은 아름답고, 입은 슬퍼 보이며, 손은 부드럽고 사랑스럽다고 믿고 있어……」

그리고 서로 만나게 되면 그들은 편지로 쓴 말의 두근거리는 느낌을 사이에 두고 서로를 바라보며 「연극 표가 두 장 있어. 오늘 밤 다른 할 일이 없으면 함께 가지 않을래?」라고 물었다.

그리고 그날 밤 그들은 멋진 연극을 본 후 마음이 가벼워져 서로에 대한 사랑으로 가슴이 벅찬 채 자는 것도 잊고, 호프네 집의 차가운 현관 앞에서 서로를 껴안은 채 서 있었다. 호프의 삼촌이 아침까지 성경을 읽는 끔찍한 습관이 있어 그들은 집 안으로 들어갈 수도 없었다. 그들은 자포자기 상태로 서로를 껴안은 채로 입이 얼얼해질 때까지 키스를 했다. 슬픈 열정이 북받치는 그 순간에는 편지 속의 삶과 실제 삶이 하나가 되었다.

그들은 같이 잠자리에 들지는 않았다. 천만 개의 방이 있는 그 떠들썩한 도시 어디에도 그들이 위엄 있게, 그리고 명예롭게 함께 누울 수 있는 곳은 없는 것처럼 보였다. 그리고 호프는 완고한 종교적인 입장을 보였다. 그들이 위험스러운 쾌감에 이를 때마다 그녀는 겁을 내며 뒤로 물러났다. 「다음에, 다음에」 하고 그녀는 속삭였다. 「이번에는 안 돼.」

「너는 금방이라도 폭발할 것 같군.」 미소를 지으며 로저가 말했다. 「터져 버릴 것 같아. 그건 자연스럽지가 않아. 그녀에게 무슨 문제가 있는 거야? 자신이 전후 세대라는 것을 모르는 거야?」

「그만해, 로저.」 노아가 수줍게 말했다. 그는 그들 방에 있는 책상에 앉아 호프에게 편지를 쓰고 있었고 로저는, 다섯 달 전에 소파의 스프링이 망가진 데다 소파 자체가 키가 큰 사람에게는 무척 불편하기 때문에 바닥에 누워 있었다.

「브루클린.」 로저가 말했다. 「그 어둡고 신비스러운 땅.」 바닥에 누운 그는 세 번에 걸쳐 발을 머리 위로 올렸다가 천천히 내리며 복부 운동을 하고 있었다. 「됐어.」 그가 말했다. 「이미 건강해진 것 같아. 섹스는 수영과 비슷해. 끝까지 가거나, 아니면 아예 시작을 하지 말아야지. 계속해서 근처까지만 가게 되면 냉담해지고 초조해지게 되지. 한 달만 더 그녀를 만나게 되면 정신과 의사를 찾아가야 할 거야. 그렇게 써. 내가 그렇게 말했다고 해.」

「그래.」 노아가 말했다. 「지금 그 이야기를 쓰고 있어.」

「조심하지 않으면 유부남이 되고 말 거야.」 로저가 말했다.

노아는 타자 치는 것을 중단했다. 편지를 무척이나 많이 쓰고 있다는 것을 깨달은 그는 할부로 타자기를 구입했다.

「내가 결혼하게 될 위험은 없어.」 그가 말했다. 하지만 사실 그는 그 문제를 계속해서 생각하고 있었고, 편지로 호프에게 그것에 대해 암시하기까지 했다.

「결혼이 그다지 나쁘지 않을 수도 있어.」 로저가 말했다. 「그녀는 괜찮은 여자고, 결혼을 하면 군대에 끌려가지 않을 수도 있지.」

그들은 징집에 대한 생각은 피해 왔다. 다행히 노아는 징집 순위에서 아래쪽에 있었다. 그에게 군대는 하늘 멀리에 있는 어두운 구름처럼 미래의 어딘가에 있었다.

「아니야.」 바닥에 누운 로저가 현명하게 말했다. 「내가 여자에게 참지 못하는 건 두 가지밖에 없어. 하나는 잠자리에 들지 않으려 하는 거야. 그리고 다른 한 가지는 너도 알 거야. 그 두 가지만 괜찮다면 여자 때문에 무척 행복할 수도 있지.」

노아는 고마운 마음으로 친구를 바라보았다.

「그렇지만 그녀는 너와 자야 해.」 로저가 말했다.

「그만해.」

「내 말을 들어 봐. 나는 이번 주말에 어딘가로 갈 거야. 그래서 이곳을 너희들이 차지할 수 있어.」 로저가 자리에서 일어나 앉았다. 「괜찮지?」

「고마워.」 노아가 말했다. 「그렇다면 네 제안을 받아들일게.」

「어쩌면 내가 그녀에게 이야기해 보는 게 좋을지도 모르겠어. 친한 친구로서 친구의 안전을 걱정하는 거야. 〈호프, 너는 모르겠지만 노아는 창밖으로 투신할 지경이야.〉 5센트짜리 동전 하나만 줘. 지금 그녀에게 전화를 할게.」

「내가 할게.」 노아는 불확실하게 말했다.

「이번 일요일이 어때?」 로저가 물었다. 「6월이라는 아름다운 달에 여름의 보름달 아래에서……..」

「이번 일요일에는 갈 데가 있어.」 노아가 말했다. 「우리는 결혼식에 갈 거야.」

「누구 결혼식?」 로저가 물었다. 「너희들?」

노아는 웃음을 터트렸다. 「브루클린에 사는 그녀 친구.」

「대중교통 표를 할인 가격으로 구입해.」 그는 등을 대고 누웠다. 「이제 이야기는 그만하고 평화롭게 있어야겠어.」

그는 노아가 타자를 치는 동안 조용히 있었다.

「한 달 후면, 정신과 의사의 소파에 앉아 있게 될 거야. 내 말을 새겨들어.」

노아는 웃음을 터트리며 자리에서 일어났다. 「포기했어.」 그가 말했다. 「내려가지. 맥주를 살게.」

로저가 벌떡 일어났다. 「넌 좋은 친구야.」 그가 말했다. 「총각 노아.」

그들은 웃음을 터트리며 집 밖으로 나갔다. 조용하고 부드러운 여름 저녁이었다. 그들은 콜럼버스 대로에 있는, 몹시 허름한 단골 술집으로 갔다.

일요일 결혼식은 플랫부시에 있는 커다란 집에서 열렸다. 그 집에는 정원과 나무 그늘이 있는 거리로 이어지는 작은 잔디밭이 있었다. 신부는 예뻤고, 목사는 주례를 짧게 끝냈으며, 샴페인이 있었다.

해가 비치는 따뜻한 날씨였고, 하객들은 모두 부드럽고 관능적인 모습을 한 서로를 보며 미소를 짓고 있는 것처럼 보였다. 식이 끝난 후 커다란 집의 구석에서는 젊은 손님들이 짝을 지어 비밀스러운 대화를 나누고 있었다. 호프는 새로 산 노란색 드레스를 입고 있었다. 한 주 동안 햇빛 속에서 지낸 그녀는 살갗이 그을려 있었다. 노아는 주위를 돌아다니는 그녀를 자랑스러워하면서도 약간 초조하게 바라보았다. 그녀의 부드러운 금빛 드레스 위로 새로 한 검은 머리가 흘러내렸다. 노아는 약간 수줍어하며 한쪽 구석에 서서 샴페인을 홀짝거리며 상냥한 손님들과 조용히 이야기하며 호프를 지켜보았다. 그의 머릿속의 뭔가가 〈그녀의 머리, 그녀의 입술, 그녀의 다리〉라고 말하고 있었다.

그는 신부에게 키스를 했다. 하얀 새틴 천과 레이스, 립스틱, 향수, 그리고 오렌지 꽃이 뒤범벅이 되어 있었다. 그는 신부의 맑고 촉촉한 눈과 벌어진 입술 너머로 방 건너편에서 그를 바라보며 서 있는 호프를 보며, 그녀의 목소리와 허리를 떠올렸다. 호프가 다가왔고 그는 「하고 싶었던 게 있어」라고 말했다. 그런 다음 그는 꼭 맞는 새 드레스를 입은 그녀의 호리호리한 허리에 손을 댔다. 여자다운 가는 몸과 엉덩이뼈의 작은 움직임이 느껴졌다. 호프는 이해한 것처럼 보였다. 그녀는 살며시 몸을 기울여 그에게 키스를 했다. 몇몇 사람들이 지켜보고 있었지만 그는 상관하지 않았다. 결혼식에서는 모두가 다른 사람에게 키스를 해도 좋은 것처럼 보였다. 게다가 그는 따뜻한 여름 오후에 샴페인을 마신 적이 없었다.

그들은 축하 테이프와 쌀이 던져지고, 문 앞에서 어머니가 조용히 흐느끼는 사이 신랑과 신부가 차를 타고 떠나는 것을 바라보았다. 뒤쪽 창문으로 보이는 신랑은 얼굴이 붉어져 웃고 있었다. 노아는 호프를 보았고, 그녀는 그를 보았다. 그는 자신들이 같은 것을 생각하고 있다는 것을 알 수 있었다.

「어때?」 그가 속삭였다. 「그걸…….」

「쉬.」 그녀가 손을 그의 입술에 댔다. 「당신은 샴페인을 너무 많이 마셨어.」

그들은 사람들에게 작별 인사를 한 후 키가 큰 나무들 사이로 걸어가기 시작했다. 양쪽 잔디밭에는 스프링클러가 물을 내뿜고 있었고, 뿜어진 물은 햇살 속에서 밝은 무지개를 만들었다. 오후가 저물어 가고 있었고, 잔디밭에서 싱그러운 냄새가 났다. 그들은 손을 잡고 천천히 걸어갔다.

「신혼여행은 어디로 가?」 노아가 물었다.

「캘리포니아.」 호프가 말했다. 「한 달 동안. 몬터레이로. 신랑의 사촌이 그곳에 집이 있대.」

그들은 플랫부시의 분수대 사이를 나란히 걸으며 태평양에 있는 몬터레이 해변과, 남쪽의 햇빛 속에 있는 연한 색상의 멕시코풍 집과, 신혼부부가 그랜드 센트럴 역에서 자신들의 객차에 타 문을 잠그는 것을 상상했다.

「오, 맙소사.」 노아가 말했다. 그런 다음 그는 쓴웃음을 지었다. 「그들이 불쌍해.」 그가 말했다.

「뭐라고?」

「이런 날 첫날밤을 치르다니. 1년 중 가장 더운 날 밤에 말이야.」

호프는 손을 뺐다. 「구제불능이야.」 그녀가 날카롭게 말했다. 「그런 말을 하다니 비열하고 천박해.」

「호프.」 그는 물러서지 않았다. 「그냥 대수롭지 않은 농담이야.」

「그런 태도가 싫어.」 호프가 큰 소리로 말했다. 「너한테는 모든 게 우습지!」 놀랍게도 그녀는 울고 있었다.

「제발, 내 사랑.」 그는 그녀의 허리를 팔로 감았다. 어린 소년 둘과 커다란 콜리 한 마리가 잔디밭에서 그들을 흥미로운 듯 바라보고 있었다.

그녀가 몸을 빼냈다. 「손을 떼.」 그녀가 말했다. 그녀는 재빨리 다른 곳으로 갔다.

「제발.」 그는 초조하게 그녀를 따라갔다. 「제발, 내 말을 들어 봐.」

「편지를 써.」 눈물을 흘리며 그녀가 말했다. 「너는 낭만적인 이야기는 타자기를 통해서만 할 수 있는 것 같아.」

그녀를 따라잡은 그는 마음이 심란해져 조용히 그녀 옆에서 걸었다. 여자의 변덕에 그는 난처했지만 그냥 가만히 있었다.

하지만 호프는 분노를 식이지 못했고, 전차를 타고 집으로 가는 동안 부루퉁해져 말없이 꼿꼿하게 앉아 있었다. 전차가 덜컹거리며 가는 동안 노아는 그녀를 바라보며 탄식했다. 〈오, 맙소사, 그녀가 나를 떠나려는 거야.〉

하지만 열쇠로 문을 연 그녀는 그를 집 안으로 들어오게 했다.

집은 비어 있었다. 호프의 숙모와 삼촌은 어린 두 아이를 데리고 시골로 사흘 동안 휴가를 간 상태였고, 어두운 방 안에는 거의 이국적이라고 할 만한 평화가 감돌고 있었다.

「배고파?」 호프가 뚱하게 물었다. 그녀는 거실 한가운데 서 있었고, 그녀에게 키스를 할까 생각하던 노아는 그녀의 표정을 보며 마음을 바꿨다.

「집에 가는 게 나을 것 같아.」 그가 말했다.

「식사는 하고 가.」 그녀가 말했다. 「냉장고에 저녁거리를 넣어 두었어.」

그는 그녀를 따라 부엌으로 가 최대한 방해가 되지 않게 그녀를 도왔다. 그녀는 차가운 닭고기를 꺼내 샐러드를 만든 후 우유를 한 병 따랐다. 그녀는 그것들을 접시에 담은 후 소대원에게 명령을 하는 병장처럼 「밖으로 나가」 하고 말했다.

그는 접시를 들고 뒤쪽 정원으로 나갔다. 양쪽에 높은 나무 판자 울타리가 쳐 있는 정원에는 이제 땅거미가 지고 있었다. 벽돌 담장이 있는 한쪽 끝은 담쟁이가 뒤덮고 있었다. 그리고 멋진 모습의 아카시아 나무 한 그루가 자라고 있었다. 호프의 삼촌은 정원 한쪽에 돌로 작은 정원을 만들고, 흔히 볼 수 있는 꽃이 심어진 화단까지 가꾸어 놓았다. 그리고 갓이 달린 촛대가 놓여 있는 나무 테이블과, 소파처럼 보이는 긴 그네도 있었다. 저녁의 아련한 파란빛 속에서 브루클린은 연무와 소문처럼 사라지고 있는 듯이 보였고, 그들은 영국이나 프랑스나 인도의 산속에 있는, 벽에 둘러싸인 정원에 있는 것만 같았다.

호프는 촛불을 켰고, 그들은 테이블에 마주앉아 굶주린 사람들처럼 식사를 했다. 그들은 식사하는 동안 소금과 우유병을 건네 달라는 정중한 부탁 외에는 거의 말을 하지 않았다. 식사를 마친 그들은 냅킨을 접고 테이블 맞은편에서 동시에 일어났다.

「촛불은 필요 없어.」 호프가 말했다. 「네 쪽에 있는 촛불을 꺼줄래?」

「그래.」 노아가 말했다. 그는 촛불을 둘러싸고 있는 작은 유리 위로 몸을 숙였고, 호프는 그녀 쪽에 있는 초 위로 몸을 숙였다. 그들이 함께 입김을 부는 순간 머리가 부딪혔다. 갑자기 어두워졌고, 호프가 「용서해 줘. 나는 세상에서 가장 고약한 여자야」라고 말했다.

그런 다음 모든 것이 괜찮아졌다. 그들은 그네에 나란히 앉아 어두워지고 있는 하늘을 바라보았다. 여름밤의 별들이 나무 사이로 하나씩 모습을 드러내기 시작했다. 전차와 트럭, 숙모와 삼촌과 두 아이, 차고 뒤에서 소리치고 있는, 신문 파는 아이, 그리고 나머지 세상은 벽에 둘러싸인 정원에 앉아 있는 그들에게서 아주 멀리 있었다.

호프가 「이래서는 안 돼, 겁이 나. 내 사랑」 하고 말했고, 노아는 수줍었지만 의기양양했고 동시에 당혹스러웠다. 사랑을 나눈 그들은 자신들이 커다란 실수를 저질렀다는 느낌에 압도당해 정원에 누워 있었다. 노아는 그녀가 자신을 미워할까 봐 두려웠다. 그녀가 침묵하고 있는 시간이 좋지 않은 앞날을 예고하고 있는 것 같았다. 그때 그녀가 「봤지?」 하며 깔깔 웃었다. 「그다지 덥지 않았어. 전혀.」

그 후 그가 집에 갈 시간이 되었을 때 그들은 집 안으로 들어갔다. 그들은 밝은 빛 속에서 눈을 깜박였지만 서로를 제대로 쳐다보지는 않았다. 노아는 어색함을 떨쳐 버리려고 라디오를 켰다.

라디오에서는 차이코프스키의 피아노 협주곡이 연주되고 있었다. 이제 갓 어린 시절을 벗어나 처음으로 서로를 사랑하게 된 두 사람을 위해 특별히 작곡되고 연주된 그 음악은 풍부하면서도 애처로웠다. 호프가 라디오 위로 서 있는 그에게로 와 그의 목덜미에 키스를 했다. 그가 몸을 돌려 키스를 하려는 순간 음악이 멈추며 〈AP 통신에서 전하는 속보입니다. 독일군이 사방에서 러시아 국경을 향해 진격하고 있습니다. 무장한 여러 사단이 핀란드에서 흑해에 이르는 전선에 투입되었습니다〉라는 목소리가 흘러나왔다.

「뭐라고?」 호프가 말했다.

「독일군이.」 노아가 말했다. 그는 최근에 그 말을 매우 자주 듣게 되었다고 생각했다. 이제 사람들은 독일군에 대해 많이 알고 있었다. 「독일군이 러시아로 진격했대. 신문 파는 아이도 그 얘기를 하고 있었던 게 분명해.」

「라디오를 꺼.」 호프가 라디오를 껐다. 「오늘 밤만은.」

그는 그녀를 안은 채로 그녀의 심장이 사납게 뛰는 것을 느꼈다. 〈우리가 결혼식에 참석하고, 길을 걷던 오후 내내, 그리고 정원에 있던 저녁 내내 총격전이 벌어지고 사람들이 죽어 갔어〉라고 그는 생각했다. 핀란드에서 흑해에 이르기까지. 그는 그것에 대해 다른 어떤 생각도 하지 않았다. 다만 그 문장이 차로 속도를 내며 달리다가 우연히 읽게 된, 도로변의 어떤 포스터처럼 반복적으로 맴돌았다.

그들은 조용한 방의 낡은 소파에 앉아 있었다. 바깥은 무척 어두웠고, 멀리 신문 파는 아이의 외침 소리가 희미하게 들려왔다. 「오늘이 무슨 날이지?」 호프가 물었다.

「일요일.」 그는 미소를 지었다. 「휴식의 날이지.」

「요일 말고.」 그녀가 말했다. 「요일은 알아. 날짜 말이야.」

「6월 22일.」

「6월 22일.」 그녀가 나지막하게 말했다. 「그날을 기억할 거야. 우리가 처음으로 사랑을 나눈 날을.」

노아가 집에 돌아왔을 때 로저는 아직 깨어 있었다. 어두운 문 밖에 서서 노아는 집 안에서 나는 부드러운 피아노 소리를 들으며 그날 밤 있었던 일과 관련해 감정을 드러내지 않으려고 표정을 고쳤다. 슬프고 우울한 재즈 선율은 머뭇거리는 듯 들렸다. 로저는 즉흥 연주를 하고 있었고, 그래서 멜로디를 따라잡기가 어려웠다. 노아는 좁은 복도에서 2~3분 정도 음악을 들은 후 문을 열고 안으로 들어갔다. 로저는 고개를 돌리지도 않고 한 손을 흔들며 다른 손으로는 계속해서 연주를 했다. 구석에 램프가 하나 켜져 있었고, 방은 크고 신비로워 보였다. 노아는 창문 근처에 있는 낡은 가죽 의자에 앉았다. 바깥에서는 어두운 거리를 따라 도시가 잠들어 있었다. 열어 놓은 창문의 커튼이 부드러운 바람에 펄럭였다. 노아는 눈을 감고 우울한 화음에 귀를 기울였다. 그는 이상하게도 옷 속에서 전율과 조화되어, 살아 있지만 지친, 음악에 반응하는 자기 몸의 모든 뼈와 근육과 모공을 느낄 수 있을 것만 같았다.

중간에 로저가 연주를 멈췄다. 그는 긴 손을 건반 위에 올려놓은 채로 피아노 앞에 앉아 피아노의, 낡고 긁힌 자국이 있지만 반짝이는 나무 부분을 바라보고 있었다. 그런 다음 그는 몸을 돌렸다.

「이 집은 이제 네 것이야.」 그가 말했다.

「뭐라고?」 노아가 눈을 번쩍 떴다.

「나는 내일 떠나.」 로저가 말했다. 마치 그는 몇 시간 동안 지휘를 하고 있던 자신과의 대화를 계속하는 것 같았다.

「뭐라고?」 노아는 그가 술을 마셨는지 보려고 친구를 자세히 바라보았다.

「군에 입대해. 파티는 끝났어. 이제 민간인을 모병하고 있어.」

노아는 정신이 멍했고, 로저가 하는 말을 제대로 이해할 수 없었다. 그는 내일이 되면 이해할 수 있을 것이라고 생각했다. 하지만 그날 밤에는 너무도 많은 일이 일어났다.

「브루클린에서도 그 뉴스를 접했겠지?」 로저가 말했다.

「러시아에 대한 소식 말이야?」

「그래, 러시아에 대한 소식.」

「그래.」

「나는 러시아를 도우러 달려갈 거야.」 로저가 말했다.

「뭐라고?」 노아가 놀라며 물었다. 「러시아 군대에 들어갈 거야?」

로저는 웃음을 터트리며 창가로 갔다. 그는 그곳에 서서 커튼을 잡은 채로 바깥을 내다보았다. 「그렇지는 않아.」 그가 말했다. 「미군에 들어가는 거야.」

「나도 함께 입대하겠어.」 노아가 갑자기 말했다.

「좋아.」 로저가 말했다. 「하지만 멍청하게 굴지 마. 군에서 너를 부를 때까지 기다려.」

「군에서 너를 부른 것도 아니잖아.」 노아가 말했다.

「아직은. 하지만 나는 서두르고 있어.」 로저는 생각에 잠겨 커튼의 매듭을 묶더니 다시 풀었다. 「나는 너보다 나이가 많아. 너는 군에서 부를 때까지 기다려. 곧 부를 거야.」

「여든 살 먹은 노인네처럼 말하지 마.」 노아가 말했다.

로저는 웃음을 터트리며 몸을 돌렸다. 「미안해, 아들.」 그가 말했다. 그런 다음 그는 더 진지한 표정을 지었다. 「무시할 수 있는 한 최대한 무시했지. 하지만 오늘 라디오에서 그 뉴스를 듣고 더 이상 무시할 수 없다는 것을 알게 되었지. 이제 내가 할 수 있는 의미 있는 일이 있다면 그건 소총을 들고서야. 핀란드에서 흑해에 이르기까지.」 노아는 라디오 아나운서의 목소리를 떠올렸다. 「핀란드에서 흑해, 그리고 허드슨강과 로저 캐넌에 이르기까지. 어쨌든 우리는 곧 참전하게 될 거야. 나는 서두르고 싶어. 평생 나는 뭔가를 기다려 왔어. 이것은 내가 달려들고 싶은 일이야. 뭐가 대수겠어? 어쨌든 나는 군인 집안 출신이거든.」 그는 미소를 지었다. 「내 할아버지는 앤티텀[12]에서 탈영을 했고, 내 아버지는 수아송[13]에 글

---

12 미국 남북 전쟁 당시 격전지.
13 프랑스 피카르디주에 있는 도시.

도 모르는 아이 셋을 두고 떠났어.」

「그게 도움이 될 것 같아?」 노아가 물었다.

로저는 미소를 지었다. 「그건 묻지 마, 아들.」 그가 말했다. 「절대로 그런 건 묻지 마.」 그런 다음 그는 더 차분하게 이야기했다. 「나를 발전시키는 일이 될 거야. 너도 알다시피 지금 나는 인생의 목표가 없어. 그건 병이야. 그건 처음에는 여드름과 비슷해서 눈에 거의 띄지도 않지. 하지만 3년이 지나면 환자는 마비가 되지. 군대가 내게 인생의 목표를 줄 수도 있어.」 그는 미소를 지었다. 「살아남거나 병장이 되거나 전쟁에서 이기거나 하는. 피아노를 연주해도 될까?」

「물론.」 노아가 멍청하게 대답했다. 그의 머릿속의 어떤 목소리가 계속해서 〈로저는 죽게 될 거야, 적들이 그를 죽일 거야〉라고 말하고 있었다.

로저는 다시 피아노 앞에 앉아 생각에 잠겨 건반을 눌렀다. 그는 노아가 한 번도 들어 본 적이 없는 곡을 연주했다.

「어쨌든.」 로저가 피아노를 연주하며 말했다. 「너와 그녀가 마침내 그 일을 치르게 되어 기뻐.」

「뭐라고?」 노아는 황급히 자신이 무슨 말을 했는지를 떠올리며 물었다.

「네 얼굴에 온통 쓰여 있어.」 로저는 미소를 지으며 말했다. 「네온 간판처럼.」 그는 저음으로 긴, 어떤 곡을 연주했다.

이튿날 로저는 군에 입대했다. 그는 노아가 신병 모병소에 같이 가지 못하게 막았다. 그는 노아에게 가구와 책, 심지어는 옷가지까지 모든 것을 남겨 주었다. 하지만 옷은 노아에게 너무 컸다. 「다 필요 없어.」 로저는 26년 동안 모아 온 것들을 냉소적인 태도로 바라보며 말했다. 「어쨌든 잡동사니일 뿐이야.」 그는 화이트홀 가로 향하는 지하철에서 읽을 『뉴 리퍼블릭』 한 부를 호주머니에 쑤셔 넣은 후 미소를 지으며 말했다. 「오, 쓸데없는 게 또 하나 있군.」 그는 노아를 향해 손을 흔들며 짧은 머리 위에 모자를 이상한 각도로 눌러쓴 후 5년 동안 살던 집을 영원히 떠났다. 노아는 목이 멘 채 그가 떠나는 것을 지켜보았다. 그런 친구는 다시는 만나지 못할 것 같았다. 그리고 그의 인생의 최고의 날들이 끝이 난 것처럼 여겨졌다.

이따금 노아는 남부에 있는 어떤 부대에서 보낸 무미건조하고 냉소적인 편지를 받았다. 그리고 한번은 로저 캐넌 이병이 일병으로 진급했다는, 중대에서 보낸 등사판으로 인쇄된 공식 서류를 받았다. 그런 다음 한참이 지나서야 필리핀에서 온, 두 장에 걸친 편지를 받았다. 거기에는 마닐라의 홍등가와, 배에 〈SS 텍사스〉라는 문신을 한, 미얀마와 네덜란드 혼혈 여자에 관한 이야기가 있었다. 그리고 로저가 휘갈겨 쓴 〈P.S. 군에 들어오지 마. 군대는 인간을 위한 곳이 아니야〉라는 말이 적혀 있었다.

물론 로저가 군대에 가 노아에게 유리한 점이 한 가지 있었다. 그리고 그는 자신이 그것을 누리고 있는 것에 대해 죄의식을 느꼈다. 이제 그는 그 집에 호프와 함께 살고 있었다. 더 이상 그들은 서로에 대한 갈망으로 목말라하며 밤에 거리를 어슬렁거리거나, 성경을 읽는 삼촌이 잠자리에 들 때까지 기다릴 필요가 없었다. 그들에게는 사랑을 나눌 수 있는 침대가 있었고, 그래서 뉴욕의 콘크리트 바닥 위에서 우스꽝스러운 모습으로 좌절한 채 슬픈 눈으로 서로를 바라볼 필요도 없었다.

로저가 떠난 지 몇 달 후 노아는 마침내 자신의 몸을 발견하게 되었다고 느꼈다. 그 느낌은 그가 알았던 것보다 더 강렬했고, 그는 자신이 기대했던 것보다 더 많은 감정을 느낄 수 있었다. 그는 문 뒤에 있는 긴 거울에 비친 자신의 모습을 바라보았고, 호프 역시 인정한 것처럼 그것은 이전에 비해 훨씬 더 우아하고 유용한 것처럼 보였다. 그는 자신의 맨가슴을 바라보며 〈오, 가슴에 털이 없는 건 얼마나 행운인가〉하며 고맙다는 생각을 했다.

 자신들만의 은밀한 공간을 갖게 된 호프는 성적으로 무척 대담해졌다. 뉴욕의 여름밤의 따뜻하고 친밀한 어둠 속에서 그녀가 태어난 버몬트의 차가운 청교도주의는 연기 속으로 사라졌고, 그들은 서로의 육체를 탐욕스럽게 갈망하며 사랑을 나눴다. 그들의 현기증 나는 사랑 속에서 허름한 방은 그들 삶의 가장 소중하고 심오한 비밀의 장소가 되었다. 아래쪽 거리에서 들리는 소음과 길모퉁이에서 사람들이 소리치는 소리, 의회의 호수, 다른 대륙에서 들리는 총성 등은 멀리서 벌어지는 또 다른 전쟁에 참가한 또 다른 부대에서 들리는 배경 음악과 북과 나팔 소리의 아득한 웅성거림으로 축소되었다.

7

 크리스티안은 영화에 집중하기가 어려웠다. 1918년 어느 날 러시아 전선에서 서부 전선으로 이동하는 과정에서 베를린에 머물게 된 파견 부대에 관한 아주 괜찮은 영화였다. 영화 속 중위는 부대원 모두를 역에 집결시키라는 엄한 지시를 받았지만, 동부 전선에서 격전을 치른 후 서부 전선에서 운명을 건 싸움을 하기 전 병사들이 아내와 연인을 얼마나 보고 싶어 할지 이해하고 있었다. 군사 법정에 회부되어 사형당할 수도 있는 위험을 무릅쓰고 그는 병사들이 집에 가는 것을 허락했다. 그들 중 누군가가 하나라도 역에 정시에 나타나지 않을 경우 중위는 목숨을 잃을 수도 있었다. 영화는 다양한 사람들의 모습을 보여 주었다. 어떤 병사는 술에 취했고, 어떤 병사는 베를린에 남으라는 유대인과 패배주의자들의 유혹에 빠졌으며, 어떤 병사들은 아내의 설득에 거의 넘어갈 뻔하기도 했다. 한동안 중위가 살아남게 될지가 아슬아슬하게 보였다. 하지만 결국 열차가 출발하는 순간 마지막 병사가 역에 도착하며, 전우애로 뭉친 부대원들은 자신들을 믿은 중위의 믿음을 저버리지 않고 프랑스로 출발했다. 무척 잘 만들어진 그 영화는 독일이 적 때문이 아니라 조국에 있는 비겁자들과 반역자들 때문에 패배했다는 사실을 분명하게 보여 주고 있었다. 그리고 영화는 유머와 우수가 넘쳤다.

부대 극장 안, 크리스티안 주위에 앉아 있던 병사들 역시 또 다른 전쟁에서 병사 역을 맡은 배우에게 깊은 감동을 받았다. 그 중위는 실제라고 하기에는 다소 지나치게 훌륭했으며, 크리스티안은 그런 사람을 만난 적이 없었다. 크리스티안은 하르덴부르크 중위가 그 영화를 몇 번은 봤을 거라고 생각했다. 파리의 사창가에서 하루 동안 휴식을 취한 하르덴부르크는 전쟁이 계속될수록 더욱 엄해졌다. 그들이 소속된 연대는 기갑부대와 함께 렌으로 이동했다. 그곳에 주둔한 그들은 치안 업무를 담당했다. 그사이 러시아와의 전쟁이 시작되었고 하르덴부르크의 동기생 모두는 동부 전선에서 영예로운 승리를 거두고 있었다.

어느 날 아침 하르덴부르크는 사관학교 동기생에 관한 소식을 읽었다. 동기생들은 그를 황소라고 불렀는데 머리가 너무도 둔했기 때문이다. 하지만 그는 우크라이나에서 중령이 되었고, 그 때문에 하르덴부르크는 분노로 거의 폭발할 지경이 되었다. 그는 아직도 중위에 지나지 않았다. 그는 렌의 최고급 호텔에 있는 방 두 개짜리 아파트에서 잘 지내며 같은 층에 사는 여자 둘을 거느리고, 육류와 유제품을 밀거래하는 자들을 협박해 꽤 많은 돈을 벌고 있었지만 도저히 위안이 되지 않았다. 그로 인해 중위는 불행한 병장을 희생양으로 삼고 있는 것이라고 크리스티안은 생각했다.

이튿날 크리스티안의 휴가가 시작된 것은 다행스러운 일이었다. 한 주만 더 중위의 빈정거리는 태도를 보았다면 크리스티안은 불복종이라는 위험한 짓을 저지를 수도 있었다. 하지만 그가 아침 7시에 열차를 타고 독일로 간다는 것을 알면서도 중위는 그에게 일을 시켰다. 자정에 순찰을 돌며 독일에서의 부역을 피하려는 프랑스 남자들을 체포하는 일이 계획되어 있었는데, 하르덴부르크는 히믈러나 슈타인 또는 다른 병사들에게 그 일을 시키지 않았다. 그 불쾌한 자는 미소를 지으며 「괜찮겠지, 디스틀? 렌에서의 마지막 밤이 지루하지 않을 거야. 자정까지는 보고하지 않아도 돼」라고 말했다.

열차가 서쪽으로 속도를 내 달리는 사이 부대원 앞에서 생각에 잠겨 미소를 짓는, 잘생기고 젊은 중위의 클로즈업된 얼굴이 점차 희미해지며 강당 안에 있던 병사들이 환호성을 올렸다.

영화가 끝나고 뉴스가 방영되었다. 히틀러가 연설을 하고,

독일군 폭격기가 런던에 폭탄을 투하하고, 괴링이 비행기 1백 대를 격추시킨 조종사에게 훈장을 달아 주고, 보병 부대가 레닌그라드로 이어지는 길 위에서 화염에 휩싸인 농장 건물을 향해 진격하는 광경이 보였다.

 크리스티안은 독일군이 힘차게, 그리고 정확하게 임무를 수행하고 있다는 것을 알게 되었다. 그는 석 달 후면 독일군이 모스크바에 입성할 테지만 자신은 렌에서 하르덴부르크의 시달림을 받으며, 카페에서 독일군 장교를 모욕한 프랑스 임산부를 체포하는 일이나 하고 있을 거라는 침울한 생각을 했다. 이제 곧 러시아는 눈으로 덮이게 될 터인데 유럽 최고의 스키 선수 중 하나인 자신은 프랑스 서부의 온화한 날씨 속에서 경찰 노릇이나 하고 있었다. 독일군은 놀라운 기구이지만 거기에는 어떤 중대한 결함이 있는 게 분명했다.

 화면 속의 한 병사가 쓰러졌다. 그가 몸을 숨겼는지 아니면 총에 맞았는지는 알 수 없었다. 하지만 그는 일어나지 않았고, 카메라는 다른 곳을 비췄다. 크리스티안은 눈시울이 젖는 것을 느꼈다. 그 때문에 그는 약간 창피했지만 자신이 안전하고 편안하게 지내는 사이 독일군이 싸우고 있는 그런 영화를 볼 때마다 울고 싶은 마음을 억누르기 힘들었다. 그리고 앞으로 아군들이 어떻게 될지를 생각하면 늘 죄책감이 들었고 마음이 불편해지며 신경이 날카로워졌다. 물론 다른 사람들이 죽어 가고 있는 사이 자신이 살아 있는 건 그의 잘못은 아니었다. 군대는 나름의 방식으로 복잡한 기능을 수행하고 있었지만 그는 그러한 죄책감을 떨쳐 버릴 수가 없었다. 그리고 두 주 동안 고향에 간다는 생각이 그런 마음을 더욱 부채질했다. 젊은 프레데릭 랑거만은 라트비아에서 다리를 한 쪽 잃었으며 코흐의 두 아들은 전사한 상태였다. 파리 교외에서 30분쯤 약간 우스꽝스러운 전투를 치렀을 뿐, 그사이 잘 먹고 사지가 멀쩡한 그가 고향에 돌아갔을 때 이웃들이 그를 경멸하는 시선으로 볼 것은 뻔했다.

그는 전쟁이 곧 끝나야만 한다고 생각했다. 문득 하르덴부르크가 옆에 없는, 눈 덮인 슬로프에서 아무 생각 없이 편안하게 지내던, 민간인 시절의 삶이 무척이나 감미롭고 바람직한 것으로 여겨졌다. 어쨌든 러시아가 항복하고, 영국인이 마침내 광명을 보게 되면 그는 프랑스에서 지겨워하며 보낸 멍청한 날들에 대해서는 잊게 될 것이다. 전쟁이 끝나고 두 달이 지나면 사람들은 더 이상 전쟁에 대해서는 이야기하지 않게 될 것이고, 베를린의 병참 장교 사무실에서 숫자 놀이를 한 사람 역시 폴란드와 벨기에 그리고 러시아에서 토치카를 급습한 사람만큼이나 존경받게 될 것이다. 그리고 하르덴부르크는 어느 날 여전히 중위 계급장을 단 채로 모습을 드러낼 수도, 아니면 군에서는 더 이상 할 일이 없어 제대를 할 수도 있을 것이다. 그때면 자신은 그를 그곳 언덕으로 데리고 가……. 그는 계속해서 떠오르는 유치한 상상에 쓴웃음을 지었다. 그는 휴전 협정에 서명이 되고 난 후 얼마나 더 군대에 있게 될지가 궁금했다. 전쟁이 끝난 후 일을 더디게 처리하는 군대의 거대하고 관료주의적인 행정 절차에 따라 제대를 하게 되기를 기다리는 몇 달은 무척 힘들 것이 분명했다.

뉴스가 끝나고 히틀러의 사진이 화면에 비치자 모두들 차려 자세로 경례를 하며 「도이칠란트 위버 알레스」를 노래했다.

불이 켜졌고, 크리스티안은 병사들 사이를 천천히 지나갔다. 다들 몸이 약하고 병에 걸리기라도 한 듯, 중년의 사람들처럼 보였다. 주둔 부대가 평화로운 나라에 머무는 동안 더 자질이 뛰어난 독일 병사들은 수천 킬로미터 떨어진 전선에서 싸우고 있었다. 그리고 그는 전자 중 한 명이다. 그는 짜증스럽게 고개를 저었다. 상황이 바뀌지 않을 경우 그는 하르덴부르크같이 형편없는 자가 될 것이 분명했다.

어두운 거리에는 아직도 프랑스 남자와 여자가 몇 있었다. 그가 다가가자 그들은 황급히 보도 아래로 길을 비켰다. 그 역시 그들에게 짜증이 났다. 소심함은 인간의 기질 중 가장 짜증나는 것이다. 그리고 그것은 다소 불필요하고 근거가 없어 더욱 더 짜증스러운 것이다. 그는 그들에게 해를 끼치거나 하지 않을 것이다. 그리고 군 전체에, 바르게 처신하고 프랑스인들을 최대한 공손하게 대하라는 엄격한 지시가 떨어진 상태였다. 그는 보도에서 내려오며 외국 군대가 독일에 있다 하더라도 독일인이 그렇게 행동하지는 않을 거라고 생각했다. 어떤 외국 군대가 있다 하더라도.

그는 걸음을 멈췄다. 「노인장!」 그가 말했다.

프랑스인이 걸음을 멈췄다. 어둠 속에서도 재빨리 손을 움직이는 그의 굽은 어깨를 보자 그가 얼마나 겁을 먹고 있는지 알 수 있었다.

「네.」 약간 떨리는 목소리로 프랑스인이 말했다. 「네, 대령님.」

「나는 대령이 아니에요.」 크리스티안이 말했다. 그의 유치한 아부에 화가 났다.

「저를 용서해 주십시오.」 프랑스인이 말했다. 「어두워서…….」

「나 때문에 그렇게 보도에서 내려갈 필요는 없어요.」 크리스티안이 말했다.

「네, 선생님.」 프랑스인이 말했다. 하지만 그는 꼼짝도 하지 않았다.

「여기로 올라와요.」 크리스티안이 거칠게 말했다. 「보도 위로 올라오란 말이에요.」

「네, 선생님.」 프랑스인이 말했다. 그는 머뭇거리며 올라왔다. 「통행증을 보여 드리죠. 내 서류는 완벽합니다.」

「망할 놈의 서류는 보고 싶지 않아요.」 크리스티안이 말했다.

「알겠습니다, 선생님.」 프랑스인이 겸손하게 말했다.

「음.」 크리스티안이 말했다. 「집에 가도록 해요.」

「네, 선생님.」 프랑스인은 서둘러 갔고, 크리스티안은 계속해서 가던 길을 갔다. 그는 새로운 유럽과 역동적인 국가들의 강력한 동맹이 역설적으로 여겨졌다. 그런 식으로는 안 되었다. 전쟁이 끝나기만 하면, 아니면 그가 총소리를 들을 수 있는 어떤 곳으로 보내지기만 하면……. 그는 주둔 부대에서 반은 민간인으로 반은 군인으로 지내고 있었는데, 그 두 가지 모두 할 만한 것은 못 되었다. 그것은 영혼을 부식시켰고, 야망과 믿음을 앗아 갔다. 어쩌면 사관학교에 지원한 일이 잘되어 소위가 되면 러시아나 아프리카로 보내질 수도 있었다. 그렇게 되면 나중에는 이 시기 또한 괜찮았던 때로 여겨질 수도 있었다. 그는 석 달 전 지원서를 제출했지만 아직 아무런 소식도 듣지 못한 상태였다. 어쩌면 지원서는 국방부의 어떤 뚱뚱한 상병의 책상 위에 쌓인 서류 더미 속에 파묻혀 있을지도 모른다.

그가 고향을 떠나던 날, 그리고 파리에 들어온 날 상상한 것과는 모든 것이 너무도 달랐다. 그는 지난 전쟁에 관한 이야기를 기억했다. 포화 속에서 강철 같은 우정이 싹텄고, 병사들은 의무감을 느끼며 싸움을 했고, 자부심이 대단했다. 그는 『마의 산』의 결말을 기억하고 있었다. 1914년 주인공 한스 카스토르프는 꽃이 만발한 들판을 지나 프랑스 전선으로 뛰어들며 베토벤을 노래했다. 그 소설은 너무 일찍 끝이 났다. 석 달 후 카스토르프가 더 이상 노래를 하지 않으며 리에주의 보급품 기지에서 12사이즈 군화를 신어 보는 부분이 있어야 했다.

전쟁 동안 발생하는 전우애에 관한 신화들. 그는 잠시 파리로 가는 길에 브란트에게, 그리고 한순간 이탈리아가에서 오페라 좌로 가는 길에서 하르덴부르크에게 그것을 느꼈다. 하지만 이제 일거리를 위임받은 브란트는 영향력 있는 장교가 되어 파리의 한 아파트에 살면서 육군에서 발행하는 잡지 일을 하고 있다. 그리고 하르덴부르크는 크리스티안이 훈련을 받으면서 예상했던 최악의 모습으로 살고 있다. 그리고 그의 주위에 있는 다른 이들은 하나같이 돼지 같다. 어쩔 도리가 없었다. 그들은 트리폴리나 키예프 외곽 대신 렌에 있는 것에 대해 하루 종일 하느님께 감사를 드렸다. 그들 모두는 프랑스인과 온갖 종류의 암거래를 하며 전쟁 후 경기 침체를 대비해 돈을 모으느라 정신이 없었다. 군복을 입은 사채업자로, 전쟁을 치르지 않고 있는 그들이 어떻게 전우일 수 있다는 말인가? 전선으로 보내질 위험에 처하게 되면 그들은 이러한 상태에서 벗어나지 않으려고 연출을 이용하고, 연대 내의 담당자를 매수하는 등 갖은 짓을 다 했다. 크리스티안은 천만 명이 있는 군대 내에 있었지만 그토록 외로웠던 적은 없었다. 휴가를 받아 베를린에 가게 되면 그는 국방부로 갈 것이다. 그곳에는 아는 대령이 한 명 있는데, 그는 독일에 합병되기 전 오스트리아에서 함께 일한 적이 있다. 그는 좀 더 활동적인 부대로 전출시켜 달라고 그에게 부탁할 것이다. 그로 인해 자신의 계급을 포기해야 하더라도 그렇게 할 것이다.

그는 시계를 보았다. 중대 사무실에 보고를 하기까지 아직 20분이 남아 있었다. 길 건너편에 카페 한 곳이 문을 열고 있었고, 그는 갑자기 목이 말랐다.

그는 카페 문을 열었다. 병사 넷이 테이블에 앉아 샴페인을 마시고 있었다. 그들은 한참 동안 술을 마신 듯 얼굴이 붉었다. 그들은 군복의 단추를 풀고 있었고, 두 명은 수염이 자라 있었다. 샴페인 역시 돈을 내고 마시는 게 아닌 것이 분명했다. 어쩌면 그들은 독일군에게서 훔친 무기를 프랑스인들에게 팔고 있는지도 몰랐다. 물론 프랑스인들은 그 무기를 사용하고 있지 않지만 결국 무슨 일이 벌어지게 될지는 알 수 없었다. 그들 역시 다시 용기를 회복할 수도 있다. 〈암시장 상인과, 가죽과 탄약과 노르망디산 치즈와 포도주와 쇠고기 판매상들로 이루어진 군대……〉 하고 크리스티안은 씁쓸한 생각을 했다. 그들을 2년 더 프랑스에 내버려 둔다면 군복을 입지 않으면 프랑스인과 구분할 수 없는 상태가 될 것이다. 결국에는 프랑스인의 정신이 미묘하면서도 남루한 승리를 거두게 될 것이다.

「베르무트 한 잔이요.」 크리스티안이 바 뒤에 초조하게 서 있는 주인을 향해 말했다. 「아니, 브랜디 한 잔이요.」

그는 바에 몸을 기대고 병사 넷을 바라보았다. 샴페인은 맛이 끔찍할 게 분명했다. 브란트는 그에게 프랑스인들이 온갖 종류의 싸구려 포도주에 아무 라벨이나 붙인다고 말해 주었다. 독일인은 몰랐지만 그것은 프랑스인들이 저항하는 방식 가운데 하나이다. 물론 그것은 이익을 얻고자 하는 마음과 애국심이 합쳐진 결과이다.

병사 넷이, 크리스티안이 자신들을 바라보는 것을 알아차렸다. 그들은 그를 약간 의식하며 목소리를 낮추고 술을 마셨다. 크리스티안은 그중 한 명이 면도를 하지 않은 뺨을, 죄를 지은 사람처럼 만지는 것을 보았다. 주인이 크리스티안 앞에 브랜디 한 잔을 놓았고, 크리스티안은 병사 넷을 굳은 얼굴로 바라보며 술을 한 모금 들이켰다. 그들 중 하나가 새로 나온 샴페인 한 병 값을 치르기 위해 지갑을 꺼냈다. 크리스티안은 아무렇게나 쑤셔 넣은 프랑으로 지갑이 불룩한 것을 보았다. 독일군이 러시아 전선에 뛰어드는 것이 이 물러 터진 협잡꾼 같은 깡패들을 위해서란 말인가? 독일 공군이 런던을 폭격하고 있는 것이 이 맥 빠진 상인들을 위해서란 말인가?

「자네.」크리스티안이 지갑을 꺼낸 병사를 가리켰다. 「이리 와봐!」

병사는 고민하며 동료들을 쳐다보았다. 동료들은 조용히 술잔을 내려다보고 있었다. 지갑을 꺼낸 병사가 천천히 일어나며 돈을 호주머니 속에 집어넣었다.

「빨리.」크리스티안이 사납게 말했다. 「빨리 와.」

수염 아래로 얼굴이 창백해지며 병사가 크리스티안에게 달려왔다.

「차려!」크리스티안이 말했다. 「차려!」

병사는 무척 겁에 질려 뻣뻣하게 서 있었다.

「이름이 뭐야?」크리스티안이 쏘아붙였다.

「한스 로이터 이병입니다, 병장님.」그가 낮고 초조한 목소리로 말했다.

크리스티안은 연필과 종이를 꺼내 이름을 적었다. 「소속은?」그가 물었다.

병사는 침울한 얼굴로 침을 삼켰다. 「공병 147대대입니다.」

크리스티안은 그것 또한 적었다. 「다음번에 술을 마시러 나올 때면, 로이터 이병.」 그가 말했다. 「면도를 하고, 군복 단추를 채우도록 해. 상관에게 말할 때는 차려 자세를 취하고. 이름을 전달해 조처를 취하도록 하겠어.」

「네, 병장님.」

「가도록 해.」

로이터는 한숨을 쉬며 테이블로 돌아갔다.

크리스티안이 날카롭게 말했다. 「모두들 군인답게 옷을 입도록 해!」

병사들은 단추를 채웠다. 그들은 조용히 앉아 있었다.

크리스티안은 그들에게 등을 돌리고 술집 주인을 마주 보았다.

「브랜디 한 잔 더 드릴까요, 병장님?」

「아뇨.」

크리스티안은 술값을 바 위에 놓은 다음 술을 비웠다. 그는 구석에 앉아 있는 병사 네 명에게는 눈길도 주지 않고 밖으로 걸어 나왔다.

하르덴부르크는 모자를 쓰고 장갑을 낀 채로 중대 사무실에 앉아 있었다. 그는 말을 탄 것처럼 꼿꼿하게 앉아 선전부에서 발행한 러시아 지도를 바라보고 있었다. 지도에는 지난 화요일의 전선 상황이, 승리를 알리는 검은색과 붉은색으로 그려져 있었다. 중대 사무실은 그전에 프랑스 경찰서 건물이었는데, 독일군이 완전히 없애지 못한 과거의 시시한 범죄 냄새가 아직도 배어 있었다. 천장에는 작은 전구 하나만 켜 있었고, 등화관제 때문에 창문과 차양을 모두 닫아 실내는 더웠다. 그 방에서 구타를 당한 시시한 범죄자들의 유령이 아직도 퀴퀴한 방 안을 떠돌고 있는 것 같았다.

크리스티안이 방 안에 들어섰을 때에는 프랑스 의용대 제복을 입은, 키가 작고 꾀죄죄한 남자가 창문 근처에 불편하게 서서 이따금 하르덴부르크를 쳐다보고 있었다. 크리스티안은 차려 자세를 하고 경례를 하며 〈언제까지 이런 식으로 계속될 수는 없어. 언젠가는 끝이 날 거야〉라고 생각했다.

하르덴부르크는 그에게는 아무런 관심도 보이지 않았다. 크리스티안은 하르덴부르크가, 자신이 그 방 안에 있다는 것을 잘 알고 있는데도 그러고 있다는 것을 알고 있었다. 하르덴부르크는 기다리고 있었다. 크리스티안은 문 안쪽에 꼿꼿하게 서서 중위의 얼굴을 살펴보았다.

크리스티안은 그를 살펴보며 자신이 어떤 적보다도 그의 얼굴을 싫어한다는 사실을 깨달았다. 그의 얼굴은 처칠이나 스탈린, 또는 영국이나 러시아 기갑 부대 대위나 박격포 포수의 얼굴보다도 더 싫었다.

하르덴부르크가 손목시계를 보았다. 「아.」 주위를 둘러보지도 않고 그가 말했다. 「병장이 제시간에 왔군.」

「네, 중위님.」 크리스티안이 말했다.

하르덴부르크는 서류가 널려 있는 책상 너머로 가 그 뒤에 앉았다. 그는 서류 한 장을 집어 들며 말했다. 「우리가 찾고 있는 세 남자의 이름과 사진이야. 지난달에 노무 관리부에서 소환한 자들인데 달아났지. 이분이……」 그는 의용대 옷을 입은 프랑스인을 차가운 표정으로 슬쩍 가리켰다. 「이분이 그들 셋을 어디에서 찾을 수 있는지 안다고 했어.」

「네, 중위님.」 프랑스인이 애타게 말했다. 「물론이죠, 중위님.」

「다섯 명을 데리고 가게.」 그 방 안에 프랑스인이 없기라도 한 것처럼 하르덴부르크가 말을 이었다. 「그 세 명을 찾아와. 안뜰에 트럭과 운전사가 있고, 필요한 것은 모두 차 안에 있어.」

「네, 중위님.」 크리스티안이 말했다.

하르덴부르크가 프랑스인에게 말했다. 「당신은 나가요.」

「네, 중위님.」 프랑스인이 숨을 약간 헐떡이며 말한 후 재빨리 문 밖으로 나갔다.

하르덴부르크는 벽에 걸린 지도를 바라보았다. 크리스티안은 따뜻한 방에 있자 땀이 나는 것 같았다. 〈독일군 내의 모든 중위 가운데 하필 하르덴부르크 같은 자를 만나다니〉 하고 크리스티안은 생각했다.

「편히 하게, 디스틀.」 하르덴부르크는 계속해서 지도를 바라보았다.

크리스티안은 발을 조금 움직였다.

「모든 것이 준비되었지?」 하르덴부르크는 대화를 하듯 말했다. 「휴가에 필요한 서류는 모두 갖췄지?」

「네, 중위님.」 크리스티안이 답했다. 〈이제 휴가가 취소될 거야〉 하고 그는 생각했다. 그 생각을 하자 견디기가 어려웠다.

「집에 가기 전에 먼저 베를린에 갈 거지?」

「네, 중위님.」

하르덴부르크는 지도에서 눈을 떼지 않고 고개를 끄덕였다. 「운이 좋군.」 그가 말했다. 「이 돼지들 대신 독일인들 사이에서 두 주를 보낼 수 있다니.」 그는 고개를 젖혀 프랑스인이 서 있던 곳을 가리켰다. 「나는 넉 달간 휴가를 내려고 했어. 하지만 이곳을 떠날 수가 없어.」 그가 말했다. 「이곳 일은 너무도 중요해.」 그는 하마터면 웃을 뻔했다. 「한 가지 부탁이 있는데 들어줄 수 있겠나?」

「물론이죠, 중위님.」 크리스티안이 말했다. 하지만 곧 그는 그토록 재빨리 대답한 자신에게 화가 났다.

하르덴부르크는 호주머니에서 열쇠 뭉치를 꺼내 책상 서랍을 열었다. 그는 서랍에서 조심스럽게 싼 작은 꾸러미 하나를 꺼낸 후 다시 서랍을 잠갔다. 「내 아내는 베를린에 살고 있네. 여기에 주소를 적었어.」 그는 종이 한 장을 크리스티안에게 건네주었다. 「이 안에 아름다운 레이스 하나를⋯⋯ 넣어 놓았네.」 그는 진지한 얼굴로 꾸러미를 두드렸다. 「검은색인데 아주 아름답지. 브뤼셀에서 구한 거야. 내 아내는 레이스를 무척 좋아하지. 직접 그녀에게 주고 싶지만 휴가를 받을 것 같지 않아.」 그는 어깨를 으쓱했다. 「그리고 우편 체계도.」 그는 고개를 저었다. 「독일의 모든 우체국에는 도둑이 있어. 전쟁이 끝나면」 하고 그가 화가 난 얼굴로 말했다. 「철저한 수사가 이루어져야 할 거야. 하지만 너무 수고스러운 일이 아니라면⋯⋯ 아내는 역 근처에 살고 있네.」

「기꺼이 전해 드리죠.」 크리스티안이 딱딱한 목소리로 말했다.

「고맙네.」 하르덴부르크는 꾸러미를 크리스티안에게 건네주었다. 「그리고 안부를 전해 주게.」 하르덴부르크가 말했다. 그는 차가운 웃음을 지었다. 「나는 늘 그녀를 생각해.」

「알겠습니다, 중위님.」 크리스티안이 말했다.

「좋아. 이제 그 세 사람 말인데.」 그는 앞에 있는 종잇장을 두드렸다. 「자네를 믿어도 되겠지?」

「네, 중위님.」

「지금부터는 이런 일을 해결할 때 좀 더 거칠게 하는 게 좋을 수도 있다는 지시를 받았네.」 하르덴부르크가 말했다. 「다른 사람들에게 모범을 보이게. 심각해질 필요는 없어. 다만 약간 소리를 치고, 손등으로 살짝 때리고, 총을 보여 주게.」

「네, 중위님.」 레이스가 들어 있는 꾸러미를 살며시 든 채로 크리스티안이 말했다. 종이 포장 아래로 부드러운 게 만져졌다.

「좋아, 병장.」 하르덴부르크는 다시 몸을 돌려 지도를 바라보았다. 「베를린에서 즐거운 시간을 보내게.」

「고맙습니다, 중위님.」 크리스티안은 경례를 했다. 「하일 히틀러.」

하지만 하르덴부르크는 이미 스몰렌스크로 향하는, 평원 위로 나 있는 도로를 따라 진격하는 생각에 빠져 있었다. 크리스티안이 레이스를 군복 상의 호주머니에 넣고 빠지지 않게 단추를 잠근 후 방을 나서는 사이 중위는 손만 살짝 들었다.

명단에 있는 남자 중 앞의 두 명은 더 이상 사용하지 않는 차고에 숨어 있었다. 그들은 총과 군인들의 모습에 걱정스러운 듯 미소를 지었지만 저항하지는 않았다.

프랑스인 의용대원이 가르쳐 준 다음 주소는 빈민가였다. 그 집에서는 부실한 화장실에서 나는 냄새와 마늘 냄새가 났다. 그들이 침대에서 끌어낸 아이는 자신의 어머니에게 매달렸고, 둘은 미친 듯이 비명을 질렀다. 그의 어머니가 병사 하나를 물자, 병사는 그녀의 배를 걷어차 쓰러트렸다. 노인 하나가 손으로 머리를 감싼 채로 테이블에 앉아 흐느끼고 있었다. 별로 보기 좋지 않은 광경이었다. 그 아파트 옷장 속에는 또 다른 남자가 숨어 있었다. 크리스티안은 그의 얼굴을 보자 유대인이라는 생각이 들었다. 그 남자가 지니고 있는 서류는 시효가 지난 것이었고, 그는 너무도 겁을 집어먹은 나머지 어떤 질문에도 대답하지 못했다. 잠시 크리스티안은 그를 그냥 내버려 두고 싶은 충동을 느꼈다. 어쨌든 그는 사내아이 셋을 붙잡으러 온 것이지 유대인으로 의심되는 누군가를 잡으러 온 것은 아니었다. 그리고 그가 유대인인 것이 밝혀지면 강제 수용소로 끌려가 결국에는 죽게 될 것이 뻔했다. 하지만 의용대 출신의 프랑스인이 계속해서 그를 바라보며 「유대인이에요, 유대인이요」라고 속삭였다. 그는 하르덴부르크에게 말할 게 틀림없고, 그렇게 되면 하르덴부르크는 임무를 소홀히 했다며 크리스티안의 휴가를 박탈할 게 분명했다.

「당신도 함께 가요.」 그는 그 유대인에게 최대한 친절하게 말했다. 그 남자는 옷을 모두 갖춰 입고 있었다. 그는 옷을 모두 입고 신발까지 신은 채 자고 있었다. 독일군을 보자마자 도망칠 준비가 되어 있는 것처럼 보였다. 그는 멍한 표정으로 방을 둘러보았다. 중년 여자는 바닥에 엎드려 배를 잡고 신음하고 있었고, 테이블에 앉은 노인은 그 위에 놓인 십자가를 향해 고개를 숙인 채로 흐느끼고 있었다. 문 밖으로 나가는 순간 죽음을 맞게 되리라는 것을 알고 있는 것 같았다. 그는 무슨 말인가를 하려 했지만 입만 조금 벌어졌을 뿐 창백한 입술에서는 아무런 소리도 나오지 않았다.

크리스티안은 경찰 막사로 돌아가 죄수들을 당직 장교에게 인계할 수 있어 기뻤다. 그는 하르덴부르크의 책상에 앉아 보고서를 작성했다. 그 업무는 그다지 나쁘지 않게 진행되었다. 어쨌든 그 업무에는 세 시간이 조금 더 걸렸을 뿐이다. 그는 보고서를 작성하는 동안 건물 뒤쪽에서 들리는 비명 소리에 얼굴을 약간 찌푸렸다. 〈야만인들〉 하고 그는 생각했다. 경찰이 되기만 하면 다들 야만인이 되었다. 그는 그곳으로 가 그만두게 할까 하고 책상에서 일어나기까지 했지만 그렇게 하지 않는 게 낫다고 생각했다. 그곳에 장교가 있으면 괜히 끼어들다가 문제가 생길 수도 있었다.

그는 하르덴부르크가 아침에 볼 수 있도록 보고서를 책상 위에 놓은 다음 건물을 나섰다. 상쾌한 가을밤이었고 건물 위 하늘에는 별들이 환하게 떠 있었다. 그 도시는 밤에 더 멋졌는데, 시청 앞 광장은 달빛 속에서 무척 아름답고, 넓고, 균형이 잘 잡혀 있었다. 하지만 사람은 보이지 않았다. 크리스티안은 포장도로를 천천히 걸어가며 〈사태가 더 나쁠 수도 있어, 더 좋지 않은 곳에 배치될 수도 있어〉라고 생각했다.

그는 강 근처로 가 코린이 살고 있는 건물의 초인종을 눌렀다. 수위가 투덜대며 나왔지만 누가 찾아왔는지를 본 후에는 졸린 얼굴로 조용히 있었다.

크리스티안은 삐걱거리는 낡은 계단을 올라가 코린의 집 문을 두드렸다. 그를 기다리고 있었다는 듯 문이 재빨리 열렸다. 그녀는 그에게 따뜻하게 키스했다. 그녀는 거의 속이 다 비치는 잠옷을 입고 있었고, 침대에 있었던 터라 풍만하고 단단한 가슴은 따뜻했다.

코린은 1940년 메스 교외에서 체포되어 이제 쾨니히스베르크 근처의 강제 수용소로 보내진 프랑스 상병의 아내이다. 그녀는 체구가 컸고, 염색한 머리는 숱이 많았다. 일곱 달 전

카페에서 그녀를 처음 만났을 때 크리스티안은 그녀가 매력적이고 육감적인 여자라고 생각했다. 하지만 그녀는 평범한 여자로, 정이 많고 성격이 온순했다. 이따금 그는 상병이 없는 커다란 더블베드에 그녀와 나란히 누워 있으면서 이런 여자를 만나기 위해 멀리까지 올 필요는 없다고 생각했다. 그녀처럼 뚱뚱하고 단단하며 소 같은 소작인 출신 여자들은 바이에른과 티롤 지방에만 5백만 명 정도 있었다. 멋진 파리의 거리와 프랑스 남부를 떠올리면 심장을 뛰게 하는, 재치 있고, 활기차고, 재미있는 프랑스 여자에 대한 소문은 모두 거짓처럼 보였다. 크리스티안은 코린의 침실에 있는, 조각 장식이 된 육중한 호두나무 의자에 앉아 신발을 벗으며 〈멋진 프랑스 여자를 만나기 위해서라도 장교가 될 필요가 있어〉라고 생각했다. 그는 어딘가에서 썩고 있을, 사관학교 지원서에 대한 생각을 하며 얼굴에서 불쾌한 표정을 감추려고 애를 썼다. 그사이 코린은 순종적으로 침대로 들어가고 있었다. 그녀의 커다란 엉덩이가 불빛에 반짝였다. 그는 불을 껐다. 그 편이 더 나았다. 코린은 밤공기를 두려워했지만 그는 창문을 열었다. 그가 침대 속으로 들어가자 그녀는 코르셋을 벗는 살찐 여자처럼 무겁게 숨을 쉬며 두꺼운 다리를 그의 다리 위에 올려놓았다. 멀리 밤하늘에서 엔진 소리가 들렸다.

「내 사랑.」 코린이 말했다.

「쉬.」 크리스티안이 거칠게 말했다. 「귀를 기울여 봐요.」

그들은 서치라이트가 비치는 런던 상공과 영국 북부의 어두운 하늘에서 폭탄을 퍼부은 후 돌아오는 비행기 소리에 귀를 기울였다. 우유 짜는 여자 같은 코린이 커다란 손을 그의 몸에 올려놓는 순간 크리스티안은 극장에서 러시아 땅에 쓰러진 병사를 보았을 때처럼 다시 한번 눈물을 흘릴 뻔했다. 그는 코린을 자신의 몸 위로 끌어올렸고, 그녀의 무겁고 펑퍼짐한 육체 속에서 차갑고 냉혹한 엔진 소리에 귀를 막았다.

코린이 일어나 그에게 아침 식사를 만들어 주었다. 장교들을 위해 빵을 굽는 가게에서 그가 사온 진짜 하얀 빵이 있었다. 물론 커피는 대용품이었으며 묽었다. 여전히 어두운 부엌에서 커피를 마시는 그의 입은 텁텁했다. 머리가 헝클어진 코린은 잠이 덜 깬 듯 엉망으로 보였다. 하지만 그녀는 민첩하게 부엌을 돌아다니며 크리스티안 앞에 접시를 놓았다.

코린이 그의 맞은편에 앉았다. 옷깃이 열려 있어 거칠고 창백한, 커다란 젖가슴이 드러나 있었다.

「내 사랑.」 커피를 요란하게 마시며 코린이 말했다. 「독일에 가도 나를 잊지는 않겠죠?」

「물론이죠.」 크리스티안이 말했다.

「3주 후면 돌아오죠?」

「그래요.」

「확실하죠?」

「확실해요.」

「베를린에서 무언가 사다 줄 거죠?」 그녀는 애교를 부렸다.

「그래요.」 크리스티안이 말했다. 「뭔가를 사다 줄게요.」

그녀는 활짝 미소를 지었다. 실제로 그녀는 새 옷, 암시장에서 파는 구운 고기, 스타킹, 향수 등 늘 뭔가를 요구했다. 소파를 수선해야 한다며 약간의 현금을 요구하기도 했다.

크리스티안은 상병인 남편이 독일에서 돌아올 때쯤에는 그녀에게 없는 것이 없을 거라는 생각을 했다. 남편은 옷장 안을 들여다보며 이것저것을 물어볼 것이다.

「내 사랑.」 코린은 커피에 적신 빵을 씹어 대며 말했다. 「당신이 돌아왔을 때 내 시숙을 만날 수 있게 해놓았어요.」

「왜요?」 크리스티안은 놀란 얼굴로 그녀를 바라보았다.

「그에 관해 이야기한 적이 있죠?」 코린이 말했다. 「내 남편의 형이요. 농산물 사업을 하고 있죠. 우유와 계란, 치즈 등을 취급해요. 그는 이곳 마을에 있는 어떤 중개인에게서 아주 괜찮은 제안을 받았어요. 전쟁이 한동안 계속된다면 그는 많은 돈을 벌 거예요.」

「잘됐군요.」 크리스티안이 말했다. 「당신 가족이 잘 지내고 있다는 얘기를 들어 기뻐요.」

「내 사랑.」 코린은 나무라듯 그를 쳐다보았다. 「내 사랑, 야비하게 굴지 말아요. 그렇게 간단하지가 않아요.」

「내게서 뭘 원하는 거죠?」 크리스티안이 말했다.

「물건을 시내로 갖고 들어오는 게 문제예요.」 코린이 수세적인 태도로 말했다. 「시내 입구 가까운 도로에서 순찰하는 걸 알고 있죠? 징발된 물자인지 아닌지를 조사하죠.」

「그런데요?」

「시숙은 나에게 아는 독일군 장교가 있는지 물었어요.」

「나는 장교가 아니에요.」

「시숙 얘기로는 병장이면 충분하다고 했어요. 당국에서 통행증을 발급받을 수 있는 사람이면요. 일주일에 세 번 교외에서 그와 만나 밤에 트럭을 몰고 시내로 들어오면 돼요.」 코린은 자리에서 일어나 머리를 만지며 테이블 주위를 돌아서 왔다. 크리스티안은 그녀가 손가락에 묻은 버터를 닦지 않았다는 생각을 하며 약간 몸을 움찔했다. 「그는 이익의 반을 당신과 나누고 싶어 해요.」 코린은 사람을 꾀는 듯한 목소리로 말했다. 「나중에 당신이 가솔린을 좀 더 구할 수 있는 방법을 찾아내면 트럭을 두 대 더 이용할 수 있을 거예요. 그렇게 되면 당신은 부자가 될 거예요. 당신도 알다시피 다들 그런 일을 하고 있어요. 당신 중위도요.」

「중위가 뭘 하고 있는지 나도 알고 있어요.」 크리스티안이 말했다. 동생은 감옥에서 썩고 있는데 그녀의 시숙은 제수의 독일인 연인과 함께 사업을 하려고 애태우고 있었다. 〈이것이 프랑스 가족의 정이란 말인가?〉 하고 그는 생각했다.

「돈 문제에 관해서는」 하고 코린이 말하며 그의 목을 끌어안았다. 「현실적일 필요가 있어요.」

「당신의 딱한 시숙에게」 하고 크리스티안이 큰 소리로 말했다. 「나는 군인이지 암시장 상인이 아니라고 말해요.」

코린이 팔을 뺐다. 「내 사랑.」 그녀가 차갑게 말했다. 「모욕적으로 말할 건 없어요. 다른 사람들도 모두 병사예요. 그런데도 돈을 벌고 있어요.」

「나는 다른 병사들이 아니오.」 크리스티안이 소리쳤다.

코린이 말하며 울기 시작했다. 「내 생각에 당신은 내게 싫증이 난 것 같아요.」

「오, 맙소사.」 크리스티안이 말했다. 그는 군복 상의를 입고 모자를 썼다. 그는 문을 열고 밖으로 나갔다.

새벽의 차갑고 엷은 공기를 맞자 화가 조금 가라앉았다. 결국 그 일은 서로에게 득이 되는, 그다지 나쁘지 않은 일이다. 누구든 그보다 훨씬 나쁜 일도 할 수 있다. 〈그 일은 독일에서 돌아온 후에 결정하면 될 거야〉라고 그는 생각했다.

그는 졸린 상태로 거리를 걸어갔지만 7시면 역에서 고향으로 향하는 기차를 탈 것이라는 생각에 갈수록 행복하고 흥분되었다.

 가을 햇살 속의 베를린은 멋졌다. 크리스티안은 그 도시를 별로 좋아해 본 적이 없지만 배낭을 메고 역에서 나온 그날만큼은 근사하게 여겨졌다. 군복을 입은 군인도, 민간인도 차림이 멋졌다. 그곳에 넘치는 활기와 행복한 느낌은 그가 지난 열두 달을 보낸 프랑스 마을의 칙칙함이나 지루함과는 완전히 대조적이었다.
 그는 하르덴부르크 부인의 주소가 적힌 종이를 꺼냈다. 호주머니에서 그것을 꺼내며 그는 면도를 하지 않은 공병 이병을 징계 위원회에 넘기지 않았다는 사실을 깨달았다. 돌아가게 되면 그 일을 기억해 내야 할 것이다.
 그는 먼저 호텔을 잡아야 할지, 꾸러미부터 하르덴부르크 부인에게 전달할지를 고민했다. 그는 우선 꾸러미를 전달하기로 마음먹었다. 그것을 전달하고 나면 남은 두 주의 시간은 온전히 그의 것이다. 모든 임무는 렌에 남겨 놓고 온 상태였다. 햇살이 비치는 거리를 걸어가며 그는 두 주 동안 할 일을 한가롭게 계획했다. 콘서트와 극장에도 갈 생각이다. 병사에게는 무료로 표를 제공하는 곳이 있고, 그는 돈을 신중하게 쓸 작정이었다. 스키를 타기에는 너무 이른 게 아쉽다면 아쉬운 점이었다. 그에게는 스키만 한 것이 없었다. 하지만 그는 휴가를 연기하고 싶지는 않았다. 그는 군대에서는 기다리는 것이 바보짓이며, 휴가를 미루다가는 영영 휴가를 내지 못하게 되는 수도 있다는 것을 알고 있었다.
 하르덴부르크 부인의 집은 새로 지은, 인상적인 건물 안에 있었다. 입구에는 제복을 입은 수위가 서 있었고, 실내에는 커다란 양탄자가 깔려 있었다. 엘리베이터를 기다리면서 크리스티안은 중위의 아내가 어떻게 이토록 잘살 수 있는지 궁금했다.

그는 4층에서 초인종을 누른 다음 기다렸다. 문이 열리자 이제 막 잠자리에서 일어난 것처럼 머리가 헝클어진 여자가 서 있었다. 「네?」 그녀의 목소리는 퉁명스러웠고 짜증이 실려 있었다. 「무슨 일이죠?」

「디스틀 병장입니다」라고 말하며 그는 아침 11시에 일어나는 걸 보면 괜찮은 인생을 살고 있다고 생각했다. 「하르덴부르크 중위의 중대 소속입니다.」

「그런데요?」 여자의 목소리는 조심스러웠고, 그녀는 문을 완전히 열지 않았다. 그녀는 진한 선홍색 누비 비단 옷을 입고 있었으며 연신 우아하면서도 초조하게, 눈을 가리는 머리카락을 넘기고 있었다. 크리스티안은 〈중위의 여자치고는 나쁘지 않군, 나쁘지 않아〉 하고 생각했다.

「휴가를 받아 이제 막 베를린에 도착했습니다.」 그녀를 자세히 보며 그는 천천히 말했다. 그녀는 키가 컸고, 긴 허리는 가늘었으며, 풍만한 가슴은 옷에 완전히 감춰지지 못했다. 「중위님이 선물을 주셨습니다. 저한테 전해 달라고 하셨죠.」

여자는 잠시 생각에 잠긴 얼굴로 크리스티안을 바라보았다. 그녀의 눈은 회색으로, 크고 차가워 보였는데, 지나치게 신중하고 계산적인 것처럼 보였다. 그 순간 그녀가 미소를 지었다.

「아.」 그녀가 말했다. 그녀의 목소리는 무척 따뜻했다. 「당신이 누군지 알아요. 오페라 좌의 계단에서 심각한 얼굴로 있던 사람이군요.」

「뭐라고요?」 영문을 몰라 하며 크리스티안이 말했다.

「사진요.」 여자가 말했다. 「파리가 함락되던 날 찍은.」

「오, 네.」 크리스티안은 그 사진을 기억하며 그녀를 향해 미소를 지었다.

「들어와요, 들어와요.」 그녀는 그의 팔을 잡아당겼다. 「배낭을 갖고 들어와요. 당신이 와 기뻐요. 들어와요, 들어와요.」

거실은 넓었다. 커다란 판유리 창문 밖으로 지붕들이 보였다. 방바닥에는 술병과 유리잔, 시가와 담배꽁초가 널려 있었고, 테이블에는 깨진 포도주 잔이 놓여 있었으며, 의자에는 여자 옷이 걸쳐져 있었다. 하르덴부르크 부인은 그것들을 보며 고개를 저었다.

「맙소사.」 그녀가 말했다. 「끔찍하죠? 요즘에는 하녀를 쓸 수가 없어요.」 그녀는 병을 다른 테이블로 옮기고 재떨이를 벽난로 안에 비웠다. 그런 다음 어쩔 수 없다는 표정으로 방을 한번 둘러보았다. 「어쩔 수가 없어요.」 그녀가 말했다. 「어쩔 수가 없어요.」 그녀는 긴 다리를 드러낸 채 의자에 앉았다. 그녀는 굽이 높은 붉은색 털 슬리퍼를 신고 있었다.

「앉아요, 병장님.」 그녀가 말했다. 「방이 이래서 미안해요. 전쟁 중이라 이 모양이라고 자위를 하죠.」 그녀가 웃음을 터트렸다. 「전쟁이 끝나면 새 인생을 살 거예요. 훌륭한 주부가 될 거예요. 모든 것을 제자리에 둘 거예요. 하지만 지금은······.」 그녀는 어지럽게 놓여 있는 물건을 향해 손을 내저었다. 「살아남으려고 노력해야 하죠. 중위님에 대해 말해 봐요.」

「글쎄요.」 하르덴부르크에 대한 고상하고 재미있는 어떤 사실을 떠올리려고 애를 쓰며 그가 말했다. 그리고 그는 렌에 중위의 여자친구가 둘 있으며, 그가 브르타뉴 지방에서 암시장을 주도하며 커다란 이익을 보고 있다는 이야기는 하지 않으려고 애를 썼다. 「글쎄요. 중위님은 무척 불만이 많으시죠.」

「오.」 그녀는 생기 넘치는 흥분된 얼굴로 그에게 몸을 기울였다. 「선물이라고 했죠? 어디 있죠?」

크리스티안은 속으로 웃음을 터트렸다. 그는 배낭 위로 몸을 숙여 꾸러미를 꺼냈다. 몸을 숙이면서 그는 하르덴부르크 부인이 뭔가를 재는 듯한 시선으로 자신을 쳐다보고 있는 것을 보았다. 그가 몸을 일으켰을 때에도 그녀는 시선을 옮기지 않았다. 그녀는 계속해서 대놓고 그를 쳐다보고 있었다. 그는 당혹스러웠다. 그는 그녀에게 다가가 꾸러미를 건네주었다. 하지만 그녀는 그것은 보지도 않고 입술에 모호한 미소를 머금은 채로 그의 눈을 차갑게 들여다보고 있었다. 크리스티안은 그녀가 인디언처럼, 그것도 사나운 미국 인디언처럼 보인다고 생각했다.

「고마워요.」 마침내 그녀가 말했다. 그녀는 몸을 돌려 꾸러미 포장지를 뜯었다. 그녀의 동작은 초조하고 날카로워 보였다. 손톱을 빨갛게 칠한 그녀의 긴 손가락이 구겨진 갈색 종이 위로 재빨리 움직였다. 「아.」 그녀가 평탄한 목소리로 말했다. 「레이스군요. 어떤 과부에게서 훔친 거죠?」

「뭐라고요?」

하르덴부르크 부인은 웃음을 터트렸다. 그녀는 사과하듯 크리스티안의 어깨를 만졌다. 「아무것도 아니에요.」 그녀가 말했다. 「내 남편의 부대원에게 좋지 않은 이야기를 하고 싶지는 않아요.」 그녀는 머리에 레이스를 둘렀다. 부드러운 검은색 레이스가 연한 색의 생머리 위로 흘러내렸다. 「어때요?」

그녀가 물었다. 그녀는 크리스티안 가까이 머리를 숙였고, 그녀의 얼굴에는 크리스티안이 알아차리지 않을 수 없는 표정이 떠올랐다. 그는 그녀에게로 한 걸음 다가갔다. 그녀는 팔을 들었고, 그는 그녀에게 키스를 했다.

그녀가 뒤로 물러났다. 그녀는 그를 보지도 않고 몸을 돌려 앞장을 서 침실로 들어갔다. 레이스가 등을 타고 흔들리는 허리까지 내려왔다. 크리스티안은 천천히 그녀를 따라가며 〈이 여자가 코린보다 나은 건 틀림없어〉라고 생각했다.

침대는 구겨져 있었다. 바닥에는 유리잔 두 개가 있었고, 벽에는 언덕에서 알몸의 양치기가 근육질의 양치기 여자와 사랑을 나누고 있는 우스꽝스러운 그림 한 점이 걸려 있었다. 어쨌든 그녀는 코린보다 나았다. 그리고 그가 알게 된 어떤 여자보다도, 심지어는 스키를 타러 오스트리아로 온 미국 출신 여학생보다도, 밤에 남편이 잠든 후 몰래 방을 빠져나온 영국인 여자들보다도, 그가 어린 시절 상대한 풍만한 숫처녀들보다도, 밤에 파리의 카페를 어슬렁거리는 여자들보다도, 그가 상상한 그 어떤 여자보다도 나았다. 그는 쓴웃음을 지으며 〈중위가 지금 나를 보지 못하는 게 아쉽군〉 하고 생각했다.

마침내 그들은 사랑을 나눈 후 나란히 누워 정오 무렵의 빛 속에서 자신들의 몸을 내려다보았다.

「그 사진을 본 후로」 하고 하르덴부르크 부인이 말했다. 「당신이 나타나기를 기다렸어요.」 그녀는 침대 위에서 몸을 틀어 한쪽으로 기울였다. 그녀는 술이 반 정도 든 병을 집어 들었다. 「욕실에 깨끗한 잔이 있어요.」 그녀가 말했다.

크리스티안은 자리에서 일어났다. 욕실에서는 향기가 진한 비누 냄새가 났고, 세면대 옆 바닥에는 더러워진 분홍색 속옷이 쌓여 있었다. 그는 잔을 들고 침대로 돌아갔다.

「문 쪽으로 가서 내게 천천히 걸어와요.」하르덴부르크 부인이 말했다.

크리스티안은 속으로 웃으며 욕실 문 쪽으로 다시 갔다. 그는 몸을 돌려 잔을 든 채로 커다란 양탄자를 가로질러 갔다. 그녀가 자신을 자세히 바라보고 있는 것을 보자 문득 알몸으로 있는 것이 약간 창피했다.

「베를린에는 늙고 살찐 대령들이 너무도 많아요.」그녀가 말했다.「남자가 이렇게 보일 수도 있다는 사실을 종종 잊게 되죠.」

그녀는 병을 들었다.「보드카예요.」그녀가 말했다.「내 친구 하나가 폴란드에서 세 병을 갖다줬죠.」

그는 잔을 든 채로 침대 가장자리에 앉았고, 그녀는 두 잔 가득 술을 따랐다. 그녀는 코르크로 입구를 막지도 않고 술병을 내려놓았다. 크리스티안은 목구멍 속으로 내려가는 독주가 맛있게 느껴졌다. 그녀는 한 번에 잔을 모두 비웠다.「아.」그녀가 말했다.「어쨌든 우리는 살아 있어요.」그녀는 몸을 숙여 다시 병을 들고 두 사람의 잔에 술을 조용히 따랐다.「너무 오래 걸렸어요.」잔을 부딪치며 그녀가 말했다.「당신이 베를린에 오기까지요.」

「나는 바보였어요.」미소를 지으며 크리스티안이 말했다. 「몰랐어요.」

그들은 술을 마셨다. 그녀는 잔을 바닥에 떨어트렸다. 그녀는 손을 뻗어 그를 자신의 몸 위로 올라오게 했다.「한 시간 후면 나가 봐야 해요.」

그 후 그들은 침대에서 술병을 마저 비웠다. 자리에서 일어난 크리스티안은 옷장 속에서 술을 한 병 더 꺼냈다. 옷장 속에는 폴란드와 러시아에서 가져온 보드카, 1940년 영국의 군사령부에서 압수한 스카치, 밀짚으로 포장된 샴페인과 브랜디와 고급 부르고뉴 와인, 헝가리에서 가져온 슬리보비츠,[14] 아쿠아비트,[15] 샤르트뢰즈,[16] 셰리, 베네딕트주, 보르도산 백포도주 등이 가득 들어 있었다. 그는 술병을 열어 그녀의 손이 닿을 만한 곳에 내려놓았다. 그는 그녀 앞에 서서 날씬하지만 가슴이 풍만한, 약간 떨고 있는 몸을 바라보았다. 그녀는 투항하듯, 그리고 동시에 증오하듯 굳은 얼굴로 그를 바라보았다. 그는 문득 그녀의 그러한 표정이 그녀에게서 가장 흥분되는 점이라는 사실을 깨달았다. 그는 그녀 옆에 누우며 마침내 전쟁이 자신에게 뭔가 괜찮은 것을 갖다주었다고 생각했다.

「언제까지 있을 건가요?」 그녀는 깊은 목소리로 말했다.

「침대에 말인가요?」 그가 물었다.

그녀는 웃음을 터트렸다. 「베를린에요, 병장님.」

「나는…….」 그가 말했다. 그는 한 주를 베를린에서 머문 후 다음 한 주는 고향인 오스트리아에 가 있을 거라고 말할 작정이었다. 「나는 두 주 정도 머물 거예요.」

「훌륭해요.」 그녀가 꿈을 꾸듯 말했다. 「하지만 충분하지는 않아요.」 그녀는 손으로 그의 배를 가볍게 만졌다. 「국방부에 있는 몇몇 친구들에게 이야기해 볼게요. 당신을 베를린에 주둔하게 하면 좋을 거예요. 당신 생각은 어때요?」

---

14 플럼 브랜디의 일종.
15 스칸디나비아산의 투명한 증류주.
16 카르투지오회 수도원에서 만든 고급 술.

「멋진 생각이에요.」크리스티안이 천천히 말했다.

「지금은 한 잔 더 해요.」그녀는 술을 잔에 따르며 부드럽게 말했다.「전쟁이 일어나지 않았다면 보드카를 알지 못했을 거예요.」그녀는 웃음을 터트리며 그의 잔에 술을 따라 주었다.

「오늘 밤 12시 이후에 만나요. 괜찮죠?」그녀가 말했다.

「그럼요.」

「베를린에 다른 여자가 있는 건 아니겠죠?」

「네. 어디에도 다른 여자는 없어요.」

「불쌍한 병장님이군요. 누워 있는 불쌍한 병장님. 나는 라이프치히에 중위 하나와 리비아에 대령 하나, 프랑스 아브빌에 대위 하나, 프라하에 또 다른 대위 하나, 아테네에 소령 하나, 우크라이나에 여단 장군 하나가 있어요. 물론 거기에 렌에 있는 중위인 내 남편은 포함되지 않았어요. 내 남편은 취향이 이상해요.」

「그래요.」

「나 또한 이상한 취향을 갖고 있어요. 나중에 그걸 경험해 봐요. 당신은 괜찮아요. 정력이 넘쳐요. 단순하지만 정력이 넘쳐요. 반응이 빨라요. 장래가 유망하고 이해가 빨라요. 자정이 지나서 봐요.」

「그래요.」

「전쟁터 이곳저곳에 남자친구들이 있어요. 하지만 당신은 전쟁이 시작된 이후로 내가 알게 된 최초의 병장이에요. 자랑스럽지 않아요?」

「우스꽝스러워요.」

그녀는 깔깔 웃었다.「오늘 밤 대령하고 데이트가 있는데 그는 러시아에서 가져온 담비 모피 코트를 내게 줄 거예요. 내가 어린 병장을 만나러 집에 간다고 이야기하면 그가 어떤 얼굴을 할지 상상이 가요?」

「말하지 말아요.」

「암시는 줄 거예요. 그뿐이에요. 살짝 암시만 줄 거예요. 코트를 걸친 후 살짝 암시만 줄 거예요. 당신을 중위로 만들어 주겠어요. 당신 능력에 어울리는 사람으로요.」 그녀는 다시 깔깔 웃었다. 「당신은 웃고 있군요. 나는 그렇게 할 수 있어요. 그보다 간단한 일은 없어요. 디스틀 중위를 위해 건배해요.」

그들은 디스틀 중위를 위해 건배했다.

「오늘 오후에 뭘 할 거예요?」 그녀가 물었다.

「별로 할 일은 없어요.」 크리스티안이 말했다. 「자정을 기다리며 돌아다닐 거예요.」

「그건 시간 낭비예요. 내게 작은 선물을 사줘요.」 그녀는 침대에서 내려가 레이스가 놓여 있는 테이블 쪽으로 갔다. 그녀는 레이스를 머리에 둘렀다. 「작은 핀.」 레이스를 목 아래로 잡은 채 그녀가 말했다. 「이걸 묶을 작은 브로치가 있으면 아주 좋을 거예요, 그렇게 생각지 않아요?」

「그렇게 생각해요.」

「쿠르퓌르슈텐담의 타우엔친가(街)에 훌륭한 가게가 있어요.」 그녀가 말했다. 「아주 쓸모 있는 작은 석류석 핀이 있을 거예요. 거기에 가면 될 거예요.」

「거기에 갈게요.」

「좋아요.」 그녀는 미소 지으며 알몸으로 천천히 침대로 왔다. 그녀는 한쪽 무릎을 꿇고 그의 목에 키스했다. 「중위가 저 레이스를 보내 줘 무척 기뻐요.」 그녀는 크리스티안의 목에

다 속삭였다. 「그에게 편지를 해 안전하게 배달되었다고 말해야겠어요.」

크리스티안은 타우엔친가에 있는 가게에 가서 작은 석류석 브로치를 샀다. 그는 브로치를 손에 들고 그것이 하르덴부르크 부인의 목에 걸린 모습을 상상했다. 그는 자신이 그녀의 이름조차 모른다는 사실을 깨닫고는 미소 지었다. 브로치는 240마르크나 했지만 다른 지출을 줄이면 되었다. 그는 역 근처에서 아주 싼, 작은 하숙방을 구해 배낭을 그곳에 두었다. 방은 더러웠고, 병사들로 가득 차 있었다. 하지만 그는 그곳에서 많은 시간을 보내지는 않을 터이다.

그는 자신의 어머니에게 전보를 보내 휴가 때 집에 갈 수 없다고 했다. 그리고 2백 마르크를 빌려줄 수 있는지 물었다. 열여섯 살 이후로 그녀에게 돈을 요구한 건 처음이지만 그의 가족이 지금 잘 지내고 있으며 그 정도는 빌려줄 수 있다는 것을 알고 있었다.

그는 하숙집으로 돌아가 잠을 자려고 했지만 계속해서 아침의 일이 생각나서 잠이 오지 않았다. 그는 면도를 하고 옷을 갈아입은 후 밖으로 나갔다. 오후 5시 반이었고, 아직도 환했다. 그는 프리드리히가를 천천히 걸으며 사방에서 들려오는 독일어를 들으면서 미소를 지었다. 길모퉁이에서 창녀들이 다가왔고, 그는 살며시 고개를 저었다. 창녀들은 옷을 무척 잘 입고 있었다. 그들은 진짜 모피를 걸쳤는데, 디자인도 예뻤다. 프랑스를 정복한 것이 최소한 창녀들에게는 득이 된 것 같았다.

군중들 사이를 유쾌한 기분으로 걸으며 크리스티안은 어느 때보다 강렬하게 독일이 승리할 것이라는 확신이 생겼다.

칙칙하고 남루해 보이던 도시는 이제 생기가 넘치고, 활기로 가득 차 있고, 누구도 넘볼 수 없는 것처럼 보였다. 그는 〈오늘 오후 런던과 모스크바 거리는 이와는 무척 다를 거야〉라고 생각했다. 그는 병사들 모두를 베를린으로 휴가 보내야 한다고 생각했다. 그런 조치는 군대 전체에 활력을 불어넣을 게 틀림없다. 물론 열차에서 내린 병사 모두를 하르덴부르크 부인에게 가게 해서 보드카를 반 병 정도 마시게 하면 더없이 좋을 거라는 생각을 하며 그는 미소를 지었다. 그것은 병참장교에게는 새로운 문제가 될 것이다.

그는 신문을 사 카페로 들어가 맥주를 시키고는 신문을 읽었다. 마치 브라스 밴드의 연주를 듣는 것 같았다. 승전에 관한 이야기들로 가득했다. 신문에는 수천 명의 러시아 병사를 포로를 만든 소식과, 북쪽에서 독일군 중대가 적군 대대를 격파한 이야기와, 본대와 연락이 두절된 상태에서 한 주 동안 적의 후미를 공격해 살아남은 기갑 부대에 대한 이야기가 실려 있었다. 또한 지나친 낙관주의를 경계하라는, 퇴역한 소장의 조심스러운 분석도 실려 있었다. 그는 러시아가 석 달 안에는 항복하지 않을 것이며 곧 모스크바를 함락할 거라는 요란한 이야기는 조국과 전선에 있는 모두의 사기에 악영향을 끼칠 수도 있다고 말하고 있었다. 신문 사설은 터키와 미국에 대해 경고를 하고 있었다. 그리고 그것은 유대인의 광적인 행동에도 불구하고 이 전쟁이 자신들의 일이 아니라고 생각하는 미국인들은 참전을 거부할 것이라고 단언하고 있었다. 독일군 병사들이 소비에트 병사들에 의해 어떻게 고문을 당하고 화형당했는지에 대한, 러시아에서 전해 온 기사도 있었다. 크리스티안은 각 기사의 첫 번째 문장만 읽으며 서둘러 신문을 봤다. 지금 그는 휴가 중이고, 두 주 동안은 그런 문제에 대해서 생각하고 싶지 않았다.

그는 맥주를 한 모금 들이켜며, 맥주에 물을 탄 것 같아 약간 실망했지만 만족스러운 기분으로 이따금 신문에서 눈을 떼고, 잡담을 나누고 있는, 환한 얼굴의 남녀를 바라보았다. 카페 안에는 가슴에 훈장 두 개를 단 비행기 조종사가 예쁜 여자와 앉아 있었다. 크리스티안은 공중전이 벌어진 하늘에서 잠시 내려온 사람에게 그 장소와 휴가가 얼마나 더 소중하게 여겨질지를 생각했고, 자신이 한심하게 느껴졌다. 자신은 경찰 막사에서 하르덴부르크 중위의 신랄한 말을 듣다 와서 코린의 상병 남편의 더블베드에서 뒹굴었을 뿐이다. 〈국방부에 있는 마이스터 대령에게 가 러시아에 있는 부대로 전출시켜 달라고 해야 해〉 하고 그는 생각했다. 하지만 확신은 없었다. 어쩌면 그 주 끝쯤에, 모든 것이 좀 더 안정되었을 때 그렇게 할 수도 있을 것이다.

크리스티안은 신문을 넘겨 음악에 관한 기사가 실려 있는 부분을 보았다. 그날 밤 네 곳에서 콘서트가 열릴 예정이다. 그는 기분 좋은 향수를 느끼며 모차르트의 클라리넷 사중주가 연주되고 있다는 기사를 보았다. 그곳에 가 음악을 듣는 것은 자정이 되기를 기다리며 시간을 보내는 완벽한 방법이 될 것 같았다.

하르덴부르크 부인이 사는 건물의 수위가 그에게 메시지를 전했다. 「부인이 당신을 집 안으로 모시라고 했어요. 그녀는 아직 돌아오지 않았어요.」

그들은 심각한 얼굴로 함께 엘리베이터를 타고 올라갔다.

수위는 열쇠로 아파트 문을 연 다음「좋은 밤을 보내세요, 병장님」하고 말했다.

크리스티안은 천천히 안으로 들어갔다. 난로에 불이 지펴져 있었고, 차양은 내려져 있었다. 방은 그가 나갔을 때 그대로였지만 무척 현대적이며 멋져 보였다. 〈하르덴부르크를 보면 그가 이런 곳에 살리라고는 생각되지 않아〉하고 크리스티안은 생각했다. 그에게는 높고 색깔이 진한 낡은 가구와, 광택이 나는 딱딱한 호두나무 의자가 어울렸다.

크리스티안은 소파에 누웠다. 그는 피곤했다. 연주회장의 음악은 그를 지겹게 만들었다. 홀은 너무 더웠고, 사람이 너무 많았다. 처음 몇 분을 즐긴 후 그는 졸음과 싸워야 했다. 모차르트의 음악은 단조롭고 무미하게 여겨졌다. 더운 홀에서 그는 눈을 반쯤 감은 채로 하르덴부르크 부인의 긴 알몸을 떠올리며 졸음과 음악 사이에서 헤엄쳤다. 그는 소파에 몸을 뻗고 누웠고, 곧 잠이 들었다.

그는 사람들 목소리에 잠에서 깼다. 그는 눈을 떴고, 불빛에 눈이 부셔 비스듬히 위쪽을 쳐다보았다. 하르덴부르크 부인과 또 다른 여자가 그의 위쪽에 서서 미소를 지으며 그를 내려다보고 있었다.

「병장님이 지쳤군요.」하르덴부르크 부인이 말했다. 그녀는 몸을 숙여 그에게 키스를 했다. 그녀는 무거운 모피 코트를 입고 있었고, 숨결에서는 술 냄새가 강하게 풍겼다. 술에 취했지만 자제력을 발휘하고 있는 사람처럼 눈의 동공은 크고 어두웠다. 그녀는 그의 머리 옆에 머리를 갖다 댔다.「친구를 데리고 왔어요, 내 사랑. 디스틀 병장님, 엘로이즈예요.」

엘로이즈는 그를 향해 미소를 지었다. 그녀의 눈 역시 희미하게 반짝였다. 그녀는 코트도 벗지 않고 갑자기 커다란 의자에 앉았다.

「엘로이즈는 오늘 밤 집에 가기에는 너무 먼 곳에 살아요.」 하르덴부르크 부인이 말했다. 「오늘 밤 우리와 함께 지낼 거예요. 당신은 엘로이즈를 사랑하게 될 거예요. 엘로이즈 역시 당신을 사랑하게 될 거고요. 그녀는 당신에 대한 모든 것을 알고 있어요.」 그녀는 자리에서 일어나 팔을 벌렸다. 코트의 부드럽고 넓은 소매가 손목에서 떨어졌다. 「어때요, 병장님?」 그녀가 물었다. 「아름답지 않아요?」

크리스티안은 자리에서 자세를 고쳐 앉았다. 「아름다워요.」 그가 말했다. 그는 혼란스러웠다. 그는 의자에 앉아 있는 엘로이즈를 보지 않을 수 없었다. 엘로이즈 역시 금발이었지만 살이 부드럽게 쪄 있었다.

「안녕하세요, 병장님.」 엘로이즈가 말했다. 「잘생긴 병장님이군요.」

크리스티안은 손으로 눈을 비볐다. 〈이곳은 내게 어울리는 곳이 아냐, 나는 여기서 나가야 해〉라고 그는 생각했다.

「그 대령을 이곳에 오지 못하게 하느라 얼마나 고생했는지 당신은 모를 거예요.」 하르덴부르크 부인이 깔깔거렸다.

「그가 다시 러시아에 갔다 올 때면 내게도 모피 코트를 사다 주겠다고 했어요.」 엘로이즈가 말했다.

「몇 시죠?」 크리스티안이 물었다.

「2~3시쯤이요.」 하르덴부르크 부인이 말했다.

「4시예요.」 자신의 시계를 보며 엘로이즈가 말했다. 「잘 시간이죠.」

「나는 가는 게 낫겠어요.」 크리스티안이 조심스럽게 말했다.

「병장님.」 하르덴부르크 부인은 그를 나무라듯 쳐다보더니 그의 몸에 팔을 둘렀다. 모피의 부드러운 감촉이 그의 목에 느껴졌다. 「우리에게 그럴 수는 없어요. 특히 대령과 힘든 시간을 보낸 우리에게 말예요. 그는 당신을 중위로 만들어 줄 거예요.」

「소령으로 만들어 줄 거예요.」 엘로이즈가 말했다. 「소령으로 만들어 줄 것 같아.」

「중위야.」 하르덴부르크 부인이 위엄 있게 말했다. 「그리고 이곳에 있는 장군 사무실에서 근무하게 해줄 거예요. 모두 이야기가 됐어요.」

「그는 그레첸에게 홀딱 반해 있죠.」 엘로이즈가 말했다. 「그녀를 위해서라면 무엇이든 하죠.」

그레첸이 그녀의 이름이야, 하고 크리스티안은 생각했다.

그레첸이 말했다. 「우리에게 필요한 건 술을 한잔 더 하는 거야. 우리는 브랜디를 마실 거예요. 옷장이 어디 있는지 알죠?」 갑자기 그녀는 술이 완전히 깬 사람처럼 보였다. 그녀는 차갑고도 조심스럽게 말했다. 그녀는 흘러내린 머리를 넘겼다. 멋진 코트와 길고 하얀 이브닝드레스를 입고 방 한가운데에 있는 그녀는 무척 커 보였다. 크리스티안은 굶주린 사람처럼 그녀를 쳐다보지 않을 수 없었다.

「그거예요.」 그레첸이 잠시 미소를 지으며 손가락 끝으로 그의 입술을 살짝 만졌다. 「여자는 그렇게 보는 거예요. 옷장에 가 술을 가져와요, 내 사랑.」

〈그래, 한잔만 하는 거야〉 하고 크리스티안은 생각했다. 그는 옷장 안에 있는 브랜디를 가지러 다른 방으로 갔다.

강한 빛이 그를 깨웠다. 그는 눈을 떴다. 커다란 창문 사이로 햇빛이 쏟아져 들어오고 있었다. 그는 천천히 고개를 돌렸다. 구겨진 침대 위에는 자신밖에 없었다. 향수 냄새에 그는 마른 침을 삼켰다. 그는 목이 말랐고 머리가 아프기 시작했다. 밤사이 기억이 몽롱하게 떠올랐다. 코트와 두 여자, 그를 중위로 만들어 줄 대령, 향수 냄새를 풍기는 육체들과 몸을 섞은 일…… 그는 고통스럽게 눈을 감았다. 그는 그런 여자들에 대해 들은 적이 있었고, 지난 전쟁 이후 타락한 베를린에 대한 소문을 떠올렸지만 그런 일이 자신에게 막상 일어나자 무척 이상했다.

욕실 문이 열리며 그레첸이 들어왔다. 그녀는 검은색 정장 차림이었다. 머리 또한 소녀처럼 검은색 리본으로 묶고 있었다. 그녀의 맑은 눈은 반짝였다. 그녀는 밝은 아침 햇살 속에서 전혀 새롭고 신선하게 보였다. 그녀는 크리스티안에게 미소를 지으며 그에게로 다가와 침대에 앉았다.

「좋은 아침.」 그녀가 말했다. 그녀의 목소리는 차분하면서도 기분이 좋은 듯 들렸다.

「안녕.」 크리스티안은 가까스로 미소를 지었다. 그레첸의 단정하고 눈부신 모습을 보자 자신이 남루하고 병에 걸린 사람처럼 여겨졌다. 「다른 여자분은 어디 있죠?」

「엘로이즈?」 그레첸은 그의 손을 무심히 토닥였다. 「오, 그녀는 일하러 갔어요. 그녀는 당신을 좋아해요.」

크리스티안은 〈그녀는 나를 좋아해, 그리고 모든 다른 남자와 여자 그리고 심지어는 들판의 야수까지 닥치는 대로 좋아하지〉 하고 우울한 생각을 했다. 「왜 그렇게 정장을 하고 있죠?」 크리스티안이 말했다.

「나도 일하러 가야 해요.」 그레첸이 말했다. 「내가 한가롭게 노는 여자라고 생각한 건 아니겠죠?」 그녀가 미소를 지으며 물었다. 「전쟁 중에 말예요.」

「어디서 일하죠?」

「선전부에서요.」 그레첸의 얼굴이 무척 심각해졌다. 그런 헌신적이고 진지한 표정은 본 적이 없었다. 「여성 분과요.」

크리스티안은 눈을 깜박였다. 「거기서 무슨 일을 하죠?」

「오.」 그레첸이 말했다. 「라디오 연설문을 쓰죠. 지금은 선전과 관련된 일을 하고 있어요. 얼마나 많은 여자들이 외국인과 잠자리를 같이하는지 알게 되면 놀랄 거예요.」

「어떤 외국인이요?」 크리스티안이 당황하며 말했다.

「외국인 노동자들이요. 공장과 농장에서 일하는. 이 이야기를 하면 안 되는데, 특히 병사에게는······.」

「괜찮아요.」 크리스티안이 말했다. 「아무런 환상도 없으니까요.」

「하지만 소문이 나돌고 있어요. 그리고 그런 소문은 전선에 있는 병사들의 사기에 아주 나쁜 영향을 미치죠.」 그녀는 그날 배운 것을 반복하고 있는, 쾌활한 성격의 여학생처럼 말했다. 「그에 관해 로젠베르크[17]로부터 긴 비밀 보고서를 받고 있죠. 그건 아주 중요한 거예요.」

「당신은 사람들에게 뭐라고 하죠?」 이제 크리스티안은 그레첸의 새로운 면모에 대해 진짜로 흥미가 생겼다.

「오, 일상적인 내용을 이야기하죠.」 그레첸이 어깨를 으쓱했다. 「더 이상 말할 만한 새로운 게 별로 없어요. 독일인 혈통의 순수함과 인종주의적인 성격에 관한 이론, 유럽의 역사

---

17 나치스 독일의 정치가이자 이론가.

속에서 폴란드인과 헝가리인 그리고 러시아인이 차지하는 위치 등에 대해서요. 가장 나쁜 건 프랑스인을 다루려고 하는 거예요. 독일 여자들은 프랑스인에게는 약하죠.」

「그래서 뭐가 문제죠?」

「성병이요. 우리는 파리에서 매독에 걸리는 것과 같은 여러 가지 사례에 대해 통계를 인용하여 설명하죠.」

「효과가 있나요?」

「별로요.」 그레첸은 미소를 지었다.

「오늘은 뭘 할 거예요?」

「오늘 라디오 인터뷰가 있어요.」 그녀가 말했다. 「열 번째 아기를 낳은 여자와요. 소장이 그녀에게 보너스를 주는 것을 방송으로 내보낼 거예요.」 그레첸은 손목시계를 봤다. 「이제 가봐야 해요.」 그녀는 자리에서 일어났다.

「오늘 밤에 볼까요?」 크리스티안이 말했다.

「미안해요, 내 사랑.」 그녀는 거울 앞에 서서 마지막으로 머리를 살짝 만졌다. 「오늘 밤에는 바빠요.」

「약속을 깨요.」 크리스티안은 자신의 목소리가 하소연을 하듯 들렸고, 그 점이 싫었다.

「미안해요, 내 사랑. 오랜 친구를 만나기로 했어요. 아프리카에서 막 돌아온 대령이죠. 약속을 어기면 그가 무척 상심할 거예요.」

「그럼 그 후에, 그를 만난 후에 봐요.」

「미안해요.」 그레첸이 쾌활하게 말했다. 「무척 늦을 거예요. 큰 파티가 열리거든요.」

「그럼 내일 볼까요?」

그레첸은 생각에 잠겨 그를 보더니 미소를 지었다. 「당신은 무척 초조해하는군요, 그렇죠?」

「그래요.」 크리스티안이 말했다.

「어젯밤에는 즐거웠어요?」 그녀는 거울을 보며 다시 머리를 올렸다.

「그래요.」

「당신은 좋은 사람이에요. 당신이 준 작은 핀도 멋져요.」 그녀가 다가와 몸을 숙여 그에게 가볍게 키스를 했다. 「아주 괜찮은 핀이에요. 같은 가게에 그것과 잘 어울리는 예쁘고 작은 귀걸이가 있어요.」

「당신한테 사줄게요.」 뇌물을 쓰고 있는 자신을 경멸하며 크리스티안이 말했다. 「내일 밤에 봐요.」

그레첸은 그녀 특유의 동작으로, 손가락 끝으로 그의 입술을 만졌다. 「당신은 정말로 좋은 사람이에요.」 크리스티안은 팔을 벌려 그녀를 끌어당기고 싶었지만 그렇게 하지 않는 게 낫다는 것을 알고 있었다. 「엘로이즈를 데리고 올까요?」 그레첸이 미소를 지으며 말했다.

크리스티안은 지난 밤 술에 취해 격한 행동을 했던 것을 떠올렸다. 그것은 병적이고, 도착적인 것이다. 보통 때라면 그는 그런 짓을 한 자신을 창피하게 여겼을 것이다. 하지만 지금은 「그래요」라고 천천히 말했다. 「안 될 이유가 없죠.」

그레첸은 깔깔거렸다. 「이제 가야겠어요.」 그녀는 문 쪽으로 걸어가 그곳에서 걸음을 멈췄다. 「면도를 해야겠어요.」 그녀가 말했다. 「약품을 넣어 두는 찬장에 면도기가 있어요. 미국제 면도용 비누도 있고요.」 그녀는 미소를 지었다. 「중위 것이에요. 상관없죠?」 그녀는 그를 향해 손을 흔든 후 문 밖으로 나가 소장과, 열 번째 아기를 성공적으로 낳은 여자에게로 향했다.

크리스티안은 다음 한 주를 정신없는 상태에서 멍하게 보냈다. 수백만 명이 거리를 오갔고, 전차와 버스는 요란한 소리를 내며 달렸으며, 신문사 밖에는 플래카드가 걸려 있었고, 장군과 정치가들은 반짝이는 제복 차림으로 장갑차에 타 거리를 질주했으며, 병사들은 휴가를 나오기도 하고 부대에 복귀하기도 했고, 라디오에서는 독일군이 얼마나 진격했고 러시아에서 얼마나 전사했는지를 전했다. 그 모든 것이 크리스티안에게는 요원하게 여겨졌다. 티르가르텐가에 있는 아파트와, 하르덴부르크 부인의 사나운 육체만이 실체가 있는 현실적인 것으로 여겨졌다. 그는 그녀에게 귀걸이를 사주었고, 돈을 조금 더 보내 달라고 집에 전한 후에는 금 체인으로 된 팔찌를 사주었다. 그리고 암스테르담에서 한 병사가 갖고 온 스웨터를 사주기도 했다.

그녀는 밤낮 없이 그가 살고 있는 하숙집에 전화를 하는 습관이 생겼고, 그래서 그는 산책도 극장도 포기하고 침대에 누워 음산한 아래층 홀에 있는 전화기의 벨이 울리기를, 그녀를 만나러 거리로 뛰어나가기만을 기다렸다.

그에게 그녀의 집은 비현실적인 세계 속에서 유일하게 실제적인 곳이 되었다. 이따금 그녀가 그를 혼자 있게 내버려두고 나간 후면 그는 안절부절못하면서 방을 돌아다니며 옷장과 책상 서랍을 열고 우편물과, 책 속에 끼워져 있는 사진을 보곤 했다. 그는 늘 자신의 사생활을 중요시했고, 다른 사람들의 사생활 역시 존중했지만 그녀에게만큼은 달랐다. 그는 그녀와 그녀의 모든 생각과 소유물, 악의와 욕망 모두를 삼키고 싶었다.

아파트는 전리품으로 가득했다. 경제학을 공부하는 학생이라면 그레첸의 아파트에 아무렇게나 쌓여 있는 물건에서 유럽과 아프리카를 정복한 독일인들의 이야기를 꿰어 맞출 수도 있을 것이다. 크리스티안은 이따금 반짝이는 군화를 신고, 가슴에는 훈장을 단, 엄격한 얼굴의 장교들이 육중한 공무 차량을 타고 물건을 가져오는 것을 보았다. 그는 아래에 있는 그들에게 질투심을 느끼며 창밖을 바라보았다. 그가 첫날 본 수많은 술병 외에도 네덜란드산 치즈와 프랑스제 실크 스타킹 65켤레, 향수 1리터, 발칸반도의 각지에서 가져온 보석 장식이 있는 전투 기장과 단검, 문직으로 짠 모로코산 슬리퍼, 알제에서 가져온 포도와 승도 바구니, 러시아제 모피 코트 세 벌, 로마에서 가져온 티치아노의 스케치 한 점, 부엌 뒤쪽 식료품 저장실에 걸려 있는 덴마크산 훈제 베이컨 두 짝, 선반 하나를 가득 채우고 있는, 파리에서 가져온 모자가 있었다. 하지만 그는 그레첸이 모자를 쓰는 것을 한 번도 본 적이 없다. 그 외에도 베오그라드에서 가져온, 은 수공 커피 병과, 어떤 중위가 노르웨이의 한 별장에서 가져온, 가죽을 씌운 육중한 책상도 있었다.

아무렇게나 바닥에 떨어져 있거나 테이블의 잡지 속에 끼워져 있는 편지들은 새로운 독일 제국의 가장 먼 곳에서 온 것으로, 헬싱키에서 근무하고 있는 젊은 학자들의 섬세하고 서정적인 시부터 서부 사하라 사막에서 로멜 장군 밑에서 복무하는 늙은 직업 군인의 딱딱하고 포르노적인 회고담에 이르기까지 문학적인 성향이 무척 다양했지만 그 모든 것은 예외 없이 그녀에 대한 갈망과 감사로 가득 차 있었다. 그리고 그 편지들은 모두 오를레앙에서 산 초록색 실크 한 필과, 부다페스트의 어떤 가게에서 찾아낸 반지와, 트리폴리에서 구한 사파이어가 박힌 로켓 등을 보내 주겠다는 약속으로 가득 차 있었다.

그 편지들 중 어떤 것들에는 엘로이즈와 다른 여자들이 때로는 반쯤 농담조로, 또는 과거의 관능적인 추억에 대한 향수를 불러일으키는 식으로 언급되어 있었다. 크리스티안은 엘로이즈와 다른 여자들의 등장이 거의 일반적이라는 것을 깨닫게 되었다. 아니 더 정확히 말하면 최소한 그레첸에게는 그랬다. 편지 속에서 놀라울 정도로 아름답고, 취향 또한 독특하며, 정력이 넘치는 것으로 묘사된 그레첸은 일상적인 행동의 경계를 넘어선 곳에 있었다. 그녀가 별 생각 없이 낭비한 에너지를 다시 회복하기 위해 아침에 벤제드린[18]과 다른 약을 수시로 복용한 것은 사실이다. 그리고 이따금 아침이면 그녀는 비타민 B를 커다란 피하 주사기로 주사하기도 했는데, 그녀 말로는 그것이 숙취를 즉각적으로 없애 준다고 한다.

불과 3년 전만 해도 그녀가 바덴에서 열 살 된 아이들에게 지리와 산수를 가르치는 젊고 정숙한 교사였다는 사실은 매우 놀라운 점이다. 그녀는 자신이 수줍음이 많았다고 크리스티안에게 말했다. 하르덴부르크는 그녀가 처음으로 잠자리를 같이한 남자이다. 그녀는 결혼하기 전에는 그와의 잠자리도 거부했다. 하지만 전쟁이 시작되기 직전 그가 그녀를 베를린으로 데려왔을 때 한 나이트클럽에서 그녀를 본 여자 사진작가가 현재 제작하고 있는 어떤 선전용 포스터에 그녀의 사

---

18 각성제인 암페타민의 상표명.

진을 실을 수 있는지 물었다. 사진작가는 그녀를 부추겼고, 그녀의 얼굴과 몸매를 전형적인 독일 여자의 모델로서 아주 유명하게 만들었다. 그 일련의 사진 속에 등장한 그 전형적인 독일 여자는 군수 공장에서 야근을 하고, 정기적으로 당의 모임에 참가하며, 대용품 음식으로 부엌에서 맛있는 식사를 현명하게 준비하는 여자이다. 그 후로 그녀는 전시의 베를린 사교계에서 눈부실 정도로 높은 위치에 올라섰다. 하르덴부르크는 그녀가 일을 시작한 지 얼마 되지 않아 어떤 연대로 파견되었다. 이제 베를린의 상황을 보게 된 크리스티안은 하르덴부르크가 렌에서 그토록 소중한 존재로 간주되는 이유와 함께 그가 휴가를 받아 고향으로 돌아오는 것이 무척 힘든 이유를 더 잘 이해할 수 있었다. 그레첸은 모든 중요한 파티에 초대되었으며, 히틀러를 두 번이나 만났고, 로젠베르크와는 친한 사이였다. 물론 그녀는 크리스티안에게 자신과 로젠베르크가 깊은 사이는 아니라고 했다.

크리스티안은 그레첸의 도덕성에 대한 판단은 하지 않으려고 했다. 이따금 아래층 전화기가 울리기를 기다리며 하숙집의 어두운 방 안에 누운 채로 그는 자신의 어머니라면 그레첸의 죄악에 대해 어떻게 이야기할지 궁금해했다. 그는 더 이상 교회를 다니지 않지만 이따금 그의 마음속에는 어머니의 엄격한, 종교적인 도덕성의 잔존물이 되살아났고, 가끔은 그레첸의 행위가 용납할 수 없는 것으로 여겨지기도 했다. 하지만 그는 그러한 어설픈 판단은 되도록 삼갔다. 그레첸은 일상적인 도덕성 위에 또는 그 너머에 있다. 그렇게 정력과 식욕과 활기가 넘치는 사람은 이미 죽어 가고 있는 낡은 도덕적 척도에 적용될 수가 없다. 그레첸을 예수님의 말씀으로 판단하는 것은 새를 달팽이로, 기갑 부대 대위를 마을의 교통 법규로, 장군을 살인에 대한 민법으로 판단하는 것과 같다.

하르덴부르크가 렌에서 보낸 편지들은 딱딱했고, 거의 군대의 문서 같았으며, 공허했고, 차가웠다. 크리스티안은 그 편지들을 읽으면서 웃지 않을 수 없었다. 그는 하르덴부르크가 전쟁에서 살아남을 경우 그레첸에 의해 곧 잊혀지고, 그녀의 복잡한 과거 속에서 아무렇게나 버려진 기사처럼 되리라는 것을 알고 있었다. 크리스티안은 스스로 반쯤 인정한, 미래에 대한 계획을 갖고 있었다. 어느 날 밤 술을 마시던 중 그레첸은 대수롭지 않게 60일 안에 전쟁이 끝날 것이며, 정부의 고위직에 있는, 그녀가 이름을 밝히기를 거부한 어떤 인물이 그녀에게 폴란드에 있는 3백만 평이 넘는 땅을 주기로 했다고 말했다. 그 땅에는 전쟁의 피해를 입지 않은, 17세기에 지어진 석조 저택이 있고, 80만 평의 땅은 지금도 경작되고 있다.

「숙녀를 위해 그 영지를 관리하는 건 어때요?」 그녀는 소파에 누우며 반은 농담조로 물었다.

「멋져요.」 그가 말했다.

「농사일을 하면 지루하지 않을 거예요.」 그녀가 미소를 지으며 말했다.

「물론이죠.」 그는 그녀 옆에 앉아 손을 그녀의 머리 밑에 넣어 목 아래쪽의 희고 단단한 살결을 어루만졌다.

「두고 봐요.」 그레첸이 말했다.

바로 그거야, 하고 크리스티안은 생각했다. 돈이 굴러 들어오는 거대한 영지와, 그레첸이 안주인으로 있는 오래된 집. 물론 그들은 결혼하지 않을 것이다. 그레첸과 결혼하는 것은 터무니없는 짓이다. 그는 일종의 내연의 부군(夫君)처럼 행세

하며, 수제 승마 부츠를 신고 말을 타고, 마구간에 말을 스무 마리를 기르면서 거대한 영지를 돌볼 것이다.

크리스티안은 하르덴부르크가 렌의 경찰 막사에서 책상 서랍을 열어 검은색 레이스가 든 꾸러미를 꺼낸 순간이 자신의 인생에서 가장 운이 좋았던 때라고 생각했다. 크리스티안은 렌에 대해서는 더 이상 생각하지 않았다. 그레첸은 그의 전출에 대해 소장에게 이야기를 했으며 일이 진행되고 있다고 했다. 하르덴부르크는 이제 과거의 비참한 유령에 지나지 않으며, 미래의 어느 순간에 만나게 되면 크리스티안은 그에게 심한 말을 쏘아붙일 것이다. 크리스티안은 〈내 인생에서 가장 운이 좋았던 날이야〉라고 생각하며 미소를 지으며 몸을 돌려 이제 막 열린 문 쪽으로 갔다. 그레첸은 어깨에 밍크 목도리를 두른 채로 금빛 드레스 차림으로 서 있었다. 그녀는 미소를 지으며 팔을 내밀면서 「하루 일을 끝내고 집에 돌아오는 여자를 기다리는 게 좋지 않아요?」라고 말했다.

크리스티안은 그녀에게로 가 문을 발로 차 닫은 후 그녀를 안았다.

휴가가 끝나기 사흘 전 하숙집 전화벨이 울렸다. 그레첸이 모든 것이 잘되었다고 말했고 그는 아무런 걱정을 하지 않고 있었다. 그는 아래층으로 달려가 전화를 받았다. 그녀의 목소리가 들렸다. 그는 미소를 지으며 「안녕, 내 사랑?」하고 말했다.

「그만해요.」 그녀는 속삭이고 있는 것처럼 보였지만 목소리는 거칠었다. 「그리고 전화로 내 이름을 말하지 말아요.」

「뭐라고요?」 크리스티안은 당황해하며 물었다.

「카페에서 전화하고 있어요.」 그녀가 말했다. 「집으로 전화하지 마요. 그리고 집으로 찾아오지도 말고요.」

「하지만 오늘 밤 8시에 만나기로 했잖아요.」

「그렇게 말한 건 알아요. 오늘 밤 8시에는 안 되겠어요. 그리고 다른 날도 마찬가지고요. 그게 다예요. 내게 더 이상 연락하지 마요. 잘 지내요.」

그녀가 전화를 끊는 소리가 들렸다. 그는 벽에 걸린 전화기를 바라보며 수화기를 천천히 내려놓았다. 그는 자신의 방으로 가 침대에 누웠다. 그런 다음 자리에서 일어나 군복을 입고 밖으로 나갔다. 어디든 상관없지만 그 방에는 있을 수가 없었다.

그는 멍한 상태로 거리를 쏘다니며 머릿속으로 그레첸이 마지막으로 속삭인 말과, 그런 지경이 되게 만든 모든 행동과 말을 더듬어 보았다. 하지만 전날 밤은 그들에게 일상적인 밤이었다. 그녀는 새벽 1시에, 술에 취하긴 했지만 자제력을 발휘하며 아파트에 도착했고, 그들은 2시 정도까지 술을 더 마신 다음 함께 잠자리에 들었다. 여느 때와 다를 바 없었다. 그녀는 그의 옆에서 곯아떨어져 잤으며, 아침 11시에 출근하면서 그에게 다정하고 밝은 모습으로 키스하며 「오늘 밤에는 좀 더 일찍 만나요. 8시에 이곳에서 봐요」라고 말했다.

단서가 될 만한 것은 아무것도 없었다. 그는 건물과 그의 주위에서 서둘러 걷고 있는 사람들을 바라보았다. 그가 할 수 있는 것이라고는 그녀의 아파트 밖에서 그녀를 기다린 후 대놓고 이유를 묻는 것밖에는 없었다.

그날 밤 7시에 그는 그녀의 아파트 입구 맞은편에 있는 나무 뒤에 몸을 숨기고 있었다. 이슬비가 내렸고, 공기는 축축했다. 30분도 안 되어 그는 흠뻑 젖었지만 그런 것에는 신경도 쓰지 않았다. 10시 반에 경찰관이 세 번째로 그곳을 지나며 그를 궁금한 표정으로 보았다.

「여자를 기다리고 있어요.」 크리스티안은 간신히 수줍은 미소를 지어 보였다. 「그녀는 낙하산 부대 소령과 헤어지려고 하고 있죠.」

경찰관은 그에게 미소를 지었다. 「전쟁이 모든 것을 어렵게 만들고 있죠.」 경찰관은 그의 마음을 이해한다는 듯 고개를 젓더니 다른 곳으로 가버렸다.

새벽 2시에 눈에 익숙한 공무용 차량 한 대가 도착했고 그레첸과 장교 한 명이 내렸다. 그들은 보도에서 잠시 이야기를 나누더니 함께 안으로 들어갔고, 차는 다른 곳으로 가버렸다.

크리스티안은 이슬비 사이로 칠흑 같은 건물을 올려다보며 어느 창문이 그레첸의 아파트 창문인지 알아내려 했지만 너무 어두워 알 수가 없었다.

아침 8시에 차가 다시 왔고 장교가 나와 차에 탔다. 〈중령이군〉 하고 크리스티안은 생각했다. 비는 계속해서 내리고 있었다.

그는 길을 건너 아파트 쪽으로 갈까 했다. 하지만 그렇게 하지 않기로 했다. 일을 망칠 수도 있었다. 「그녀는 화를 내며 나를 내쫓을 거야, 그리고 그것으로 모든 것이 끝날 거야.」

그는 나무 뒤에서 군복이 완전히 젖은 채로 졸음을 견디며 이제 회색빛에 드러난 창문을 올려다보았다.

11시에 그녀가 나왔다. 그녀는 짧은 고무장화를 신고, 군인의 위장복 비슷하게 어깨 망토가 달려 있는, 벨트가 달린 가벼운 비옷을 입고 있었다. 아침이면 늘 그렇듯 비옷을 입은 그녀는 신선하고 젊은 여학생처럼 보였다. 그녀는 재빨리 길을 걸어갔다.

그녀가 모퉁이를 돈 순간 그는 그녀를 따라잡았다.

「그레첸.」 그녀의 팔꿈치를 잡으며 그가 말했다.

그녀는 초조한 모습으로 걸음을 재촉했다. 「가까이 오지 말아요!」 그녀가 말했다. 그녀는 초조하게 주위를 살피며 속삭이듯 말했다.

「어떻게 된 거죠?」 그가 애타게 말했다. 「내가 무슨 짓을 한 거죠?」

그녀는 다시 재빨리 걸어갔다. 그는 그녀 조금 뒤에서 그녀를 따라갔다.

「그레첸, 내 사랑.」

「내 말을 들어요.」 그녀가 말했다. 「저리 가요. 멀리 가란 말이에요. 알겠어요?」

「왜 그러는지 이유를 알아야겠어요.」

「당신에게 이야기하는 게 사람들 눈에 띄면 안 돼요.」 그녀는 걸으면서 앞쪽을 바라보았다. 「그게 다예요. 이제 가버려요. 당신은 괜찮은 휴가를 보냈고, 아직 이틀이 더 남아 있어요. 프랑스로 돌아가고 이 일은 잊어버려요.」

「그럴 수는 없어요.」 그가 말했다. 「그럴 수는 없어요. 당신과 이야기해야 해요. 어디든 좋아요. 언제든.」 길 건너편에서 두 남자가 가게에서 나와 그들과 나란히 같은 방향으로 재빨리 걷기 시작했다.

「좋아요.」 그레첸이 말했다. 「집에서 오늘 밤 11시에 봐요. 앞문은 이용하지 말아요. 지하실을 통해 뒤쪽 계단으로 올라갈 수 있어요. 입구는 길 반대쪽에 있어요. 부엌문을 열어 놓을게요. 집에 있을게요.」

「그래요.」크리스티안이 말했다.「고마워요. 아주 좋아요.」
「이제 나를 내버려 둬요.」그녀가 말했다. 그는 걸음을 멈추고 그녀가 멀어져 가는 것을 바라보았다. 그녀는 비옷 차림으로 뒤도 돌아보지 않고 초조하게 걸어갔다. 그는 몸을 돌려 천천히 하숙집으로 걸어갔다. 그는 옷도 벗지 않고 침대에 누워 잠을 청하려 했다.

그날 밤 11시에 그는 뒤쪽 계단을 올라갔다. 그레첸은 테이블에 앉아 뭔가를 쓰고 있었다. 초록색 모직 드레스를 입고 있는 그녀의 등은 무척 곧았다. 크리스티안이 방 안으로 들어갔을 때에도 그녀는 뒤도 돌아보지 않았다. 마치 렌에서 중위를 상대하는 것 같았다. 그는 가볍게 그녀가 앉아 있는 의자 뒤쪽으로 가 그녀의 머리에 키스를 하며 머리에서 나는 좋은 냄새를 맡았다.

그레첸은 글쓰기를 중단하고 의자에 앉은 채로 몸을 돌렸다. 그녀의 얼굴은 차갑고 심각해 보였다.
「당신은 내게 말했어야 해요.」그녀가 말했다.
「무슨 말을요?」그가 물었다.
「당신은 나를 아주 곤란한 상태에 빠트릴 수도 있었어요.」
크리스티안은 의자에 풀썩 주저앉았다. 「내가 무슨 짓을 했죠?」
그레첸은 자리에서 일어나 무릎까지 내려오는 모직 치마를 나풀거리며 방 안을 왔다 갔다 했다.
「나로 하여금 이 모든 일을 겪게 한 건 공정치 못해요.」
「무슨 일을 겪게 했다는 거죠?」크리스티안이 큰 소리로 말했다.「무슨 얘기를 하고 있는 거죠?」

「소리치지 마요!」 그레첸이 쏘아붙였다. 「누가 듣고 있을 수도 있어요.」

「무슨 일이 일어나고 있는지 말해 줘요.」 크리스티안은 목소리를 낮춰 말했다.

「어제 오후」 하고 그의 앞에 서서 그레첸이 말했다. 「게슈타포가 내 사무실에 사람을 보냈어요.」

「그런데요?」

「게슈타포는 먼저 울리히 장군을 찾아갔어요.」 그레첸이 심각한 얼굴로 말했다.

크리스티안은 지친 기색으로 고개를 저었다. 「도대체 울리히 장군이 누구죠?」

「내 친구예요.」 그레첸이 말했다. 「절친한 친구죠. 그는 지금쯤 당신 때문에 곤란한 상황에 처해 있을 거예요.」

「나는 울리히 장군은 만나 본 적이 없어요.」 크리스티안이 말했다.

「목소리를 낮춰요.」 그레첸은 찬장으로 가 브랜디를 가득 따랐다. 그녀는 크리스티안에게는 술을 권하지 않았다. 「당신을 이곳으로 오게 한 내가 바보예요.」

「울리히 장군이 나와 무슨 상관이죠?」 크리스티안이 물었다.

「울리히 장군은.」 그레첸이 브랜디를 한 모금 삼킨 다음 심각한 표정으로 말했다. 「당신이 장군 사무실에서 근무할 수 있도록 당신의 전출 신청서를 제출하려고 했죠.」

「그런데요?」

「어제 게슈타포가 당신이 공산주의자로 의심된다고 했어요.」 그레첸이 말했다. 「그리고 그들은 장군이 당신과 어떤 사이이며, 왜 그토록 당신에게 관심을 갖고 있는지 알고 싶어

했어요.」

「할 말이 없군요.」 크리스티안이 말했다. 「나는 공산주의자가 아니에요. 나는 1937년에 오스트리아에서 나치당에 가입했어요.」

「게슈타포는 모든 사실을 알고 있어요.」 그레첸이 말했다. 「당신이 1932년부터 1936년까지 오스트리아 공산당 당원이었다는 사실도요. 그리고 당신이 오스트리아가 합병된 직후 슈바르츠라는 지역 위원회 위원에게 곤란한 문제를 야기했다는 사실과, 1937년 빈에서 유대인 사회주의자와 함께 살던 미국 여자와 사귄 사실도요.」

크리스티안은 기운이 빠져 의자 등받이에 몸을 기댔다. 게슈타포는 무척 꼼꼼하면서도 동시에 완전히 헛다리를 짚기도 했다.

「당신은 당신 중대에서도 관찰 대상이에요.」 그레첸이 말했다. 「매달 당신에 관한 보고서가 올라가고 있어요.」 그녀는 쓴웃음을 지었다. 「내 남편이 당신을 무척 유능하며 충실한 병사라고 보고하며 사관학교에 강력하게 추천하고 있다는 사실을 알게 되면 기분이 좋아질 수도 있을 거예요.」

「그에게 고맙다는 말을 해야겠군요.」 크리스티안이 맥이 빠진 목소리로 말했다. 「그를 만나게 되면.」

「물론 당신은 결코 장교가 될 수 없을 거예요. 심지어는 당신을 러시아 전선으로 보내 주지도 않을 거예요. 설사 당신 부대가 그 전선으로 이동하더라도 당신은 다른 곳으로 전출될 거예요.」

크리스티안은 자신이 도저히 빠져나갈 수 없는 덫에 걸렸다고 생각했다. 그는 믿기 어려운 파국을 맞은 것이다.

「그게 다예요.」그레첸이 말했다.

「당연한 일이지만 게슈타포는 선전부에서 일하는, 많은 고위 장교와 공무원과 공식적, 비공식적으로 친한 여자에 대해 알아내게 되었고……」

「오, 맙소사.」크리스티안은 자리에서 일어나며 짜증을 내며 말했다. 「경찰서장처럼 말하지 말아요!」

「내 입장을 이해할 거예요.」그레첸이 방어적으로 말한 것은 처음이었다. 「이보다 덜한 이유로도 강제 수용소로 보내지는 사람들이 있어요. 내 입장을 이해해 줘야 해요.」

「당신 입장은 이해해요.」크리스티안이 큰 소리로 말했다. 「그리고 게슈타포의 입장도, 울리히 장군의 입장도 이해해요. 한데 그들 모두가 나를 미치도록 지겹게 만들고 있어요!」 그는 그녀 쪽으로 가 그녀 앞에 서서 「내가 공산주의자라고 생각해요?」라고 소리쳤다.

「그건 문제가 안 돼요, 내 사랑.」그레첸이 조심스럽게 말했다. 「그런데 게슈타포는 당신이 그럴 수도 있다고 생각하고 있어요. 중요한 건 그거예요. 그리고 어쩌면 당신은 완전히 믿을 수 있는 사람이 못 될 수도 있어요. 나를 탓하지는 말아요.」그녀가 그에게 다가섰다. 그녀의 목소리는 부드러웠고, 간청하는 듯했다. 「내가 보통 여자고, 별로 중요하지 않은 보통 일을 하고 있다면 달랐을 거예요. 언제든 원할 때면 당신을 만나고, 어디든 갈 수 있을 거예요. 하지만 이런 식으로는 정말로 위험해요. 당신은 몰라요. 오랜만에 독일에 다시 왔고, 사람들이 갑자기 어떻게 사라지는지 몰라요. 아무 이유 없이, 솔직히 이보다 훨씬 아무렇지 않은 이유로도 사라지죠. 제발, 그렇게 화내지 마요.」

크리스티안은 한숨을 쉬며 자리에 앉았다. 그 상황에 익숙해지려면 약간 시간이 필요할 것이다. 문득 그는 더 이상 고향에 있지 않은 것 같았다. 그는 낯설고 위험한 나라에서 어색하게 다니고 있는 외국인이다. 그곳에서는 모든 말이 이중의 의미를 갖고 있으며, 모든 행동이 의심스러운 결과를 낳았다. 그는 폴란드에 있는 3백만 평의 땅과 마구간, 사냥을 하며 보내는 주말을 상상하며 쓴웃음을 지었다. 게슈타포가, 그가 조국에 돌아가 다시 스키를 가르칠 수 있게만 허락해 줘도 다행이다.

「그런 식으로 보지 마요.」그레첸이 말했다.「그렇게 절망적인 모습으로요.」

「용서해 줘요.」그가 말했다.「노래라도 불러야겠군요.」

「내게 냉혹하게 대하지 마요.」그녀가 말했다.「내가 무얼 할 수 있겠어요?」

「그들에게 가 이야기해 줄 수는 없나요? 당신은 나를 알고 있고, 증명을 해줄 수도…….」

그녀는 고개를 저었다.「나는 아무것도 증명할 수 없어요.」

「내가 그들에게 가겠어요. 울리히 장군에게도 가고요.」

「그렇게 하지 마요!」그녀의 목소리는 날카로웠다.「당신은 나를 망쳐 놓을 거예요. 게슈타포는 이 문제에 관해 당신에게 아무 말도 하지 말라고 했어요. 그리고 더 이상 당신을 만나지 말라고 했어요. 그들을 만나게 되면 상황은 더 악화될 거예요. 그들이 내게 무슨 짓을 할지는 아무도 몰라요! 누구에게도 이 문제에 대해 말하지 않겠다고 약속해 줘요.」

그녀는 무척 겁을 집어먹고 있는 것처럼 보였다. 어쨌든 이것은 그녀의 잘못은 아니다.「약속하죠.」그가 천천히 일어났다. 그는 한때 그의 삶의 중요한 실제가 되었던 방을 둘러보았다. 「그래요.」 그는 미소를 지으려 애를 썼다. 「괜찮은 휴가였다고 말하고 싶군요.」

「정말로 미안해요.」 그녀가 속삭였다. 그녀는 그의 어깨에 살며시 팔을 올려놓았다. 「지금 갈 필요는 없어요. 아직은…….」

그들은 서로를 바라보며 미소를 지었다.

하지만 한 시간 후 그녀는 문 밖에서 무슨 소리를 들은 것 같았고, 그래서 그를 깨워 옷을 입게 한 후 그가 들어온 뒷문으로 나가게 했다. 그가 언제 다시 그녀를 볼 수 있을지 묻자 그녀는 무척 애매한 대답을 했다.

열차가 렌에 가까워지고 있는 사이 크리스티안은 북적이는 객차 구석에서 눈을 감은 채로 시무룩하고 멍한 얼굴로 앉아 있었다. 밤이고, 창문과 차양을 모두 닫아 놓아 열차 안에서는 코를 찌르는 고약한 냄새가 났다. 갈아입을 속옷이 충분치 않고, 목욕도 자주 하지 못하는 병사들에게서 나는 시큼한 냄새이다. 그들은 몇 달씩 같은 옷을 입고 식사를 하고 잠을 자며 살았다. 크리스티안은 갑자기 신경을 곤두세우는, 참을 수 없을 정도로 강렬한 그 냄새가 증오스러웠다. 문명화된 사람이라면 그렇게 지저분한 상태에서 살아서는 안 되었다. 최소한 20세기가 되어서도 계속해서 코를 불쾌하게 자극하는 냄새를 들이켜며 사는 것은 말이 안 되었다. 그는 눈을 떠 축 처져 있거나 약간 술에 취해 잠이 들어 있는 사람들을 우울한 기분으로 둘러보았다. 사람은 잠이 들면 얼굴이 다소 부드럽고 아이 같아지는 법이지만 그의 주위에 있는 얼굴들은 그렇지가 않았다. 축 늘어지고 추한 몰골들은 잠이 들어서도 오히려 교활하고 기만적이며 소심하고 간사한 것처럼 보였다. 크리스티안은 구역질에 턱 근육이 굳어지는 것을 느끼며 〈맙소사, 나는 이런 상황에서 벗어나야 해〉라고 생각했다.

그는 다시 눈을 감았다. 이제 몇 시간 후면 다시 렌에 도착해 하르덴부르크 중위와, 뭉툭하고 매력 없는 코린의 얼굴을 다시 보고, 순찰을 돌며 흐느끼는 프랑스인들과 카페에서 빈둥거리고 있는 병사들을 상대하고, 재미라곤 없는 일상을 다시 시작해야 했다. 그는 의자에서 일어서 목청껏 비명을 지르고 싶었다. 하지만 그가 할 수 있는 일은 아무것도 없었다. 그는 전쟁에서 이기거나 지는 것을 도울 수도, 단 1분이라도 전쟁을 단축시키거나 연장시킬 수도 없다. 그리고 그가 눈을 감고 잠을 청하려 할 때마다 그레첸의 영상이 짜증스럽게 되살아나며 그를 잠들지 못하게 했다. 그날 밤 이후로 그녀는 그를 다시는 만나지 않으려 했다. 그녀는 겁에 질려 있긴 했지만 전화상으로 정중했으며, 그를 정말로 보고 싶긴 하지만 노르웨이에서 이제 막 돌아온 오랜 친구 때문에 불가능하다고 했다. (그 오랜 친구는 늘 크리스티안으로서는 감당할 수 없는 비싼 선물을 갖고 튀니스와 랭스 또는 스몰렌스크에서 돌아오곤 했다.) 그녀를 만나려면 그런 것들이 필요하다. 크리스티안은 다음번에 베를린에 갈 때면 돈을 많이 갖고 가 그녀가 말한 모피 코트와 가죽옷, 새로 나온 축음기 등을 사줘야 할 거라고 생각했다. 그는 프랑스의 밤 속에서 냄새나는 병사들 사이에 앉아 눈을 감은 채로 아래쪽에서 들리는 열차 바퀴의 시끄러운 소리를 들으며 〈그렇게 해야만 그녀를 만날 수 있을 거야〉 하고 생각했다. 돈만 많이 있다면 그녀를 다시 만날 수도 있다. 〈코린에게 시숙을 데려오라고 해야겠어. 이제 바보처럼 굴지 말아야 할 때가 되었어. 다음번에 베를린에 갈 때면 호주머니에 돈이 두둑할 거야. 코린은 가솔린만 조금 있으면 시숙이 트럭 세 대를 몰 수 있다고 했어. 그녀의 시숙에게 지체 없이 가솔린을 줘야지〉 하고 그는 생각했다. 그는 살짝 미소를 지었고, 열차가 천천히 브르타뉴로 향하는 동안 10분 정도 잠이 들기까지 했다.

이튿날 아침 크리스티안이 보고를 하러 갔을 때 하르덴부르크 중위는 중대 사무실에 있었다. 중위는 운동이라도 한 것처럼 살이 빠지고 더 민첩해 보였다. 그는 힘차게 방 안을 다니다가 크리스티안이 경례를 하자 아주 친근한 모습으로 미소를 지으며 경례를 받았다.

「좋은 시간을 보냈나?」 친구처럼 유쾌한 목소리로 그가 물었다.

「아주 좋은 시간을 보냈습니다, 중위님.」 크리스티안이 말했다.

「하르덴부르크 부인이 내게 편지를 보냈네.」 중위가 말했다. 「자네가 그 레이스를 잘 전달했다고.」

「네, 중위님.」

「아주 잘했네.」

「별것도 아니었습니다, 중위님.」

중위는 약간 수줍어하며 크리스티안을 바라보았다. 「그녀는…… 좋아 보이던가?」 그가 물었다.

「아주 좋아 보였습니다, 중위님.」 중위는 러시아 지도 대신에 벽에 걸려 있는 아프리카 지도 앞에서 거의 무용수처럼 초조하게 오갔다. 「기쁘군. 그녀는 일을 너무 열심히 하고, 뭔가를 과도하게 하는 경향이 있어.」 그가 활기 있으면서도 모호하게 말했다. 「운이 좋았어.」 그가 말했다. 「자네가 때 맞춰 휴가를 간 건.」

크리스티안은 아무 말도 하지 않았다. 그는 하르덴부르크 중위와 장시간 친근한 대화를 나누고 싶은 기분이 아니었다. 그는 코린을 아직 만나지 못한 상태였고, 당장이라도 그녀에게 가 시숙에게 연락하라고 말하고 싶었다.

「그래.」 하르덴부르크 중위가 말했다. 「아주 운이 좋았어.」 그는 알 수 없는 미소를 지었다. 「이리 와보게, 병장.」 그는 창살이 있는 더러운 창문으로 가 밖을 내다보았다. 크리스티안은 그를 따라가 그의 옆에 섰다.

「자네가 이해하기를 바라네.」 하르덴부르크가 낮은 목소리로 말했다. 「이 모든 것이 무척 비밀스러운 점이라는 것을. 극비 사항이지. 이 이야기를 해서는 안 되지만 우리는 오랫동안 함께해 왔고, 자네를 믿을 수 있을 것 같아서……」

「네, 중위님.」 크리스티안이 조심스럽게 말했다.

하르덴부르크는 주위를 조심스럽게 둘러본 후 크리스티안 쪽으로 몸을 약간 기울였다. 그가 유쾌한 목소리로 말했다. 「마침내 그 일이 일어났네. 우리는 이동할 걸세.」 그는 고개를 날카롭게 젖혀 자신의 어깨 너머를 보았다. 방 안에 있던 유일한 다른 사람인 사무직원은 10미터쯤 떨어져 있었다. 「아프리카로 가네.」 하르덴부르크는 아주 낮은 목소리로 말했고, 크리스티안은 간신히 그 말을 알아들을 수 있었다. 「아프리카로 가는 거야.」 그는 활짝 미소를 지었다. 「두 주 후에. 멋지지 않나?」

「그렇습니다, 중위님.」 잠시 후 크리스티안이 평탄한 목소리로 말했다.

「자네가 기뻐할 줄 알았네.」 하르덴부르크가 말했다.

「기쁩니다, 중위님.」

「앞으로 두 주 동안 할 일이 아주 많을 걸세. 바쁘게 지내게 될 거야. 대위는 자네의 휴가를 취소하고 싶어 했지만 나는 자네가 휴가를 가는 게 좋을 거라고 생각했어. 잃어버린 시간을 보상받을 수 있을 거라고 생각했지.」

「감사합니다, 중위님.」

하르덴부르크는 손을 문지르며 의기양양하게 말했다. 「마침내.」 그는 리비아의 도로 위를 질주하는 장갑차가 일으키는 먼지 구름을 볼 수 있고, 지중해 해안에서 울리는 대포 소리를 들을 수 있는 것처럼 꿈꾸는 듯한 시선으로 창밖을 내다보았다. 「나는 겁이 나기 시작했네.」 하르덴부르크가 부드럽게 말했다. 「전투다운 전투를 한 번도 보지 못할까 봐…….」 그는 감미로운 몽상에서 깨어나며 고개를 저었다. 「좋아, 병장.」 그는 여느 때의 간단명료한 목소리로 말했다. 「한 시간 후에 다시 오게.」

「네, 중위님.」 크리스티안이 말했다. 그는 가려다 말고 몸을 돌렸다. 「중위님.」 그가 말했다.

「왜?」

「147 공병대의 한 병사에게 군기 교육을 시키고자 합니다.」

「사무직원에게 이름을 말해 주게.」 중위가 말했다. 「내가 적절한 경로를 통해 보내도록 하지.」

「네, 중위님.」 크리스티안은 사무직원에게로 갔고, 그가 〈한스 로이터 이병, 군인답지 않은 용모와 처신에 대해 크리스티안 디스틀 병장이 문책을 요구했음〉이라고 적는 것을 보았다.

「그는 곤란해질 겁니다.」 사무직원이 말했다. 「그는 한 달 간 규제를 받을 겁니다.」

「그렇게 되겠죠」 하고 말한 후 크리스티안은 밖으로 나갔다. 그는 막사 문 앞에 잠시 서 있다가 곧 코린의 집 쪽으로 향했다. 중간쯤 간 그는 걸음을 멈췄다. 〈터무니없는 짓이야〉 하고 그는 생각했다. 이제 와서 그녀를 보는 게 무슨 소용인가?

그는 천천히 왔던 길을 따라 돌아갔다. 그는 높고 작은 창문이 있는 보석상 앞에서 걸음을 멈췄다. 창문 안에는 작은 다이아몬드 반지와 끝에 커다란 황옥이 달린 금 펜던트가 있었다. 크리스티안은 황옥을 바라보며 그레첸이 좋아할 것이라고 생각했다. 그는 펜던트의 가격이 얼마인지가 궁금했다.

8

홀은 소년 같은 남자와 젊은이들로 북적였다. 그들은 어슬렁거리며 담배를 피우고 침을 뱉으며 뉴욕 거리의 강한 발음으로, 큰 소리로 말하고 있었다. 땀 냄새가 나는 우중충한 추운 복도에서 누군가가 「미국 정부의 부름을 받고 여기 빈센트 켈리가 왔어」라고 말했다. 「풋볼 시합을 라디오로 듣고 있었는데 그 망할 자식이 끼어들며 일본놈이 히컴 기지[19]를 공습했다고 말하는 거야. 그래서 나는 너무 흥분한 나머지 더 이상 얘기를 듣지도 않고 아내에게 도대체 히컴 기지가 어디에 있느냐고 물었어. 그게 전쟁이 나고 내가 처음 한 말이야.」

다른 목소리도 들렸다. 「바보들, 어쨌든 나중에라도 우리

---

19 진주만에 있는 공군 기지.

를 붙잡아 군대에 보낼 거야. 내 신조는 뭐든 먼저 하자는 거지. 내 아버지는 지난번 전쟁 때 해병대에 있었지. 아버지는 먼저 자원입대하는 자에게 모든 공로가 돌아가게 마련이라고 말했어. 아버지는 지난번 전쟁 때도 그랬다고 했어. 똑똑할 필요는 없지만 뭐든 일찍 할 필요는 있지.」

다른 목소리도 들렸다. 「그 섬들을 보는 건 괜찮아. 내가 참을 수 없는 건 바로 뉴욕의 겨울이야. 여름이었다면 군에서 나와 나를 잡아가야 할 거야. 나는 가스 회사에서 아르바이트를 하고 있는데 어떤 군대도 그보다 나쁘지는 않을 거야.」

다른 목소리가 말했다. 「한잔해. 이 전쟁은 위대한 전쟁이야. 나와 함께 있던 여자가 〈그들이 미국 아이들을 죽이고 있어〉라고 말했어. 나는 〈나는 민주주의를 위해 싸우고자 아침에 입대할 거야, 클라라〉라고 말했지. 그녀는 울음을 터트렸고, 나는 해군 군복을 입고 있는 그녀의 남편 사진이 지켜보고 있는 그녀의 침실에서 그녀와 섹스를 했지. 3주 동안 그녀와 섹스를 하려고 했지만 시도를 할 때마다 번번이 쫓겨났지. 하지만 어젯밤에 그녀는 호랑이가 가득한 우리 같았고, 애국심으로 거의 침대 스프링을 고장 낼 뻔했지.」

또 다른 목소리가 말했다. 「망할 놈의 해군. 나는 구덩이를 팔 수 있는 어딘가에 있고 싶어.」

노아는 애국자들 사이에 서서 신병 모병관과 면접할 차례를 기다리고 있었다. 그는 호프를 밤늦게 집에 데려다주었다. 그가 자신이 하려는 것에 대해 이야기하자 사태는 좋지 않게 돌변했다. 그는 잠을 제대로 자지 못했고, 벽 앞에 서자 기관총 총구가 자신에게 겨누어지는 오래된 꿈을 다시 꿨다. 그는 어둠 속에서 일어나 입대를 하기 위해 화이트홀가로 갔다. 그는 자신이 일찍 도착해 사람들에게 둘러싸이는 일이 없기를 바랐다. 그는 그곳이 사람들로 북적일 것이라고 확신하고 있었다. 그는 주위의 다른 사람들을 둘러보며 어떻게 그들이 그 전까지 징병되지 않았는지 궁금했지만 그 순간에는 너무도 피로한 나머지 그 정도밖에 생각할 수 없었다. 진주만 공격이 있기 전까지 그는 군대에 대한 생각은 하지 않으려 했다. 하지만 결국 그의 양심은 그에게 그런 결정을 내리게 했다. 전쟁이 시작되었다면 그는 주저해서는 안 되었다. 명예로운 시민으로서, 전쟁을 믿는 사람으로서, 파시즘의 적으로서, 유대인으로서……. 그는 고개를 저었다. 또다시 그 이야기군. 그건 아무런 상관이 없다. 그곳에 있는 남자들 대부분은 유대인이 아니다. 그럼에도 겨울 아침 6시 반에, 전쟁이 시작된 지 이틀 만에 다들 죽을 준비가 되어 있다. 그리고 그는 그들이 보기보다 괜찮은 사람들이라는 것을 알고 있다. 거친 농담과 냉소적인 태도는 표면적인 것일 뿐이고, 그들을 그곳으로 데려온 진짜 감정을 숨기기 위한 것일 뿐이다. 그리고 그는 미국인으로서 참전하는 것이다. 하지만 그는 그 순간 자신이 어떤 특정한 이유 때문에 참전하는지는 생각지 않기로 했다. 〈어쩌면 태평양으로 보내 달라고 부탁해야 할 것 같아〉 하고 그는 생각했다. 〈그렇게 되면 독일군과 싸우지는 않겠지. 그렇게 되면 내가 유대인이어서 참전한 것은 아니라는 사실을 증명하게 되겠지. 말도 안 되는 얘기야, 말도 안 되는 얘기야〉 하고 그는 생각했다. 〈나는 군에서 보내는 곳이라면 어디든 갈 거야.〉

문이 열리며 맥주에 취한 것 같은 살찐 병장이 나와 짜증스러운 목소리로 말했다. 「좋아, 좋아, 친구들. 바닥에 침 좀 뱉지 마. 이 건물은 정부 재산이야. 그리고 서로 밀치지 마. 아무도 그냥 남게 되지는 않을 테니까. 군에는 모두를 수용할 만큼 방이 많아. 내가 호명하면 한 명씩 이 문으로 들어와. 그리고 술병은 밖에다 두고 들어와. 이곳은 미국 군대 시설이야.」

수속을 밟는 데 하루 종일 걸렸다. 그는 어떤 장군의 이름이 적힌 육군 페리에 실려 거버너스섬[20]으로 보내졌다. 그는 사람들로 북적이는 갑판에 서서 추위에 콧물을 흘리며 잔잔한 수면 위로 항구를 드나드는 배를 바라보았다. 그는 그 장군이 자신의 전성기에 그런 사소한 명예를 얻기까지 어떤 모호한 영웅적인 행동이나 아첨을 했는지가 궁금했다. 섬은 우울한 얼굴로 총을 들고 가는 병사들로 북적였다. 그들은 어떤 순간에라도 섬에 상륙하는 일본군을 쳐부수기를 기다리고 있는 것처럼 보였다.

노아는 호프에게 낮에 사무실로 전화를 하겠다고 말했지만, 지루해하는 기색이 역력하고 성미가 급한 의사들 앞을 지나가는 느린 행렬에서 자신의 차례를 놓치고 싶지 않았다.

「맙소사.」영광을 갈망하며 서 있는, 앙상하고 축 처진 알몸의 긴 행렬을 보며 노아 옆의 한 사내가 말했다. 「이렇게 해서 나라를 지키겠다고? 맙소사, 우리는 전쟁에서 지겠어.」

노아는 속으로 미소를 지으며 등 뒤를 돌아보며 알몸의 다른 남자들과 자신을 몰래 비교해 보았다. 마치 풋볼 선수처럼 보이는 건장한 젊은이 서너 명이 있었다. 그중 한 명은 거구였는데 가슴에, 돛을 모두 편 쾌속 범선 문신을 하고 있었다. 하지만 노아는 그가 나머지 대부분에 대해서는 비교적 좋게

[20] 뉴욕항에 있는 섬.

말하는 것을 듣고 기분이 좋았다. 그는 지난 몇 달 동안 자신의 몸에 대해 무척 의식하게 되었다. 흉부 엑스레이를 찍을 차례를 기다리며 그는 〈군대가 내 몸을 아주 훌륭하게 만들어 줄 거야〉라고 생각했다. 그렇게 되면 호프도 기뻐할 것이다. 그는 미소를 지었다. 일본 제국에 대항해 전쟁을 치르는 것은 몸 상태를 좋게 하는 우회적인 방법이다.

의사들은 그에게는 거의 관심을 보이지 않았다. 그는 시력도 정상이고, 평발도 아니며, 치질이나 탈장이나 임질도 없었다. 그리고 매독이나 간질도 없었다. 1분 30초 동안의 면담 후에 정신과 의사는 그가 현대전을 치를 만큼 정신도 온전하다고 결론을 내렸다. 그의 관절은 외과 의사를 기쁘게 할 만큼 훌륭한 상태이고, 치아 또한 군대 음식을 씹을 수 있을 만큼 튼튼하며 피부 어디에도 흉터나 장애가 없다.

옷을 다시 입게 되어 흐뭇해진 그는 내일이면 군복을 입게 될 거라고 생각하며 천천히 움직이는 줄을 따라 노란색 책상 앞에 앉아 있는, 얼굴이 누르께하고 고생을 많이 한 것처럼 보이는 의료 장교 앞으로 갔다. 그는 의료 기록에 1급 또는 제한적인 복무 또는 거부 등의 도장을 찍었다.

의사가 그의 기록 위로 몸을 숙이는 순간 노아는 〈뉴욕 근처에 있는 훈련소로 보내지면 가는 길에 호프를 볼 수도 있을 거야〉 하는 생각을 했다.

의사는 도장 하나를 들어 인주에 몇 번 누른 다음 노아의 의료 기록에 찍은 후 그것을 그에게 내밀었다. 노아는 그것을 바라보았다. 뭉개진 자주색 철자로 〈거부〉라는 글씨가 적혀 있었다. 노아는 고개를 저으며 눈을 깜박였다. 여전히 〈거부〉라고 적혀 있었다.

「왜죠?」 그가 말을 꺼냈다.

의사는 퉁명스러운 얼굴로 그를 올려다보았다. 「자네 폐가 문제야.」 그가 말했다. 「엑스레이 사진을 보면 양쪽 폐에 흉터가 있는 게 보여. 결핵을 앓은 적 있어?」

「결핵은 앓은 적이 없는데요.」

의사는 어깨를 으쓱했다. 「유감이네.」 그가 말했다. 「다음.」

노아는 천천히 건물을 걸어 나왔다. 이제 저녁이고 12월의 사나운 바람이 항구와, 뉴욕에 면해 있는 바다 위로 솟아 있는 낡은 요새와, 막사와, 연병장 위로 불고 있었다. 어두운 수면 위의 뉴욕 시는 백만 개의 불빛으로 이루어진 덩어리로 보였다. 새로 징집된 남자들과 자원 입대자들이 페리에서 쏟아져 나와 그들을 기다리고 있는 의사와 자주색 도장이 있는 곳을 향해 가고 있었다.

노아는 한기를 느끼며 깃을 세웠다. 그는 의료 기록이 있는 종잇장을 쥔 채로 손을 매만졌다. 그는 크리스마스이브에 친구들 모두가 축하하러 집에 간 사이 홀로 기숙사에 남게 된 학생처럼 멍했다. 자신에게는 아무런 목적이 없는 것처럼 여겨졌다. 그는 손을 호주머니와 셔츠 안쪽에 넣었다. 그는 가슴살을 만지며 단단한 갈비뼈를 느꼈다. 열린 옷 사이로 차가운 바람이 몰아쳤지만 자신이 단단하고 믿음직하게 느껴졌다. 그는 기침을 조금 했다. 하지만 여전히 자신의 몸이 튼튼하고 완전한 것처럼 느껴졌다.

그는 천천히 페리 선착장으로 가 겨울 모자를 쓰고 귀마개를 한 채로 소총을 들고 있는 헌병을 지나쳐 배에 올라탔다. 페리는 거의 비어 있었다. 죽은 장군의 이름이 적혀 있는 페리가 좁고 검은 수로를 지나 시내로 향하는 사이 그는 모두가 자신과는 다른 길을 가고 있다고 생각했다.

 그가 도착했을 때 호프는 집에 없었다. 성경을 읽는 삼촌은 부엌에 속옷 차림으로 앉아 성경을 읽고 있었다. 노아가 좋아하지 않는 그는 못마땅한 얼굴로 노아를 쳐다보며 「왜 이곳에 있지? 지금쯤 대령이 되었을 거라고 생각했는데」라고 말했다.
 「여기서 그녀를 기다려도 될까요?」 노아가 지친 기색으로 물었다.
 「좋을 대로 하게.」 겨드랑이를 긁으며 삼촌이 말했다. 그의 앞 테이블에는 성경책 위에 「누가복음」의 구절을 따른 찬송가가 펼쳐져 있었다. 「그애가 언제 집에 올지는 모르겠네. 내가 버몬트에 있는 그애 부모님께 쓴 것처럼 그애는 몇 가지 관습을 금세 익혔지. 그애는 밤에 늦는 것에 대해 별로 신경을 쓰지 않는 것 같아.」 그는 노아를 향해 짓궂은 미소를 지었다. 「이제 남자친구가 군대에 간다고 생각하고는 새 남자친구를 사귀고 있을지도 모르지.」
 가스레인지 위에서는 커피가 끓고 있었고, 그의 앞에는 반쯤 채워진 잔이 있었다. 정오 이후로 아무것도 먹지 못한 노아에게 그 냄새는 감질나게 느껴졌다. 하지만 삼촌은 커피를 권하지 않았고, 노아는 달라고 하고 싶지 않았다.
 노아는 거실로 가 싸구려 레이스 장식 덮개를 씌운 벨루어 안락의자에 앉았다. 얼굴이 추위와 바람에 노출된 상태로 긴 하루를 보낸 터라 그는 삼촌이 부엌에서 요란스럽게 돌아다니고 잔을 부딪치며 이따금 귀에 거슬리는 콧소리로 크게 책을 읽는 소리도 듣지 못하고 앉은 채로 잠이 들었다.

문이 열리는 소리에 그는 잠에서 깼다. 그것은 어린 시절부터 오래도록 들어 온 익숙한 소리였다. 그가 눈을 깜박이며 자리에서 일어나는 순간 호프가 들어왔다. 그녀는 무거운 걸음으로 천천히 걸어 들어왔다. 그가 거실 한가운데 서 있는 것을 본 그녀는 깜짝 놀라며 걸음을 멈췄다.

그런 다음 그녀는 그에게로 달려왔고, 그는 그녀를 꽉 껴안았다.

「여기 있네.」 그녀가 말했다.

그녀의 삼촌이 부엌과 거실 사이에 있는 문을 세게 닫았다. 둘 중 누구도 그 소리에 주의를 기울이지 않았다.

노아는 그녀의 머리칼에 뺨을 비볐다.

「네 방에 있었어.」 호프가 말했다. 「줄곧. 네 물건들을 보며. 그런데 나한테 전화도 하지 않았어. 하루 종일. 어떻게 된 거야?」

「나를 받아 주지 않았어.」 노아가 말했다. 「폐에 흉터가 있어. 결핵이래.」

「오, 맙소사.」 호프가 말했다.

9

잔디 깎는 기계의 요란한 소리에 마이클은 잠에서 깼다. 그는 잠시 낯선 침대에 누운 채로 잘려 나간 캘리포니아 풀의 향기를 맡으며 자신이 어디에 있는지, 어제 무슨 일이 있었는지 떠올렸다. 시나리오 작가가 어제 오후 팜 스프링스의 수영장 가에서 말했다. 「어쩌면 지금 열 명 정도가 집에서 그걸 쓰고 있을 겁니다. 집사가 차를 갖고 정원으로 들어와 〈레몬을 드릴까요 아니면 크림을 드릴까요?〉라고 말하고 아홉 살 된 어린 소녀가 인형을 갖고 들어오며 〈아빠, 라디오를 고쳐 줘요. 만화 영화를 들을 수가 없어요. 계속해서 진주만에 대한 얘기만 하고 있어요. 아빠, 진주만이 할머니가 사는 곳에서 가까워요?〉라고 말하죠. 그리고 소녀는 인형 위로 몸을 숙이며 〈엄마〉라고 말하죠.」

멍청한 이야기지만 사실이라고 마이클은 생각했다. 대형 사건들은 오히려 상투적으로 여겨지는 법이다. 삶의 보편적인 재앙은 늘 다소 진부하고 과장된 방식으로 찾아온다. 일요일의 사건 역시 그랬다. 사람들은 평화를 위해 하느님께 기도를 드리고 교회에서 나와 안식일 만찬을 든 후 쉬고 있었다. 적들은 일요일을 가장 야만적인 공격일로 정한 데서 도착적인 기쁨을 느끼는 것처럼 보인다. 마치 그들은 기독교 세계에 어떤 역설적인 농담 같은 일들이 반복적으로 일어날 수 있는지를 보여 주고 싶어 한 것 같다. 토요일 밤의 취기와 문란함은 신성한 아침의 기도와 중탄산소다와는 대조를 이룬다.

마이클은 마치 기지에 주둔하고 있는 병사 둘과, 타는 듯한 사막의 태양 아래에서 테니스를 치고 있었다. 그때 그 여자가 클럽하우스에서 나와 「안으로 들어와 라디오를 들어 봐요. 잡음이 아주 심하긴 하지만 일본군이 우리를 공격했다고 말하는 것 같아요」라고 말했다. 두 병사는 서로를 쳐다보며 라켓을 치우고 안으로 들어가 가방을 챙겨 곧장 마치 기지로 돌아갔다. 워털루 전투 전의 무도회와 비슷했다. 1세기도 더 전의 어느 날 밤 용감한 젊은 장교들은 왈츠를 추다가 어깨를 드러낸 숙녀들에게 작별의 키스를 하고 총을 든 채로 거품을 무는 말을 타고 말발굽과 칼집 소리를 요란하게 내고 어깨 망토를 휘날리면서 플랑드르를 달려갔다. 진부한 이야기이지만 바이런 역시 그 이야기를 과장되게 표현했다. 바이런이라면 호놀룰루의 아침과 그 이튿날 베벌리힐스의 아침을 어떻게 다루었을까?

마이클은 사흘을 더 팜 스프링스에 머물려고 했지만 테니스 시합 후 돈을 치르고 시내로 급하게 돌아갔다. 어깨 망토나 말은 없었고, 그냥 단추를 누르면 지붕이 내려오는 포드 컨버터블을 빌렸다. 그리고 그에게는 자신을 기다리는 전투도 없고, 다만 일주일간 빌린, 수영장이 내려다보이는 1층짜리 아파트가 있을 뿐이다.

잔디 깎는 기계의 소음이 작은 잔디밭을 향해 열려 있는 프랑스식 창문 사이로 흘러 들어왔다. 마이클은 고개를 돌려 잔디 깎는 기계와 정원사를 바라보았다. 정원사는 쉰쯤 된, 체구가 작은 일본인이다. 오랫동안 다른 사람들의 잔디와 화단을 가꿔 온 그는 몸이 구부러지고 야위어 있었다. 그는 가늘고 핏줄이 튀어나온 손으로 손잡이를 잡은 채 기계적으로 잔디를 깎고 있었다.

마이클은 웃지 않을 수 없었다. 일본 해군이 미국 함대에 폭탄을 퍼부은 다음 날 잠에서 깨어, 잔디 깎는 기계를 몰고 자신에게 다가오고 있는 쉰 살의 일본놈을 보게 되다니. 마이클은 그를 자세히 보다 웃음을 멈췄다. 정원사는 어떤 만성 질환에 걸린 것처럼 우울하고 굳은 표정이었다. 마이클은 일주일 전에 그를 본 기억이 났다. 정원사는 즐거운 듯 미소를 지으며 힘든 일을 해냈는데, 심지어는 창밖의 서양협죽도 가지를 치면서도 이따금 음정이 맞지 않게 콧노래를 부르기까지 했다.

마이클은 침대에서 내려와 잠옷 윗도리 단추를 잠그며 창가로 갔다. 맑고 쾌적한 아침이었다. 겨울이지만 남부 캘리포니아의 아침은 상쾌했다. 잔디밭의 풀은 무척 파랬고, 정원 가장자리를 따라 심어져 있는 붉은색과 노란색의 작은 달리아는 반짝이는 단추처럼 환했다. 정원사는 모든 것을 동양식 정원처럼 정확하고 예리한 선에 맞춰 다듬었고, 그에 따라 정원은 당구대 위에 늘어놓은 색색의 잔처럼 보였다.

「안녕하세요.」 마이클이 말했다. 그는 그 남자의 이름을 몰랐다. 그는 일본인 이름이라곤 아는 바가 전혀 없었다. 아니, 딱 하나가 있다. 하야카와 셋슈라는 늙은 영화배우이다. 훌륭하지만 늙은 하야카와 셋슈는 오늘 아침 무엇을 하고 있을까?

정원사는 잔디 깎는 일을 멈추고 우울하고 꿈을 꾸는 듯한 상태에서 천천히 벗어나며 마이클을 바라보았다.

「안녕하세요.」 그가 말했다. 그의 목소리는 고르면서도 높았지만 반기는 기색은 보이지 않았다. 갈색 주름 사이에 있는 그의 작고 까만 눈은 상실감에 빠진 동시에 간청하는 듯했다. 마이클은 하룻밤 사이에 적의 땅에 있게 되었다는 것을 깨닫게 된, 힘들게 일하는 그 늙은 추방자에게 뭔가 위안이 되고, 문명인다운 말을 하고 싶었다. 그는 5천 킬로미터나 떨어진 곳에서 이루어진 사악한 공격에 대해 스스로 죄책감을 느끼고 있을 게 분명하다.

「무척 유감이죠.」 마이클이 말했다. 「그렇지 않나요?」

정원사는 마치 아무것도 이해하지 못한 듯 멍한 눈으로 마이클을 쳐다보았다.

「내 말은」 하고 마이클이 말했다. 「전쟁 말이에요.」

그 남자는 어깨를 으쓱했다. 「그렇게 유감스러운 일은 아니죠.」 그가 말했다. 「모두들 〈못된 일본, 망할 놈의 일본〉이라고 말하죠. 하지만 그렇게 유감스러운 일은 아니죠. 전에 영국이 하와이를 원했고, 차지했죠. 그 후에는 미국이 원했고, 차지했죠. 이번에는 일본이 원하고 있어요.」 그는 도전적인 태도로 마이클을 차갑게, 그리고 똑바로 바라보았다. 「일본 역시 차지할 거예요.」

그는 몸을 돌리며 잔디 깎는 기계를 돌려 천천히 잔디를 깎기 시작했다. 잘린 풀이 그의 발목 주위로 분사되는 것처럼 날아가고 있었다. 마이클은 등이 굽어 초라해 보이는 그를 잠시 바라보았다. 땀에 젖은 흰색 셔츠 위로 햇볕에 탄 목에 기름때가 껴 있었다. 하지만 무릎까지 드러난, 찢어진 데님 바지를 입고 있는 그의 다리는 놀라울 정도로 튼튼했다.

마이클은 어깨를 으쓱했다. 어쩌면 훌륭한 시민이라면 전시에는 그런 말을 한 자를 당국에 고발해야 하는지도 모른다. 그리고 어쩌면 남루한 옷을 입고 있는 저 늙은 정원사가 실제로는 일본 해군의 사령관으로, 제국 군함이 샌피드로 항구 바깥까지 오기를 기다렸다가 수신호를 보낼지도 모른다. 마이클은 미소를 지었다. 영화를 너무 많이 본 탓이라고 그는 생각했다. 현대인은 영화 속의 살육 장면에서 자유롭지 못했다.

그는 프랑스식 창문을 닫고 안으로 들어가 면도를 했다. 면도를 하면서 그는 이제부터 무엇을 할지 계획을 세우려고 했다. 그는 연극을 무대에 올리려고 하고 있는 토머스 케이훈과 함께 캘리포니아로 왔다. 그들은 작가인 밀턴 슬리퍼와 대본 수정에 대해 이야기하는 중이었다. 한데 작가는 낮에는 워너 브러더스에서 시나리오 작가로 일해 밤에만 작업할 수 있었다. 「예술은 20세기 들어 규모가 아주 커졌죠.」 케이훈은 냉소적으로 말했다. 「괴테는 극작을 위해 하루 종일 일했어요. 체호프도 입센도 마찬가지였죠. 하지만 밀턴 슬리퍼는 밤에만 일할 수 있어요.」

마이클은 수염을 깎으며 조국이 참전할 때면 자신도 뭔가 극적이고 격렬한 행동을 해야 하지 않을까 하는 생각을 했다. 총을 들거나, 함정에 타거나, 폭격기에 타 8천 킬로미터를 날아가거나, 낙하산을 메고 적의 수도에 뛰어내려야 할지도 모른다.

하지만 케이훈은 연극을 올리기 위해 그를 필요로 하고 있었다. 그리고 마이클은 돈이 필요했다. 그것은 어쩔 수 없는 현실이다. 그가 지금 군에 입대할 경우 그의 아버지와 어머니는 굶주릴 수도 있고, 로라에게도 이혼 수당을 줘야 했다. 케이훈은 이번에도 공연 수익금의 일정 비율을 그에게 줄 것이다. 그 비율은 낮았지만 연극이 성공을 거둘 경우 1~2년은 돈이 들어올 것이다. 그리고 전쟁이 금방 끝날 경우 돈은 그 후에도 한동안 들어올 것이다. 그리고 가령 「에이비의 아이리시 로즈」 또는 「타바코 로드」처럼 엄청난 성공을 거둘 경우, 전쟁이 계속되더라도 괜찮을 것이다. 하지만 전쟁이 「타바코 로드」가 장기간 공연된 것만큼이나 오래갈 것이라고 생각하면 끔찍했다.

지금 돈이 없는 것은 아쉬운 일이다. 라디오에서 그 뉴스를 들은 후 가까운 곳에 있는 군에 입대했다면 무척 만족스러웠을 것이다. 그러한 확고한 태도는 평생에 걸쳐 자부심을 갖고 회고할 수 있을 것이다. 하지만 은행 잔고는 6백 달러밖에 되지 않았고, 1939년 소득에 대한 세금 문제로 그를 괴롭히는 사람들이 있었고, 로라는 이혼 합의를 하면서 탐욕스럽게 굴었는데 그것은 예상치 못한 일이었다. 그녀가 결혼하지 않을 경우 그는 평생 동안 일주일에 80달러를 그녀에게 줘야 한다. 그리고 그녀는 뉴욕의 은행에 넣어 둔 그의 현금 전부를 가져갔다. 그는 군에 입대할 경우 이혼 수당은 어떻게 되는지가 궁금했다. 어쩌면 그가 아시아 대륙 어딘가에 있는 참호 속에 웅크리고 있는데 헌병이 어깨를 두드리며 〈이봐, 병사, 자네를 찾고 있었어〉라고 말할 수도 있다. 그는 한 영국인 친구가 지난번 전쟁에 대해 한 이야기를 떠올렸다. 그 친구는 솜에 있었는데 전투 사흘째 되는 날 조국에서 온 편지를 받았다. 당시 그의 중대원 중에는 살아남은 사람이 거의 없었고, 어디에도 구원의 조짐은 보이지 않았다. 떨리는 손으로 거의 울먹이며 그는 편지를 열어 보았다. 그것은 영국의 국세청에서 온 편지로, 〈우리는 1914년 당신이 13파운드 7실링의 세금을 내지 않은 것과 관련해 여러 번에 걸쳐 편지를 했습니다. 이것이 마지막 경고라는 사실을 말하게 되어 유감입니다. 만약 당신이 연락을 주지 않을 경우 우리는 법적 조처를 밟게 될 것입니다〉라고 적혀 있었다. 주위에 있는 모두가 죽은 상태에서 간신히 살아남아, 계속되는 포화 소리에 귀가 멍멍한 채, 진창 속에서 눈이 푹 들어가고 남루한 차림으로 있던 그는 진지한 표정으로 편지 앞면에 〈와서 받아 가도록 해. 육군성에서 기꺼이 내 주소를 알려 줄 거야〉라고 썼다. 그는 편지를 중대 사무직원에게 줘 보내게 한 후 자기 앞에 있던 독일군에게 투항했다.

마이클은 옷을 입으며 다른 생각을 하려고 했다. 간밤에 초조하게 술을 마신 후 술이 덜 깬 채로 할리우드의 창녀집 스타일로 지나치게 꾸민, 분홍색 시폰 이불이 있는, 빌린 방에 앉아 결정을 내려야 하는 아침에, 서랍에서 50달러를 유용한 후 회계 감사원이 도착하기 전에 그것을 메울 방법을 고민하는 경리 직원처럼 자신의 경제적 상황에 대해 불편한 마음으로 생각하고 있는 것은 아무래도 볼썽사나웠다. 호놀룰루에서 총을 들고 있는 사람들 중에는 훨씬 더 경제적으로 곤란한 상황에 있는 사람들도 있을 테지만 그들은 오늘 아침만큼은 그 문제에 대해 고민하고 있지 않을 것이 분명했다. 그렇지만 곧장 입대를 하는 것은 실용적이지 못한 일이다. 터무니없는 것이긴 했지만 다른 거의 모든 관대한 행동과 마찬가지로 애국 역시 부자들에게 더 수월한 것이다.

옷을 입으며 그는 방을 청소하는 유색 인종이 들어와 식당의 작은 찬장 속 병을 딸깍거리는 소리를 들었다. 〈전쟁이 일어났는데도 그는 변하지 않았어, 그는 여느 때와 다름없이 진을 훔치고 있어〉 하고 마이클은 생각했다.

마이클은 넥타이를 매고 거실로 나갔다. 그 유색 인종은 카펫을 청소하고 있었다. 그는 바닥 한가운데 서서 천장을 올려다보며 카펫 청소기를 길고 모호한 동작으로 사방으로 밀고 있었다. 진 냄새가 강하게 났고, 그 유색 인종은 일을 하면서 시계추처럼 몸을 흔들었다.

「안녕하세요, 브루스.」 마이클이 유쾌한 목소리로 말했다. 「어때요?」

「안녕하세요, 휘테이크 씨.」 브루스가 꿈꾸듯 말했다. 「여느 때나 똑같죠. 똑같아요.」

「사람들이 당신을 군대에 집어넣으려 하지 않나요?」 마이클이 물었다.

「나를요, 휘테이크 씨?」 브루스는 청소기를 멈추고 고개를 저었다. 「이 늙은 브루스는 안 되죠. 사람들은 〈입대해요, 형제〉라고 말하죠. 하지만 늙은 브루스는 입대 안 해요. 너무 늙었고 임질과 류머티즘이 있죠. 뛰어다니는 망아지처럼 젊고 포효하는 사자처럼 강하다 하더라도 나를 붙잡아 전쟁터에 보낼 수는 없어요. 어쩌면 다음 전쟁 때는 참전할 수도 있겠죠. 하지만 이번 전쟁에는 안 나가요. 절대로요.」

브루스가 진 냄새를 풍기며 몸을 비틀거리며 그에게로 다가왔고, 그래서 마이클은 뒤로 조금 물러났다. 마이클은 당황해서 그를 바라보았다. 그는 흑인에 대해 늘 약간 창피함과 죄책감을 느꼈다. 그는 흑인과는 솔직하고 일상적인 방식으로 대화할 수 없는 것처럼 느꼈다.

「안 나가요. 절대로요.」 브루스가 몸을 흔들며 말을 이었다. 「이번 전쟁에는 안 나가요. 은으로 만든 총과 반짝이는 금으로 만든 박차를 준다 해도요. 이번 전쟁은 예언서에 예언된 것처럼 정의롭지 못한 자들의 전쟁이고, 나는 그 전쟁에서 같은 인간에게 상처를 입히기 위해 총을 들지는 않을 거예요.」

「하지만.」 마이클이 말했다. 그는 진을 마신 그 사내에게 명료하게 이야기하고 싶었다. 그리고 어쩐지 이런 날에는 그 문제와 관련해 이웃과 토론을 벌여야 한다고 생각했다. 「적들이 미국 사람을 죽이고 있어요, 브루스.」

「그럴지도 모르죠. 하지만 나는 직접 보지 못했고, 확실히 알 수 없어요. 백서에서 읽은 것밖에 몰라요. 어쩌면 적들이 미국 사람을 죽이고 있는지도 몰라요. 하지만 적들은 그럴 만한 이유가 있을 거예요. 그들이 어떤 호텔에 들어갔는데 백인이 이곳에는 황색 인종은 들어올 수 없다고 말하자 화가 나

잠시 생각한 후 〈백인들이 이 호텔에 들어가기 못하게 하고 있어, 그러니 호텔을 뺏도록 하지〉라고 말하는 것과 비슷할 수도 있어요.」 그는 카펫 청소기를 재빨리 카펫 위로 두 번 민 후 전원을 끄고 다시 그것에 몸을 기댔다. 「이번 전쟁은 나를 위한 전쟁이 아니에요. 나는 다음 전쟁을 기다리고 있어요.」

「다음 전쟁은 언제 일어나죠?」 마이클이 말했다.

「1956년.」 브루스가 그 즉시 말했다. 「아마겟돈이죠. 인종 간의 전쟁이죠. 유색 인종과 백인 사이의.」 그는 술에 취한 듯, 믿음을 가진 사람처럼 천장을 바라보았다. 「그 전쟁이 일어나면 바로 그날 나는 모병소로 가 유색 인종 장군에게 〈장군님, 내 튼튼한 오른팔을 쓸 수 있게 해주십시오〉라고 말할 거예요.」

〈캘리포니아〉 하고 마이클은 생각했다. 〈캘리포니아에서는 이런 사람들밖에 만나지 못해.〉

그는 방 한가운데에서 카펫 청소기 손잡이에 몸을 기댄 채로 생각에 잠겨 조용히 있는 브루스를 남겨 놓고 방을 나섰다.

길 건너편, 주위의 나머지 땅보다 훨씬 높이 솟아 있는 공터에는 군용 트럭 두 대와 대공포 한 대, 그리고 군모를 쓴 채로 땅을 파고 있는 병사들이 있었다. 마개가 씌워진 채 하늘을 향해 있는, 포신이 긴 대공포와, 이미 포격을 받고 있는 것처럼 땅을 파느라 여념이 없는 병사들의 모습은 모순적이면서도 희극적으로 보였다. 이것 역시 지역적인 현상이 틀림없다고 그는 생각했다. 미국의 다른 곳에서 군이 그런 멜로드라마 같은 짓을 하고 있다는 상상을 하기는 어려웠다. 그리고 병사들과 무기는, 대부분의 미국인들에게도 마찬가지일 테지만 마이클에게는 늘 실재하는 무언가가 아니라 어른들이 지루한 게임에 사용하는 도구처럼 보였다. 그리고 그의 앞에 있는 그 대공포는 월요일인 그날 어떤 여자가 빨랫줄에 걸어 놓은 브래지어와 실크 스타킹, 거들과 스페인식 방갈로의 뒤쪽 문 사이에 삐죽 솟아 있었다. 방갈로 계단에는 아직도 새벽에 배달된 우유가 놓여 있었다.

마이클은 윌셔 대로에 있는, 그가 늘 아침 식사를 하는 곳으로 향했다. 길모퉁이에는 은행 건물이 있었고, 사람들이 문 밖에서 줄을 서 은행 문이 열리기를 기다리고 있었다. 젊은 경찰관 한 명이 질서를 유지하게 하며 계속해서 〈신사 숙녀 여러분. 신사 숙녀 여러분. 제자리를 지키십시오. 걱정할 필요 없습니다. 돈을 모두 찾을 수 있을 것입니다〉라고 말하고 있었다.

마이클은 호기심에 경찰관에게로 다가갔다. 「무슨 일이죠?」 그가 물었다.

경찰관이 그를 시무룩한 얼굴로 쳐다보았다. 「줄 끝으로 가요.」 그가 손가락을 가리키며 말했다.

「나는 안에 들어가려고 하는 게 아니에요.」 마이클이 말했다. 「나는 이 은행에 돈을 맡기지 않았어요.」 그는 미소를 지었다. 「다른 은행에도 마찬가지고요.」

그의 가난한 표정이 갑자기 그들을 친구로 만들기라도 한 것처럼 경찰관은 미소를 지었다. 「돈을 인출하려고 하고 있어요.」 그는 머리로 줄을 서 있는 사람들을 가리켰다. 「폭탄이 떨어지기 전에요.」

마이클은 줄을 서 있는 사람들을 바라보았다. 그들은 경찰관과 이야기하는 그가 자기들에게 사기를 쳐 돈을 뺏으려 할

지도 모른다는 식의 적대적인 표정으로 그를 바라보았다. 그들 모두는 옷을 잘 입고 있었고, 그중에는 여자들도 많았다.

「동부로 돌아가고 있어요.」경찰관은 무대에서처럼 큰 소리로 경멸을 담은 목소리로 말했다. 「돈을 인출하자마자 동부로 돌아가려 하고 있죠. 이해해요.」그는 줄을 서 있는 사람들 모두가 들을 수 있도록 아주 큰 소리로 말했다. 「일본군 열개 사단이 샌타바버라에 상륙했죠. 내일부터 미국 은행 건물은 일본군 장군 사무실 본부로 사용될 거예요.」

「당신을 신고할 거예요.」분홍색 드레스와 넓은 파란색 밀짚모자 차림을 한 엄한 얼굴의 중년 여자가 경찰관에게 말했다. 「어디 두고 봐요.」

「부인, 내 이름은 맥카티입니다.」경찰관이 말했다.

마이클은 미소를 지으며 아침을 먹으러 갔다. 하지만 그가 생각에 잠긴 채 지나친 가게 진열창에는 이미 진열해 놓은 은찻잔 세트와 이브닝 가운을 충격에서 보호하려고 석고로 고정해 놓은 것이 보였다. 그는 부자들은 다른 사람들보다 재앙에 더 민감하다고 생각했다. 잃을 것이 더 많은 그들은 도망도 더 빨리 쳤다. 전쟁은 태평양 어딘가에서 일어나고 있었고, 가난한 사람들은 서부 해안을 떠날 생각을 결코 하지 못할 것이다. 애국심이나 꿋꿋함 때문이 아니라 떠나는 것 자체를 감당할 수 없기 때문이다. 그리고 부자들은 돈을 줘 힘들거나 더러운 일을 다른 사람이 하게 하는 데 익숙했는데 전쟁은 가장 힘든 노동이고 가장 더러운 일이다. 그는 미국에서 40년을 산 정원사와, 진과 예언에 취해 있는 브루스에 대해 생각했다. 브루스의 할아버지는 1863년 사우스캐롤라이나에서 해방되었다. 마이클은 적대적인 표정으로, 탐욕스럽게 은행 앞에 줄을 서 있던 여자들과, 세금과 이혼 수당에 대해 고민하며 분홍색 침대 가장자리에 앉아 있던 자신을 생각했다. 〈이 사람들이 제퍼슨과 프랭클린의 위대한 업적에 의해 창조된 사람들인가? 이들이 자유와 정의를 부르짖으며 황야에서 나온 농부와 사냥꾼과 장인인가? 이들이 휘트먼이 노래한 새로운 세상의 거인들인가?〉

그는 가게 안으로 들어가 오렌지 주스와 토스트, 커피를 주문했다.

그는 1시에 베벌리힐스의 유명한 레스토랑에서 케이훈을 만났다. 영화 세트 디자이너의 영향을 받은 그곳은 넓고 어두웠으며, 실내가 곡면으로 되어 있었다. 마이클은 바에 서서, 민간인들로 가득한 홀을 훑어보았고, 그 속에서 키가 큰 보병 병장의 군복이 낯설게 눈에 띄었다. 그리고 그곳은 발칸반도 어느 나라의 여왕을 위해 대형 할인점 울워스의 판매원 여자가 장식한 욕실 같아 보이기도 했다. 그런 이미지에 그는 기분이 좋아져 실내에 앉아 새로 들어오는 사람들을 흘낏흘낏 쳐다보는, 트위드 재킷을 입은, 피부가 그을린 살찐 남자들과, 화장을 하고 놀라운 모양의 모자를 쓴, 피부가 매끈한 아름다운 여자들을 좀 더 우호적인 시선으로 바라보았다. 실내에는 축하와 관대함의 분위기가 넘쳤고, 사람들은 서로의 등을 두드리며 평소보다 더 큰 소리로, 유쾌하게 이야기하며 서로에게 술을 샀다. 그 모습을 보자 마이클은 모두가 희망에 부풀어 즐겁게 밤을 기대하고 있던 새해 전날 오후에 뉴욕의 멋진 바에서 칵테일을 마시던 일이 떠올랐다.

이미 전쟁에 관한 소문과 일화들이 회자되고 있었다. 한 유명한 감독이 굳은 얼굴로 걸어 들어와 여기저기에 이런 소식을 퍼트리고 싶지는 않지만 미국은 태평양에 함정이 한 대도 없으며, 오리건 해안 5백 킬로미터 지점에서 적의 함정 한 척이 목격되었다는 이야기를 했다. 그리고 한 작가는, MGM 이발소에서 어떤 제작자가 얼굴에 면도 거품을 바른 채로 〈나는 그 작고 노랗게 생긴 작가들에게 무척 화가 나. 여기 일을 때려치우고……〉라고 말하는 것을 들었다고 했다. 제작자는 잠시 머뭇거리며 자신이 느끼는 분노와 의무감을 가장 사납게 드러낼 수 있는 표현을 찾았다고 했다. 「곧장 워싱턴으로 갈까 봐.」 작가는 그 이야기를 잘도 떠들어 대고 있었다. 그는 테이블을 돌아다니며 그 이야기를 해 사람들의 폭소를 자아냈다.

케이훈은 조용히 멍하니 있었고, 마이클은 그가 위궤양으로 고통을 겪고 있다는 것을 알 수 있었다. 케이훈은 옛날 방식대로 바에서 한잔한 다음 테이블로 가자고 했다. 마이클은 그가 전에 술을 마시는 것을 본 적이 없다.

그들은 부스 한 곳에 앉아 케이훈이 준비하고 있는 연극의 작가인 밀턴 슬리퍼와, 케이훈이 출연시키고 싶어 하는 영화배우 커비 호이트를 기다렸다. 「이곳에서 가장 짜증나는 일은.」 케이훈이 말했다. 「모두들 점심을 먹으면서 일을 하려든다는 거예요. 이발소에 가서도 먼저 이발사가 식사하게 한 후에야 머리를 자를 수 있죠.」

파니가 미소를 지으며 들어와 부스에 앉은 사람들과 일일이 악수를 했다. 그는 할리우드에서 가장 많은 돈을 받는 배우와 작가와 감독 150명을 거느리고 있는 에이전트이다. 그 레스토랑은 그의 호화로운 궁전이고, 점심때면 사람들이 그를 만나러 몰려오곤 했다. 그는 마이클을 잘 알고 있었고, 일을 그만두고 사업을 배우러 오라고 그를 여러 차례 설득하기도 했다. 그는 마이클에게 명예와 부를 약속했다.

「안녕하시오.」 파니는 악수를 하며 태평스럽고 인심 좋은 사람처럼 미소를 지었다. 그는 그러한 태도가 사람들에게 좋은 인상을 줘 자신들이 본래 의도했던 것보다 더 많은 돈을 자기 고객에게 준다는 것을 체득한 상태이다. 「어떻게 생각해요?」 마치 전쟁이 자신이 연출한 작품이고, 그것에 대해 무척 자부심을 갖고 있는 것처럼 그가 물었다.

「내가 본 최고의 전쟁이죠.」 마이클이 말했다.

「당신 몇 살이죠?」 파니는 마이클을 교활하게 쳐다보았다.

「서른셋이요.」

「당신을 중위로 만들어 줄 수도 있는데.」 파니가 말했다. 「해군 중위로. 선전 활동이나 라디오 방송 같은 일을 하는. 그런 일을 원해요?」

「맙소사.」 케이훈이 말했다. 「해군에서도 에이전트를 쓰나요?」

「해군에 친구가 있소.」 파니가 아무렇지 않게 말했다. 「아예 대위는 어떻소?」 그는 마이클에게 고개를 돌렸다.

「지금은 아니에요.」 마이클이 말했다. 「두세 달 내에는 입대할 준비가 안 되어 있어요.」

「석 달 후로 하죠.」 파니는 그들 너머 옆 부스에 앉아 있는 아름다운 여자 둘을 쳐다보며 미소를 지으면서 말했다. 「석 달 후면 당신은 요코하마에서 정원을 돌보고 있을 거요.」

마이클이 영웅적으로 들리지 않게 조심하며 말했다. 「사실은 육군에 이등병으로 입대할까 생각 중이에요.」

「맙소사.」 파니가 말했다. 「무엇 때문에요?」

「말하자면 길어요.」 자신이 하는 이야기가 뻔뻔스럽다고 느끼며 마이클이 말했다. 그는 창피했다. 「다음에 이야기해 드리죠.」

「햄버거요.」 파니가 유쾌하게 말했다. 「육군 이등병은 햄버거 같은 존재요. 사람들은 그를 곱게 갈죠. 그리고 그 안에 약간의 지방 따위가 있는 것에 대해서는 개의치 않죠.」 그는 손을 내저으며 사람들의 인사를 받으며 다른 곳으로 갔다.

케이훈은 바를 따라 지나가며 큰 소리로 웃으며 술을 마시는 사람들과 일일이 악수를 나누고 있는 코미디언 둘을 우울한 얼굴로 바라보았다. 「일본군이 내일이라도 이곳에 폭탄을 투하하면 그들 최고 사령관에게 5백 달러와, 내 연극 모두의 개막일 표 두 장을 주겠어요. 마이클.」 그는 마이클을 쳐다보지도 않고 말했다. 「무척 이기적인 이야기를 해야겠어요.」

「해봐요.」 마이클이 말했다.

「이 연극을 올릴 때까지는 입대하지 말아요. 나는 혼자서 일하는 데 너무 지쳤어요. 그리고 당신은 처음부터 일을 같이 해왔어요. 슬리퍼는 완전히 멍청이지만 좋은 대본을 갖고 있고, 막은 올라가야 해요.」

「걱정 마요.」 마이클이 부드럽게 말했다. 그는 우정이라는 이름으로 다음 한 계절 동안 전쟁과는 무관하게 지낼 영예로운 구실을 벌써부터 만들고 있지는 않은지 약간 겁이 났다. 「여기 있을게요.」

「당신 없이도 전쟁은 잘 치러질 거요.」 케이훈이 말했다. 「두세 달 동안은. 그리고 어쨌든 우리가 승리하게 될 거요.」

그가 말을 멈췄다. 슬리퍼가 사람들 사이를 지나 부스로 다가오고 있었다. 인부들이 입는 진한 파란색 셔츠에 넥타이를 한 쪽으로 넘긴 그는 젊고 힘 있는 작가처럼 보였다. 잘생기고 거구에다 오만한 그는 몇 년 전 노동 계급에 관한 선동적인 작품 두 편을 썼다. 그는 악수도 하지 않고 자리에 앉았다.

「맙소사.」그가 소리쳤다. 「왜 이런 곳에서 만나야 하죠?」

「당신 비서가 이곳을 약속 장소로 정했어요.」케이훈이 부드럽게 말했다.

「내 비서는 두 가지 야망이 있어요. 그녀는 유니버설 스튜디오에 있는 헝가리 출신 제작자와 잠자리를 같이 하고, 나를 신사로 만들려고 하죠. 그녀는 늘 내 셔츠가 마음에 들지 않는다고 말해요. 어떤 여자인지 알겠죠?」슬리퍼가 말했다.

「나도 마음에 안 들어요.」케이훈이 말했다. 「당신은 일주일에 2천 달러를 벌고 있어요. 그런 식으로 옷을 입을 필요가 없어요.」

「더블 스카치.」슬리퍼가 웨이터에게 말했다. 「글쎄요.」그가 큰 소리로 말했다. 「미국이 마침내 꼬리를 내리고 인류에게 봉사를 하기로 했더군요.」

「2막은 다시 썼나요?」케이훈이 물었다.

「맙소사, 케이훈!」슬리퍼가 말했다. 「이런 때에 일을 할 수 있을 것 같아요?」

「그냥 물어본 거요.」케이훈이 말했다.

「피가」하고 슬리퍼는 그의 연극 속의 한 인물처럼 말했다. 「종려나무에도, 라디오에도, 갑판에도 피가 낭자하고 있는데 2막에 대해 묻다니! 정신 차려요, 케이훈. 지금은 중차대한 순간이에요. 땅속에서 천둥이 치고 있어요. 인류는 불안한 잠을 자며 피를 흘리고 고통으로 몸부림을 치고 있어요.」

「그런 얘기는 공연 연습 때나 해요.」케이훈이 말했다.

「그런 나약한 브로드웨이식의 농담은 그만둬요.」짙고 잘생긴 눈썹을 가진 슬리퍼가 소리쳤다. 「그런 시대는 지났어요, 케이훈. 영원히 지나갔단 말이에요. 어제 브로드웨이에서 재치 있는 연극을 공연하는 중에 첫 번째 폭탄이 떨어졌어요. 삼류 배우는 어디 있죠?」그는 앞에 있는 테이블을 손가락으로 두드리며 초조하게 주위를 둘러보았다.

「호이트는 조금 늦을 거라고 했어요.」마이클이 말했다. 「곧 올 거예요.」

「나는 스튜디오로 돌아가야 해요.」슬리퍼가 말했다. 「프레디가 오늘 오후에 오라고 했거든요. 스튜디오에서는 미국인들을 일깨우기 위해 호놀룰루에 관한 영화를 만드는 문제를 생각하고 있어요.」

「당신은 뭘 할 건가요?」케이훈이 물었다. 「대본을 끝낼 시간은 있나요?」

「그럼요.」슬리퍼가 말했다. 「끝내겠다고 하지 않았나요?」

「그래요.」케이훈이 말했다. 「하지만 그건 전쟁이 시작되기 전 일이죠. 나는 당신이 참전할……」

슬리퍼는 코웃음을 쳤다. 「뭘 해요? 캔자스시티의 고가도로를 지켜요?」그는 웨이터가 가져온 스카치를 길게 들이켰다. 「예술가에게는 군복이 어울리지 않아요. 예술가의 역할은 문화의 불꽃을 살아 있게 하고, 전쟁의 성격이 어떤 것인지 설명하고, 죽음과 싸우고 있는 사람들의 사기를 높여 주는 것이죠. 다른 모든 것은 감상주의에 지나지 않아요. 러시아에서는 예술가를 전선에 보내지 않아요. 예술가들은 글을 쓰고 연주를 하고 그림을 그리고 작곡을 하죠. 정신이 제대로 박힌 나라라면 국보나 다름없는 예술가들을 전선에 보내지 않죠. 프랑스 정부가 모나리자와 세잔의 자화상을 마지노선[21]으로 보낸다면 그들을 어떻게 생각할 거요? 그들이 미쳤다고 생각하지 않겠어요?」

「맞는 말이에요.」 마이클이 말했다. 슬리퍼는 그를 노려보고 있었다.

「그래요.」 슬리퍼가 소리쳤다. 「프랑스인들이 왜 새로운 세잔과 살아 있는 다빈치를 그곳에 두겠소? 독일인 역시 예술가들은 고향에 있게 해요. 이런 논쟁은 너무도 지겨워요!」 그는 스카치를 비운 후 주위를 사납게 둘러보았다. 「약속에 늦는 삼류 배우를 더는 못 참겠어요.」 그가 말했다. 「점심 식사를 시켜야겠어요.」

케이훈이 미소를 약간 지으며 말했다. 「파니가 당신을 해군 중위로 만들어 줄 수 있을 거요.」

「망할 자식 파니.」 슬리퍼가 말했다. 「뚜쟁이 같은 선동가. 햄하고 계란이요.」 그가 웨이터에게 말했다. 「그리고 네덜란드산 소스를 뿌린 아스파라거스와 더블 스카치 한 잔이요.」

슬리퍼가 주문을 하는 사이 호이트가 들어와 재빨리 그들 테이블로 왔다. 오는 길에 그는 다섯 사람하고만 악수를 나눴다.

「미안해요.」 테이블 뒤쪽의 초록색 가죽 벤치에 앉으며 호이트가 말했다. 「늦어서 미안해요.」

「도대체 왜 매번 늦는 거죠?」 슬리퍼가 신랄하게 물었다. 「그러면 사람들이 좋아할 것 같아요?」

「스튜디오가 정신없는 날이었어요.」 호이트가 말했다. 「빠져나올 수가 없었어요.」 그는 영국 출신으로 미국에 온 지

---

21 제2차 세계 대전 때 프랑스와 독일 국경에 있었던 방어선.

7년이 되었는데도 발음이 변하지 않았다. 브리스톨의 빈민가에서 폴몰을 경유해 1934년 배에서 내린, 잘생기고 재능 있는 젊은이인 그는 전쟁이 시작된 후 1939년에 미국 시민권을 얻었다. 정신이 산만하고 초조해 보이는 그는 아주 가벼운 식사를 시켰다. 그는 힘든 오후를 앞두고 있었고, 그래서 술은 시키지 않았다. 그는 영국 공군 비행대대 대장 역을 맡고 있었는데 영국 해협 위에서 불타고 있는 비행기 안을 찍어야 하는 까다로운 장면이 남아 있었다. 클로즈업 촬영도 어려웠지만 배경을 이어 맞추는 기법도 동원되어야 했다.

점심 식사는 긴장된 분위기에서 이루어졌다. 호이트는 주말에 대본을 다시 읽어 본 후 출연 여부를 케이훈에게 알려 주겠다고 말했다. 그는 훌륭한 배우로서 그 역에 제격이었고, 그가 출연하지 않을 경우 다른 배우를 찾는 것은 어려울 것이다. 슬리퍼는 우울한 얼굴로 연신 더블 스카치를 마셨고, 케이훈은 무표정한 얼굴로 음식을 포크로 찌르고 있었다.

건너편 테이블에 다른 두 여자와 앉아 있는 로라를 본 마이클은 차갑게 고개를 까닥했다. 이혼 이후 그녀를 본 것은 처음이다. 그는 그녀가 이런 곳에서 점심값을 낼 경우 그가 일주일에 80달러씩 주는 돈도 오래가지 못할 거라고 생각했다. 그는 그녀가 절약하지 않는 것에 화가 났지만 곧 그런 것을 걱정하고 있는 자신에게 짜증이 났다. 그녀는 무척 예뻤고, 그는 자신이 그녀에게 화가 난 사실도, 그녀를 사랑한 적이 있다는 사실도 기억하기 어려웠다. 그녀는 미국의 어느 끝에서 우연히 한번 보고는 막연히 슬픔을 느끼며 마음이 끌리게 될 또 다른 어떤 여자일 뿐이라고 그는 생각했다.

「대본을 다시 읽어 봤어요, 케이훈.」 호이트가 약간 서두르며 말했다. 「아름답더군요.」

「좋아요.」 케이훈은 활짝 미소를 지었다.

「하지만 아무래도 나는 못 할 것 같아요.」 호이트가 약간 숨차하며 말했다.

케이훈은 미소를 거뒀고, 슬리퍼가 「오, 맙소사」라고 말했다. 「뭐가 문제죠?」 케이훈이 물었다.

호이트가 사과를 하듯 미소를 지었다. 「지금 전쟁을 비롯해 모든 게…… 계획이 바뀌었어요. 사실은 이 연극을 할 경우 징집될까 봐 두려워요. 그렇게 되면 이곳에…….」 그는 샐러드를 한 입 먹었다. 「이곳에 있지 못할 거예요. 이건 약간 다른 경우예요. 스튜디오에서는 나의 징집을 유예시킬 수 있을 거라고 말해요. 영화가 국익의 측면에서 고려될 거라는 이야기가 워싱턴에서 나오고 있어요. 영화배우를 국가가 필요로 하는 인력으로 생각하는 거죠. 연극에 대해서는 모르겠어요. 모험을 하고 싶지 않아요. 내 입장을 이해해 줘요.」

「물론이죠.」 케이훈이 말했다. 「물론이죠.」

「맙소사.」 슬리퍼가 말했다. 그는 자리에서 일어났다. 「버뱅크로 돌아가야겠소.」 그가 말했다. 「국익의 측면에서.」

그는 무거운 걸음으로, 약간 비틀거리며 걸어 나갔다.

호이트는 초조하게 그를 바라보았다. 「저 작자는 한 번도 좋았던 적이 없어요.」 그가 말했다. 「신사가 아니에요.」 그는 긴장된 얼굴로 샐러드를 씹었다.

롤리 본이 붉어진 얼굴로, 손에 브랜디 잔을 든 채 미소를 지으며 테이블에 나타났다. 그 역시 영국인으로, 호이트보다는 나이가 많았으며 호이트의 영화에서 공군 중령 역을 맡고 있었다. 하지만 그날 오후 그는 일이 없었고, 그래서 얼마든지 술을 마실 수 있었다.

「영국 역사상 가장 위대한 날이오.」 호이트를 향해 미소를 지으며 그가 행복한 듯 말했다. 「패배의 날은 끝났소. 승리의 날만 남았소. 프랭클린 델러노 루스벨트를 위해 건배.」 그는 잔을 들었고, 다른 사람들 역시 정중하게 잔을 들었다. 마이클은 파라마운트사가 제작하는 영화 속에서 영국 공군 역할을 하고 있는 그가 잔을 벽난로 속에 집어 던질까 봐 겁이 났다. 「미국을 위해 건배!」 다시 잔을 들며 롤리가 말했다. 마이클은 그가 실제로는 미국을 전쟁에 끌어들인 일본 해군을 위해 건배하고 있을 것이라는 불쾌한 생각을 했다. 그렇지만 영국인을 탓할 수는 없었다.

「우리는 해변에서 적들과 싸울 거요.」 롤리가 큰 소리로 말했다. 「언덕에서도 싸울 거고.」 그는 자리에 앉았다. 「거리에서도 싸울 거요. 크레타인도 노르웨이인도 더 이상 필요 없어요. 더 이상 어디에서도 물러나지 않을 거요.」

「나라면 그런 식으로 말하지 않을 거예요.」 호이트가 말했다. 「얼마 전에 해군 본부에 있는 어떤 친구와 얘기를 나눈 적이 있죠. 그 이름을 말하면 놀랄 거예요. 그는 크레타섬에 대해 얘기해 줬어요.」

「그가 크레타섬에 대해 뭐라고 하던가요?」 롤리는 약간 호전적인 표정으로 호이트를 쳐다보았다.

「전체적인 계획에 따르면 해군은 치고 빠져나오는 전술을 구사할 생각인 것 같아요. 아주 똑똑한 전술이죠. 크레타섬은 적들이 가지라고 해요. 크레타섬 따위가 무슨 필요가 있죠?」 호이트가 말했다.

롤리는 위엄 있게 자리에서 일어났다. 「나는 여기 있지 않겠소.」 그가 눈빛을 사납게 하며 거칠게 말했다. 「탈주자인 영국인이 영국 공군을 모욕하는 소리 따위는 듣지 않겠소.」

「자, 자.」 케이훈이 달래며 말했다. 「앉아요.」

「내가 뭐라고 했나요?」 호이트가 초조하게 물었다.

「영국인들은 마지막 한 방울의 피까지 흘렸소.」 롤리가 테이블을 쳤다. 「자포자기 상태에서도 동맹국을 구하려고 일어섰소. 영국인들은 수천 명씩 죽어 갔소. 그런데 이 친구는 미국 해군이 치고 빠지는 계획을 세웠다고 말하고 있소! 〈크레타섬은 적들이 가지라고 해요.〉 나는 당신을 한동안 지켜보았소, 호이트. 그리고 나는 당신을 공정하게 대하려고 했소. 하지만 마침내 사람들이 당신에 대해 하는 말을 믿게 된 것 같소.」

호이트가 얼굴이 빨개져 높고 떨리는 목소리로 말했다. 「나를 완전히 오해하고 있는 것 같군요.」

「당신이 영국에 있었다면.」 롤리가 신랄하게 말했다. 「다른 식으로 이야기했을 거요. 그리고 당신이 채 열 마디도 하기 전에 사람들이 당신에게 법의 심판을 받게 했을 거요. 패배주의와 거짓 정보를 유포한 죄로 말이오. 그것은 전시에는 형법에 저촉되는 행위요.」

「정말로.」 호이트가 힘없이 말했다. 「롤리.」

「이런 일을 하는 당신에게 누가 돈을 대고 있는지 알고 싶소.」 롤리는 도전적으로 턱을 호이트의 얼굴 앞으로 내밀었다. 「정말로 알고 싶소. 이 일이 이 레스토랑에서 끝나리라고 생각지 말아요. 이 도시에 사는 모든 영국인이 이에 관해 듣게 될 거요. 크레타섬은 적들이 가지라고 하라고요?」 그는 술잔을 테이블에 세게 내려놓은 후 다시 바로 갔다.

호이트는 손수건으로 얼굴에 흐르는 땀을 닦으며 얼마나 많은 사람들이 자신들이 다투는 소리를 들었는지 보기 위해 곤혹스러운 표정으로 주위를 둘러보았다. 「맙소사.」 그가 말했다. 「요즘 영국인으로 지내는 것이 얼마나 어려운지 모를 거예요. 다들 말도 안 되는 정신 나간 얘기를 하죠. 감히 입도 못 벌리겠어요.」 그는 자리에서 일어났다. 「실례할게요.」 그가 말했다. 「정말로 스튜디오로 돌아가 봐야 해요.」

「물론이죠.」 케이훈이 말했다.

「연극에 대해서는 정말로 미안해요.」 호이트가 말했다. 「하지만 연극은 잘될 거예요.」

「그래요.」 케이훈이 말했다.

「잘 지내요.」 호이트가 말했다.

「잘 지내요.」 케이훈이 굳은 얼굴로 말했다.

그와 마이클은 일주일에 7천5백 달러를 버는 우아한 모습의 호이트가 바를 지나 파라마운트 스튜디오로 가는 것을 바라보았다. 그는 그날 오후 할리우드와 도버 해협 사이 15킬로미터 상공에서 불타고 있는 프로펠러 비행기를 조종하는 연기를 할 것이다. 물론 진짜로 그렇게 하지는 않고, 세트장에서 구름을 배경으로 처리한 상태에서 그렇게 할 것이다.

케이훈은 한숨을 쉬었다. 「이곳에 왔을 때 위궤양만 없었다면 지금쯤 그들을 수중에 넣었을 텐데.」 그가 계산서를 부탁했다.

그 순간 마이클은 로라가 그들 테이블로 걸어오는 것을 보았다. 마이클은 접시를 내려다보는 시늉을 했지만 로라는 그의 앞에서 걸음을 멈췄다.

「앉아도 좋다고 해줘요.」 그녀가 말했다.

마이클은 차갑게 그녀를 올려다보았지만 케이훈이 미소를 지으며 「안녕, 로라, 합석할래요?」하고 말했고, 그녀는 마이클을 마주 보고 앉았다.

「나는 가려던 중이에요.」 마이클이 뭐라고 하기도 전에 케이훈이 말했다. 그는 수표에 서명을 한 다음 자리에서 일어났다. 「오늘 밤에 봐요, 마이클.」 그는 천천히 문 쪽으로 갔고, 마이클은 그가 가는 것을 바라보았다.

「이혼을 했더라도 우리는 친구처럼 지낼 수 있을 거예요.」 로라가 말했다.

마이클은 바에서 술을 마시고 있는 병장을 노려보았다. 로라가 실내를 가로질러 가는 것을 보고 있던 병장은 이제 대놓고 굶주린 듯 그녀를 쳐다보고 있었다.

「나는 이혼을 한 이상 친구처럼 지내기는 어렵다고 생각해.」 마이클이 말했다. 「또 이혼을 하는 일이 생기면 비열하게, 적대적으로 이혼을 해.」

로라의 눈꺼풀이 떨렸다. 그녀는 울고 있는 것 같았다.

「당신에게 경고하러 왔어요.」 떨리는 목소리로 그녀가 말했다.

「뭘 경고하게?」 마이클이 당황해하며 물었다.

「전쟁과 관련해 성급한 결정을 내리지 말라고요.」

「성급한 짓은 안 해.」

「내게 술을 한잔 권할 걸로 생각했어요.」 로라가 부드럽게 말했다.

「웨이터.」 마이클이 말했다. 「스카치 두 잔하고 소다.」

「시내에 있다고 들었어요.」 로라가 말했다.

「그래?」 마이클은 로라가 자리에 앉은 이후에도 눈을 떼지 않고 있는 병장을 노려보았다.

「당신이 연락하기를 바랐어요.」로라가 말했다.

여자들은 그물로 떨어지고 있는 공중 그네를 타는 곡예사 같다고 마이클은 생각했다. 그네를 놓쳐 밑으로 떨어진 후에는 그 어느 때보다도 더 높이, 원기 있게 튀어 오른다.

「바빴어.」 마이클이 말했다. 「어떻게 지내?」

「잘 지내요.」 로라가 말했다. 「폭스에서 배역을 주겠다고 하고 있어요.」

「잘됐군.」

「고마워요.」 로라가 말했다.

병장은 목을 빼 로라를 보지 않아도 되도록 아예 몸을 돌려 앉았다. 심각해 보이는 검은 드레스를 입고 머리 뒤쪽에 작은 모자를 쓴 로라는 무척 예뻤고, 마이클은 병장을 탓할 수가 없었다. 그가 입은 군복은 그 얼굴의 상실감과 외로움과 멍청한 욕망을 강조해 주고 있었다. 어쩌면 그는 전쟁 속에서 방황하고 있으며, 곧 아무도 들어 본 적이 없는 밀림으로 보내져 죽게 되거나 여자라곤 없는 무미건조한 군대 안에서 몇 달 혹은 몇 년을 썩게 될지도 모른다. 이곳과 더뷰크[22] 사이의 어디에도 아는 여자가 한 명도 없는지도 모르는 그는, 자신보다 나이가 그다지 많지 않은 민간인이 화려한 곳에서 아름다운 여자와 함께 앉아 있는 것을 보고 있었다. 그리고 상실감에 젖어 측은하게 마이클을 바라보는 표정 뒤로 그는, 자신은 땀을 흘리며 흐느끼고 멀리서 죽게 될지도 모르는데 한 운 좋은 사내는 조국 땅에서 태평하게 예쁜 여자들과 술을 마신 후 침대의 산뜻한 시트에서 잠자리에 드는 것을 생각하며 스스로

---

22 미국 아이오와주에 있는 작은 도시.

를 측은하게 생각하고 있는지도 모른다.

마이클은 정신 나간 생각이지만 그 병장에게 가서 말하고 싶었다. 〈이봐요, 당신이 무슨 생각을 하고 있는지 알아요. 하지만 당신 생각은 완전히 틀렸어요. 나는 저 여자와 오늘 밤에도, 다른 어느 날 밤에도 함께 있지 않을 거예요. 그럴 수만 있다면 오늘 밤 저 여자를 당신과 함께 있게 해주고 싶군요. 정말이에요.〉 하지만 그는 그럴 수가 없었다. 그는 그냥 그 자리에 앉아 다른 누군가가 받아야 하는 상을 자신이 받은 것처럼 죄책감을 느끼며 있을 수밖에 없었다. 그는 사랑스러운 전처와 나란히 앉아 있는 것이 그의 앞날을 우울하게 만들 또 다른 어떤 것이라는 것을 알고 있었다. 그는 여자와 레스토랑에 들어갈 때마다 여자 없이 혼자 온 병사를 보게 되면 죄책감을 느끼게 될 것이다. 그리고 여자를 갈망에 차 부드럽게 만질 때마다 다른 누군가의 피로 여자를 샀다고 생각하게 될 것이다.

「마이클.」 술잔을 들며 살짝 미소를 지면서 로라가 부드럽게 말했다. 「오늘 밤 늦게 뭘 할 건가요?」

마이클은 병장에게서 눈을 뗐다. 「일해.」 그가 말했다. 「술잔 비웠어? 나는 가봐야 해.」

10

바람만 없다면 참을 만도 했다. 크리스티안은 갈라진 입술에서 모래 맛을 느끼며 담요 아래에서 무겁게 몸을 움직였다. 사나운 바람에 날아온 등성이의 모래가 얼굴을 때리며 눈과 목구멍, 그리고 폐 속으로 들어갔다.

크리스티안은 담요를 두른 채 천천히 일어나 앉았다. 조금 전 바람은 다소 약해졌지만 밤의 가혹한 추위가 계속해서 얼굴을 쓰라리게 했다. 그는 추위로 턱을 떨며 조금이라도 몸을 따뜻하게 하기 위해 앉은 채로 몸을 움직였다.

병사들 중 일부는 잠들어 있었다. 크리스티안은 놀라움과 혐오감을 금치 못하며 그들을 노려보았다. 모래 등성이 바로 아래에는 하르덴부르크와 다른 다섯 명이 누워 있었다. 하르덴부르크는 들쭉날쭉한 돌 위로 머리 위쪽만 내놓은 채로 등성이 너머 호위대를 망원경으로 바라보고 있었다. 크고 두꺼운 외투를 입고 있었지만 하르덴부르크의 몸의 모든 부분이 경계를 늦추지 않고 있는 것처럼 보였다. 〈도대체 그는 잠을 자지 않고도 살 수 있단 말인가?〉 하고 크리스티안은 생각했다. 10분 내에 하르덴부르크가 죽게 된다면 얼마나 좋을까? 크리스티안은 잠시 그 생각을 했지만 곧 한숨을 쉬었다. 그럴 가능성은 없었다. 그날 아침 다른 사람 모두가 죽을 수도 있지만 하르덴부르크만큼은 죽지 않을 것이다. 하르덴부르크를 한 번이라도 만나 보면 그가 전쟁이 끝날 때까지 살아남으리라는 것을 알 수 있다.

히믈러가 자신의 위치에서 먼지를 일으키지 않으려고 조심하며 모래 등성이 밑의 하르덴부르크 옆으로 기어 내려왔다. 그는 자고 있는 사람들을 흔들어 깨운 후 낮은 말로 속삭였다. 그들은 섬세한 유리 장식들로 가득한 어두운 방 안에 있는 것처럼 계산된 동작으로 천천히 일어나기 시작했다.

히믈러는 크리스티안의 손과 무릎을 만졌다. 그는 자신 앞에 있는 크리스티안의 무릎을 밀며 무척 신중하게 그 옆에 앉앉다.

「그가 자네를 불러.」 영국군은 3백 미터나 떨어진 곳에 있었지만 히믈러는 속삭였다.

「알았어.」 크리스티안은 몸은 움직이지 않고 말했다.

「그가 우리 모두를 죽게 만들 거야.」 히믈러가 말했다. 체중이 많이 빠진 그는 수염 그루터기 아래가 거칠었고, 절망적으로 보이는 눈은 움푹 패여 있었다. 그는 석 달 전 바르디아 교외에서 머리 위로 첫 번째 폭탄이 발사된 후로는 장교들을 위해 농담이나 광대 짓을 하지 않았다. 아프리카에 도착한 순간 히믈러 병장의 몸을 다른 누군가가, 더 야위고 절망적인 사촌이 차지하기라도 한 것처럼 보였다. 통통하고 유쾌한 옛날의 히믈러의 유령은 유럽의 그늘진 어느 항구에 편안하게 남아 히믈러가 돌아올 경우 그의 몸을 다시 요구하고자 기다리고 있는 것 같았다. 「그가 저쪽에서 엎드린 채로」 하고 히믈러가 속삭였다. 「혼자 노래를 하며 영국군을 지켜보고 있어.」

「노래를 한다고?」 크리스티안은 못 믿겠다는 듯 고개를 저었다.

「콧노래를 하고 있어. 미소를 지으며. 밤새 그는 귀를 곤두세우고 있어. 어젯밤 호위대가 저곳에서 멈춘 이후로 그는 저쪽에 엎드린 채로 그들을 망원경으로 지켜보고 있지. 미소를 지으며.」 히믈러는 중위를 차갑게 바라보았다. 「하지만 어젯밤 그는 적들을 치러 가려 하지 않았어. 너무도 쉬운 상황이었는데도 말이야. 물론 적을 한 명 정도 놓칠 수도 있었을 거야. 하지만 그 때문에 우리는 이곳에서 10시간째 바람이 잦아들기를 기다리고 있어. 적을 모두 죽일 수 있도록 말이야. 적을 모두 죽이게 되면 더 나은 보고서를 쓸 수도 있겠지.」 히믈러는 불쾌한 얼굴로 휘몰아치고 있는 모래 속에 침을 뱉었다. 「두고 봐. 그가 우리 모두를 죽게 만들 거야.」

「영국군은 몇 명이나 있지?」 크리스티안이 말했다. 그는 결국 담요를 치우고 경기관총을 조심스럽게 집어 들며 몸을 떨었다.

「80명.」 히믈러가 속삭였다. 그는 주위를 둘러보았다. 「그리고 우리는 열세 명이야. 열세 명. 정찰대를 열세 명으로 구성하는 사람은 저 개자식밖에 없을 거야. 열두 명도, 열네 명도 아닌…….」

「적은 아직 안 일어났어?」 크리스티안이 말했다.

「모두 일어났어.」 히믈러가 말했다. 「사방에 보초가 있어. 적이 아직 우리를 보지 못한 건 기적이야.」

「중위는 뭘 기다리고 있는 거야?」 크리스티안은 모래 등성이 아래에서 몸을 웅크린 동물처럼 긴장하고 엎드려 있는 중위를 바라보았다.

「그에게 물어봐.」 히믈러가 말했다. 「어쩌면 로멜 장군이 이곳에 와 직접 이 상황을 본 후 아침 식사를 하고 나서 훈장을 주기를 기다리고 있는지도 모르지.」

중위는 모래 등성이 꼭대기에서 미끄러져 내려오며 초조하게 크리스티안에게 손을 흔들었다. 크리스티안은 천천히 그를 향해 모래를 기어 올라갔고, 히믈러가 그 뒤를 따랐다.

「박격포는 중위가 직접 설치했을 거야.」 히믈러가 투덜댔다. 「나를 믿지 못해서야. 그가 보기에 나는 그다지 정확하지 않아. 그는 밤새 기어다니며 고도를 조절했어. 정신과 의사가 그를 검진한다면 2분 만에 그에게 환자복을 입힐 거야.」

「빨리 와, 빨리 와.」 중위가 거칠게 속삭였다. 중위 쪽으로 가며 크리스티안은 그의 눈이 행복으로 반짝이는 것을 보았다. 그는 수염이 자라고 모자에 모래가 쌓여 있지만 10시간은 상쾌하게 잔 것처럼 보였다.

「모두들 제 위치에 있도록.」하르덴부르크가 말했다.「1분 동안. 내가 말할 때까지는 꼼짝 말고 있어. 박격포를 먼저 쏜 후 여기서 내가 손으로 신호를 보낼게.」

손과 무릎을 모래 위에 댄 채로 크리스티안은 고개를 끄덕였다.

「신호가 가면 기관총 두 대를 모래 등성이 위쪽으로 올리고 사격을 개시해. 그런 다음 중지 명령을 내릴 때까지 소총으로 계속 사격하도록 해. 알았지?」

「네, 중위님.」크리스티안이 속삭였다.

「박격포의 조준을 수정할 필요가 있으면 내가 직접 지시하겠어. 모두들 눈을 뜨고 계속해서 나를 지켜봐. 알았지?」

「네, 중위님.」크리스티안이 말했다.「언제 작전을 개시할까요, 중위님?」

「내가 준비가 되면.」하르덴부르크가 말했다.「모든 것이 제대로인지 보고 다시 내게로 와.」

「네, 중위님.」크리스티안과 히믈러는 몸을 돌려 박격포가 설치된 곳으로 기어 올라갔다. 박격포 옆에는 포탄과 몸을 웅크린 병사들이 있었다.

「오늘 저 개자식의 엉덩이에 총알이 박히는 것을 봐야만 나는 행복하게 죽을 수 있을 거야.」히믈러가 속삭였다.

「조용히 해.」크리스티안이 말했다. 히믈러가 초조해하는 모습을 보자 그 역시 불안해졌다.「자네는 자네 일이나 해. 중위는 자기가 알아서 하라지.」

「나에 대해서는 아무도 걱정할 필요 없어.」 히틀러가 말했다. 「그리고 내가 내 할 일을 안 하고 있다고는 누구도 말할 수 없을 거야.」

「아무도 그런 말은 안 했어.」

「그렇게 말하려 했잖아.」 자신의 친밀한 경쟁 상대와 잠시 논쟁을 하는 것에 기뻐하며 히틀러가 신랄하게 말했다. 그리고 그는 그렇게 해서 3백 미터 떨어진 곳에 있는 영국군 80명에 대한 생각을 떨쳐 버리려 했다.

「입 닥쳐.」 크리스티안이 말했다. 그는 박격포 담당 사수들을 바라보았다. 그들은 추위로 떨고 있었다. 새로 온 쇠녀는 추한 모습으로 계속해서 하품하며 떨리는 입을 벌렸다 닫았다. 하지만 그들은 준비가 된 것처럼 보였다. 크리스티안은 중위의 지시를 전한 후 계속 기어갔다. 먼지를 일으키기 않도록 조심하며 그는 모래 등성이 오른쪽 끝에 있는 기관총 사수 세 명에게 갔다.

그들은 준비가 되어 있었다. 모래 등성이 위에서 80명의 영국군과 대적하기를 기다리며 밤을 새운 기색이 그들 모두에게 역력했다. 정찰 차량 두 대와 무한궤도 차량 한 대는 작은 모래 등성이에 간신히 가려져 있었다. 만약 영국 공군 비행기가 아침 일찍 정찰을 나와 그 일대를 살핀다면 그들 모두는 목숨을 잃게 될 것이다. 기관총 사수들은 이제 여명으로 환해지고 있는, 맑고 끝없는 하늘을 전날 그랬던 것처럼 초조하게 올려다보고 있었다. 다행히도 해가 그들 뒤쪽에 낮게 떠 있어 앞에 있는 사람들의 눈을 부시게 하고 있었다. 영국의 지상군은 앞으로 한 시간 동안은 그 빛 때문에 그들을 발견하기가 어려울 것이다.

5주 사이 하르덴부르크가 영국군 전선으로 그들을 데리고 정찰을 나온 것은 이번이 세 번째였고, 크리스티안은 중위가 그 일을 하기 위해 대대 본부에 거듭 자원했다고 확신하고 있었다. 물도 도로도 관목도 없는, 이동하고 있는 전선의 오른쪽 끝자락인 그곳에는 병사들의 수가 적었다. 규모가 작은 주둔 부대들이 줄지어 있었고, 정찰대 또한 특정 목표 지점을 정찰하지 않았다. 그곳은 도로와 수원지가 정확하게 있는, 해변 근처의, 병사들이 많이 주둔한 곳과는 달랐다. 후자의 경우에는 중화기가 수없이 배치되어 있고 밤낮 없이 공습이 이루어졌다.

이곳에는 재앙의 전조 같은 불편한 고요가 지배하고 있었다. 크리스티안은 어떤 점에서는 지난번 전쟁이 나았다고 생각했다. 참호 속의 살육전은 끔찍했지만 모든 것이 조직화되어 있었다. 음식은 정기적으로 제공받았으며, 모든 것이 어떤 이해할 수 있는 질서에 따라 마련되어 있다는 느낌을 받았고, 위험은 규칙적이며 이해할 수 있는 경로를 통해 찾아왔다. 크리스티안은 다시 모래 등성이 꼭대기 바로 아래에 엎드려 망원경을 들여다보고 있는 하르덴부르크에게 천천히 다가가며, 참호전은 미친 듯이 영광을 얻고자 하는 이런 자에게 별로 좌지우지되지 않았다고 생각했다. 〈하지만 1960년이 되면 이런 미치광이가 독일군 총사령관이 될 거야. 그때가 되면 하느님이 독일군 병사를 도와주시길.〉

크리스티안은 계속해서 머리를 지평선 아래로 숙이고 있는 중위 옆 모래 위에 조심스럽게 엎드렸다. 날카로운 모래 등성이에 달라붙어 있는 메마른 덤불숲의 나뭇잎에서는 약간 시큼한 냄새가 났다.

「모든 것이 준비되었습니다, 중위님.」

「좋아.」 꿈쩍도 하지 않으며 하르덴부르크가 말했다.

크리스티안은 모자를 벗었다. 그리고 그는 아주 천천히 자신의 눈이 둥성이 위로 올라올 때까지 고개를 들었다.

영국군은 찻물을 끓이고 있었다. 그들은 반은 모래로 채워진, 가솔린이 든 작은 깡통 속에 열두 개쯤 불을 피워 놓고 있었다. 불은 힘없이 타오르고 있었다. 병사들은 에나멜 반합을 든 채로 불 주위에 모여 기다리고 있었다. 하얀 에나멜 반합에 햇빛이 반사되며 그들이 초조하게 움직이고 있다는 인상을 주었다. 3백 미터 떨어진 곳에 있는 그들은 무척 작아 보였다. 사막 색으로 위장한 그들의 트럭과 차량들은 망가진 장난감처럼 보였다.

트럭의 운전대 위로 둥근 쇠지렛대에 올려져 있는 기관총마다 병사가 한 명씩 붙어 있었다. 하지만 그것을 제외하고는 전체적인 분위기는 소풍을 나온 것처럼 보였다. 마치 그들은 일요일 아침 여자들을 집에 남겨 놓고 나와 성가신 일도 마다하지 않는 도시 사람들처럼 보였다. 그들이 덮고 잔 담요는 아직도 차량 위에 아무렇게나 널려 있었고 물 반 잔으로 면도를 하는 사람들도 여기저기 눈에 띄었다. 저렇게 낭비하는 걸 보면 물이 많은 게 틀림없다고 크리스티안은 생각했다.

트럭은 모두 여섯 대가 있었는데 아무것도 덮지 않은 다섯 대는 보급품으로 가득 차 있었고, 한 대는 가려져 있었다. 가려져 있는 그 트럭 안에는 탄약이 있는 것 같았다. 보초들은 소총을 든 채로 불 쪽에 있었다. 전선에서 50킬로미터 후방에 있는 그들은 작은 주둔 기지를 돌며 남쪽으로 가면서 자신들이 무척 안전하다고 느낄 거라고 크리스티안은 생각했다. 그들은 구덩이를 파지도 않았고, 트럭 뒤에 있는 것을 제외하고는 어떤 엄폐물도 없었다. 그들을 죽이라는 신호만 기다리고 있는 적의 총구 아래에서 그토록 오랫동안, 태평스럽게 80명이나 되는 적이 움직일 수 있다는 것이 믿어지지 않았다. 심지어 그들이 면도를 하고 차를 끓이고 있는 모습은 그로테스크하게 보였다. 적을 공격할 것이라면 지금이야말로 적기였다.

크리스티안은 중위를 쳐다보았다. 히믈러가 말한 것처럼 콧노래를 부르고 있는 그의 얼굴에는 약간 미소가 어려 있었다. 그 미소는, 놀이방에서 놀고 있는 아이의 서툴면서도 감동적인 움직임을 바라보는 어른의 미소처럼 애정이 서려 있는 것 같았다. 하지만 하르덴부르크는 어떤 신호도 보내지 않았다. 크리스티안은 모래 위에 자리를 잡고 눈을 가늘게 뜨고 아래쪽에 있는 사람들을 바라보며 신호를 기다렸다.

아래쪽에서 물이 끓으며 김이 바람에 실려 떠올랐다. 크리스티안은 영국군들이 집 안에서 일을 하듯 물에 차와, 배낭에서 꺼낸 설탕과, 깡통에 든 우유를 알맞게 양을 재며 넣는 것을 보았다. 그들이 그날 점심이나 저녁을 먹지 못하게 되리라는 것을 알고 있다면 더 진한 차를 만들 것이다.

그는 불 주위에 모여 있는 무리들 중 한 명씩 나와 깡통과 배낭을 들고 가 조심스럽게 트럭 안에 쌓는 것을 보았다. 영국군들은 한 명씩 차 한 잔씩을 만들었다. 이따금 바람이 불며 땅바닥에 앉아 아침 식사를 들고 있는 사람들의 희미한 이야기 소리와 웃음소리가 실려 왔다. 크리스티안은 부러운 듯 그들을 바라보며 혀로 입술을 핥았다. 그는 지휘 본부를 떠난 후로 따뜻한 것이라곤 아무것도 마시지 못한 상태였고, 앞으로도 열두 시간 동안은 전혀 먹을 수가 없을 것이다. 그는 차의 풍부한 향을 맡고, 진한 맛을 느낄 수 있을 것만 같았다.

하르덴부르크는 꼼짝도 하지 않았다. 계속해서 미소를 지으며 음정이 틀리게 콧노래를 부르고 있었다. 〈도대체 그는 무엇을 기다리고 있는 것인가? 발각되기를? 느긋하게 적을 죽이는 대신 서로 치열하게 싸울 수 있기를 기다리는 것인가? 정찰 비행기에 발견되기를 기다리는가?〉 크리스티안은 주위를 둘러보았다. 다른 사람들은 걱정스러운 눈으로 하르덴부르크를 바라보며 뻣뻣하고 부자연스러운 자세로 웅크리고 있었다. 크리스티안 오른쪽에 있는 병사는 마른침을 삼키고 있었다. 금속성의 그 소리는 멍청할 정도로 크게 들렸다.

크리스티안은 다시 한번 하르덴부르크를 바라보며 그가 지금 상황을 즐기고 있다는 생각을 했다. 군대는 그런 자를 지휘관으로 임명할 권리가 없다. 그 외에도 상황은 좋지 않았다.

트럭 주위에 있는 영국군들이 여기저기서 파이프를 채우고 담배에 불을 붙이기 시작했다. 그것은 그 작은 인상적인 장면에 만족감과 안전함의 분위기를 더해 주었다. 그와 동시에 크리스티안은 담배를 한 모금 빨고 싶은 고통스러운 충동을 느꼈다. 물론 거리가 있어 그들을 아주 자세히 관찰하는 것은 어려웠지만 그들은 평범한 영국군 병사들처럼 보였다. 외투를 입은 그들은 앙상하거나 작지 않았고, 냉담하면서도 신중하게 움직이고 있는 것이 분명했다.

그들 중 일부는 식사를 마치고 모래로 반합을 닦은 후 트럭으로 가 담요를 말기 시작했다. 트럭 위에 설치된 기관총 앞에 있던 사람들은 아침을 먹으러 내려왔다. 그들 모두가 내려오고 2~3분 동안에는 기관총 앞에 아무도 없었다. 크리스티안은 중위가 이 순간을 기다렸다고 생각했다. 그는 모든 것이 준비가 되어 있는지 재빨리 주위를 보았다. 사람들은 꼼짝 않고 있었다. 그들은 이전의 자세로 고통스럽게 웅크리고 있었다.

크리스티안은 하르덴부르크를 바라보았다. 기관총 앞에 있는 영국군이 아무도 없다는 사실을 알아차렸을 텐데도 그는 아무런 기색을 보이지 않았다. 여전히 그는 미소를 지으며 콧노래를 부르고 있었다.

크리스티안은 하르덴부르크의 몸 가운데 치아가 가장 추해 보인다는 생각을 했다. 이는 크고 넓고 구부러지고 사이가 벌어져 있었다. 뭔가를 마실 때면 그는 요란한 소리를 냈다. 그리고 그는 자신에 대해 무척 흐뭇하게 생각하고 있었다. 쌍안경 뒤로 미소를 지으며 엎드려 있는 그의 온몸에서 그 점이 보였다. 그는 모두의 눈이 자신에게 고정되어 있으며, 자신이 신호를 내려서 공격이 지연되는 데 따른 고통으로부터 모두가 벗어나고 싶어한다는 것을 알고 있었다. 그리고 다들 자신을 미워하고 두려워하고 이해하지 못한다는 것을 알고 있었다.

크리스티안은 눈을 깜박이며 다시 한번 영국군을 어렴풋이 바라보면서 하르덴부르크의 가늘고 역설적인 얼굴을 지우려 했다. 이제 새 보초들이 천천히 기관총 뒤 각자의 위치로 돌아간 상태였다. 그들 중 한 명은 금발인데 머리숱이 거의 없었다. 그는 담배를 피우고 있었다. 그는 깃을 펼쳐 따듯해지고 있는 햇볕을 쪼여 몸을 덥혔다. 작은 등을 쇠지렛대에 기대고 있는 그는 무척 편안해 보였다. 그는 입술에 담배를 문 채로 크리스티안 쪽을 겨냥하고 있는 기관총 위에 손을 가볍게 올려놓고 있었다.

중위가 기회를 놓쳤다고 크리스티안은 생각했다. 〈이제 그는 무엇을 기다리고 있는 것인가? 기회가 있을 때 그레첸에게 그에 관해 물었어야 했다. 그는 무슨 생각을 하고 있고, 무엇을 쫓고 있는 것인가? 무엇이 그를 그토록 비뚤어지게 만든 것인가? 그를 어떻게 상대하는 것이 좋은가? 이제 신호를 보내, 제발〉 하고 크리스티안은 속으로 간청했다. 영국군 장교 두 명이 삽과 화장지를 들고 다른 곳으로 가고 있었다. 〈이제 신호를 보내, 제발.〉

하지만 하르덴부르크는 꼼짝도 하지 않았다. 크리스티안은 마른침을 삼켰다. 그는 잠에서 깼을 때보다도 더 추웠고, 어깨가 발작을 일으키듯 살며시 떨렸지만 할 수 있는 것은 전혀 없었다. 그는 숨이 가빴고 입술에서는 모래 맛이 났다. 그는 경기관총 개머리 위에 올려놓은 손을 내려다보며 손가락을 움직였다. 손가락은 다른 누군가가 통제하고 있는 듯 천천히 이상하게 움직였다. 〈나는 그 일을 할 수 없을 거야〉라고 그는 미친 듯이 생각했다. 〈그가 신호를 보내면 총을 들게 될 거야. 나는 그 일을 할 수 없을 거야.〉 크리스티안은 눈이 따가웠고, 눈물이 나올 때까지 눈을 깜박였다. 아래쪽에 있는 80명의 적군과 트럭과 불이 이제 흐릿하게 한 덩어리로 보였다.

〈이건 지나쳐. 심해. 이곳에 이토록 오랫동안 엎드려 자신이 죽이게 될 적이 깨어나 아침 식사를 만들고 담뱃불을 붙이고 볼일을 보러 가는 것을 지켜봐야 하다니.〉 이제 열다섯 명에서 스무 명 정도가 트럭에서 떨어져 바지를 내린 채로 쭈그리고 앉아 있었다. 모든 군대 내의 병사들이 그런 식으로 볼일을 봤다. 아침 식사 후 10분 내에 볼일을 보지 않을 경우 하루의 나머지 시간 동안 볼일을 보지 못할 수도 있다. 깃발이 나부끼는 가운데 북과 나팔 소리에 맞춰 깨끗한 시가를 행진하는 순간에는, 아랍인조차도 건넌 적이 없는 춥고 따가운 사막의 모래 속에서 열 시간을 엎드려 기다리다가, 영국인 스무 명이 키레나이카[23] 사막에 판 작은 구멍 위에 바지를 내린 채로 쪼그리고 앉아 있는 모습을 지켜보는 심정이 어떤 것인지를 알지 못하는 법이다. 브란트에게 이 사진을 찍어 『프랑크푸르터 차이퉁』에 보낼 수 있으면 좋겠다고 크리스티안은 생각했다.

그는 옆에서 들리는 쾌활하고 이상한 소리를 들었다. 그는 천천히 고개를 돌렸다. 하르덴부르크가 껄껄 웃고 있었다.

크리스티안은 다시 고개를 돌리며 눈을 감았다. 〈끝나야 해, 끝나야 해〉 하고 크리스티안은 생각했다. 저 웃음도, 아침 볼일을 보고 있는 영국군도, 하르덴부르크 중위도, 아프리카와 태양과 바람과 전쟁도 끝나야 해.

그 순간 그의 뒤쪽에서 소음이 들렸다. 그는 눈을 떴고, 한순간 후 박격포 포탄이 폭발하는 것을 보았다. 그는 하르덴부르크가 신호를 보냈다는 것을 알 수 있었다. 포탄은 담배를 피우고 있던 금발 사내에게 정통으로 맞았고, 그는 순식간에 사라져 버렸다.

트럭 한 대가 불타기 시작했다. 다른 트럭 사이에서 연이어 포탄이 터졌다. 등성이 위로 자리한 기관총이 불을 뿜으며 호위대를 쓰러트렸다. 작은 형체들은 사방으로 멍청하게 흩어지고 있는 것처럼 보였다. 쪼그리고 앉아 있던 사람들은 바지를 끌어올리며 서투르게 달리다가 발을 헛디뎌 넘어졌다. 그들의 엉덩이가 사막의 반짝이는 모래에 반사되며 하얗게 빛났다. 그중 한 명은 총탄이 어디에서 날아오는지도 모르는 것처럼 모래 등성이를 향해 곧장 달려오고 있었다. 그는 1백 미

---

[23] 리비아 동부 지방.

터도 안 되는 곳에서야 기관총을 보았다. 그는 완전히 몸이 얼어붙어 잠시 꼼짝도 못했다. 그런 다음 그는 몸을 돌려 한 손으로 바지를 움켜쥔 채로 달아나려고 했다. 누군가가 마치 잠시 생각을 한 후에 그를 쏜 것처럼 그가 넘어졌다.

하르덴부르크는 박격포 고도를 조정하는 사이사이에 껄껄 웃었다. 박격포 포탄 두 개가 탄약을 실은 트럭에 명중하며 트럭이 폭발했다. 커다란 연기가 치솟았다. 쇳조각들이 한참 동안 그들 머리 위로 휘파람 소리를 내며 날아갔다. 트럭 앞쪽으로 사방에 적이 쓰러져 누워 있었다. 적군 병장 하나가 열두 명 정도를 데리고 모래 등성이를 향해 오기 시작했다. 그들은 무차별 사격을 가했다. 누군가가 그 병장을 맞혔다. 그는 넘어졌지만 앉은 채로 계속해서 총을 쏘았다. 하지만 다른 누군가가 그를 다시 맞히자 그는 머리를 모래에 박으며 넘어졌다.

병장이 이끌던 부대는 와해되어 뒤로 도주하기 시작했지만 트럭까지 가기 전에 모두 쓰러졌다. 2분이 지나자 영국군 진영에서는 더 이상 총탄이 날아오지 않았다. 불타는 트럭에서 뿜어져 나오는 연기가 강한 바람을 타고 등성이까지 날아왔다. 여기저기서 으깨진 곤충처럼 부상을 입은 적군이 꿈틀거리고 있었다.

하르덴부르크가 자리에서 일어나 손을 들었다. 사격이 중단되었다. 「디스틀.」 불타고 있는 트럭과 죽은 영국인들을 바라보며 그가 지시했다. 「기관총은 계속해서 사격을 하도록 해.」

크리스티안은 그의 옆에 섰다. 「뭐라고요, 중위님?」 그가 물었다.

「기관총은 계속해서 사격을 하도록 해.」

크리스티안은 전멸한 호위대를 내려다보았다. 이제 트럭에서 솟구치는 화염을 제외하고는 어떤 움직임도 보이지 않았다. 「네, 중위님.」 크리스티안이 말했다.

「저곳 전체를 쓸어 버려.」 하르덴부르크가 말했다. 「2분 후에 저곳으로 내려갈 거야. 아무도 살아 있지 않게 해. 알았지?」

「네, 중위님.」 크리스티안이 말했다. 그는 오른쪽에 있는 기관총 사수에게, 그다음에는 다른 사수에게 가 중단 명령을 받을 때까지 계속해서 사격하라고 말했다.

기관총 사수들은 알 수 없다는 듯 그를 곁눈질로 슬쩍 보더니 어깨를 으쓱한 후 다시 사격하기 시작했다. 그 상황에서 어울리지 않아 보이는 기관총 소리는 초조하고 짜증스러우며 마음을 착잡하게 했다. 그사이 사람들의 말소리나 외침 소리 혹은 다른 총소리는 들리지 않았다. 다른 사람들은 한 명씩 자리에서 일어나 탄환이 모래에 박히거나 트럭 가까이서 이미 죽거나 부상을 입은 사람들의 몸을 찢어 놓는 것을 바라보았다. 이미 죽은 자들의 몸이, 바람이 휩쓴 모래 위에서 감전된 사람처럼 발작을 일으키는 것 같았다.

불 근처에 누워 있던 영국군 병사 하나가 총에 맞았다. 그는 일어나 앉아 고개를 뒤로 젖히며 비명을 질렀다. 기관총의 기계적인 리듬 사이로 그의 비명 소리가 모래 등성이까지 들려왔다. 그 소리는 놀라우면서도 동시에 인신공격적으로 느껴졌다. 그 영국군이 비명을 지르자 기관총 사수들이 사격을 중단했다. 영국군은 머리를 뒤로 젖힌 채로 손을 마구 휘젓고 있었다.

「계속해서 사격해.」 하르덴부르크가 날카롭게 말했다. 다시 불을 뿜은 기관총 두 대가 모두 그를 향했다. 그의 목에 총알이 관통하며 그의 마지막 비명이 중간에 끊겼다. 그가 뒤로 쓰러졌다.

사람들은 매혹과 공포의 표정을 동시에 지은 채로 그것을 조용히 지켜보았다.

하르덴부르크만은 다른 모습이었다. 그는 입술을 말아 이를 드러낸 채로 고르지 않게 숨을 헐떡이고 있었다. 그는 다소 빠르게 숨을 쉬고 있는 것 같았다. 그리고 그는 눈을 반쯤 감고 있었다. 크리스티안은 그런 표정을 어디에서 본 적이 있는지 떠올리려고 했다. 그것은 쾌감으로 황홀해진 표정이다. 그리고 그는 사랑을 나누던 순간의 그레첸을 떠올렸다. 너무도 비슷해 보이는 그들은 친척인 게 분명하다고 크리스티안은 생각했다.

기관총은 계속해서 불을 뿜었고, 이제 사람들의 잡담 소리는 옆 구역 공장에서 매일같이 들리는 소리와 거의 흡사했다. 등성이에 있던 두 사람은 마치 그 단조로운 광경에 이미 약간 지루해진 듯 담배를 꺼내 불을 붙였다.

아래쪽에 있는 일그러진 시체들을 보며 크리스티안은 이것이 병사의 삶이라고 생각했다. 그들이 영국 고향에 있었다면 그런 일은 일어나지 않았을 것이다. 하지만 내일이면 그 자신이 모래 위에 누워 있는데 런던의 이스트 사이드 토박이가 그에게 총을 쏠지도 모른다. 그에게 문득 우월감이 치솟았다. 우리는 폴란드인과 체코인 그리고 러시아인과 이탈리아인에게 우월감을 느꼈지. 그리고 우리 대부분은 죽은 자들에게도 우월감을 느꼈어. 그는 스키를 타러 오스트리아에 와 카페에서 확신에 찬 태도로, 평탄하지만 높은 음색으로 말을 해 주위 사람들의 목소리를 묻히게 만들던, 잘생기고 나른한 모습의 젊은 영국인들을 떠올렸다. 그는 그 젊은 영국인 귀족들이 오늘 피가 낭자한 모래 위에서 배가 찢어지고, 엉덩이가 드러난 채로 얼굴을 처박고 있는 장교들이기를 바랐다.

하르덴부르크가 손을 흔들었다. 「사격 중지.」 그가 말했다.

사격이 멈췄다. 크리스티안 가까이서 사격을 하고 있던 병사는 땀을 흘리고 있었다. 그는 큰 소리로 한숨을 쉬고 얼굴을 닦으며 지친 듯 조용한 총구에 몸을 기댔다.

「디스틀.」 하르덴부르크가 말했다.

「네, 중위님.」

「다섯 사람이 필요해. 자네도.」 하르덴부르크는 약간 미끄러지면서 고요한 아래쪽으로 내려가기 시작했다.

크리스티안은 가까이 있는 다섯 명에게 손짓을 했고, 그들은 중위를 따라갔다.

하르덴부르크는 행군하는 사람들에게 연설을 할 것처럼 생각에 잠겨 트럭을 향해 걸어갔다. 그는 권총을 총집에 넣은 채로 옆쪽으로 딱딱한 작은 원을 그리며 손을 흔들었다. 크리스티안과 다른 사람들은 그의 바로 뒤를 따라갔다. 그들은 바지를 쥔 채 멍청하게도 그들 쪽으로 온 영국군이 있는 곳에 이르렀다. 그는 가슴에 탄환 여러 발을 맞은 상태였다. 피범벅으로 찢긴 군복 상의에 박힌 하얀색과 붉은색 파편 사이로 부서진 갈비뼈가 삐죽 나와 있었다. 하지만 그는 아직도 살아 있었다. 그는 모래 위에 누운 채로 조용히 위쪽을 바라보았다. 하르덴부르크는 권총을 꺼내 노리쇠를 당겨 총탄을 장전한 다음 신중하게 조준하지도 않고 그의 머리에 아무렇지 않게 두 발을 쏘았다. 영국인의 얼굴이 형체를 알아볼 수 없게 되었다. 그는 딱 한 번 신음 소리를 냈다. 하르덴부르크는 권총을 다시 총집에 넣고 앞으로 나아갔다.

그들은 여섯 명이 무리를 지어 쓰러져 있는 곳에 이르렀다. 모두 죽은 것 같았지만 하르덴부르크는 확실히 하라고 말했고, 크리스티안은 기계적으로 그들에게 몇 발을 쏘았다. 그는 아무것도 느끼지 못했다.

그들은 영국군들이 불을 피우던 곳에 이르렀다. 크리스티안은 물을 끓인 깡통에 구멍을 뚫어 임시로 피운 불길이 가능한 한 잘 피어오르도록 해놓은 것을 보았다. 얼마나 많은 양의 차가 끓여졌는지는 알 수 없었다. 진한 차 냄새와 불에 탄 모직물 냄새와 고무 타는 냄새 그리고 트럭이 폭발하며 함께 불에 휩싸인 몇 사람의 시체 구워지는 냄새가 진동했다. 트럭에서 뛰어내린 한 병사는 화염에 휩싸여 있었다. 그는 완전히 그을린 머리를 위로 향한 채로 뭔가를 구하는 듯한 자세로 한쪽 팔꿈치를 기대고 누워 있었다. 박격포 포탄은 그 주위에도 떨어졌다. 엉덩이에서 떨어져 나간 맨살의 다리 두 쪽도 있었다. 그리고 그곳에는 차와 옥수수를 넣은 쇠고기 통조림과 엎질러진 설탕도 널려 있었다.

한 병사는 머리가 몸에서 거의 떨어져 나간 채로 자동차 바퀴에 기대어 앉아 있었다. 크리스티안은 축 늘어져 있는 머리를 바라보았다. 얼굴이 노동자처럼 보이는 그는 턱 근육이 강하고 교활하면서도 완고한, 영국인 얼굴에서 너무도 흔하게 볼 수 있는 비굴한 표정을 하고 있었다. 의치인 윗니는 입에서 반쯤 나와 있고, 마치 누군가를 놀리는 듯 입술이 뒤틀려 있었다. 깨끗하게 면도를 한 턱은 붉었고, 관자놀이의 하얗게 센 머리 아래쪽도 깨끗하게 깎은 상태였다. 면도를 하는 깔끔한 병사라고 크리스티안은 생각했다. 어느 부대에나 그런 친구가 한 명씩은 있다. 하지만 그는 그날 아침에 면도 따위는 할 필요도 없었다.

여기저기서 잘린 팔이 움직이는 것이 보였고 신음 소리도 들렸다. 하르덴부르크는 호송대 부대장이 사용한 것처럼 보이는 선도 차량으로 가 안에 있는 서류를 뒤적였다. 그는 지도와 타자로 친 명령서, 그리고 지도 상자 속에서 금발 여자와 아이 둘을 찍은 사진을 꺼낸 다음 차에 불을 질렀다.

그와 크리스티안은 불타는 차를 바라보며 서 있었다.

「우리는 운이 좋았어.」 하르덴부르크가 말했다. 「적이 적당한 곳에 있었어.」 그는 미소를 지었고, 크리스티안 역시 미소를 지었다. 이것은 약간 웃기기까지 했던, 파리로의 진격 때와는 달랐다. 여기에는 렌의 암시장도 경찰 업무도 없었다. 이곳에는 분명한 임무가 있었고, 전쟁은 그래야만 했다. 그의 주위에 있는 죽은 자들은 현실이었으며 셀 수 있었고 그들에게는 소중했다. 미국 역시 이 영국군들에게는 별로 도움이 되지 못할 것이다.

「좋아.」 하르덴부르크가 다른 병사들에게 말했다. 「아직도 살아 있다면 집에 돌아갈 수 있겠지. 언덕으로 가.」

그와 크리스티안은 돌아가기 시작했다. 등성이의 사람들이 하늘을 배경으로 능선을 그리며 그들을 바라보고 서 있었다. 크리스티안은 그들이 무방비로 노출되어 있다는 생각을 하며 약간 걱정이 되었다. 그리고 그들은 외로워 보였다. 그에게는 그들이 필요했다.

그들은 벌거벗은 엉덩이를 하늘로 내민 채로 엎드려 있는 장교를 지나쳐 갔다. 그의 몸은 호리호리하고 창백했으며 놀란 귀족의 모습을 하고 있었다.

하르덴부르크가 미소를 지었다. 「기억나나?」 하르덴부르크가 물었다. 「저 작자가 총소리를 처음 들었을 때 저기서 쪼그리고 앉아 변비를 걱정하고 있던 모습이? 그리고 도망치려고 할 때의 모습이? 손을 저으면서 동시에 바지를 올리려 했지. 영국 군대의 대위가. 샌드허스트[24]에서는 그런 상황에 대체하는 법은 가르쳐 주지 않나 봐!」

하르덴부르크는 웃음을 터트렸다. 그리고 웃을수록 그 웃기는 기억이 더욱 생생하게 떠오르는 모양이었다. 결국 그는 걸음을 멈추고 가만히 서서 몸을 숙여 손을 무릎에 댄 채로 약간 숨을 헐떡였다. 그의 웃음소리가 바람을 타고 퍼져 나갔다.

크리스티안 역시 처음에는 웃고 싶지 않았지만 결국에는 웃음을 터트리고 말았다. 결국 그 역시 발작적으로 웃기 시작했다. 다른 사람들도 중위와 병장이 웃는 것을 보고는 따라서 웃기 시작했다. 처음에 그들은 낄낄거렸지만 곧 웃음에 감염된 것처럼 두 사람과 함께 온 다섯 명뿐만 아니라 등성이의 기관총 옆에 서 있던 사람들까지 미친 듯이 웃기 시작했다. 그들의 웃음소리가 폐허가 된 땅과, 조용히 누워 있는 시체와, 꺼져 가는 불길과, 흩어져 있는 총과, 우스꽝스러운 삽과, 불타고 있는 트럭과, 머리가 귀 부분에서 거의 떨어진 채 의치인 윗니가 뒤틀린 입술 밖으로 나와 있는, 차량 바퀴에 기대어 앉아 있는 죽은 사람 위를 휩쓸고 지나갔다.

---

24 영국 육군 사관 학교의 소재지.

11

 열차는 덜컥거리며 쌓인 눈과 버몬트의 하얀 언덕 사이를 따라 천천히 달려갔다. 노아는 외투를 입은 채로 서리가 낀 창가에 앉아 있었다. 난방 장치가 고장이 나 그는 몸을 떨고 있었다. 그는 크리스마스 새벽에 뿌옇게 흐린 황량한 그곳에서 조금씩 바뀌는 잿빛의 꺼림칙한 풍경을 내다보았다. 그는 열차가 붐벼 침대칸에 탈 수 없었고, 그래서 몸은 뻣뻣하고 지저분하게 느껴졌다. 화장실 물이 얼어 면도도 할 수 없었다. 그는 수염을 문지르며 자신의 얼굴이 검고 추하며, 눈은 충혈되어 있고, 옷깃에는 잿빛 얼룩이 있을 거라고 생각했다. 이런 식으로 그녀의 가족에게 인사를 해야 하다니, 하고 그는 생각했다.

 갈수록 그는 확신이 서지 않았다. 15분 동안 정차한 어떤 역에 뉴욕행 기차가 서 있었고, 그는 타고 있던 열차에서 내려 그 열차에 올라타고 싶은 강한 충동을 느꼈다. 추위와, 코를 고는 승객과, 구름이 낀 밤 풍경 속으로 솟아 있는 음산한 모습의 언덕 때문에 불편한 여행을 하게 되자 더욱더 확신이 사라져 갔다. 그는 결코 일이 제대로 되지 않을 것이라고 생각했다.

 호프는 준비를 하기 위해 미리 떠났다. 이틀 전에 집에 간 그녀는 이제 자기 아버지에게 자신이 유대인과 결혼할 것이라고 말씀드렸을 것이다. 먼지 낀 기차 안에서 노아는 일부러 낙관적으로 생각하려고 애쓰며, 〈일이 잘됐을 거야, 그렇지 않으면 그녀가 전보를 쳤겠지〉 하고 스스로를 달랬다. 〈나를 이곳으로 오게 한 것을 보면 잘됐을 거야.〉

군대가 그를 거부한 후 노아는 최대한 합리적이고 유용한 방식으로 자신의 인생을 다시 설계하기로 마음먹었다. 그는 일주일에 서너 번 저녁에 도서관에서 시간을 보내며 선박 건조와 관련한 청사진을 보기 시작했다. 신문과 라디오에서는 더 많은 선박을 만들어야 한다고 아우성이었다. 그는 싸울 수는 없었지만 최소한 배는 만들 수 있었다. 그는 청사진을 공부한 적이 없고, 용접과 리벳 작업이 무엇인지 조금도 알지 못했다. 믿을 만한 사람들의 말에 따르면 그런 일에 숙달하기 위해서는 몇 달간 강도 높은 훈련을 받아야 했다. 그는 맹렬하게 암기와 복습을 하며 여러 번씩 기억을 되살려 직접 설계를 해보았다. 그는 책을 보는 일에는 익숙했고, 그래서 단시간에 많은 것을 알게 되었다. 그는 한 달만 더 공부하면 조선소의 비계 위에서 일을 하여 생활비를 벌 수 있을 것 같았다.

한데 그사이 호프가 문제였다. 그는 친구들 모두가 전쟁의 공포 속에서 떨고 있는데 자신만이 개인적인 행복을 꿈꾸고 있는 것에 대해 약간 죄책감을 느꼈다. 하지만 그가 금욕적인 생활을 한다고 해서 히틀러가 더 빨리 패배할 것도 아니었고, 그가 홀몸으로 지낸다고 해서 일본군이 더 일찍 항복할 것도 아니었다. 그리고 호프는 결혼을 하자고 고집을 피웠다.

그녀는 자신의 아버지를 무척 좋아했다. 그는 성실하게 교회에 나가는 완고한 장로교도였는데, 평생을 세상에서 가장 혹독한 지역인 그곳에서 뿌리를 내리고 살아왔다. 호프는 아버지의 동의 없이는 결혼하지 않으려 했다. 노아는 맞은편에서 입을 벌리고 발을 올려놓은 채 자고 있는 해병 상병을 바라보며 세상은 왜 이렇게 복잡한 걸까, 하고 생각했다.

철로 옆으로 벽돌 공장 하나가 있었다. 그는 양쪽 끝에 첨

탑이 솟아 있고, 다닥다닥 붙은, 황량해 보이는 하얀 건물들이 있는 거리를 흘끗 보았다. 그리고 그의 얼굴을 찾으려고 서리가 낀 창문을 들여다보며 플랫폼 위에 서 있는 호프가 보였다.

그는 열차가 멈추기 전에 뛰어내렸다. 그는 얼어붙은 눈 위에서 약간 미끄러지며 하마터면 들고 있던 망가진 모조 가죽 가방을 떨어트릴 뻔했다. 그는 간신히 균형을 잡았다. 트렁크를 밀고 가던 노인이 퉁명스럽게 말했다. 「온통 얼음이야, 젊은이. 얼음. 얼음 위에서 발끝으로 춤을 춰서는 안 되네.」

그 순간 호프가 그에게로 서둘러 왔다. 그녀의 얼굴은 창백하고 수심에 찬 것처럼 보였다. 그녀는 그에게 키스도 하지 않았다. 그녀는 그에게서 10미터쯤 떨어진 곳에서 걸음을 멈췄다. 「오 맙소사, 노아.」 그녀가 말했다. 「면도를 해야겠어.」

「물이 얼어붙어 있었어.」 짜증스럽게 그가 말했다.

그들은 막연하게 서서 서로를 마주 보았다. 노아는 그녀가 혼자 왔는지 보기 위해 재빨리 주위를 둘러보았다. 두세 명이 기차에서 내렸지만 이른 시각이었고 그들을 마중 나온 사람은 아무도 없었다. 그리고 그들은 이미 서둘러 그곳을 뜨고 있었다. 트렁크를 밀고 가는 노인을 제외하고 역에는 노아와 호프밖에 없었다. 그리고 노아가 타고 온 열차는 이제 출발하고 있었다.

〈상황이 좋지 않아. 그녀가 직접 소식을 전하러 온 거야〉 하고 노아는 생각했다.

「여행은 괜찮았어?」 호프가 분위기를 바꾸려는 듯 물었다.

「아주 좋았어.」 노아가 대답했다. 낡고 두꺼운 모직 반코트를 입고 스카프를 머리에 단단히 맨 그녀는 낯설고 냉담하게 보였다. 얼어붙은 언덕을 넘어온 북풍이 그녀가 걸친 외투를 마치 아주 얇은 면 옷처럼 펄럭이게 했다.

「그래, 이곳에서 크리스마스를 보내는 거야?」 노아가 말했다.

「노아.」 호프는 부드럽게 말했다. 그녀는 목소리를 차분하게 가라앉히려 했지만 목소리는 떨리고 있었다. 「노아, 부모님께 말씀드리지 않았어.」

「뭐라고?」 노아가 멍청하게 물었다.

「이야기하지 않았어. 아무 말도. 네가 온다는 얘기도, 너와 결혼하고 싶다는 얘기도, 네가 유대인이라는 얘기도, 네가 살아 있다는 얘기도.」

노아는 침을 삼켰다. 〈황량한 언덕이나 보며 크리스마스를 보내는 것은 얼마나 한심한 일인가〉 하고 노아는 생각했다.

「괜찮아.」 그가 말했다. 그는 자신이 무슨 말을 하고 있는지도 알 수 없었다. 하지만 스카프를 꽉 묶은 채 아침 추위에 얼굴이 얼어붙어 버림받은 사람처럼 그곳에 서 있는 그녀를 보자 어떤 식으로든 그녀를 위로해 주고 싶었다. 「정말로 괜찮아.」 그는 잔을 깨트린 서투른 손님에게 괜찮다고 말하는 주인 같았다. 「걱정 마.」

「얘기하려고 했어.」 호프가 말했다. 그녀가 너무도 작게 말하는 데다가 바람 때문에 그녀의 이야기를 알아듣기가 어려웠다. 「얘기하려고 했어. 어젯밤에는 막 얘기를 꺼내려다 말고…….」 그녀는 고개를 저었다. 「교회에 다녀온 후 아버지와 단둘이 부엌에서 얘기할 수 있을 거라고 생각했어. 한데 휴일을 보내러 온, 러틀랜드에 사는 오빠네 부부가 아이들과 함께 들어왔어. 그들은 전쟁 이야기를 하기 시작했고, 진짜 바보인 오빠는 유대인은 참전하지도 않으면서 돈을 벌고 있다는 말을 했어. 아버지는 그냥 가만히 앉아 고개를 끄덕이고 있었어. 아버지가 오빠의 의견에 동의를 하고 계셨는지, 아니면 밤 9시만 되면 그랬듯 졸고 계셨는지는 모르겠어. 그래서 나는 얘기조차…….」

「괜찮아.」 노아는 계속해서 멍청하게 그 말만 하고 있었다. 「정말로 괜찮아.」 그는 장갑을 낀 손이 얼얼했고, 그래서 애매하게 손을 움직였다. 〈곧 아침을 먹어야 해, 그리고 커피도 좀 마셔야 해〉 하고 그는 생각했다.

「너와 함께 있을 수가 없어.」 호프가 말했다. 「돌아가야 해. 내가 집을 나왔을 때에는 다들 자고 있었지만 지금쯤 모두 일어나서 내가 어디에 있는지 궁금해하고 있을 거야. 가족과 함께 교회에 가는데 교회에서 나온 뒤에 아버지와 단둘이 시간을 가져 보려고 해.」

「그래.」 활기찬 모습을 보이며 노아가 말했다. 「그렇게 해야지.」

「길 건너편에 호텔이 있어.」 호프는 50미터쯤 떨어진 곳에 있는 3층 건물을 가리켰다. 「저기에 들어가 뭘 좀 먹고 기운을 차리도록 해. 11시쯤 데리러 올게. 괜찮지?」 그녀가 걱정스럽게 물었다.

「그럼.」 노아가 말했다. 「면도도 할게.」 그는 방금 똑똑하게 어떤 생각을 해내기라도 한 것처럼 밝게 미소를 지었다.

「오, 노아, 내 사랑.」 그녀는 그에게 가까이 다가와 어색하게, 괴로운 듯 그의 얼굴을 만졌다. 「미안해, 실망시켜서. 너를 실망시켰어.」

「말도 안 되는 소리.」 그가 부드럽게 말했다. 하지만 그는 마음속으로 그녀의 말이 옳다는 것을 알고 있었다. 그녀는 그를 실망시켰다. 무엇보다도 그는 놀랐다. 그녀는 늘 무척 의지가 되었고, 용기가 넘쳤으며 그에게 하는 모든 일에서 솔직하고 허심탄회했다. 그 추운 크리스마스 아침에 그런 식으로 상처를 입어 실망하기는 했지만, 한편으로는 이제 딱 한 번 그녀가 자신을 실망시켰다는 사실이 약간은 기쁘기도 했다. 그는 자신이 그녀를 여러 번 실망시킨 적이 있으며 앞으로도 이따금 실망시킬 게 분명하다고 생각했다. 이제 그들 사이는 조금 균형이 맞게 되었고, 그가 그녀를 늘 용서할 수 있는 어떤 일이 생기게 될 것이다.

「걱정 마, 내 사랑.」 그는 더럽고 지친 얼굴로 그녀를 향해 미소 지었다. 「모든 게 괜찮아질 거야. 저 호텔에서 기다릴게.」 그는 호텔을 가리켰다. 「교회에 가. 그리고……」 그는 슬픈 미소를 지었다. 「나를 위해 두어 가지 기도를 해줘.」

그녀는 거의 눈물을 흘릴 것처럼 미소를 지은 후 땅이 미끄럽고 무거운 덧신까지 신었는데도 경쾌하게 걸음을 뗐다. 그는, 의심 많은 아버지와 말 많은 오빠가 기다리고 있는 집으로 돌아가기 위해 모퉁이를 돌아 사라지는 그녀를 지켜보았다. 그는 가방을 들고 살을 에는 추운 거리를 건너 호텔로 갔다. 호텔 문을 여는 순간 그는 걸음을 멈췄다. 〈오, 맙소사, 그녀에게 메리 크리스마스라는 말도 하지 않았어〉 하고 그는 생각했다. 칠이 벗겨진 철제 침대와 깨진 세면대가 딸린 2달러 50센트짜리 회색의 작은 방에 문 두드리는 소리가 들렸을 때에는 벌써 12시 반이 지나고 있었다. 호텔 방을 빌리느라 크리스마스를 보낼 돈이 3달러 75센트밖에는 남지 않았다. 물론 뉴욕으로 돌아가는 표는 이미 사둔 상태이다. 그는 호텔 방값을 내야 할 것이라고는 생각지 못했다. 그렇지만 그다지 나쁘지 않았다. 버몬트의 음식값은 쌌다. 계란 두 개가 나온 아침 식사 값은 35센트밖에 하지 않았다. 그는 돈이 별로 남지 않은 것을 생각하며 신음을 했다. 전쟁과 사랑, 그리고 그 잔인한 크리스마스 아침까지 거의 2천 년 동안 계속되어 온, 유대인과 기독교인 사이의 야만적인 대립과, 딸을 낯선 자에게 넘기려 하지 않는 여느 아버지의 거리낌 외에도 크리스마스 휴일을 보내는 데 수중에 5달러도 없다는 생각을 하자 그는 기운이 빠졌다.

노아는 호프를 맞이할 생각에 조용한 미소를 지으며 편안한 얼굴로 문을 열었다. 하지만 호프가 아니었다. 그 호텔에서 일하는, 얼굴이 붉고 주름진 노인이었다.

「손님.」 그가 짤막하게 말했다. 「로비로 내려오세요.」 그는 몸을 돌려 가버렸다.

노아는 초조하게 거울을 보며 재빨리 짧은 머리를 세 차례 뒤로 빗어 넘긴 후 방을 나섰다. 밀랍과 베이컨 기름 냄새가 나는 삐걱거리는 계단을 불편하게 내려가며 그는 제정신을 가진 사람이라면 자기를 사위로 맞지는 않을 것이라고 생각했다. 그는 수중에 3달러밖에 없었고, 종교도 이상했으며, 몸도 정부가 쓸모없다며 받아 주지 않은 상태였고, 딸을 사랑하며 함께 살고 있다는 것을 제외하면 직업도, 야망도 없었다. 그리고 가족도, 이룬 것도, 친구도 없었다. 호프의 아버지에게는 그의 얼굴 또한 눈에 거슬리고 낯설게 보일 게 분명했다. 더군다나 그는 말을 약간 더듬었고, 말투에는 미국 반대쪽 끝에 있는 형편없는 학교를 다니며 별 볼일 없는 친구들을 사귄 것이 역력하게 드러나는 발음이 섞여 있었다. 노아는 전에 이와 비슷한 마을에서 지낸 적이 있고, 그래서 그곳 사람들이 어떤지 알고 있었다. 자부심이 강한 그들은 자신과, 자신과 비슷한 부류 사람들밖에 몰랐다. 그들 가족의 역사는 돌과 널빤지로 마을을 건설하던 때로 거슬러 올라갔다. 그들은 그러한 도시를 채운 뿌리 없는 이방인들을 두려워하는 동시에 경멸하는 시선으로 바라보았다. 노아는 계단을 따라 로비로 내려가며 나무 흔들의자에 호프와 그녀의 아버지가 앉아 작은 판유리 창문을 통해 얼어붙은 거리를 내다보고 있는 것을 보았다. 그는 미국 어디에서도 그 순간만큼 자신이 이방인이라고 느낀 적이 없었다.

노아가 로비로 들어서는 소리를 들은 두 사람은 자리에서 일어났다. 노아는 호프가 완전히 절망한 듯 얼굴이 무척 창백한 것을 보았다. 그는 아버지와 딸에게로 천천히 걸어갔다. 키가 큰 플로먼 씨는 지난 60년 동안 아침 5시 전에 일어나 평생을 돌과 쇠를 다루는 일을 해온 것처럼 몸이 구부정했다. 그는 각이 진, 근엄한 얼굴을 하고 있었고, 은테 안경 너머에 있는 눈은 피로해 보였으며 호프가 「아버지, 노아예요.」라고 말하는 순간 환영의 표시도, 적대감의 표시도 드러내지 않았다.

하지만 그는 손을 내밀었다. 노아는 악수를 했다. 그녀의 아버지의 손은 거칠고 딱딱했다. 무슨 일이 있더라도 사정은 하지 않겠다고 노아는 생각했다. 「그리고 거짓말도 않겠어. 내가 뭔가 되는 척도 않겠어. 그가 허락을 하면 좋지만 허락을 하지 않는다면…….」 노아는 그 생각은 하지 않기로 했다.

「만나게 되어 무척 기쁘오.」 그녀의 아버지가 말했다.

그들은 불편하게 서 있었다. 노아의 방을 찾아왔던 노인이 노골적으로 관심을 보이며 그들을 지켜보고 있었다.

「나와 애커먼 씨가 잠시 이야기를 나누는 게 좋을 것 같구나.」 플로먼 씨가 말했다.

「그래요.」 호프는 불확실하고 긴장된 목소리로 속삭였고, 노아는 모든 것이 끝났다고 생각했다.

플로먼 씨는 생각에 잠겨 로비를 둘러보았다. 「이야기를 하기에는 이곳이 적당치 않아 보이는군.」 호기심 있게 그들을 쳐다보고 있는 호텔 직원을 보며 그가 말했다. 「마을을 잠깐 산책해도 좋을 것 같군. 어쨌든 애커먼 씨도 마을을 한번 둘러보고 싶을 수 있으니까.」

「그러고 싶습니다.」 노아가 말했다.

「나는 여기서 기다릴게요.」 호프가 말했다. 그녀는 바로 흔들의자에 앉았다. 조용한 로비에서 그 의자가 요란한 소리를 냈다. 그 소리에 호텔 직원은 못마땅한 듯 인상을 썼고, 노아는 앞으로 한동안 좋지 않은 순간이 오면 그 나무 의자에서 난 마치 불평하고 있는 듯한 소리를 떠올리게 될 거라고 확신했다.

「30분쯤 후에 돌아오겠다, 딸아.」 플로먼 씨가 말했다.

노아는 〈딸아〉라는 표현에 약간 얼굴을 찌푸렸다. 그런 표현은 1900년대 농장의 삶을 다룬 형편없는 연극에나 나올 법한 말이었다. 그는 문을 연 상태로 플로먼 씨가 먼저 눈 오는 거리로 나가게 한 다음, 자신도 따라 나가면서 멜로드라마와 심각한 음모극에서나 느낄 수 있는 비현실적인 기분을 느꼈다. 그는 호프가 창가에 앉아 그들을 초조하게 바라보는 것을 흘낏 보았다. 그들은 바람이 불고 추운 날씨 속에서 눈 치운 보도를 따라 늘어선 철시한 상점들을 천천히 그리고 신중하게 지나갔다.

그들은 거의 2분 동안 아무 말도 하지 않고 걸어갔다. 포장도로에 쌓인 눈이 신발에 밟히는 소리가 났다. 그때 플로먼 씨가 말했다. 「호텔 방값은 얼마를 달라고 하던가요?」

「2달러 50센트요.」 노아가 말했다.

「하루에?」 플로먼 씨가 말했다.

「네.」

「노상강도로군.」 플로먼 씨가 말했다. 「호텔 직원들 모두.」

그런 다음 그는 다시 아무 말이 없었고, 그들은 다시 조용히 걸어갔다. 그들은 마셜 곡물 가게와, F. 킨의 약국과, J. 지포드의 남성복 가게와, 버질 스위프트 변호사 사무실과, 존 하딩의 정육점과, 월턴 부인의 빵가게와, 올리버 로빈슨의 가구점과, 장의사와 N. 웨스트의 식료품점을 지나쳐 갔다.

굳어 있는 플로먼 씨의 얼굴은 엄해 보였다. 노아는 일요일에 쓰는 구식 모자 아래 있는 날카로우면서도 조용한 플로먼 씨의 얼굴에서 눈을 떼고 가게들을 보았다. 가게 이름은, 성실하지만 기계적으로 일하는 목수가 널빤지에 박는 못처럼 그의 머릿속에 박혔다. 그리고 그 각각의 이름이 그를 공격해 오는 것 같았다. 그 이름 하나하나가 벽이고 선언이고 화살이고 책망이었다. 노아는 노인이 은근하면서도 놀라운 방법으로 자신에게 평범한 영국식 이름으로 이루어진, 조밀하게 짜인 동질적인 세계를 보여 주고 있다고 생각했다. 물론 그의 딸은 그런 이름을 가진 집안 출신이다. 그리고 노아는 노인이 애커먼이라는 이름이 어떻게 이곳에 어울릴 수 있을지 우회적으로 묻고 있다는 느낌이 들었다. 애커먼이라는 이름은 혼란스러운 유럽에서 수입된 이름이자 외롭고 부주의하며 인정받지 못하는, 주인 없는 이름이며, 아버지도 고향도 뿌리도 없는, 우연적인 이름이었다.

노아는 차라리 여기에 교활하고 조용한, 하지만 공격적인 이 양키 대신에 말이 많고 야단스러우며, 낡고 친숙하지만 추한 방식으로 논쟁을 즐기는 호프의 오빠가 있는 편이 더 나을 것이라고 생각했다.

그들은 여전히 아무 말 없이 회사 건물이 있는 곳을 지나갔다. 잔디밭 건너편에 비바람에 씻겨 낡은 모습을 드러내고 있는, 벽돌로 지은 학교 건물 하나가 서 있었다. 건물은 죽은 담쟁이로 뒤덮여 있었다.

「저곳을 다녔소.」 플로먼 씨가 머리로 그곳을 뻣뻣하게 가리키며 말했다. 「호프 말이오.」

참나무 뒤에 웅크리고 있는 평범한 낡은 건물을 바라보며 노아는 〈저건 새로운 적이군〉 하고 생각했다. 25년 동안 누워서 기다리고 있던 또 다른 적대적인 세력이야. 정문 위의 비바람에 씻긴 돌에는 어떤 좌우명이 조각되어 있었고, 노아는 곁눈질로 그것을 읽었다. 〈너희가 진리를 알게 되리라.〉 그 희미한 글자는 여러 세대에 걸쳐 그 아래를 걸어 들어가 읽고 쓰는 법과, 그들의 선조들이 17세기에 혹독한 날씨 속에서 어떻게 플리머스의 바위 위에 발을 내디뎠는지를 배운 플로먼 가문 사람들의 가슴에 아로새겨졌을 것이다. 〈너희가 진리를 알게 되리라. 그리고 그 진리가 너희를 자유롭게 하리라.〉 노아는 마치 죽은 그의 아버지가 그 말을 읽고 있는 것처럼 느껴졌다. 그의 목소리는 수사적이고 화려한 분위기로 무덤 속에서 울려 퍼져 나오는 것 같았다.

「1904년에 2만 3천 달러를 들여 지었소.」 1935년 공공사업 촉진국에서 저 건물을 허물고 새 건물을 지으려 했지만 우리가 중단시켰소. 납세자의 돈을 낭비하는 짓이었소. 이곳은 여전히 완벽하게 훌륭한 학교요.」

그들은 계속해서 걸어갔다. 1백 미터쯤 떨어진 곳에 교회가 하나 있었다. 아침 하늘 위로 첨탑은 가늘고 엄숙하게 솟아 있었다. 〈저기서 모든 걸 이야기하겠군〉 하고 노아는 자포자기 심정으로 생각했다. 노인은 무척 교활한 방법을 쓰고 있었다. 〈교회의 안뜰에는 플로먼 가문 사람들이 족히 70명은 묻혀 있을 거야. 죽은 자들이 있는 저곳에서 노인은 내게 이야기하겠지.〉

눈이 덮인, 경사진 풀밭 위에 섬세하면서도 튼튼하게 서 있는 교회는 흰색 나무로 만들어져 있었다. 균형 잡히고 소박한 모습의 그 교회는 프랑스와 이탈리아의 하늘 높이 치솟아 있는 성당과 달리, 하느님을 향해 사납게 울부짖는 대신 간결한 음악처럼 평범하고 짧지만 용의주도하게 자신이 말하고자 하는 핵심만 이야기하는 것처럼 보였다.

교회 안뜰까지 50미터쯤 남겨 놓은 상태에서 플로먼 씨가 말했다. 「어쩌면 너무 멀리 왔는지도 모르겠소.」 그는 몸을 돌렸다. 「돌아가고 싶소?」

「네.」 노아가 말했다. 그는 어리둥절해져 자신도 모르게 걸음을 뗐고, 그들은 호텔을 향해 걷기 시작했다. 아직 최후의 일격은 가해지지 않은 상태였고, 언제 그것이 가해질지는 전혀 알 수 없었다. 그는 노인의 얼굴을 바라보았다. 주름 사이로 당황하면서도 집중하고 있는 사람의 표정이 엿보였다. 노아는 노인이 마음속으로 딸의 연인을 물리칠, 차갑지만 사려 깊고 적절한 말을 고통스럽게 찾고 있는 것처럼 느꼈다. 그 말은 공정하면서도 결정적이고 합리적이면서도 최종적인 것이 될 것이다.

「당신은 끔찍한 짓을 하고 있소, 젊은이.」플로먼 씨가 말했다. 노아는 턱이 굳어지는 것을 느끼며 싸울 준비를 했다. 「당신은 늙은이에게 자신의 원칙을 시험하게 하고 있소. 그 사실을 부인하지는 않겠소. 나는 당신이 발걸음을 돌려 뉴욕행 기차로 돌아가고, 호프는 두 번 다시 만나지 않게 해달라고 하느님께 기도하고 싶소. 하지만 그렇게 하지는 않겠죠?」그는 교활한 표정으로 노아를 쳐다보았다.

「맞습니다.」노아가 말했다. 「그렇게는 하지 않을 겁니다.」

「그럴 거라 생각했소. 그럴 거였다면 애초에 이곳까지 오지도 않았겠지.」노인은 심호흡을 하며 발밑의, 눈을 치운 포장도로를 바라보았다. 그는 노아와 나란히 천천히 걷고 있었다. 「마을을 산책하는 동안 우울했다면 미안하오.」그가 말했다. 「사람은 대부분의 인생을 별 생각 없이 살아가게 되오. 하지만 어쩌다가는 진짜 결정을 해야 될 때가 있소. 그럴 때면 〈나는 진정으로 뭘 믿지? 이것은 좋은 것인가, 나쁜 것인가?〉하고 자문해야만 하오. 지난 45분 동안 나는 당신 때문에 내 자신에게 그런 질문을 해야 했소. 나에게 그런 생각을 하게 한 당신이 별로 마음에 들지 않소. 나는 아는 유대인이 한 사람도 없고, 유대인과는 어떤 거래도 해본 적이 없소. 그래서 당신을 직접 보고 결정해야 했소. 유대인이 사나운 이교도인지, 타고난 악한인지, 아니면 다른 무엇인지 말이오. 호프는 당신이 괜찮은 사람이라고 생각하고 있지만 이전에도 젊은 여자들은 많은 실수를 저질렀소. 평생 동안 나는 모든 인간이 선하게 태어났다고 믿었지만 이날까지 그런 믿음에 따라 행동하지는 않았소. 그리고 그 점에 대해서는 하느님께 감사하고 있소. 이 마을의 어떤 젊은이가 호프와 결혼을 하고 싶다고 했다면 〈우리 집으로 오게. 버지니아가 저녁 식사로 칠면조 요리를 준비해 놓았네〉라고 말했을 거요.」

이제 그들은 호텔 앞에 이르렀다. 노인의 간절한 목소리에 귀를 기울이느라 노아는 몰랐지만 그 순간 호텔 문이 열리며 호프가 재빨리 나왔다. 노인은 걸음을 멈추고 생각에 잠겨 입을 닦았다. 그의 딸은 걱정스럽지만 단호한 표정으로 그를 바라보며 서 있었다.

노아는 몇 주째 병상에 갇혀 있었던 것처럼 느껴졌다. 킨과 웨스트와 스위프트라는 가게 이름과, 교회 안뜰의 묘비에 적혀 있는 이름의 주인공들이 그의 뒤로 몰려오는 것 같았다. 그리고 차갑고 가차 없어 보이는 교회 자체와, 노인의 꾸민 듯한 목소리와, 고민에 빠져 창백한 호프의 모습까지, 모든 것이 갑자기 참을 수 없게 여겨졌다. 그는 강 근처에 있는, 어지럽지만 따뜻한 자신의 방과, 그 안에 있는 책과, 낡은 피아노를 떠올리자 그것들이 거의 고통스러울 정도로 그리웠다.

「이제 어떻게 하죠?」 호프가 말했다.

「글쎄.」 그녀의 아버지가 천천히 말했다. 「애커먼 씨에게 저녁 식사로 칠면조 요리가 준비되어 있다는 이야기를 방금 하고 있었다.」

호프의 얼굴에 천천히 미소가 떠올랐다. 그녀는 아버지에게 기대며 키스를 했다. 「왜 그렇게 오래 걸렸어요?」 당황한 그녀가 물었다. 노아는 모든 것이 괜찮아지리라는 것을 알 수 있었다. 하지만 그 순간 그는 너무나 기력이 빠진 나머지 아무것도 느낄 수 없었다.

「짐을 챙기는 게 좋겠소, 젊은이.」 플로먼 씨가 말했다. 「저

도둑놈들에게 당신 돈을 주는 건 말이 안 되오.」

「네.」 노아가 말했다. 「그럼요.」 그는 꿈을 꾸듯 천천히 계단을 올라가 호텔 입구로 갔다. 문을 연 그는 뒤를 돌아보았다. 호프는 아버지의 팔을 잡고 있었다. 노인은 미소를 짓고 있었다. 약간 억지스럽고 고통스러워 보이기는 했지만 어쨌든 미소는 미소였다.

「오.」 노아가 말했다. 「깜빡했어요. 메리 크리스마스.」

그런 다음 그는 가방을 가지러 안으로 들어갔다.

12

징병 위원회는 한 그리스 식당 위쪽의 커다란 다락방에 있었다. 프라이팬 속에서 끓고 있는 기름과 이상한 생선 냄새가 풍겨 왔다. 바닥은 더러웠다. 부서질 것 같은 접의자와 뭔가가 어지럽게 놓여 있는 책상 위로 전등 두 개가 켜져 있었다. 못생긴 비서 둘이 지루한 얼굴로 타자를 치고 있었다. 임시로 친 벽이 방을 대기실과, 사람들 목소리가 새어 나오고 있는, 위원회 회의실로 나누었다. 접의자에는 좋은 양복을 입은, 거의 중년에 이른 열두 명 정도가 근엄한 얼굴로 앉아 있었다. 그 가운데는 어머니와 함께 온, 가죽 재킷을 입은 이탈리아 사내 한 사람과, 방어적인 태도로 손을 잡고 있는 젊은 남녀 몇 쌍도 있었다. 마이클은 그들 모두가 궁지에 빠져 쓰라린 마음으로 분개하며 벽에 걸린 닳아빠진 종이 성조기와 등사 인쇄한 발표문을 쳐다보고 있는 것처럼 느꼈다.

그들 모두는 부양가족이 있거나 징병을 유예할 수 있는 신체적인 질병을 갖고 있는 사람처럼 앉아 있었다. 그리고 남자들의 아내와 어머니는 다른 남자들을 나무라듯 노려보며 마치 금방이라도 〈나는 당신을 꿰뚫어 볼 수 있어. 당신은 건강 상태가 나무랄 데 없고, 지붕 밑에 많은 돈을 숨겨 놓았어. 당신은 당신 대신에 내 아들이나 남편이 군대에 가기를 바라지. 하지만 당신은 빠져나가지 못할 거야〉라고 말할 것처럼 보였다.

위원회실의 문이 열리며 눈이 까맣고 키가 작은 한 사내가 그의 어머니와 함께 나왔다. 어머니는 울고 있었고, 사내는 겁이 나면서도 화가 나 얼굴이 빨개져 있었다. 방 안에 있던 모두가 그를 가늠하는 듯한 차가운 얼굴로 바라보며 이미 전장에서 죽은 그의 모습과 하얀 나무 십자가, 그리고 손에 전보를 든 채로 초인종을 누르는 전신전화국 직원의 모습을 떠올리고 있었다. 그들의 시선 속에는 연민이라곤 없었고, 냉혹한 만족밖에는 없는 것 같았다. 그들은 〈사람들을 속이지 못한 개자식이 하나 있군〉 하고 말하는 것 같았다.

비서가 앉은 책상 위에 있는 기계에서 소리가 났다. 그녀가 자리에서 일어나 차가운 얼굴로 방 안을 둘러보았다. 「마이클 휘테이크」 하고 그녀가 소리쳤다. 귀에 거슬리는 그녀의 목소리에는 지루해하는 기색이 실려 있었다. 못생긴 그녀는 코가 컸고, 입술에는 립스틱을 잔뜩 처바르고 있었다. 자리에서 일어나며 마이클은 그녀의 다리가 휘고, 주름진 스타킹이 뒤틀려 있는 것을 보았다.

「휘테이크!」 그녀가 다시 소리쳤다. 그녀의 목소리는 곤두서 있었고, 초조하게 들렸다. 그는 그녀에게 손짓을 하며 미소를 지었다. 「진정해요, 아가씨.」 그가 말했다. 「가고 있으니까.」

그녀는 우월감을 보이며 차갑게 그를 노려보았다. 마이클은 그녀를 탓할 수가 없었다. 그녀는 공무원 특유의 오만함과, 지금껏 단 한 번도 자신을 친절하게 본 적이 없을 남자들을 사지에 내보낼 수 있는 힘이 자신에게는 있다는 권위적인 태도를 한껏 과시하고 있었다. 그 남자들은 그녀를 지켜 줄 것이다. 마이클은 문 쪽으로 다가가며, 흑인과 모르몬교도, 나체주의자, 애인이 없는 여자 등 모든 소수파들이 나름의 특이한 방식으로 보상을 받고 있다는 생각을 했다. 징병 위원회에서는 성자만이 선한 행동을 할 것이다.

문을 열면서 마이클은 자신이 약간 떨고 있다는 사실을 알아차리고는 놀랐다. 스스로에게 화를 내며 그는 이건 우스운 일이라고 생각하면서 긴 테이블에 앉아 있는 일곱 사람을 마주했다. 그들은 일제히 그를 쳐다보았다. 그들의 얼굴은 징집 소환된 자들의 얼굴이 새겨진 동전의 다른 면에 새겨진 얼굴처럼 보였다. 밖에 있는 방에서 기다리고 있는 사람들의 얼굴이 두려움과 분노와 항의로 가득 차 있다면 이곳에 있는 자들의 얼굴은 가차 없는 의심과 교활함과 무정함으로 가득 차 있었다. 마이클은 굳은 표정으로 그 차가운 얼굴들을 보며 다른 상황이라면 이들 중 누구와도 이야기하지 않았을 것이라고 생각했다. 그렇지만 그들은 이웃에 사는 평범한 사람들이다. 〈도대체 누가 이들을 선발한 거지? 다들 어디 출신이지? 뭣 때문에 다들 동료 시민을 그토록 전쟁터에 보내려고 안달이지?〉

「앉으시죠, 휘테이크 씨.」 위원장이 말했다. 그는 시무룩한 얼굴로 테이블 상석에 있는 빈 의자를 가리켰다. 나이가 들고 뚱뚱한 그는 목 밑에 찐 살이 축 처져 있었고, 화가 난 듯한 눈은 사람을 꿰뚫을 것 같았다. 앉으라고 말했지만 그의 목소리에는 절대적으로 도전적인 기색이 실려 있었다. 의자로 가면서 마이클은 〈당신은 어느 전쟁에 참전해서 싸웠죠?〉라고 묻고 싶었다.

다른 얼굴들이 포격을 준비하는 순양함의 포신처럼 그를 향했다. 자리에 앉으며 마이클은 이 동네에서 10년을 살았지만 이들 중 한 명도 전에 본 적이 없다는 게 놀랍다고 생각했다. 그들은 이 순간을 기다리며 집에 누워 있거나 몰래 지하실을 돌아다니고 있었던 게 틀림없었다.

위원들이 앉아 있는 뒤쪽 긴 벽에는 미국 국기가 걸려 있었는데, 이것은 진짜 천으로 만든 것이었다. 노란 얼굴에 회색과 파란색 양복을 입고 있는 위원들 뒤로 형형색색의 번쩍이는 점들로 이루어진 국기는 그 무미건조한 방에서 눈에 확 띄었다. 마이클은 문득 전국에 있는 수천 개의 그런 방을 떠올렸다. 차가운 얼굴에 의심스러워하는 표정을 짓고 있는 수천 명의 늙은 위원들의 대머리 뒤로 미국 국기가 걸려 있고, 또 다른 수천 명의 징집 소환된 사내들이 분개하는 모습이 보였다. 그것이야말로 그 순간의 핵심적인 장면이고, 1942년의 가장 일반적인 상징이었다. 그 순간 공포와 난폭함과 교활함으로 가득한 사람들이 줄을 지어 볼품없고 무정한 또 다른 사람들 앞에 서 있었다. 징집된 사람들에게 약속된 것이라곤 부상과 죽음뿐이며, 그들의 부상과 죽음은 이미 다치거나 죽은 사람들의 위상과 영광을 더해 줄 것이다.

「자, 휘테이크 씨.」 위원장이 근시인 듯 고개를 숙여 서류를 뒤적이며 말했다. 「당신은 부양가족이 있다며 3A 항목에 해당하는 병역 면제를 신청했소.」 그는 방금 마이클이 〈죽은 사람을 쏜 총이 어디 있죠?〉라고 말하기라도 한 것처럼 화가

난 얼굴로 마이클을 쳐다보았다.

「그렇습니다.」 마이클이 말했다.

「우리가 알아낸 사실에 따르면.」 위원장이 큰 소리로 말했다. 「당신은 아내와 살고 있지 않소.」 그는 시합에서 이긴 사람처럼 주위를 둘러보았고, 다른 몇 명은 고개를 끄덕였다.

「우리는 이혼했습니다.」 마이클이 말했다.

「이혼했다고요!」 위원장이 말했다. 「왜 그 사실을 숨겼소?」

「이보세요.」 마이클이 말했다. 「당신들 시간을 절약해 드리죠. 나는 입대할 겁니다.」

「언제요?」

「지금 준비하고 있는 연극이 무대에 오르면 바로요.」

「그게 언제쯤 될 것 같소?」 테이블 다른 쪽 끝에 있는 키가 작고 살찐 남자가 신랄한 목소리로 물었다.

「두 달이면 될 겁니다.」 마이클이 말했다. 「서류에는 어떻게 적혀 있는지 모르겠지만 나는 내 어머니와 아버지를 부양해야 하고 이혼 수당도 지급해야 합니다.」

자신의 앞에 있는 서류를 내려다보며 위원장이 냉정하게 말했다. 「당신 아내는 일주일에 550달러를 벌고 있소.」

「그건 일을 할 때죠.」 마이클이 말했다.

「그녀는 작년에 30주 동안 일했소.」 위원장이 말했다.

「그건 맞습니다.」 마이클이 피로한 목소리로 말했다. 「하지만 올해 들어서는 일주일도 일하지 못했죠.」

위원장이 손을 내저으며 말했다. 「그렇다면 예상 가능한 수익을 생각해 봐야겠군요. 그녀는 지난 5년 동안 일했고, 앞으로 계속하지 못하리라는 보장이 없죠. 그리고……」 그는 다시 한번 앞에 있는 서류를 내려다보았다. 「당신은 당신 어머니와 아버지도 부양가족이라고 주장하고 있소.」

「맞습니다.」 마이클이 한숨을 쉬며 말했다.

「우리는 당신 아버지가 한 달에 68달러를 연금으로 받고 있다는 사실을 알아냈소.」

「맞습니다.」 마이클이 말했다. 「그런데 한 달에 68달러로 두 사람을 먹여 살리려고 해본 적이 있나요?」

위원장이 위엄 있게 말했다. 「이런 시기에는 모두가 희생을 치를 각오를 해야 하오.」

「당신들과 논쟁하고 싶지 않군요.」 마이클이 말했다. 「두 달 안에 입대하겠다고 했죠?」

「왜죠?」 테이블 다른 쪽 끝에 있는 남자가 물었다. 그는 코안경을 쓴 채로 눈을 반짝이며 마이클을 쳐다보았다. 마치 마지막 핑계를 밝혀 낼 준비가 된 것처럼 보였다.

마이클은 얼굴이 시뻘건 일곱 사람을 둘러보았다. 그는 미소를 지었다. 「이유는 모르겠어요.」 그가 말했다. 「당신들은 아나요?」

「끝났소, 휘테이크 씨.」 위원장이 말했다.

마이클은 자리에서 일어나 밖으로 나갔다. 그는 분개하고 있는 일곱 사람의 시선을 느꼈다. 문득 그들이 자신들이 속았다고 느낄 거라는 생각이 들었다. 「그들은 기꺼이 나를 덫에 걸려들게 할 거야. 그들은 모두 준비가 되어 있어.」

바깥방에서 기다리고 있던 사람들이 놀란 얼굴로 그를 바라보았다. 그는 너무도 빨리 나온 것이다. 그는 그들을 향해 미소를 지었다. 그는 농담을 하고 싶었지만 그렇게 하는 것은, 긴장해 괴로워하며 자신의 차례를 기다리고 있는 사람들에게 너무 잔인한 짓이 될 것이라고 생각되었다.

「좋은 밤 보내시기를, 아가씨.」 그는 책상 뒤에 있는 못생긴 여자에게 말했다. 그는 그 말만큼은 하지 않고 배길 수가 없었다. 그녀는 전쟁에 나가 죽을 수도 있는 남자와 달리 그럴 리 없는 자의 우월감을 드러내며 그를 쳐다보았다.

마이클은 그리스 식당에서 나오는 진한 연기 사이로 계단을 내려가면서도 계속해서 미소를 짓고 있었지만 마음은 우울했다. 〈진즉에, 첫 날 지원했어야 해〉라고 그는 생각했다. 〈이런 꼴을 당하지 말았어야 해.〉 그는 자신이 더럽혀진 것처럼 느껴진 동시에 수상한 자처럼 여겨졌다. 그는 온화한 날씨의 늦은 겨울밤에, 반 구역 떨어진 그리스 식당 위쪽의 더러운 다락방에서 자신의 이름을 걸고 서로 싸우고 있는 남루한 전쟁에 대해서는 아무것도 모르는, 산책 나온 연인들 사이로 천천히 걸어갔다.

이틀 후 아침에 우편물을 가지러 내려간 그는 징집 위원회에서 보낸 엽서를 발견했다. 「당신의 요청에 따라 당신은 5월 15일부로 갑종 병역 의무자로 다시 분류가 될 것입니다.」 그것을 읽으며 그는 웃음을 터트렸다. 그들의 선전 활동의 폐허에서 전리품을 구해 냈다고 그는 생각했다. 하지만 그는 엘리베이터를 타고 다시 위층으로 올라가면서 안도감을 느꼈다. 이제 더 이상 결정할 것이 없었다.

13

노아는 부드러운 새벽빛 속에서 눈을 뜨며 아내를 바라보았다. 그녀는 어떤 비밀을 갖고 있는 사람처럼 자고 있었다.

〈호프, 호프, 호프……〉 그는 마음속으로 그녀의 이름을 불러 보았다. 그녀는 늘 혼자만 아는 어딘가에 가야 하는 것처럼 하얀 판자로 지은 집들이 있는 마을을 진지한 얼굴로 서둘러 걸어가곤 했을 것이다. 그리고 그녀는 방 어딘가에 물건을 숨겨 놓는 작은 은닉처가 있을 것이다. 그래서 깃털과 말린 꽃, 『하퍼스 바자』에 나올 법한 접시, 스커트 뒷자락을 부풀게 하는 버슬을 걸친 여자를 그린 그림 등을 숨겨 놓았을 것이다. 노아는 어린 소녀들에 대해 아는 것이 아무것도 없었다. 그에게 누나나 여동생이 있었다면 달랐을까? 그의 아내는 그가 경험해 보지 못한 세계에서 왔고, 그것은 그녀가 티베트의 산이나 프랑스의 수녀원에서 온 것이나 마찬가지였다. 〈우리는 소년을 데려와 남자로 되돌려 보낸다〉라는 표어를 내걸고 있는, 드루어리 대령의 소년 군사 학교 지붕 아래에서 그가 담배를 피우는 동안 그녀는 무엇을 하고 있었을까? 그녀는 플로먼 가문의 죽은 사람들 모두가 오래된 잔디밭 아래에 묻혀 있는 교회 안뜰을 진지한 얼굴로 걸어가고 있었을까? 모든 것에 섭리라는 게 있다면 그 순간에도 그녀는 그를 위한 준비를 하고 있었을 것이다. 그리고 새벽빛 속에서, 그의 옆에서 자고 있는 이 순간 또한 준비했을 것이다. 그리고 그 역시 그녀를 위한 준비를 하고 있었던 게 분명하다. 물론 섭리라는 게 있다면 말이다. 믿기가 어려웠다. 만약 로저가 어쩌다가 그녀를 만나지 못했다면 어떻게 되었을까? (그는 그녀를 어떻게 만난 거지? 그걸 물어봐야겠군.) 만약 로저가 그에게 약간 역설적으로 여자친구를 만들어 주기 위해 파티를 열지 않았다면 어떻게 되었을까? 만약 로저가 자신이 아는 다른 수십 명의 여자들 중 하나를 데려왔다면 그들은 오늘 아침 그곳에 함께 누워 있지 않았을 것이다. 우연이야말로 삶의 유일한 법칙이다. 로저. 그가 보내온 편지에는 〈여유를 갖고 사랑을 멋진 것으로 만들어 봐. 당밀로 사탕을 만들듯이. 한데 돈은 벌고 있는 거야? 내가 알고 싶은 건 그것뿐이야〉라고 적혀 있었다. 그가 아직까지도 살아 있다면 필리핀의 바탄[25]에서 포로가 되었을지도 모른다. 그런데 노아와 호프는 그의 집, 그의 침실에서 지냈다. 로저의 방이 더 편했기 때문이다. 노아가 전에 쓰던 방은 오른쪽으로 약간 기울어져 있었다. 모든 것은 그가 도서관 서가에서 예이츠의 『헌의 알과 다른 희곡들』을 뽑으려고 손을 내밀었을 때 시작되었다. 그가 다른 책을 뽑으려 했다면 로저와 부딪치지도 않았을 테고, 지금 이곳에서 살고 있지도 않았을 것이며, 호프를 만나지도 않았을 것이다. 어쩌면 그녀는 지금 다른 남자가 그녀를 바라보며 〈당신을 사랑해, 사랑해〉라고 생각하는 가운데 다른 침대에 누워 있었을 것이다. 그런 식으로 생각하자 그는 몹시 혼란스러웠다. 어쩌면 모든 것에는 아무런 섭리도 없는지 모른다. 사랑에도 죽음에도 싸움에도, 다른 모든 것에도 아무런 섭리도 없는지 모른다. 그렇다면 인간 더하기 인간의 의도는 우연이라는 방정식이 가능하다. 그 역시 믿기가 어려웠다. 훌륭한 극작가가 자신의 플롯을 위장하듯 교묘하게 위장된 섭리가 있는 게 분명했다. 죽는 순간 모든 것이 분명해지며 〈오 이제야 알겠어, 그 인물이 1막에 나온 이유를〉 하고 말하게 될지도 모른다.

바탄. 로저가 누군가에게 〈네, 중위님〉 하고 대답하는 것을 상상하기란 어려웠다. 노아는 그를 생각하면 머리에 기울여

---

[25] 필리핀의 루손섬 남서부에 있는 주.

쓴 찢어진 갈색 모자가 늘 떠올랐다. 로저가 진창 속 구덩이에 있는 것을 상상하기란 어려웠다. 피아노로 베토벤을 연주할 줄 아는 누군가가 밀림 속에서 폭탄 공격을 받고 있는 것을 상상하기란 어려웠다. 로저가, 설사 그것이 전쟁이라 하더라도 지고 있는 것을 상상하기란 어려웠다. 로저는 타고난 승자였는데, 그 무엇에 대해서도 승리라는 것이 그에게는 그다지 중요하지 않은 것처럼 보였기 때문이다. 그는 단지 승리를 즐겼을 뿐이다. 로저가 박격포 포탄에 몸이 찢겨 비명을 지르거나, 가슴에 기관총 총탄을 맞고 쓰러지는 것을 상상하기란 어려웠다. 로저가 항복하는 것을 상상하기란 어려웠다. 그가 항복을 요구하는 일본군을 비딱하게 바라보며 미소를 지으면서 〈오, 맙소사, 지금 농담하는 거야?〉라고 말하는 것은 상상할 수 있다. 하지만 로저의 무덤이 종려나무 아래에 있거나, 그의 두개골이 시간이 지나면서 밀림의 미생물에 노출되어 가는 것을 상상하기란 어려웠다. 로저가 호프에게 키스를 한 적은 있는가? 어쩌면 있을 것이다. 다른 몇 명의 남자들이 호프에게 키스한 것일까? 베개 위에 누워 있는 비밀스러운 얼굴. 은닉처. 그녀는 몇 명의 남자들을 원했으며, 버몬트나 브루클린에 있는 그녀의 싱글 베드에서 남자를 기다리며 무슨 생각을 한 것일까? 그리고 태평양에는 얼마나 많은 다른 남자들이 죽어 누워 있는 걸까? 그리고 그녀는 몇 명의 사내아이들과 남자들을 만지고 갈망하고 그들에 대한, 말로 표현할 수 없는 꿈을 꾼 것일까? 그리고 그들 중 몇 명이 지금 살아서 돌아다니고 있을까? 그리고 그들 중 몇 명이 올해 또는 내년에 세상 어딘가에서 죽게 될까?

몇 시지? 6시 15분. 노아는 5분을 더 침대에 있었다. 오늘은 일종의 휴일처럼 될 것이다. 퍼세이익에 있는 조선소의 리벳 작업을 하는 시끄러운 소리도 듣지 않고, 비계 위에서 바람도 맞지 않고, 용접 작업의 귀에 거슬리는 소리도 듣지 않고, 불꽃도 보지 않을 것이다. 오늘 그는 징병 위원회에 가고 다시 한번 거버너스섬에 가 신체검사를 받아야 한다. 같은 숫자를 거듭 더하는, 기억력이 나쁜 은행 직원처럼 그 시스템은 스스로 반복되었다. 다시 한번 매독 검사를 받고, 의사가 아무렇게나 고환을 손가락으로 누르는 것을 견뎌야 하며, 의사가 〈기침을 해봐요〉라고 말하는 것을 들어야 하고, 탈장이 아닌지 검사받아야 하며, 지루해하는 정신과 의사와 면담해야 했다. 〈남자와 관계를 가진 적 있어요?〉 그런 질문을 하는 것은 얼마나 비속한 짓인가? 군대는 남자끼리 관계를 갖는 것을 자연스럽지 않은 것으로 믿고 있다. 노아와 로저, 그리고 조선소의 십장으로서 그에게 맥주를 사주고, 자신이 1916년 부활절이 있은 주에 더블린의 우체국에서 영국 국기를 끌어내렸다고 자랑하는 빈센트 모리아티와의 관계는 어떤 것인가? 결혼 선물로 자신이 모은 에머슨의 작품집을 한 부 보내 준 그의 장인과의 관계는 어떤 것인가? 욕망과 거짓말과 예언으로 가득 차 오데사에서 지구의 반을 건너온, 하지만 이제는 캘리포니아의 납골당 선반에 방치되어 있는, 작은 상자 속의 재가 된 자신의 아버지와의 관계는 어떤 것인가? 히틀러와 루스벨트, 토머스 제퍼슨과 셰익스피어와 그와의 관계는 어떤 것인가? 매일 오후 버번을 약 1리터씩 마시던, 디트로이트 교외의 쓰러져 가는 회색 건물에 있던 드루어리 대령과의 관계는 어떤 것인가? 대령은 언젠가 졸업생들에게 〈세상에는 한 가지 미덕밖에 없다. 바로 용기라는 거지. 나는 재빨리 선수를 치지 않는 자에게는 관심이 없다〉라고 말했다. 아직 임신하지는 않았지만, 새벽녘 이곳, 그와 호프 사이에서 잠재적인 존재로 있는 그의 아들과의 관계는 어떤 것인가? 그의 아들은 재빨리 선수를 치게 될 것인가? 무엇에 대해 선수를 친단 말인가? 그리고 누군가가 그에게 선수를 치게 될 것인가? 어떤 명분으로? 그리고 선수를 칠지는 어떻게 판단할 것인가? 어딘가 먼 곳에 있는 섬에 그를 위한 무덤 또한 기다리고 있는 것인가? 아직은 만들어지지도 않았지만 여태껏 태어나지도 않은 그의 아들을 쓰러트릴 탄환이 있는 것인가? 또 다른 대륙 어딘가에 금세기 후반에 소총 조준기로 그의 아들의 심장을 겨누게 될, 아직 잉태되지도 않은 어떤 영혼이 있는 것인가? 그의 아들의 장례식에서는 목사는 어떤 하느님에게 기도하게 될 것인가? 예수인가, 여호와인가, 아니면 다른 누구인가? 어쩌면 목사는 양쪽에 다 판돈을 거는 조심스러운 도박사처럼 두 분의 하느님께 기도할지도 모른다. 「어느 하느님이든 이 죽은 젊은이를 친절히 거두어 주시기 바랍니다.」 이제 막 결혼한 여자 옆에서 자신의 존재를 알리지도 않은 아들의 장례식을 걱정하고 있는 것은 우스꽝스러운 일이다. 하지만 그 전에 다른 문제들도 있다. 그는 세례를 받게 될 것인가? 아니면 할례를 받게 될 것인가? 고등학교 첫 학기에 배운 『아이반호』에는 〈너, 개자식!〉이라는 문장이 나왔다. 1920년 혁명 정부가 전복되고 유대인 대학살이 이루어졌을 때 부다페스트에서 군중들은 유대인으로 의심되는 자들의 바지를 찢어 벗겨 할례를 받은 모든 남자들을 살해했다. 그 과정에서 위생상의 이유로 할례를 한 불쌍한 기독교인도 죽임을 당했다. 죽어 가면서 그들은 사형 집행자들만큼이나 유대인들을 진심으로 증오했을 것이다. 유대인에 대한 생각은 멈춰야 해. 주제가 무엇이든 몽상에 빠지게 되면 결국에는 처음 주제로 돌아가게 돼. 그런데 유대인이 대학살을 면할 수 있었던 때가 과연 있었나? 어느 세기에? 아마도 예수가 출현하기 5세기 전에.

6시 20분이다. 일어날 때가 되었다. 의사가 초록색 섬에서 기다리고 있다. 장군의 이름을 딴 페리를 타고 가 엑스레이를 찍은 후 부적합 판정의 고무도장이 찍힌 서류를 받으면 된다. 과거 전쟁 때에는 사람들이 어떻게 한 것인가? 엑스레이가 발명되기 전에는. 얼마나 많은 남자들이 폐에 흉터가 있다는 사실을 까마득히 모른 채로 샤일로[26]에서 싸운 것인가? 얼마나 많은 남자들이 위궤양을 앓으면서 보로디노[27]로 간 것인가? 테르모필레[28]에서 싸운 남자들 중 몇 명이 오늘 척추가 굽었다는 이유로 징병 위원회에서 부적합 판정을 받게 될 것인가? 오늘날 기준으로 병역 부적합 판정을 받게 될 얼마나 많은 남자들이 트로이 외곽에서 죽었는가? 이제 정말로 일어날 때가 되었다.

그의 옆에서 호프가 몸을 뒤척였다. 그녀는 몸을 돌려 팔을 그의 가슴 위에 올려놓았다. 그녀는 천천히 잠에서 깨며 아직 졸음이 채 가시지 않은 상태로 그의 갈비뼈와 배를 손으로 가볍게 만졌다.

〈침대〉 하고 그녀가 마지막 꿈결 속에서 중얼거렸고, 그는 그녀를 향해 미소를 지으며 가까이 끌어안았다.

---

26 남북 전쟁 당시의 격전지.
27 제2차 세계 대전 당시 러시아의 격전지.
28 그리스와 페르시아가 격전을 치른 곳으로, 지금의 그리스에 있음.

「몇 시야?」 입술을 그의 귀에 가까이 대고 그녀가 속삭였다. 「아침이야? 가야 해?」

「아침이야.」 그가 말했다. 「가야 해. 하지만」 하고 말하며 그는 미소를 지으며 친숙하고 호리호리한 그녀의 몸을 좀 더 세게 안았다. 「정부도 15분쯤은 기다릴 수 있을 거야.」

열쇠가 돌아가는 소리를 들었을 때 호프는 머리를 감고 있었다. 퇴근해 집에 온 그녀는 노아가 거버너스섬에서 아직 돌아오지 않은 것을 발견하고는 여름의 석양빛 속에서 불도 켜지 않은 채로 집 안을 어슬렁거리며 노아가 돌아오기를 기다렸다.

세면대 위로 몸을 숙인 채로, 비눗물이 감은 눈꺼풀 위로 떨어지는 상태에서 그녀는 노아가 커다란 방 안으로 들어오는 소리를 들었다.

「노아.」 그녀가 소리쳤다. 「여기 안에 있어.」 그녀는 머리에 수건을 두르고 그에게로 몸을 돌렸다. 나머지는 알몸이었다. 그의 얼굴은 차분해 보였다. 그는 그녀를 살며시 안고 머리를 헹궈 아직도 축축한 목덜미 아래쪽을 부드럽게 만졌다.

「그렇게 된 거야?」 그녀가 말했다.

「그래.」 그가 말했다.

「엑스레이는?」

「아무것도 나타나지 않은 것 같아.」 차분한 그의 목소리는 멀게 느껴졌다.

「사람들에게 얘기했어?」 그녀가 물었다. 「지난번 결과에 대해서?」

「아니.」

그녀는 이유를 묻고 싶었지만 참았다. 직감으로 그녀도 알고 있었던 것이다. 다만 혼란스러웠다.

「방위 산업체에서 일한다는 말도 하지 않았어?」

「응.」

「내가 말할게.」 그녀가 큰 소리로 말했다. 「내가 직접 갈게. 폐에 흉터가 있는 남자는……」

「쉬.」 그가 말했다. 「쉬.」

「그건 바보짓이야.」 그녀는 논쟁을 하는 사람처럼 이성적으로 이야기하려고 애를 썼다. 「병자가 군대에서 무슨 도움이 되지? 건강이 악화되기만 할 거야. 그렇게 되면 그들에게도 짐이 될 거야. 그들은 당신을 군인으로 만들 수 없어.」

「시도해 볼 수는 있을 거야.」 노아가 천천히 미소를 지었다. 「물론 시도는 해볼 수 있을 거야. 그리고 나 역시 최소한 그들에게 기회는 줄 수 있어.」 그는 그녀의 귀 뒤쪽에 키스를 했다. 「어쨌든 이미 결정이 났어. 나는 오늘 밤 8시에 집합 장소에 모이겠다고 맹세를 했어.」

그녀가 몸을 뒤로 뺐다. 「그런데 여기서 뭘 하고 있는 거야?」

「한데 신변 정리를 하라고 2주의 시간을 줬어.」

「내가 따지고 들어도 소용없겠지?」

「그래.」 그는 무척 부드럽게 말했다.

「망할 자식들!」 호프가 말했다. 「왜 처음부터 일을 제대로 하지 않았지? 왜?」 그녀가 울먹이며 징병 위원회와, 군의관과, 야전에 있는 연대와, 세계 각국의 수도에 있는 정치가들을 향해 소리쳤다. 그리고 그녀의 외침은 전쟁과, 시대와, 그녀를 기다리고 있는 모든 고통을 향한 것이다. 「왜들 지각 있는 인간처럼 굴지 못하지?」

「쉬.」 그가 말했다. 「우리에게는 2주밖에 없어. 그 시간을 낭비하지 말자. 식사는 했어?」

「아니.」 그녀가 말했다. 「머리를 감고 있었어.」

그는 욕조 가장자리에 앉아 지친 기색으로 그녀를 향해 미소를 지었다. 「머리를 마저 감아.」 그가 말했다. 「그런 다음 저녁 먹으러 가자. 2번가에 세상에서 제일 맛있는 스테이크 집이 있다는 얘기를 들었어. 한 조각에 3달러라지만.」

그녀는 몸을 숙여 그를 꼭 껴안았다. 「오, 내 사랑」 하고 그녀가 말했다. 「오, 내 사랑.」

그는 그녀의 맨 어깨를 토닥였다. 마치 그것을 기억하려는 것 같았다. 「앞으로 2주 동안」 하고 그가 거의 떨리지 않는 목소리로 말했다. 「휴가를 보내는 거야. 나는 그렇게 정리를 할 거야.」 그는 그녀에게 미소를 지었다. 「케이프 코드에 가 수영을 하고 자전거도 빌리고 끼니마다 3달러 하는 스테이크를 먹는 거야. 제발 그만 울어.」

호프가 자리에서 일어났다. 그녀는 두 번 눈을 깜박였다. 「괜찮아.」 그녀가 말했다. 「눈물은 그쳤어. 다시는 울지 않을게. 15분이면 준비를 마칠 수 있을 거야. 기다려 줄 수 있지?」

「그럼.」 그가 말했다. 「하지만 서둘러. 배가 몹시 고프니까.」

그녀는 머리에 쓴 수건을 벗고 마저 머리를 감았다. 노아는 욕조 가장자리에 앉아 그녀를 바라보았다. 이따금 호프도 거울 속에 비친 그의 야윈 얼굴을 쳐다보았다. 그녀는 그 순간 어지럽고 야한 불이 켜진 욕실의 도기 욕조 가장자리에 앉아 있는, 상실감에 잠겨 있지만 사랑스러운 그의 얼굴을 오랫동안, 아주 오랫동안 기억하게 될 거라는 사실을 알고 있었다.

그들은 케이프 코드에서 두 주를 보냈다. 그들은 앞쪽 잔디밭에 있는 기둥에 미국 국기가 꽂혀 있는, 무척이나 깨끗한 숙소에서 머물렀다. 그들은 대합을 넣은 야채수프와 구운 바닷가재를 저녁으로 먹었다. 그들은 낮에는 연한 색의 모래 위에 누워 있거나 일렁이는 차가운 물에서 수영을 했고, 밤에는 교회에 가는 교인들처럼 영화관에 갔다. 하지만 뉴스에 대해서는 아무런 논평도 하지 않았으며, 깜박이는 화면 위로 사망과 패배와 승리에 대해 말하는 떨리는 목소리에 대해서도 아무런 말을 하지 않았다. 그들은 자전거를 빌려 바닷가 길을 따라 천천히 달렸고, 트럭에 탄 병사들이 지나가며 호프의 예쁜 다리를 보며 휘파람을 불며 노아에게「아주 예쁘고 부드러운 다리야, 친구. 징집 번호가 어떻게 되지, 친구? 조만간 보게 될 거야!」라고 소리쳤을 때에는 웃음을 터뜨렸다.

그들은 코의 살갗이 벗겨지고, 머리는 소금기로 끈적끈적하게 되었으며, 밤에 잠자리에 들 때면 피부에서 바다 향기가 났다. 오두막의 아주 깨끗한 시트 위에 누운 그들의 몸은 구릿빛으로 그을려 있었다. 그들은 다른 사람들과는 거의 이야기하지 않았다. 그 두 주는 여름 내내, 그해 내내, 그리고 그들이 아는 모든 여름 내내 계속될 것처럼 여겨졌다. 모든 시간이 부드러운 나선형을 그리며 모래가 쌓인 길 위로, 전나무 사이로, 상쾌한 파도가 치는 바다의 여름 빛 속으로, 바인야드와 낸터킷, 그리고 갈매기와 작은 배의 돛과 물속에서 장난스럽게 날아오르는 물고기의 철썩거림에 의해서만 방해를 받고 있는, 해가 비치는 바다로 불어온 바람에 조용히 흔들리는 시원한 여름 저녁의 별들 아래로 다가오는 것 같았다.

그렇게 두 주가 지나갔고, 그들은 시내로 다시 돌아갔다. 그곳 사람들은 여름에 지친 듯 창백하고 시들어 보였지만 그들은 그와는 대조적으로 힘이 넘치고 건강해 보였다.

마지막 날 아침 호프는 6시에 커피를 만들었다. 그들은 테이블 맞은편에 앉아 결혼한 후 처음 산 물건인, 커다란 잔에 든 쓴맛이 나는 뜨거운 액체를 홀짝였다. 호프는 노아와 함께 밤의 기운으로 아직도 서늘한, 조용하고 환한 거리를 걸어 징병 위원회 사무실로 쓰이고 있는, 아무 칠도 하지 않은 허름한 가게로 갔다.

그들은 이미 서로에게서 멀어진 채로 생각에 잠겨 키스를 했고, 노아는 중년 남자가 앉아 있는 책상 주위에 조용히 모여 있는 소년들과 남자들에게 갔다. 징집 위원회 위원장은 한 달에 두 번 일찍 일어나 봉사를 필요로 하는 조국을 위해 일하고 있었다. 그는 사람들에게 민간인으로서 마지막 지시 사항을 이야기했다. 참전자들은 지하철을 무료로 이용할 수 있었다.

노아는 생각에 잠긴 다른 50명과 함께 줄을 서서 밖으로 나가 지하철이 있는 곳까지 세 구역을 걸어갔다. 아침에 볼일을 보고, 가게와 사무실로 출근을 하고, 시장을 보고, 돈을 벌기 위해 지나가는 사람들이 그들을 호기심에 차 바라보았다. 그 가운데에는 어떤 도시의 주민들이 외국에서 순례를 와, 성격이 분명치 않지만 어떤 매력적인 종교 축제에 가는 도중에 지나가는 사람들을 보는 것처럼 경외감을 갖고 그들을 보는 사람들도 있었다.

노아는 지하철 역 입구에서 길 건너편에 있는 호프를 보았다. 그녀는 꽃가게 앞에 서 있었다. 그녀 뒤로 늙은 꽃가게 주인은 제라늄이 든 화분과 글라디올러스가 든 커다랗고 파란 화병을 창가로 내놓고 있었다. 그녀는 하얀 꽃이 그려진 파란

원피스를 입고 있었다. 아침 바람에 그녀의 원피스가 부드럽게 나부꼈고, 그녀 뒤 창 너머로 꽃들이 햇빛을 받아 환하게 보였다. 하지만 유리창에 반사된 햇빛 때문에 노아는 그녀의 얼굴을 볼 수가 없었다. 그는 길을 건너 그녀에게 가려 했지만 징병 위원회에 있던 인솔자가 사람들을 향해 초조하게 「제발, 자리를 지켜요, 제발」 하고 말했고, 노아는 〈내가 무슨 말을 할 수 있겠어. 그녀 또한 무슨 말을 할 수 있겠어〉 하고 생각했다. 그는 그녀를 향해 손을 흔들었다. 그녀 역시 손을 흔들었다. 하지만 갈색 팔을 단 한 번 드는 것으로 그쳤다. 그림자 속에서 그녀는 어떤 동작을 만들어 보였다. 노아는 그녀가 울고 있지 않다는 것을 알 수 있었다.

「그녀는 울고 있지 않아」 하고 그는 혼잣말을 했다. 그런 다음 템페스트라는 이름의 소년과 눈시오 아길라르라는 서른다섯 살 된 스페인 출신 남자 사이에 있던 그는 지하철을 타러 내려갔다.

14

마이클은 4년 동안 키스라곤 해보지 못한, 머리가 붉은 그 여자가 미소를 지으며 몸을 숙여 자신에게 키스하는 꿈을 꿨다. 그는 그 꿈과 머리가 붉은 그 여자를 떠올리며 잠에서 깼다.

아침 햇살이 내려 둔 베네치아풍 금빛 블라인드 양쪽으로 비스듬히 비치고 있었다. 마이클은 기지개를 폈다.

방 밖으로 그 도시의 거리와 복도를 걸어가고 있는 7백만 명에 이르는 사람들의 중얼거리는 소리가 들려왔다. 마이클은 자리에서 일어났다. 그는 카펫이 깔린 바닥을 지나 창가로 가 블라인드를 올렸다.

초여름 햇빛이 뒤쪽 정원과, 낡은 건물의 색이 바랜 벽돌과, 먼지 낀 담쟁이와, 등나무 가구와, 화분이 가득 놓여 있는 작은 테라스에 펼쳐 놓은 줄무늬 파라솔에 부드럽게 비치고 있었다. 맞은편에 있는 테라스에서는 챙이 넓은 오렌지색 모자를 쓰고, 둥근 엉덩이에 유쾌한 모습으로 매달려 있는, 헐렁한 낡은 바지를 입은, 키가 작고 얼굴이 동그란 여자가 테라스의 제라늄 화분 너머로 서 있었다. 그녀는 생각에 잠긴 채 몸을 숙여 꽃을 한 송이 꺾었다. 그녀가 손에 든, 곧 시들 꽃을 바라보고 있는 사이 그녀의 모자가 슬프게 흔들렸다. 그런 다음 그녀는 몸을 돌려 커튼을 친 프랑스식 창문 사이로 들어갔다. 도시 한가운데 자리한 작은 정원에서 건강한 중년 여자의 엉덩이가 경쾌하게 흔들리는 모습을 마이클은 바라보았다.

햇빛이 환한 것에, 그리고 붉은 머리의 그 여자가 결국 자신에게 키스한 것에, 그리고 햇빛이 비치는 뒤쪽 정원의 맞은편에서 터무니없을 정도로 사랑스러운 엉덩이를 가진, 살이 찌고 키가 작은 한 여자가 시든 제라늄을 보며 슬퍼하는 것에 기분이 좋아진 마이클은 미소를 지었다.

그는 차가운 물을 끼얹어 세수를 한 다음 맨발에 잠옷 차림으로 카펫이 깔린 바닥을 가로질러 거실을 지나 앞문 쪽으로 갔다. 그는 문을 열고 『더 타임스』를 집어 들었다.

늘 마이클에게 나이 들고 성공한 기업 전문 변호사의 연설을 떠올리게 하는 『더 타임스』라는 공손해 보이는 신문에는 러시아군이 죽음을 무릅쓰고 전선을 사수하고 있으며, 프랑스 해안을 따라 영국 공군의 폭격이 새롭게 이루어지고 있고, 이집트가 동요하고 있으며, 누군가가 7분 만에 고무를 만들 수 있는 새로운 방법을 발견했고, 대서양에서 선박 세 척이 조용히 침몰했으며, 시장이 고기를 먹는 것에 반대하고 나섰고, 결혼한 남자 또한 징집될 가능성이 있으며, 일본군의 공격이 약간 둔해졌다는 기사가 실려 있었다.

마이클은 문을 닫았다. 그는 소파에 주저앉아 볼가강의 유혈 사태와, 대서양에서 익사한 사람들과, 모래 때문에 눈을 뜨지 못하는 이집트 군대와, 고무에 대한 소문과, 프랑스에서 일고 있는 화염과, 구운 쇠고기 금지 등에 관한 기사에서 눈을 돌려 스포츠 면을 보았다. 지치고 실수를 연발하긴 하지만 여전히 *꿋꿋한* 다저스는 또다시 격전을 치르며 위기를 넘겼다. 몇몇 내야수들이 제 실력을 발휘하지 못하고, 8회에서 상대 팀의 거센 공격에 부딪히긴 했지만 결국 다저스는 피츠버그에서 승리를 거두었다.

전화벨이 울렸고, 그는 침실로 들어가 수화기를 들었다.

「냉장고에 오렌지 주스 한 잔이 있어요.」 페기의 목소리가 들렸다. 「좋아할 거라고 생각했어요.」

「고마워.」 마이클이 말했다. 「한데 서가 위에 있는 책에 먼지가 있더군, 프리맨틀 양.」

「바보.」 페기가 말했다.

「당신이 하는 말에는 많은 것이 담겨 있어.」 기쁨으로 가득한, 페기의 친숙한 목소리에 기분이 좋아진 마이클이 말했다. 「사람들이 당신을 가혹하게 부려먹어?」

「뼈에서 살점이 떨어져 나가는 것 같아요. 내가 나올 때 당신은 무척 편안하게 있더군요. 이불은 모두 걷어찬 채로 편하게 누워서요. 당신한테 작별 인사를 했어요.」

「당신은 정말로 좋은 여자야. 내가 어떻게 했지?」

잠시 아무 말이 없었다. 그런 다음 페기의 침착하면서도 약간 걱정스러운 목소리가 들려왔다. 「손으로 얼굴을 감싸고 중얼거리더군요, 〈안 돼, 안 돼〉라고.」

마이클의 얼굴에 떠오른 엷은 미소가 사라졌다. 그는 생각에 잠겨 귀를 주물렀다. 「잠든 사람은 아침마다 아무 거리낌 없이 자신의 비밀을 모두 드러내지.」

「겁을 먹은 것처럼 들리더군요.」 페기가 말했다. 「나도 겁이 났어요.」

〈안 돼, 안 돼〉라. 마이클이 생각에 잠겨 말했다. 「무엇이 안 된다는 얘긴지 모르겠군. 어쨌든 지금은 겁나지 않아. 아침은 환하고, 다저스가 이겼고, 내 여자친구가 오렌지 주스를 만들어 놓았으니.」

「오늘 뭘 할 거예요?」 페기가 물었다.

「특별히 할 일은 없어. 그냥 돌아다닐까 해. 하늘을 보고, 여자들도 보고, 술도 조금 하고. 유언장에……」

「오, 그만해요!」 페기가 진지한 목소리로 말했다.

「미안해.」 마이클이 말했다.

「내가 전화해서 기뻐요?」 이제 페기의 목소리는 일부러 애교를 부리는 것처럼 들렸다.

「전화를 받지 않을 수는 없을 것 같은데.」 마이클이 나른한 목소리로 말했다.

「당신이 뭘 할 수 있는지는 알고 있잖아요.」

「페기!」

그녀가 웃음을 터뜨렸다. 「오늘 밤 저녁을 살까요?」

「당신 생각은?」

「저녁을 살까 해요. 회색 양복을 입어요.」

「그건 팔꿈치가 완전히 해졌는걸.」

「회색 양복을 입어요. 나는 그 옷이 마음에 들어요.」

「좋아.」

「나는 뭘 입죠?」 그 대화를 시작한 후 처음으로 페기의 목소리는 불확실하고, 어린 소녀 같고, 걱정스럽게 들렸다.

마이클은 부드럽게 웃었다.

「왜 웃는 거죠?」 페기가 거칠게 물었다.

「다시 말해 봐. 나를 위해 〈나는 뭘 입죠?〉라고 말해 줘.」

「왜요?」

「그 말이 웃음이 나게 하고, 당신을 떠올리게 하니까. 그리고 〈나는 뭘 입죠?〉라고 말한 것을 듣는 당신과 살아 있는 모든 여자들에게 미안함과 애정을 동시에 느끼게 하니까.」

「맙소사.」 페기가 무척 유쾌한 목소리로 말했다. 「오늘 아침에 당신, 괜찮은 거예요?」

「그럼.」

「나는 뭘 입죠? 크림색 블라우스에 파란색 무늬가 있는 옷, 아니면 베이지색 정장, 아니면…….」

「파란색 무늬가 있는 옷.」

「그건 너무 낡았어요.」

「그래도 그걸 입어.」

「좋아요. 머리는 올려요 아니면 내려요?」

「내려.」

「하지만.」

「내려!」

「맙소사.」페기가 말했다.「할렘강[29]에서 끌어올린 뭐 같을 거예요. 당신 친구 중 누군가가 우리를 볼까 봐 겁나지 않아요?」

「모험을 해보지.」마이클이 말했다.

「그리고 술을 너무 많이 마시지 말아요.」

「자, 페기.」

「당신은 좋은 친구들 모두에게 작별 인사를 하려고 하고 있어요.」

「페기, 내 인생에서……」

「친구들이 술독에 빠진 당신을 군대에 집어넣을 거예요. 조심해요.」

「조심하지.」

「내가 전화해서 기뻐요?」페기의 목소리는 다시금 고등학교 댄스파티에서 선풍기 뒤에 서서 나른한 모습으로 추파를 보내는 소녀처럼 들렸다.

「당신이 전화해서 기뻐.」마이클이 말했다.

「내가 알고 싶은 건 그게 전부예요. 오렌지 주스를 마셔요.」그 말을 한 다음 그녀는 전화를 끊었다.

마이클은 페기를 떠올리며 미소를 짓다가 천천히 수화기를 내려놓았다. 그는 잠시 그녀를 생각하며 앉아 있었다.

그런 다음 자리에서 일어나 거실을 지나 부엌으로 갔다. 그는 물을 끓이며 커피 세 스푼을 덜었다. 그는 깡통 속에 갇혀 있던, 언제 맡아도 기분 좋은 냄새를 들이켰다. 그는 차가운 오렌지 주스를 길게 들이마시며 베이컨과 계란을 꺼내고 토스트를 잘랐다. 아침 식사를 준비하며 그는 콧노래를 불렀다.

29 뉴욕에 흐르는 강 중 하나.

그는 혼자 사는 자신의 집에서 잠옷을 펄럭거리며, 맨발로 차가운 바닥을 느끼며 직접 아침 식사를 만드는 것을 좋아했다. 그는 베이컨 다섯 조각을 커다란 프라이팬에 넣고 가스스토브를 켰다.

그 순간 침실 전화기가 울렸다.

「오, 제기랄.」마이클이 말했다. 그는 베이컨이 든 프라이팬을 치우고 거실을 지나가며 이전에도 여러 번 그런 것처럼, 거의 무의식적으로, 천장이 높고 넓은 창문이 서로 마주 보고 있는 그 방이 무척 쾌적하다는 것을 알아차렸다. 방 여기저기에 있는 서가에는 책이 쌓여 있는데, 벽을 따라 있는, 아마포로 싼, 다양한 정도로 색이 바랜 책 표지는 미묘하면서도 사랑스러운 모습을 하고 있었다.

마이클은 수화기를 들고「여보세요?」라고 말했다.

「캘리포니아의 할리우드에서 휘테이크 씨에게 거는 전화입니다.」

「휘테이크인데요.」

여전히 깊고 교묘한 로라의 목소리가 대륙을 가로질러 들려왔다.「마이클? 마이클, 여보.」

마이클은 살짝 한숨을 쉬었다.「안녕, 로라.」

「캘리포니아는 아침 7시예요.」약간 나무라듯 로라가 말했다.「당신과 이야기하려고 아침 7시에 일어났어요.」

「고마워.」마이클이 말했다.

「소식 들었어요.」로라가 말했다.「끔찍한 일인 것 같아요. 당신을 이병으로 만들다니.」

마이클은 미소를 지었다.「그렇게 끔찍하지 않아. 이병이 된 사람이 많이 있어.」

「이곳에서 간 사람들은 거의 모두가.」 로라가 말했다. 「최소한 소령이에요.」

「알아.」 마이클이 말했다. 「어쩌면 그 때문에 이병이 더 괜찮은지도 모르겠어.」

「그렇게 특별한 척하지 말아요!」 로라가 소리쳤다. 「당신은 이병으로는 견뎌 내지 못할 거예요. 나는 당신 위가 어떤 상태인지 알고 있어요.」

마이클이 진지한 목소리로 말했다. 「내 위 역시 내 몸의 나머지 부분과 함께 입대할 거야.」

「당신은 모레쯤 되면 후회하게 될 거예요.」

「그럴 수도 있지.」 마이클은 고개를 끄덕였다.

「이틀 후면 영창에 있게 될 거예요.」 로라가 큰 소리로 말했다. 「어떤 병장이 듣기 싫은 얘기를 해 당신은 그와 싸우게 될 거예요. 나는 당신을 알아요.」

「이봐.」 마이클은 참을성 있게 말했다. 「아무도 병장을 치지는 않아. 나도, 다른 누구도.」

「당신은 평생 누군가의 지시를 들은 적이 없어요, 마이클. 나는 당신을 알아요. 그건 당신과 함께 사는 게 불가능했던 이유 중 하나였죠. 어쨌든 나는 당신과 3년을 함께 살았고, 누구보다도 당신을 잘 알아요.」

「그래, 로라, 여보.」 마이클은 참을성 있게 말했다.

「우리는 이혼을 했고, 그것으로 끝일 수도 있지만.」 로라가 재빨리 말했다. 「내가 좋아하는 사람은 세상에 아무도 없어요. 당신도 그것을 알고 있어요.」

「알고 있어.」 그녀의 말을 그대로 믿으며 마이클이 말했다.

「당신이 죽는 것을 보고 싶지 않아요.」 그녀는 울기 시작했다.

「나는 죽지 않을 거야.」 마이클이 부드럽게 말했다.

「그리고 당신이 지시를 받을 걸 생각하기 싫어요. 그건 잘못된…….」

마이클은 진짜 세상과, 여자가 생각하는 세상 사이의 간극에 다시 한번 놀라며 고개를 저었다. 「나에 대해서는 걱정 마, 로라, 여보.」 그가 말했다. 「그리고 전화해 줘서 정말 고마워.」

「결정한 게 있어요.」 로라가 단호하게 말했다. 「더 이상 당신 돈을 받지 않을 거예요.」

마이클은 한숨을 쉬었다. 「일을 구했어?」

「아니요. 하지만 오늘 오후에 MGM에서 맥도널드를 만날 건데…….」

「그래. 일자리를 구하게 되면 더 이상 내 돈은 받지 마. 그렇게 해.」 마이클은 로라가 말할 틈을 주지 않고 곧장 핵심으로 나아갔다. 「신문에서 당신이 결혼할 거라는 기사를 읽었어. 사실이야?」

「아니요. 어쩌면 전쟁이 끝난 후에 결혼하게 될지도 모르겠어요. 그는 해군에 입대할 거예요. 그래서 워싱턴에서 일할 거예요.」

「잘됐군.」 마이클이 중얼거렸다.

「공군에 입대한 조감독이 있어요. 소위로요. 그는 전쟁 동안에도 샌타애니타[30]를 떠나지 않을 거예요. 그는 홍보 일을 할 거예요. 그런데 당신은 이등병이 되다니…….」

「제발, 로라, 여보.」 마이클이 말했다. 「전화비가 5백 달러는 나오겠어.」

「당신은 괴짜에다 바보예요. 늘 그랬어요.」

30 캘리포니아에 있는 지명으로, 경마로 유명한 곳.

「맞아, 여보.」

「어디에 배치되든 편지할 거죠?」

「그래.」

「내가 찾아갈게요.」

「멋질 거야.」 마이클은 꽤 유명한 얼굴에 늘씬한 몸매를 가진, 자신의 아름다운 전처가 밍크코트를 입은 채로 오클라호마의 실 기지 바깥에서 자신을 기다리고 있는 사이 옆을 지나가는 병사들이 그녀를 향해 휘파람을 불고, 그녀를 만나러 자신이 대열에서 뛰어 나가는 것을 상상해 보았다.

「당신을 생각하면 온갖 감정이 다 들어요.」 로라는 솔직하고 조용하게 울고 있었다. 「늘 그랬고, 앞으로도 늘 그럴 거예요.」

「무슨 말인지 알아.」 마이클은 그녀가 거울 앞에서 머리를 고정시키던 모습과 춤을 추던 모습, 그리고 둘이서 함께한 휴일을 떠올렸다. 잠시 그는 멀리서 들리는 울음소리에 가슴이 뭉클했고, 전쟁도 이혼도 없던 때에 그녀에게 잘못한 것이 후회되었다.

「누가 알겠어?」 그가 부드럽게 말했다. 「어쩌면 나는 어딘가에 있는 사무실에 배치될 수도 있어.」

「군이 당신에게 좋지 않은 뭔가를 하게 해서는 안 돼요. 군은 하고 싶은 대로 해요. 당신은 군이 원하는 대로 해야 해요. 군대는 워너 브러더스가 아니에요, 여보.」 그녀는 잠시 아무 말이 없었다. 「약속해 줘요, 약속해 줘요.」 목소리가 높아졌다가 낮아지더니 수화기를 내려놓는 소리가 들리며 통화가 끊겼다. 마이클은 전화기를 바라보다가 수화기를 내려놓았다.

그는 자리에서 일어나 부엌으로 가 아침 식사를 만들었다. 그는 베이컨과 계란, 토스트, 그리고 진한 블랙커피를 거실로 가져가 햇빛이 비치는 커다란 창문 앞에 놓인 넓은 테이블에 내려놓았다.

그는 라디오를 켰다. 브람스의 피아노 협주곡이 연주되고 있었다. 라디오에서 우렁차며 전투적이면서도 우울한 음악이 흘러나왔다.

그는 토스트에 마멀레이드를 듬뿍 발라, 계란에서 나는 버터 맛과 진한 커피 맛을 즐기며 천천히 식사를 했다. 그는 자신의 요리 솜씨에 자부심을 느끼며 라디오에서 흘러나오는 애처롭고 감미로우며 우렁찬 음악을 기분 좋게 들었다.

그는 『더 타임스』의 연극 면을 펼쳤다. 연극과 배우에 대한 끝없는 소식이 실려 있었다. 매일 아침 『더 타임스』의 연극 면을 읽을 때마다 그는 더욱 우울해졌다. 그리고 아침마다 절망적인 상황과, 잃어버린 돈과, 그의 직업에 대한 애처로운 혹평을 떠올릴 때면 자신이 약간 바보 같았고, 초조했다.

그는 신문을 옆으로 치우고 담뱃불을 붙였다. 그날 처음으로 피는 담배였다. 그리고 남은 커피를 끝까지 마셨다. 라디오에서는 레스피기의 곡이 연주되고 있었다. 그는 라디오를 껐다. 레스피기의 음악이 사라지며 햇빛이 비치는 집은 감미로운 침묵 속에 잠겼다. 마이클은 아침 식사 테이블에 앉아 담배를 피며 꿈을 꾸듯 바깥 정원과, 거리와, 일을 하고 있는 사람들을 비스듬히 바라보았다.

얼마 후 그는 자리에서 일어나 면도와 샤워를 했다. 그런 다음 낡은 플란넬 바지와, 여러 번 세탁을 해 부드럽고 보기 좋게 색이 바랜 파란색 셔츠를 입었다. 대부분의 옷은 이미 다른 곳으로 치운 상태지만 아직도 옷장에는 재킷 두 벌이 걸려 있었다. 그는 옷장 앞에 서서 잠시 망설이다가 회색 재킷을 꺼내 입었다. 낡고 해진 재킷이지만 막상 입어 보니 어깨가 가볍고 부드러웠다.

아래층 보도 위에는 그의 차가 기다리고 있었다. 차는 자동차 수리소에서 손을 봐 페인트와 크롬 도금이 반짝이고 있었다. 그는 시동을 건 후 단추를 눌러 지붕을 내렸다. 지붕이 천천히, 위엄 있게 내려왔다. 마이클은 여느 때처럼 관이 닫히는 것 같은 그 순간의 느낌을 즐겼다.

그는 5번가를 따라 차를 천천히 몰았다. 평일에 시내를 차를 몰고 지나갈 때면 늘 그랬지만 이번에도 그는, 자신이 차를 새로 산 날 정오 무렵 처음으로 그 거리를 지나가면서 직장인 남녀가 점심 식사를 하러 가는 것을 보며 자신은 부자이고 고상하고 자유롭다고 느꼈던, 약간 사악한 쾌감을 다시 한번 느꼈다.

마이클은 햇빛 속에서 사치스럽고, 우아하게 뭔가를 암시하는 듯한 상점 진열창들 사이로 난 대로를 따라 차를 몰고 갔다.

그는 차를 케이훈의 아파트 입구에 세운 후 열쇠를 수위에게 건네줬다. 마이클이 돌아올 때까지 케이훈이 그 차를 사용하고 돌볼 것이다. 차를 파는 게 좀 더 이성적인 행동이겠지만 그는 그 밝은 색의 작은 기계가 자신의 가장 즐거웠던 민간인 시절을 떠올리게 해주는 것이라는 믿음을 갖고 있었다. 봄날과 태평한 휴일에 전국을 돌곤 하던 그 차를 어떤 부적처럼 어떻게든 보존해야만 자신이 돌아올 수 있을 것만 같았다.

한데 막상 길 위에 내려서자 약간의 상실감이 느껴졌고, 그는 천천히 시내를 걸어갔다. 그의 앞날이 문득 공허하게 여겨졌다. 그는 약국에 들어가 페기에게 전화했다.

그녀의 목소리를 들은 그가 말했다. 「어쨌든 내가 같은 날 당신을 두 번 봐서는 안 된다는 법 같은 건 없어.」

페기는 깔깔 웃었다. 「1시쯤이면 배가 고플 거예요.」 그녀가 말했다.

「점심은 내가 살게, 원한다면.」

「좋아요.」 그런 다음 그녀는 좀 더 천천히 「당신이 전화해서 기뻐요. 아주 심각하게 할 얘기가 있어요」라고 말했다.

「좋아.」 마이클이 말했다. 「나도 오늘 무척 심각하게 느껴지니까. 1시에 봐.」

그는 미소를 지으며 전화를 끊었다. 그는 햇빛 속으로 나와 페기에 대한 생각을 하며 자신의 변호사 사무실이 있는 곳을 향해 걸어갔다. 그는 그녀가 점심을 먹으며 어떤 심각한 얘기를 할지 알고 있었다. 그들이 서로를 알게 된 지는 2년쯤 되었다. 풍요롭고 따뜻한 2년이었지만 날이 갈수록 전쟁이 더욱더 가까워지고 있어 약간 절망적이기도 했다. 이런 시기에 결혼을 하는 것은 애매하면서도 가슴 아픈 일이다. 결혼과 죽음, 그리고 무덤과 과부. 결혼한 병사들은 배낭 속에 든 아내의 사진을 1백 파운드짜리 납덩어리처럼 메고 다녔다. 비명 소리가 들리는 밤의 밀림 속에서 미친 듯이 통곡하는 병사와, 명예로운 장례식과, 아내의 발자국 소리를 듣고 있는 눈 먼 재향 군인······.

「안녕, 마이클!」 누군가가 그의 어깨에 손을 올려놓았다. 그는 몸을 돌렸다. 존슨이다. 그는 여러 색상의 띠가 둘러져 있는 거친 펠트 모자를 쓰고, 니트 넥타이를 매고, 부드러운 파란색 재킷 아래 아름다운 크림색 셔츠를 입고 있었다. 「오랫동안 자네를 보고 싶었네. 고향에는 간 적 없나?」

「최근에는. 휴가를 냈어.」이따금 마이클은 존슨을 만나 저녁을 함께하며 그가 배우 같은 깊은 목소리로 자신의 주장을 펼치는 것을 듣고 싶었다. 하지만 나치와 소비에트 사이의 조약에 대해 심한 논쟁을 한 이후로 마이클은 존슨뿐만 아니라 자신의 친구 중 누구와도 저녁 내내 교양 있게 이야기하는 일이 거의 불가능하다는 것을 알게 되었다.

「자네에게 이 청원서를 보냈네.」존슨은 마이클의 팔을 잡았고, 그들은 재빨리 길을 걸어갔다. 존슨은 그 무엇도 천천히 하는 법이 없기 때문이다.「아주 중요한 거네. 그리고 자네 이름도 그 위에 올라가야 하네.」

「무슨 청원서인가?」

「대통령에게 보내는 청원서야. 제2전선을 위해. 모두가 서명하고 있지.」존슨의 얼굴에 진짜 분노가 떠올랐다.「그건 범죄 행위네. 러시아인이 그 모든 공격을 감수하게 미국이 내버려 두는 건 말이야.」

마이클은 아무 말도 하지 않았다.

「제2전선을 믿지 않나?」존슨이 물었다.

「물론 믿지.」마이클은 고개를 끄덕였다.「그것을 구축할 수만 있다면 말이야.」

「물론 미국은 그것을 구축할 수 있을 거야.」

「그럴 수도 있지. 어쩌면 미국은 자국 군인을 너무 많이 잃을까 봐서 두려워하고 있는지도 몰라, 어쩌면.」마이클이 말했다. 그는 문득 내일이면 군인이 되어 카키색 군복을 입고 유럽의 어느 해변에 내리게 될 수도 있다는 사실을 깨달았다.「어쩌면 1백만 명 혹은 150만 명이 희생될 수도 있어.」

「그렇다면 1백만 명 혹은 150만 명의 희생을 치러야지.」존슨은 더욱 빠른 걸음으로 걸어가며 큰 소리로 말했다. 「그럴 가치가 있어. 적의 초점을 분산시킬 수 있으니까. 설사 이백만 명이 희생된다 하더라도……」

마이클은 목소리가 깊으면서도 나긋나긋한 그의 친구를 이상한 듯 바라보았다. 병역 면제자인 친구는 그 멋진 도시의 대로에서 너무도 사근사근하게 다른 남자들의 피를 요구하고 있었다. 멀리 다른 대륙에서 러시아인들이 사자처럼 싸우고 있다는 이유로 그는 자신의 주장이 옳다고 생각하며 그것을 종교처럼 믿고 있었다. 손에 수류탄을 든 채 스탈린그라드의 부서진 벽 뒤에 웅크리고 있는 러시아 병사는, 미국의 파괴되지 않은 도시의 파괴되지 않은 도로에서 자신을 형제라고 부르는, 보풀이 인 모자를 쓴, 목소리가 부드러운 이 애국자를 어떻게 생각할까?

「미안하네.」 마이클이 말했다. 「나도 러시아인을 돕기 위해서라면 뭐든 하고 싶지만 그런 일은 전문가에게 맡기는 게 좋을 것 같네.」

존슨이 마침내 걸음을 멈췄다. 그는 마이클을 잡고 있던 손을 떨어뜨리며 분노와 경멸로 얼굴이 굳어져 그 자리에 서 있었다. 「솔직하게 말하지, 마이클.」 그가 말했다. 「자네가 부끄럽네.」

마이클은 태연하게 고개를 끄덕였다. 그는 난처했는데, 왜냐하면 마음속으로 생각하는 것을 말하게 되면 존슨에게 영원히 상처를 입히게 될 것이기 때문이다.

「오래전부터.」 존슨이 말했다. 「이렇게 될 거라는 사실을 알고 있었네. 나는 자네가 연약한 사람으로 자라는 걸 봤어.」

「미안하네.」 마이클이 말했다. 「나는 미국 군인으로서 맹세

했어. 그리고 미국 군인은 총사령관에게 고도의 전략적인 문제와 관련해 청원서를 보내지 않네.」

「그건 회피야.」

「그럴 수도 있지. 잘 지내게.」 마이클은 몸을 돌려 걸어가기 시작했다.

열 걸음을 걸어갔을 때 존슨이 차갑게 말했다. 「행운을 비네, 마이클.」

마이클은 뒤도 돌아보지 않고 손을 흔들었다.

그는 불쾌감을 느끼며 존슨과 다른 친구들을 생각했다. 그들은 민간인으로서 안전한 직업을 갖고 있으면서 존슨처럼 터무니없이 전투적이거나 아니면 애국심이라는 얄팍한 가면을 쓴 채 냉소적이고 체념에 빠져 있었다. 〈하지만 지금은 체념할 때가 아니야〉 하고 그는 생각했다. 지금은 나라에서 하라는 대로 해야 할 때이다. 군에 들어가는 데에는 좋은 점이 있었다. 그는 과민 반응을 보이며 체념하는 자들과 시적 감수성에 빠져 절망하는 자들, 그리고 정치적으로 자살한 자나 다름없는 사람들에게서 벗어나게 될 것이다. 그는 비판의 시대에, 비판이 난무하는 나라에서 자랐다. 모두가 책과 시, 연극, 정부, 그리고 영국과 프랑스와 러시아의 정책을 비판했다. 지난 20년 동안 영원한 비평가같이 굴어 온 미국인들은 계속해서 〈그래, 나는 바르셀로나에서 3천 명이 죽은 사실을 알고 있어. 하지만 2막은 너무도 서툴러〉라고 말해 왔다. 비판의 시대와 비판의 나라. 그는 바로 그 때문에 지금이 신랄한 시대이며 미국이 불모의 나라가 되었다는 느낌이 들었다. 지금은 밤의 회랑에서 과장된 수사법과, 야만적인 복수와, 멜로드라마적인 자랑과 확신을 소리쳐야 하는 시대이다. 지금은 죽음에 대해서는 까마득히 잊고 광적인 믿음을 갖고 으스대는, 눈빛이 사나운 병사들을 위한 시대이다. 마이클은 주위에서 광적인 믿음을 갖고 있는 사람은 전혀 보지 못했다. 민간인들은 믿음을 위한 전쟁에서 값싼 부분을 지나치게 많이 봤다. 농부와 회사원과 노동자 중 6퍼센트 정도가 간사한 반역자이다. 대식가로 넘치는 훌륭한 레스토랑에 들어간 그는 정부가 세금을 요구하기 전에 흥분해서 즐겁게 번 돈을 쓰고 있는 남녀를 본 적이 있다. 군에 들어가지 않으면 비평가가 될 수밖에 없다. 그는 적에 대해서만 비평가가 되고 싶었다.

그는 패널을 댄 방에서 변호사의 책상 맞은편에 앉자 유언장을 읽는 자신이 바보처럼 여겨졌다. 고층 건물 창밖의 시내는 햇빛으로 환했고, 벽돌로 지은 고층 건물은 부드러운 파란 아지랑이 속에 솟아 있었고, 강을 가로지르는 배에서 연기가 솟아오르고 있었다. 늘 보아 온 도시 그대로였다. 그리고 변호사 사무실에서 그는 안경을 쓰고 다음의 글을 읽고 있었다. 「위에 언급한 부동산의 3분의 1은 전처인 로라 로버츠 양에게 상속될 것이다. 그녀가 결혼할 경우 이 유산 상속은 무효가 되며 그녀의 몫으로 유보된 금액은 상속 집행자의 이름으로 남은 금액에 보태져 다음과 같은 방식으로 분할될 것이다.」

그는 자신이 너무도 건강하고 완전한 것처럼 느껴졌다. 동시에 그 유언은 너무도 불길하고 추해 보였다. 그는 자신의 변호사인 파이퍼를 바라보았다. 대머리가 되어 가고 있는 땅딸막한 파이퍼는 잘못을 저지르고 불만에 차 있는 학생처럼 얼굴이 창백했다. 그는 두툼한 입술을 내민 채로 서류에 서명을 하며 행복하게 돈을 벌고 있었다. 아이가 셋 있고, 계속

관절염이 재발하고 있는 그는, 자신은 군대에 가는 일이 없을 거라고 확신하고 있었다. 마이클은 유언장을 자신의 손으로, 그리고 자신의 언어로 직접 작성하지 않은 것이 후회가 되었다. 어디에서도 총소리를 들을 리 없는, 돈을 밝히는 대머리 변호사의 건조하고 교활한 언어로 미래를 약속하는 일은 어쩐지 수치스러웠다. 유언장은 짧고, 설득력 있으며, 서명을 한 사람의 삶을 반영하는 사적인 문서가 되어야 했다. 그리고 거기에는 자신의 마지막 소유물과 마지막 소원이 기념되어야 했다. 〈나와 내 형제의 이름으로 삶을 견뎌 왔고 앞으로도 견디게 될, 사랑하는 내 어머니가 치른 고뇌를 기리며 그녀에게.〉

〈내가 겸허하게 용서하며, 그녀 또한 우리가 함께 보낸 좋은 날들에 대한 똑같은 기억으로 나를 용서하기를 바라며 내 전처에게.〉

〈힘들고 비극적인 삶을 살았지만 일상의 전쟁을 치르며 너무도 용감하게 처신했으며, 돌아가시기 전에 다시 한번 뵀으면 하는 내 아버지에게.〉

하지만 파이퍼는 〈~인 까닭에〉, 〈~인 경우〉, 그리고 〈마이클이 죽게 되면〉이라는 표현으로 가득한 열한 페이지에 이르는, 타자를 친 종이를 덮었다. 이제 마이클은 여러 음절로 이루어진 완화된 표현과, 조심스러운 항목으로 이루어진 장문의 글로 미래 세대에게 알려지게 될 것이다.

마이클은 어쩌면 나중에라도 정말로 내가 죽을 것 같으면 이보다는 나은 또 다른 유언장을 써야 할 것이라고 생각했다. 그는 유언장 네 부에 서명했다.

파이퍼가 책상 위에 있는 버저를 누르자 비서 둘이 들어왔다. 그중 한 사람은 공증인으로서 자신의 인장을 갖고 왔다. 그녀는 서류에 기계적으로 인장을 찍었고, 두 사람은 증인으로서 서명했다. 다시 한번 마이클은 이 모든 것이 잘못이며, 이 일은 자신을 평생 동안 알아 왔고, 자신이 죽을 경우 상실감에 빠질 좋은 친구들에 의해 이루어져야 한다고 느꼈다.

마이클은 달력의 날짜를 보았다. 13일이다. 그는 시무룩한 얼굴로 슬며시 미소를 지었다. 그는 미신을 믿는 사람은 아니었지만 이 모든 것이 지나치다고 여겨졌다.

비서가 나가고 파이퍼가 자리에서 일어났다. 그들은 악수를 나눴다. 「모든 것을 알아서 해드리죠. 당신 소득이 얼마인지, 그리고 내가 얼마나 썼는지 매달 보고서를 우편으로 보내드리죠.」

케이훈이 마이클에게 수익금의 5퍼센트를 주기로 한 슬리퍼의 연극은 아주 잘되고 있었고, 영화 판권도 팔릴 것이 확실했다. 그에 따라 2년 동안은 돈이 들어올 것이다. 「나는 미국 군대 내에서 가장 돈이 많은 이등병이 될 겁니다.」 마이클이 말했다.

「내가 당신을 위해 그 돈을 대신 투자해야 한다고 생각해요.」 파이퍼가 말했다.

「고맙지만 괜찮아요.」 마이클이 말했다. 그는 파이퍼와 그 얘기를 여러 번 했지만 아직도 파이퍼는 이해하지 못하고 있었다. 파이퍼는 철강 회사의 아주 괜찮은 주식을 얼마간 갖고 있었는데 마이클 역시 그 주식을 사기를 바랐다. 하지만 마이클은 돈으로 돈을 버는 것, 즉 다른 사람의 노동으로 이익을 남기는 것에 대해 모호하지만 완강하게 반대하고 있었고, 그것을 약간은 창피해하고 있었다. 그는 파이퍼에게 그 점을 설명하려고 했지만 변호사는 그런 이야기에는 과민 반응을 보였고, 그래서 마이클은 그냥 미소를 지으며 고개를 저었다. 파이퍼는 어깨를 으쓱하며 손을 내밀었다. 「행운을 빌어요.」 그가 말했다. 「전쟁은 곧 끝날 겁니다.」

「물론이죠.」 마이클이 말했다. 「고맙습니다.」

그는 재빨리 밖으로 나갔다. 변호사 사무실을 나오자 기뻤다. 그는 변호사와 이야기를 하거나 무슨 거래를 할 때면 늘 초조하고, 덫에 걸린 것처럼 느껴졌는데 오늘은 그 느낌이 더욱 심했다.

그는 엘리베이터 단추를 눌렀다. 엘리베이터는 점심을 먹으러 가는 비서들로 가득했다. 화장품 냄새가 확 풍겼다. 일에서 해방된 여자들의 목소리가 시끄럽게 들렸다. 엘리베이터가 40층을 내려가는 동안 그는 다시 한번 그 젊고 밝고 생기 넘치는 사람들이 타자기와, 책과, 파이퍼 같은 변호사들과, 공증인의 인장과 법률 용어 속에 갇혀 평생을 어떻게 견디는지가 궁금했다.

페기를 만나기로 한 레스토랑을 향해 5번가를 따라 북쪽으로 걸으며 그는 안도감을 느꼈다. 이제 자신이 해야 하는 공적 업무는 모두 끝낸 상태였다. 징병 위원회에 보고를 해야 하는 내일 아침 6시 반까지, 그날 오후와 밤 동안 그의 삶은 모든 것에서 자유로웠다. 민간 당국은 그를 군에 양도했으며, 군 당국은 아직 그를 받아들이지 않은 상태였다. 이제 1시다. 지금 삶과 다음 삶 사이의 열일곱 시간과 30분은 어디에도 닻을 내리지 않은 시간이다.

그는 발걸음이 가볍고 자유롭게 느껴졌다. 그는 햇빛이 환한 넓은 거리와 걸음을 서두르고 있는 사람들을, 훌륭한 아침 식사를 한 후 자기 부지의 넓은 풀밭을 산책하며 계속해서 확장되고 있는 땅을 굽어보는 플랜테이션 주인처럼 애정 어린 눈으로 바라보았다. 5번가는 그의 풀밭이고, 뉴욕은 그의 부지이며, 상점들은 그의 곡물 창고이고, 센트럴 파크는 그의 온실이며, 극장은 그의 작업실이었다. 그리고 잘 돌본 그 모든 것들은 질서정연했다.

그는 대성당과 록펠러 센터 사이에 있는 환한 공간에 폭탄이 떨어지는 것을 상상하면서 대로를 가득 메우고 있는 사람들을 보며 그들의 얼굴에 그러한 재앙의 전조나 암시 같은 것이 있는지 살펴보았다. 하지만 사람들의 얼굴은 여느 때와 다름없이 뭔가에 골몰해 있는 표정이고, 폭탄이 런던의 새빌가나 파리의 방돔 광장, 또는 베를린의 운터덴린덴 거리나 밀라노의 비토리오 에마누엘레 광장 혹은 모스크바의 붉은 광장에는 떨어질 수도 있지만 뉴욕만큼은 가게 창문 하나 깨지는 일이 없을 정도로 여전히 안전해 모두가 이성적으로 예정된 일상을 살아가게 될 거라고 확신하고 있는 것처럼 보였다.

마이클은 회색 성당 건물 옆쪽을 따라 매디슨가로 걸어갔다. 매디슨가의 누구도 그곳에 폭탄이 떨어지리라고 생각하는 사람은 없는 것 같았다. 하복 정복을 입은 공군 중위 둘이 새로 익힌 뻣뻣한 걸음으로 컬럼비아 방송국 건물 앞을 지나가고 있었고, 마이클은 그들의 얼굴을 보며 어디에도 안전한 곳은 없다는 사실을 깨달았다. 그건 돌과 꽃이 있는 록펠러 센터의 안뜰도, 높은 성채 같은 방송국도 마찬가지였다. 중위 둘은 그를 재빨리 스쳐 지나갔고, 어쩌면 마이클이 그들의 얼굴에서 본 것은 그들이 만나게 될 여자들이 점심 메뉴 중 제일 비싼 음식을 주문하지 않을까 하는 걱정뿐일지도 몰랐다.

마이클은 모자 가게 앞에서 걸음을 멈췄다. 괜찮은 가게였고, 차분한 색상의 띠가 달려 있는, 풍부한 느낌의 갈색과 회색의 부드러운 펠트 모자의 가격은 15달러에서 25달러 사이였다. 그곳에는 가격을 막론하고 철모, 해군들이 쓰는, 축 늘어지는 못생긴 모자도, 헤드기어도, 공군과 보병 그리고 위생병이 장식으로 매는 끈도 없었다. 군대에서는 그 역시 문제가 될 것이다. 군대에서는 모자를 써야 하는데 마이클은 비가 오거나 눈이 내릴 때에도 한 번도 모자를 써본 적이 없다. 모자를 쓰면 그는 머리가 아팠다. 전쟁이 5년간 계속될 경우 그는 5년간 계속되는 두통을 앓게 될 것이다.

그는 마거릿이 앉아 있는 레스토랑을 향해 걸음을 서둘렀다. 모자 문제와 같은, 전쟁으로 인한 예상치 못한 여러 문제가 있었다. 그리고 또 다른 문제도 있다. 그는 잠을 깊고 편하게 자지 못했다. 그는 작은 소리에도 깼으며, 다른 누군가와 한 방에서 함께 자는 것이 무척 힘들었다. 한데 군대에서는 한 방에서 최소한 50명이 함께 잠을 잔다. 그는 전쟁이 끝날 때까지 자는 것을 미룰 수 있을까? 그리고 바보 같지만 욕실 문제도 있다. 20세기 미국에서 유복하게 자란 대다수 사람들처럼 그에게는 화장실 문을 잠그고 조용히 볼일을 보는 것이 무척 중요하다. 그런데 그러한 중요한 볼일 보는 일을 히틀러가 항복할 때까지 중단해야 할까? 마이클은 사람들이 땅에 임시로 판 구덩이에 쪼그려 앉아 긴 줄을 이루고 있는 것을 구역질과 혐오감을 느끼며 바라보는 상상을 해보았다. 햇빛이 환한 대로에서 약간 슬퍼져 그는 한숨을 쉬었다. 사병용 변소에 들어가느니, 아무런 도움의 손길도 오지 않으리라는 것을 아는 상황에서 피로 흥건한 참호에 서서 죽는 편이 훨씬 쉬울 것 같았다. 그는 현대 세계가 사람들에게 이러한 시험에 대해서는 그다지 대비시키지 못했다고 생각했다. 그리고 그 생각을 하자 약간 괘씸한 생각이 들었다.

그리고 섹스의 문제도 있다. 어쩌면 섹스는 많은 권위자들이 주장하는 것처럼 습관의 문제인지도 모른다. 하지만 그것은 깊고 확실하게 뿌리를 내린 습관이다. 결혼했건 하지 않았건 사람들은 1930년대와 40년대의 성적 자유를 마음껏 누려 왔고, 그는 열일곱 살 이후로 여자들과 지속적으로 기분 좋은 관계를 가져 왔다. 이런저런 이유로 일주일에 두세 번 이상 여자와 관계를 갖지 못할 경우 그는 초조하고 불행했다. 그럴 때면 분출하지 못한 정액이 쌓여 사타구니가 계속해서 근질거렸고, 짜증이 나고 초조해져서 일도 할 수 없었고, 섹스 외에는 다른 어떤 생각도 할 수 없었다. 남자들만 득실거리는 군대의 엄격한 막사 속에서 생활하거나, 긴 행군을 하거나, 연병장에서 훈련을 받거나, 외국의 어딘가에서 텐트 생활을 하게 되면 누가 누군지도 알 수 없게 만드는 철모를 쓴 이등병의 성적 충동을 해소해 줄 여자를 만나기란 무척 어려울 것이다. 전직 헤비급 권투 챔피언인 진 터니는 미국 병사들을 위해 자신이 독신으로 지낼 것을 선언하면서 의료 전문가들의 말을 인용하여 독신 생활을 해도 건강에는 아무런 해가 없다고 엄숙하게 밝혔다. 프로이트라면 뎀프시를 때려눕힌 그 챔피언에게 무슨 말을 할까? 마이클은 미소를 지었다. 지금 그는 미소를 지을 수 있지만 얼마 후 남자들이 코를 골고 있는 막사 안에서 잠이 들지 못하고 화가 나 좁은 침대에 누워 있게 되면 그 상황이 전혀 매력적으로 다가오지 않으리라는 점을 알고 있었다.

민주주의의 이름으로 죽는 것은 유혹적일 수도 있지만 다른 희생들은 치르기가 훨씬 어려울 것이다.

그는 계단 두 개를 내려가 작은 프랑스 레스토랑 입구에 이르렀다. 창문 너머로 페기가 바에 앉아 있는 것이 보였다.

레스토랑은 사람들로 붐볐고, 그들은 머리가 밝은 붉은색인, 약간 술에 취한 수병 옆의 바에 앉았다. 그런 식으로 페기를 만날 때면 늘 그랬듯이 마이클은 2~3분 정도 조용히 그녀를 바라보며 그녀 얼굴의 조용하고 간절한 표정과, 넓은 눈썹과 둥근 눈, 그리고 그녀가 단순하고 정숙하게 머리를 매만지는 방식과 기분 좋은 옷차림 등을 즐겼다. 뉴욕의 가장 좋은 것 모두가, 키가 크고 솔직하며 의지할 수 있는 그녀에게서 반향을 일으키고 투영되고 있는 것처럼 여겨졌다. 뉴욕이라는 도시를 생각하자 그곳은 이제 그녀와 함께 걸었던 거리와, 둘이서 머문 집과, 둘이서 함께 본 연극과, 함께 간 화랑과, 추운 바람에 유리창이 덜커덕거리고 첫잔으로 마신 술이 차갑게 목구멍을 타고 내려가던, 겨울, 오후 늦은 시각에 둘이서 앉아 있던 바와 서로 떼려야 뗄 수 없게 뒤엉켰다. 레스토랑까지 걸어오느라 빨개진 뺨과, 기분 좋게 그를 바라보고 있는 밝은 눈과, 그의 소매를 쥐고 있는 긴 손을 보자 그녀가 내보이고 있는 그러한 간절함과 즐거움이 언젠가는 시들 수도 있다는 것이 믿기 어려웠다. 아무것도 변하지 않은, 그리고 앞으로도 변하지 않을 그가 뉴욕으로 돌아와 그녀를 다시 찾지 않을 수도 있을까?

그녀를 보고 있자 변호사 사무실에서 공증인의 확인을 받은 유언장을 작성하면서 든 슬프고 그로테스크한 모든 생각이 사라졌다. 그는 진지하게 미소를 지으며 그녀의 손을 잡고 그녀 곁으로 다가가 앉았다.

「오늘 오후에는 뭘 해?」그가 말했다.

「기다리고 있어요.」

「뭘?」

「청혼을.」

「좋아.」마이클이 말했다.「청혼을 할게. 구식이긴 하지만.」그는 바텐더를 향해 말했다. 그가 페기에게로 고개를 돌렸다.「나는 내일 아침 6시 반까지는 할 일이 없어.」

「사무실 사람들에게는 뭐라고 하죠?」

그가 진지하게 말했다.「군대의 이동과 관련된 일을 하고 있다고 해.」

「모르겠어요.」페기가 말했다.「내 상사는 전쟁을 반대하고 있어요.」

「그에게 군대 역시 전쟁을 반대하고 있다고 해.」

「아무 말도 하지 말까 봐요.」페기가 말했다.

「내가 전화를 해서 당신을 마지막으로 보았을 때 버번 한 병을 들고 워싱턴 광장 쪽으로 가고 있었다고 말해 줄게.」마이클이 말했다.

「그는 술을 안 마셔요.」

「당신 상사는 위험천만한 외계인이군.」마이클이 말했다.

그들은 살며시 잔을 부딪쳤다. 그 순간 마이클은 머리가 붉은색인 수병이 그에게로 몸을 기울이며 페기를 쳐다보는 것을 보았다.

「맞는 말이에요.」수병이 말했다.

마이클은 군복을 입고 있는 그에게 가혹하게 말하고 싶었다.「미안하지만 이 숙녀분과 나는 둘만의 시간을 갖고 싶어요.」

「맞는 말이에요.」 수병이 말했다. 그는 마이클의 어깨를 두드렸고, 마이클은 전쟁이 발발한 다음 날 점심시간에 할리우드에서 로라를 굶주린 듯 바라보던 병장을 떠올렸다. 「맞는 말이에요.」 수병이 다시 말했다. 「당신이 부러워요. 잘 생각했어요. 시내 광장에서 여자에게 키스한 다음 전쟁터로 나가지 말아요. 집에 가 섹스를 해요. 그렇게 해요.」

「이봐요.」 마이클이 말했다.

「실례했어요.」 수병이 말했다. 그는 바에 돈을 올려놓고 흰모자를 붉은색 머리 위에 매우 똑바르게 썼다. 「그냥 해본 말이에요. 나는 펜실베이니아의 이리로 가요.」 그는 매우 곧은 자세로 바에서 걸어 나갔다.

마이클은 그가 걸어 나가는 것을 바라보았다. 그는 미소 짓지 않을 수 없었다. 그가 페기를 보았을 때 그녀는 계속해서 미소 짓고 있었다. 「군대는 모두를 친구로 만들어.」 그가 말했다. 그는 그녀가 울고 있는 것을 보았다. 예쁜 갈색 옷을 입은 그녀는 높은 의자에 똑바로 앉아 있었다. 눈물이 천천히 맺히며 뺨 위로 흘러내렸다. 그녀는 뺨을 만지지도 눈물을 닦지도 않았다.

「페기.」 마이클이 조용히 말했다. 바텐더는 다행히도 바의 다른 쪽 끝에서 머리를 내민 채로 일을 하는 척하고 있었다. 마이클은 페기에게 손을 내밀며 바텐더들은 요즘 들어 눈물을 흘리는 사람들을 보는 것에 익숙해졌고, 그래서 그러한 상황에 대처하는 법을 배운 게 틀림없다고 생각했다.

「미안해요.」 페기가 말했다. 「처음에는 웃었는데 결국에는 이 꼴을 보이고 말았군요.」

그때 이탈리아인 웨이터가 약간 우물쭈물하며 와 「테이블이 준비되었습니다, 휘테이크 씨」하고 말했다.

마이클은 잔을 들고 페기와 웨이터를 따라 벽에 붙은 테이블로 갔다. 자리에 앉자 페기는 더 이상 울지 않았지만 그녀의 얼굴에서 간절한 표정 역시 보이지 않았다. 마이클은 그녀의 그런 얼굴은 본 적이 없었다.

그들은 조용히 식사를 했다. 마이클은 페기가 진정하기를 기다렸다. 그녀의 그런 모습은 전혀 그녀답지 않았다. 그는 그녀가 우는 것을 본 적이 없다. 그는 늘 그녀가 무슨 일이 있든 조용하게 절제력을 발휘해 대처하는 여자라고 생각했다. 그녀는 뭔가에 대해 불평을 한 적도 없고, 그가 여자에게서 예상한 비이성적이고 감정적인 반응을 보인 적도 없다. 그래서 그는 그녀를 위로하거나 절망에서 구해 낼 수 있는 방법을 익히지 못했다. 식사를 하는 도중 그는 이따금 그녀를 바라보았지만 그녀는 고집스럽게 음식 위로 고개를 숙이고 있었다.

「미안해요.」그들이 커피를 마시고 있을 때 마침내 페기가 말했다. 그녀의 목소리는 놀라울 정도로 엄했다. 「이런 식으로 굴어 미안해요. 용감한 젊은 병사를 즐겁고 스스럼없이 대한 후 키스를 하고 떠나보내야 한다는 것을 알고 있어요. 〈가서 머리통을 날려 버려요. 나는 마티니를 준비하며 기다리고 있을 테니까〉라고 말하면서요.」

「페기.」마이클이 말했다. 「그만해.」

「취사병처럼 내 장갑을 끼도록 해요.」페기가 말했다.

「왜 그래, 페기?」마이클이 물었다. 그 말을 하면서도 그는 자신이 멍청하게 여겨졌다. 그는 무엇이 문제인지 알고 있었다.

「그냥 내가 전쟁을 무척 좋아해서 그런 것뿐이에요.」 페기가 평탄한 목소리로 말했다. 「전쟁을 무척 좋아해서요.」 그녀가 웃음을 터트렸다. 「전쟁에서 내가 아는 누군가가 총에 맞게 되면 끔찍할 거예요.」

마이클은 한숨을 쉬었다. 이제 그는 지치고 무력해졌지만 결혼 준비를 할 때만큼 전쟁에 대해 열광하는 애국적인 여자라면 마음에 들지 않았을 거라고 생각했다.

「뭘 원해, 페기?」 다음 날 아침 자신을 기다리고 있을 군대와, 사방에서 자신을 죽이기 위해 기다리고 있을 적군을 생각하며 그가 말했다. 「내게서 뭘 원해?」

「원하는 건 아무것도 없어요.」 페기가 말했다. 「당신은 당신의 소중한 2년을 내게 줬어요. 더 이상 뭘 원할 수 있겠어요? 이제 전쟁터로 가 적이 당신 머리를 날려 버리게 해요. 나는 스토크 클럽 여자 화장실 밖에다 전사자의 가족을 표시하는 금성장(金星章)을 걸어 놓을 테니까요.」

웨이터가 그들 앞에 서 있었다. 「다른 필요한 건 없으세요?」 비싼 점심을 먹은, 장래가 유망해 보이는 연인에게 이탈리아인다운 애정을 보이며 미소 짓는 그가 물었다.

「나는 브랜디를 줘요.」 마이클이 말했다. 「페기?」

「나는 됐어요.」 페기가 말했다. 「나는 아주 행복해요.」

웨이터가 물러갔다. 마이클은 그가 1920년에 나폴리에서 미국으로 오는 배를 타지 않았다면 오늘 56번가에 있는 대신 리비아에 있었을 것이라고 생각했다.

「오늘 오후에 뭘 하고 싶은지 알고 싶어요?」 페기가 엄한 표정으로 말했다.

「그래.」

「어디 가서 결혼을 하고 싶어요.」 그녀는 작은 포도주 자국이 있는 테이블 너머로 화가 나 도전적인 태도로 그를 쳐다보았다. 옆 테이블에 있는, 빨간 드레스를 입은 풍만한 금발 여자가 점심을 함께 들고 있는, 머리가 하얀 남자에게 「언제 나를 당신 부인에게 소개시켜 줘요, 코파우더 씨. 그녀는 분명 매력적일 거예요」라고 말하고 있었다.

「내 말 들었어요?」 페기가 물었다.

「들었어.」

웨이터가 테이블로 와 작은 잔을 놓았다. 「세 병밖에 남지 않았죠.」 그가 말했다. 「요즘 브랜디를 구할 수가 없어요.」

마이클은 웨이터를 올려다보았다. 이유는 알 수 없지만 친근하면서도 멍청해 보이는 그의 검은 얼굴이 마음에 들지 않았다. 「로마에서는 브랜디를 구하는 데 아무 문제가 없을 겁니다.」

웨이터의 얼굴이 떨렸고, 마이클은 그가 속으로 〈아, 여기 무솔리니 때문에 나를 비난하는 사람이 또 있군. 오, 이 전쟁은 역겨워〉 하고 말하는 소리를 들을 것만 같았다.

「그럼요.」 웨이터가 미소를 지으며 말했다. 「당신 말이 맞을 수도 있죠.」 윗입술이 슬퍼 보이는 그는 손을 살며시 흔들며 이탈리아의 육군과 해군과 공군에 대해서 자신은 아무런 책임이 없다는 듯 물러갔다.

「어떻게 생각해요?」 페기가 큰 소리로 말했다.

마이클은 조용히, 그리고 천천히 브랜디를 들이켰다.

「알았어요.」 페기가 말했다. 「이해했어요.」

「지금 결혼하는 게 옳은 일인지 모르겠어.」 마이클이 말했다.

「당신 말이 맞아요.」 페기가 말했다. 「그냥 독신 남자들이 죽는 것을 보는 데 질려서 그러는 것뿐이에요.」

「페기.」 마이클은 그녀의 손을 부드럽게 감쌌다. 「이건 당신답지 않아.」

「어쩌면 이게 나다운 것일 수도 있어요.」 페기가 말했다. 「다른 때 내가 보인 모습이 나답지 않은 것일 수도 있어요.」 그녀가 차갑게 말했다. 「5년 후에 훈장을 달고 돌아왔을 때 내가 반갑게 미소를 지으며 당신을 기다리고 있을 거라고 생각하지는 말아요.」

「알았어.」 마이클이 말했다. 그는 피로했다. 「그 이야기는 그만하지.」

「그 이야기를 하고 싶어요.」 페기가 말했다.

「그래, 그럼 그 이야기를 하지.」 마이클이 말했다.

그는 그녀가 눈물을 참고 있는 것을 알 수 있었다. 그녀의 얼굴은 조금 일그러져 있었다. 「무척 즐겁게 시간을 보내려 했어요.」 떨리는 목소리로 그녀가 말했다. 「〈전쟁에 나간다고요? 한잔해요〉라고 말하며. 그럴 수도 있었는데 그 망할 놈의 수병이…… 문제는 내가 당신을 잊을 거라는 점이에요. 오스트리아에 어떤 남자가 있었어요. 나는 내가 죽는 날까지 그를 기억하리라고 생각했어요. 그는 어쩌면 당신보다 더 괜찮고, 용감하고, 친절한지도 몰라요. 그의 사촌이 작년에 스위스에서 편지를 해 그가 빈에서 살해당했다고 했어요. 그 편지를 받은 날 밤 당신과 극장에 가기로 약속되어 있었죠. 처음에는 그날 밤에는 외출할 수 없다고 생각했지만, 당신이 집으로 왔고 당신을 보자 그 남자가 거의 기억나지 않았어요. 그가 죽었는데 그에 대한 기억이 별로 나지 않은 거예요. 한때는 청혼을 하기도 한 남자인데도 말이죠. 나는 그 방면에서는 운이 아주 안 좋은 것 같아요. 그렇게 보이지 않아요?」

「그만해.」 마이클이 속삭였다. 「제발, 페기, 그만해.」

하지만 페기는 깊이 파인 눈에 눈물을 가까스로 머금은 채로 말을 이었다. 「나는 멍청해요.」 그녀가 말했다. 「설사 그와 결혼했더라도 나는 그를 잊었을지 몰라요. 당신이 아주 오랫동안 먼 곳에 있을 경우 당신도 잊게 될 거예요. 그건 내가 믿는 미신 때문일 수도 있어요. 당신과 결혼을 해 우리가 공식적으로 부부가 되면 당신이 언젠가는 집에 돌아오리라고 생각할 것 같아요. 우스꽝스럽죠. 그의 이름은 조제프예요. 그는 집도 없고, 아무것도 없었죠. 그래서 사람들이 그를 죽인 거예요. 그건 자연스러운 일이죠.」 그녀가 불쑥 자리에서 일어났다. 「밖에서 기다려 줘요.」 그녀가 말했다. 「곧 갈게요.」

그녀는 창문 근처에 작은 바가 있는 작고 어두운 방을 빠져나갔다. 연기에 그을린 벽에는 프랑스의 포도주 산지 지도가 걸려 있었다. 마이클은 테이블에 식사비와 이탈리아인 웨이터에게 줄 팁을 듬뿍 올려놓은 다음 천천히 거리로 나왔다.

그는 레스토랑 앞에 서서 생각에 잠겨 담배를 피웠다. 〈그럴 수는 없어, 그럴 수는 없어〉라고 그는 생각했다. 〈그녀가 잘못 생각한 거야. 그리고 나는 그런 짐을 질 수도 없을 뿐만 아니라 그녀에게 그런 짐을 지게 할 수도 없어. 그가 죽은 남자를 잊는 것은 전쟁을 위해 치러야 하는 또 다른 대가일 뿐이야. 그리고 그건 상처의 또 다른 형태지. 죽거나 부상당한 사람과 파괴된 보물은 손익 계산서에 올릴 수는 없지만 그래도 상처인 것만은 분명해. 그것을 어떻게 해보려는 건 쓸모없는 일이야.〉

페기가 나왔다. 위층 화장실에서 머리를 빗은 듯 그녀의 머리가 햇빛에 반짝였다. 평온해 보이는 얼굴은 미소를 짓고 있었다.

「나를 용서해요.」 그의 팔을 잡으며 그녀가 말했다. 「당신만큼이나 나도 놀랐어요.」

「괜찮아.」 마이클이 말했다. 「나도 오늘 그렇게 기분 좋은 것만은 아냐.」

「내가 한 말은 하나도 진심이 아니었어요. 내 말을 믿죠, 그렇죠?」

「물론.」 마이클이 말했다.

페기가 말했다. 「다음에 빈에 있던 그 남자에 대해 얘기해 줄게요. 재미있는 얘기예요. 특히 병사에게는.」

「그래.」 마이클이 정중하게 말했다. 「듣고 싶어.」

「이제는」 하고 말하며 페기는 길을 바라보며 렉싱턴 대로에서 천천히 오고 있는 택시를 향해 손을 들었다. 「회사에 돌아가 남은 일을 해야 할 것 같아요. 그래도 되겠죠?」

「나 때문에……」

페기가 미소를 지었다. 「이러는 게 좋을 것 같아요.」 그녀가 말했다. 「오늘 밤에 점심은 같이하지 않은 것처럼 만나요. 그편이 좋겠어요. 당신도 오후에 할 일이 많이 있을 거예요.」

「그래.」 마이클이 말했다.

「좋은 시간 보내요, 내 사랑.」 그녀는 가볍게 키스했다. 「그리고 오늘 밤에는 회색 양복을 입어요.」 그녀는 뒤도 돌아보지 않고 택시에 탔고, 택시는 요란한 소리를 내며 3번가로 향했다. 마이클은 택시가 록펠러 센터의 밝은 그림자 아래에서 모퉁이를 돌아가는 것을 바라보았다. 그런 다음 그는 서쪽을 향해 그늘진 보도 위를 천천히 걸어갔다.

그는 반은 의식적으로 그리고 반은 무의식적으로 폐기에 대한 생각을 미뤘다. 생각해야 할 것이 너무도 많았다. 전쟁은 사람을 구두쇠로 만들었다. 그는 전쟁에 대해서만 생각할 수밖에 없었다. 하지만 그것 역시 변명이 되지 못했다. 그는 여전히 그녀에 대한 생각을 미루고 싶었다. 그는 자신을 잘 알고 있었고, 자신이 2년, 3년, 혹은 4년 동안에는 한 달에 한 번씩 사진 한 장과 편지 한 장을 충실하게 보낼 거라는 점을 알고 있었다. 그리고 그는 그녀에게 아무런 요구도 하고 싶지 않았다. 그들은 지각 있고 허심탄회하며 솔직한 사람들이다. 그런데 그들 주위에 있는 수백만 명의 사람들이 어떤 식으로든 직면하고 있는 문제가 그들에게도 있었다. 그리고 그들은 총을 들기 위해 산간벽지에서 온 가장 젊고 무식하고 순진한 젊은이보다도 그 문제를 더 잘 해결할 수 없었다. 그는 두 사람이 그날 밤에도, 전쟁이 끝나기 전 어느 밤에도 더 이상 그 이야기를 하지 않으리라는 것을 알고 있었지만, 한 번도 가본 적이 없는 어느 대륙에서 회상에 잠기는 밤이면 괴로운 마음으로 그 초여름의 오후를 떠올리며 〈왜 결혼을 하지 않은 거지? 왜? 왜?〉 하고 마음속으로 소리치게 되리라는 것 역시 알고 있었다.

그는 고개를 저어 그 생각을 떨쳐 버리며 밝은 빛 속에 우아하면서도 친숙한 모습으로 서 있는 갈색 건물들 사이를 씩씩하게 걸어갔다. 그는 지팡이를 짚으며 힘겹게 걸어가고 있는 노인 옆을 지나갔다. 따뜻한 날씨인데도 길고 검은 외투를 입은 노인은 모직 머플러를 두르고 있었다. 노인은 간장이 좋지 않은 듯 혈색이 나빠 보였고, 지팡이를 짚고 있는 손은 노랬으며 마이클을 쳐다보는 축축한 눈은 젊은 남자가 씩씩하게 거리를 걷는 것이 곧 무덤에 들어가게 될 자신에게는 모욕이라도 되는 듯 엄한 모습을 하고 있었다.

그의 표정은 인상적이었고, 마이클은 하마터면 걸음을 멈추고 그가 자신이 아는 사람인지, 혹시 그가 자신 때문에 상처를 입은 적이 있는 사람인지 확인하려고 그를 다시 쳐다볼 뻔했다. 하지만 노인은 낯선 사람이었다. 마이클은 좀 더 천천히 걸어갔다. 〈바보 같으니라고〉 하고 그는 생각했다. 〈당신은 연회장의 수프와 생선과 백포도주와 적포도주와 부르고뉴와 보르도산 포도주와 구운 쇠고기와 샐러드와 치즈와 게임을 즐긴 후 이제 디저트로 브랜디를 마시게 되었어요. 그런데 당신은 감미로우면서도 쓴맛이 나는 브랜디를 보며 당신보다 늦게 연회장에 나타난 사람을 미워하고 있어요. 이제 내가 당신을 대신할 거요, 노인장. 당신이 살아온 날은 미국 역사상 가장 좋은 때였어요. 낙관적인 날이었고, 전쟁은 짧았으며, 사람도 별로 죽지 않았어요. 금세기 초에는 다들 기운이 넘쳤어요. 당신은 결혼을 해 20년 동안 아무런 방해를 받지 않으며 여러 아이들과 함께 살며 저녁을 먹었어요. 당시에는 외국인들만 전쟁에 참전했죠. 나를 부러워 말아요, 노인장, 나를 부러워 말아요. 1942년에 일흔이 되어 죽을 날이 얼마 남지 않게 된 건 행운이란 말이에요! 다만 늙은 뼈 위에 무거운 외투를 걸치고, 차가운 목에 따뜻한 모직 머플러를 두르고, 없어서는 안 되는 지팡이를 짚은 손이 떨리는 것에 대해서는 당신을 동정하는 바예요. 하지만 나는 나 자신을 더 동정해야 할 것 같아요. 나는 손도 건강하고 발걸음도 씩씩하고 몸도 따뜻하지만…… 나는 여름에 결코 추위를 타지도 않을 거고, 나이가 들어도 손이 떨리는 일은 없을 거예요. 내게 지

금은 막간이고, 나는 2막을 보러 공연장 안으로 다시 들어가지 않을 거예요.〉

옆에서 하이힐이 바닥에 부딪치는 소리가 들렸고, 마이클은 지나가는 여자를 보았다. 진한 초록색 띠가 있는 넓은 밀짚모자를 쓴 그녀의 얼굴 위로 챙을 통과한 부드러운 장밋빛 빛이 비치고 있었다. 시원한 느낌이 나는 밝은 초록색 치마는 엉덩이 위로 주름을 만들며 드리워져 있었다. 그 아래로 드러난 다리는 갈색이었다. 그녀는 자신을 찬미하듯 정중하게 바라보는 마이클에게는 아무런 신경도 쓰지 않았다. 그녀는 재빨리 그의 옆을 지나 앞쪽으로 걸어갔다. 마이클은 유쾌한 기분으로 단정하고 예쁜 그녀를 바라보며 미소를 지었다. 그녀는 젊은이가 자신을 바라보며 아름답다고 생각하는 것은 자기도 어쩔 수가 없다는 듯이 손으로 머리를 매만지며 모양새를 고쳤다.

마이클은 계속해서 미소를 지었다. 〈아니요, 노인장〉 하고 그는 생각했다. 〈내가 축복을 해줄 테니 가서 죽도록 해요. 나는 식사가 끝날 때까지 유쾌하게 앉아 있을 테니까요.〉

그는 전쟁터로 나가기 전에 작별 인사를 하기 위해 케이훈과 만나기로 한 바로 가면서 휘파람을 불었다.

15

1942년의 운명적이며 따뜻한 여름밤 뉴저지의 딕스 기지에 있는, 소위 물 탄 맥주를 파는 PX 바에서는 다음과 같은 이야기가 오갔다.

「나는 눈이 하나밖에 없어. 실제로 눈이 하나야. 그 망할 자식들에게 그 얘기를 했지만 갑종 판정을 받았고, 그래서 여기에 있지.」

「나는 열 살 된 여자아이의 아버지야. 그런데 내가 아내와 헤어졌다는 이유로 갑종 판정을 내렸어. 정부는 아이가 없는 젊은 독신남을 가만 놔두지 않고 괴롭혀.」

「영국에서는 징집을 당할 것 같아 전문가에게 가면 탈장을 시켜 줘. 손가락을 한번 살짝 당기면 탈장이 되어 그 어떤 전쟁에도 나가지 않게 되지. 하지만 미국에서는 그냥 한번 보고는 〈이봐, 우리가 이틀 내로 불알을 새 것처럼 고쳐 주지. 갑종이야〉라고 말하지.」

「이걸 맥주라고 할 수 있어? 정부가 개입되면 모든 것에서 악취가 나. 이 맥주에서까지도.」

「문제는 연줄이야. 연줄만 있으면 2회전에서 조 루이스[31]를 이길 수도 있어. 징병 위원회에 아는 사람이 있으면 건강상의 이유로 징병이 연기될 수도 있어.」

「나는 위궤양이 아주 심해. 전화벨 소리를 들을 때마다 배에서 피가 나. 그런데도 엑스레이에는 나타나지 않는다며 갑종 판정을 받았어. 그들은 내가 죽기 전까지는 만족하지 않을 거야. 나를 알링턴 국립묘지에 묻어 줄지 궁금해. 위산 과다로 죽은 내게 훈장을 주고 군 장례식을 치러 주겠지? 훈장 따위는 필요 없어. 엿이나 먹으라고 해. 나는 아직 군대 식사는 못해 봤지만 영원히 견디지 못할 거야. 죽은 병사를 만진 손으로 볼로냐소시지와 치즈와 땅콩버터로 만든 식사를 내주겠지? 내가 경고를 했는데도 갑종 판정을 내렸어.」

31 미국의 전설적인 헤비급 권투 챔피언.

「나는 내 조국을 위해 봉사하는 건 괜찮아. 하지만 한 달에 22달러를 공제해 내 마누라에게 보내는 것은 싫어. 나는 11년 전에 그녀와 헤어졌는데 그녀는 이곳과 솔트레이크 사이에 있는 모든 남자와 잠자리를 같이했어. 노소를 가리지 않고 말이야. 그런데도 그들은 22달러를 공제하고 있어.」

「밖으로 나가게 되면 나를 여기로 보낸 징집 위원회 위원장을 죽이고 말 거야. 해안 경비대에 지원서를 보낸 상태였고, 거기에 들어가고 싶다고 했는데도 그는 〈갑종. 자네는 육지를 좋아하는 법을 배우는 게 낫겠어〉라고 말했어.」

「내 말을 들어, 친구, 대열에 설 때면 중간에 서. 앞이나 뒤나 옆에 서지 말고, 중간에. 알겠지. 그렇게 하면 뭘 따지고 들지 않아. 그리고 밤이 아니면 천막 가까이 있지 마. 등을 보이고 있는 자가 있으면 그를 선발해 일을 시키니까. 트럭에 있는 짐을 내려 창고에 쌓게 하는 등의 일을 말이야.」

「나는 시간이 조금만 더 있었다면 커미션을 받을 수도 있었어. 한데 징병 위원회는 나를 잡아먹으려고 안달이었지.」

「중대 사무실 앞에서 완전군장을 한 채 오가는 두 친구 봤어? 그들은 5일째 그러고 있어. 아마 지금쯤 3백 킬로미터는 걸었을 거야. 트렌턴에 가 맥주를 두어 잔 마시는 걸 병장이 발견했지. 배를 탈 때까지 계속해서 그렇게 걸어야 할 거야. 맥주 두어 잔 마셨을 뿐인데. 그러고도 이 나라를 자유 국가라고 할 수 있어?」

「면담을 하게 되면 타자를 칠 수 있다고 해. 타자를 칠 수 있든 없든 상관없어. 무조건 타자를 칠 수 있다고 해. 군대는 타자수를 반기지. 한 가지 확실한 건 타자수는 총을 맞을 수도 있는 곳에는 보내지 않는다는 거야. 타자를 칠 수 없다고 말하면 보병 부대에 보낼 거야. 그렇게 되면 집에 편지를 보내 엄마에게 창문에 걸어 놓을 멋진 금성장을 사놓으라고 하는 게 좋을 거야.」

「군대는 적도 부근에서 뜨거운 밤을 보내는 스페인 신부보다도 더 성기에 관심을 보이고 있어. 이제 군에 들어온 지 열두 시간 되었는데 벌써 내 성기를 세 번이나 보여 주었어. 내가 일본놈과 싸우기를 바라는 거야, 아니면 바사르의 필드 하키팀과 싸우기를 바라는 거야?」

「공군이 최고야.」

「포병 부대에 들어가면 죽을 일은 없어.」

「이 중대는 딕스 기지에서도 최악의 중대야. 취사병 하나와 그 짓을 하다가 걸린 요리사는 군사 법원에 회부되어 하사로 강등되었어.」

「오늘 밤은 1931년 이후로 내 아내와 떨어져 자는 첫날밤이 될 거야. 그걸 어떻게 감당할 수 있을지 모르겠어.」

「이봐, 이곳에서는 콘돔을 무료로 주는 거 알아?」

「25센트면 성경책을 살 수 있다는 거 알아? 종이 표지로 된 걸로 말이야.」

「오, 맙소사, 사람들이 오고 있어.」

마이클은 별이 떠 있는 조용한 여름밤에 침으로 뒤덮인 PX 계단을 내려와 뉴저지의 땅을 밟았다. 실과 바늘, 단추 등을 파는 가게의 골방에서 나는 것 같은 냄새가 나는 뻣뻣한 초록색 군복을 입고, 이미 뒤꿈치에 물집이 생기게 만든 새 군화를 신은 채로 맥주를 많이 마셔 약간 걸음이 비틀거리며 그는 천막 사이에 있는 중대 거리를 지나갔다. 그는 트렌턴에서 맥주를 마신 죄로 완전 군장을 한 채로 천천히 왔다 갔다 하는 부루퉁한 얼굴의 두 병사와, 어제부터 시작해 그들이 죽게 되거나 일본군이 항복할 때까지는 계속될 주사위 놀이를 하는 사람들과, 구겨진 옷을 입은 채로 어두운 하늘을 생각에 잠겨 바라보며 서 있는 사람들과, 적십자사에 보내려고 민간인 옷을 싸고 있는 사람들을 지나갔다. 사실상 중대를 운영하는 일을 하며, 드물게 고상하고 위엄이 있어 보이는 이등병과 일병은 이제 큰 소리로 〈소등 10분 전! 소등 10분 전!〉이라고 외치고 있었다.

그는 달랑 40와트짜리 전구 하나뿐인 천막 안으로 들어가 천천히 옷을 벗고 속옷 차림으로 거친 담요 속으로 들어갔다. 잠옷은 가져오지 않았는데, 전쟁터에 나가면서 잠옷을 챙겨 오는 것이 부끄럽게 여겨졌기 때문이다.

천막 입구 바로 옆에서 자는, 엘미라 출신의 사내가 불을 껐다. 그는 그곳에 온 지 벌써 3주가 되었다. 그는 수의사이고, 군은 노새를 돌볼 수 있는 곳에 그를 배치하고자 했는데 이번 현대전에서는 노새를 찾기가 어려웠다. 그가 불을 끈 이유는 그곳에서 제일 고참이기 때문이고, 그래서 그는 그런 일들을 책임졌다.

마이클 옆에 누운 자는 이미 코를 골고 있었다. 그는 시칠리아 출신으로, 읽고 쓸 수 있는 척하고 있었다. 그는 미국 시민이 되기 위해서 그곳에서 90일을 기다려야 했다. 그 후에 군이 그를 어떻게 할지 결정하게 될 것이다.

마이클은 다른 침대에 있는 자들과는 아직 아무 말도 하지 못했다. 그들은 어둠 속에 누워 시칠리아인이 코를 고는 소리와, 알래스카 횡단 석유 수송관망에서 나는 소리와, 확성기

소리를 들었다. 더 이상 민간인도 아니고 아직 군인도 아닌, 어떤 식으로든 이제 죽을 준비를 해야 하는 허름한 모습의 사내들 위로 확성기 소리는 요란하면서도 슬프게 들렸다.

턱 아래의 군용 담요 냄새를 맡으며 마이클은 〈나는 이곳에 있어, 마침내 일이 터진 거야〉라고 생각했다. 〈진즉에 입대했어야 하는데 그렇게 하지 않았어. 그리고 병역을 피할 수도 있었는데 그렇게 하지 않았어. 나는 이곳에, 천막 속에, 뻣뻣한 담요 아래에 있어. 늘 이렇게 되리라는 것을 알고 있었지. 이 천막과 이 담요, 그리고 코를 고는 이들은 33년 동안 나를 기다려 온 거야. 그리고 이제 이들은 나를 만났고, 나는 이들을 만났어. 종말이 시작되었어. 나는 대가를 치르기 시작했어. 나의 생각과, 편안한 삶과, 훌륭한 식사와, 부드러운 침대와, 쉽게 만난 여자들과, 쉽게 번 돈에 대한 대가를 치르고 있는 거야. 한 병장이 《너, 저 담배꽁초를 주워》라고 말한 오늘 아침에 끝이 난, 33년간의 휴가에 대한 대가를 치르고 있는 거야.〉

사방에서 고함 소리와 휘파람 소리와 술에 취해 흐느끼는 소리가 들렸지만 그는 곧 잠이 들었다. 그리고 그는 밤새 아무런 꿈도 꾸지 않았다.

16

장군이 대열을 점검했다. 그는 자신감을 뽐내고 있었다. 그래서 모두들 무슨 일이 일어나리라는 것을 알 수 있었다. 쌍안경과 고글과 스카프 차림을 한 반짝이는 거구의 장교들 속에서 이탈리아 출신의 장군은 자신감을 발산하고 있었고, 그래서 모두 무슨 일이 일어나리라는 것을 알 수 있었다. 장군은 정이 많았고, 병사들과 이야기를 하면서 요란하게 웃으며 어깨를 두드렸다. 그는 히믈러의 분대에 보충병으로 이제 막 온 열여덟 살 소년의 뺨을 꼬집기까지 했다. 이것은 많은 인원이 조만간 어떤 식으로든 죽게 되리라는 확실한 신호였다.

다른 조짐들도 있었다. 이틀 전 사단 본부에 갔던 히믈러는 라디오에서 영국군이 카이로의 본부에서 다시 서류를 태우고 있다는 소식을 들었다. 영국군은 태워야 할 서류가 수없이 많은 모양이었다. 그들은 7월과 8월에도 서류를 태웠으며, 10월이 된 지금 또다시 서류를 태우고 있었다.

히믈러는 라디오에서 아군의 대략적인 전략은 알렉산드리아와 예루살렘으로 진격해 최종적으로 인도에서 일본군과 합류하는 것이라는 이야기도 들었다. 그것은 몇 달 동안 이글거리는 태양 아래, 같은 장소에 앉아 있던 사람들에게는 다소 장엄하고 야심에 찬 계획처럼 보인 게 사실인데, 그 계획이 현실성이 있다는 소문이 돌고 있었다. 최소한 그것은 장군에게 어떤 계획이 있다는 것을 증명하고 있었다.

밤은 아주 고요했다. 이따금 희미한 포격 소리가 들리고 불꽃이 이는 것이 보였지만 그것이 전부였다. 어두운, 거대한 사막 위로 희미한 하늘에는 달이 떠 있었고 별도 반짝였다.

크리스티안은 팔에 경기관총을 걸친 채로 혼자 서서 어둠 속을 바라보았다. 그 어둠 너머에는 적이 있었다. 모두 잠든 밤에 적에게서는 아무런 소리도 들리지 않았으며, 그의 주위에 있는 수천 명의 병사들에게서도 아무런 소리가 들리지 않았다.

밤은 나름대로 장점이 있었다. 밤에는 어떤 영국군이 망원경으로 자신을 보며 박격포 포탄 한 발을 쏠까 두 발을 쏠까 따져 보고 있을 거라는 걱정을 하지 않으면서 자유롭게 돌아다닐 수 있었다. 그리고 밤에는 냄새 또한 줄어들었다. 냄새는 사막전에서 두드러진 요소였다. 식수 외에는 물이 부족했다. 아니, 심지어는 식수마저 부족했고, 그래서 누구도 목욕을 하지 못했다. 사람들은 몇 주씩 같은 옷을 입고 하루 종일 땀을 흘렸다. 옷은 썩어 가면서 등 쪽이 뻣뻣하게 되었고, 심한 열기 때문에 살이 타고, 피부에는 땀띠가 나 가려웠다. 그 중에서도 코가 제일 문제였다. 불쾌한 땀을 계속해서 씻어 낼 때에만 다른 인간의 냄새를 참을 수 있었다. 물론 자신의 몸에서 나는 냄새에는 무뎌졌다. 만약 그렇게 되지 않았다면 자살하고 말았을 것이다. 하지만 무리 속에 들어가게 되면 냄새가 코를 찌르며 정신을 멍하게 만들었다.

그래서 밤은 위안이 되었다. 그가 아프리카에 도착한 후로 위안이 되는 것은 거의 없었다. 그들은 이기고 있었고, 그것은 사실이었다. 그는 바르디아[32]에서 출발해 알렉산드리아에서 1백 킬로미터쯤 떨어진 그곳까지 행군해 왔다. 한데 이기고 있는 것이 좋은 일이긴 했지만 전선에 있는 병사에게는 승리가 실감이 나지 않았다. 물론 승리는 여러 본부에 있는, 옷을 잘 차려입은 장교들에게는 분명 많은 것을 의미했다. 그들은 도시를 점령할 때마다 포도주와 맥주를 곁들인 성대한 만찬을 벌이며 축하를 할 것이다. 하지만 전선에 있는 병사에게 승리는, 아침이 되면서 죽게 되거나, 모래가 씹히는 어두운 구덩이 속에서 계속 살게 되거나, 승리를 하든 패배를 하든

32 리비아에 있는 도시.

뜨거운 바람 속에서 옆에 있는 누군가가 풍기는 참을 수 없는 악취를 맡게 되리라는 것을 의미했다.

유일하게 좋았던 때는 그가 말라리아에 걸려 2주 동안 키레네[33]로 후송되었을 때뿐이었다. 그곳은 시원하고, 초목이 무성하며, 지중해에서 수영을 할 수도 있었다.

히믈러가 라디오에서 독일군 총사령부가 알렉산드리아와 카이로를 지나 인도에서 일본군과 만날 거라는 전문가의 이야기를 들었다고 하자, 최근에 보충병으로 와 히믈러를 대신해 중대의 코미디언이 된 크눌렌은 「일본군과 만나고 싶은 사람 있어요? 괜찮다면 나는 알렉산드리아에 머물며 그곳 거리를 주름잡고 있다는 이탈리아인들과 만나고 싶어요」라고 말했다.

크리스티안은 크눌렌의 거친 유머를 떠올리며 어둠 속에서 미소를 지었다. 그는 〈오늘 밤 지뢰밭의 다른 쪽에서는 농담을 하는 사람이 거의 없을 거야〉라고 생각했다.

그 순간 사방 천지에 섬광이 번쩍하며 굉음이 들렸다. 그의 주위에서 폭탄이 터지는 순간 그는 모래 위로 엎드렸다.

그는 눈을 떴다. 어두웠지만 자신이 움직이고 있으며, 혼자가 아니라는 것을 알 수 있었다. 냄새 때문이었다. 그것은 청소를 하지 않은 파리의 공중변소와, 엉긴 상처와, 가난한 아이들의 겨울옷에서 나는 냄새를 합쳐 놓은 것 같았다. 그는 머리 위에서 터진 폭탄 소리를 떠올리며 다시 눈을 감았다.

트럭이 폭발한 게 틀림없었다. 그리고 어디선가 전투가 벌어지고 있었는데 멀지 않은 곳에서 포격을 주고받는 소리가

---

33 북아프리카에 있는, 고대 그리스의 식민 도시.

났다. 그리고 무슨 일이 일어났다. 가까운 어둠 속에서 누군가가 흐느끼며 계속해서 「내 이름은 리하르트 크뉼렌이야, 내 이름은 리하르트 크뉼렌이야」라고 말하는 소리가 들렸다. 그는 마치 자신이 누구이며 무엇을 하고 있는지 정확히 알고 있는 정상적인 사내라는 것을 스스로에게 증명하려는 것 같았다.

크리스티안은 불투명한 어둠 속에서 그의 위에서 나부끼는, 지독한 냄새가 나는 캔버스를 바라보았다. 팔과 다리의 뼈가 부러진 것 같았다. 관자놀이가 쿵쿵거렸고, 그는 잠시 완전한 어둠 속에서 널빤지 위에 누워 자신이 죽어 가고 있다고 생각했다.

「내 이름은 리하르트 크뉼렌이야.」 다시 그 목소리가 들려왔다. 「나는 카를 루트비히가 3번지에 살고 있어. 내 이름은 리하르트 크뉼렌이고 나는 카를 루트비히가 3번지에……」

「닥쳐.」 그렇게 말하고 나니 크리스티안은 그 즉시 기분이 나아졌다. 그는 일어나 앉으려고 했지만 그것은 무리였기에, 다시 누워 눈꺼풀 너머로 하늘에서 반짝이는 빛을 바라보았다.

흐느끼는 소리가 멈추며 누군가가 「일본군과 만날 거야. 어디서 만나는지 나는 알고 있어」라고 말했다. 그리고 그는 계속해서 웃음을 터트렸다. 「로마에서 만날 거야!」 그가 웃으며 말했다. 「로마의 베니토의 발코니에서. 사수에게 이야기해야겠어.」 그 순간 크리스티안은 이야기하고 있는 이가 히틀러라는 것을 깨달았다. 그는 지난 열흘간 많은 일이 일어났다는 것을 기억했다.

집중 포격 첫날은 상황이 좋지는 않았지만 다들 구덩이 속에 몸을 잘 숨겼고, 그래서 마이어와 하이스만 포탄에 맞았다. 그들 사이에 섬광과 서치라이트 그리고 불타고 있는 탱크의 불빛이 있었다. 그리고 그들 앞에는 영국군이, 탱크와 보병이 지나갈 수 있도록 가솔린을 불태워 표시해 둔 길이 있었다. 갑작스러운 섬광 사이로 아주 먼 곳에서 분주하게 돌아다니는 작고 검은 형체도 나타났다. 그들 뒤에 있던 아군의 포도 불을 뿜기 시작했다. 적의 탱크 한 대만이 접근해 왔다. 그들 주위 1킬로미터 반경 내에 있던 모든 화기가 탱크를 향해 불을 뿜었다. 1분 후 해치가 열렸고, 그들은 탱크 밖으로 나오는 병사가 환하게 불에 타고 있는 것을 놀라운 표정으로 바라보았다.

포격이 멈춘 후 아군에 대한 공격은 두 시간 동안만 지속되었다. 하지만 그 공격으로 불에 타고 무한궤도가 부서져 움직일 수 없게 된 탱크 일곱 대가 모래 속에 처박혔고, 주위에는 여러 구의 시체가 평화롭게 나뒹굴고 있었다. 다들 즐거워했다. 그들 중대는 다섯 명만 잃었으며 조용한 아침에 대대에 보고를 하러 간 하르덴부르크는 환하게 미소를 지었다.

하지만 정오 무렵 공격이 재개되었는데, 적의 기갑 중대 전체가 먼지와 모래를 일으키며 지뢰밭에 나타난 것처럼 보였다. 이번에는 아군의 저지선이 무너졌지만 영국군 보병 부대는 저지선에 이르기 전에 진격을 멈췄고, 남은 적군 탱크는 이따금 총을 난사한 후 사정거리 밖으로 퇴각했다. 그리고 아군이 숨을 가다듬기도 전에 영국군 포병 부대가 다시 포격을 하기 시작했다. 그로 인해 탁 트인 곳에서 부상자들을 돌보고 있던 의무대가 직접적인 타격을 입었다. 그들은 비명을 지르며 죽어 갔지만 아무도 구덩이 밖으로 나가 그들을 도울 수 없었다. 아마도 그때 크눌렌이 흐느끼기 시작했을 것이다. 크리스티안은 그 순간 놀란 나머지 멍해져, 적의 공격이 장난이 아니라고 생각했던 것이 기억났다.

그리고 그는 몸을 떨기 시작했다. 구덩이 안에 있던 그는 손으로 벽을 짚은 채로 기운을 차리려 했다. 구덩이 너머를 살펴보자 그의 주위로 수천 명의 영국군이 지뢰밭 위를 달리며 총을 쏘고 있었고, 작은 벌레처럼 보이는 장갑차들이 이상한 대열을 유지한 채로 불을 뿜고 있었다. 그는 몸을 일으키고 〈자네들은 심각한 실수를 저지르고 있어. 나는 말라리아로 고통을 받고 있어. 병자를 죽여 죄책감을 느끼고 싶지는 않겠지?〉라고 말하고 싶었다.

말라리아의 증상은 며칠 동안 밤낮 없이 계속되었다. 열이 내렸다가 다시 올랐다. 사막의 정오에도 한기가 느껴졌고, 이따금 그는 막연하게 적대감을 느끼며 〈전쟁이 이렇게 오래가리라고 말한 사람도, 전쟁 중에 말라리아에 걸릴 수 있다고 말한 사람도 없어〉라고 생각했다.

그런 다음 모든 것이 조용해졌을 때 그는 〈우리는 아직 이곳에 있어, 왜 적들은 멍청하게도 우리를 완전히 괴멸시키려고 하지 않지?〉라고 생각했다. 그는 구덩이 속에서 무릎을 꿇으며 잠이 들었다. 얼마 후 하르덴부르크가 그를 흔들며 그의 얼굴을 들여다보면서 「이봐, 아직 살아 있어?」라고 물었다. 그는 대답하려고 했지만 이가 세차게 떨렸고, 눈도 제대로 뜰 수가 없었다. 그래서 그는 양쪽에 누워 있는 시체들을 향해 굳은 얼굴로 고개를 끄덕이며 자신의 옷깃을 잡고 감자 부대처럼 땅 위로 끌고 가는 하르덴부르크를 향해 부드럽게 미소를 지었다. 그는 주위가 무척 어두운 가운데 시동이 걸린 트럭 한 대가 서 있는 것을 보고 놀라며 아주 큰 소리로 「시동을 꺼!」라고 소리쳤다. 그의 옆에 있는 남자가 흐느끼며 「내 이름은 리하르트 크눌렌이야」라고 말하고 있었다. 한참 후에도 크눌렌은 냄새나는 캔버스 아래에 있는 어두운 널빤지 바닥에서 계속해서 울며 「내 이름은 리하르트 크눌렌이야. 나는 카를 루트비히가 3번지에 살고 있어」라고 말하고 있었다. 마침내 완전히 정신을 차린 크리스티안은 어쩌면 그 순간에는 자신이 죽지 않을 것이라 생각하며 아군이 총 퇴각을 하고 있으며, 자신이 아직도 말라리아에 걸려 있다는 사실을 깨달았다. 그는 멍하니 〈지금 그 장군을 보고 싶군, 그가 아직도 자신감에 차 있는지 궁금해〉 하고 생각했다.

그때 트럭이 멈추며 하르덴부르크가 뒤쪽에 나타나 소리쳤다. 「다들 내려, 모두!」

사람들은 진창 속을 걷는 듯 육중한 몸을 이끌며 천천히 트럭 뒤쪽으로 갔다. 트럭의 후미판에서 뛰어내린 두세 명이 땅바닥에서 아무런 불평도 하지 않고 그대로 누워 있었고, 다른 사람들이 그들 위로 뛰어내렸다. 크리스티안은 트럭에서 마지막으로 뛰어내렸다. 그는 승리감을 느끼며 〈나는 서 있어〉 하고 생각했다. 〈나는 서 있어.〉

달빛 속에서 하르덴부르크가 그를 이상하게 바라보았다. 그들이 있는 곳의 사방에서 섬광이 비쳤고, 공중에서는 대포 소리가 울려 퍼졌지만 제대로 땅에 내렸다는 생각에 잠시 모든 것이 무척 정상인 듯이 느껴졌다.

크리스티안은 자리에서 일어나려는 사람들과, 몽유병 환자처럼 서 있는 사람들을 바라보았다. 얼굴을 알아볼 수 있는 사람은 거의 없었지만 낮이 되면 알아볼 수 있을지도 몰랐다. 「중대는 어디 있죠?」 그가 물었다.

「여기 있잖아.」 하르덴부르크가 말했다. 그의 목소리는 알아듣기가 어려웠다. 크리스티안은 문득 누군가가 하르덴부르크인 척하고 있다는 생각을 했다. 그는 하르덴부르크처럼 보였지만 하르덴부르크는 아닌 것 같았다. 하지만 크리스티안은 그 문제에 대해서는 좀 더 상황이 나아지면 더 깊이 생각해 보기로 했다.

하르덴부르크가 손을 내밀어 손바닥으로 크리스티안의 얼굴을 거칠게 밀었다. 그의 손에서는 그리스와 총기류에 칠하는 오일과, 소매의 땀 냄새가 났다. 크리스티안은 눈을 깜박이며 약간 뒤로 물러났다.

「괜찮나?」 하르덴부르크가 말했다.

「네, 중위님.」 그가 말했다. 「괜찮습니다, 중위님.」 그는 나머지 중대원은 어디에 있는지 궁금했지만 그것 역시 나중에 생각할 수 있는 문제였다.

트럭이 모래로 된 길 위로 움직이기 시작했고, 병사 둘이 그것을 따라 무거운 걸음을 뗐다.

「그대로 있어!」 하르덴부르크가 말했다. 그들은 그 자리에 멈춰 서서, 반짝이는 모래 위에서 요란한 소리를 내며 서쪽을 향해 속도를 높이고 있는 트럭을 바라보았다. 그들은 작은 모래 등성이 아래쪽에 있었다. 그들은 말없이 서서 트럭이 요란한 소리를 내며 하르덴부르크의 오토바이를 지나 등성이를 올라가는 것을 바라보았다. 트럭은 등성이 정상에서 잠시 반짝하더니 반대쪽으로 사라졌다.

「여기에 구덩이를 팔 거야.」 하르덴부르크가 반짝이는 하얀 등성이를 향해 손을 뻣뻣하게 흔들며 말했다. 사람들은 등성이를 멍청하게 바라보았다.

「지금 당장 작업을 시작해.」 하르덴부르크가 말했다. 「디스틀! 나를 따라와.」

「네, 중위님.」 크리스티안이 아주 분명한 목소리로 말했다. 그는 자신이 움직일 수 있다는 사실에 고양되어 하르덴부르크에게로 갔다.

하르덴부르크는 크리스티안이 보기에 초인적인 기력을 발휘하며 등성이 위로 올라가기 시작했다. 중위를 따라가며 그는 〈열흘간 그렇게 힘든 일을 치르고도 저렇게 야위고 왜소한 사람이 저럴 수 있다니 놀랍군〉 하고 생각했다.

나머지 사람들이 그들을 천천히 따라왔다. 하르덴부르크는 경직된 동작으로 각자가 파야 하는 구덩이 위치를 알려 주었다. 다 해서 서른일곱 명이 남아 있었고, 크리스티안은 다시 한번 나머지 중대원은 어떻게 되었는지 나중에 물어봐야겠다고 생각했다. 하르덴부르크는 등성이 위로 3분의 1 정도 되는 지점에 사람들을 길고 불규칙적으로, 아주 촘촘하게 세웠다. 각자 위치를 얘기한 그와 크리스티안은 몸을 돌려 천천히 구덩이를 파고 있는 사람들을 바라보았다. 크리스티안은 문득 그들이 공격을 받을 경우 그 위치를 고수할 수밖에 없다는 사실을 깨달았다. 하르덴부르크가 지정한 위치에서 노출된 비탈 위로 후퇴할 수 있는 방법은 없었다. 그리고 그는 무슨 일이 일어나고 있는지 깨달았다.

「좋아, 디스틀.」 하르덴부르크가 말했다. 「나를 따라와.」

크리스티안은 중위를 따라 다시 길로 내려갔다. 그는 아무 말 없이 하르덴부르크가 오토바이를 모래 등성이 꼭대기에 있는 길로 끌어올리는 것을 도왔다. 이따금 구덩이를 파던 사람들이 일을 멈추고 고개를 돌려 두 사람이 오토바이를 그들 뒤에 있는 비탈 꼭대기로 천천히 밀고 가는 것을 바라보았다. 마침내 그들이 오토바이 미는 것을 멈췄을 때 크리스티안은 심하게 숨을 헐떡였다. 그와 하르덴부르크는 몸을 돌려 아래쪽에서 일을 하고 있는 사람들의 은빛 대열을 바라보았다. 달이 비치고 있는 텅 빈 사막 속의 그 광경은 평화로우면서도 초현실적으로 보였고, 나른하게 삽으로 모래를 파고 있는 사람들의 모습은 성경 속의 한 장면처럼 보였다.

「적과 대치하게 되면.」 거의 무의식적으로 그가 말했다. 「후퇴를 할 수 없을 겁니다.」

「맞아.」 하르덴부르크가 무뚝뚝하게 말했다.

「저곳에서 죽게 될 겁니다.」 크리스티안이 말했다.

「맞아.」 하르덴부르크가 말했다. 그 순간 크리스티안은 하르덴부르크가 엘 아게일라[34]에서 한 말을 떠올렸다. 〈머리가 좋은 장교라면 최대한 오래 버텨야 하는 좋지 않은 상황에서는 부하들을 퇴각할 수 없는 곳에 배치할 거야. 일단 그렇게 배치되면 죽기 살기로 싸우지. 그렇게 되면 장교가 할 일은 끝난 거지.〉

「무슨 일이 있었던 거죠?」 크리스티안이 말했다.

하르덴부르크는 어깨를 으쓱했다. 「적이 우리 양쪽에서 공격해 왔어.」

「이제 적은 어디에 있죠?」

하르덴부르크는 지친 기색으로 남쪽의 섬광과, 더 멀게 보이는 북쪽의 불빛을 보았다. 「얼마나 남은 것 같나?」 그가 말했다. 그는 몸을 숙여 오토바이의 연료 게이지를 바라보았다. 「1백 킬로미터는 더 갈 수 있을 것 같은데.」 그가 말했다. 「잘

---

34 리비아 서쪽에 있는 지역의 이름.

붙잡고 있을 수 있겠나?」

크리스티안은 그것이 무슨 말인지 알아내려고 이마를 찌푸리며 생각했고, 천천히 그 의미를 파악할 수 있었다. 「네, 중위님.」 그가 말했다. 그는 몸을 돌려 언덕 아래에서 줄지어 늘어서서 구덩이를 파고 있는 사람들을 보았다. 그는 그들을 그곳에서 죽게 내버려 둘 것이다. 잠시 그는 하르덴부르크에게 〈아닙니다, 중위님. 저는 이곳에 남겠습니다〉라고 말하고 싶었지만 그런 말을 해서 얻을 것은 아무것도 없다는 사실을 깨달았다.

모든 전쟁에는 나름의 균형이 있었다. 그리고 그는 하르덴부르크가 사람들을 후퇴시켜 하루 더 목숨을 부지하게 하는 것이 그가 겁쟁이여서이거나 자기만 살아남기 위해서가 아니라는 것을 알고 있었다. 이들은 소규모의 애처로운 전투를 치를 것이고, 어쩌면 탁 트인 비탈에서 영국군 중대의 진격을 한 시간쯤 지연시킨 후 몰살될 것이다. 그와 하르덴부르크가 남아 아무리 노력한다 해도 그 시간에서 10분 이상 벌지는 못할 것이다. 상황은 그랬다. 어쩌면 다음번에는 자신이 아무런 희망도 없이 어느 언덕에 남게 되고, 다른 사람이 안전을 보장받지 못하는 길을 떠나게 될지도 몰랐다.

「이곳에 있게.」 하르덴부르크가 말했다. 「앉아서 쉬게. 내가 가서 사람들에게 우리를 지원할 박격포 소대를 데리고 오겠다고 하겠네.」

「네, 중위님」 하고 크리스티안은 말하며 풀썩 주저앉았다. 그는 하르덴부르크가, 히믈러가 천천히 구덩이를 파고 있는 곳으로 재빨리 미끄러지며 내려가는 것을 보았다. 그런 다음 그는 옆으로 넘어지며 어깨가 땅에 닿기도 전에 잠이 들었다.

하르덴부르크가 그를 세차게 흔들고 있었다. 그는 눈을 뜨며 위를 쳐다보았다. 그는 자리에서 일어난 다음 몸을 일으켜 한 걸음 한 걸음 옮기는 것이 불가능하리라는 것을 알고 있었다. 그는 〈나를 내버려 두십시오〉 하고 말한 후 다시 잠이 들고 싶었다. 하지만 하르덴부르크가 그의 외투 깃을 잡고 거세게 당겼다. 어찌어찌하여 크리스티안은 자리에서 일어났다. 그는 자동으로 걸어갔다. 그의 부츠에서는 그의 어머니가 고향에서 얼어붙어 딱딱해진 빨래를 다림질할 때 나는 소리가 났다. 그는 하르덴부르크가 오토바이를 움직일 수 있도록 도왔다. 하르덴부르크가 아주 민첩하게 안장 위에 다리를 걸친 후 시동 페달을 차기 시작했다. 털털거리는 소리가 나긴 했지만 시동은 걸리지 않았다.

크리스티안은 이울고 있는 건조한 달빛 속에서 하르덴부르크가 오토바이의 시동을 걸려고 애쓰고 있는 모습을 바라보았다. 어떤 형체가 가까이 이르렀을 때에야 크리스티안은 고개를 들며 누군가가 자신들을 지켜보고 있다는 사실을 깨달았다. 트럭에서 흐느끼고 있던 크눌렌이었다. 그는 삽질을 그만두고 중위를 따라 비탈을 올라온 것이다. 크눌렌은 아무 말도 하지 않았다. 그는 그냥 서서 페달을 계속 차고 있는 하르덴부르크를 멍하니 바라보고 있었다.

하르덴부르크가 그를 쳐다보았다. 크눌렌은 천천히 심호흡을 하며 다가와 오토바이 옆에 섰다.

「크눌렌.」 중위가 말했다. 「위치로 돌아가.」

「네, 중위님.」 크눌렌이 말했다. 하지만 그는 꼼짝도 않고 있었다.

하르덴부르크가 그에게로 가 주먹 옆면으로 그의 코를 세게 때렸다. 크눌렌의 코에서 피가 흘렀다. 그는 코를 훌쩍이는 소리를 냈지만 움직이지는 않았다. 그는 더 이상 손이 필요 없다는 듯 양팔을 옆쪽으로 축 늘어뜨리고 있었다. 그는 자신의 소총과 삽을 비탈 아래 구덩이에 버려둔 상태였다. 하르덴부르크는 뒤로 물러나 아무런 악의도 없이 크눌렌을 호기심 어린 눈으로 바라보았다. 마치 크눌렌이 곧 해결해야 하는, 어떤 공정에 있는 작은 문제를 대표하는 듯했다. 그런 다음 하르덴부르크는 다시 그에게로 가 아주 세게 두 대를 때렸다. 크눌렌이 천천히 무릎을 꿇으며 주저앉았다. 그는 무릎을 꿇은 채로 멍하니 하르덴부르크를 올려다보았다.

「일어나!」 하르덴부르크가 말했다.

크눌렌이 천천히 일어났다. 그는 아무 말도 하지 않았고, 그의 손은 엉덩이 옆으로 축 늘어져 있었다.

크리스티안은 그를 멍하니 바라보았다. 왜 저 아래에 있지 않는 거야, 하고 그는 생각했다. 그는 달빛이 비치는 모래 등성이 꼭대기에서 말없이 서서 꾸지람을 듣고 있는, 배가 불룩한 그 못생긴 병사가 증오스러웠다. 「왜 죽어 버리지 않는 거지?」

「자.」 하르덴부르크가 말했다. 「언덕 아래로 내려가.」

하지만 더 이상 아무 말도 들리지 않는 듯 크눌렌은 그대로 서 있었다. 이따금 그는 입 안으로 흘러 들어가는 피를 빨았다. 몸을 숙인 채로 조용히 있는 그에게서 나는 그 소리는 이상하게 들렸다. 그 장면은 크리스티안이 파리에서 본 현대 회화를 연상시켰다. 하늘과 땅이 차고 검고, 주위의 모든 것들이 이 세상 것 같지 않게 신비스러운 빛을 발하고 있는 가운데, 검고 수척한 세 사람이 이울어 가는 달 아래 텅 빈 모래 언덕 위에 있었다.

「좋아.」 하르덴부르크가 말했다. 「나를 따라와.」

그는 오토바이의 핸들을 잡고 아래쪽에서 삽질을 하고 있는 사람들이 보이지 않는, 등성이의 반대쪽으로 끌고 갔다. 크리스티안은 사막을 파며 나른한 동작으로 율동감 있게 움직이고 있는 서른여섯 명의 남자들을 마지막으로 바라보았다. 그런 다음 하르덴부르크와 크눌렌을 따라 비탈을 내려갔다.

크눌렌은 굴러가는 오토바이를 따라 허둥지둥하며 멍하니 걸어갔다. 그들은 말없이 50미터쯤 걸어갔다. 그때 하르덴부르크가 걸음을 멈췄다. 「이걸 잡아.」 그가 크리스티안에게 말했다.

크리스티안은 핸들을 잡고 다리를 이용해 오토바이의 균형을 잡았다. 크눌렌은 걸음을 멈추고 모래 위에 서서 참을성 있게 다시 한번 하르덴부르크를 바라보았다. 하르덴부르크는 연설을 할 것처럼 목청을 돋우더니 크눌렌에게로 가 신중하게 그를 바라본 후 번개처럼 세게 그의 눈 쪽을 두 번 때렸다. 크눌렌은 이번에는 아무 소리도 내지 않고 뒤로 주저앉더니 그대로 누워 멍청하면서도 끈기 있게 중위를 올려다보았다. 하르덴부르크는 생각에 잠겨 그를 바라보더니 권총을 꺼내 발사했다. 크눌렌은 미동도 하지 않았고, 희미한 빛 속에서 피가 흐르는 검은 얼굴에는 아무런 변화도 없었다.

하르덴부르크는 총알을 한 발 발사했다. 크눌렌은 손을 짚으며 천천히 몸을 일으키려 했다. 「친애하는 중위님.」 그가 대화를 하듯 조용히 말했다. 그런 다음 그의 얼굴이 모래 속에 처박혔다.

하르덴부르크가 권총을 치웠다. 「됐어.」 그가 말했다.

그런 다음 그는 오토바이로 가 안장에 앉았다. 그가 페달을

찼고, 이번에는 시동이 걸렸다.

「타.」 그가 크리스티안에게 말했다.

크리스티안은 조심스럽게 다리를 올려 오토바이 뒷자리에 앉았다. 그의 밑에서 오토바이가 뛰어오를 것처럼 덜덜거렸다.

「꽉 잡아.」 하르덴부르크가 말했다. 「내 허리를.」

크리스티안은 하르덴부르크의 몸에 팔을 둘렀다. 그는 자신이 일요일 오후 오토바이 클럽과 함께 숲속으로 소풍을 가는 소녀같이 느껴지면서 무척 이상한 기분이 들었다. 아주 가까이 있는 하르덴부르크에게서는 끔찍한 냄새가 났고, 크리스티안은 토하지 않을까 걱정이 되었다.

하르덴부르크가 기어를 넣자 오토바이는 요란한 소리를 내며 앞으로 나아갔다. 크리스티안은 〈좀 조용히 할 수는 없어요?〉라고 묻고 싶었다. 그런 일은 조용히 해야 했다. 그것은 자신들이 결국 죽으려고 그곳에 남아 있다는 것을 너무도 노골적으로 광고하고 있는 서른여섯 명의 남자들에게는 무례한 짓이었다. 다른 사람들이 살아 있는 동안 그들은 탈출할 방법이 전혀 없는 그 언덕 위에서 백골이 되어 있을 것이었다.

영국군과 탱크와 장갑차와 마주하게 될, 작은 구덩이를 파고 있는 사람들을 떠올리며 크리스티안은 서른여섯이야, 하고 읊조렸다. 세 다스. 흔들리는 오토바이 위에서 중위의 몸을 꽉 끌어안은 채로 그는 열병이나 오한에 걸리지 않는 방법을 떠올리며 세 다스의 병사들에 대해 생각했다.

하르덴부르크는 평지에 이르자 속도를 냈다. 지평선 위 사방에서 섬광이 번쩍이는 사이 그들은 지고 있는 희미한 달빛 속에서 텅 빈 평원을 가로질러 나아갔다. 그들이 속도를 높이자 바람이 많이 일었고, 결국 크리스티안의 모자가 날아갔다.

하지만 그는 그것에는 신경을 쓰지 않았다. 바람은 더 이상 그가 중위에게서 나는 냄새도 맡을 수 없게 만들어 주었다.

그들은 한 시간 반 동안 북서쪽으로 달렸다. 오토바이가 모래언덕과 이따금 나타나는 관목 덤불 사이를 굽이쳐 달려가는 동안 지평선의 섬광은 더욱 환해졌다. 길을 따라 불에 탄 탱크가 있었고 희미한 대기 속 여기저기에서 구동축이 대공포처럼 삐죽 솟아 있는, 해체된 트럭이 널려 있었다. 급히 판 것이 분명한 새 무덤도 있었다. 그곳에는 소총의 단검이 땅에 박혀 있고, 개머리판에는 모자나 철모가 걸려 있었다. 그리고 추락해 검게 그을리고 바람에 부식된 비행기의 모습도 보였다. 비행기의 프로펠러는 구부러져 있었고, 부러진 날개의 누더기 같은 금속 표면이 희미하게 달빛을 반사하고 있었다. 그들은 거의 서쪽으로 향하고 있는, 북쪽 길에 이르러서야 다른 부대와 만났다. 갑자기 그들은 먼지와 검은 연기를 내뿜으며 좁은 길을 따라 천천히 이동하고 있는, 연대의 호송 트럭과 장갑차, 정찰 차량, 오토바이 등으로 이루어진 긴 행렬 속에 끼게 되었다.

하르덴부르크는 길가에서 멀지 않은 곳에 오토바이를 세웠다. 그곳 일대 여기저기에서 싸움이 벌어져 어디에서 지뢰가 터질지 알 수 없었기 때문이다. 그는 시동을 껐고, 크리스티안은 달리던 속도를 그대로 유지하고 있던 오토바이에서 거의 떨어질 뻔했다. 하르덴부르크가 재빨리 몸을 움직여 크리스티안이 균형을 유지하도록 잡아 주었다.

「고맙습니다.」 크리스티안은 어지러움을 느끼며 형식적으로 말했다. 그는 이제 오한이 났고, 부은 혀 주위로 추위 때문에 굳은 턱이 발작적으로 떨렸다.

「자네는 저 트럭 중 한 대에 탈 수 있을 거야.」하르덴부르크가 나른한 모습으로 천천히 지나가고 있는 행렬을 향해 우스꽝스러울 정도로 힘이 넘치는 동작으로 손짓을 하며 소리쳤다. 「하지만 그래서는 안 된다고 생각하네.」

「중위님 명령대로 하겠습니다.」크리스티안은 정중하지만 다소 지겨운 가든파티에서 술에 취한 사람처럼 쌀쌀맞은 친근함을 보이며 미소를 지었다.

「저들이 어떤 지시를 받았는지 모르겠어.」하르덴부르크가 소리쳤다. 「하지만 저들은 언제라도 방향을 돌려 싸울 수 있을 거야.」

「그럼요.」크리스티안이 말했다.

「우리가 오토바이를 버리지 않은 건 잘한 일인 것 같아.」하르덴부르크가 말했다. 크리스티안은 중위가 모든 것을 설명해 줄 정도로 친절을 베푸는 것에 막연하게 고맙다는 생각을 했다.

「그럼요.」크리스티안이 말했다. 「정말로 그래요.」

「뭐라고 했지?」장갑차 한 대가 요란스럽게 지나가는 사이 하르덴부르크가 소리쳤다.

「뭐라고 했느냐면……」크리스티안은 머뭇거렸다. 그는 자신이 한 말이 기억나지 않았다. 「진심으로 동의하는 바입니다.」그가 단호하게 고개를 끄덕이며 말했다. 「절대적으로 동의하는 바입니다.」

「좋아.」하르덴부르크가 말했다. 그는 크리스티안이 목에 두르고 있던 손수건을 풀었다. 「얼굴에 두르고 있는 게 나을 거야. 먼지를 들이켜지 않으려면.」그는 크리스티안의 머리 뒤쪽으로 손수건을 묶기 시작했다.

크리스티안은 천천히 손을 들어 중위의 손을 치웠다. 「죄송합니다.」 그가 말했다. 「잠시만요.」 그런 다음 그는 몸을 숙이고 토하기 시작했다.

트럭을 타고 지나가는 사람들은 그도 중위도 쳐다보지 않았다. 황량한 풍경 속에서 아무런 흥미도 호기심도, 목적지도 희망도 없이 죽어 가는 사람의 꿈을 꾸며 지나가는 그들은 앞만 똑바로 쳐다보고 있었다.

크리스티안은 몸을 일으켰다. 입 속의 맛은 이전보다 훨씬 더 나빴지만 기분은 훨씬 나아졌다. 그는 얼굴 아래쪽 전체를 막을 수 있도록 콧잔등 위에 손수건을 댄 후 힘겹게 손가락을 움직여 머리 뒤쪽으로 묶었다.

「준비됐습니다.」 그가 말했다.

이제는 하르덴부르크도 얼굴에 손수건을 두른 상태였다. 크리스티안은 중위의 허리에 팔을 둘렀고, 오토바이는 모래 속에서 헛바퀴를 몇 번 돌더니 행렬 속으로 들어서 망가진 문 사이로 사람의 다리 세 짝이 보이는 구급차 뒤를 따라갔다.

크리스티안은 미국의 서부 영화에 나오는 도적처럼 손수건으로 얼굴을 가린 채 무쇠처럼 자신의 앞에 앉아 있는 중위가 무척 마음에 들었다. 그는 그에게 뭔가 고맙다는 표시를 해야겠다고 생각했다. 먼지가 이는 가운데 5분 동안 그는 중위에게 감사를 표시할 수 있는 방법을 생각해 내려고 애를 썼다. 천천히 어떤 생각이 떠올랐다. 〈그의 아내와 나에 대해 이야기를 해야겠어. 내가 할 수 있는 건 그것밖에 없어.〉 하지만 그는 이내 고개를 저었다. 〈멍청한 짓이야, 아주 멍청한 짓이야〉 하고 그는 생각했다. 하지만 그 생각을 하고 나자 거기에서 벗어날 수가 없었다. 그는 눈을 감은 채로 남쪽에서 천천히 모래를 파고 있는 서른여섯 명과, 자신이 지난 5년 동안 마신 모든 맥주와, 차가운 포도주와, 얼음물을 생각하려 했지만 계속해서 주위에서 들리는 시끄러운 소리 위로 〈중위님, 제가 렌에서 휴가를 갔을 때 당신 아내와 잠자리를 했습니다〉라고 말하고 싶은 충동을 느꼈다.

행렬이 멈췄고, 안전을 위해 호송대 중간에 있기로 했던 하르덴부르크가 발을 내려놓고 오토바이의 기어를 중립에 놓으며 균형을 잡았다. 흥분한 크리스티안은 〈이제 이야기할 거야〉라고 생각했다. 하지만 그 순간 그들 앞에 있던 구급차에서 두 사람이 나와 시체 한 구의 발을 잡아 길가로 끌어내렸다. 그들은 지친 기색으로 힘겹게 시체의 발목을 잡아 차량들이 다니지 않는 곳으로 끌고 갔다. 크리스티안은 손수건 가장자리 너머로 그들을 바라보았다. 두 사람은 죄스러운 얼굴로 고개를 들었다. 「죽었어요.」 그중 한 명이 크리스티안 쪽으로 오며 간절한 목소리로 말했다. 「죽은 사람을 데려가 봤자 무슨 소용이 있겠어요?」

호송대는 곧바로 다시 출발했고, 구급차는 1단 기어로 나아갔다. 두 사람은 달려야 했다. 수통이 엉덩이에 부딪치며 덜렁거렸고, 그들은 한참을 달린 다음에야 찢어진 문 사이로 다리가 삐죽 나와 있는 구급차에 올라탈 수 있었다. 하지만 너무 시끄러워서 하르덴부르크에게 그의 아내 이야기를 할 수가 없었다.

언제 사격이 시작되었는지 기억하기는 어려웠다. 행렬 앞쪽에서 요란한 소리가 들리며 차량들이 멈춰 섰다. 그 순간 크리스티안은 그 소음을 그전부터 이미 오랫동안 듣고 있었다는 사실을 깨달았지만 어떤 상황인지는 알 수 없었다.

차체 두께가 얇은 차량에 타고 있던 사람들이 뛰어내려 길 양쪽의 사막으로 흩어졌다. 구급차에서 떨어진 부상당한 사람이 손가락으로 땅을 파며, 쓸모없게 된 한 쪽 다리를 끌며 오른쪽으로 10미터 떨어진 곳에 있는 조그만 풀밭으로 기어갔다. 그는 그곳에 엎드려 손으로 앞쪽에 작은 구멍을 미친 듯이 팠다. 그들 주위로 기관총 총탄이 쏟아졌고, 아군의 장갑차가 무턱대고 양쪽으로 돌며 사방을 향해 사납게 불을 내뿜었다. 모자를 쓰지 않은 누군가가 아직도 시동이 걸려 있는 버려진 트럭을 따라 재빨리 오가며 「대응 사격을 해, 대응 사격을 해! 이 망할 자식들아!」 하고 호통을 쳤다. 그의 대머리가 달빛에 하얗게 반사되고 있었다. 그는 미친 듯이 단장을 공중에 휘둘렀다. 그는 최소한 대령처럼 보였다.

6미터 떨어진 곳에 박격포 포탄이 떨어졌다. 그곳에 있던 장갑차 한 대가 불을 뿜기 시작했다. 그 불빛 속에서 크리스티안은 누군가가 사람들을 길에서 다른 곳으로 거칠게 끌고 가고 있는 것을 보았다. 구급차와 나란히 오토바이를 몰고 가던 하르덴부르크가 시동을 껐다. 그는 사막 너머를 날카로운 눈으로 바라보았다. 그의 턱에 걸쳐 있는 V자 모양의 작은 손수건이 엉뚱한 곳에 달려 있는 수염처럼 보였.

이제 영국군은 기관총으로 예광탄을 쏘고, 경포도 발사하고 있었다. 멀리서 천천히 그들을 포위해 오던 영국군은 호송대에 가까워지면서 더욱 빨리 다가오고 있는 것처럼 보였다. 크리스티안은 어디서 그들이 사격을 가하고 있는지 알 수가 없었다. 이렇게 무질서하고 우스꽝스러운 상황에서는 싸우는 게 불가능해, 하고 그는 자신을 나무라며 생각했다. 그는 오토바이에서 내리려고 했다. 그는 그냥 그 상황에서 빠져나가 어딘가에 엎드려 무슨 일이 자신에게 일어날 때까지 기다리려고 했다.

「그대로 있어!」 하르덴부르크가 소리쳤다. 그는 불과 30센티미터 정도 떨어진 곳에 있었다. 상황은 더욱 무질서해졌다. 크리스티안은 오토바이 뒷자리에 그대로 앉아 있었다. 그는 총을 잡았지만 전에 그것으로 무엇을 했는지가 기억나지 않았다. 구급차에서 나는, 코를 톡 쏘는 시큼한 소독약 냄새가 죽은 자에게서 나는 냄새와 뒤섞였다. 크리스티안은 기침을 하기 시작했다. 포탄 하나가 휘파람 소리를 내며 근처에 떨어졌고, 크리스티안은 철로 된, 구급차의 옆쪽으로 몸을 숨겼다. 잠시 후 그는 등에 뭔가를 맞았다고 느꼈다. 손을 대자 어깨에 뜨거운 파편이 만져졌다. 그리고 자신의 어깨에 소총이 걸려 있는 것을 알아차렸다. 그가 소총을 벗으려고 하는 순간 하르덴부르크가 오토바이의 시동을 걸었다. 크리스티안은 하마터면 떨어질 뻔했다. 소총 총구가 그의 턱 아래에 부딪치는 바람에 혀를 깨문 그는 짜고 뜨거운 피 맛을 봤다. 그는 하르덴부르크를 꽉 껴안았다. 오토바이는 불규칙한 폭발음을 내며 몸을 웅크리고 있는 사람들 사이를 달려갔다. 멀리서 그들을 향해 예광탄이 날아오고 있었다. 하르덴부르크는 예광탄 아래로 똑바로 오토바이를 몰았고, 그들은 불에 타고 있는 트럭 사이를 빠져나갔다.

「너무 혼란스러워.」 크리스티안이 중얼거렸다. 그리고 그는 하르덴부르크에게 화가 났다. 그가 영국군 쪽으로 가고 싶다면 그렇게 하면 되었다. 그런데 왜 자신을 끌고 가는 것인가? 크리스티안은 교묘하게 오토바이에서 떨어지기로 마음을 먹었다. 그는 발을 들려고 했지만 바짓단이 삐죽 나온 금속 조각에 걸린 듯 무릎을 들 수가 없었다. 그는 앞쪽과 옆쪽으로 탱크의 검은 윤곽을 보았다. 그 순간 탱크들이 총구를 돌렸다. 탱크 위에 있는 기관총 하나가 그들을 향해 불을 뿜었고, 그들 뒤쪽으로 총탄이 휘파람 소리를 내며 지나갔다.

크리스티안은 몸을 숙인 채로 중위의 어깨에 머리를 처박았다. 중위는 가죽점퍼를 입고 있었고, 버클이 크리스티안의 광대뼈를 할퀴었다. 기관총 총구가 다시 돌았다. 이번에는 탄환이 그들 앞쪽에 박히며 먼지를 일으키며 요란한 소리를 내고 튕겨 나갔다.

크리스티안은 중위의 몸에 달라붙은 채로 울기 시작했다. 그는 자신이 두려워하고 있으며, 스스로를 구할 방법은 없다는 것을 알고 있었다. 그들은 총에 맞고, 오토바이는 기관총 탄 한 발에 부서져 연기를 뿜으며 불타게 될 것이다. 그렇게 되면 모래 위에 불에 탄 옷과 피와 가솔린이 검은 웅덩이를 이룰 것이다. 그때 근처에서 누군가가 영어로 소리치며 미친 듯이 손을 흔들었다. 하르덴부르크는 투덜대며 더욱 몸을 숙였다. 그들 뒤쪽으로 총탄이 날아가는 소리가 들렸다. 한데 곧 그들은 어슴푸레한 길 위에 둘만 남게 되었다. 멀리 뒤쪽으로 소란이 점차 희미해지고 있었다.

마침내 크리스티안은 울음을 그쳤다. 그는 꼿꼿이 앉았다. 그사이 하르덴부르크도 꼿꼿이 앉아 있었다. 크리스티안은 이제 달려가는 오토바이 앞쪽으로 펼쳐진 탁 트인 길을 어느 정도 흥미롭게 볼 수 있을 정도가 되었다. 토사물과 피가 섞여 그의 입에서는 아주 이상한 맛이 났고, 모래가 손수건 밑으로 날아들면서 멍든 곳을 때려 뺨이 얼얼했다. 하지만 그는 심호흡을 했고, 훨씬 기분이 나아졌다. 잠시지만 그는 피로도 느끼지 못했다.

그의 뒤로 섬광과 총소리가 금세 잦아들었다. 5분이 지나자 수단에서 지중해까지, 그리고 알라메인[35]에서 트리폴리에 이르기까지, 달빛이 비치는 조용한 긴 황무지 사막에 그들 둘만 있는 것처럼 여겨졌다.

그는 애정을 느끼며 하르덴부르크를 껴안았다. 그는 이 모든 일이 시작되기 전에 중위에게 뭔가를 말하고 싶어 했다는 것을 기억했지만 그 순간 자신이 말하려던 것이 그에게서 도망쳤다. 그는 손수건을 벗고 주위를 바라보았다. 입 언저리로 침이 흘러나오는 것이 느껴졌다. 그는 무척 행복했고, 세상이 평화롭게 느껴졌다. 하르덴부르크는 이상한 자였지만 어딘가 안전한 곳에 도달하기 위해 그에게 의지할 수도 있다는 것을 알게 되었다. 자신들이 어디에 있는지, 몇 시쯤 되었는지 알 수 없었지만 걱정할 필요는 없었다. 그들 중대를 지휘하던 뮐러 대위가 죽은 것은 얼마나 다행스러운 일인가? 뮐러가 살아 있었다면 지금 오토바이 위에는 뮐러와 하르덴부르크가 타고 있을 터이고, 크리스티안은 그 언덕 위에서 세 다스나 되는 사람들과 함께 죽어 있을 터였다.

그는 몰아치는 건조한 공기를 깊이 들이켰다. 이제 그는 자신이 살게 되리라는, 어쩌면 아주 오랫동안 살게 되리라는 확신이 들었다.

하르덴부르크는 오토바이를 아주 잘 몰았다. 그들은 미끄러지고, 공중으로 솟구치면서도 꽤 먼 거리를 달렸다. 새벽이

---

35 북아프리카, 이집트에 있는 지역의 이름.

되면서 분홍빛으로 물든 하늘을 뒤로하고 북서쪽으로 꾸준하게 달렸다. 길과 사막은 어디서나 흔히 보이는 잔해를 제외하고는 텅 비어 있었다. 구조 임무를 담당하는 대대가 조금이라도 쓸모 있는 것들은 이미 깨끗하게 치운 상태였다. 그들 뒤로 계속해서 들리는 총소리는 아주 멀게 느껴졌고, 이따금 이상한 리듬으로 신음처럼 메아리치다가 잦아들었다.

해가 떠올랐다. 길을 볼 수 있게 된 하르덴부르크는 속도를 높였고, 크리스티안은 그를 붙들고 있는 데 집중을 해야 했다.

「졸려?」 엔진 소리 너머로 크리스티안이 들을 수 있게 하르덴부르크가 고개를 돌려 큰 소리로 물었다.

「약간요.」 크리스티안이 솔직하게 말했다. 「하지만 참을 만합니다.」

「내게 이야기를 하게.」 하르덴부르크가 말했다. 「이제 나도 금방이라도 잠이 들 것 같으니까.」

「네, 중위님.」 크리스티안이 말했다. 그는 무슨 말을 할 것처럼 입을 벌렸지만 다시 다물었다. 그는 머릿속으로 이야깃거리를 생각해 내려고 했지만 머리는 멍할 뿐이었다.

「어서.」 하르덴부르크가 짜증스러운 목소리로 말했다. 「이야기해 보게.」

「네, 중위님.」 크리스티안이 말했다. 하지만 「무슨 얘기를 하죠?」 하고 말하는 수밖에 없었다.

「뭐든 좋아. 날씨에 대해서도 좋고.」 크리스티안은 날씨가 어떤지 보았다. 지난 여섯 달 동안 보아 온 날씨와 똑같았다. 「더운 하루가 되겠군요.」

「더 큰 소리로 말해.」 앞을 똑바로 보며 하르덴부르크가 소리쳤다. 「얘기가 안 들려.」

「더운 하루가 되겠다고요.」크리스티안이 중위의 귀에 대고 소리쳤다.

「그 편이 나아.」하르덴부르크가 말했다. 「그래. 아주 더운 편이.」

크리스티안은 다른 얘깃거리를 생각해 내려 애를 썼다.

「뭘 얘기하고 싶은가요?」크리스티안이 물었다. 그는 약에 취한 사람처럼 어떤 지적인 노력도 할 수 없는 것 같았다.

「맙소사! 뭐든 좋아! 키레네에 있는 그리스의 창녀집에 가 봤나?」

「네, 중위님.」크리스티안이 말했다.

「어땠나?」

「모르겠습니다.」크리스티안이 말했다. 「줄을 서서 기다리고 있는데 내 앞으로 네 번째 남자가 들어간 후 문을 닫아 버렸습니다.」

「자네가 아는 이 중 가본 사람이 있나?」

크리스티안은 맹렬하게 생각했다. 「네.」그가 말했다. 「머리에 부상을 당한 상병이 갔습니다.」

「어떻다고 그러던가?」

크리스티안은 기억을 더듬으려 애를 썼다. 「그리스 여자는 별로라고 그랬던 것 같아요. 생기가 없다고요.」그는 이제 기억이 났다. 「너무 사무적이었다고 했어요. 시간제한 때문에 제대로 하는 게 어려웠다고 했어요. 그리고 여자들은 아무것도 하지 않았다고 했어요. 그냥 누워 있기만 한 거죠. 그는 군대가 병사들이 손을 댈 수 있는 사람만이 아니라 자원자도 받아들여야 한다고 생각했어요.」

「자네 친구는 바보야.」하르덴부르크가 악의에 찬 목소리로 말했다.

「네, 중위님.」 크리스티안이 말했다. 그는 침묵에 빠졌다.

「이봐.」 하르덴부르크가 눈을 맑게 하려는 듯 머리를 사납게 흔들었다. 「계속해서 얘기를 해. 휴가 때 베를린에서 뭘 했나?」

「오페라에 갔죠.」 크리스티안이 곧바로 말했다. 「콘서트에도 갔고요.」

「자네는 역시 바보야.」

「네, 중위님.」 크리스티안은 조심스럽게 생각을 하며 말했다. 그는 머리가 무척 어지러웠다.

「베를린에서 만난 여자는 없나?」

「있습니다, 중위님.」 크리스티안은 조심스럽게 생각을 했다. 「비행기 제조 공장에서 일하는 여자를 만났습니다.」

「관계를 가졌나?」

「네.」

「어땠나?」

「훌륭했습니다.」 크리스티안은 큰 소리로 말하며 중위의 숙인 머리 너머로 점차 밝아지고 있는 빛 속에 펼쳐진 사막을 초조하게 바라보았다.

「좋아.」 중위가 말했다. 「그녀의 이름은 뭐였나?」

「마그리트요.」 잠시 머뭇거리며 크리스티안이 말했다.

「유부녀였나?」

「그런 것 같지는 않아요.」 크리스티안이 말했다. 「그런 말은 하지 않더군요.」

「창녀들.」 하르덴부르크가 베를린의 여자들을 향해 말했다. 「알렉산드리아에는 가본 적 있나?」

「아니요, 중위님.」크리스티안이 말했다.

「나는 그곳에 가보고 싶었네.」하르덴부르크가 말했다.

「지금 그곳에 갈 수 있을 것 같지는 않은데요.」크리스티안이 말했다.

「조용히 해!」하르덴부르크가 소리쳤다. 갑자기 오토바이가 방향을 확 바꾸었고, 그는 오른쪽으로 고개를 돌렸다. 「그곳에 가게 될 거야! 내 말 들려? 그곳에 가게 될 거라고 말했어! 곧 도착할 거야! 내 말 들려?」

「네, 중위님.」크리스티안은 중위의 머리 뒤로 불어오는 바람을 향해 소리쳤다.

중위가 자리에 앉은 채로 몸을 뒤틀었다. 그의 얼굴은 일그러져 있었고, 굳은 눈꺼풀 사이로 눈이 반짝이고 있었다. 그는 입을 벌리고 있었으며 검은 입술 때문에 이가 하얗게 보였다. 「조용히 하라고 명령했어!」그는 바람이 부는 연병장에서 중대원 전부에게 규율을 잡는 것처럼 미친 듯이 소리쳤다. 「입을 닥쳐, 그렇게 하지 않으면……」

그 순간 그가 핸들을 한쪽으로 확 꺾었다. 앞바퀴가 미끄러지며 중위의 손이 핸들에서 떨어졌다. 중위의 몸을 붙들고 있던 크리스티안은 자신이 떨어지며 앞쪽으로 튕겨 나가는 것을 느꼈다. 그 충격으로 중위는 껑충 뛰어오른 앞바퀴 위로 날아갔고, 오토바이는 요란한 엔진 소리를 내며 미친 듯이 길 밖으로 미끄러졌다. 갑자기 오토바이는 한쪽으로 내려앉으며 굉음을 냈다. 크리스티안은 비명을 지르며 자신이 공중으로 날아오르는 것을 느꼈다. 그리고 그의 안에서는 어떤 목소리가 조용히 〈이건 너무 지나쳐, 너무 지나쳐〉라고 말하고 있었다. 그런 다음 그는 뭔가에 부딪쳤고, 어깨가 얼얼했다. 하지만 그는 한쪽 무릎을 꿇고 일어났다.

중위는 아직도 앞바퀴가 돌고 있는 오토바이 밑에 누워 있었다. 뒷바퀴는 완전히 망가졌다. 조용히 누워 있는 중위의 이마에 난 상처에서 피가 흘렀고, 그의 다리는 오토바이 밑에서 아주 이상한 각도로 구부러져 있었다. 크리스티안은 천천히 그에게로 가 그를 끌어내기 시작했다. 하지만 소용이 없었다. 그래서 그는 힘껏 오토바이를 들어 올려 반대쪽으로 밀었다. 그런 다음 자리에 앉아 휴식을 취했다. 1분쯤 지나 그는 구급약을 꺼내 서툰 솜씨로 피가 흐르는 중위의 이마에 붕대를 감았다. 잠시 동안 그것은 아주 깔끔해 보였고, 위생병이 처치한 것처럼 보였다. 하지만 피가 다시 흘렀고, 서툴게 처치한 것처럼 보였다.

갑자기 중위가 일어나 앉았다. 그는 오토바이를 본 후 활기차게 「이제 걷는 거야」라고 말했다. 그는 몸을 일으키려 했지만 소용이 없었다. 그는 생각에 잠겨 자신의 다리를 바라보았다. 「심각하진 않아.」 자신을 안심시키려는 듯 그가 말했다. 「확실해. 심각하진 않아. 자네는 괜찮나?」

「네, 중위님.」 크리스티안이 말했다.

「10분 동안 쉬는 게 좋겠어.」 중위가 말했다. 「그런 다음 어떻게 할지 생각해 보지.」 그는 이마에 붙인 붕대를 손으로 누르며 누웠다.

크리스티안은 그의 옆에 앉았다. 그는 오토바이 앞바퀴가 천천히 멈추는 것을 바라보았다. 바퀴는 작은 소음을 냈는데 그 소리가 점점 작아졌다. 바퀴가 멈추자 더 이상 아무 소리도 들리지 않았다. 오토바이에서도, 대륙의 다른 어딘가에서 서로 뒤엉켜 있는 군대에서도 아무런 소리도 들리지 않았다.

해가 뜬 지 얼마 되지 않아 사막은 상쾌하고 시원해 보였다. 상쾌한 빛 속에서 잔해들 또한 단순하고 무해한 것처럼 보였다. 크리스티안은 수통 마개를 천천히 열었다. 그는 조심스럽게 물을 한 입 넣어 혀와 이 주위로 굴린 다음 삼켰다. 그가 물을 삼키는 소리가 크고 부자연스럽게 들렸다. 하르덴부르크가 한쪽 눈을 뜨며 그가 무엇을 하고 있는지 보았다.

「물을 아껴.」 중위가 말했다.

「네, 중위님.」 크리스티안이 말했다. 그는 중위에게 감탄하며, 저 자는 자신을 지옥의 용광로 속에 처넣는 악마에게도 명령을 내릴 거야, 하고 생각했다. 하르덴부르크는 독일 군사 교육의 승리였다. 동맥에서 피가 솟구치는 것처럼 그에게서 명령이 솟아났다. 그는 마지막으로 숨을 거두면서도 앞으로 있을 세 가지 조처에 대한 계획을 세울 것이다.

마침내 하르덴부르크가 한숨을 쉬며 자리에서 일어나 앉았다. 그는 젖은 붕대를 만졌다. 「이거 자네가 감았나?」 그가 물었다.

「네, 중위님.」

「움직이면 바로 떨어질 것 같아.」 하르덴부르크가 객관적으로 비판을 하듯 차갑게 말했다. 하지만 분노는 실려 있지 않았다. 「붕대 감는 법은 어디서 배웠나?」

「죄송합니다, 중위님.」 크리스티안이 말했다. 「저도 몸이 조금 안 좋은 것 같습니다.」

「그랬겠지.」 하르덴부르크가 말했다. 「그렇지만 붕대를 낭비하는 건 멍청한 짓이야.」 그는 군복 속에서 방수포로 싼 상자를 꺼냈다. 그는 그 안에서 예리하게 접은 지형 지도를 꺼냈다. 그는 지도를 사막 위에 펼쳤다. 그가 말했다. 「이제 우리가 어디에 있는지 보지.」

크리스티안은 모든 상황에 완벽하게 대비하고 있는 중위가 놀라웠다.

하르덴부르크는 이따금 눈을 깜박이며 지도를 보았다. 그는 붕대를 누르며 고통으로 얼굴을 찌푸렸다. 하지만 그는 뭐라고 중얼거리며 자신들의 위치를 금방 알아냈다. 그는 지도를 접어 재빨리 상자 속에 넣은 다음 군복 안에 집어넣었다. 「좋아.」 그가 말했다. 「이 길은 8킬로미터 떨어진 곳에서 서쪽으로 향하는 다른 길과 만나. 그곳까지 갈 수 있을 것 같나?」

「네, 중위님.」 크리스티안이 말했다. 「중위님은 어떤가요?」

하르덴부르크는 그를 경멸하듯 쳐다보았다. 「내 걱정은 마. 일어서.」 그가 다시 유령 중대에게 말하듯 소리쳤다.

크리스티안은 자리에서 천천히 일어났다. 어깨와 팔이 몹시 쑤셨고, 팔을 움직이는 것이 힘들었다. 하지만 8킬로미터는 아니더라도 몇 킬로미터는 걸을 수 있었다. 그는 하르덴부르크가 무진 애를 쓰며 모래에서 일어나려는 것을 바라보았다. 얼굴에서는 땀이 흘렀고, 이마의 상처에 댄 붕대 사이로 다시 피가 흐르기 시작했다. 하지만 그가 몸을 숙여 도우려 하자 중위는 노려보며 「저리 가, 병장!」 하고 소리쳤다.

크리스티안은 뒤로 물러나 하르덴부르크가 몸을 일으키려고 애쓰는 것을 바라보았다. 중위는 거인이 달려들어 가격할 때 받을 충격에 대비하듯 신발 굽을 모래에 박았다. 그런 다음 오른팔을 뻣뻣하게 들고 사납게 땅을 밀었다. 그의 납빛 얼굴은 조금씩 밀려드는 고통 때문에 조용히 신음했다. 그는 몸을 반쯤 일으켰지만 곧 바닥에 쓰러졌다. 그는 안간힘을 써 다시 일어섰다. 몸이 흔들리긴 했지만 똑바로 서 있었다. 얼굴에는 땀과 피와 때가 범벅이 되어 두껍게 달라붙어 있었다. 크리스티안은 놀랍게도 그가 흐느끼고 있는 것을 보았다. 뺨 위로 눈물이 흘러내리고 있었다. 그는 고통으로 흐느끼며 숨을 가쁘게 몰아쉬었지만 이를 앙다물고 있었다. 그로테스크하면서도 어색한 동작으로 그는 북쪽을 향해 몸을 돌렸다.

「좋아.」그가 말했다.「전진.」

그는 앞장을 서 모래가 두껍게 쌓여 있는 길을 따라 걷기 시작했다. 그는 흐느적거렸고, 머리가 양쪽으로 흔들렸지만 뒤도 돌아보지 않고 꾸준하게 걸어갔다.

크리스티안은 그를 따라갔다. 그는 목이 말랐다. 어깨에 메고 있는 총이 무척 무거웠지만 하르덴부르크가 먼저 이야기하기 전까지는 물을 마시거나 쉬자고 말하지 않기로 마음을 먹었다.

그들은 나란히 서서 이따금 눈에 띄는, 녹이 슬고 있는 잔해 사이를 지나, 사막을 가로질러 다른 독일군이 전투를 끝낸 후 돌아오고 있을 수도 있는, 북쪽으로 나 있는 길을 향해 천천히 걸어갔다. 아니면 그곳에서 영국군이 그들을 기다리고 있을지도 몰랐다.

크리스티안은 감정을 배제한 채로 차분하게 영국군에 대해 생각했다. 그들은 실제적이지도 위협적이지도 않은 것처럼 여겨졌다. 그 순간에는 두세 가지 정도만 실제적인 것으로 여겨졌다. 시큼한 술찌끼 같은, 목구멍에서 나는 구리 맛과, 자기 앞을 걸어가는 하르덴부르크의 절뚝거리는 짐승 같은 걸음걸이와, 그들의 등 뒤로 더 높아지는 태양과, 더욱 뜨거워지는 사악한 열기만이 실제적인 것으로 여겨졌다. 만약 영국군이 기다리고 있다면 조만간 그 문제를 해결해야 할 것이다. 하지만 지금으로서는 다른 것에 너무도 정신이 팔린 나머지 그 문제는 어떻게 할 수가 없었다.

그들은 다시 자리에 앉아 가차 없이 비치는 햇빛 아래에서 휴식을 취했다. 그들이 고통과 피로 때문에 침침한 눈으로 앞을 바라보고 있는데 지평선 위로 차가 보였다. 차는 뒤쪽으로 깃털 같은 먼지를 일으키며 빠른 속도로 다가왔다. 2분 후 그들은 그것이 장교가 타는 무개차라는 것을 알 수 있었다. 그리고 조금 후에는 그 안에 이탈리아군이 타고 있는 것을 보았다.

하르덴부르크는 안간힘을 써 자리에서 일어났다. 그는 흐느적거리는 몸으로 천천히 길 가운데로 가서 무겁게 숨을 들이쉬었다. 하지만 그는 달려오는 차를 차분하게 바라보았다. 자주색 눈이 푹 꺼지고, 이마에 피가 묻은 붕대를 비스듬히 붙이고 있는 그는 사납고 위협적으로 보였다. 그는 피가 묻은 손을 옆구리에 대고 있었다.

크리스티안 또한 몸을 일으켰지만 길 한가운데로 가지는 않았다.

차가 경고를 하듯 경적을 요란하게 울리며 그들을 향해 달려왔다. 하르덴부르크는 꿈쩍도 하지 않았다. 차에는 다섯 명이 타고 있었다. 하르덴부르크는 꿈쩍도 하지 않고 서서 차갑게 그들을 바라보았다. 크리스티안이 차가 중위를 치고 말 거라는 생각을 하며 입을 벌려 소리를 지르려는 순간 브레이크 소리가 요란하게 나며 길고 멋져 보이는 차가 하르덴부르크의 코앞에서 멈춰 섰다.

앞쪽에는 이탈리아 병사 둘이 타고 있었다. 한 명은 운전을 하고 있었고, 다른 한 명은 그의 옆에서 몸을 웅크리고 있었다. 뒤쪽에는 장교 셋이 있었다. 그들은 자리에서 일어나 이탈리아어로 하르덴부르크를 향해 화난 목소리로 소리쳤다.

하르덴부르크는 꿈쩍도 하지 않았다. 「계급이 제일 높은 장교와 이야기하고 싶소.」 그가 독일어로 차갑게 소리쳤다.

이탈리아군들이 이탈리아어로 뭐라고 말을 했다. 마침내 얼굴이 검고 건장한 소령이 신통치 않은 독일어로 「내가 계급이 제일 높은 장교야. 하고 싶은 말이 있으면 이곳으로 와서 말해」라고 말했다.

「차에서 내리시죠.」 차 앞에서 꿈쩍도 하지 않고 하르덴부르크가 말했다.

이탈리아군이 자기들끼리 이야기를 했다. 잠시 후 살찐 소령이 뒷문을 열고 뛰어내렸다. 한때는 멋졌을 그의 군복은 구겨져 있었다. 그는 호전적인 태도로 하르덴부르크를 향해 다가갔다. 하르덴부르크는 호기 있게 경례를 했다. 해가 이글거리는 텅 빈 사막의 허수아비 같은 그가 하는 경례는 연극적으로 보였다. 소령은 굽으로 모래를 차며 경례를 했다.

「중위.」 하르덴부르크의 금장을 보며 소령이 초조한 목소리로 말했다. 「우리는 아주 급하네. 뭘 원하는가?」

「저는 아이그너 장군으로부터 차량을 징발하라는 지시를 받았습니다.」 하르덴부르크가 차갑게 말했다.

소령은 언짢은 얼굴로 입을 열었다가 딱 소리를 내며 다물었다. 그는 아이그너 장군이 갑자기 텅 빈 사막에서 튀어나오기를 기대하는 것처럼 주위를 급히 둘러보았다.

「말도 안 되는 소리.」 소령이 말했다. 「뉴질랜드 정찰대가 이쪽으로 오고 있네. 우리는 지체 없이……..」

「저는 특별 지시를 받았습니다.」 하르덴부르크가 단조로운 목소리로 말했다. 「저는 뉴질랜드 정찰대에 대해서는 아무것도 모릅니다.」

「아이그너 장군은 어디 있나?」 소령은 다시 한번 의심스러운 표정으로 주위를 둘러보았다. 「여기서 5킬로미터 떨어진 곳에 있습니다.」 하르덴부르크가 말했다. 「장군이 탄 장갑차의 무한궤도가 떨어져 나갔고, 저는 특별 지시를 받았습니다.」

「그 얘기는 들었어!」 소령이 소리쳤다. 「특별 지시에 대해서는 이미 들었어.」

「부탁이니 다른 분들에게 내리라고 명령해 주십시오. 운전병은 그대로 있어도 됩니다.」 하르덴부르크가 말했다.

「비켜.」 소령이 말했다. 그는 차 쪽으로 갔다. 「말도 안 되는 소리는 충분히 들었어.」

「소령님.」 하르덴부르크가 차갑지만 부드럽게 말했다. 소령은 걸음을 멈추고, 땀을 흘리며 그를 쳐다보았다. 다른 이탈리아인들은 걱정스러운 듯 그를 쳐다보았지만 독일어를 알아듣지 못했다.

「말도 안 되는 소리.」 소령이 떨리는 목소리로 말했다. 「말도 안 되는 소리야. 이건 이탈리아군 차량이고, 우리는 임무를 띠고…….」

「무척 죄송합니다, 소령님.」 하르덴부르크가 말했다. 「아이그너 장군님은 소령님보다 계급이 높으며 이곳은 독일군 영토입니다. 부탁이니 차를 인도해 주십시오.」

「말도 안 되는 소리.」 소령은 소심하게 말했다.

하르덴부르크가 말했다. 「어쨌든 앞쪽 길은 봉쇄되어 있고, 그곳에 있는 병사들은 이탈리아군 차량 전부를 징발하라는 지시를 받았습니다. 필요한 경우에는 무력을 써서라도 그렇게 하라고 명령을 받았습니다. 그렇게 되면 지금 같은 순간에 영관급 장교 셋이서 자신의 부대에서 아주 멀리 떨어진 곳에서 무엇을 하고 있었는지 설명해야 할 겁니다. 그리고 이 지역의 모든 부대를 총 지휘하고 있는 아이그너 장군의 특별 지시를 왜 어겼는지 설명해야 할 겁니다.」

그는 소령을 차갑게 바라보았다. 소령은 손을 들어 목을 조르는 시늉을 했다. 하르덴부르크는 표정이 전혀 바뀌지 않았다. 경멸을 담고 있는 그의 표정은 지치고 지루해하는 것처럼 보였다. 그는 소령에게 등을 돌리고 차 쪽으로 걸어갔다. 그는 기적적으로 흐느적거리지도 않고 다섯 걸음을 뗐다.

「나와!」 그가 차 앞문을 열며 이탈리아어로 말했다. 「나와! 운전병은 그대로 있어도 좋아.」 운전병 옆에 있던 병사가 뒷좌석에 탄 장교들을 애타게 바라보았다. 그들은 그의 시선은 피하며 하르덴부르크를 뒤따라온 소령을 초조하게 쳐다보았다.

하르덴부르크가 앞좌석에 타고 있던 병사의 팔을 쳤다. 「나와!」 그가 다시 차분하게 말했다.

병사는 얼굴을 닦았다. 그런 다음 군화를 내려다보며 차 밖으로 나와 소령 옆에 섰다. 잘생기고, 전혀 군인 같지 않은, 얼굴이 부드럽고 검은 두 이탈리아인은 서로 너무도 비슷해 보였다. 그들은 걱정스러우면서도 혼란스러운 얼굴을 하고 있었다.

「이제」 하고 하르덴부르크가 다른 장교 둘을 가리켰다. 「신사분들.」 그는 분명한 모습으로 손짓을 했다.

두 장교가 소령을 쳐다보았다. 그들 중 하나가 이탈리아어로 재빨리 말했다. 소령은 한숨을 쉬며 세 단어로 대답했다. 두 장교는 차에서 내려 소령 옆에 섰다.

「병장.」 하르덴부르크는 어깨 너머로 쳐다보지도 않고 말을 했다.

크리스티안은 그의 옆으로 가 차려 자세를 취했다.

「차 뒷좌석에 있는 것들을 치워, 병장.」하르덴부르크가 명령했다.「이 신사분들 물건을 모두 전해 드려.」

크리스티안은 차 뒷좌석을 들여다보았다. 수통과 키안티 포도주 세 병, 전투 식량 두 상자가 있었다. 그는 기계적으로 전투 식량과 술병을 하나씩 집어 길가, 소령의 발밑에 놓았다. 장교 셋은 자신들의 소지품이 사막의 모래 위에 내려지는 것을 우울한 얼굴로 바라보았다.

크리스티안은 생각에 잠겨 수통을 만지작거렸다.「수통도 내릴까요, 중위님?」그가 물었다.

「그래.」하르덴부르크는 지체 없이 말했다.

크리스티안은 수통을 전투 식량 상자 옆에 놓았다.

하르덴부르크는 차량 뒤쪽으로 갔다. 그곳에는 침낭이 쇠사슬에 묶여 있었다. 그는 칼을 꺼냈다. 그는 재빨리 세 번 칼을 놀려 차에 묶여 있는 가죽 끈을 잘랐다. 캔버스로 만들어진 침낭이 열리며 모래 위로 떨어졌다. 장교 하나가 격분해 이탈리아어로 말하기 시작했지만 소령이 손을 내저으며 그의 입을 다물게 했다. 소령은 하르덴부르크 앞에 똑바로 서 있었다.「차량을 징발했다는 영수증을 써주기 바라네.」그가 독일어로 말했다.

「물론이죠.」하르덴부르크가 진지하게 말했다. 그는 지도를 꺼냈다. 그런 다음 한쪽 귀퉁이를 네모나게 찢어 뒷면에 천천히 글을 썼다.「이거면 될까요?」그가 물었다. 그는 서두르지 않고, 분명한 목소리로 큰 소리로 읽었다.「아무개 소령으로부터 차량을 인수받았다. 이름난은 비워 두겠습니다, 소령님. 이름은 나중에 기입해도 될 겁니다. 운전병과 피아트

장교용 차량 한 대. 이것은 아이그너 장군의 지시로 징발된 것이다. 지크프리트 하르덴부르크 중위 서명.」

소령은 종이를 낚아채 조심스럽게 읽었다. 그는 종이를 흔들었다. 「이걸 적절한 때에, 관계 기관에 제출하겠네.」

「물론이죠.」 하르덴부르크가 말했다. 그는 뒷좌석에 올라탔다. 「병장」 하고 말하며 그는 자리에 앉았다. 「여기 뒤에 앉아.」

크리스티안은 차에 타 중위 옆에 앉았다. 의자는 아름답게 박음질을 한 부드러운 가죽으로 만들어져 있었고, 포도주와 향수 냄새가 났다. 크리스티안은 앞좌석에 탄 운전사의 갈색으로 그을린 목을 무감각하게 바라보았다. 하르덴부르크가 크리스티안 너머로 몸을 기울여 문을 세게 닫았다. 「출발.」 그가 운전병에게 차분하게 이탈리아어로 말했다.

운전사의 등이 잠시 긴장되더니 칼라 밑 목이 붉어지는 것이 보였다. 하지만 그는 곧 섬세하게 기어를 넣었다. 하르덴부르크는 경례를 했다. 장교 셋이 차례로 경례를 했다. 운전병 옆에 있던 이등병은 너무도 놀란 나머지 손도 들지 못하는 것처럼 보였다.

회전하는 바퀴에서 이는 먼지를 길가에 서 있는 작은 무리 위로 날리며 차는 부드럽게 앞으로 나아갔다. 크리스티안은 자기도 모르게 고개가 돌아가려고 근육이 당기는 것을 느꼈지만 하르덴부르크가 그의 팔을 꽉 잡은 채로 「돌아보지 마!」 하고 쏘아붙였다.

크리스티안은 자리에 앉은 채로 몸을 편하게 했다. 그는 총소리가 들릴 것이라고 생각했지만 총소리는 들리지 않았다. 그는 하르덴부르크를 바라보았다. 중위는 차가운 미소를 짓고 있었다. 크리스티안은 그가 그 상황을 즐기고 있다는 사실을 천천히 깨달았다. 부상을 입고, 중대원들을 뒤에 남겨 놓고, 앞으로 무슨 일이 일어날지도 모르는 상태에서 그는 그 순간을 즐기고 있었다. 크리스티안은 미소를 지을 수가 없었다. 그는 부드러운 가죽 의자에 몸을 기대며 아픈 뼈가 쉬고 있는 육체 속에서 점차 안정을 찾아 가는 것을 느꼈다.

「그들이 차를 내주지 않았다면 어떻게 되었을까요?」 잠시 후 그가 물었다.

하르덴부르크는 즐기듯 눈꺼풀을 반쯤 감은 채로 미소를 지으며 말했다. 「나를 죽였겠지. 그게 다야.」

크리스티안은 굳은 얼굴로 고개를 끄덕였다. 「그런데 물은 왜 남겨 준 거죠?」

「아.」 하르덴부르크가 말했다. 「그것까지 뺏는 것은 약간 지나친 일이지.」 그는 사치스러운 가죽 의자에 몸을 기대며 껄껄 웃었다.

「그들은 어떻게 될까요?」 크리스티안이 말했다.

하르덴부르크는 태연하게 어깨를 으쓱했다. 「항복해서 영국 감옥에 가겠지. 이탈리아인들은 감옥에 가는 것을 좋아해. 이제 조용히 해. 자고 싶으니까.」

잠시 후 숨소리를 고르게 내며, 그는 잠이 들었다. 피가 묻은 더러운 얼굴이 아이처럼 편안해 보였다. 크리스티안은 깨어 있었다. 누군가는 사막과, 길 위로 힘차게 차를 몰고 있는, 뻣뻣하게 앉아 있는 운전병을 지켜봐야 할 것 같았다.

메르사마트루[36]는 죽음이 휩쓸고 간 사탕 상자처럼 보였다. 그들은 보고를 하기 위해 누군가를 찾으려 했지만 시내는

---

36 이집트의 항구 도시.

폐허 속에 나뒹구는 트럭과, 절룩거리는 사람들과, 부서진 장갑차로 혼란스러웠다. 그들이 그곳에 있는 동안 적의 공군 편대가 날아와 20분 동안 폭탄을 퍼부었다. 더 많은 곳이 폐허가 되었고, 구급 열차 하나가 폭파되면서 부서진 잔해에서 사람들이 동물처럼 비명을 질렀다. 모두가 서쪽으로 가려고 애를 쓰고 있는 것 같았다. 하르덴부르크는 운전병에게 이동하고 있는 긴 차량 행렬 속으로 천천히 들어서라고 지시했고, 그들은 시내 외곽으로 나갔다. 그곳에는 통제 본부가 있었고, 눈이 수척한 대위 한 명이 긴 종잇장을 든 채로 서 있었다. 대위는 그의 앞을 지나가는 지치고 지저분한 사람들의 이름과 부대명을 적었다. 그는 지진이 나 흔들리고 있는 은행 건물 안에서 결코 맞출 수 없는 손익계산을 맞추려고 정신없이 일하는 은행 직원 같았다. 그는 그들의 사단 본부가 어디에 있는지, 심지어는 아직도 그것이 존재하는지도 몰랐다. 그는 엉덩이에 진흙을 잔뜩 묻힌 채로 깊고 커다란 목소리로 계속해서 「계속 가, 계속 가. 이건 터무니없는 짓이야. 계속 가」라고 말하고 있었다.

이탈리아인 운전병을 본 그는 「이 친구는 이곳에 남겨 두고 가. 시내를 사수하는 데 그를 써먹어야겠어. 대신 독일군 운전병을 붙여 주지」라고 말했다.

하르덴부르크는 운전병에게 부드럽게 말했다. 이탈리아인은 울기 시작했지만 차에서 내려 긴 종잇장을 들고 있는 대위 옆에 섰다. 그는 소총을 꺼내 슬픈 얼굴로 총구를 잡았다. 앞을 지나가는 트럭과 절뚝거리는 병사들을 절망적으로 바라보고 있는 그의 손에 들린 총은 사람에게 아무런 해도 끼치지 못할 것처럼 보였다.

「저런 부대로는 마트루를 영원히 사수하지 못할 겁니다.」 하르덴부르크가 무거운 목소리로 말했다.

「물론이지.」 대위가 흥분해서 말했다. 「맞는 얘기야. 이건 터무니없는 짓이야.」 그는 먼지 속을 들여다보면서 숨을 쉬기 어려울 만큼 두터운 먼지 구름을 일으키며 앞을 지나가는 장갑차 한 대와 대전차포 두 대의 부대 번호를 적었다.

그는 그들에게 탱크를 잃어버린 탱크 운전병과, 시내 상공에서 격추당한 메서슈미트 전투기 조종사를 붙여 주며 가능한 한 빨리 솔룸으로 돌아가라고 말했다. 그러면서 그곳은 상황이 좀 나을 수도 있을 거라고 했다.

소작인 출신에, 체구가 크고 금발인 탱크 운전병은 군인처럼 운전대를 잡고 차를 몰았다. 그를 보자 크리스티안은 오래전 입술에 체리를 묻힌 채로 파리 외곽에서 죽은 크라우스 상병이 떠올랐다. 조종사는 젊지만 대머리였고, 회색 얼굴은 주름이 져 있었다. 그는 1분에 스무 번은 입술을 오른쪽으로 씰룩거렸다. 그가 「오늘 아침만 해도 이렇지는 않았어요. 갈수록 상황이 나빠지고 있어요. 아주 나빠 보이지 않아요?」 하고 말했다.

「그렇게 나빠 보이지는 않는데요.」 크리스티안이 말했다.

「나는 미국 전투기에 격추당했죠.」 조종사가 놀랍다는 듯 말했다. 「상상해 봐요. 그 전투기 조종사는 내가 처음 본 미국인이었죠.」 그는 그것이 아프리카에서 전투를 벌이고 있는 모든 독일군에게 가장 치명적이며 최종적인 타격이 되기라도 한 것처럼 고개를 저었다. 「나는 미국인들이 이곳에 온 줄도 몰랐어요. 상상해 봐요!」

금발의 소작인은 훌륭한 운전병이었다. 그들은 어지러운

차량 행렬 속에서 시원하고 평화롭게 그리스와 이탈리아, 그리고 유럽까지 뻗어 있는 지중해의 반짝이는 푸른 바다와 나란히 나 있는, 폭격을 받아 군데군데 구덩이가 파인 길을 따라 한참 동안 갔다.

 이튿날 그 일이 일어났다.
 그들은 여전히 차에 타고 있었다. 그들은 길에 버려진 파괴된 트럭에서 가솔린을 빼내 차에 채우고 천천히 움직이는 긴 행렬을 따라갔다. 그들은 황폐해진 작은 마을 솔룸에서 키레네까지 이어지는 몹시 가파른, 파괴되고 굽은 길을 지나갔다. 아래쪽으로 열쇠 구멍 모양의 항구에 있는 건물 벽의 잔해가 햇빛에 하얗고 아름답게 비치고 있었다. 파괴된 땅을 향해 파도 치는 바다는 밝은 초록색과 순수한 파란색으로 환했다. 배의 잔해가 고대에 일어난 전쟁의 침전물처럼 물속에 잠겨 있었고, 낮은 파도에 부드럽고 평화롭게 일렁거렸다.
 조종사는 이제 입술을 더 씰룩거렸다. 그는 계속해서 뒷거울에 얼굴을 비추며 경련이 일어나기 전에 그것을 의식적으로 멈추려 했다. 하지만 아직 그는 경련을 멈추지 못했고, 지난 밤 깜빡 잠이 들 때마다 고통으로 비명을 지르곤 했다. 하르덴부르크는 그에게 굉장한 참을성을 발휘했다.
 그런데 아래쪽에서 질서가 회복되고 있다는 조짐이 보였다. 마을에는 대공포가 설치되고 있었고, 보병 2개 부대가 동쪽 끝에서 구덩이를 파고 있고, 항구 근처에서 장군 한 사람이 팔을 내저으면서 왔다 갔다 하며 지시를 내리고 있는 것이 보였다.
 그리고 장갑차들이 시선이 미치는 곳까지 줄을 지어 서 있었다. 그것들은 보병 부대 뒤로 집합하고 있었다. 또한 멀리서 작게 보이는 사람들이 높은 곳에서 연료를 붓고 망루에서 일하는 사람들에게 탄약을 건네는 것도 보였다.

하르덴부르크는 차 뒷자리에 서서 모든 것을 예의 주시했다. 그는 열이 높았음에도 아침에 면도까지 했다. 그는 입술이 갈라지고 벗겨져 있었고, 이마에는 새로 붕대를 댄 상태였다. 하지만 그는 또다시 군인처럼 보였다. 「이곳에서 적을 막아야 해.」 그가 말했다. 「적은 이 이상은 못 지나갈 거야.」

그때 오르막길 위로 천천히 지나가고 있던 차량들의 소음 위로 굉음을 일으키며 적기가 바다에서 낮게 날아왔다. 적기는 행사 때 묘기 비행을 하듯 화살표 모양의 편대를 이루며 날아왔다. 그들은 느리게 날고 있고, 얼마든지 격추시킬 수 있는 것처럼 보였다. 한데 어쩐 일인지 아무도 사격을 하지 않았다. 크리스티안은 폭탄이 소용돌이치며 떨어지는 것을 볼 수 있었다. 산 옆쪽에서 폭탄이 터졌다. 그들 위쪽에서 트럭 한 대가 뒤집어지며 1백 미터 아래 골짜기로 떨어졌다. 마치 잔해에서 제일 먼저 손에 집히는 것을 구해 내려고 일부러 누군가가 던진 것처럼 트럭에서 군화 한 짝이 날아올라 길게 곡선을 그리며 떨어졌다.

그런 다음 폭탄이 가까운 곳에 떨어졌다. 크리스티안은 자신의 몸이 공중으로 붕 뜨는 것을 느끼며 〈이건 옳지 않아, 그토록 힘들게 그 먼 거리를 왔는데, 이건 옳지 않아〉라고 생각했다. 그는 자신이 다친 것은 알 수 있었지만 아무런 통증도 느껴지지 않았다. 그는 자신이 죽게 되리라는 것을 알 수 있었다. 빙빙 돌고, 색이 다채롭지만 고통이 수반되지 않는 혼돈 속으로 들어가 쉬는 것은 무척 평화롭고 감미로웠다.

그 후 그는 눈을 떴다. 뭔가가 그를 짓누르고 있었고, 그는 그것을 밀쳐 내려 했지만 소용이 없었다. 노란 코르다이트[37]와 불에 그슬린 바위와 파괴된 차량과 고무 타는 냄새와 가죽과 그슬린 페인트에서 나는, 놋쇠에서 나는 것 같은 냄새가 났다. 그는 군복을 입은 채로 붕대를 감고 있는 사람을 보았고, 그가 하르덴부르크 중위가 틀림없다고 생각했다. 하르덴부르크 중위는 차분하게 「나를 의사에게 데려다줘」라고 말하고 있었다. 하지만 목소리와 금장과 붕대만이 그가 하르덴부르크 중위라는 것을 말해 주고 있었다. 그의 얼굴은 전혀 보이지 않았다. 그의 얼굴은 붉은색과 하얀색 덩어리로 되어 있어 전혀 알아볼 수가 없었다. 그런데도 붉은 거품과 하얀 줄이 뒤엉켜 있는, 하르덴부르크 중위의 뺨이었을 곳에서 목소리가 흘러나오고 있었다. 크리스티안은 꿈을 꾸듯 그 전에 어디에서 그 비슷한 것을 보았는지 떠올리려 했다. 그는 다시 의식이 희미해지려 했고, 그것을 떠올릴 수 없었다. 하지만 마침내 그는 의식을 회복했다. 그것은 반짝이는 상앗빛 접시 위에 놓인, 과즙이 흐르는, 아무렇게나 벌어진, 잘 익고 반짝이는 붉은 석류와 비슷했다. 그 순간 그는 몸이 아프기 시작했고, 그래서 한참 동안 다른 것에 대해서는 생각지 않았다.

17

「의사들은.」 붕대를 감은 얼굴이 말했다. 「2년 후면 다시 얼굴을 찾을 수 있을 거라고 했어. 환상을 갖고 있지는 않아.

---

37 화약의 일종.

영화배우처럼 보이지는 않겠지만 군 복무를 할 수 있을 정도의 얼굴은 될 거야.」

크리스티안은 외과 의사가 부서진 두개골을 접합해 군 복무를 할 수는 있게 만든 얼굴을 본 적이 있었지만 하르덴부르크만큼은 확신이 들지 않았다. 그럼에도 그는 「물론이죠, 중위님」 하고 말했다.

「한 달 후면 오른쪽 눈으로 사물을 볼 수 있을 게 거의 확실해. 의사가 할 수 있는 건 그게 전부라 하더라도, 그것 자체가 하나의 승리가 될 거야.」

「그럼요, 중위님.」 크리스티안이 말했다. 그는 아름다운 카프리섬에 있는 별장의 어두운 방에서 나폴리만의 겨울 햇살을 받으며 서 있었다. 그는 붕대를 감은 뻣뻣한 오른쪽 다리를 대리석 바닥에 내려놓고 목발을 벽에 세우며 침대 사이에 앉았다.

다른 침대에는 화상 환자가 있었다. 심한 화상을 입은, 장갑차 대대 소속인 그는 자신을 감고 있는 10미터에 이르는 붕대 속에서 조용히 누워 천장이 높은 시원한 방을, 흔히 맡을 수 있는 악취로 채우고 있었다. 그 악취는 죽은 자에게서 나는 냄새보다도 더 나빴다. 하지만 하르덴부르크는 코가 남아 있지 않아 냄새조차 맡을 수 없었다. 효율성을 중시하는 간호사는 그것이 다행스러운 일이라는 것을 깨닫고는 그들을 함께 있게 했다. 한때 잘나가던 리옹의 비단 제조업자의 휴양지였던 병원은 갈수록 아프리카에서 전투를 치르다 부상을 입은, 외과 의사에게는 흥미로운 대상이 될 만한 환자로 북적였다.

크리스티안은 사병들만 입원하는, 언덕 아래에 있는 좀 더 큰 병원에 있었지만 병원에서 일주일에 한 번 목발을 줬고,

이제 그는 자유인인 것처럼 느끼고 있었다.

「나를 찾아 줘서 고맙네, 디스틀.」하르덴부르크가 말했다. 「부상을 당하게 되면 사람들은 우리를 여덟 살짜리 아이로 취급하는 경향이 있지. 그렇게 되면 다른 모든 것과 함께 우리의 뇌가 썩게 되지.」

「중위님을 무척 보고 싶었습니다.」크리스티안이 말했다. 「그리고 개인적으로 중위님이 제게 해주신 것에 대해 감사하다는 말씀을 드리고 싶었습니다. 그래서 중위님도 이 섬에 계시다는 소식을 듣고는…….」

「말도 안 되는 소리!」중위가 여느 때와 마찬가지로 짧고 정확하게 소리를 지르는 것이 놀라웠다. 하지만 그 목소리를 담고 있던 얼굴은 모두 사라진 상태였다. 「감사라니, 당치도 않아. 애정을 느껴 자네를 구해 준 건 아니네.」

「알겠습니다, 중위님.」크리스티안이 말했다.

「그 오토바이에는 두 사람이 탈 수 있었지. 나중에 다른 어딘가에서 쓸모가 있을 두 명이 살아남을 수 있었어. 좀 더 가치가 있을 것이라고 생각되는 다른 누군가가 있었다면 나는 자네를 남겨 두고 떠났을 걸세.」

「알겠습니다, 중위님.」크리스티안이 말했다. 그는 솔룸 외곽 언덕에서 멀리 영국 공군 비행기의 소음이 사라지는 순간 마지막으로 붉은 피를 흘리는 것을 본 중위의 머리를 단정하게 감싸고 있는 부드럽고 하얀 붕대를 바라보았다.

간호사가 들어왔다. 마흔쯤 된 그녀는 친절해 보이는 얼굴에 살이 쪄 어머니처럼 보였다. 「자.」그녀가 말했다. 하지만 지루해하는 기색이 역력하고, 사무적으로 들리는 그녀의 목소리는 전혀 어머니 같지 않았다. 「오늘 문병 시간은 끝났어요.」

그녀는 문 앞에 서서 크리스티안이 나가기를 기다렸다. 크리스티안은 목발을 짚으며 천천히 자리에서 일어났다. 목발이 대리석 바닥에 부딪치며 둔탁한 소음이 들렸다.

하르덴부르크가 말했다. 「최소한 나는 두 발로 걸을 수는 있을 걸세.」

「그럼요, 중위님.」 크리스티안이 말했다. 「괜찮다면 다시 찾아오겠습니다, 중위님.」

「오고 싶으면 오게.」 붕대를 감은 얼굴이 말했다.

「이쪽이요, 병장.」 간호사가 말했다.

최근에야 목발 짚는 법을 배운 그는 서툴게 밖으로 나갔다. 복도에 나오자 그는 마음이 놓였다. 그곳에서는 화상 환자에게서 나는 냄새를 맡지 않을 수 있었다.

「그녀는 별로 심란해하지 않을 거야.」 하르덴부르크가 하얀 붕대 사이로 말했다. 「내 모습이 변한 것에 대해서.」 그는 자신의 아내에 대해 이야기하고 있었다. 「편지를 해 얼굴에 파편을 맞았다고 했네. 그러자 그녀는 나를 무척 자랑스럽게 생각하며, 아무것도 변하지 않을 거라고 했어.」

크리스티안은 얼굴이 없어진 건 아주 커다란 변화라고 생각했다. 하지만 그는 아무 말도 하지 않았다. 그는 목발을 늘 두는 벽에 기대어 놓은 채로 다리를 뻗고 두 침대 사이에 앉았다.

이제 그는 거의 매일같이 중위를 찾아왔다. 중위는 하얀 붕대 사이로 몇 시간씩 이야기를 했고, 그럴 때면 크리스티안은 〈네, 중위님〉 또는 〈아니요, 중위님〉 하고 대답하며 귀를 기울였다. 화상 환자에게서는 여느 때처럼 좋지 않은 냄새가 났다. 하지만 매번 처음 몇 분 동안만 괴로울 뿐 조금 지나면 참을 만했고, 심지어는 냄새에 대해 잊어버리기까지 했다. 아무것도 볼 수 없었지만 하르덴부르크는 생각에 잠겨 차분하게 몇 시간씩 끝없이 얘기를 하며 자신과 크리스티안에게 도움이 될 만한 이야기를 천천히 늘어놓았다. 강제로 잔인한 휴가를 보내게 된 그는 이제 자신의 인생을 점검해 보며 과거의 승리와 잘못을 따져 보고 미래의 가능성을 타진해 보는 것 같았다. 크리스티안은 중위와 이야기하는 것이 갈수록 재미있었다. 그는 악취가 풍기는 방에서 하루의 절반을 보내며 자신의 삶에 완전히 갇혀 버린 것 같은 누군가가 털어놓는 모호한 이야기를 들었다. 병실은 휴게실과 고해실을 합한 것같이 되었고, 그 안에서 크리스티안은 자신의 실수와 모호한 희망과 열망이 분명해지고, 이해되고, 분류되는 것을 느꼈다. 전쟁은 다른 대륙에서 일어나는 꿈 같은 것이었다. 그리고 그것은 그림자 같은 형체들이 서로 싸우고 있는 비현실적인 것이며, 멀리 폭풍우 속에서 들리는, 소리 죽여 연주하는 트럼펫 소리 같았다. 붕대를 감은, 악취를 풍기는 두 인물이 있는, 햇살이 비치는 푸른 항구를 굽어보고 있는 그 방만이 실제적이며, 진실되고, 중요한 것처럼 여겨졌다.

「전쟁이 끝나면 그레첸은 내게 무척 소중한 존재가 될 거야.」하르덴부르크가 말했다. 「그레첸은 내 아내의 이름이야.」

「네, 중위님.」크리스티안이 말했다. 「알고 있습니다.」

「어떻게 알지? 오, 그래. 내가 꾸러미를 전하게 했지.」

「네, 중위님.」크리스티안이 말했다.

「그녀는 무척 아름답지, 그렇지 않나?」

「그렇습니다, 중위님. 무척 아름답습니다.」

「아주 중요하지.」 하르덴부르크가 말했다. 「군대에 들어온 후 단정치 못한 아내 때문에 자기 일자리를 잃게 된 사람들이 얼마나 되는지 알면 자네도 놀랄 거네. 그리고 그녀는 무척 유능하지. 그녀는 사람을 다룰 줄 알아.」

「네, 중위님.」 크리스티안이 말했다.

「아내와 얘기할 기회가 있었나?」

「10분쯤이요. 중위님에 대해 묻더군요.」

「아내는 무척 헌신적이야.」 하르덴부르크가 말했다.

「네, 중위님.」

「18개월 안에는 아내를 만날 계획이네. 그때쯤이면 내 얼굴도 꽤 괜찮아져 있을 거야. 불필요하게 아내에게 충격을 주고 싶지 않아. 그녀는 무척 소중한 존재야. 어디에서나 무척 편안해하며 바르게 말할 줄 알지.」

「네, 중위님.」

「사실을 말하자면 결혼했을 때 나는 아내를 사랑하지 않았어. 나는 나이가 더 많은, 아이가 둘 있는 이혼녀에게 훨씬 더 끌렸지. 무척 끌렸고, 하마터면 그녀와 결혼할 뻔했어. 그렇게 되었다면 나는 형편없는 존재가 되었을 거야. 그녀의 아버지는 금속 공장 노동자였고, 그녀는 살이 찌는 체질이었어. 10년도 안 되어 그녀는 괴물처럼 변했을 거야. 10년 안에 나는 목사와 장군들을 내 집에 초대할 거야. 그렇게 되면 나는 아내에게 안주인 역할을 하게 할 거야. 그런데 그 나이 든 여자는 저속했어. 아이들은 구제불능이었고. 그런데도 아직 나는 그녀를 생각하면 마음이 약해지며 가슴이 북받치는 것을 느껴.

자네도 어떤 여자에게 그런 감정을 느껴 본 적이 있나?」

「네, 중위님.」 크리스티안이 말했다.

「그녀와 결혼을 했다면 내 인생은 망가졌을 거야.」 붕대 뒤쪽에서 목소리가 흘러나왔다. 「여자는 제일 흔한 덫이야. 남자는 다른 모든 것에서와 마찬가지로 여자 문제에 있어 지각이 있어야 해. 여자 때문에 스스로를 희생하는 남자를 나는 경멸해. 그건 가장 구역질나는 방종의 한 형태지. 할 수만 있다면 모든 소설과 『자본론』과 하이네의 시집을 모두 불태워 버렸으면 좋겠어.」

겨울비가 내리며 창밖으로 만이 뿌옇게 보이는 흐린 날이었다. 「이 전쟁이 끝나면 우리는 다른 전쟁을 치러야 해. 일본과 싸워야 해. 동맹 세력을 정복하는 건 언제나 필요하지. 그런데 『나의 투쟁』에는 그런 이야기는 빠져 있지. 어쩌면 저자가 예리하게도 일부러 뺐는지도 몰라. 어쨌든 어딘가에 있는 어떤 국가가 강해질 수 있도록 허용하는 게 필요해. 그래야만 무찌르기 어려운 적을 항상 가질 수 있지. 어떤 국가가 위대해지기 위해서는 감당할 수 있는 한계를 항상 넓혀 가야 해. 위대한 국가는 늘 붕괴의 위험에 처해 있고, 그래서 항상 간절하게 상대를 공격하려 하지. 그러한 간절함을 잃게 되면 역사는 그 나라의 이름을 묘비에 새기기 시작하지. 지식인에게 로마 제국은 완벽한 사례로서 영원히 기억될 거야. 누군가가 〈다음에는 누굴 치지?〉라는 태도에서 〈다음에는 누가 나를 칠까?〉라는 태도로 바뀌는 순간 그는 몰락의 길을 걷게 되지. 방어는 겁쟁이가 패배를 감추려고 내보이는 것일 뿐이야. 그 무엇에도 성공적인 방어란 가능하지 않아. 게으름과 죽지 않으려는 마음의 결합일 뿐인, 소위 우리의 문명은 커다란 악이야. 영국은 로마인들의 저녁 식사에 나오는 디저트 같은 존재야. 영국은 결코 전쟁의 과실을 평화롭게 즐기지 못할 거야. 전쟁의 과실은 또 다른 전쟁에서만 즐길 수 있지. 그렇게 하지 않을 경우 모든 것을 잃게 되지. 영국이 주위를 둘러보며 〈우리가 무엇을 얻게 되었는지 봐. 이제 그것을 지키도록 하지〉라고 말하는 순간 그 제국은 그들의 손가락 사이로 빠져나가지. 늘 야만인으로 남아 있을 필요가 있어. 야만인만이 항상 승리하는 법이니까.

우리 독일인은 최고의 기회를 갖고 있어. 우리에게는 대담하고 지적인 엘리트와 힘이 넘치는 인구가 많지. 사실 우리처럼 대담하고 지적인 엘리트와 힘이 넘치는 인구가 많은 또 다른 국가가 있기는 해. 가령 미국의 경우가 그렇지. 하지만 한 가지 점에서 우리는 좀 더 운이 좋고, 그 때문에 우리는 정복자가 될 거야. 우리는 유순하지만 미국인들은 그렇지 않아. 그들은 결코 유순해지지 않을 거야. 우리는 들은 대로 해. 그래서 우리는 우리의 지도자가 결정적인 행동을 하는 데 있어 유용한 도구가 될 수 있지. 미국인들은 1년이 지나도 5년이 지나도 유용한 도구가 되지 못할 거야. 그때가 되면 그들은 파탄에 이르고 말 거야. 러시아인도 위험하긴 한데, 그건 그들의 규모 때문이야. 하지만 그들의 지도자는 멍청해. 늘 그랬지. 그리고 그들의 힘은 무지 때문에 쓸모없는 것이 될 거야. 위험한 건 규모뿐인데, 그건 핵심이 아니라고 봐.」

그 목소리는 흡사 생각이 깊은 학자가 대학 도서관에서 너무 좋아한 나머지 거의 모든 내용을 외우고 있는 책을 읽으면서 내는 소리 같았다. 비가 창문을 부드럽게 두드리며 항구의 모습을 희미하게 만들었다. 옆 침대에 있는 화상 환자는 아무것도 듣지도 생각하지도 기억하지도 못하며 끔찍한 냄새 속에서 꿈쩍도 않고 누워 있었다.

「몇 가지 점에서.」 하르덴부르크가 말했다. 「나의 이 상처는 행운이기도 해.」 해가 하늘에 걸려 있고, 창밖으로 물과 공기와 산이 투명하고 환하며, 풍경 전체가 진한 파란색으로 보이는, 고요하고 꿈결 같은 또 다른 늦은 오후였다. 「어쩌다 보니 나는 군에서는 별로 운이 좋지 않았어. 그리고 이 상처는 내가 더 이상 군에 묶여 있지 않을 것임을 의미해. 어쩌다 보니 나는 군에서 제대로 된 위치에 있은 적이 한 번도 없어. 자네도 알다시피 나와 사관학교를 함께 다녔던 자들이 다섯 차례나 진급하는 사이 나는 한 번밖에는 진급하지 못했지. 불평을 해도 소용이 없었어. 그것은 정실 인사나 공적과는 아무런 관계가 없었어. 그건 어떤 순간에 어디에 있게 되느냐의 문제였지. 어느 본부에 배치되었는데 그곳을 지휘하는 장군이 운이 얼마나 좋은지, 또는 어느 전선에 배치되었는데 적이 어떤 식으로 공격해 왔는지에 달려 있었지. 어느 날 어떤 파견대가 지시를 받았을 때 그 부대에 있던 사람이 어떻게 느꼈는지에 달려 있는 식이었지. 그 점에서 나는 운이 없었던 게 분명해. 이제 사람들은 나를 군으로 다시 돌려보내지 않을 거야. 얼굴을 다친 장교가 지휘를 하는 건 부대원의 사기에도 좋지가 않지. 그건 확실해. 될 수 있으면 공격 전에 중대원을 행군시켜서는 안 되네. 그건 단순한 이치야, 하지만 부상당한 얼굴은 나중에 가치 있는 것이 될 수도 있어. 나는 정치에 입문할 생각이야. 전부터 군 복무를 마친 다음 정치를 할 생각이었지.

하지만 이제는 20년은 단축시킬 수도 있을 거야. 전쟁이 끝나면 전장에서 조국을 위해 봉사했다는 것을 증명할 수 있는 사람만이 지도자의 위치에 오를 수 있을 거야. 나는 옷깃에 훈장을 달 필요도 없어. 내 얼굴이 훈장이 될 거야. 그리고 내 얼굴은 사람들에게서 동정심과 존경심, 감사의 마음과 두려움을 동시에 불러일으킬 거야. 이 전쟁이 끝나면 다스려야 하는 어떤 세계가 있을 것이고, 나치당은 내 얼굴을 다른 나라에 그들의 존재를 대표하는 훌륭한 상징으로 내세우게 될 거야.

얼굴 생각 때문에 심란해지지는 않아. 붕대를 떼어 내게 되면 나는 자리에서 일어나 얼굴을 거울에 비춰 볼 거야. 물론 공포스럽겠지. 하지만 목수가 망치의 모습에 마음 상하지 않듯이 병사는 공포스러운 모습에 마음 상해서는 안 돼. 공포가 병사의 도구이지 않은 척하는 것은 감상적인 짓이야. 망치가 목수의 도구인 것처럼 공포는 병사의 도구야. 우리는 죽음과, 죽음의 위협을 떨쳐 버리고 살아남아야 해. 그리고 죽음의 위협을 차분하게 받아들이고 잘 활용해야 해. 우리 조국에게는 텅 빈 유럽이 필요해. 그것은 수학적인 문제이고, 살육에 의해서만 등호가 성립이 돼. 해답이라는 진리를 믿는다면 방정식을 해결해 주는 계산법에서 물러나서는 안 돼.

우리가 가는 곳마다 그곳에 있는 모두에게 우리가 얼마든지 사람을 죽일 수 있다는 것을 깨닫게 해줘야 돼. 그것이 누군가를 지배하는 데에서 가장 효과적인 열쇠지. 결국 나는 살인을 좋아하게 되었는데, 그건 피아니스트가 베토벤을 치기 위해, 손가락을 유연하게 해주는 체르니를 즐기는 것과 비슷해. 그건 모든 군인에게 가장 중요한 요소야. 장교가 그것을 잃게 되면 자신을 징계해 달라고 한 후 민간인으로 돌아가 회

계나 봐야 해.

 나는 자네 고향 친구들이 보낸 편지를 읽고, 그들에게 혐오감을 느꼈네. 자네는 물론 나보다 나이가 훨씬 더 많고 유럽에서 일어난 말도 안 되는 일을 여러 번 겪었지. 자네 편지는 전쟁이 끝난 후 세상에 찾아올 평화와 번영의 위대한 날들에 대한 이야기로 가득 차 있더군. 그 모두는 여자와 정치가에게는 무척 좋은 것이야. 하지만 군인은 그것이 그렇지만은 않다는 것을 알아야 하네. 군인은 평화를 원해서는 안 되네. 그건 군인에게는 평화가, 공급이 많아 구매자에게 유리한 시장이기 때문이야. 군인은 번영이 일방적일 수밖에 없다는 것을 알아야 해. 우리는 유럽 전체가 가난해질 때에만 번영을 누릴 수 있어. 그리고 군인은 그러한 관념에 기뻐해야 하네. 우리가 겨울에 진흙탕 같은 마을에서 감자로 만든 술에 취해 있는 문맹의 폴란드인들이 번영하기를 바라야 할 것 같나? 이탈리아 돌로미티 지방의 냄새나는 염소 목동이 부유해지기를 바라야 할 것 같나? 그리스의 살찐 동성애자가 하이델베르크 대학에서 법학을 가르치기를 바라야 할 것 같나? 그럴 수는 없네. 그 이유는 뭔가? 우리는 경쟁자가 아닌 하인을 원하고 있어. 그리고 그럴 수 없다면 시체를 원하네. 그건 우리 독일인이 아직도 부분적으로는 정치가이기 때문이야. 우리는 세상에서 낡고 불필요한 신뢰를 사기 위해 정치가처럼 말을 하며 우리 자신을 팔고 있지. 하지만 10년 안에 우리는 있는 그대로의 우리 자신의 모습을 보일 수 있어. 군인인 우리 자신을 말이야. 그 이상도 그 이하도 아닌. 그렇게 되면 우리에게 이따위 말도 안 되는 것들은 필요 없게 될 거야. 군인의 세계야말로 유일하게 진정한 세계야. 다른 모든 세계는 도서관의 서가에 있는, 낡고 과장된 내용의 전집과도 같은 것이지. 그리고 그것은 맥 빠진 소원이고, 모든 손님들이 잠든 연회 테이블에서 하는 연설 같은 것이지. 만 개의 서가에 꽂힌 책도 경탱크 한 대를 막지 못해. 성경책도 십억 번은 인쇄되었을 거야. 하지만 장갑차를 탄, 다섯 명으로 이루어진 정찰대가 우크라이나의 한 마을에서 30분 동안에 십계명을 쉰 번은 어기고 그날 밤 포획한 포도주 두 상자로 축하를 할 수도 있어.

전쟁은 인간이 추구하는 모든 것들 중에서 가장 매력적인 것이야. 그것은 약탈적이고 자기 본위적인, 인간 최후의 본성에 완벽하게 들어맞기 때문이지. 내가 그런 말을 할 것은 그것을 위해 내 얼굴을 바쳤기 때문이야. 내가 멀리서 안전하게 전쟁을 사랑하며, 그 보상을 원한다고 해서 나를 비난할 사람은 아무도 없을 거야.

나는 우리가 이 전쟁에서 질 거라고 생각하지는 않아. 그건 우리가 그것을 감당할 수 없기 때문이지. 하지만 우리가 전쟁에서 진다면 그건 우리가 충분히 혹독하지 않기 때문이야. 우리가 전쟁을 치르는 동안 매일같이 유럽인 10만 명을 죽일 것이라고 선언한 후 그 약속을 지킬 경우 전쟁이 얼마나 오래갈 거라고 생각하나? 그리고 유대인만 죽이지 않을 거라고 한다면? 모두가 유대인이 살해당하는 것을 보는 데 익숙해졌고, 그 분야에서 우리의 효율성에 대해 남몰래 어느 정도 기뻐하고 있어. 그리고 유대인의 수는 한정되어 있어. 우리는 프랑스인, 폴란드인, 러시아인, 네덜란드인, 그리고 영국인 등 유럽의 모든 전쟁 포로를 죽여야 해. 우리는 좋은 종이에 죽은 사람들의 이름과 사진을 인쇄해 폭탄 대신 그것을 런던 상공에 투하해야 해. 우리가 시련을 겪고 있는 건 우리의 행동이 우리의 철학만큼 성숙하지 않아서야. 우리는 모세들을 죽이면서도 예수는 참을 수 있는 것처럼 행동하고 있지. 그러한 멍청한 시늉 때문에 모든 것을 위험에 빠트리고 있어.

양심의 가책을 극복할 경우 우리는 서구 역사상 가장 위대한 민족이 될 거야. 우리는 양심의 가책을 느끼지 않고도 위대한 민족이 될 수 있어. 그런데 지금 보면 우리는 보이지 않는 닻을 끌고 가고 있어.

내가 이런 이야기를 하는 건 자네가 다시 군대로 돌아가게 될 것이기 때문이야. 하지만 나는 그렇게 되지 못할 거야. 지난 몇 달 동안 나는 이런 생각을 해왔고, 내 후임들을 이용할 수도 있어. 지난번 전쟁 후에 독일을 패배로부터 구하는 데에는 부상당한 한 상병이 필요했지. 이번 전쟁 후에는 독일을 패배로부터 구하는 데 부상당한 중위 1천 명이 필요할 수도 있어. 자네는 전선에서 내게 편지를 할 수 있을 거야. 그렇게 되면 나는 얼굴이 낫는 동안 이곳에 누워 내가 쓸모없는 존재가 아니었다고 느낄 수 있을 거야. 나는 자네보다 젊지만 열다섯 살 이후로 모든 것을 나의 목적과 연관했기 때문에 훨씬 더 성숙한 상태네. 자네는 방황하다 감상적으로 변했어. 그로 인해 자네는 단호하지 못한 청소년기에 머물게 되었네. 이성적인 현대인은 단 한 가지 논리를 통해 곧바로 이성적인 결론에 도달하는 법을 배운 사람이네. 나는 그렇게 했지만 자네는 그렇게 하지 못했네. 그것을 배우기 전까지는 자네는 어른들로 가득 찬 방에 있는 아이일 뿐이네.

살인은 객관적인 행동이고, 죽음은 옳고 그른 것을 넘어서는 상태이네. 나는 옥스퍼드 대학을 졸업한 지 두 달 된 열아홉 살짜리 중위를 죽인 다음 정확히 같은 계산으로 독일군 서른여섯 명을 언덕 위에서 죽게 내버려 둘 수도 있네. 그건 내가 그런 것들을 알고 있기 때문이야. 그들 서른여섯 명은 내가 보기에 편리하고 필요한 특정한 방식으로 특정한 시각에 각자 나름의 기여를 하며 죽은 거네. 나는 그날 저녁 내 눈물에 중대원들이 자기들을 죽게 하지 않으리라고 기대했더라도 결코 그들을 생각하며 눈물을 흘리지 않을 걸세.

내가 독일군 병사를 대단한 존재로 생각하고 있다고 여긴다면 잘못 생각한 걸세. 독일군 병사가 다른 병사들에 비해 더 낫다면 그건 그가 지쳐 나가떨어지지 않고 더 가혹한 것을 견딜 수 있기 때문이네. 그리고 그가 스스로를 더욱 철저하게 훈련시키고자 할 것이기 때문이네. 그런데 그 이유는 그에게 상상력이 부족하기 때문이네. 하지만 그의 용기는 다른 모든 병사의 용기와 마찬가지로 스스로에게 가해지는 술책이네. 그리고 그의 승리는 이전에 비해 맥주를 더 많이 마실 수 있다는 것을 의미하지도, 일을 더 적게 하게 되리라는 것을 의미하지도 않네. 그리고 그는 이러한 사실들을 모르고 있네. 군대란 궁극적으로 지도자의 자질에 의해 배가된 숫자의 기능 이상은 아니네. 그 말을 한 건 클라우제비츠인데, 단 한 번 그는 옳았네. 독일군 병사는 자신과 같은 자들이 천만 명이 있다는 사실에 대해서도, 자신이 유럽에서 가장 재능 있는 사람들과 있다는 사실에 대해서도 책임을 느끼지 않네. 중부 유럽의 출산율이 전자를 결정짓고 있고, 우연과 1천 명의 야망이 후자를 결정짓고 있네.

독일군 병사는 역사적으로 균형이 잡혀 가고 있는 이런 순간에 자신이 약간 미친 자들에게 지도를 받고 있다는 점에서 운이 좋다네. 히틀러는 베르히테스가덴[38]에서 지도를 보며 발작을 일으키고 있네. 괴링은 마약 중독으로 스웨덴의 요양소에 있다가 끌려왔네. 룀과 로젠베르크, 그리고 나머지 나치 지도자들 모두는, 만약 프로이트 박사가 빈의 자신의 사무실 밖 대기실에 있는 그들을 보았다면 분명 흥미를 가졌을 걸세. 미친 자의 비이성적인 시각만이 대학살을 제도화함으로써 10년 안에 하나의 제국을 세울 수 있다는 것을 이해할 수 있네. 어쨌든 유대인은 2천 년 동안 학살을 당해 왔지만 이렇다 할 중요한 결과는 낳지 못했네. 우리는 중간에 신장이 터져 버릴 정도로 규칙에서 벗어나려고 노력하지 않는, 이성적이고 제정신인 자들에게 지도받는 것을 거부하고 있네. 우리는 아편 연기에 황홀해진 자들과, 25년 전 파스샹달[39]의 참호에 있는, 뼈가 부러진 대위에게 차를 대접하는 것으로 군대의 교훈을 실천한 수다스러운 상병에게 지도를 받고 있네. 그런데 어떻게 우리가 패하리라고 생각할 수 있겠는가?

만약 내가 간질이 있거나, 기억상실증이나 편집증으로 치료를 받은 적이 있다면 나는 다음 30년 동안 유럽에서 성공하리라는 희망을 더 품었을 걸세. 그 경우 나는 내 조국에 더 잘 봉사할 수 있었을 걸세.」

의사는 머리가 센 남자였다. 그는 일흔은 되어 보였다. 그는 눈 아래로 늪에서 핀 꽃처럼 생긴, 주름진 자주색 살이 처져 있었고, 크리스티안의 무릎을 세게 찌르는 손은 떨렸다. 그는 대령이지만 아무리 대령이라고 해도 너무 늙어 보였다.

---

38 독일 남동부 바이에른주에 있는 도시로, 히틀러의 별장이 있었음.
39 벨기에의 지명. 파스샹달 전투는 베르됭, 솜 전투와 함께 1차 세계 대전 3대 전투의 하나로 꼽힘.

그는 숨결에서 브랜디 냄새를 풍기며 작고 축축한 눈으로 혹시 꾀병을 부리는 건 아닌가 하는 의심스러운 눈길을 내비치며 크리스티안의 흉터가 생긴 다리와 얼굴을 바라보았다. 지난 30년 동안 의사들은 카이저의 군대와 사회 민주당의 군대, 그리고 제3제국 군대의 아픈 병사들을 진료하며 꾀병을 부리고 있는 자들을 무수히 많이 보았던 것이다. 크리스티안은 지난 30년 동안 전혀 변하지 않은 것은 의사들의 숨결뿐이라고 생각했다. 장군들은 바뀌었고, 병장들은 죽었으며, 철학자들은 입장이 정반대가 되었지만 대령들의 숨결은, 프란츠 요제프 황제가 세르비아로 가는 길에 공작인 동생과 나란히 빈에서 최초의 작센 수비대를 사열하며 서 있는 동안 입에서 났던 보르도산 포도주 냄새와 똑같은 냄새를 풍기고 있었다.

「자네는 괜찮아.」 대령이 말했다. 그사이 병원 직원은 크리스티안의 인사 기록에 숫자 두 개를 적느라 바빴다. 「훌륭해. 그냥 봐서는 그렇게 좋지는 않지만 자네는 하루에 50킬로미터를 걷고도 아무렇지도 않을 거야. 그렇지?」

「저는 뭐라고 하지 않았습니다, 대령님.」 크리스티안이 말했다.

「야전 근무를 하도록 해.」 크리스티안이 자신의 말을 반박하기라도 한 것처럼 대령은 그를 매섭게 바라보며 말했다. 「알았지?」

「네, 대령님.」 크리스티안이 말했다.

대령은 초조하게 그의 다리를 두드렸다. 「바지를 내려 봐, 병장.」 그가 말했다. 그는 크리스티안이 자리에서 일어나 바지를 내리는 것을 바라보았다. 「전쟁 전에는 무슨 일을 했나, 병장?」

「스키 강사였습니다, 대령님.」

「응?」 크리스티안이 자신을 모욕하기라도 한 것처럼 대령은 그를 노려보았다. 「뭐라고?」

「스키 말입니다, 대령님.」

「그래?」 대령이 평탄한 목소리로 말했다. 「하지만 그 무릎으로는 더 이상 스키를 탈 수 없을 거야. 어쨌든 스키는 아이들의 놀이지.」 그는 크리스티안에게서 고개를 돌리며, 마치 그의 창백한 맨살이 말할 수 없이 더러웠던 것처럼 아주 꼼꼼하게 손을 씻었다. 「그리고 이따금 기운이 빠지기도 할 거야. 그러면 또 어떤가? 남자가 기운이 빠져서는 안 된다는 법이 어디 있는가?」 그는 노란 의치를 드러내며 웃었다. 「그렇지 않을 경우 사람들이 자네가 전쟁에 참가했다는 것을 어떻게 알겠나?」

그가 아주 강한 소독제 냄새가 나는 커다란 에나멜 싱크대에서 손을 분주하게 문지르는 동안 크리스티안은 방을 나왔다.

「부탁이 있는데 총검을 한 자루 갖다주게.」 하르덴부르크가 말했다. 크리스티안은 여전히 부자연스러워서 정상으로 회복되었는지 의심스러운 자신의 다리를 바라보며 그의 옆에 앉아 있었다. 옆 침대에 있는 화상 환자는 여느 때처럼 아무 말 없이, 열대 지방에서 나는 것 같은 끔찍한 냄새를 풍기며 누워 있었다. 크리스티안은 방금 하르덴부르크에게 자신이 내일 전선으로 떠난다는 얘기를 한 상태였다. 하르덴부르크는 아무 말도 하지 않고 붕대를 감은 끔찍한 얼굴을 베개 위에 올려놓은 채로 뻣뻣하게 가만히 누워 있었다. 잠시 기다린 크리스티안은 하르덴부르크가 자신의 얘기를 듣지 못했다고 결론을 내렸다.「내일 떠난다고 했습니다, 중위님.」그가 다시 말했다.

「들었어.」하르덴부르크가 말했다.「총검을 한 자루 갖다주게.」

「그건 왜죠, 중위님?」크리스티안은 붕대 때문에 잘못 들었다고 생각했다.

「총검을 원한다고 했어. 내일 갖다주게.」

「저는 오후 2시에 떠나요.」크리스티안이 말했다.

「그럼 아침에 갖다주게.」

크리스티안은 붕대를 두른 얼굴을 바라보았지만 아무 표정도 볼 수 없었고, 하르덴부르크가 무슨 말을 하고 있는지 전혀 알 수 없었다. 그리고 여느 때와 마찬가지로 붕대 뒤에서 흘러나오는 고른 목소리를 통해서도 아무것도 알 수 없었다.「제게는 총검이 없는데요, 중위님.」

「오늘 밤 하나 훔쳐. 어렵지 않을 거야. 하나 훔칠 수 있지?」

「네, 중위님.」

「칼집을 원하는 게 아냐. 칼을 가져 와.」

「중위님.」크리스티안이 말했다.「저는 중위님을 무척 고맙게 생각하며 도움이 되는 일이라면 뭐든 하고 싶습니다. 하지만 중위님이⋯⋯.」그는 머뭇거렸다.「자살을 할 생각이라면 칼은 절대로⋯⋯.」

「자살하려는 게 아냐.」중위는 고른 목소리로 말했다.「자네는 정말 바보군. 자네는 이제 거의 두 달 동안 내 얘기를 들었어. 내가 자살할 사람처럼 보이던가?」

「아니요, 중위님. 하지만⋯⋯.」

「그를 위한 거야.」하르덴부르크가 말했다.

크리스티안은 팔걸이가 없는 작은 목재 의자에서 몸을 꼿꼿이 폈다.「그게 무슨 말이죠, 중위님?」

「그를 위한 거라니까.」하르덴부르크가 짜증스러운 목소리로 말했다.「옆 침대에 있는 자 말이야.」

크리스티안은 천천히 몸을 돌려 화상 환자를 바라보았다. 그는 지난 두 달간 그랬던 것처럼 꼼짝도 않고 조용히 누워 있었다. 크리스티안은 그와 마찬가지로 붕대를 많이 감고 있는 중위에게로 고개를 돌렸다.「이해가 안 됩니다.」그가 말했다.

「그가 자신을 죽여 달라고 부탁했어.」하르덴부르크가 말했다.「그건 아주 간단한 일이야. 한데 그에게는 손이 남아 있지 않아. 아무것도 남아 있지 않지. 그런데 그는 죽고 싶어 해. 그가 3주 전 의사에게 부탁을 했는데, 바보 같은 의사는 그런 말은 하지 말라고 했지.」

「그가 말을 할 수 있다는 사실을 몰랐습니다.」크리스티안이 어리둥절해하며 말했다. 마치 새롭게 알게 된 그 사실이 끔찍한 침대에서 어떤 식으로든 분명하게 나타나야 한다는 듯 그는 다시 화상 환자를 바라보았다.

「그는 말을 할 수 있어.」하르덴부르크가 말했다.「우리는 밤에 긴 대화를 나눠. 그는 밤에 얘기를 하지.」

크리스티안은 손도, 다른 아무것도 남아 있지 않은 남자와 얼굴이 없는 남자 사이의 어떤 이야기가 그 방 안 이탈리아의 밤공기를 차갑게 만들었을지 궁금했다. 그는 몸을 떨었다. 화상 환자는 이불을 허약한 몸 위에 덮은 채로 가만히 누워 있었다. 크리스티안은 그를 보며 저자는 우리가 하는 이야기를 모두 듣고 있고, 이해하고 있다고 생각했다.

「그는 뉘른베르크에서 시계 제조공이었어.」하르덴부르크가 말했다.「그는 스포츠용 시계를 전문으로 만들었지. 그는 아이가 셋 있는데 죽기로 마음을 먹었지. 총검을 한 자루 갖다주겠나?」

「설사 내가 가져오더라도.」크리스티안이 말했다. 그는 눈도 목소리도 손가락도 얼굴도 없는 자가 자살을 하는 데 공모하고 싶은 충동을 눌렀다.「무슨 소용이 있죠? 그는 그것을 사용할 수도 없잖아요.」

「내가 사용할 거야.」하르덴부르크가 말했다.「이제 알아듣겠어?」

「어떻게 할 건가요?」

「침대에서 나가 그에게로 가 사용할 거야. 이제 가져올 거지?」

「중위님이 걸을 수 있다는 사실을 몰랐습니다.」크리스티안이 어리둥절해하며 말했다. 간호사는 하르덴부르크가 석 달이 지나야 걸음을 뗄 수 있을 거라고 말했다.

하르덴부르크는 천천히 그리고 신중하게 몸을 움직여 이불을 가슴 아래로 젖혔다. 크리스티안이 무덤에서 일어난 시체를 바라보는 것처럼 지켜보고 있는 동안 하르덴부르크는 뻣뻣한 다리를 능숙한 몸짓으로 침대 옆쪽으로 밀었다. 그런 다음 그는 자리에서 일어났다. 그는 얼룩이 묻은 헐렁한 플란넬 잠옷을 입고 있었다. 그는 창백한 맨발을 리옹의 비단 제조업자 소유의 저택에 깔려 있는 대리석 바닥에 내디뎠다.

「그의 침대는 어디 있나?」하르덴부르크가 물었다.「그 침대가 어디 있는지 알려 주게.」

크리스티안은 그의 팔을 살며시 잡아 좁은 공간을 지나 하르덴부르크의 무릎이 매트리스에 닿을 때까지 데려가 주었다. 「여기 있군.」 하르덴부르크가 평탄한 목소리로 말했다.

「왜?」 크리스티안이 말했다. 그는 꿈속에서 창문 사이로 도망을 치고 있는 유령들에게 질문을 하는 것 같았다. 「왜 걸을 수 있다고 말하지 않은 거죠?」

누렇게 변한 잠옷을 입은 채로 서서 약간 몸을 떨며 하르덴부르크는 붕대 뒤로 웃음을 터트렸다. 「자네를 지휘하는 당국에 자신에 대한 중요한 정보 중 어느 정도는 늘 비밀로 할 필요가 있지.」 그가 말했다. 그는 몸을 기울여 화상 환자의 가슴을 덮고 있는 담요를 가볍게 만졌다. 그런데 그 순간 그의 손이 멈췄다. 「거기예요.」 이불 위로 붕대를 감은 얼굴이 말하는 목소리가 들렸다. 목소리는 거칠었고 인간의 목소리로는 들리지 않았다. 마치 죽어 가고 있는 새가, 자신의 피 속에서 천천히 익사하고 있는 표범이, 폭풍우가 치는 밀림에서 날카로운 나뭇가지에 박힌 유인원이 마침내 마지막 말을 간신히 한 것 같았다. 「거기예요.」

오래된 엑스레이 사진에 나오는 것 같은 창백하고 앙상하고 노란 하르덴부르크의 손이 하얀 침대 커버 위에서 멈췄다.

「내 손이 어디 있지, 디스틀?」 그가 거칠게 물었다.

「그의 가슴 위에요.」 상아색의 손을 응시하며 크리스티안이 속삭였다.

「그의 심장 위에 있군.」 하르덴부르크가 말했다. 「그의 심장 바로 위에 있어. 우리는 2주 동안 매일 밤 이걸 연습했어.」 그는 맹목적인 확신을 갖고 몸을 돌려 그의 침대로 돌아갔다. 그는 낡은 투구 같은 붕대 쪽으로 이불을 끌어당기며 어깨를 일으켰다. 「총검을 갖고 오게. 자네 걱정은 말게. 자네가 간 후 이틀 동안 총검을 숨길 테니까. 그렇게 하면 누구도 자네가 살인을 했다고 비난하지 못할 거야. 그리고 나는 여덟 시간 동안 아무도 이 방에 들어오지 않는 밤에 그 일을 할 거야. 그리고 그는 조용히 있을 거야.」 하르덴부르크는 웃음을 터트렸다. 「시계 제조공은 조용히 하는 일은 아주 잘하지.」

「네, 중위님.」 방을 나서려고 자리에서 일어나며 크리스티안이 조용히 말했다. 「총검을 갖고 오죠.」

이튿날 아침 그는 날이 무딘 칼을 가져왔다. 그는 저녁때 그것을 매점에서 훔쳤다. 칼 주인은 병참 부대 소속 병사 둘과 맥주를 마시며 큰 소리로 「릴리 마르렌」을 노래하고 있었다. 그는 군복 속에 그것을 넣어 비단 제조업자의 대리석 별장으로 가져가 하르덴부르크가 지시한 대로 매트리스 밑에 찔러 넣었다. 그는 중위에게 작별 인사를 한 후 문 앞에서 딱 한 번 뒤를 돌아보며 높고 우아한 창문 너머 만에 햇살이 가득한, 천장이 높고, 다소 유쾌한 느낌이 나는 방에 나란히 놓인 침대에 누워 있는, 눈을 가린 하얀 두 형체를 보았다.

그가 기운이 빠져 그 방에서 멀어지며 복도를 걸어가는 동안 군화가 대리석에 부딪치며 무겁고 천박한 소리를 냈다. 그는 자신이 마침내 도서관에 있는 모든 책을 암기한, 대학을 졸업한 학자처럼 여겨졌다.

18

「차려!」 문 쪽에서 사람을 긴장하게 하는 극적인 목소리가 들려왔고, 노아는 자신의 침대 앞에 뻣뻣한 자세로 섰다.

콜클러 대위가 선임 병장과 리킷 병장과 함께 들어와 토요일 검열을 시작했다. 그는 이발을 하고 세탁을 한, 뻣뻣하게 서 있는 병사들 사이의, 반들반들한 막사 중앙으로 천천히 걸어왔다. 그는 자신이 검열하는 병사들이 사람이 아니라 적의 진지이기라도 한 것처럼 적대적이고 냉담한 시선으로 병사들의 머리와 반짝이는 구두를 바라보았다. 창문 사이로 타는 듯한 플로리다의 햇빛이 쏟아져 들어왔다.

대위는 휘테이크라는 새로 온 병사 앞에서 걸음을 멈췄다.

「여덟 번째 일반 명령!」 휘테이크를 차갑게 바라보며 콜클러가 말했다.

「화재나 무질서한 상황이 발생했을 때 경고를 하는 것입니다.」 휘테이크가 말했다.

「이 친구 침대 시트를 벗겨.」 콜클러가 말했다. 리킷 병장이 침대 사이로 가 휘테이크의 침대 시트를 벗겼다. 조용한 막사 안에서 침대 시트가 건조하고 거친 소리를 냈다.

「여긴 브로드웨이가 아냐, 휘테이크.」 콜클러가 말했다. 「자네는 아스토르 호텔에 묵고 있지 않아. 이곳에는 아침에 하녀가 오지 않아. 자네는 침대를 만족스럽게 정리하는 법을 배워야 해.」

「네, 대위님.」 휘테이크가 말했다.

「그놈의 아가리 닥쳐!」 콜클러가 말했다. 「내가 단도직입적인 질문을 할 때만 대답해. 그리고 〈네, 대위님〉 또는 〈아닙니다, 대위님〉이라고 답해.」

콜클러는 귀에 거슬리는 소리를 내며 맨 바닥 위로 군화를 끌며 침대 사이를 지나갔다. 병장 둘은 그런 소음은 장교만이 낼 수 있는 것처럼 조용히 그의 뒤를 따라갔다.

콜클러는 노아 앞에서 걸음을 멈췄다. 그는 생각에 잠겨 노아를 바라보았다. 콜클러에게서는 아주 좋지 않은 체취가 났다. 마치 그의 몸속에서 뭔가가 천천히, 계속해서 썩고 있는 것 같았다. 콜클러는 미주리 출신의 방위군 장교로, 전쟁 전에는 조플린에서 장의사 보조로 일했다. 노아는 언짢은 기분으로 그의 고객들은 그의 숨결에 대해서는 상관치 않았을 거라고 생각했다. 그는 대위가 수염이 자라 나오고 있는 자신의 턱을 노려보는 동안 목구멍까지 차오르는 거친 웃음을 억누르기 위해 침을 삼켰다.

콜클러는 노아의 사물함 안에 있는, 빈틈없이 접은 양말과 기하학적으로 배열한 화장품을 내려다보았다.

「병장.」 그가 말했다. 「접시를 치워.」

리킷이 몸을 숙여 접시를 들었다. 그 아래에는 정확하게 접은 수건과 빳빳한 셔츠, 모직 속옷 등이 있었고, 그 밑에는 책이 있었다.

「여기 책이 몇 권 있지, 병사?」 콜클러가 말했다.

「세 권 있습니다.」

「뭐, 세 권이라고?」

「네, 세 권 있습니다. 대위님.」

「정부에서 발행한 것들인가?」

모직 속옷 아래에는 『율리시스』와 『T. S. 엘리엇 시선집』 그리고 조지 버나드 쇼의 연극 이론서가 있었다. 「아닙니다,

대위님.」 노아가 말했다. 「정부에서 발행한 책이 아닙니다.」

「병사, 정부에서 발행한 책만.」 콜클러가 숨결을 노아의 얼굴을 향해 내뿜으며 말했다. 「사물함 안에 넣을 수 있어. 그 사실을 알고 있나, 병사?」

「네, 대위님.」 노아가 말했다.

콜클러는 몸을 숙여 모직 속옷을 거칠게 옆으로 치웠다. 그는 표지가 닳아 회색으로 변한 『율리시스』를 집어 들었다. 자신도 모르게 노아는 고개를 숙여 대위를 바라보았다.

「눈은 전방을 향하고 있어!」 콜클러가 소리쳤다.

노아는 막사 건너편에 있는 나무의 옹이구멍을 바라보았다.

콜클러는 책을 펼쳐 몇 페이지를 넘겼다. 「나도 이 책을 알아.」 그가 말했다. 「추하고 더러운 책이지.」 그는 책을 바닥에 던졌다. 「이 책을 없애. 책 전부를 없애. 여긴 도서관이 아니다, 병사. 자네는 독서를 하러 이곳에 온 게 아냐.」 책은 막사 한가운데에서 책장이 구겨진 채로, 표지가 아래로 향한 상태로 펼쳐져 있었다. 콜클러는 노아 앞 이중 침대 사이를 지나 창가로 갔다. 노아는 그가 자신의 등 뒤에서 무겁게 돌아다니고 있는 것을 느낄 수 있었다. 그는 척추 아래쪽에서 뭔가가 이상하게 뒤틀리는 것을 느꼈다.

「이 창문은 닦지 않았군.」 콜클러가 큰 소리로 말했다. 「이 망할 놈의 막사는 돼지우리나 다름없어.」 그는 다시 침대 사이로 걸어 나왔다. 그는 침대 앞에서 조용히 기다리고 있는 다른 사람들은 검열도 하지 않고 막사 끝으로 갔다. 병장 둘이 가벼운 걸음으로 그를 따라갔다. 문 앞에서 그가 몸을 돌렸다.

「막사를 깨끗하게 유지하는 법을 가르쳐 주겠다.」 그가 말했다. 「병사 하나가 더러울 경우 모두가 그에게 깨끗하게 지내는 법을 가르쳐 줘야 한다는 것을 배우게 될 것이다. 여기 있는 모두는 내일 아침 기상나팔을 불 때까지 막사 안에만 있어야 한다. 주말에도 아무에게도 외출증이 발급되지 않을 것이며, 내일 아침 9시에 다시 검열이 있을 것이다. 그때까지 막사를 제대로 정리하는 게 좋을 것이다.」

그는 몸을 돌려 밖으로 나갔다.

「쉬어!」 리킷 병장이 소리친 후 선임 병장과 대위를 따라 건물 밖으로 나갔다.

자신을 비난하는, 1백 개에 가까운 불우한 눈이 자신에게 쏠리는 것을 의식하며 노아는 책이 놓여 있는 막사 중앙으로 천천히 걸어갔다. 그는 몸을 숙여 책을 집어든 후 무심히 책장을 문질러 폈다. 그런 다음 그는 모든 문제의 원인이 된 창문 쪽으로 걸어갔다.

막사의 다른 쪽에서 괴로운 듯 고함치는 소리가 들렸다. 「토요일 밤에 외출 금지라니! 기꺼이 몸을 주겠다는 웨이트리스하고 데이트가 있는데, 내일 아침이면 그녀의 남편이 온단 말이야. 누군가를 죽이고 싶군!」

노아는 창문을 바라보았다. 먼지가 낀 평평한 창문은 무채색으로 빛나고 있었고, 그 뒤로는 볕에 그을린 땅이 보였다. 창문 아래쪽 구석에는 어떻게 하다가 유리창에 부딪혀 죽은 나방 한 마리가 끈적끈적한 작은 노란색 물체처럼 놓여 있다. 노아는 생각에 잠겨 그것을 집어 들었다.

그는 점점 커지는 중얼거림 사이로 그의 뒤쪽에서 발자국 소리가 나는 것을 들었다. 하지만 그는 계속해서 그곳에 서서 자살한 나방을 쥔 채로 망가진 날개의, 먼지가 이는 불쾌한 조직을 느끼며 먼지 낀 창문 너머로 멀리 부대의 반대쪽에 있는 소나무 숲의 희미한 초록색을 바라보았다.

「좋아, 유대인 소년.」그의 뒤에서 리킷의 목소리가 들렸다. 「네가 마침내 일을 저질렀어.」

노아는 여전히 몸을 돌리지 않았다. 창밖으로 호주머니에 외출증을 넣은 채로 정문을 향해, 기다리고 있는 버스와 시내에 있는 바와 아무것도 개의치 않는 여자들을 향해 달려가는 병사 셋이 보였다. 그들은 월요일 아침까지 서른 시간 동안 군대로부터 해방될 것이었다.

「고개를 돌려, 병사.」리킷이 말했다. 다른 사람들은 입을 다물었다. 노아는 방 안의 모두가 자신을 바라보고 있다는 것을 알 수 있었다. 그는 천천히 창에서 눈길을 떼며 리킷을 마주 보았다. 키가 크고 건장한 리킷은 눈이 연한 초록색이고, 무채색에 가까운 입은 작았다. 그는 가운데 이가 빠져 있었는데 그것은 오래전 일어난 잊힌 싸움의 증거로, 거의 생기라곤 없어 보이는 병장의 입을 무척 뒤틀린 듯 보이게 했고, 텍사스의 평탄하고 느린 말투에 이상하면서도 불규칙적인, 혀가 짧은 것 같은 느낌을 더해 주었다.

「자, 병사.」리킷은 그 자리에 서서 느리지만 위협적인 태도로 침대를 향해 손을 뻗으며 말했다. 「이제, 자네들을 내가 직접 관리해야겠군.」 그는 계속해서 노아를 향해 모진 미소를 지으면서 노려보며 다른 사람들도 들을 수 있도록 목소리를 높였다. 「제군들, 확실히 해두겠는데 내가 토요일 밤에 다시는 이 막사 때문에 곤란한 상황에 빠지지 않게 해. 알았지? 여긴 이스트사이드에 있는 지저분한 유대인 교회당이 아냐. 여긴 미국 군대의 막사야. 이곳은 반짝반짝 빛이 날 정도로 깨끗해야 해. 백인처럼 깨끗해야 해.」

노아는 두 침대 사이에서 몸을 숙이고 있는, 거의 입술이 없는 것처럼 보이는, 키가 큰 그를 믿을 수 없다는 듯 빤히 바라보았다. 두 주 전에 그 중대에 배치된 병장은 그때까지는 그에게 아무런 관심을 보이지 않았다. 그리고 노아가 군에 들어온 후 몇 달 동안 누군가가 그가 유대인이라는 사실을 언급한 적은 한 번도 없었다. 노아는 멍한 상태로 주위에 있는 사람들을 보았지만 그들은 그를 비난하는 시선으로 쳐다보며 조용히 있었다.

「지금 당장」 하고 리킷이 다른 때라면 그것에 대해 농담을 했을 수도 있는 혀 짧은 소리로 말했다. 「당장 작업복을 입고 양동이를 들고 와 막사에 있는 창문을 모두 닦아. 내가 봐서 만족스러울 정도로, 교회에 가는 백인 기독교인처럼 깨끗하게 닦아. 즉시 작업복을 입고 일을 시작해. 만약 내가 돌아와 검사를 했을 때 여기 있는 창문이 크리스마스이브의 창녀의 배처럼 반짝이지 않을 경우 후회하게 될 거라는 것을 약속하지.」

리킷은 나른하게 몸을 돌려 천천히 막사 밖으로 걸어 나갔다. 노아는 자신의 침대로 가 넥타이를 풀기 시작했다. 그는 작업복으로 갈아입으며 막사 안에 있는 모두가 자신을 가혹하고 가차 없는 시선으로 바라보고 있는 것을 느꼈다.

단 한 명만이 그를 바라보고 있지 않았다. 휘테이크는 대위의 지시에 따라 리킷이 벗겨 놓은 침대 시트를 정리하느라 애를 먹고 있었다.

해가 지기 직전 리킷이 와 창문을 검사했다.

「좋아.」 마침내 그가 말했다. 「이번에는 그냥 넘어가지. 창문은 그만하면 됐어. 하지만 너를 지켜볼 테니까 그 사실을 잊지 마. 지금 확실히 말해 두겠는데 나는 흑인이나 유대인, 멕시코인이나 중국인은 필요 없어. 이제부터 너는 이 중대에서 아주 힘든 생활을 하게 될 거야. 정신을 바짝 차리도록 해. 그리고 대위가 말한 것처럼 책을 불태우는 게 좋을 거야. 대위도 너를 별로 좋아하지 않는다는 것을 지금 경고해 두지. 다시 책이 그의 눈에 띌 경우 나는 네 편이 되어 주지 못할 거야. 빨리 책을 치워. 네 못생긴 얼굴을 보는 데도 지쳤어.」

노아는 막사 계단을 천천히 올라가 황혼을 뒤로하고 문을 지나 안으로 들어갔다. 안에는 잠든 사람들도 있었고, 방 한가운데에는 사물함 두 개를 붙여 포커를 치고 있는 사람들도 있었다. 문 근처에서 술 냄새가 났고, 문에서 제일 가까운 곳에서 자고 있는 라이커는 약간 술에 취한 듯 얼굴에 환한 미소를 짓고 있었다.

침대 위에 속옷 차림으로 누워 있던 도널리가 한쪽 눈을 떴다. 「애커먼!」 그가 큰 소리로 말했다. 「네가 예수를 죽이는 건 상관 안 해. 하지만 저 냄새나는 창문을 닦지 않을 경우 용서하지 않을 거야.」 그런 다음 그는 눈을 감았다.

노아는 살짝 미소를 지었다. 그것은 농담이었다. 거칠긴 하지만 그래도 농담이야, 하고 그는 생각했다. 그리고 사람들이 그것을 뭔가 우스운 것으로 받아들인다면 그것은 그다지 나쁘지 않았다. 한데 옆 침대에 머리를 손으로 감싼 채로 앉아 있던, 사우스캐롤라이나 출신의 몸이 길고 야윈 농부가 아주 이성적인 척하며 재빨리 「네 민족이 우리를 전쟁으로 끌어들였어. 그런데 왜 너는 인간답게 굴지 못하는 거야?」라고 말했고, 노아는 이것이 전혀 농담이 아니라는 사실을 깨달았다.

그는 다른 사람을 보지 않으려고 시선을 떨어뜨린 채로 조심스럽게 자신의 침대로 갔지만 사람들 모두가 자신을 보고 있는 것을 감지했다. 그가 침대에 가 앉는 동안 포커를 치던 사람들도 게임을 멈췄다. 아주 점잖은 친구처럼 보이는, 그날 새로 온 휘테이크 역시 그날 당국의 관리 아래 힘든 순간을 보냈지만 새로 정리한 침대 위에 앉아 화가 난 듯 그를 쳐다보았다.

멋지군, 하고 노아는 생각했다. 〈곧 모든 게 끝날 거야, 곧 모든 게 끝날 거야…….〉

그는 종이를 보관한 올리브색 마분지 상자를 꺼냈다. 그는 침대에 앉아 호프에게 편지를 쓰기 시작했다.

〈사랑하는 당신에게〉라고 그는 썼다. 〈방금 가사 일을 마쳤어. 보석상이 주류 밀매업자의 여자에게 줄 50캐럿짜리 다이아몬드를 반짝이게 닦듯 창문 960개를 사랑스러운 느낌이 나게 닦았어. 나는 전쟁터에서 독일군 보병이나 일본군 해군을 구별하는 법은 모르지만 그들 군대의 누구보다도 창문을 잘 닦을 거야.〉

「그건 유대인의 잘못이 아냐.」 포커를 치고 있던 누군가가 분명한 목소리로 말했다. 「그냥 그들이 다른 사람들보다 똑똑한 것뿐이야. 군대에 유대인이 거의 없는 이유도 거기에 있지. 그들이 돈을 엄청나게 벌고 있는 이유도 거기에 있고. 나는 그들을 탓하지 않아. 내가 그토록 똑똑했다면 이곳에 있지도 않았겠지. 워싱턴의 고급 호텔에 앉아 돈이 굴러 들어오는 것을 보고 있었을 거야.」

잠시 침묵이 흘렀고, 노아는 포커를 치고 있는 사람들 전부가 자신을 보고 있다는 것을 알 수 있었지만 편지에서 눈을 떼지 않았다.

〈그리고 우리는 행군을 해〉 하고 노아는 천천히 적었다. 〈오르막길과 내리막길을 밤낮 없이 행군하지. 군대는 두 가지로 나뉘는 것 같아. 싸움을 하는 군대와, 행군을 하며 창문을 닦는 군대. 그런데 나는 두 번째 군대에 배속된 거야. 나는 애커먼 가문 모두를 통틀어 가장 탄력 있는 가슴과 다리를 갖게 되었어.〉

「유대인은 프랑스와 독일에 거액을 투자하고 있지.」 포커를 치고 있던 또 다른 누군가가 말했다. 「그들은 베를린과 파리의 모든 은행과 사창가를 운영하고 있지. 루스벨트는 우리가 그들의 돈을 보호해 줘야 한다고 결론을 내린 거야. 그래서 전쟁을 선언했지.」 꾸민 것처럼 커다랗게 들리는 그의 목소리는 무기처럼 노아의 머리를 겨냥했지만 그는 고개를 들지 않았다.

〈신문에서 읽었어〉라고 그는 썼다. 〈이것이 기계전이라고. 하지만 지금까지 내가 본 기계라곤 걸레 짜는 기계밖에 없어.〉

「유대인에게는 국제 위원회가 있는데.」 조금 전 목소리가 말을 이었다. 「폴란드의 바르샤바라는 곳에서 모임을 갖지. 그리고 그곳에서 전 세계에 지시를 내려. 이것을 사라, 저것을 사라, 이 나라와 싸워라, 저 나라와 싸워라, 하고. 수염을 기른 늙은 랍비 스무 명이…….」

「애커먼」 하고 또 다른 누군가가 말했다. 「방금 얘기 들었어?」

노아는 마침내 침대 건너 포커를 치고 있는 사람들을 보았다. 그들은 몸을 돌려 그를 마주한 채로 반짝이는 눈에 경멸을 실은 채 미소를 짓고 있었다.

「아니.」 노아가 말했다. 「아무 얘기도 못 들었어.」

「포커나 함께 치지?」 실리흐너가 무척 정중하게 말했다. 「친목을 도모하는 게임인데, 흥미로운 얘기를 나누고 있어.」

「고맙지만 괜찮아.」 노아가 말했다. 「바빠.」

「우리가 알고 싶은 건.」 독일어 발음이 남아 있는 어투로 밀워키 출신의 실리흐너가 말했다. 어린 시절 독일어를 말한 그에게는 독일어 발음이 남아 있었다. 「네가 어쩌다 군대에 끌려왔는지야. 어떻게 된 거야? 징병 위원회에 유대인 비밀결사 조직 동료가 없었던 거야?」

노아는 손에 든 종이를 내려다보았다. 그것은 떨리고 있지 않았다. 그는 그 종이를 놀라운 마음으로 바라보았다. 그것은 전혀 떨리지 않고 있었다.

「실제로 나는 자원한 유대인에 관한 이야기도 들었어.」 또 다른 목소리가 말했다.

「설마.」 놀랍다는 듯 실리흐너가 말했다.

「하느님께 맹세하건대 사실이야. 사람들은 그를 관에 넣어 박물관에 갖다 놓았지.」

포커를 치고 있던 다른 사람들은 즐거운 듯 큰 소리로 웃었다.

「애커먼이 불쌍해.」 실리흐너가 말했다. 「진짜야. 그가 보병이 되지 않았다면 암시장에서 타이어와 가솔린을 팔아 돈을 벌고 있었을 거야.」

노아는 꾸준하게 멀리 북쪽에 있는 아내에게 보내는 편지를 썼다. 「지난주 새로 온 병장에 대해서는 이야기하지 않은 것 같군. 이가 없는 그는 혀 짧은 소리를 내는데 주니어 리그 모임에 처음 나온 사람 같아.」

「애커먼!」

노아는 고개를 들었다. 다른 막사에서 온 상병이 그의 침대 옆에 서 있었다. 「중대 사무실에서 찾고 있어. 바로 가봐.」

노아는 아주 신중하게 쓰고 있던 편지를 다시 올리브색 상자 속에 넣은 다음 상자를 사물함 속에 넣었다. 그는 자신의 동작 하나하나를 자세히 지켜보고 있는 다른 사람들을 의식했다. 그가 서두르는 기색을 드러내지 않고 그들 옆을 지나가는 순간 실리호너가 말했다. 「저 친구한테 훈장을 줄 거야. 딜렌시가 훈장. 여섯 달 동안 정어리를 하루에 한 마리씩 먹었다고.」

다시 한번 가식적인 웃음소리가 들렸다.

노아는 문을 열고 부대를 비추고 있는 파란색 석양빛으로 들어서며 〈이 문제를 해결해야 해, 어떤 식으로든, 어떤 식으로든〉 하고 생각했다.

좁고 냄새나는 막사에 있다가 밖으로 나오자 공기는 신선했고, 안에서 귀에 거슬리는 소리를 들은 후 낮은 건물 사이의 인적이 끊긴 거리의 침묵은 감미롭게 여겨졌다. 그는 건물을 따라 천천히 걸으며, 중대 사무실에서는 자신에게 또 다른 끔찍한 일을 맡길지도 모른다고 생각했다. 하지만 그렇더라도 잠시 군대와 주위 세계와 휴전을 하고 평화를 맛보게 된 것이 기뻤다.

그 순간 길가 건물 뒤쪽에서 재빨리 다가오는 발걸음 소리가 들렸고, 그가 몸을 돌리기도 전에 누군가가 뒤에서 그의 팔을 세게 움켜쥐는 것이 느껴졌다.

「좋아, 유대인 소년.」 그가 거의 알아차릴 수 있을 것 같은 목소리가 속삭였다. 「이번이 첫 번째 경고야.」

노아가 고개를 한쪽으로 젖히는 순간 뭔가가 그의 귀를 강타했다. 그는 귀가 멍했고, 얼굴 옆쪽에 아무런 감각이 없었다. 그는 몸을 빼내려 하면서 〈이들은 몽둥이를 사용하고 있어, 왜 몽둥이를 사용해야 하는 거지?〉 하고 의아해했다. 그 순간 또다시 몽둥이가 그를 강타했고, 그는 쓰러졌다.

그가 눈을 떴을 때는 어두웠다. 그는 막사 사이의, 모래가 많은 잔디밭에 누워 있었다. 아무런 감각이 없는 얼굴은 축축했다. 그가 건물 벽 쪽으로 가 몸을 일으켜 앉는 데에는 5분이 걸렸다.

마이클은 맥주 생각을 하고 있었다. 그는 먼지와 열기 속에서 애커먼 뒤를 따라 걸으며 잔에 든 맥주와 커다란 조끼에 든 맥주, 병맥주, 작은 나무통에 든 맥주, 주석 잔에 든 맥주, 양철 캔에 든 맥주, 그리고 굽이 달린 잔에 든 맥주 등을 생각했다. 그는 에일 맥주와 포터 맥주와 스타우트 맥주를 생각한 후 다시 일반 맥주를 생각했다. 그는 잘나가던 때에 맥주를 마시던 곳을 생각했다. 사복을 입은 정규군 대령들이 거버너스섬에서 오는 길에 들르곤 하던 6번가의 라운드 바에서는 바닥 부분이 입구에 비해 좁은 잔에 맥주를 담아 내줬는데 그곳 바텐더들은 깨끗한 맥주통 꼭지에서 나온 맥주를 거품을 제거한 후 아주 차게 만든 잔에 따랐다. 바 뒤쪽에 프랑스 인상주의 화가들의 복제품이 있는, 할리우드의 멋진 레스토랑에서는 맥주를 서리가 낀 머그잔에 내줬는데 한 잔에 75센트를 받았다. 그는 밤늦게 자신의 거실에서 램프가 만들어 낸 고요한 빛 속에서 부드러운 코르덴 의자에 앉아 슬리퍼를 신은 발을 쭉 뻗은 채로 맥주를 마시며 다음 날 아침 신문을 읽은 후 잠자리에 들곤 했다. 그리고 폴로 그라운드에서 야구 경기가 벌어지는 따뜻하고 멍한 여름 오후에는 술병을 심판에게 던지지 못하도록 맥주를 종이컵에다 따라 주었다.

마이클은 꾸준하게 걸음을 옮겼다. 그는 피로했고, 무척 목이 말랐다. 5마일을 걸은 후면 늘 그렇듯 부은 손은 아무런 감각이 없었지만 기분은 그렇게 나쁘지만은 않았다. 그는 애커먼이 투덜대며 거칠게 쉬는 숨소리를 들었고, 완만한 오르막길을 올라가며 그의 몸이 좌우로 흔들리는 것을 보았다.

그는 애커먼이 불쌍하게 여겨졌다. 애커먼은 늘 연약했고, 행군과 그를 둘러싼 문제들과 피로로 인해 살이 빠진 그는 앙상해져 금방이라도 부서질 것만 같았다. 마이클은 아래위로 움직이는 그의 굽은 등을 응시하며 약간 죄책감을 느꼈다. 몇 달 동안 고된 훈련을 하게 되자 마이클 역시 말랐다. 하지만 그는 운동선수처럼 살이 빠져 다리는 강철같이 단단했고, 몸은 탄력이 넘쳤다. 자신은 상대적으로 무척 건강한 것처럼 여겨지는데 같은 줄에, 자신의 바로 앞에 있는 누군가가 한 걸음을 내디딜 때마다 고통스러워하고 있는 것이 불공평하게 보였다. 그리고 지난 두 주 동안 애커먼은 역겨운 신고식을 호되게 치러야 했다. 사람들은 애커먼이 들을 수 있는 거리에서 계속해서 못된 농담을 했고, 정치적인 논의를 흉내 내며 큰 소리로 〈히틀러는 대부분의 문제에 대해서는 틀린 게 분명해. 하지만 유대인 문제는 그에게 맡겨야 해. 그 문제는 그가 잘 알고 있으니까〉라고 말하기도 했다.

마이클은 한두 번 애커먼 편이 되어 대화에 끼어들려고 했지만 그 역시 중대에서 신참이고 뉴욕 출신인 탓에, 주로 남부 출신인 사람들은 그를 무시하며 잔인한 게임을 계속했다.

중대에는 페인이라는 이름의 체구가 큰 유대인이 한 명 더 있었지만 그는 전혀 시달림을 받지 않았다. 어쩌면 그가 거구여서 아무도 그를 건드리지 못했는지도 모른다. 그리고 그는 성격이 좋았고 위해를 가할 것 같은 외모를 갖고 있었다. 손이 울룩불룩하고 큰 그는 모든 것을 아무 생각 없이 쉽게 받아들였다. 페인의 화를 돋우기는 어려웠고, 그가 자신이 누군가의 모욕을 받고 있다는 것을 깨닫게 하기란 더욱 어려웠다. 그래서 그를 미끼로 삼는 것은 별로 재미가 없는 일이었다. 그리고 실제로 모욕을 당하게 되면 그는 상대에게 엄청난 타격을 입힐 수도 있었다. 그래서 애커먼을 괴롭히는 자들도 그를 조용히 평화롭게 내버려 두었다. 군대란, 하고 마이클은 생각했다.

어쩌면 딕스 기지에서 그를 면담한 사람에게 보병 부대에 들어가고 싶다고 말한 것이 잘못이었는지도 몰랐다. 그것은 낭만적인 생각이었다. 일단 보병 부대에 들어가게 되면 낭만적인 것은 아무것도 없었다. 쑤신 발과, 무지한 인간들과, 주정과, 〈소총 드는 법을 보여 주겠다〉라는 말밖에는 없었다.

「자네 경력이면 특별 부대에 넣어 줄 수도 있어.」 면접관은 말했다. 그것은 전쟁이 계속되는 동안 뉴욕의 사무실에서 일하는 것을 의미할 수도 있었다. 하지만 자의식이 강한 마이클은 고상한 척하며 「나는 그런 일은 맞지 않습니다. 나는 책상에 앉아 있으려고 군에 들어가는 것이 아닙니다」라고 말했다. 그는 무엇을 하러 군에 들어온 것인가? 걸어서 플로리다주를 가로지르기 위해? 전직 장의사 보조가 마음에 들어 하지 않는 침대를 다시 정리하기 위해? 한 유대인이 고문당하는 것을 보기 위해? 그는 미군 위문 협회를 위해 여성 합창단을 조직하는 데 훨씬 더 쓸모가 있었을 수도 있다. 그리고 그는 그 더운 날씨에 무감각하게 도로 위에 있는 대신 브로드웨이에 있었다면 조국에 더 나은 봉사를 했을 것이다. 하지만 그는 나름의 몸짓을 보여야 했다. 그런데 그 몸짓은 군대 내에서는 너무도 빨리 닳아 없어졌다.

〈군대란〉 하고 마이클은 생각했다. 그것에 대해 생각하는 것을 한 구절로 또는 한 문장으로 또는 한 문단으로 표현한다면 무슨 말을 하게 될까? 그것은 불가능할 것이다. 군대는 천만 개의 조각으로 구성되어 있다. 그 움직이는 조각들은 결코 합쳐지지도, 같은 방향으로 나아가지도 않는다. 군대는 병사들이 위생적인 섹스에 관한 영화를 본 후 설교를 하는 군목 같다. 좀먹은 페니스의 끔찍한 클로즈업 화면이 먼저 나타난 후 군목 차림을 한 하느님의 시종이 방금 전 남루한 창녀들과 사악한 육체가 나타난 텅 빈 화면 앞에 서서 〈제군들, 군은 실용적이어야 하네〉 하고 말하는 것이다. 사람들이 땀을 흘리게 만드는, 두꺼운 판자로 지은 강당에서 들리는 세례자의 노랫소리. 「군은 〈병사들이 스스로를 성병에 노출시키게 될 거야〉라고 말하지. 그래서 우리는 이 영화를 보여 주고, 예방 의학 본부가 무슨 일을 하는지 보여 주지. 하지만 나는 여기서 하느님이 예방 의학보다 나으며, 종교가 색욕보다 더 유익하다는 것을 말하고자 하네.」

하나의 조각. 또 다른 하나의 조각. 얼굴이 누르께하고, 마치 매일 밤 누군가가 자신을 암살할까 봐 두려워하는 것처럼 눈이 사나워 보이는 그는 하트포트 출신으로, 고등학교 교사였다. 그는 마이클에게 「나에 관한 이야기를 하나 하지. 나는 양심적 병역 거부자네. 나는 전쟁을 믿지 않아. 나는 동료 인간을 죽이길 거부하고 있지. 그래서 그들은 내게 사역을 시키고 있어. 나는 쉬지 않고 36일 동안 사역을 하고 있어. 체중이 12킬로그램이나 빠졌고, 지금도 계속해서 빠지고 있지만 내가 동료 인간을 죽이게 하지는 못할 거야」라고 말했다.

〈군대란.〉딕스 기지에 있던 한 상비군은 군 생활을 한 지 13년이 되었는데 평화 시에는 육군 야구팀과 풋볼팀으로 시합에 나갔다. 사람들을 그와 같은 병사들을 작 스트랩[40] 군인이라고 불렀다. 필리핀의 카비테 주와 파나마 시티와 캔자스의 라일리에서 지낸, 맥주를 마셔 배가 나온, 거구에 거칠어 보이는 그는 갑자기 중대 사무실의 미움을 사 훈련소에서 쫓겨나 보병 연대에 배속되었다. 트럭이 오자 배낭 두 개를 실은 그는 비명을 지르기 시작했다. 결국 그는 땅에 떨어져 흐느끼며 비명을 지르고 입에 거품을 물었다. 그날 그가 가려고 했던 곳은 풋볼 시합장이지 전쟁터가 아니었던 것이다. 지난번 전쟁 이후로 군에 있었던, 110킬로그램이나 나가는, 아일랜드 출신의 선임 병장은 중대 사무실에서 나와 창피스럽고 구역질난다는 듯 그를 쳐다보았다. 병장은 그를 조용히 시키기 위해 머리를 걷어찼고, 두 사람이 몸부림을 치며 흐느끼는 그를 들어 트럭 뒤에 던져 넣었다. 그런 다음 병장은 몸을 돌려 조용히 그들을 지켜보고 있던 신병에게 「저 작자는 정규군의 수치야. 그는 군인이라고 할 수 없어. 결코 아니지. 그를 대신해 내가 사과하지. 다들 꺼져!」라고 말했다.

그리고 오리엔테이션 강연과 군대 예절, 그리고 그들이 싸우고 있는 전쟁의 명분에 대한 강의가 있었다. 펜실베이니아 리하이 출신의 교수로, 얼굴이 좁고 잿빛인, 일본 문제 전문

---

40 운동선수용 국부 보호대.

가는 이번 전쟁이 전적으로 경제적인 문제라고 했다. 일본은 세력을 넓혀 아시아와 태평양의 시장을 접수할 필요가 있었고, 그에 따라 미국은 일본을 저지하고 억제해야 했다. 그것은 마이클이 지난 15년 동안 전쟁의 명분에 대해 가졌던 믿음과 일치했다. 그럼에도 전문가의 건조한 목소리를 들으며 열강과 유전과 고무 플랜테이션이 분명하게 표시된 커다란 지도를 보며 마이클은 그 교수와, 그가 말하는 것들을 증오했다. 그는 자신이 자유나 도덕성 또는 박해받는 민족의 자유를 위해 싸우고 있다는 말을 듣고 싶었고, 막사로 돌아가 아침에 그 사실을 믿으며 전선으로 나가라는 단호하고 사나운 이야기를 듣고 싶었다. 마이클은 강연장에서 지친 모습으로 옆에 앉아 있는 사람들을 쳐다보았다. 지쳐서 멍하고 지루해하는 그들의 얼굴에는 자신들이 어떤 식으로든 그 문제에 대해 상관하거나 이해하고 있는 듯한 흔적도, 자신들이 유전과 시장을 필요로 하고 있다고 느끼는 듯한 흔적도 보이지 않았다. 그들에게는 침대로 돌아가 잠을 자는 것 외에 다른 것을 원한다는 어떤 흔적도 찾을 수 없었다.

강연 중간에 마이클은 연사가 이야기를 마친 후 질문을 받는 시간에 자리에서 일어나 이야기를 하기로 마음을 먹었다. 하지만 교수가 「결론적으로 우리는 자원의 집중화 시대에 살고 있습니다. 이런 시대에는 지구상의 한 지역의 대규모 자본과 국가적 이해가…… 지구상의 다른 지역에 있는 또 다른 대규모 자본과 갈등을 일으키는 것이 불가피합니다. 미국인의 삶의 규범을 지키기 위해서는 우리가…… 중국과 인도네시아의 부와 구매력에 아무런 방해 없이 자유롭게…… 접근할 수 있는 것이 절대적으로 필요합니다」라고 말하자 마이클은 마음을 바꾸었다. 그는 〈그것은 끔찍한 것입니다. 그것은 우리가 기꺼이 목숨을 바칠 수도 있는 믿음이 아닙니다〉라고 말하고 싶었다. 하지만 그는 피로했고, 주위에 있는 다른 모두와 마찬가지로 막사에 돌아가서 자고 싶었다.

한데 군대에는 몇 가지 아름다운 것들도 있었다.

확성기를 통해 애국가가 울려 퍼지는 가운데 국기가 올라가는 장면은 사람들로 하여금 다른 미국인들이 같은 순간에 1백 년 동안 들어 온 다른 나팔 소리를 어렴풋이 생각하게 했다. 소등 나팔 소리가 들린 후 막사 계단에서 들리는 남부 지방 출신 사람들의 부드러운 목소리, 어둠 속에서 빨갛게 타는 담배 끝, 망자에게 소중한 것들과, 아이들의 이름과, 아내의 머리색과, 집에 대해 이야기하는 목소리…… 그리고 더 이상 사람들과 분리되어 있지 않지만 모호하고 외로운 시간에 느끼는 감정과, 혼란스러운 시대의 한복판에서 더 이상 뭔가를 판단하지도 비판하지도 않고 말과 동기를 저울질하지도 않지만, 지친 동시에 평화로운 상태에서 믿음을 갖고 맹목적으로 살아가는 순간에 느끼는 감정.

행군을 하고 있는 마이클 앞에 가던 애커먼이 비틀거렸다. 마이클은 재빨리 그에게 다가가 그의 팔을 잡았다. 애커먼은 차갑게 그를 쳐다보았다. 「팔을 놓아 줘.」 그가 말했다. 「누구의 도움도 필요 없으니까.」

마이클은 손을 치우며 뒤로 물러났다. 그는 화가 치밀었고, 이자 역시 자부심에 찬 유대인 중 하나라고 생각했다. 산의 정상을 넘어가는 동안 그는 애커먼이 비틀거리며 걷는 것을 아무런 연민 없이 바라보았다.

「선임 하사님.」 노아가 중대 사무실 책상 앞에 서서 말했다. 책상 뒤에서는 선임 하사가 『슈퍼맨』을 읽고 있었다. 「중대장님과의 면담을 허락해 주시기 바랍니다.」

선임 하사는 고개를 들지 않았다. 하루 행군을 마친 후 때와 땀으로 축축해진 노아는 작업복을 입은 채로 뻣뻣하게 서 있었다. 그는 1미터쯤 떨어진 곳에 앉아 「잭슨빌」 신문의 스포츠난을 읽고 있는 중대장을 쳐다보았다. 중대장 역시 고개를 들지 않았다.

마침내 선임 하사가 노아를 쳐다보았다. 「뭘 원하나, 병사?」 그가 물었다.

「중대장님과의 면담을.」 하루 행군을 마친 후 너무도 피로했지만 분명하게 말하려 노력하며 노아가 말했다. 「허락해 주시기를 바랍니다.」

선임 하사는 그를 멍하게 바라보았다. 「꺼져.」 그가 말했다.

노아는 마른침을 삼켰다. 그는 단호하게 말했다. 「중대장님과의 면담을……」

「꺼져.」 하사는 평탄한 목소리로 말했다. 「그리고 이곳에 다시 올 때는 잊지 말고 정복을 입도록 해. 이제 꺼져.」

「네, 하사님.」 노아가 말했다. 중대장은 스포츠난에서 시선을 떼지 않았다. 노아는 작고 더운 방을 나와 짙어 가는 노을 속으로 들어섰다. 어떤 순간에 어떤 제복을 입어야 하는지 알기란 어려웠다. 중대장을 만날 때에는 때로는 작업복을 입어야 했고, 때로는 정복을 입어야 했다. 그 규칙은 30분마다 바뀌는 것 같았다. 그는 어슬렁거리는 사람들, 재즈 음악과 추리물 연속극을 방송하는 작은 라디오의 요란한 소리를 지나 막사로 천천히 돌아갔다.

그가 정복을 입고 중대 사무실에 다시 갔을 때에는 대위가 없었다. 그래서 노아는 중대 사무실 건너편에 있는 잔디밭에 앉아 그를 기다렸다. 그의 뒤쪽에 있는 막사에서 한 남자가 〈죽어 가는 어머니께서 말씀하시길, 나는 내 아들을 군인이 되게 키우지 않았네〉 하고 부드럽게 노래하는 소리와 언제 전쟁이 끝날지를 두고 다른 두 사람이 시끄럽게 논쟁을 벌이는 소리가 들려왔다.

「1950년.」 한 남자가 계속해서 말하고 있었다. 「1950년 가을이면 끝날 거야. 전쟁은 항상 겨울이 찾아오면 끝나지.」

다른 남자가 말했다. 「독일과의 전쟁은 끝날 수도 있어. 하지만 그 전쟁이 끝나도 일본과의 전쟁이 계속될 거야. 우리는 일본과 거래를 해야 할 거야.」

「나는 누구와도 거래를 할 거야.」 세 번째 목소리가 말했다. 「나는 불가리아인과도, 이집트인과도, 멕시코인과도, 누구와도 거래를 할 거야.」

「1950년이야.」 첫 번째 남자가 큰 소리로 말했다. 「내가 장담하지. 하지만 우리 모두 그전에 엉덩이에 총알이 박히게 될 거야.」

노아는 그들의 이야기를 더 이상 듣지 않았다. 그는 어둠 속에서 등을 나무 계단에 기댄 채, 반은 잠이 든 상태에서 잔디 위에 앉아 대위가 돌아오기를 기다리며 호프를 생각했다. 그녀의 생일이 다음 주 화요일이고, 그는 그녀에게 선물을 사주려고 10달러를 모아 배낭 바닥에 숨겨 놓았다. 〈시내에서 10달러로 아내에게 선물하기에 창피하지 않은 어떤 선물을 살 수 있을까? 스카프, 아니면 블라우스…….〉 그는 스카프를 한 그녀가 어떤 모습이었는지를 생각했다. 그런 다음 블라우스를 입은 그녀가 어떤 모습이었는지를 생각했다. 하얀 블라우스가 나을 것 같았다. 그는 검은 머리에 하얀 블라우스를 입은 그녀의 가는 목을 떠올렸다. 하얀 블라우스가 좋을 것 같았다. 한데 플로리다에서도 10달러로 괜찮은 블라우스를 살 수 있는지가 문제였다.

콜클러가 돌아왔다. 그는 무거운 걸음으로 중대 사무실 계단을 올라갔다. 엉덩이를 흔드는 것만 봐도 50미터 떨어진 곳에서도 그가 장교라는 것을 알 수 있었다.

노아는 자리에서 일어나 콜클러를 따라 중대 사무실 안으로 들어갔다. 대위는 모자를 쓴 채로 책상에 앉아 손에 든 종잇장들을 보며 얼굴을 찌푸리고 있었다.

「선임 하사님.」 노아가 조용히 말했다. 「중대장님과의 면담을 허락해 주시기 바랍니다.」

선임 하사는 노아를 차갑게 바라보았다. 그런 다음 그는 자리에서 일어나 세 걸음을 떼 대위의 책상 앞으로 갔다. 「대위님.」 그가 말했다. 「애커먼 이병이 중대장님과 면담을 하고 싶어 합니다.」

콜클러는 고개를 들지 않았다. 「기다리라고 해.」 그가 말했다.

선임 하사가 노아에게로 몸을 돌렸다. 「대위님이 기다리라고 하네.」

노아는 자리에 앉아 대위를 바라보았다. 30분 후 대위는 선임 하사에게 고개를 까닥했다.

「좋아.」 선임 하사가 말했다. 「짧게 끝내.」

노아는 자리에서 일어나 대위에게 경례했다. 「애커먼 이병입니다. 선임 하사로부터 대위님과의 면담을 허락받았습니다.」

「그래?」 콜클러는 고개를 들지 않았다.

「중위님.」 노아가 초조하게 말했다. 「제 아내가 금요일 밤 시내에 도착합니다. 그녀는 제게 호텔 로비에서 만나자고 했고, 저는 금요일 밤에 외출할 수 있게 허락을 받고 싶습니다.」

콜클러는 한참 동안 아무 말도 하지 않았다. 「애커먼 이병.」 그가 마침내 말했다. 「중대 규칙을 알고 있겠지. 금요일 밤에는 검열 준비 때문에 중대 전체에 외출이 금지되어 있네.」

「알고 있습니다, 대위님.」 노아가 말했다. 「하지만 그녀는 이번 기차밖에는 예약을 할 수가 없었고, 저와 만나기를 바라고 있습니다. 이번 한 번만……..」

「애커먼.」 마침내 그가 노아를 쳐다보았다. 씰룩거리고 있는 그의 코끝이 하얬다. 「군대에서는 임무가 먼저야. 자네들에게 그것을 과연 가르칠 수 있을지 모르겠군. 하지만 나는 노력할 거야. 군은 자네가 아내를 보게 될지 못 보게 될지에 대해 관심이 없어. 임무가 없을 때면 뭐든 하고 싶은 걸 해도 좋아. 하지만 임무가 있을 때에는 임무만 해야 돼. 이제 나가도록 해.」

「네, 대위님.」 노아가 말했다.

「네, 대위님, 그리고 뭐야?」 콜클러가 물었다.

「네, 대위님, 감사합니다, 대위님.」 군대 예절에 대한 강연을 떠올리며 노아가 말했다. 그는 경례를 한 후 밖으로 나갔다.

그는 전보를 보냈다. 하지만 전보를 보내는 데는 85센트가 들었다. 이후 이틀 동안 호프에게서는 아무런 답이 없었고, 그녀가 전보를 받았는지 못 받았는지 알 수 있는 방법도 없었다. 그는 금요일 밤 내내 잠을 잘 수가 없었다. 그는 석 달이 지난 지금 호프가 불과 15킬로미터 떨어진 호텔에서 자신을 기다리고 있을 것이라는 사실을 알았지만 막사에 누워 있는 것 외에는 할 수 있는 일이 없었다. 그녀는 그에게 무슨 일이 있었는지, 그리고 콜클러가 어떤 사람인지 모를 것이다. 또한 그녀는 맹목적인 권위와 군대의 무관심에 대해서도 전혀 모를 것이다. 그런 것들에 대해 사랑은 아무것도 요구할 수 없었고, 따뜻한 마음 또한 아무런 인상을 남길 수 없었다. 마침내 그는 기상 나팔 소리가 들리기 직전에 잠이 들며 꿈을 꾸듯, 오늘 오후에는 그녀를 보게 될 것이라고 생각했다. 어쩌면 그것이 최선일 수도 있었다. 그때쯤이면 눈에 있는 멍의 흔적이 사라지게 되고, 그것이 어떻게 생겼는지 설명할 필요가 없게 될 것이다.

5분 후면 대위가 올 것이다. 노아는 초조하게 침대 구석과 사물함 속 수건의 배열, 그리고 침대 뒤쪽 창문의 반짝임 정도를 점검했다. 그는 자기 옆에 있는 실리흐너가 옷걸이에 다른 옷들과 함께 걸려 있는 비옷의 맨 위 단추를 잠그는 것을 보았다. 노아는 아침 식사 전에 검열을 대비해 자신의 모든 옷의 단추가 올바르게 잠겨 있는지 확인했지만 다시 한번 옷을 살펴보았다. 외투를 펼친 그는 눈을 깜박였다. 한 시간 전에 점검한 작업복 단추가 모두 열려 있었다. 그는 미친 듯이 단추를 잠갔다. 만약 콜클러가 그것을 봤다면 노아는 주말 내내 외출이 금지되었을 것이다. 대위는 그보다 더 작은 문제로도 다른 사람들에게 더 심한 짓을 했고, 자신이 노아를 좋아하지 않는다는 사실을 분명히 밝혔다. 비옷 역시 단추 두 개가 열려 있었다. 〈오, 하느님, 아직은 대위가 들어오지 못하게 해주십시오, 제가 준비를 마칠 때까지요〉라고 노아는 생각했다.

문득 노아는 주위를 둘러보았다. 라이커와 도널리가 그를 쳐다보며 살짝 미소를 짓고 있었다. 그들은 고개를 내밀어 자신들의 구두에 있는 먼지를 슬쩍 보았다. 〈바로 저들이야. 저들이 내게 이런 짓을 한 거야〉라고 그는 생각했다. 〈어쩌면 막사의 모두가 작당을 하고 내게 이런 짓을 했는지도 몰라. 콜클러가 그것을 발견하고는 내게 무슨 짓을 할지 알면서 그런 거야. 그들은 아침 식사 후 일찍 돌아와 내 옷의 단추를 풀어 놓았을 거야.〉

그는 옷을 조심스럽게 살폈고, 병장이 문 앞에서 「차려!」 하고 소리치는 순간 벌떡 일어났다.

콜클러는 그를 차가운 시선으로 조심스럽게 바라본 후 그의 사물함을 한참 동안 엄격하게 검사했다. 대위는 그의 뒤로 가 옷걸이에 걸려 있는 모든 옷을 만져 보았다. 콜클러가 옷을 제자리에 놓을 때마다 옷이 흔들리는 소리가 들렸다. 잠시 후 콜클러가 그의 옆을 지나갔고, 노아는 모든 것이 괜찮아질 것이라는 사실을 알 수 있었다.

5분 후 검열이 끝나고 사람들은 막사를 뛰쳐나가 버스 정류장으로 향했다. 노아는 배낭을 내려 돈을 넣어 둔, 바닥에 있는 작은 방수포 봉지를 꺼내 열었다. 하지만 안에는 돈이 없었다. 10달러짜리 지폐는 보이지 않았다. 대신 그 안에는 찢어진 종이 한 장이 들어 있었다. 그리고 그 종이에는 한 단어가 유성 펜으로 쓰여 있었다. 「악한.」

노아는 종이를 호주머니 속에 집어넣었다. 그는 기계적으로 배낭을 멨다. 〈죽여 버리겠어. 이런 짓을 한 놈을 죽이고 말 거야〉라고 그는 생각했다. 〈스카프도 블라우스도, 아무것

도 사 줄 수가 없게 되었어. 죽이고 말 거야.〉

 멍한 상태로 그는 버스 정류장을 향해 갔다. 그는 막사를 함께 쓰는 다른 사람들과는 같은 버스를 타고 싶지 않았다. 그는 그날 아침에는 그들을 보고 싶지 않았다. 그는 도널리나 실리흐너, 또는 리킷, 또는 다른 누군가의 옆에 서 있게 되면 곤란한 상황에 빠질 수도 있다는 것을 알고 있었다. 하지만 그날 아침만큼은 곤란한 상황에 빠져서는 안 되었다.

 그는 초조해하는 병사들이 서 있는 긴 줄에서 20분을 기다린 후 가솔린 냄새가 나는 버스에 탔다. 버스 안에는 그의 중대 사람은 아무도 없었고, 면도를 하고, 구두의 광을 내고, 해방감으로 즐거워하는 얼굴들이 갑자기 친구의 그것처럼 보였다. 그의 옆에 서 있던 거구의 사내는 환한 미소를 지으며 호주머니에 있던 5백 밀리미터 맥주병을 꺼내 한 모금 권하기까지 했다.

 노아는 그를 향해 미소를 지었다. 「고맙지만 괜찮아요.」그가 말했다. 「내 아내가 시내에 도착했는데 아직 못 만났죠. 술 냄새를 풍기면서 그녀를 보고 싶지는 않아요.」

 노아가 방금 그의 기분을 아주 좋게 만드는 말이라도 한 듯이 사내는 환한 미소를 지었다. 「당신 아내라고요?」그가 말했다. 「어때요? 그녀를 마지막으로 본 게 언제죠?」

 「일곱 달 전이요.」노아가 말했다.

 「일곱 달 전이라고요!」사내의 얼굴이 좀 더 차분해졌다. 그는 무척 젊었고, 거칠지만 친절한 분위기의 얼굴은 여자처럼 무척 하얬다. 「일곱 달 만에 처음 보는 거라고요?」그는 서 있는 노아의 옆에 앉아 있는 사람 위로 몸을 숙였다. 「병사, 일어나서 결혼한 이분께 자리를 양보해. 아내를 일곱 달 동안 못 봤는데, 지금 아내가 기다리고 있대. 그에게는 힘이 필요해.」

자리에 앉아 있던 사람이 미소를 지으며 일어났다. 「처음부터 얘기하지 그랬어요.」 그가 말했다.

「아니에요.」 노아는 창피했지만 웃음을 터트렸다. 「나는 괜찮아요. 앉지 않아도 돼요.」

술병을 들고 있던 사내가 그를 살며시 앉히며 근엄하게 지시하듯 말했다. 「병사, 이건 명령이에요. 앉아서 힘을 아끼도록 해요.」

노아는 자리에 앉았고, 주위에 있던 사람들은 그를 향해 미소를 지었다.

「혹시 아내 사진을 가지고 있나요?」 거구의 사내가 말했다.

「그게 그러니까.」 노아가 말했다. 「사실은……」 그는 지갑에서 호프의 사진을 꺼내 보여 주었다. 거구의 사내는 차분한 모습으로 사진을 보았다.

「5월 아침, 정원에서 찍은 사진이군요.」 그가 말했다. 「맙소사, 나도 적의 총에 맞기 전에 결혼을 해야겠어.」

노아는 그를 향해 미소를 짓고 지갑을 다시 넣으며 〈이건 지금부터 모든 게 달라지리라는 좋은 징조야〉라고 생각했다. 이제 그는 바닥에 다다른 후 반대쪽으로 올라가기 시작하고 있는 것 같았다.

버스가 시내 우체국 앞에서 멈추자 거구의 사내는 조심스럽게 노아가 버스 계단에서 초라한 거리로 내리는 것을 도왔다. 그는 노아의 어깨를 살며시 두드리며 〈자, 가요〉라고 격려하듯 말했다. 「즐거운 주말을 보내길 바라요. 월요일 아침 기상 나팔 소리가 들릴 때까지 미국 군대 같은 건 잊어버려요.」

노아는 미소를 지으며 그에게 손을 흔든 후 호프가 기다리고 있는 호텔로 서둘러 갔다.

그녀는 카키색 군복을 입은 군인들과 그 아내들로 북적이는 로비에 있었다. 노아는 그녀가 자신을 보기 전에 그녀를 발견했다. 약간 근시인 그녀는 떼를 지어 다니는 병사들과 여자들 그리고 먼지 낀 종려나무 화분 사이로 그를 찾고 있었다. 그녀는 초조하고 창백해 보였다. 그가 뒤에서 나타나 그녀의 팔꿈치를 가볍게 잡으며 「애커먼 부인이죠?」라고 말하자 그녀는 미소를 지면서도 금방이라도 울음을 터트릴 것처럼 보였다.

그들은 그곳에 둘밖에 없는 것처럼 키스를 했다.

「자.」 노아가 부드럽게 말했다. 「자, 자…….」

「걱정 마.」 그녀가 말했다. 「울지 않을게.」

그녀는 몸을 뒤로 젖히며 그를 잡고는 유심히 바라보았다. 「군복을 입은 모습은 처음 봐.」 그녀가 말했다.

「어때 보여?」

그녀의 입이 약간 떨렸다. 「끔찍해.」 그녀가 말했다.

두 사람은 웃음을 터트렸다.

「위층으로 가지.」 그가 말했다.

「갈 수 없어.」

「왜?」 재앙이 닥친 것을 느끼며 노아가 물었다.

「방을 구할 수가 없었어. 다 찼어. 하지만 괜찮아.」 그녀는 그의 얼굴을 만지며, 그 얼굴에 쓰여 있는 절망감에 웃음을 터트렸다. 「하지만 다른 방이 있어. 길 저쪽에 하숙집 방이 하나 있어. 그런 표정 짓지 마.」

그들은 손을 잡고 호텔 밖으로 나갔다. 그들은 이따금 서로를 쳐다보며 조용히 길을 걸어갔다. 노아는 아내도 여자도 없어 그날 오후 결국에는 술에 취하게 될 병사들이 그를 부러운 듯 정중하게 쳐다보는 것을 의식했다.

하숙집은 새로 칠을 해야 할 것 같았다. 현관에는 포도나무가 웃자라 있었고, 맨 아래쪽 계단은 깨져 있었다.「조심해!」호프가 말했다.「발이 구멍에 빠지지 않도록 조심해. 자칫 다리가 부러질 수도 있어.」

집주인 여자가 그들을 위해 문을 열어 주었다. 늙고 야윈 그녀는 더러운 회색 앞치마를 두르고 있었다. 그녀는 땀과 나이와 구정물 냄새를 풍기며 노아를 차갑게 바라보았다.「이 사람이 남편이오?」뼈가 앙상한 손으로 문고리를 잡은 채로 그녀가 물었다.

「네.」호프가 말했다.「제 남편이에요.」

「음.」노아가 정중하게 미소를 지었지만 그녀는 웃지 않았다. 집주인 여자는 그들이 계단을 올라가는 동안 그들을 지켜보았다.

「이건 검열보다 더 나쁘군.」호프를 따라 그들 방으로 향하며 노아가 속삭였다.

「검열이 뭐야?」호프가 물었다.

「나중에 얘기해 줄게.」노아가 말했다.

그들 뒤로 문이 닫혔다. 금이 간 창문이 하나 있는 방은 작았다. 너무도 낡은 벽지는 색이 바래 어찌 보면 무늬가 벽에서 자라고 있는 것처럼 보였다. 하얀 철제 침대는 찢어져 있었고, 회색 이불 밑에는 튀어나온 곳이 있는 게 분명했다. 하지만 서랍장 위에는 호프가 유리잔에 꽂은 작은 노랑 수선화 다발과 그녀의 빗이 놓여 있었다. 그것들은 결혼과 문명의 흔적이었다. 그리고 그녀는 어느 여름 휴일에 찍은, 스웨터를 입은 노아가 웃고 있는 작은 사진을 꽃 아래에 놓아두었다.

그들은 부끄러워하며 서로의 시선을 피했다.

「집주인 여자에게 결혼 허가증을 보여 줘야 했어.」 호프가 말했다.

「뭐라고?」 노아가 물었다.

「우리 결혼 허가증 말이야. 그녀는 시내에 있는 괜찮은 하숙집을 운영하려면 술에 취한 10만 명의 병사들과 악착같이 싸울 수밖에 없다는 말을 했어.」

노아는 미소를 지으며 놀랍다는 듯 고개를 저었다. 「결혼 허가증을 가져와야 한다는 얘기는 누구한테 들었어?」

호프는 꽃을 만졌다. 「요즘에는 늘 지니고 다녀. 핸드백 속에. 나 자신에게 상기시켜 주려고.」

노아는 문 쪽으로 천천히 걸어갔다. 자물쇠에는 열쇠가 꽂혀 있었다. 그는 열쇠를 돌렸다. 원시적인 자물쇠의 어색한 소음이 방 안에 울려 퍼졌다. 「자, 나는 일곱 달 동안 이것만 생각해 왔어. 문을 잠그는 것 말이야.」

갑자기 호프가 얼굴을 숙였다. 하지만 그녀는 곧 얼굴을 들었고, 노아는 그녀가 손에 작은 상자를 들고 있는 것을 보았다. 「자.」 그녀가 말했다. 「너한테 주려고 내가 뭔가를 가져왔어.」

노아는 상자를 받았다. 그는 그녀에게 선물을 사주려고 모은 10달러와, 배낭 바닥에 있던, 〈악한〉이라고 적힌 구겨진 종잇장을 떠올렸다. 상자를 열며 그는 10달러 생각은 잊어버리려고 했다. 그 일은 월요일까지 기다리게 할 수 있다.

상자 속에는 초콜릿 과자가 들어 있었다.

「맛을 봐.」 호프가 말했다. 「내가 직접 만들지 않아 다행이야. 어머니한테 구워서 보내 달라고 했지.」

노아는 과자 하나를 깨물었다. 과자에서는 고향의 맛이 났다. 그는 하나를 더 먹었다. 「멋진 생각이야.」 그가 말했다.

「벗어」 하고 호프가 사납게 말했다. 「그 망할 놈의 옷을 벗어.」

이튿날 그들은 늦은 아침을 먹으러 나갔다. 아침 식사 후 그들은 작은 시내의 몇 개 되지 않는 길을 돌아다녔다. 사람들이 교회에서 나와 집으로 가고 있었고, 제일 좋은 옷을 입은 아이들은 색이 바랜 잔디밭 사이를 지루한 얼굴로 안절부절못하며 다니고 있었다. 부대 안에서는 아이라곤 구경할 수 없었고, 그래서 아이들 모습을 보자 그날 아침에는 더욱 기분 좋고, 고향에 있는 것처럼 생각되었다.

술에 취한 한 병사가 자신의 발에 신경을 쓰며 보도를 따라 걸으면서 교회에 다녀오는 사람들을 사나운 눈초리로 노려보았다. 마치 그는 자신에게는 일요일 아침 정오가 되기 전에 술에 취할 권리가 있다는 것을 과시하며, 그들의 신앙심을 비판하고 있는 것 같았다. 호프와 노아에게 가까이 온 그는 거창하게 경례를 하며 「쉬, 헌병한테는 말하지 말아요」라고 말한 후 굳은 얼굴로 지나갔다.

「어제 버스에서 만난 사람인데 당신 사진을 봤어.」 노아가 말했다.

「그가 뭐라고 했어?」 호프는 손가락 끝으로 그의 팔을 살며시 꼬집었다. 「나쁘게 얘기했어, 좋게 얘기했어?」

「〈5월 아침, 정원에서 찍은 사진이군요〉라고 했어.」

호프는 웃음을 터트렸다. 「저런 사람이 있는 한 이 군대는 결코 승리하지 못할 거야.」

「그는 또 〈맙소사, 나도 적의 총에 맞기 전에 결혼을 해야 겠어〉라고도 말했어.」

호프는 다시 웃음을 터트렸지만 〈적의 총에 맞기 전에〉라는 말을 생각한 후에는 조금 차분해졌다. 하지만 그녀는 아무 말도 하지 않았다. 그녀는 한 주밖에 시간이 없었고, 그런 것들에 대한 이야기로 낭비할 시간이 없었다.

「매일 밤 나올 수 있어?」 그녀가 물었다.

노아는 고개를 끄덕였다. 「이 일대 헌병 모두를 매수하게 되면 금요일에는 못 나오더라도 이틀에 한 번은 나올 수 있을 거야.」 그는 햇빛 속에서 먼지가 이는, 허름하고 비루해 보이는 시내를 원망스러운 듯 둘러보았다. 길에는 번쩍이는 네온 사인을 단 술집 열 곳이 줄을 지어 있었다. 「당신이 주말을 보낼 괜찮은 장소가 없어 무척 유감이야.」

「말도 안 되는 소리.」 호프가 말했다. 「나는 이 마을이 무척 마음에 들어. 이곳은 리비에라[41]를 떠올리게 해.」

「리비에라에 가봤어?」

「아니.」

노아는 눈을 가늘게 뜨고 더위에 지친 흑인 거주지가 있는 철로 너머를 바라보았다. 자동차 바퀴 자국이 있는 도로 위로 옥외 변소와 칠을 하지 않은 널빤지가 보였다. 「네 말이 맞아.」 그가 말했다. 「이곳은 리비에라를 떠올리게 해.」

「리비에라에 가봤어?」

「아니.」

41 프랑스 남부의 유명한 휴양지.

그들은 미소를 지었다. 그런 다음 조용히 걸어갔다. 잠시 호프는 머리를 그의 어깨에 기댔다. 「네 생각에는 얼마나 갈 것 같아?」

그는 그녀가 무슨 말을 하고 있는지 알고 있었지만 「뭐가 얼마나 가다니?」 하고 되물었다.

「얼마나 갈 것 같아? 전쟁 말이야.」

작은 흑인 아이가 먼지 구덩이 속에서 수탉 한 마리를 꼭 껴안고 있었다. 노아는 그를 비스듬히 바라보았다. 수탉은 잠이 든 듯, 아니면 부드러운 검은 손의 움직임에 반쯤 최면이 걸린 듯 보였다.

「오래가지는 않을 거야.」 노아가 말했다. 「결코 오래가지는 않을 거야. 다들 그렇게 말하고 있어.」

「자기 아내한테 거짓말을 하는 건 아니겠지?」

「그럼.」 노아가 말했다. 「연대 본부에 아는 병장이 있는데 그는 우리 사단이 싸우게 될 일은 없을 거라고 했어. 그의 얘기로는 그곳 대령이 BG가 되려고 난리래.」

「BG가 뭐야?」

「준장.」

「그런 것도 모르다니 나도 참 바보지?」

노아는 웃음을 터뜨렸다. 「그래.」 그가 말했다. 「한데 나는 바보 같은 여자를 무척 좋아하지.」

「그래서 기뻐.」 호프가 말했다. 「정말 기뻐.」 그들은 동시에 뭔가를 느끼는 듯 서로 신호를 보내지 않고도 걸음을 돌렸다. 그들은 다시 하숙집을 향해 걷기 시작했다. 「그 개자식이 결코 성공하지 못했으면 좋겠어.」 잠시 후 호프가 꿈을 꾸듯 말했다.

「뭘?」 노아가 어리둥절해하며 물었다.

「BG가 되는 것 말이야.」

그들은 잠시 아무 말 없이 걸어갔다.

「아주 좋은 생각이 있어.」 호프가 말했다.

「뭔데?」

「우리 방으로 돌아가 문을 잠그는 거야.」 그녀는 그를 향해 미소를 지었고, 그들은 하숙집을 향해 걸음을 빨리했다.

문을 두드리는 소리가 난 후 칠이 벗겨지고 있는 나무 문 사이로 집주인 여자의 목소리가 흘러 들었다. 「애커먼 부인, 애커먼 부인, 잠시 봐요.」

호프는 문 쪽을 보며 얼굴을 찌푸린 후 어깨를 으쓱했다. 「곧 내려갈게요.」 그녀가 소리쳤다.

그녀가 노아에게 고개를 돌렸다. 「그대로 있어.」 그녀가 말했다. 「곧 돌아올게.」

그녀는 그의 귀에 키스를 한 후 문을 열고 밖으로 나갔다. 노아는 침대에 누워 반쯤 감은 온화한 눈으로 얼룩이 묻은 천장을 올려다보았다. 그는 잠시 졸음에 빠졌다. 창밖으로 따뜻하고 졸린 오후가 찾아들고, 멀리서 열차가 지나가는 소리가 들렸다. 그리고 아래쪽 거리에서 외로운 병사들이 〈여유를 갖고 사랑을 멋진 것으로 만들어 봐. 당밀로 사탕을 만들듯이. 한데 돈은 벌고 있는 거야? 내가 알고 싶은 건 그것뿐이야〉라고 노래하는 소리가 들렸다. 졸음 속에서 그는 자신이 그 노래를 전에 들은 적이 있다는 것을 깨달았다. 그리고 그는 로저를 떠올렸고, 그가 죽었다는 사실을 기억했다. 하지만 그에 대한 생각을 별로 하지 못하고 잠이 들고 말았다.

그는 문이 천천히 닫히는 소리에 잠에서 깼다. 그는 눈을 뜨며 부드럽게 미소를 지으며 호프가 자신 위로 서 있는 것을 보았다.

「노아.」 그녀가 말했다. 「일어나야 해.」

「나중에.」 그가 말했다. 「훨씬 나중에. 이리 와.」

「아냐.」 그녀가 평탄한 목소리로 말했다. 「지금 일어나야 해.」

그는 자리에서 일어났다. 「무슨 일이야?」

「집주인 여자가, 우리가 지금 당장 나가야 한다고 말했어.」

노아는 고개를 저었다. 그는 무슨 영문인지 알 수 없었고, 그래서 정신을 차리기 위해 고개를 저었다. 「무슨 얘기인지 다시 말해 봐.」

「집주인 여자가 우리가 지금 당장 나가야 한다고 말했어.」

「여보.」 노아는 참을성 있게 말했다. 「잘못 들었겠지.」

「아냐.」 호프의 얼굴이 긴장되며 굳어졌다. 「제대로 들었어. 우리는 나가야 해.」

「왜? 이 방을 일주일 동안 빌린 거 아냐?」

「맞아.」 호프가 말했다. 「일주일 동안 빌렸어. 하지만 집주인은 내가 신분을 감췄다고 주장하고 있어. 우리가 유대인이라는 사실을 몰랐다는 거야.」

노아는 자리에서 일어나 천천히 서랍 쪽으로 갔다. 그는 노란 수선화 아래, 미소를 짓고 있는 자신의 사진을 보았다. 노란 수선화는 말라 가장자리가 부서져 가고 있었다.

「그녀는 우리 이름을 보고 의심을 했지만 내가 유대인으로 보이지는 않았대. 하지만 당신을 본 후에는 의심스러운 생각이 들었대. 그래서 내게 물었고, 나는 물론 우리가 유대인이라고 말했어.」

「불쌍한 호프.」 노아가 부드럽게 말했다. 「사과할게.」

「그런 말 하지 마.」그녀가 말했다. 「그런 말은 다시는 듣고 싶지 않아. 그 점에 대해서는 내게 사과하지 마.」

「알았어.」노아가 말했다. 그는 손가락을 살며시 움직이며 무의식적으로 꽃을 만졌다. 죽은 노란 수선화가 부드럽게 느껴졌다. 「짐을 싸야겠군.」그가 말했다.

「그래.」호프가 말했다. 그녀는 가방을 꺼내 침대 위에 놓고 열었다. 「집주인 말로는 이 집의 규칙이래. 개인적인 감정 때문은 아니고.」

「개인적인 감정 때문은 아니라는 말을 들으니 기쁘군.」노아가 말했다.

「그렇게 나쁜 일만은 아냐.」호프는 여느 때처럼 빳빳하게 접은 부드러운 분홍색 옷들을 가방 속에 넣기 시작했다. 「다른 곳을 찾아 낼 수 있을 거야.」

노아는 서랍 위의 빗을 집어 들었다. 빗의 뒤쪽에는 은으로 된, 빅토리아풍의 구식 디자인으로 장식한 나뭇잎이 있었다. 그것은 그늘이 지고 먼지가 이는 그 방의 빛 속에서 탁하게 반짝였다. 「아냐.」그가 말했다. 「다른 곳을 찾지 못할 거야.」

「하지만 이곳에 있을 수는 없어.」

「이곳에 있을 수도 없고, 다른 곳도 찾지 못할 거야.」노아의 고른 목소리에는 아무런 감정도 실려 있지 않았다.

「당신이 무슨 말을 하는지 모르겠어.」호프가 짐을 꾸리다 말고 그를 쳐다보았다.

「같이 정류장으로 가 뉴욕행 버스가 언제 떠나는지 알아본 후 너는 그 버스를 타게 될 거라는 말이야.」

잠시 방 안에는 침묵이 감돌았다. 호프는 생각에 잠겨 굳은 얼굴로 그대로 서서 침대 위에 놓인 가방에 들어 있는, 장미가 그려진 속옷을 바라보고 있었다. 「이번 한 주가 지나면 내가 언제 올 수 있을지 아무도 몰라. 그리고 네게 어떤 일이 있을지도 모르고. 너는 아프리카나 과달카날[42]이나 다른 어떤 곳으로도 갈 수 있어. 다음주나……」

「5시에 떠나는 버스가 있을 거야.」 노아가 말했다.

「여보.」 호프는 침대 앞에서 차분하면서도 생각에 잠긴 자세로 꿈쩍도 하지 않았다. 「이 마을에서 다른 숙소를 찾을 수 있을 거야.」

「그럴 수 있을 거야.」 노아가 말했다. 「하지만 그렇게 하지 말자. 나는 네가 이 마을에 있는 게 싫어. 이곳에 혼자 있고 싶어. 그게 다야. 이 마을에서는 너를 사랑할 수가 없어. 네가 이곳을 떠나 다시는 이곳에 오지 않았으면 해. 빨리 떠날수록 좋아. 나는 이 마을을 모두 불태우거나 이곳에 폭탄을 투하할 수도 있어. 하지만 이곳에서 너를 사랑하고 싶지는 않아!」

호프가 재빨리 그에게로 와 그를 안았다. 「내 사랑」 하고 그녀가 그를 사납게 흔들었다. 「무슨 일이 있었던 거야? 사람들이 네게 무슨 짓을 하고 있는 거야?」

「아무 일도 없어!」 노아가 소리쳤다. 「아무 일도 없어! 전쟁이 끝나면 얘기해 줄게! 이제 짐을 싸서 이곳을 떠나!」

호프는 손을 내렸다. 「그래.」 그녀가 낮은 목소리로 말했다. 그녀는 옷을 잘 개어 가방 속에 넣었다.

10분 후 그들은 준비를 마쳤다. 노아는 그녀의 가방과, 여분의 셔츠와 면도 용품이 든 그의 작은 배낭을 들고 나갔다. 그는 층계참으로 나간 후 뒤도 돌아보지 않았다. 호프가 문을 닫았다. 기울고 있는 엷은 금색 햇빛이 돌쩌귀가 빠진 셔터

---

[42] 솔로몬 제도의 섬.

사이로 비스듬히 비치고 있었다. 서랍장 위 유리잔에 든 노란 수선화는 이제 약간 휘어져 있었다. 마치 다가오고 있는 죽음의 무게가 꽃을 무겁게 짓누르는 것 같았다. 하지만 그것을 빼면 방은 그녀가 처음 그곳에 들어왔을 때 그대로였다. 그는 문을 살며시 닫고 노아를 따라 아래층으로 내려갔다.

집주인은 여전히 회색 앞치마를 두른 채 현관 앞에 있었다. 노아가 돈을 지불할 때에도 그녀는 아무 말도 하지 않았다. 그녀는 땀과 나이와 구정물 냄새를 풍기며 그곳에 그대로 서서 버스 정류장을 향해 조용한 거리를 천천히 걸어가는 병사와 젊은 여자를, 자신은 할 일을 했다는 듯 모진 얼굴로 아무 말 없이 바라보고 있었다.

노아가 막사에 도착했을 때 몇몇 사람들은 자고 있었다. 문 근처에 있는 도널리가 술에 취해 코를 골고 있었지만 아무도 주의를 기울이지 않았다. 노아는 사물함에 있는 가방을 꺼내 여분의 신발과 모직 셔츠, 깨끗한 작업복, 초록색 모직 장갑, 구두약 등 모든 것을 꼼꼼히 살폈다. 하지만 돈은 없었다. 그는 다른 가방도 꺼내 샅샅이 조사했다. 역시 돈은 없었다. 이따금 그는 날카롭게 고개를 들어 누군가가 자신을 지켜보지 않는지 살폈다. 하지만 사람들은 늘 그렇듯 혐오스러운 모습으로 코를 골며 자고 있었다. 누군가가 나를 보고 있는 것을 발견하면 그를 죽여 버릴 것이라고 그는 생각했다.

그는 어지러운 물건을 가방 속에 넣은 다음 문구가 든 상자를 꺼내 짧은 메모를 적었다. 그는 상자를 침대 위에 놓고 중대 사무실로 갔다. 중대 사무실 밖 게시판에는 시내에 있는 사창가에 대한 출입을 금지한다는 공지 사항과, 적절한 때에 적절한 제복을 입어야 한다는 규칙과, 그 주에 진급된 사병들의 이름이 적혀 있었고 그 옆의 빈자리에는 유실물에 관한 알림글이 있었다. 노아는 사물함에서 없어진, 날이 여섯 개 있는 주머니칼을 돌려 달라는 라일리 일병의 탄원 글 위에다 자신이 적은 글을 압정으로 박았다. 중대 사무실 밖에는 전등 하나가 달려 있었고, 노아는 그 희미한 빛 속에서 자신이 쓴 글을 다시 읽어 보았다.

C중대 여러분에게. 2소대 노아 애커먼 이병의 사물함 가방에서 10달러를 도난당했습니다. 나는 돈을 돌려받는 것에는 관심이 없으며, 범인을 기소하지도 않겠습니다. 나는 이 문제를 내 손으로 직접 해결하고 싶습니다. 한 명이든 여러 명이든, 이 사건에 연루된 사람은 즉시 내게 연락해 주기 바랍니다.

노아 애커먼 이병

노아는 자신이 쓴 것을 기쁜 마음으로 읽었다. 그는 걸음을 돌리며 자신이 미치는 것을 막기 위한 한 걸음을 뗐다고 느꼈다.

이튿날 저녁 식사를 하러 식당으로 가는 도중에 그는 게시판 앞에서 걸음을 멈췄다. 그의 게시물은 그대로 있었다. 그리고 그 아래에는 깔끔하게 타자를 친 작은 종이 한 장이 붙어 있었다. 종이 위에는 짧은 두 문장이 적혀 있었다.

우리가 가져갔어, 유대인 소년. 우리는 너를 기다리고 있어.

P. 도널리	B. 카울리
J. 라이트	W. 디머스
L. 잭슨	E. 라이커
M. 실리흐너	R. 헨켈
P. 샌더스	T. 브레일스퍼드

노아는 소총을 소제하고 있는 마이클에게로 갔다.

「잠시 시간 좀 낼 수 있어?」 노아가 말했다.

마이클은 짜증스러운 얼굴로 그를 쳐다보았다. 마이클은 여느 때처럼 피로했고, 구조가 복잡한 구식 스프링필드 소총을 다루는 데 서툴렀다.

「뭘 원해?」 마이클이 물었다.

행군을 하며 이야기한 후로 애커먼은 그와 한 마디도 나눈 적이 없었다.

「여기서는 말할 수 없어.」 주위를 둘러보며 노아가 말했다. 저녁 식사 후였고, 막사 안에는 서른 명에서 마흔 명 정도가 책을 읽거나, 편지를 쓰거나, 장비를 만지작거리거나, 라디오를 듣고 있었다.

「나중에 하면 안 돼?」 마이클이 차갑게 물었다. 「지금은 무척 바쁘고……」

「제발 부탁이야.」 노아가 말했다. 마이클은 그를 올려다보았다. 애커먼의 수척한 얼굴은 떨리고 있었고, 눈은 여느 때보다도 더 크고 검은 것 같았다. 「제발 부탁이야.」 노아가 다시 말했다. 「너와 얘기해야 해. 밖에서 기다릴게.」

마이클은 한숨을 쉬었다. 그는 여느 때처럼 스스로를 창피해하며 노리쇠와 씨름하며 소총을 조립했다. 그 일은 그에게 너무도 어려웠다. 기름이 묻은 손으로 딱딱한 소총 표면을 만지며 그는 〈나는 희곡을 무대에 올릴 수도, 토마스 만의 중요성에 대해 얘기할 수도 있어. 하지만 이곳에 있는 농부 출신의 아이들은 눈을 감고도 나보다 소총을 더 잘 조립할 거야〉라고 생각했다.

그는 소총을 걸어 놓고 손에 묻은 기름을 닦으며 밖으로 나갔다. 애커먼은 어둠 속에서 길 건너편에 서 있었다. 희미한 빛 속에서 그는 작고 야위어 보였다. 애커먼이 공모자처럼 그에게 손짓을 했고, 마이클은 〈이건 멍청한 짓이야〉라고 생각하며 천천히 그에게 갔다.

「이걸 읽어 봐.」 마이클이 다가가자 노아가 말했다. 그는 종이 두 장을 마이클의 손에 쥐여 주었다.

마이클은 종이를 더 잘 볼 수 있게 몸을 돌렸다. 그는 노아가 게시판에 붙인 첫 번째 글을 읽었다. 그가 보지 못한 글이었다. 그런 다음 열 명이 서명한 글을 읽었다. 마이클은 고개를 저으며 두 장의 종이를 조심스럽게 다시 읽었다.

「도대체 이게 뭐야?」 그가 짜증스럽게 물었다.

「네가 내 후원자가 되어 줬으면 좋겠어.」 노아가 말했다. 그의 목소리는 생기가 없고 무거웠다. 그럼에도 마이클은 그 멜로드라마 같은 요청에 웃음이 나오려는 것을 참아야 했다.

「후원자라고?」 그가 믿을 수 없다는 듯 물었다.

「그래.」 노아가 말했다. 「나는 이 자들과 싸울 거야. 그런데 혼자서는 해낼 수 없을 것 같아. 나는 흥분한 나머지 곤란해지게 될 거야. 나는 절대적으로 바른 사실만 말하고 싶어.」

마이클은 눈을 깜박였다. 군대에 들어오기 전에 갖가지 생각을 해봤지만 이것만큼은 생각지 못한 것이다. 「정신이 나갔군.」그가 말했다. 「이건 그냥 농담일 뿐이야.」

「그럴 수도 있지.」 노아가 평탄한 목소리로 말했다. 「한데 나는 농담에 지친 것 같아.」

「왜 하필 나를 고른 거야?」 마이클이 물었다.

노아는 숨을 깊게 들이켰고, 마이클은 공기가 휘파람 소리를 내며 그의 코 속으로 들어가는 것을 들을 수 있었다. 길 건너편에 매달린 전등불에 의해 형성된 빛과 그림자 속에 서 있는 그는 긴장되어 보였고, 고전적인 비극의 러프 컷에서처럼 무척 잘생겨 보였다. 「네가 중대 전체에서 내가 믿을 수 있는 유일한 사람인 것 같아.」 갑자기 그는 종이 두 장을 낚아챘다. 「좋아.」 그가 말했다. 「도와주고 싶지 않다면 너는……」

「잠시만.」 마이클이 말했다. 그는 막연하게나마 그 야만적이며 우스꽝스러운 짓이 도를 넘어서는 것만은 막아야 한다고 느꼈다. 「도와주지 않겠다고는 말하지 않았어.」

「그럼 좋아. 안에 들어가 순서를 정해 줘.」 노아가 거칠게 말했다.

「무슨 순서를?」

「다 해서 열 명이야. 하룻밤에 내가 그들 모두와 싸우기를 바라는 거야? 하나씩 상대할 거야. 누가 제일 먼저 나와 싸우고, 그다음에는 누가 싸울지 알아내 줘. 그들이 어떤 순서로 대적해 오든 상관없어.」

마이클은 조용히 노아의 손에서 종잇장을 잡아 거기에 적힌 이름을 보았다. 그는 천천히 마음속으로 그 순서를 떠올렸다. 「너도 알다시피 이들은 중대 내에서도 제일 몸집이 큰 열 명이야.」

「알아.」

「그들 모두 80킬로그램도 넘게 나가.」

「알아.」

「너는 얼마나 나가지?」

「60킬로그램.」

「그들은 너를 죽이고 말 거야.」

「충고해 달라고 부탁한 게 아냐.」 노아가 고른 목소리로 말했다. 「일정을 짜달라고 한 거야. 그게 다야. 나머지는 내게 맡겨.」

「이런 일이 벌어지는 것을 대위가 용납하지 않을 거야.」 마이클이 말했다.

「용납할 거야.」 노아가 말했다. 「그 개자식은 용납할 거야. 그 점은 염려 마.」

마이클은 어깨를 으쓱했다. 「내가 뭘 준비해 주길 바라지?」 그가 물었다. 「글로브와 심판과 10분 동안의 시합은 준비해 줄 수 있어.」

「시합이나 심판은 필요 없어.」 노아가 말했다. 「한 사람이 더 이상 일어나지 못하면 싸움은 끝나는 거야.」

마이클은 다시 어깨를 으쓱했다. 「글로브는?」

「글로브는 필요 없어. 맨 주먹으로 싸우는 거야. 다른 궁금한 거 있어?」

「아니.」 마이클이 말했다. 「됐어.」

「고마워.」 노아가 말했다. 「결과를 알려 줘.」

작별 인사도 않고 노아는 중대 앞길을 단호하게 걸어갔다. 마이클은 등을 꼿꼿이 세운 그가 어둠 속으로 사라지는 것을 지켜보았다. 마이클은 고개를 저은 후 천천히 막사 문 쪽으로 가 첫 번째 남자인 피터 도널리를 찾았다. 도널리는 키가

182센티미터에 체중이 88킬로그램이나 나갔다. 그는 1941년 마이애미에서 열린 골든 글로브 시합에서 헤비급 챔피언으로 싸웠는데 준결승까지 올라갔다.

　도널리는 노아를 때려눕혔다. 노아는 재빨리 일어나 몸을 날려 도널리의 얼굴을 때렸다. 도널리는 코에서 피가 났고, 지금껏 그가 선수로서 보여 온 놀라움과 분노가 함께 실린 표정을 지으며 입가에 묻은 피를 핥았다. 그는 한 손으로 노아의 뒷덜미를 잡은 채로 노아가 자신의 얼굴을 주먹으로 사납게 치는 것은 무시하고 그를 자기 쪽으로 당겼다. 그가 짧게 한 대를 날리자 조용히 지켜보고 있던 사람들 모두가 「와!」 하고 소리쳤다. 도널리는 넘어지는 노아를 다시 한 대 때렸고, 노아는 풀밭에 주저앉았다.
　「내 생각에는.」 마이클이 앞으로 나가며 말했다. 「이번 시합은 이걸로 된 것…….」
　「꺼져.」 두 손을 짚으며 땅바닥에서 일어나며 노아가 굵은 목소리로 말했다.
　그는 오른쪽 안구에 피가 맺힌 채로 몸을 떨며 도널리 앞에 서 있었다. 도널리가 그에게 다가가 야구공을 던지는 사람처럼 주먹을 날렸다. 주먹이 노아의 입에 맞는 순간 지켜보고 있던 사람들이 다시 「와!」 하고 소리쳤다. 노아는 휘청거리며 원을 그린 채로 눈을 부릅뜨고 그들을 바라보고 서 있던 사람들 쪽으로 넘어졌다. 그는 완전히 엎드린 채로 꼼짝 않고 있었다. 마이클은 그에게로 가 무릎을 꿇고 앉았다. 노아는 눈을 감고, 고르게 숨을 쉬고 있었다.
　「좋아.」 마이클이 도널리를 올려다보았다. 「잘했어. 네가 이겼어.」그는 노아의 몸을 돌려 등을 대고 눕게 했다. 노아가 눈을 떴다. 하지만 아무 생각 없이 저녁 하늘을 바라보고 있는 그의 눈에는 광기가 서려 있었다.

그들을 지켜보고 있던 사람들이 흩어지기 시작했다.

「그거 알아?」마이클은 노아의 겨드랑이에 손을 넣어 그를 천천히 들어 올리며 도널리가 하는 말을 들었다. 「그거 알아? 저 조그만 자식이 내 코에서 피가 나게 했어.」

마이클은 화장실 창가에 서서 담배를 피우며, 세면대 위로 몸을 숙인 채 차가운 물로 얼굴을 씻고 있는 노아를 바라보았다. 노아는 윗도리는 입고 있지 않았고, 피부에는 커다란 붉은 얼룩이 있었다. 노아가 고개를 들었다. 이제 그의 오른쪽 눈은 감겨 있고, 계속해서 피가 입에서 흘러나오고 있었다. 그가 침을 뱉자 핏덩어리와 함께 이 두 개가 튀어나왔다.

노아는 세면대 안에 있는 이는 보지도 않았다. 그는 생각에 잠겨 수건으로 얼굴을 닦았다. 수건에 곧 피가 묻었다.

「됐어.」마이클이 말했다. 「그만하면 됐어. 나머지 싸움은 취소하는 게 좋을 것 같아.」

「다음은 누구야?」

「내 말을 들어.」마이클이 말했다. 「결국에는 그들이 너를 죽이고 말 거야.」

「다음 순서는 라이트야.」노아가 평탄한 목소리로 말했다. 「앞으로 사흘 후면 싸울 준비가 되어 있을 거라고 전해 줘.」 마이클이 뭐라고 하기도 전에 노아는 맨 어깨에 수건을 두른 후 화장실 문을 나갔다.

마이클은 어깨를 으쓱한 후 담배를 한 모금 빤 뒤 꽁초를 버리고 그를 따라 부드러운 저녁 공기 속으로 나갔다. 그는 그날 저녁에는 애커먼을 다시 보고 싶지 않았고, 그래서 바로 막사로 들어가지 않았다.

라이트는 중대 내에서도 몸집이 가장 컸다. 노아는 그를 피하려 하지 않았다. 그는 전형적인 권투 자세를 취한 채로 재빨리 들어갔다가 나오며 상대의 느린 주먹을 피하며 라이트의 얼굴을 쳤다. 결국 배를 맞은 라이트는 신음 소리를 냈다.

마이클은 노아를 지켜보다 마지못해 〈놀랍군〉 하고 생각했다. 그는 정말로 권투를 할 줄 알았다. 「어디서 그 기술을 배운 걸까?」

두 겹으로 원을 그리고 있는 사람들 중 안쪽에 있던 리킷이 소리쳤다. 「배를 때려, 이 멍청한 놈아!」 잠시 후 모든 것이 끝났다. 라이트가 옆쪽으로 몸을 움직여 체중 전부를 실은 주먹을 날린 것이다. 망치처럼 단단한 그의 주먹이 노아의 옆구리를 강타했다. 노아는 공터 위를 비틀거리며 걸어가다 손과 무릎을 바닥에 대고 주저앉았다. 그의 벌어진 입에서는 숨을 헐떡이느라 혀가 축 늘어져 있었다.

사람들은 조용히 그를 지켜보고 있었다.

「됐어?」 노아 위로 서서 라이트가 호전적인 말투로 말했다. 「됐어?」

「이제 가.」 마이클이 말했다. 「멋진 시합이었어.」

노아는 다시 숨을 들이켰다. 공기가 거친 소리를 내며 그의 목구멍 속으로 빨려 들어갔다. 라이트는 발가락으로 노아를 모욕적으로 툭 찬 후 몸을 돌리며 「나한테 맥주 사줄 사람 없어?」라고 말했다.

의사는 엑스레이를 본 후 갈비뼈 두 개가 부러졌다고 했다. 그는 노아의 가슴에 붕대를 감고 반창고를 붙인 후 의무실 침대에 가만히 누워 있게 했다.

노아 위로 서 있던 마이클이 말했다. 「이제 그만둘 거지?」

「의사는 3주가 걸린다고 했어.」 노아가 말했다. 그의 말은 창백한 입술 사이로 힘들게 새어나왔다. 「그때 다음 싸움을 준비해 줘.」

「너는 미쳤어.」 마이클이 말했다. 「나는 그런 일은 하지 않을 거야.」

「충고 따위는 다른 데 가서 해.」 노아가 속삭였다. 「그렇게 하지 않을 거면 지금 여길 떠나도록 해. 내가 직접 할 거니까.」

「네가 무슨 짓을 하고 있다고 생각해?」 마이클이 말했다. 「뭘 증명하려는 거야?」

노아는 아무 말도 하지 않았다. 그는 병실 저편의, 이틀 전 트럭에서 떨어져 다리가 부러진 병사를 멍하니, 하지만 사납게 바라보았다.

「뭘 증명하려는 거야?」 마이클이 소리쳤다.

「증명할 건 아무것도 없어.」 노아가 말했다. 「나는 싸움을 즐기고 있을 뿐이야. 더 알고 싶은 게 있어?」

「아니.」 마이클이 말했다. 「아무것도 없어.」

마이클은 밖으로 나갔다.

「대위님.」 마이클이 말했다. 「애커먼 이병에 관한 일 때문에 왔습니다.」

콜클러는 아주 꼿꼿하게 앉아 있었다. 옷깃 위로 흘러내린, 턱 아래의 지방 덩어리가 그를 천천히 질식사하고 있는 사람처럼 보이게 했다.

「그래.」 콜클러가 말했다. 「애커먼 이병에 관한 일이라니?」

「아마도 들으셨겠지만…… 애커먼 이병은 중대원 열 명과 싸우고 있는 중입니다.」

콜클러는 기분이 좋은 듯 살짝 미소를 지었다. 「나도 조금은 들었어.」

「이번 경우에는 애커먼 이병의 행동이 전적으로 그의 책임인 것 같지 않습니다.」 마이클이 말했다. 「그는 심한 부상을 입을 수도 있습니다. 더 심하면 불구가 될 수도 있습니다. 제 생각에 동의하신다면 그가 더 이상 싸움을 하지 못하도록 조치하는 것이…….」

콜클러는 코 속에 손가락을 넣어 그 안에 있는 뭔가를 천천히 파낸 다음 손가락을 빼 자신이 꺼낸 보물을 살펴보았다. 「군대 내에서는, 휘테이크…….」 그가 조플린의 장례식장에서 장례식을 집전하는 목사들이 하는 말을 흉내 낸, 차분하고 고른 목소리로 말했다. 「사람들 사이의 얼마간의 갈등을 피할 수가 없네. 나는 그 갈등을 해소하는 가장 건강한 방법이 공개적으로 공정하게 싸움을 하는 것이라고 생각하네. 이들은 나중에 주먹질보다 훨씬 더 나쁜 것에 노출될 걸세, 휘테이크. 총탄과 폭탄에 말이야, 휘테이크.」 그는 자신이 하는 말을 즐기고 있었다. 「총탄과 폭탄에 말이야. 지금 그들의 갈등을 이런 식으로 해소하지 못하게 하는 것은 군대답지 않네. 그건 군대답지 않아. 또한 휘테이크, 중대 내에서 사람들이 가능한 한 자신의 일을 스스로 알아서 하게 최대한 자유를 주는 게 내 방침이네. 그래서 나는 그들의 문제에 개입할 생각이 없네.」

「네, 중위님.」 마이클이 말했다. 「고맙습니다, 대위님.」

그는 경례를 한 다음 밖으로 나갔다.

마이클은 중대 앞길을 천천히 걸으며 갑작스러운 결정을 내렸다. 그는 그런 곳에 남아 있을 수가 없었다. 그는 장교 후보 학교에 등록할 것이다. 그는 처음 군에 들어왔을 때 사병으로 남아 있겠다고 결심했다. 우선 그는 자신이 스무 살 된, 기운 좋은 수많은 장교 후보들과 경쟁하기에는 나이가 너무 든 것 같았다. 그리고 이제 그는 더 많은 교육을 받기에는 머리가 너무 굳어 있었다. 또한 내심 그는 다른 많은 사람들과 그들의 삶이 자신의 판단에 달려 있게 되는 상황에 빠지고 싶지 않았다. 그는 한 번도 자신에게 병사를 지휘할 수 있는 능력이 있다고 생각해 본 적이 없었다. 몇 달간 훈련을 하고 나자 죽을 수밖에 없는 수많은 작은 존재들이 치르는 그 전쟁이 있을 수 없는 치명적인 수수께끼처럼 여겨졌다. 누군가의 지시를 받으며 눈에 띄지 않는 한 개인으로서 그 수수께끼를 상대하는 게 나쁘지만은 않았다. 하지만 자신이 주도해 그 수수께끼를 상대하는 것…… 그 문제를 풀기 위해 마흔 명을 보내는 것은, 그리고 한 번의 실수로 마흔 명을 죽게 만드는 것은 감당하기 어려운 것이다. 하지만 이제 달리 할 수 있는 게 없었다. 만약 군대가 콜클러 같은 자들이 250명의 목숨을 책임질 수 있다고 생각한다면 그 어떤 자신에 대한 과도한 평가나 중용, 또는 책임에 대한 두려움 때문에도 병사로 남아 있을 수가 없었다. 내일 양식을 기입해 중대 사무실에 제출해야겠다고 마이클은 생각했다. 그는 우울한 마음으로 〈내가 지휘하는 중대 내에서는 애커먼 같은 자가 갈비뼈가 부러져 의무실에 가는 일은 없을 거야〉라고 생각했다.

5주 후 노아는 다시 의무실에 입원했다. 이 두 개가 더 빠졌고, 코도 뭉개졌다. 치과 의사는 그가 식사를 할 수 있도록 의치를 만들어 주었고, 외과 의사는 진찰할 때마다 코에서 부서진 뼛조각을 빼냈다.

이번에 마이클은 노아와 거의 대화를 할 수가 없었다. 그가 의무실로 와 노아의 침대 끝에 앉아 있을 때면 그들은 서로의 시선을 피했고, 의무병이 와서 〈방문객은 모두 나가〉라고 소리칠 때면 그들은 다행이라고 생각했다.

노아는 이제 열 명 중 다섯 명을 상대했다. 그의 얼굴은 뒤틀리고 부어올랐으며, 귀는 주름진 납작한 꽃양배추처럼 흉한 모습으로 영구적으로 바뀌었다. 찢어진 오른쪽 눈썹 위로 하얀 흉터가 비스듬히 나 있어 눈썹이 사나워 보였다. 일그러진 검은 얼굴 사이로 눈빛이 사나운 그의 전체적인 모습은 그를 보는 사람들을 심란하게 만들었다.

여덟 번째 싸움을 한 노아는 다시 의무실에 입원했다. 이번에 그는 목구멍을 맞았다. 그곳 근육이 일시적으로 마비되고 후두가 손상되었다. 이틀 동안 의사는 그가 다시는 말을 하지 못할 거라고 이야기했다.

「병사.」 평범한 대학생 같은 얼굴에 당황스러운 표정을 지으며, 노아의 몸 위로 서서 의사가 말했다. 「뭘 하려는지 모르겠지만 그게 뭐든 그럴 가치는 없어. 경고하건대 한 손으로는 미국 육군에서 복무를 할 수 없어.」 그는 몸을 숙이며 노아를 걱정스러운 듯 바라보았다. 「말을 할 수 있어?」

노아는 한참 동안 입을 움직였지만 아무 말도 나오지 않았다. 한데 그때 부은 입술 사이로 거칠지만 작은 소리가 새어 나왔다. 의사는 더 가까이 몸을 숙였다. 「뭐라고?」 그가 물었다.

「가서 당신 약에나 신경 쓰세요, 의사 선생님.」 노아가 말했다. 「그리고 나는 그냥 혼자 내버려 둬요.」

의사의 얼굴이 붉어졌다. 그는 착한 사람이었지만 누군가가 그런 식으로 자신에게 말하는 데 익숙지 않았다. 이제 그는 대위였다.

그가 몸을 일으켰다. 「다시 말할 수 있게 된 것을 보니 기쁘군.」 그가 딱딱하게 말했다.

그는 몸을 돌려 병실 밖으로 나갔다.

중대 내에 있는 다른 유대인인 페인 역시 병실에 왔다. 그는 불편하게 노아의 침대 옆에 서서 커다란 손으로 들고 있는 모자를 비틀고 있었다.

「내 말을 들어, 친구.」 그가 말했다. 「이 일에 개입하고 싶지 않았지만 이만하면 됐어. 너는 크게 잘못하고 있어. 누군가가 〈유대인 개자식〉이라는 말을 할 때마다 그와 싸울 수는 없어.」

「왜 안 된다는 거지?」 노아는 고통스럽게 얼굴을 찌푸렸다.

「그건 득이 되지 않기 때문이야.」 페인이 말했다. 「그게 이유야. 우선 너는 몸집이 크지 않아. 두 번째로 설사 네가 몸이 집채만 하고 오른손이 조 루이스 같더라도 도움이 안 돼. 이 세상에는 아무렇지도 않게 〈유대인 개자식〉이라고 말하는 사람들이 분명 있어. 하지만 너나 내가 또는 어떤 유대인이 그 무엇을 해도 그것은 바꿀 수 없어. 이렇게 하면 군복을 입고 있는 모두로 하여금 유대인 모두가 미쳤다는 생각이 들게 할 거야. 내 말을 들어, 그들 대부분은 그다지 나쁘지 않아. 그들은 실제에 비해 훨씬 더 나쁘게 처신을 하지. 그건 잘 처신하는 법을 모르기 때문이야. 그들은 너에 대해 미안해하기 시작했어. 하지만 그 망할 놈의 싸움을 치른 후 그들은 이제 유대인을 어떤 사나운 종류의 동물이라고 생각하기 시작했어. 이제 그들은 나도 이상하게 봐.」

「잘됐군.」 노아가 거칠게 말했다. 「기뻐.」

「내 말을 들어.」 페인이 참을성을 보이며 말했다. 「나는 너보다 나이가 많고 평화로운 사람이야. 명령을 받으면 독일군을 죽일 거야. 하지만 군대 내에서는 주위 사람들과 평화롭게 지내고 싶어. 유대인에게 가장 바람직한 행동은 귀를 막고 있는 거야. 망할 자식들이 유대인에 대해 좋지 않은 얘기를 하기 시작하면 그냥 귀를 막아 버려. 그들을 내버려 두면 그들 역시 우리를 내버려 둘지도 몰라. 내 말을 들어. 전쟁은 영원히 계속되지는 않을 거고, 너는 네 중대를 선택할 수 있을 거야. 하지만 지금 당장은 정부가 우리를 그 비참해 보이는 KKK 단원들과 함께 지내라고 하고 있어. 그걸 어떻게 할 거야? 내 말을 들어. 유대인들 모두가 너와 같았다면 2천 년 전에 모두 사라졌을 거야.」

「좋아.」 노아가 말했다.

「오.」 페인이 혐오스러운 듯 말했다. 「그들이 옳고 네가 미쳤을 수도 있어. 내 말을 들어. 나는 90킬로그램이나 나가고, 한 손이 뒤로 묶인 상태에서도 중대 사람 누구라도 때려눕힐 수 있어. 하지만 내가 싸우는 걸 봤어? 나는 군복을 입은 이후로는 한 번도 싸우지 않았어. 나는 실용적인 사람이야.」

노아는 한숨을 쉬었다. 「환자는 피곤해, 페인.」 그가 말했다. 「그는 실용적인 사람의 충고를 들을 만한 상태가 아냐.」

페인은 그 문제에 대해 절망적인 생각을 하며 무겁게 그를 바라보았다. 「내가 궁금한 건 네가 도대체 뭘 원하는지야.」

노아는 고통스럽게 미소를 지었다. 「나는 모든 유대인이 90킬로그램이 나가는 사람처럼 대우받기를 원해.」

「그건 불가능한 일이야.」 페인이 말했다. 「그래, 싸우고 싶으면 싸워. 솔직히 말하자면 물품 공급을 담당하는 병장이 신발을 신기기 전까지는 신발도 신지 않고 있던, 조지아 출신의 이 미치광이들이 너보다는 더 잘 이해가 돼.」 그는 결론에 도달한 듯 모자를 썼다. 「작은 친구들은 개별적인 하나의 인종이야. 나는 그들을 도저히 이해하지 못하겠어.」

그런 다음 그는 거대한 어깨와 두꺼운 목과 커다란 머리의 모든 윤곽을 통해, 어떤 운명의 술책과 장난에 의해 어떻게 하다가 자신과 연결된, 그 침대 위에 누워 있는 상처투성이의 그 소년을 전혀 이해할 수 없다는 몸짓을 역력히 표현하며 밖으로 나갔다.

마지막 싸움이었고, 그가 그대로 앉아 있었다면 모든 것은 끝이 났을 것이다. 그는 땅바닥에서 피를 흘리며 바지와 속셔츠 차림으로 그의 위로 서 있는 브레일스퍼드를 올려다보았다. 브레일스퍼드는 그를 두 번 쓰러트렸다. 하지만 노아가 그의 배를 쳤을 때 그는 눈을 감은 채 고통으로 소리를 질렀다. 만약 노아가 무릎을 꿇은 채로 정신을 차리려고 고개를 흔들며 5초만 더 그대로 있었어도 모든 것은 끝이 났을 것이다. 그를 못살게 군 열 명과 부서진 뼈와 병원에 입원해 있던 긴 날들, 싸움이 계획된 날이면 찾아온 구역질, 다시 한번 자리에서 일어나 자신에 차 달려드는 가증스러운 얼굴과 커다란 주먹을 상대하는 순간 관자놀이가 쿵쿵거리는 느낌 같은 것은 과거의 일이 되었을 것이다.

5초 후면 이제는 희미해진, 그가 보여 주려고 했던 것을 사람들이 깨달을 것이다. 그들은 그가 자신들을 이겼다는 점을 깨닫게 될 것이다. 아홉 번의 패배와 한 번의 기권으로는 충분치 않을 수도 있었다. 하지만 완전한 희생과 고통을 맛보게 한 정신은 승리를 거둘 것이다. 이제 그가 처음에는 플로리다의 도로를, 그 후에는 총탄 자국이 난 도로를 따라 함께 행군한, 그 무지하고 잔인한 자들조차도 그들 중 최고만이 보여 줄 수 있는 의지력과 용기를 그가 보여 주었다는 것을 깨닫게 될 것이다.

그는 한쪽 무릎을 꿇은 채로 앉아 있기만 하면 되었다.

그는 자리에서 일어났다.

그는 손을 내밀며 브레일스퍼드가 가까이 오기를 기다렸다. 브레일스퍼드의 얼굴이 천천히 눈의 초점 속으로 들어왔다. 하얀 얼굴에는 피가 묻어 있었고, 무척 건강한 것처럼 보였다. 노아는 풀밭을 걸어가 그 하얀 얼굴을 강타했고, 브레일스퍼드는 쓰러졌다. 노아는 그의 발아래 넘어져 있는 형체를 멍청하게 쳐다보았다. 브레일스퍼드는 손으로 풀을 잡아당기며 숨을 거칠게 쉬고 있었다.

「일어나, 이 겁쟁이야.」 지켜보고 있던 누군가가 소리쳤다. 노아는 눈을 깜박였다. 그곳에서 그를 제외한 다른 누군가가 욕설을 들은 것은 처음이었다.

브레일스퍼드가 자리에서 일어났다. 살이 찐 그는 상태가 좋지 않았다. 중대에서 사무직을 맡고 있던 그는 늘 핑계를 대 힘든 일을 모면했다. 그의 목구멍에서 그가 숨을 가쁘게 쉬는 소리가 들렸다. 노아가 그에게로 가자 그의 얼굴에는 공포의 표정이 떠올랐다. 그는 막연하게 손을 내젓고 있었다.

「안 돼, 안 돼.」 그가 하소연을 하듯 말했다.

노아는 걸음을 멈추고 그를 노려보았다. 그는 고개를 저으며 그에게 달려들었다. 두 사람은 동시에 서로를 쳤고, 노아는 다시 쓰러졌다. 브레일스퍼드는 거구였고, 그의 주먹이 노아의 관자놀이를 강하게 때렸다. 그의 아래로 쓰러져 앉은 노아는 깊게 숨을 들이켰다. 그는 브레일스퍼드를 올려다보았다.

거구의 사내는 그의 위에 서서 손을 앞쪽으로 꽉 모은 채로 있었다. 그는 가쁘게 숨을 쉬며 「제발, 제발」 하고 속삭였다. 머리가 쿵쿵거리는 상태로 그곳에 앉아 노아는 미소를 지었다. 그는 브레일스퍼드가 무슨 말을 하려는지 알고 있었다. 그는 노아에게 그대로 앉아 있으라고 사정을 하고 있었다.

「왜? 이 남부 출신의 촌스럽고 비열한 개자식아!」 노아가 분명한 목소리로 말했다. 「너를 쓰러트리고 말 거야.」 그는 자리에서 일어나 미소를 지으며 브레일스퍼드의 눈에 실린 고통스러운 표정을 보며 그를 향해 주먹을 날렸다.

브레일스퍼드는 노아에게 무겁게 매달리며 그를 꽉 붙든 채로 안간힘을 쓰며 주먹을 휘둘렀다. 하지만 초조하게 휘두르는 그의 주먹은 부드러웠고, 노아는 아무런 느낌도 없었다. 거구의 사내의 살찐 몸에 안긴 채로 그의 살에서 흘러내리는 땀 냄새를 맡으며 노아는 자신이 자리에서 일어난 것만으로도 브레일스퍼드를 물리쳤다는 것을 알 수 있었다. 이제는 시간이 문제였다. 브레일스퍼드는 얼이 빠져 있었다.

노아는 몸을 빼내며 브레일스퍼드의 배를 강타했다. 그 순간 노아는 사무직을 맡고 있는 그의 배가 부드러운 것 또한 느낄 수 있었다.

브레일스퍼드는 옆구리 쪽으로 손을 내린 채로 동정을 바라는 눈빛으로 약간 몸을 흔들며 그 자리에 서 있었다. 노아는 웃음을 터트렸다. 「또 주먹이 날아가고 있어, 상병」 하고 말하며 그는 피를 흘리는 하얀 얼굴을 갈겼다. 브레일스퍼드는 그 자리에 그대로 서 있었다. 그는 넘어지지도 않았고, 싸우려 들지도 않았다. 노아 역시 가만히 서서 고개를 숙이고 있는 브레일스퍼드의 얼굴을 껴안았다. 「자」 하고 말하며 그는 어깨를 젖혀 있는 힘을 다해 브레일스퍼드를 쳤다. 「자, 자.」 그는 힘이 솟았다. 그는 강렬한 힘이 팔에서 주먹으로 쏟아지는 것을 느낄 수 있었다. 그의 돈을 뺏고, 행군을 하면서 그에게 욕설을 퍼붓고, 그의 아내를 마을에서 몰아낸 모든 적이 얼빠진 상태로 피를 흘리며 그의 앞에 서 있었다. 그가 고통스러워하면서도 자신을 노려보고 있는 브레일스퍼드의 얼굴을 때릴 때마다 그의 주먹 관절에서 피가 뿜어져 나왔다.

「쓰러지지 마, 상병.」 노아가 말했다. 「아직은 쓰러지지 마. 제발 쓰러지지 마.」 그의 주먹이 젖은 헝겊으로 싼 나무망치 같은 소리를 내며 더욱더 빠르게 연거푸 브레일스퍼드를 때렸다. 마침내 브레일스퍼드가 쓰러지려 하자 그는 한 손으로 그를 쥔 채로 계속해서 쳤다. 고무 같은, 피가 흐르는 브레일스퍼드를 더 이상 쥐고 있을 수 없게 되었을 때 노아는 흐느끼고 있었다. 결국 브레일스퍼드는 땅바닥에 쓰러졌다.

노아가 지켜보고 있던 사람들을 향해 고개를 돌렸다. 그는 손을 내렸다. 누구도 그와 눈을 마주치려 하지 않았다. 「좋아.」 그가 큰 소리로 말했다. 「이제 끝났어.」

하지만 사람들은 아무 말도 하지 않았다. 그의 말이 신호라도 되는 듯 그들은 몸을 돌려 다른 곳으로 가기 시작했다. 노아는 막사 사이로 석양 속에서 물러가고 있는 사람들을 노려 보았다. 브레일스퍼드는 쓰러진 곳에 그대로 누워 있었다. 그를 도와주려고 남은 사람은 아무도 없었다.

마이클이 노아를 부축했다. 「이제 독일군을 기다리도록 하지.」

노아는 친구의 손을 밀쳐 냈다. 「모두들 가버렸어.」그가 말했다. 「그 망할 자식들은 그냥 가버렸어.」그는 브레일스퍼드를 내려다보았다. 브레일스퍼드는 풀밭에 얼굴을 박은 채로 그대로 엎드려 있었지만 의식이 돌아온 상태였다. 그는 울고 있었다. 그는 천천히, 그리고 막연하게 한 손을 눈 가까이 가져갔다. 노아는 그가 있는 곳으로 가 그의 옆에 무릎을 꿇고 앉았다.

「눈은 그대로 둬..」 그가 지시를 하듯 말했다. 「그렇게 문지르면 눈에 흙이 들어갈 거야.」 그는 브레일스퍼드를 일으키기 시작했고, 마이클이 그를 도왔다. 그들은 브레일스퍼드를 부축해 막사까지 가 그의 얼굴과 상처를 씻겨 주었다. 브레일스퍼드는 손을 옆구리 쪽으로 내린 채로 무기력하게 흐느끼며 거울 앞에 가만히 서 있었다.

노아가 탈영을 한 것은 그 이튿날이었다.

마이클은 중대 사무실로 불려 갔다.

「그는 어디 있나?」 콜클러가 소리쳤다.

「누가 어디에 있느냐는 말입니까, 대위님?」 차려 자세로 뻣뻣하게 선 채로 마이클이 말했다.

「누굴 말하는지는 알잖아.」 콜클러가 말했다. 「네 친구 말이야. 어디 있나?」

「모르겠습니다, 대위님.」마이클이 말했다.

「그런 말 마!」콜클러가 소리쳤다. 마이클 뒤쪽, 방 안에 있던 병장 모두가 심각한 표정으로 대위를 바라보고 있었다. 「둘은 친구였지, 그렇지 않아?」

마이클은 잠시 머뭇거렸다. 그들의 관계를 친구 사이라고 말하기는 어려웠다.

「이봐, 병사! 너희들은 친구였어.」

「그런 것 같습니다, 대위님.」

「〈네, 대위님, 아닙니다, 대위님〉이라고 대답해, 휘테이크! 친구였어, 아니었어?」

「네, 대위님, 친구였습니다.」

「그는 어디로 갔나?」

「모르겠습니다, 대위님.」

「거짓말을 하고 있군!」콜클러는 얼굴이 아주 창백해졌고 코가 씰룩거렸다. 「그가 빠져나가는 것을 자네가 도왔어. 자네가 군율을 잊었을까 봐 하는 얘긴데 탈영을 돕거나 그것을 보고도 보고를 하지 않은 경우에는 탈영과 똑같은 처벌을 받네. 전시에 탈영을 하면 어떤 처벌을 받는지 알고 있나?」

「네, 대위님.」

「뭐지?」갑자기 콜클러의 목소리가 조용해졌는데, 거의 부드럽기까지 했다. 콜클러는 의자에 앉아 마이클을 부드럽게 바라보았다.

「사형을 당할 수도 있습니다, 대위님.」

「맞아.」콜클러가 부드럽게 말했다. 「사형을 당할 수도 있어, 휘테이크. 자네 친구는 이미 붙잡힌 거나 마찬가지야. 그를 붙잡게 되면 그가 탈영하는 것을 자네가 도왔는지 물어볼 거야. 그리고 그가 탈영할 것을 자네에게 얘기했는지도. 그것만 알아내면 돼. 만약 그가 얘기를 했는데 자네가 보고를 하지 않은 경우에는 탈영과 똑같은 처벌을 받네. 그 사실을 알고 있지, 휘테이크?」

「네, 대위님.」 마이클이 말했다. 그는 〈이건 있을 수 없는 일이야. 이건 내게 일어날 수 없는 일이야. 이건 칵테일파티에서 미국 군대의 별난 인물들에 대해 들은 유쾌한 일화야〉라고 생각했다.

「내가 장담하건대.」 콜클러가 이성적으로 말했다. 「자네가 보고를 하지 않았다고 군사재판에서 자네에게 사형 선고를 내릴 거라고는 생각지 않아. 하지만 자네를 20년 동안 감옥에 있게 할 수는 있어. 아니면 30년, 또는 평생 동안. 휘테이크, 연방 감옥은 할리우드가 아냐. 브로드웨이도 아니고. 연방 감옥에서는 칼럼에 자네 이름을 자주 올릴 수 없을 거야. 자네 친구가 자신이 도주할 계획을 갖고 있다는 것을 자네에게 말했다고 얘기하게 되면 자네는 끝이야. 그리고 그가 그렇게 말할 가능성이 아주 높아, 휘테이크. 아주 높지. 자…….」 콜클러는 손바닥을 책상 위에 폈다. 「이 일을 크게 문제 삼고 싶지 않아. 나는 중대를 싸울 준비를 갖추게 하고 싶지 이런 일로 와해시키고 싶지 않아. 자네는 애커먼이 어디에 있는지만 얘기하면 돼. 그러면 우리는 이 문제에 관해 모든 것을 잊게 될 거야. 그게 다야. 그가 어디에 있을 것 같은지 얘기해 보게. 그건 그렇게 어려운 일도 아니잖아, 그렇지 않나?」

「네, 대위님.」 마이클이 말했다.

「좋아.」 콜클러가 가벼운 목소리로 말했다. 「그는 어디로 갔나?」

「모르겠습니다, 대위님.」

콜클러의 코가 다시 씰룩거리기 시작했다. 그는 초조하게 하품을 했다. 「내 말을 들어, 휘테이크. 애커먼과 같은 자에게 충직해야 한다는 잘못된 생각은 하지 마. 그는 우리 중대에 필요한 친구가 아냐. 그는 병사로서 쓸모없고, 중대의 누구도 그를 신뢰하지 않았어. 그는 처음부터 끝까지 계속해서 문제를 일으켰어. 그런 자를 보호하려고 평생을 감옥에서 보낼 수도 있는 위험을 무릅쓰는 것은 미친 짓이야. 자네는 지적인 사람이고 군대에 오기 전에도 성공적인 인생을 살았으며, 곧 훌륭한 군인이 될 걸세. 나는 자네를 돕고 싶네, 휘테이크. 자…….」 그는 마이클을 보며 의기양양하게 미소를 지었다. 「애커먼 이병은 어디에 있나?」

「죄송합니다, 대위님.」 마이클이 말했다. 「저는 모릅니다.」

콜클러가 자리에서 일어났다. 「좋아.」 그가 조용히 말했다. 「나가, 유대인을 사랑하는 친구.」

「네, 대위님.」 마이클이 말했다. 「감사합니다, 대위님.」

그는 경례를 한 후 밖으로 나갔다.

식당 밖에서 브레일스퍼드가 마이클을 기다리고 있었다. 그는 벽에 기댄 채로 이를 쑤시며 침을 뱉고 있었다. 그는 그 어느 때보다도 살이 쪘지만 노아가 그를 때린 이후로 그의 모습은 불만이 가득한 사람으로 바뀌었고 목소리 역시 우는 듯이 들렸다. 점심으로 돼지고기와 감자, 스파게티와 복숭아 파이를 배불리 먹은 마이클이 문 밖으로 나오자 브레일스퍼드가 손짓을 했다. 그는 중대 사무직으로 일하고 있는 그를 못 본 척하려고 했다. 하지만 브레일스퍼드가 서둘러 쫓아오며 「휘테이크, 잠시만 기다려」 하고 소리쳤다. 마이클은 고개를 돌려 브레일스퍼드를 마주보았다.

「안녕, 휘테이크.」 브레일스퍼드가 말했다. 「자네를 찾고 있었네.」

「무슨 일이야?」 마이클이 말했다.

브레일스퍼드가 초조하게 주위를 둘러보았다. 점심을 배불리 먹은 다른 사람들이 식당에서 나와 그들 옆을 지나가고 있었다. 「여기는 이야기하기에 적당하지 않은 것 같아. 잠시 걷지.」

「훈련이 시작되기 전에 두어 가지 할 일이 있어.」 마이클이 말했다.

「1분밖에 안 걸릴 거야.」 브레일스퍼드가 진지하게 눈짓을 했다. 「자네도 흥미 있어 할 거야.」

마이클은 어깨를 으쓱했다. 「좋아.」 그는 브레일스퍼드와 나란히 연병장으로 걸어갔다.

「우리 중대 때문에 나는 화가 나. 나는 전출을 담당하고 있어. 연대에 관절염으로 조기에 제대하는 병장이 있는데 나는 그곳 사람 두어 명과 얘기해 봤어. 나는 우리 중대가 소름 끼쳐.」 마이클은 한숨을 쉬었다. 그는 침대로 돌아가 점심 식사 후 소중한 20분 동안 누워 있을 생각이었다.

「이봐.」 그가 말했다. 「무슨 말을 하려는 거야?」

「그날 싸움이 있은 후.」 브레일스퍼드가 말했다. 「그 망할 놈의 자식들이 나를 괴롭히고 있어. 내 말을 들어 봐. 나는 그들 사이에 끼고 싶지 않아. 중대에 덩치가 제일 큰 열 명이 있으며 그중 하나가 나라는 그들의 얘기는 농담이었어. 나는 유대인에게 어떤 반감도 없어. 그들은 그가 싸우는 일은 없을 거라고 했어. 나는 싸우고 싶지 않았어. 나는 싸움꾼이 아냐.

내가 덩치가 컸는데도 우리 동네 아이들 모두가 나를 때리곤 했지. 권투 선수가 되지 못한 게 죄야?」

「아니.」 마이클이 말했다.

「나는 저항도 하지 않았어. 열네 살 때 폐렴에 걸렸고, 그 후로는 아무런 저항도 하지 않았지. 의사는 내가 행군하는 것도 면제해 주었어. 리킷과 다른 작자들에게 그 얘기를 해주려고 했지. 하지만 그들은 애커먼이 나를 쓰러트린 후로 나를 군사 기밀을 독일군에게 팔아넘긴 사람처럼 대하고 있어. 나는 그 자리에 서서 최대한 견뎠어, 그렇지 않아? 내가 서 있는 동안 그는 계속해서 나를 때렸고, 나는 한참 동안 쓰러지지 않았어, 그렇지 않아?」

「맞아.」 마이클이 말했다.

「애커먼은 사나워.」 브레일스퍼드가 말했다. 「그는 작지만 사나워. 나는 그런 자들과 상대하고 싶지 않아. 어쨌든 그는 도널리의 코에서 피가 나게 했지. 도널리는 골든 글로브에도 출전을 했는데 말이야. 도대체 그들은 내게서 뭘 원하는 걸까?」

「좋아.」 마이클이 말했다. 「그건 모두 내가 아는 사실이야. 도대체 무슨 말을 하려는 거야?」

「우리 중대에는 나의 미래가 없어.」 브레일스퍼드는 이쑤시개를 던진 후 먼지가 이는 연병장을 슬픈 눈으로 바라보았다. 「내가 말하고 싶은 건……」

마이클은 걸음을 멈췄다. 「뭐야?」 그가 날카롭게 말했다.

「나를 인간처럼 대한 사람은.」 브레일스퍼드가 말했다. 「자네와 그날 밤 나와 싸운 유대인밖에 없어. 그래서 나는 자네를 돕고 싶어. 애커먼도 돕고 싶고. 그럴 수만 있다면 말이야. 정말로 그러고 싶어.」

「무슨 얘기 들은 거 있어?」마이클이 물었다.

「그래.」브레일스퍼드가 말했다. 「애커먼은 어젯밤 뉴욕의 거버너스섬에서 붙잡혔어. 아무에게도 얘기해서는 안 돼. 이건 비밀이야. 하지만 항상 중대 사무실에 있어 그 사실을 알 수 있었지.」

「아무에게도 얘기하지 않을게.」마이클은 총을 든 간수 앞에서, 등에 죄수를 뜻하는 커다란 하얀 P자가 적힌 파란색 작업복을 입은 채로 걸어가고 있는, 헌병대에 인계된 노아의 모습을 떠올리며 고개를 저었다. 「그는 괜찮아?」

「모르겠어. 얘기를 안 해. 콜클러는 축하를 하며 우리 모두에게 위스키를 한 잔씩 줬어. 내가 아는 건 그게 전부야. 하지만 자네에게 그 얘기를 하고 싶었던 건 아냐. 나는 자네에 관한 사실을 이야기하고 싶었어.」그 순간 자신이 하려는 말의 효과에 기분이 흐뭇해진 그는 잠시 말을 멈췄다. 「자네가 오래전 넣은 장교 후보 학교 지원서가…….」

「그게 왜?」마이클이 물었다. 「어떻게 됐어?」

「돌아왔어.」브레일스퍼드가 말했다. 「어제. 거부되었어.」

「거부되었다고?」마이클이 멍청하게 말했다. 「징병 위원회에서는 통과했는데…….」

「거부 판정을 받고 워싱턴에서 돌아왔어. 중대의 다른 두 명은 통과했어. 하지만 자네는 떨어졌어. FBI에서 안 된다고 한 거야.」

「FBI?」마이클은 누군가가 자신에게 장난을 치고 있는 것은 아닌지 보기 위해 브레일스퍼드를 날카롭게 바라보았다. 「FBI와 무슨 관계가 있어?」

「그들이 모두에 대한 조사를 하지. 그리고 그들은 자네에 대해서도 조사를 했어. 그들 얘기로는 자네가 장교가 될 만한 사람이 아니라는 거야. 자네가 충실하지 않다고.」

「나를 놀리는 거야?」 마이클이 말했다.

「내가 왜 자네를 놀리겠어?」 브레일스퍼드가 기분이 상한 듯 말했다. 「나는 더 이상 농담 같은 것은 하고 싶지 않아. 그들은 자네가 충성스럽지 않다고 했어. 그게 다야.」

「충성스럽지 않다고?」 마이클은 당황한 나머지 고개를 저었다. 「그런데 그게 나와 무슨 상관이야?」

「자네는 공산주의자야.」 브레일스퍼드가 말했다. 「기록에 그렇게 적혀 있었어. FBI 문서라고 불리는 것에. 적에게 중요할지도 모르는 정보를 자네에게는 말해서는 안 되지.」

마이클은 연병장을 바라보았다. 먼지 낀 풀밭에 사람들이 누워 있었고, 병사 둘이 게으르게 야구공을 던지며 놀고 있었다. 갈색과 초록색의 풀밭 너머 국기 게양대 꼭대기에는 국기가 가벼운 바람에 펄럭이고 있었다. 그 순간 워싱턴의 어딘가에서 책상에 앉아 사무실 벽에 걸린 똑같은 깃발을 보고 있을 누군가가 아무런 가책도 없이 차분하게 그의 기록에 〈충성스럽지 않음. 공산주의 동조자. 장교로 추천할 수 없음〉이라고 적었는지도 몰랐다.

「스페인.」 브레일스퍼드가 말했다. 「스페인하고 무슨 관계가 있었어. 자네 기록을 슬쩍 봤지. 스페인이 공산주의 국가야?」

「꼭 그렇지는 않아.」 마이클이 말했다.

「스페인에 간 적이 있어?」

「아니. 구급차와 혈액은행을 그곳으로 보낸 어떤 위원회를 조직하는 일을 도와준 적은 있어.」

「그들은 자네를 마음대로 주물렀어. 그들은 아무 얘기도 해주지 않을 거야. 그냥 자네에게 지도력 같은 것이 부족하다고만 말할 거야. 하지만 나는 사실을 얘기해 주고 있는 거야.」

「고마워.」 마이클이 말했다. 「정말 고마워.」

「그런 말은 하지 않아도 돼.」 브레일스퍼드가 말했다. 「최소한 자네는 나를 사람으로 대해 주고 있어. 내 충고를 받아들여. 전출을 갈 수 있게 해봐. 우리 중대에는 미래가 없어. 그리고 자네는 더욱 그래. 콜클러는 공산주의자를 그냥 두지 않지. 이제부터 우리가 해외로 나갈 때까지 자네는 힘든 일을 하게 될 거야. 그리고 전선에서도 진격할 때마다 자네가 제일 먼저 정찰을 나가게 될 거야. 그렇게 되면 자네가 살아남을 가능성은 거의 없을 거야.」

「고마워, 브레일스퍼드.」 마이클이 말했다. 「자네 충고를 받아들일게.」

「그래야지.」 브레일스퍼드가 말했다. 「군에서는 스스로 자신을 지키는 수밖에 없어. 군은 우리를 보호하는 데는 아무런 관심이 없는 게 확실해.」 그는 또 다른 이쑤시개를 꺼내 이를 쑤셨다. 그는 생각에 잠긴 얼굴로 침을 뱉었다. 「잊지 마.」 그가 말했다. 「나는 아무 말도 하지 않은 거야.」

마이클은 고개를 끄덕인 후 브레일스퍼드가 연병장 가장자리를 따라 그의 미래가 없는 중대 사무실을 향해 천천히 걸어가는 것을 바라보았다.

마이클은 멀리 1천6백 킬로미터나 떨어진 곳에서 희미한 금속성 소음 위로 케이훈이 「네, 토머스 케이훈입니다. 그래요, 휘테이크 이병의 수신자 부담 전화를 받을게요」라고 말하는 것을 들었다.

마이클은 롤링스 호텔에 있는 전화 부스의 문을 닫았다. 그는 누군가가 자신의 말을 엿들을 수도 있는 부대 내에서 전화를 하고 싶지 않았고, 그래서 시내까지 먼 길을 나온 상태였다. 「통화를 5분으로 제한해 주세요.」 교환원이 말했다. 「다른 사람들이 기다리고 있으니까요.」

「안녕, 톰.」 그가 말했다. 「돈이 없어서는 아니에요. 동전이 없어서예요.」

「안녕, 마이클.」 케이훈이 무척 반색을 하며 말했다. 「괜찮아요. 소득세에서 제하면 되니까요.」

「톰.」 마이클이 말했다. 「내 말을 아주 잘 들어요. 뉴욕의 위문 부대에 아는 사람이 있어요? 부대에서 쇼를 하고 오락거리를 제공하는 부대 말이에요.」

「그럼요.」 케이훈이 말했다. 「꽤 여럿 알고 있죠. 늘 그들과 함께 일을 하니까요.」

「나는 보병 부대에는 진력이 났어요.」 마이클이 말했다. 「내가 전출될 수 있게 주선해 줄 수 있어요? 나는 이 나라를 떠나고 싶어요. 매일같이 외국으로 나가는 위문 부대가 있어요. 그런 부대에 나를 넣어 줄 수 있겠어요?」

전화 저편에서 잠시 아무 말이 없었다. 「오.」 케이훈이 말했다. 그의 목소리에는 실망과 질책의 기색이 실려 있었다. 「물론이죠. 당신이 원한다면.」

「오늘 밤에 특급 우편으로 편지를 보낼게요.」 마이클이 말했다. 「군번과 계급, 부대명을 적어서요. 그게 필요할 거예요.」

「그래요.」 케이훈이 말했다. 「당장 그렇게 하죠.」 하지만 그의 목소리는 약간 차갑게 들렸다.

「미안해요, 톰.」 마이클이 말했다. 「전화로는 내가 왜 이러는지 설명하지 못하겠어요. 그곳에 가게 되면 얘기해 줄게요.」

「아무것도 설명하지 않아도 돼요.」 케이훈이 말했다. 「당신도 알고 있잖아요. 나름대로 이유가 있겠죠.」

「그래요.」 마이클이 말했다. 「여러 가지 이유가 있어요. 다시 한번 말하는데 고마워요. 이제 전화를 끊어야 해요. 댈러스 시립 병원의 산부인과 병동에 전화를 하고 싶어 하는 병장이 있거든요.」

「행운을 빌어요, 마이클.」 케이훈이 말했다. 마이클은 그가 최대한 다정하게 얘기하고 있는 것을 느낄 수 있었다.

「잘 지내요. 곧 볼 수 있으면 좋겠어요.」

「물론이죠.」 케이훈이 말했다. 「곧 보게 될 거예요.」

마이클은 전화를 끊고 부스 문을 열었다. 그가 밖으로 나오자 손에 25센트짜리 동전을 가득 들고 있던, 거구에 얼굴이 슬퍼 보이는 2등 중사가 전화기 앞에 있는 작은 의자에 털썩 주저앉았다.

마이클은 거리로 나가 네온사인이 희미하게 비치는 술집들이 늘어선 포장도로를 따라 그 구역 끝에 있는 미군 위문 협회로 갔다. 그는 병사들 사이에서 금방이라도 부서질 것처럼 보이는 책상 앞에 앉았다. 병사들 일부는 망가진 의자에 앉은 채로 구부정한 모습으로 잠이 들어 있었고, 다른 사람들은 힘겹게 글을 쓰고 있었다.

종이 한 장을 펼친 후 만년필을 열며 그는 〈결코 하지 않겠다고 한 일을, 이 지친 순진한 아이들은 결코 할 수 없을 일을 하고 있어〉라고 생각했다. 나는 내 친구들과, 그들의 영향력과, 민간인으로서의 내 신분을 이용하고 있어. 케이훈이 실망한 것은 어쩌면 당연한 것인지도 몰라. 자신의 아파트에서 전화기 근처에 앉아 케이훈이 무슨 생각을 하고 있는지 상상하기는 쉬웠다. 케이훈은, 지식인들은 그들이 무슨 말을 하든 똑같다고 생각하고 있을 것이다. 〈끝내는 뒤로 물러나지. 마침내 총소리가 가까워지면 갑자기 다른 어딘가에 자신이 해야 할 더 중요한 일이 있다고 생각하지.〉

그는 케이훈에게 콜클러와, 프랑코는 인정하지만 루스벨트는 인정하지 않는, 연필 끝으로 그의 최종 운명을 결정하는, FBI 사무실에 있는 남자에 대해 이야기해야 했는지도 모른다. 그 남자에게는 하소연도 소용이 없고, 그를 어떻게 할 수 있는 방법도 없었다. 마이클은 케이훈에게 중대원들의 무정한 눈앞에서 애커먼과 다른 열 명이 피를 튀기는 싸움을 벌인 것에 대해 이야기해야 했는지도 모른다. 그리고 그가 죽는 것을 보기를 바라는 지휘관 밑에 있는 것이 어떤 것인지 이야기해야 했는지도 모른다. 민간인들은 그런 것은 결코 제대로 이해하지 못할 테지만 그럼에도 이야기는 해봐야 했는지도 모른다. 그것은 민간인의 삶과 군인의 삶 사이의 커다란 차이였다. 미국의 민간인은 늘 자신의 문제를, 정의를 실현하고자 하는 어떤 관련 당국에 이야기할 수 있다고 느끼고 있었다. 하지만 군인은…… 군인은 군화를 처음 신는 순간 누군가에게 하소연할 수 있다는 희망을 잃게 된다. 「군목에게 이야기해, 친구. 그럼 도움을 줄 거야.」 도움이라니!

그는 그 점을 케이훈에게 이야기해야 했다. 그는 케이훈이 이해하려고 노력하리라는 것은 알고 있었다. 하지만 그렇다 하더라도 케이훈의 목소리에서 실망감이 결코 사라지지 않으리라는 것 또한 알고 있었다. 그리고 솔직히 마이클은 케이훈을 탓할 수 없었다. 그것은 자기 자신에 대한 실망감이 결코 자기 양심을 떠나지 못할 것이기 때문이다.

그는 군번과 부대명을 조심스럽게 적으며 케이훈에게 보낼 편지를 썼다. 케이훈에게는 너무도 낯설게 보이겠지만 자신에게는 친숙한 숫자를 쓰며 그는 자신이 낯선 사람에게 편지를 쓰고 있는 것처럼 느꼈다.

19

〈미친 소리로 들릴 수도 있지만〉 하고 루이스 대위가 글을 읽었다. 〈나는 미치지 않았다. 그리고 누군가가 내가 미쳤다고 생각하기를 원치 않는다. 이 글은 오후 5시 5번가와 42번가에 있는 뉴욕 공립 도서관의 중앙 열람실에서 쓰고 있다. 탁자 위 내 앞에는 군율 한 부와 말보로 공작이 쓴 윈스턴 처칠의 전기 한 부가 있으며, 내 옆에 있는 남자는 스피노자의 『윤리학』에 나오는 뭔가를 적고 있다. 이런 얘기를 하는 것은 내가 무엇을 하고 있는지 알고 있으며, 나의 이성과 관찰력에 아무런 이상이 없다는 것을 보여 주기 위해서이다.〉

「지금껏 군에 있는 동안.」 루이스 대위가 옆 책상에 앉아 있는 여군 비서에게 말했다. 「이런 글은 한 번도 읽어 본 적이 없어. 어디서 온 거지?」

「헌병 사령관실에서 보냈습니다.」 비서가 말했다. 「그곳에서는 대위님이 와서 죄수를 만나 보고 그가 미친 척하고 있는 것인지 아닌지 판단해 주기를 원하고 있습니다.」

〈이 편지를 쓴 다음〉 하고 루이스 대위가 글을 읽었다. 〈나

는 배터리[43]로 가 페리를 타고 거버너스섬으로 간 다음 자수를 할 생각이다.〉

루이스 대위는 한숨을 쉬었다. 잠시 그는 정신 의학을 공부한 것이 후회가 되었다. 그는 군대 내의 거의 대부분의 다른 일이 자신이 하는 일보다는 쉽고 보람도 더 클 거라고 생각했다.

〈무엇보다도〉 하고 얇은 종이에 초조하게, 불규칙적으로, 손으로 쓴 편지 글은 계속되었다. 〈내가 부대를 떠나는 것을 도운 사람은 아무도 없다는 사실을 분명히 하고자 한다. 그리고 내가 부대를 떠날 거라는 사실을 알고 있던 사람도 없었다. 또한 누군가가 내 아내를 성가시게 해서도 안 된다. 나는 뉴욕에 도착한 후로 아내를 보러 가거나 아내에게 연락하는 것을 삼갔다. 나는 나 스스로 이 문제를 해결해야 했으며 어떤 식으로도 감정에 흔들리지 않고자 했다. 2주 전 이곳에 도착한 후로 뉴욕에 있는 누구도 나를 숨겨 주거나 내게 말을 걸지 않았다. 그리고 나는 우연히 내가 아는 누군가를 만난 적도 없다. 나는 낮 시간에는 주로 돌아다녔으며 밤에는 여러 호텔에서 잠을 잤다. 내게는 아직 7달러가 있고 그 돈이면 사나흘은 더 지낼 수 있겠지만 나는 서서히 내가 가야 할 적절한 길을 가야 한다는 결심을 했으며 더 이상 지체하고 싶지 않다.〉

루이스 대위는 손목시계를 보았다. 시내에서 점심 약속이 있고 늦고 싶지 않았다. 그는 자리에서 일어나 외투를 걸친 다음 편지를 호주머니 속에 넣었다. 편지는 페리에서 읽을 작정이었다.

[43] 뉴욕 맨해튼섬의 남단.

「내가 어디 있는지 누가 물으면 병원에 갔다고 해.」루이스 대위가 비서에게 말했다.

「네, 대위님.」여자가 진지한 표정으로 말했다.

루이스 대위는 모자를 쓰고 밖으로 나갔다. 맑지만 바람이 많이 부는 날씨였다. 초록색 물 밑에 뿌리를 내리고 있는 뉴욕시 항구는 돌풍에도 끄떡없이 서 있었다. 루이스 대위는 햇빛 속에 평화롭고 높게 서 있는 도시를 보며 여느 때처럼 약간 양심의 가책을 느꼈다. 그 도시는 전쟁 시에 군인이 있기에는 어울리지 않는 곳이었다. 하지만 그는 페리를 타러 가는 동안 사병들의 경례에 짧고 정확하게 경례를 했으며, 장교들과 그들 가족들만 이용할 수 있는 위쪽 부두로 향하는 동안에는 자신이 좀 더 군인처럼 여겨졌다. 루이스 대위는 괜찮은 사람이었고, 가끔 죄책감과 양심의 가책을 느꼈는데, 그 자신도 그것을 잘 의식했다. 만약 군이 그를 위험하고 책임이 무거운 곳에 배치했다면 그는 더 용감해지고 쓸모 있는 군인이 되었을 것이다. 하지만 그는 뉴욕에서 멋진 시간을 보내고 있었다. 그는 군인 신분으로 할인된 가격에 괜찮은 호텔에 머물고 있었고, 아내는 아이들과 함께 캔자스시티에 있는 집에 살고 있었다. 그리고 그는 모델 일을 하면서 적십자에서 일하는 여자 두 명과 잠자리를 하며 지내고 있었는데 그 둘은 그가 그 전에 본 그 어떤 여자보다도 예뻤고, 노련했다. 이따금 아침에 우울한 기분으로 잠에서 깰 때면 그는 더 이상 그런 식으로 시간을 낭비하지 말고, 전장에서 더 활동적인 임무를 맡거나 거버너스섬에서 하는 자신의 일에 더 활력을 불어넣어 줄 수 있는 일을 하게 해달라고 요청하리라는 결심을 했다. 하지만 아침에 한두 번 투덜대며 자신의 책상을 정리하고 브루스 대령에게 불평을 한 후에는 그는 다시 느긋해져 이전에 하던 쉬운 일로 다시 돌아갔다.

「나는 내가 그런 식으로 행동한 이유를 알아냈다.」 루이스 대위는 시동을 건 채로 아직 정박 중인 페리의 장교 칸에서 편지를 읽었다. 「나는 그것을 솔직하게, 그리고 이해할 수 있게 진술할 수 있다고 믿고 있다. 내 행동의 직접적인 이유는 내가 유대인이라는 사실에 있다. 내가 소속된 중대 사람들 대부분은 남부 출신으로 대체로 무척 무지했다. 서서히 사라지기 시작했던 나에 대한 그들의 적대감은 내 소대를 맡게 된, 새로 온 병장에 의해 갑자기 되살아났다. 그럼에도 앞서 말한 것처럼 나는 내가 유대인이 아니었다 해도 그런 행동을 취했을 것으로 믿는다. 물론 내가 유대인이라는 사실이 그 문제를 위기 상황으로 몰아넣었고, 내가 그들과 함께 지내는 것을 더 이상 불가능하게 만든 것은 분명하다.」

루이스 대위는 한숨을 쉬며 고개를 들었다. 페리는 맨해튼의 저지대를 향하고 있었다. 깨끗한 도시는 여느 때와 다름없이 믿음직하게 보였고, 한 비참한 사람이 그곳 거리를 배회하며 도서관 열람실에 가서 헌병 사령관이 읽을 수 있도록 종이에 글을 토해 낼 준비를 하고 있는 것을 상상하기는 어려웠다. 헌병이 그 글을 읽고 무슨 생각을 할지는 아무도 알 수 없었다.

〈나는 내 조국을 위해 싸워야 한다고 믿고 있다〉라고 편지의 글은 계속되었다.

부대를 떠날 때에는 그렇게 생각지 않았지만 이제 당시 내가 잘못 생각했으며 문제를 분명하게 보지 못했다는 것을 깨달았다. 그리고 그것은 나 자신의 문제에 대한 과도한 집착과, 부대에서의 마지막 날 밤 내게 일어난 어떤 일로 인해 갑자기 참을 수 없을 정도로 강해진 억하심정 때문이었다. 중대의 적대감은 일련의 주먹다짐으로 이어졌다. 나는 중대에서 가장 몸집이 큰 사내 열 명과 싸워야 했는데, 그 도전을 받아들여야 할 것 같았다.

하지만 나는 아홉 번의 싸움은 살려 달라고 애걸하지 않고 영예롭게 싸웠다. 그리고 마지막 싸움에서는 상대를 때려눕힐 수 있었다. 그는 몇 번 나를 때려눕혔지만 결국 나는 그를 때려눕혔고, 그것은 여러 주에 걸친 싸움의 결정판이었다. 그 모든 싸움을 지켜본 중대원들은 그 일이 있기 전 쓰러진 나를 내버려 두고 가서 승자로서 축하를 했다. 하지만 마지막 싸움을 치른 후 멍청해 보이는 그들을 마주했을 때 그들은 내가 한 일에 대해 마지못해 얼마간의 존경과 예찬의 시선을 보낸 후 하나같이 몸을 돌려 가버렸다. 그곳에 서 있으면서 나는 내가 그 중대 내에서 나의 입지를 구축하기 위해 한 모든 일이 전혀 쓸모없는 것이었다는 사실을 참기가 어려웠다.

그 순간 내가 싸우기를 바랐고, 그리고 죽어 버렸으면 했던 사람들의 등을 보며 나는 탈영을 결심했다.

이제 나는 내가 틀렸다는 것을 깨달았다. 이제 나는 내가 이 나라와 이 전쟁을 믿고 있으며, 나의 이러한 개인적인 행동은 있을 수 없는 것이라는 점을 깨달았다. 나는 싸워야 한다. 하지만 내게는 다른 사단으로 전출을 보내 달라고 요청할 수 있는 권리가 있다고 생각한다. 그리고 내가 있어야 할 곳은 나를 죽이기보다는 적을 죽이기를 원하는 사람들

속이어야 한다.

겸허한 마음으로,
미 육군 이병 노아 애커먼

페리가 부두에 도착했고, 루이스 대위는 천천히 자리에서 일어났다. 그는 생각에 잠겨 편지를 접어 호주머니 속에 넣으며 트랩을 건너 선창으로 갔다. 불쌍한 소년, 하고 그는 생각했다. 그는 점심 약속을 취소하고 곧장 섬으로 다시 가 노아를 찾아내고 싶었다. 〈하지만 지금 나는 이곳에 있고, 점심 식사 후 그를 볼 수 있을 거야〉라고 그는 생각했다. 그는 점심 약속을 빨리 끝낸 후 일찍 돌아가야겠다는 생각을 했다.

하지만 그가 점심을 함께한 여자는 오후에 일을 하지 않았고, 그는 테이블이 나기를 기다리면서 칵테일을 세 잔 마셨다. 그리고 점심 식사가 끝나자 그 여자는 그와 집에 함께 가기를 원했다. 그녀는 지난 세 차례 데이트 동안 그에게 약간 차갑게 대했고, 그래서 그는 그녀와 바로 헤어지는 위험을 감수할 수 없었다. 게다가 그는 머리가 약간 어지러웠고, 그래서 머리가 완전히 맑아진 후에 노아를 보러 가야 한다고 스스로에게 타일렀다. 그것은 그가 노아에게 해줄 수 있는 최소한의 것이었다. 그래서 그는 여자와 집으로 가 사무실에 전화를 해 클라우저 중위에게 자신이 그날 오후 군 요양소에 갈 거라며 대신 서명을 해달라고 했다.

그는 여자와 아주 멋진 시간을 보냈고, 5시가 되었을 때에는 그녀가 자신에게 차갑게 대했다고 생각한 것은 아주 멍청한 일이었다는 결론을 내렸다.

방문객은 침착한 검은 눈 속에 많은 근심을 엄격하게 억누르고 있긴 했지만 무척 예뻤다. 그리고 루이스는 그녀가 임신한 것 또한 보았다. 옷차림으로 보아 그녀는 가난한 것 같았다. 루이스는 한숨을 쉬었다. 일은 그가 예상한 것보다 훨씬 힘들 것 같았다.

「내게 연락해 줘서 무척 고마워요.」 호프가 말했다. 「사람들은 내가 노아를 보는 것을 줄곧 허락하지 않았어요. 그가 내게 편지를 쓰는 것도 막았고, 내 편지를 그에게 전해 주지도 않았어요.」 그녀의 목소리는 냉정하고 침착했으며 불평하는 기색은 전혀 없었다.

루이스는 주위에 있는 모든 사람과 제복과 총과 건물에 대해 창피해하며 말했다. 「군대는 나름의 방식으로 일을 처리하죠, 애커먼 부인. 이해하시겠어요?」

「이해할 수 있을 것 같아요.」 호프가 말했다. 「노아는 괜찮은가요?」

「괜찮아요.」 루이스는 최대한 공손하게 말했다.

「그를 볼 수 있을까요?」

「그럴 수 있을 거예요.」 루이스가 말했다. 「내가 하려고 했던 얘기도 그것이죠.」 그는 솔직하게 관심을 보이며 책상에 앉아 그들을 바라보고 있는 여군 비서를 향해 얼굴을 찌푸렸다. 「자리를 비켜 주겠나, 상병?」 루이스가 말했다.

「네, 대위님.」 여군은 마지못해 자리에서 일어나 천천히 밖으로 나갔다. 그녀는 다리가 굵었고, 스타킹 솔기가 여느 때처럼 뜯겨져 있었다. 루이스는 왜 못생긴 여자들만 군에 들어오는 것인가, 하는 생각을 했다. 그는 문득 자신이 무슨 생각을 하고 있는지를 깨닫고는, 마치 자기 책상 옆 딱딱한 의자에 꼿꼿이 앉아 있는, 눈빛이 침착하고 진지한, 지금 곤란한 상황에 처해 있는 그 여자가 자신의 생각을 읽고는 충격을 받은 동시에 그에게 혐오감을 느끼기라도 한 것처럼 초조하게 얼굴을 찌푸렸다.

「남편을 보거나 그에게서 소식을 듣지는 못했지만 무슨 일이 있었는지 조금은 알고 있겠죠?」 루이스가 말했다.

「그래요.」 호프가 말했다. 「플로리다에서 그와 함께 있던 친구인 휘테이크 이병이 뉴욕을 지나가다가 나를 만나러 왔어요.」

「불행한 일이에요.」 루이스가 말했다. 「몹시 불행한 일이에요.」 그 말을 하며 그는 얼굴을 붉혔는데 그녀의 입 언저리에 떠오른 역설적인 희미한 미소가 그의 연민을 자극했기 때문이다. 그는 가벼운 목소리로 말했다. 「지금 상황은 이렇습니다. 당신 남편은 다른 부대로 전출을 요구했습니다. 원칙적으로 그는 탈영한 죄로 군사 재판에 회부될 수도 있습니다.」

「하지만 그는 탈영을 한 게 아니에요.」 호프가 말했다. 「그는 자수를 했어요.」

「원칙적으로는.」 루이스가 말했다. 「탈영을 했죠. 부대를 떠날 때 돌아오겠다는 의도가 없었으니까요.」

「오.」 호프가 말했다. 「군대에는 모든 것에 규칙이 있죠, 그렇죠?」

「그런 것 같아요.」 루이스가 불편하게 말했다. 그녀는 그에게서 눈을 떼지 않으며 그를 불편하게 만들고 있었다. 만약 그녀가 울기라도 하면 좀 더 수월할 것이다. 그가 뻣뻣하게 말을 이었다. 「하지만 군은 정상을 참작해야 하는 상황들이 있다는 것을 알고 있습니다.」

「오, 하느님.」 호프가 건조한 웃음을 터트리며 말했다. 「정상을 참작해야 하는 상황이라고요?」

「그런 점을 고려해.」 루이스는 계속해서 말을 이었다. 「군은 당신 남편을 군사 재판에 회부하지 않고 임무에 복귀시키려고 하고 있습니다.」

호프는 진지하면서도 따뜻한 미소를 지었다. 〈정말로 예쁜 여자야, 그 모델 둘보다도 훨씬 더 예뻐〉 하고 루이스는 생각했다.

「그렇다면 뭐가 문제죠? 노아는 임무에 복귀하려고 하고 있고, 군대는……..」 호프가 말했다.

「그렇게 간단한 문제가 아니에요. 당신 남편이 탈영한 부대의 사령관인 장군은 그가 복무하던 부대로 돌아가길 바라고 있고 이곳 당국은 그 일에 개입하지 않으려 해요.」

「오.」 호프가 평탄한 목소리로 말했다.

「그런데 당신 남편은 그곳으로 돌아가길 거부하고 있죠. 그는 그곳으로 돌아가느니 군사 재판을 받겠다고 하고 있어요.」

「그들은 그를 죽일 거예요.」 호프가 멍하니 말했다. 「그가 돌아간다면 말이에요. 그것이 사람들이 바라는 거예요?」

「이제는.」 루이스가 말했다. 그는 자신이 군복을 입고 있고, 반짝이는 대위 계급장을 달고 있는 한 어느 정도 군을 변호해야 한다고 느꼈다. 「당시만큼 나쁘지는 않아요.」

「나쁘지 않다고요?」 호프가 신랄하게 물었다. 「전에는 얼마나 나빴죠, 대위님?」

「미안합니다, 애커먼 부인.」 루이스가 겸손하게 말했다. 「당신이 어떻게 느끼고 있는지 알고 있어요. 그리고 내가 도움을 주려 한다는 것을 기억해 주기 바랍니다.」

「물론이죠.」그녀는 무의식적으로 그의 팔을 잡으며 말했다. 「용서해 주세요.」

「재판을 받을 경우 그는 감옥에 가게 될 게 확실해요.」루이스는 말을 멈췄다. 「그렇게 되면 아주 오랫동안 감옥에 갇혀 있게 될 겁니다.」그는 그 문제와 관련해 군 감찰관 사무실에 신랄한 내용의 편지를 쓴 후 이튿날 아침 더 완벽하게 수정하기 위해 책상 안에 넣어 두었다는 이야기는 하지 않았다. 그리고 그 편지를 다시 읽어 본 후 자신이 아주 무모한 짓을 했다는 생각이 들기 시작했으며, 군은 상관에 대해 불평을 하는 시끄러운 장교들을 아샘이나 아이슬란드 또는 뉴기니 같은 불쾌한 곳에 조용히 보내기도 한다는 이야기도 하지 않았다. 그리고 그는 그 편지를 호주머니 속에 넣고 다니다가 그날 네 번을 다시 읽은 뒤 오후 5시에 찢어 버리고 퇴근해 그날 밤 술에 취했다는 이야기도 뺐다. 「20년은 있게 될 겁니다, 애커먼 부인.」그는 최대한 부드럽게 말을 했다. 「20년은요. 군사 재판은 가혹한 경향이 있죠.」

「당신이 나를 이곳에 부른 이유를 알고 있어요.」호프가 생기라곤 전혀 없는 목소리로 말했다. 「노아를 설득해 중대로 돌아가게 하려는 거죠.」

루이스는 침을 삼켰다. 「말하자면 그런 셈이죠, 애커먼 부인.」

호프는 창밖을 내다보았다. 파란색 작업복을 입은 죄수 세 명이 쓰레기를 트럭에 싣고 있었다. 그들 뒤에는 총을 팔 아래로 내린 채로 간수 두 명이 서 있었다.

「민간인 시절에도 정신과 의사였나요, 대위님?」그녀가 갑자기 물었다.

「그건…… 왜 그러시죠?」예상치 못한 질문에 당황해하며 루이스가 말했다.

호프가 날카로운 웃음을 터트렸다. 「오늘 자신이 창피하지 않나요?」그녀가 물었다.

「제발.」루이스가 딱딱하게 말했다. 「제발 그런 식으로 말하지는 말아요. 나는 해야 할 일이 있고, 나는 내가 아는 한 최선을 다해 그 일을 하고 있어요.」

호프가 자리에서 일어났다. 배 속에 아이를 가진 그녀는 약간 어색하게 일어섰다. 그녀의 옷은 너무 작았고, 앞쪽은 그로테스크하게 보였다. 루이스는 문득 임부복을 살 돈이 없어 절망적인 심정으로 옷을 수선하는 호프의 모습을 떠올렸다.

「좋아요.」그녀가 말했다. 「그렇게 할게요.」

「좋습니다.」루이스가 미소를 지었다. 〈결국 이것이 모두에게 최선의 방법이야. 그 아이는 그다지 심한 고통을 겪지는 않을 거야〉라고 그는 생각했다. 그는 거의 그렇게 믿으며 헌병대의 메이슨 대위에게 전화를 해 애커먼에게 방문객 맞을 준비를 하게 하려고 수화기를 들었다.

그는 메이슨을 바꿔 달라고 한 후 벨이 울리는 소리에 귀를 기울였다. 그가 호프에게 말했다. 「남편은…… 아이에 대해서는 알고 있나요?」그는 일부러 여자를 보지 않고 말했다.

「아뇨.」호프가 말했다. 「전혀 모르고 있어요.」

「그를 설득하는 데…… 그 사실을…… 이용할 수도 있을 거예요.」루이스가 말했다. 「그가 마음을 바꾸려 하지 않을 경우에요. 아이를 위해서라도…… 감옥에 있는 아버지는 아이에게 수치스러운…….」

「멋진 일인 것 같아요.」호프가 말했다. 「정신과 의사로 일하는 것은요. 직업 때문에 당신은 정말로 실용적인 사람이 되었군요.」

루이스는 창피함으로 턱이 굳어지는 것을 느낄 수 있었다.

「그런 얘기를 할 생각은 아니었는데…….」 그가 얘기를 꺼냈다.

「제발, 대위님.」 호프가 말했다. 「바보 같은 소리는 하지 말아 주세요.」

루이스는, 군대는 그 안에 있는 모두를 바보로 만든다는 생각을 하며 속으로 신음했다. 회색 정장을 입었다면 이토록 바보처럼 굴지는 않았을 거야. 「메이슨 대위입니다.」 수화기 속의 목소리가 말했다.

「안녕하세요, 메이슨?」 마침내 그와 통화를 하게 된 것에 감사하며 루이스가 말했다. 「여기 애커먼 부인이 와 있어요. 지금 바로 애커먼 이병을 면회실로 보내 줄래요?」

「5분 동안입니다.」 헌병이 말했다. 그는 창문에 창살이 있고, 바닥 중앙에 작은 나무 의자 두 개 외에는 아무것도 없는 방의 문 앞에 서 있었다.

가장 큰 문제는 울어서는 안 된다는 것이다. 그는 너무도 작아 보였다. 뭉개진 코가 이상해 보이고, 귀도 그로테스크하게 찢어져 있고, 눈썹도 심하게 찢어져 있는 등 다른 것들도 두고 보기 힘들었지만 가장 힘든 것은 그가 너무도 작아 보인다는 것이었다. 뻣뻣한 파란색 작업복은 그에게 너무 컸고, 그 옷 안에서 그는 너무도 작아 보였다. 그리고 그 옷은 그를 가슴이 아플 정도로 초라하게 보이게 했다. 그의 모든 것이 초라했다. 아니, 모든 것이 그랬지만 눈만큼은 그렇지 않았다. 그는 나긋나긋하게 방 안으로 들어왔다. 그녀를 본 그는 약간 머뭇거리면서도 온화한 미소를 살짝 지었다. 그들은 헌병이 지켜보는 가운데 창피해하며 서둘러 키스를 했다. 「안녕?」이라고 말하는 그의 목소리는 낮고 따뜻했다. 그녀의 남편을 그토록 초라하게 만든 잔인하고 긴 과정을 생각하는 것은 끔찍한 일이었다. 하지만 그의 눈만큼은 사납게 번득였다.

그들은 오후에 차를 마시는 두 늙은 노파처럼 두 개의 딱딱한 의자에 거의 무릎이 닿도록 앉았다.

「이제 보게 되었군.」 노아가 부드럽게 말했다. 「이제 보게 되었어.」 그는 그녀를 향해 부드럽게 미소를 지었다. 이가 빠진, 이제는 다 나은 잇몸 사이의 빈 곳이 슬프게 보였다. 또한 그것은 망가진 얼굴을 멍청하면서도 교활하게 보이게 만들었다. 하지만 휘테이크가 그녀에게 이가 빠졌다는 얘기를 했고, 그래서 그녀의 표정은 전혀 변하지 않았다. 「이곳에 있으면서 줄곧 무슨 생각을 한 줄 알아?」

「무슨 생각을 했어?」 호프가 물었다.

「네가 언젠가 말한 걸 생각했어.」

「그게 뭔데?」

「봤지? 그다지 덥지 않았어. 전혀.」 그는 그녀를 향해 미소를 지었다. 다시 한번 울지 말아야 하는 것이 큰 문제로 느껴졌다. 「네가 그 말을 어떻게 했는지 기억하고 있어.」

「그런 걸 다 기억하다니.」 호프 역시 미소를 지으려고 애를 쓰며 말했다.

그들은 더 이상 할 말이 없는 것처럼 서로를 조용히 바라보았다.

「당신 삼촌과 숙모는 아직도 브루클린에 살고 있어? 정원도 그대로이고?」

「그래.」호프가 말했다. 문 앞에 있던 헌병이 몸을 약간 움직이며 등을 나무에 대고 긁었다. 거친 천이 나무에 닿아 쓸리는 소리가 났다. 「내 말을 들어.」 호프가 말했다. 「루이스 대위와 이야기했어. 그가 내게서 뭘 원하는지 알고 있지?」

「그래.」 노아가 말했다. 「알고 있어.」

「이렇게도 저렇게도 말하지 않을게.」 그녀가 말했다. 「네가 해야 하는 대로 해.」

그 순간 그녀는 노아가 자신을 바라보고 있는 것을 보았다. 그의 시선이 천천히 낡은 드레스 위로 벨트가 단단히 죄어진, 그녀의 배 위로 떨어졌다. 「나는 그에게 아무것도 약속하지 않을 거야.」 그녀가 말을 이었다. 「아무것도.」

「호프.」 노아가 그녀의 불룩한 배에서 눈을 떼지 않으며 말했다. 「사실대로 얘기해 줘.」

호프는 한숨을 쉬었다. 「좋아.」 그녀가 말했다. 「다섯 달 남았어. 얘기할 수 있었을 때 왜 편지에 쓰지 않았는지 모르겠어. 거의 매일 침대에 누워 있어야 해. 일은 그만둬야 했어. 일을 계속할 경우 유산을 할 수도 있다고 의사가 얘기했어. 아마 그래서 네게 얘기하지 않은 것 같아. 아이가 괜찮은지 확실히 알고 난 후 알리고 싶었어.」

노아는 심각한 얼굴로 그녀를 바라보았다. 「기뻐?」 그가 물었다.

「모르겠어.」 호프가 말했다. 그녀는 헌병이 죽은 척하며 바닥에 쓰러지기를 바랐다. 「아무것도 모르겠어. 이런 나 때문에 당신이 그 어떤 식으로도 영향을 받지 않았으면 해.」

노아는 한숨을 쉬었다. 그런 다음 그는 몸을 기울여 그녀의 이마에 키스를 했다. 「멋져.」 그가 말했다. 「정말로 멋져.」

호프는 헌병과 텅 빈 방과 창살이 있는 창문을 노려보았다. 「기막힌 장소야.」 그녀가 말했다. 「그런 사실을 알기에 기막히게 적합한 장소야.」

헌병은 계속해서 문틀에 등을 긁고 있었다. 「1분 남았습니다.」 그가 말했다.

「내 걱정은 마.」 호프가 재빨리 말했다. 그녀의 말이 서로 엉겼다. 「나는 괜찮을 거야. 나는 부모님한테 갈 거야. 그분들이 나를 돌봐 줄 거야. 아무 걱정 마.」

노아가 자리에서 일어났다. 「걱정 안 해.」 그가 말했다. 「아이는……」 그는 사내아이처럼 뻣뻣하게, 그리고 애매하게 손을 내저었고, 호프는 그 우중충한 방 안에 있으면서도 그의 그 친숙하고 사랑스러운 동작에 웃음을 터뜨리지 않을 수 없었다. 「그럼, 이제…….」 노아가 말했다. 「그래, 어떻게 해야 하는 거지?」 그는 창 쪽으로 가 창살 사이로 나무판자를 댄, 폐쇄된 안뜰을 내다보았다. 그녀 쪽으로 몸을 돌렸을 때 그의 눈은 공허하고 아무런 광채도 없는 것 같았다. 「부탁인데.」 그가 말했다. 「루이스 대위에게 가서 아무데나 보내면 가겠다고 해줘.」

「노아.」 호프는 저항감과 안도감을 동시에 느끼며 자리에서 일어났다.

「좋아요.」 헌병이 말했다. 「시간이 다 됐습니다.」 그가 문을 열었다.

노아는 그녀에게 다가갔고, 그들은 키스를 했다. 그녀는 그의 손을 잡아 잠시 자신의 뺨에 대고 있었다. 하지만 헌병이 「시간이 다 됐습니다, 숙녀분」이라고 말했고, 그녀는 문 밖으로 나갔다. 그녀는 헌병이 문을 닫기 전 다시 몸을 돌렸고 노아가 생각에 잠겨 자신을 쳐다보며 서 있는 것을 보았다. 그는 미소를 지으려 했지만 그러지 못했다. 그 순간 헌병이 문을 닫았고, 그녀는 그를 다시 보지 못했다.

〈하권에 계속〉

열린책들 세계문학 024 젊은 사자들 상

옮긴이 정영문 1963년 경남 함양에서 태어나 서울대학교 심리학과를 졸업하고, 1996년 『작가세계』 겨울호에 장편 「겨우 존재하는 인간」을 발표하면서 작품 활동을 시작했다. 1999년 『검은 이야기 사슬』로 제12회 동서문학상을 수상했으며, 현재 번역가로도 활동하고 있다. 지은 책으로는 『검은 이야기 사슬』, 『나를 두둔하는 악마에 대한 불온한 이야기』, 『더없이 어렴풋한 일요일』, 『꿈』, 『핏기 없는 독백』, 『하품』, 『달에 홀린 광대』, 『중얼거리다』가 있고, 옮긴 책으로는 존 파울즈의 『에보니 타워』, 아모스 오즈의 『물결을 스치며 바람을 스치며』, 레이먼드 카버의 『사랑을 말할 때 우리가 이야기하는 것』, 존 베런트의 『추락하는 천사들의 도시』·『선악의 정원』, 안 아르튀스-베르트랑의 『발견: 하늘에서 본 지구 366』, 저메인 그리어의 『보이: 아름다운 소년』 등이 있다.

지은이 어윈 쇼 **옮긴이** 정영문 **발행인** 홍예빈·홍유진
발행처 주식회사 열린책들 **주소** 경기도 파주시 문발로 253 파주출판도시
전화 031-955-4000 **팩스** 031-955-4004 **홈페이지** www.openbooks.co.kr
Copyright (C) 주식회사 열린책들, 2006, 2009, *Printed in Korea*.
ISBN 978-89-329-0937-0 04840 **ISBN** 978-89-329-1499-2 (세트)
발행일 2006년 12월 15일 초판 1쇄 2009년 11월 30일 세계문학판 1쇄 2021년 5월 25일 세계문학판 2쇄

이 도서의 국립중앙도서관 출판예정도서목록(CIP)은 서지정보유통지원시스템 홈페이지(http://seoji.nl.go.kr)와 국가자료공동목록시스템(http://www.nl.go.kr/kolisnet)에서 이용하실 수 있습니다.(CIP제어번호: CIP2009003254)